U0117279

民国武侠小说典藏文库·还珠楼主卷

蜀山剑侠传

还珠楼主◎著

（第六卷）

中国文史出版社

目　录

1

2

第二〇七回

佛法显神通　顷刻勾销前后孽
玄功争造化　一轮转尽古今愁

上文说到郑颠仙、玉清大师等，在元江用韩仙子所豢金蛛，将前古金门至宝由江心水眼里吸上水面，便遇妖尸谷辰、白骨神君、雪山老魅七指神魔同一干妖党前来扰害，多亏杨瑾、余英男和小南极金钟岛主叶缤赶来相助。虽然众妖党诛戮殆尽，妖尸、老魅、白骨神君三个为首妖孽，被杨、余、叶三人合力逐走，白骨神君更中了玉清大师离合神光，负了重伤逃去，一时妖氛尽扫，金船中至宝也被颠仙在百忙中取了几件出来。但是金钟岛主叶缤因为迎敌时稍微疏忽，吃妖尸动用元神，玄功变化，将所炼冰魄神光剑炸成粉碎。所幸叶缤道法高深，竟在短短几个时辰内，重将妖尸震成游丝的神光凝炼还原，在场诸人无不惊服。

众人正在礼见叙谈，请她施为之际，叶缤忽然觉出警兆越急，知道变生瞬息，仇敌厉害机智，迥非寻常，稍失机密，便被觉察，丝毫大意不得。又见在场诸人俱非庸流，不致受到误伤。并且颠仙和玉清大师、岳雯、诸葛警我诸人，也都有了觉察。为防贻误时机，不暇再为关照，连答应众人演习的冰魄神光也不再施为，匆匆和杨瑾打一手势，立刻一同隐身飞起。颠仙和玉清大师、岳雯、诸葛警我四人原早觉察，一面用眼色止住魏青、俞允中、戴湘英诸人不令多言，一面各自留神戒备。内中玉清大师素来临事谨慎，防患周密，知道因叶缤新杀了妖人黑丑，来寻仇的必是九烈神君夫妇无疑。尽管颠仙道法高强，刘、赵、俞、魏、孙、凌、戴诸人已被招聚一起，有众防卫，足可无害，终觉敌人是异派中数一数二的人物，太已厉害，又当痛心杀子之仇，情急之下，出手必定狠辣已极。与其坐以待敌，还是迎头抵御稳妥得多。念头一转，也跟踪隐形，飞向高空，等候应付。

说时迟，那时快，下面三人刚刚相次飞起，便听东南方遥空中起了一种极尖锐凄厉的啸声，同时天际云层中有一黑点移动。始见疾如飞星，由远而

1

近,带着尖锐厉啸之声,展布开来,晃眼将天遮黑了大半边。也看不出是云是雾,只似一大片黑的天幕,遮天盖地,疾如飞潮云涌一般,直朝元江大熊岭这一带卷将过来。立时狂飙大作,江水群飞,晴日匿影,天昏地暗。声势之猛烈浩大,急骤险恶,休说云凤、湘英、允中、魏青等新近入门诸人,连刘泉、赵光斗久经大敌,也都从未见过。俱各大惊,纷纷将法宝、飞剑放出,正待飞身迎上前去。颠仙知道来敌虽强,上面三人尚能应付,否则众人更非其敌,上去白白受伤,此时只宜防身谨守。一面忙喝:"速自防身,不可妄动!"一面施展禁法,想将众人阻住,不令上去。

余英男自从日前得了南明离火剑,因是教祖回山亲授本门心法,妙一夫人又怜她向道坚诚,身受多日寒冰冻髓之惨,小小年纪,备历灾厄,特降殊恩,代向妙一真人关说,将微尘阵中长眉真人遗留的仙丹赐了一粒。她以前打的底子原好,回生以后,又经众同门日夕指点。但自顾开府在即,惟恐入门太浅,到时百不如人,徒负三英之名,用功极勤。这一服灵丹,更平添了若干年的功力,虽只短短时日,已经身剑合一。加上到前奉命往川边倚天崖龙象庵去请杨瑾来此相助,芬陀大师见了甚是嘉许,又得了好些益处。行时大师并赐她一面护身神符佩在身上,不但不畏邪侵,真正遇到危难之际,还可用来解免。适才因初次出山,便遇大敌,心还震惊。不料南明离火剑一举成功,竟使那么厉害的老魅受伤逃去,不由心雄气盛起来。凌云凤因和叶缤具有凤缘,一见倾心,又感早来相救之德,不禁跃跃欲试。杨、叶二人一飞起,英男是心有仗恃,因和杨瑾同来,理应同其进退,不愿落后。云凤是报德心盛,敌忾同仇,又自恃有神禹令前古至宝威力。双双不约而同,没等黑影临近,便相继飞起。

颠仙未及拦住,方替二人担心,待要拦住下面众人,再行飞身上去防护时,先后不过分许工夫,天边黑影已经飞近,快要飞到元江上空。猛由黑影里射出千万点金绿色的火星,隐闻爆音密如贯珠,直似洒了一天星雨,飘空疾驶而至,对方敌人却一点也看不出来。这时天地昼晦,如非众人俱是练就慧眼神目,必定伸手不辨五指。

当这危机一瞬之间,先上三人身形各隐,自看不出。只有余、凌二女所御一红一白两道剑光,连同云凤手上神禹令所发出来的一股青蒙蒙的宝气,正朝对面黑影星光飞迎上去,黑暗中宛如两道经天长虹,看得逼真。眼看两下里就要接触,倏地空中一亮,竟在余、凌二女面前现出千百丈彩光,将来的黑影妖火一齐挡住,层霞撑空,顿成奇观。可是动作快极,两下里才一接触,未及看清，猛又叭的一声，一点酒杯大的淡黄光华，忽在黑影深处闪了一闪，便即爆裂，化成红、白、蓝三色千万道精芒，满空飞射。只听一声极凄厉的怒啸过处，黑影中现出一个披头散发、乌面赤足的妖妇，破空飞去，晃眼无踪。前半黑影妖火立被佛火神光爆散，现出日影，渐复清明。那后半黑影妖火，却似雨后狂风之扫残云，疾如奔马，齐向来路退去。真个来得迅速，去得更快，一眨眼便到了天边。等定睛仔细再看，已经不见踪影。玉清大师并未动手。余、凌二人只见到妖妇形影，连想扫荡黑影妖火都未做到。总共不过半盏茶时，重又青光大来，复了光明景象。空中五人也相继飞落。

原来叶缤见来势如此急骤，必是仇人想乘自己新挫之余，骤出不意，猛下毒手。这一来，正好将计就计，迎头给她一个重创。和杨瑾到了空中，飞升极高，隐身埋伏。等敌人一到，由叶缤先放冰魄神光出去。再等敌人施展全力发动妖法，杨瑾再将佛灯上神焰飞射出来。那来的敌人乃九烈神君之妻枭神娘，果然神通广大，机警已极，佛火神光一经爆裂，便知敌人有此至宝，今日难讨公道，竟不再交手，怒吼一声，施展妖遁，破空逃去。那满空黑影全是九烈夫妻多少年来所炼地煞之气，连同万千阴雷，均与妖人心灵相应，有无穷妙用，恶毒非常。在这等形势之下，不特没有全军覆没，反被她隐身收去，一任施展法宝、飞剑，一点也没追上。众人俱都惊异不置。

当下郑颠仙便请众人同往苦竹庵中小聚，就便分赐众后辈金船中得来的宝物，于是同往前殿中坐定。辛青、欧阳霜、慕容姊妹重向新来诸人见礼，分别献上茶果。颠仙笑问："叶道友，可还有事么？"叶缤道："贫道因峨眉开府，群仙盛会在即，亟欲一往观光。无如与峨眉诸长老素昧平生，未接请柬，不好意思做那不速之客。因谢山道友与极乐真人知好多年，意欲托他向妙一真人致意。本打算此间事完，再往武夷绝顶千石帆潮音小筑，去和谢道友商量。可巧遇到杨姊姊，是我前生骨肉之交，她与峨眉诸老两世渊源，正好不必舍近求远。并且一别多少年，再世重逢，想和她畅谈叙阔。好在谢道友日内必接有峨眉请柬，贫道来时虽曾动念，因为急于来此践约，抵御仇敌，匆匆取了散花氅便即赶来，也并未与之订约。不久凝碧仙府便可见面，临时变计，又不想去了。"

诸葛警我忙接口道："这次峨眉开府，遍请海内外真仙道友，事前惟恐遗漏，诸位师长曾经四出访问。近以会期在即，更是信使四出。叶仙姑的请柬不是尚在途中，便许是离岛日久，已经送去，没有见到。"杨瑾笑道："诸葛道友哪里知道。如是别位道友，峨眉诸位长老尚不至于遗漏，独于这位叶岛主却是难说。第一,所居金钟岛在南极尽头,相隔太远,极少人知。她得道虽然多年,一向隐迹潜修。多少年来,除武夷千石帆隐居的谢道友外,至交姊妹常共往还的,只我前生一人,余者至多不过三两面之交,彼此过从,更无其事。知道她的人既是极少,又都当她孤芳自赏,不爱理人,自然不会有人提起。再者,此次峨眉开府,虽是千古以来玄门盛事,掌教真人请柬也发得极为广泛,不特正教中人和海外散仙,甚而有些不曾公然与峨眉为敌的异教中有名之士,俱在邀请之列。但所延请的人,除有交情的不算,十九均含有深意,否则海内外散仙修士何止千百,岂能识与不识全都请到么?叶岛主与峨眉素无渊源,我看请柬十九不曾发出,无须掩饰。叶岛主决无怪主人疏忽之理。不过这次局面之大,独步千古,到日不问何派中人,只要自问够得上去观光的,虽然未受延请,一样也可前去观光。似叶岛主这样道力高深、人品纯正的,正是座中佳客,何况又是我的两世至交。就连今日在座诸人,就非峨眉门下,也都声息相通,异途同归,任何一人去一提说,请柬便立刻飞到了。"

正说之间,忽然一道红光直飞了来。众人看出这光正而不邪,但又眼生,看不出是何宗派。微一惊奇,叶缤手扬处,已接了下来,竟是谢山自武夷发来的一封飞剑传书,内中并还附有峨眉请柬。大意是说:

> 昨日叶缤取了散花蘂走后,今早极乐真人忽然来访,说起新近路过峨眉,偶遇玄真子邀往凝碧崖小叙。听妙一真人说起叶缤,早欲奉请,以所居小南极一带岛屿如林,修士甚多,枭鸾并集,派门人送柬,恐生出波折,飞剑传书,微嫌冒昧。知极乐真人将有武夷之行,谢山又是叶缤的好友,请转托向叶缤致意。真人刚到不久,二人请柬也由峨眉飞到。因真人约同访友,恐叶缤赶回相左,算出人在苦竹庵,故以飞书相告。

叶缤为人外和内傲,虽然亟欲观光开府之盛,但不请而赴,终觉不甚光辉。这一来,正合心意,甚是高兴。将红光放还以后,决意同了杨瑾先去川边倚天崖,拜谒过芬陀大师,同往峨眉赴会,不再他去。

颠仙笑道:"叶道友既无甚事,现在开府期近,诸位师侄均须赶往,且等我打发他们走后再谈吧。"说罢,便命诸女弟子将昨晚元江所得宝物取出。先取了九口长剑,交给刘、赵、俞、魏四人道:"此剑乃黄帝大战蚩尤时,用以降魔的九宫神剑,烦交令师重新祭炼传授,自有妙用。"另外又取了十余件长短大小不等的戈、矛、刀、剑之类出来,分给在场诸人以及诸女弟子,人各一件。说道:"那金门至宝为数甚多,此次刚刚进了头层塔门,便为妖尸所扰,加以金蛛力竭,除归化神音外,一切奇珍异宝均未取出。可是这些古兵器,均是神物利器,非比寻常,各凭师传心法,便能与身相合,具大威力。九宫神剑如若会用,更是神妙。此时不及详说,众弟子有不明白的,归问各人师长,自知源流用法了。"

分时,颠仙因叶缤、杨瑾、玉清大师三人出力最多,叶、杨二人更是同辈客体,曾请自选。三人始而谦谢不取,颠仙再三劝让,才各取了一件小件的。叶缤得的是件形似戈头的短兵器,到手便转赠给凌云凤。

玉清大师所得,恰与叶缤相同。起初二人随意拿取,到手才看出是一对形如符节,阴阳两面可以分合之宝。玉清大师本意也想转赠云凤,偶一回头,瞥见允中目注云凤,无限深情自然流露。忽然想起允中为人多情至诚,待人更极仁厚,无如资质稍差,其师凌浑虽然道法高强,自负有回天之力,终恐福缘运数所限,未必便能克服险难。而云凤将来成就,却比他胜强得多。偏生夫妻二人不是同门修为,如将此宝分开,使其各执一面,虽不一定仗此便能免去他年兵解,终可得到许多助力。万一允中日后多积外功,人定胜天,仗着云凤随时相助,居然度过这些难关,夫妻合籍,同驻长生,不特成人之美,也是一桩佳话。况且云凤已得了禹令、金戈两件前古奇珍,开府时,教祖还要颁赠法宝,原不在此合璧。便把戈头转赠允中,道:"此宝名为戈符,原分阴阳二面。这面阴符本意赠与云妹,使其合璧。一则二符灵感相通,本宜分用;二则俞道友异日独自出山积修外功,难免险阻,有此随身,既可辟邪驱祟,复能以此向阳符主人告急,无论相隔多远,均可赶来应援。此外妙用尚多,一时也难尽说。不过尚须各人重新祭炼,始能应用。归告凌师叔,自会详为传授。此次峨眉开府,门下诸弟子所得法宝均须呈献,由诸师长一一传授,指点用法。到日你和云妹互相观摩,自知就里。"允中连忙接过谢了。

杨瑾取了一块黑铁,长不及尺,约有二指来宽,一指来厚,上面满布密鳞,腹有古篆,形似穿山甲,腹下却倒拳着十八只九爪钩,刻制极为精细诡异,通体乌黑。谛视并无光华,那古篆文也是初见,在座诸人自郑颠仙以下,竟无一人识得此宝名称用法。杨瑾拿到了手,料非常物。因和余英男一路同来,见她根骨既厚,人更谦婉,甚是投缘。知道三英二云各有仙剑随身外,多有奇遇,得了好些奇珍异宝。内中只英男一人受苦最深,入门较晚,只新近得了一口南明离火剑，别无长物。便笑赠她道："此宝我虽不知它的来历，看这形制，当非常品。我送给你，回山再求掌教师尊传授用法吧。"英男已经得了一柄金钺，知道芬陀、杨瑾对己十分期爱，略为谦谢了两句，便即拜受。

分配既定，除杨、叶、凌三人因颠仙留住少谈，并须绕道川边倚天崖拜谒芬陀大师外，玉清大师、诸葛、岳、孙诸人本已到过峨眉，奉命来此，正好同了英男、湘英等做了一路，赶了回去。刘、赵、俞、魏四人也自赶回青螺准备，待奉命之后，再随师父同往峨眉赴会。于是纷起拜辞飞去。

众人走后，颠仙和叶、杨二人把将来应付九烈神君夫妻之事，商谈了一阵，并允到日必往相助一臂。叶缤自是感谢。因颠仙师徒也要准备峨眉之行，收藏金蛛，封禁庵洞，均待施为，便和杨瑾、云凤同起告辞，往川边倚天崖飞去。

一路无事，到了龙象庵前落下。入内一看，芬陀大师正在禅堂静坐，三人上前参拜。大师命起，先对叶缤笑道："贤侄一别多年，道力精进如此，不久功行圆满，可喜可贺！"

叶缤觉着大师话里有因，心中一动，方欲叩问，大师已转对杨瑾道："为使沙、咪二小成长，此事大干造物之忌。你如在侧，随侍照料，也还省事一些。齐道友偏又命余英男来，将你约往元江相助颠仙，取那归化神音，云凤又已先走。庵中无人，虽只一二日的工夫，竟生了不少变故。别的魔头尚在其次，最厉害的是那姬繁。因我日前收去他的天蓝神砂，恨如切骨，竟与妖妇许飞娘合流，得西崆峒老怪之助。当我正用佛门小转轮三相化生妙法，改造小人成长，恰值门人他出，庵中空虚，又当持法紧要关头，不能分身抵御，借了老怪两件法宝，居然乘隙来此寻仇。我已默运禅机，算出就里，知道姬繁前次上了大当，此番知我不能离开法坛，再用神手幻化，吓他不退，一切均有安排，算定他必在昨夜子正前后，沙、咪二小仗我佛法化生之际来犯。姬繁修道多年，非寻常异派妖邪之比，恰巧我身侧又无人可使。细查健儿，将来虽不在我门下，但他向道坚诚，饶有胆智，又服了云凤所赐灵丹，神明湛定。听我一说，便自告奋勇，必欲一试，百死不悔。再一推算，此举正是他的遇合，异日成就，实基于此。好在敌人只知此法须有七昼夜极紧运用，不能片刻离开，却不知我已参上乘真谛，擅金刚伏魔大法。因为爱惜二小，欲使易于成就，头几日虽然未曾离坛一步，真要遇上急事，除昨夜子时是二小存亡之交，有诸般苦难，恐其么么细质，仙福虽厚，资禀脆弱，必须我亲身守候外，过此一样仍可用我佛法封护法坛，随意行动。

"我便指示健儿机宜，给了他三道灵符，并在庵前竖了大雷音烈火神幡，又用佛法将全庵隐蔽。命其如法施为，代我抵御片时。那姬繁还约了两个妖党同来。一见原庵隐去，立即放出千丈魔火，欲将全庵化为灰烬，声势甚是凶恶。本嘱健儿，所来三人，只有一人恶满在劫，不到时候，无须出敌。再如临阵胆小害怕，可将我第一道灵符施展。以后只需守定神幡，指挥金刚佛火，暗中迎头抵御，任他魔火厉害，也是无奈你何。丑初我便现身，连出门都可不必。健儿却因沙、咪二人不久成长，玄儿拜在韩仙子门下也能成就，独他一人向隅，求进之心太切，急欲立功自见，以博我的欢心，所以没有丝毫胆怯。守有刻许工夫，见妖人魔火邪烟源源发出，便照我传授一指，神幡佛火立即迎上，将它阻住，晃眼消灭。他以为妖人无甚伎俩，惟恐少时妖人全数逃走，知第三符能制敌人死命，又恃第二符可以护身，不受魔侵，竟然冒险现身。和姬繁同来二妖人中，有一个是西崆峒老怪好友天破真人潘硼，正当数尽，欺他人小，妄想生擒。吃他骤出不意，施展神符，发出千寻雷火，烧成灰烬。另一个也负伤逃去。

　　"只有姬繁知机，符才出现，先自遁开。虽知此符只能用一时，但恐健儿符不止此，还在踌躇。后见伎俩已穷，便用玄门五遁将健儿困住，迫令自取神幡献上，降顺免死。休说健儿绝不肯从，便肯听从，我那神幡被佛法禁竖地上，岂是第二人所能移动？健儿一味破口乱骂，一面仍指幡上神火抵御。姬繁大怒，便将五遁生克妙用全数施为。健儿这一出去，身和神幡均不能再隐，虽有灵符护身，毕竟气候太差，眼看危急万分。总算他人甚机智，一见灵符用完，敌人一死一逃，剩下一个，知最厉害，神幡只能抵御魔火妖烟，无可应敌。便乘敌人心虚，故意问答，设词哄骗，连用话语延宕，想挨到我出去，居然被他鬼混了好些时候。等到姬繁看破，施展辣手，护身光华为五遁所迫，气都透不出来，眼看危急时，救星也就到了。

　　"原来极乐真人李道友由峨眉有事武夷，绕道大雪山绝顶玉虚峰青晶壑访看仓真人，路过此地，云中遥望姬繁在此作祟。先以为我不在庵中，姬繁乘虚来犯，赶来破了五遁禁制，将姬繁惊走。此时我也事毕，开坛走出，约他进庵小坐。他近年虽经诸同道相劝，有了收徒之念，因是随缘遇合，不曾专意物色。又因以前忒喜幼童，只要骨相天分稍好，便即收录，均以根基禀赋十九平常，无所成就。有的更因道心不净，犯了规条，本人遭劫，还累他迟却好些年的正果。所以这次取材甚苛，一直未有当意者。这次因听我用小转轮三相神法，以绝大愿力，使沙、咪二小两个福薄孽重、资禀脆弱的憔侥细

7

民,在我佛门三相世中预积三十万功德,移后作前,预修来世。于石火电光,弹指之间历劫三生,自转轮回化生,仅仅七天工夫,便即成长,变作缘福深厚,生具仙根仙骨的良材美质。极口赞我佛法精微奥妙之余,又听说还有一个小人现被韩仙子要去收为弟子,忽然动念,再经我一劝说,他本极爱幼童,成道之后,竟成童身游戏人间,难得天生小人,正好异日改造成与他一样,便将健儿看中。意欲带往他长春崖无忧洞仙府之内,费三百六十五昼夜工夫,以玄门妙法使其成长。行法比我较难,但是后来却容易得多,可以不虞失堕,不似沙、咪两小,仗我佛法,七日便能成长,他年成就更是极大。

"可是他那三相虚境内,所积三十万善功,将来一一俱要实践,始得完成功果。三生劫内,所有誓愿修持,更一毫也犯误不得,否则功果难成,甚且立堕轮回,复归本来。这等万劫难逢的仙缘,焉有再遇之日?担子太重,非具绝大毅力宏愿,万难终始。我先也不忍使两小肩负重任,只想使他们先历一劫,将身成长,日随云凤修炼,视他们自己积修内外功行如何,以定他年成就。虽然至少还要转劫一世,此生既是修士,出生便有人度化。只要不犯大规,齐道友必乐玉成,决无任其昧却夙因堕落之理。这样虽然成就较慢,不特依次修为,水到渠成,负担较轻,还可免去在小转轮三相世中受诸苦难。两小偏是向道心坚,甘受苦难。行法以前,听我一说,竟然同声苦苦哀求,一开口,便发三十万善功宏愿,执意要仗我佛法前后倒置,在今生世内便证上乘功果。我怜两小向道坚定,应允之后,行法时只管运用心灵,化生入相,为他们解免苦难。无如此举力争造化,违逆运数,魔头重重,意动即至,得我助力,也只减轻十之二三,依然备诸苦孽。终于仍仗两小自己的信心毅力,于奇危绝险之中,将三重难关硬闯过来。那一切身受,便是修持多年的有道之士,也未必能够忍受,平安渡过。尤其是所愿愈宏,心志愈坚,抗力愈强,魔孽苦难也愈加重,但能渡过,成就更大,自不必说。区区两个禀赋根骨无不脆弱的小人,竟能至此,岂非奇绝?

"健儿得李道友不惜心力,以玄门无上妙法助他成长,循序渐进,只要用功勤奋,一意修为,一样能到上乘功果。比起沙、咪两小,虽然稍逊,但比玄儿要强得多。玄儿全由韩仙子以仙法妙术使其成长,防身御敌本领虽高,本身根基未固,功行更浅,只能炫耀一时,异日成败,尚在难定。即便能知自爱,不敢骄横自恣,以师传法宝、法术为恶,多积外功,也须兵解转劫,方能有成,终究不及这三小人的成就高。

"尤可嘉者,健儿明知我和云凤均与他无缘,目前佛道两门中只三五人

8

有此法力与造化争，使其成长，内中还有高下之分。前见沙、咪、玄儿三小各有遇合，独他一人向隅，好容易日夕背人悲苦焦思，眼巴巴盼到这等旷世仙缘，竟还不舍旧主恩深，渴欲等候云凤、瑾儿归来一见。虽然胆小，不敢明说出来，我和李道友岂不是一望而知？我便代他求说。李道友见他天性甚厚，本就极端嘉许，又值要应今春谢道友所托之事，须往武夷引了谢道友拜访一位神僧。便允他在此等你二人归来告别，就便带了他和沙、咪二小同赴峨眉参见齐真人，以开眼界。到日李道友须往赴会，归途再带他同行。大约到明年十一月，便长得和李道友一般的身材相貌了。

"还有那只古神鸠，经我佛法禁制，已渐驯服。到了下月望日，便是峨眉开府之期，去今只二十余日。各正派中，只我和白眉禅师等三数人，因事不能亲往。本来各正派中长幼三辈同道，均在期前赶到。但此行还要对付妖鬼徐完，事由瑾儿而起，你又不舍观光之盛，并且齐道友还有用你之处，期前便有职司，不能分身出敌。妖鬼吸神敛影之法，除三仙二老和乙、凌诸道友十余人，以及小辈中持有异宝防身的寥寥七八人外，余者都不能当。独对沙、咪二小，因在我佛法三相世中过来，三尸已斩，又持有我护身灵符，却不能伤。神鸠更是他的克星。你二人来时，嵩山二友命你们开府前五日，带了此鸟赶往峨眉，在去飞雷洞的要路，二十六天梯悬崖之上搭一茅棚，将此鸟暗藏棚内，即命沙、咪二小相伴防守，便是为此。

"到日峨眉诸道友虽对此事早有安排，用不着二小出斗，但是二小经我用佛法改造化生，总算是我门中之人。那妖鬼自称冥圣，来去飘忽，迅速如电，厉害非常。此番又是志在予以重创，好使其他邪恶知所警戒。峨眉开府，为三千年以来道家未有之盛，非有夙世修积，仙根福缘俱极深厚者，不能参与。二小虮蜉身世，么么细民，居然侧身其间。固系彼族近数百年来举国一心，上下乾惕，同修善治，一体祥和，以致上邀天眷，剥极而复。帝心厌祸，以由亡复兴之任降于四小，使其自修仙业，还拯邦家，振起于萎懦疲庸之中，脱身于鸟爪兽蹄之下，仍回前古衣裳文物之治，实厥天谋，非等幸致。然与会百千宾主，不是瑶岛仙俦，也是名山修士。下至神禽灵兽，亦皆吐纳能精，各带几分仙气。况且旁门中人到者甚多，每以仙业高低分判流品。如不使其入峨眉以前立功自见，无端追随赤乌琼裾，金庭玉柱之间，异我者见之，必以峨眉号称光大发扬，门人众多，实则下及僬侥，细大不捐，兼收并蓄，传为话柄。虽则泾渭清浊，异日自知，自家修为，罔恤人言，爱恶贪嗔，仿佛多事。但道家与释家不同，本是有相之法，而我与二小，世缘只此。难得他们向道

9

坚诚,何妨恩施格外,特予成全? 又可借彼坠露轻尘,弘扬我佛法威力。现拟去前稍加传授,于护身灵符之外,各赐一二法宝,俾与鬼物周旋,留一佳话。我近尚受人之托,兼完昔年夙愿,日内必须他往,不及面授,须令瑾儿代我传授。沙、咪二小已经化生,现在后洞法坛之内。静候七日,佛法圆满,自然成长。健儿也守候在内。我留有一纸手示,所赐二小法宝也在石案之上,瑾儿自知功效。你二人听完我话,便至后洞,代我主持未完之功。七日期满,照我所示行事,同往峨眉好了。叶道友如愿随善,不妨同往。我还有件事,必须早为料理,恕不奉陪了。"

杨、凌二女闻言,知道二小甘冒万难,以身殉道,居然成就,竟连日期也已缩短成七日,好生欣慰。俱欲早见三小,谢恩领命之后,便即拜辞出殿。叶缤本欲叩问适才大师言中深意,因听大师有事,又欲一观二小化生奇迹,便随二女一同拜辞,赶往后洞石殿观看。

龙象庵也是背崖而建,外面两层殿堂,法坛建于尽后面崖洞之内。还是杨瑾前生凌雪鸿初修道时,大师因她先前出生旁门,又嫁追云叟多年,仇敌更多,恐其初入佛门,道心未净,邪魔外道时来侵害,自己不时出外修积,难于防救,特就庵外危崖,叱石开山,另建一层石殿,令其在内度修。自从五十年前凌雪鸿在开元寺遇劫兵解,直到杨瑾劫后重来,再入师门,大师说以前诸般设施俱是下乘功夫,今生根行缘福,以及他年成就,无不深厚远大,已经用它不着。为令继承衣钵,日夕随侍在大师自居的禅堂以内,到奉令下山行道之日为止,连大师出外云游也都在侧,片刻不离。始而因大师证果已无多年,日夕领受心法,勤于修为。后又为了报答师恩,践前生宏愿,急于积修那十万善功,洞门又经大师封闭,非经请命将禁制撤去,不能轻入,所以一直也未去过。

这时旧地重临,休说本人,连叶缤以前常向此间来往的人,也甚感慨。想起人事无常,数限所定,连仙人也是如此。晃眼之间,昔年仙侣,便隔一世。若非凤根深厚,身虽兵解,一灵不昧,又得师门厚恩,始终将护,两生玉成,一堕尘凡,何可逆料?

互相谈了几句,便到行法之所。杨瑾刚刚撤去禁法,同叶、凌二人走入,忽听一声惊呼,金光闪动,殿门现处,健儿口喊:"师父和杨大仙师来了!"首先如飞迎出,满面喜容,跪伏在地,叩头不止。云凤命向叶缤行礼以后,步入殿中一看,一二日之隔,沙、咪二小已换了形象,由两个矫健精悍的小人国中健士,变成两个粉雕玉琢,比他们原身成人还大得多的八九岁幼儿,各守着那盏具有佛法妙用的长命灯,在心火神光笼罩之下,安稳端坐,合目入定。虽然看去幼小,却也神仪内莹,宝相外宣,仙姿慧根,迥非庸俗。正互喜慰,杨瑾瞥见咪咪好似听出云凤和自己到来,眉宇之间隐现喜气。知道此时正是他的成长之交,心情松懈不得,忙喝道:"你二人再有三四日,便可功行圆满,那时见面,多么喜欢均可。此时动心不得,速把心思宁静,不可大意。"咪咪也自警惕,仍还庄严。杨瑾因自己三人还要言笑,心终不放,恐扰二小道心,说时将手一指,将法坛四外禁制,掩去一切声音,使二小可以专心成长,无复听闻,免受摇动。随向殿角石墩上一同落座。

健儿早等不及,把芬陀大师留字呈上,并把昨夜今朝所遇所闻详为说了。杨、叶、凌三女看完大师手示,再听健儿补述未尽之言,俱各惊赞不已。

原来芬陀大师早参佛门妙谛,道法高深,与本书佛教中第一等人物白眉和尚几相伯仲。自从四小来庵参拜,杨、凌二女拜陈诛戮白阳山古妖尸以及二小立功经过,便知天机微妙,将欲假手自己助其成长。凭法力虽可办到,无如僬侥微生,过于脆弱,恐其禁受不起,初意便是适才大师所说大概情形。及至昨夜子时行法以前,大师告以行法次序,及抵御外魔苦难,以及此中利害轻重,二小竟跪地苦求,甘受无量苦难,今生成长之后,便要完成仙业,不再转劫托生,以防再世昧却本来,致遭堕落。大师力说不会,二小仍然哀求不已。大师为他们至诚感动,也甘费心力,加以殊恩。

芬陀大师行法之前对二小告诫道:"我那小转轮三相神法,纳大千世界于一环中,由空生色,以虚为实,佛法微妙,不可思议。说起来虽是个石火电光,瞬息之间,而受我法者,一经置身其中,便忘本来。不特不知那是幻象,凡诸情欲生老病死,与实境无异,一切急难苦痛,均须身受。幻境中的岁月,久暂无定,在内转生一次,最少也须五六十年。此一甲子岁月,更须一日一时度过。与邯郸黄粱的梦境迷离,倏然百变,迥乎不同。最难的是我设此法,原因你二人过去生中积有罪恶,不然也不会投生在僬侥族中。虽因此生向道心坚,遇此旷世仙缘,无如根基浅薄,除却多积善功,预修来世,转劫重生之后,不能寻求仙业。这等循序渐进,未始不可成就,然而为时太久,夜长梦多。休说你们投生人以后,见了人世繁华,嗜欲众多,自忘本来,重堕轮回,有失我们爱护。初意即便夙根不昧,能知谨慎,黾勉前修,但已在数十百年之后。那时不但我已灭度多年,便你们师长也都各有成就,未必仍能等待。就说能自修持,或是另有依归,比起前世因缘,毕竟要差得多。况你二人禀赋过于脆弱,一切善业功行,也难于修积。如全仗法力使你们成长,又

11

忒逆数违天,异日魔劫更重。大限一到,任是多大法力,也难抵御天劫。至多博得数百年的长生,临了反倒形神俱灭,连化生虫鱼都属无望。为此才用我佛家法力,使你们片时之内,重转轮回,备历未来三世相。在此生相内许下宏愿,再在未来相中修积。一切应受,先自幻象中经过。等到开坛成长,再照幻境中所积善功,重加实践。本来今生福缘全是前生修积,此则反因为果,颠倒先后,使你们先跻仙业,补完善功。

"在我初意,幻象中的痛苦艰难,俱由魔召,甚于实境。而此中人的修持,更丝毫松懈不得,稍一不慎,立刻为魔所乘,前功尽弃。仗我在旁护持,也只仍还本来,保得命在,所有愿望悉归泡影。法已不能再施,灵慧全失,将来不过投一寻常人身,连想以前循序修为,都是极难之事。恐你二人一个禁受不住,功败垂成,负我厚望,打算使你们在小转轮上,现出过去、今生、未来三生,历劫一世,只转上一次轮回。一则发愿较小,易于实践;二则免你们禁受不住那么多苦痛,欲速不达,弄巧反拙。这样,将来虽要再转一劫,成就较晚,但前生道根已固,不虑迷途,一样可参正果,并还容易度过一切难关,岂不稳妥?你们偏是人小性强,心高志大,再三苦求施为。如此坚忍诚毅,实堪嘉尚,我也不再拦阻。但须记住,我初行法时,如你们师父所说守忌之言,务以平和坚忍,战胜魔难,一切视诸虚空。尽管多历一劫,苦难愈重,欲魔愈多,只要全不动念,只以毅力耐心应付,便可度过。好在事前已经服我灵丹,入相时我再特降殊恩,使你们心性空灵,少减烦恼,或能如你们所愿,也未可知。"

这时大师同了二小闭坛行法,已有三日。二小元神已早脱了本体,只等当日子夜,经过小转轮三相三劫轮回,仍回本体,功候便算完满十之七八,静候成长了。大师说罢前言,令二小起立归座。将手一指,坛上一盏玻璃灯便飞起一朵金花,化为一团光霞,将二小全身围绕,助长元神凝固,以俟时至行法转轮。

随又把健儿唤至面前,告以今夜姬繁将要来犯之事,命在亥初持了灵符,去至庵前等候。健儿目睹二小成长在即,好生羡慕。本在自怨福薄命浅,无人垂青,巴不得立功自见,领了机宜,自去庵外,依言行事。芬陀大师前已提过,兹不再叙。

到了子时将近,大师趺坐法坛之上,重又指示一遍,然后合掌三宣佛号。念完咒诀,将手一指,满殿金霞照耀处,大师座前平地涌起一朵斗大青莲,上面彩光万道,虚托着一个同样大小的金轮,由急而缓,旋转不休。二小早把大师几番叮咛牢牢谨记，知是自身成败关头，等金轮转势略缓，各把气沉稳。随着心念动处，不先不后，在原来绕身佛火神光簇拥之下，往轮上飞去。那金轮看去大只尺许，上有五角，各长尺许，间隔甚窄。二小因大师曾说，金轮一现，便须附身其上，念动自能飞到，无须纵跃。因见轮小，一人都不能容，何况二人。大师又未明说，依附何处格内。既难容身，想是攀附在那五根金角上面。本拟各攀一角，及至飞近，才看出每一间隔以内，各有一个金字，共分生、苦、老、病、死五格。忽然省悟，应该同附生格以内。格小不过三寸，轮又甚窄，如何能容？身子似乎被甚东西吸引，刚刚觉出，身已到了轮上。又觉地方甚大，二人各不相见，也未见轮转动。猛然心里一迷糊，便把本来忘去。只觉命门空虚，身子奇冷，四肢无力，身子被人抱住，正在擦洗，疼痛异常。

从此，二小便要在幻境中经历三世。而他们所经历的幻境，又都完全一样，所以不必分开叙述。闲言少说，书归正传。

且说二小睁眼一看，身在一家茅屋以内，面前立着两个中年贫妇，土炕上面围坐着一个贫妇。室中霉湿熏蒸，臭气触鼻。再加上一种热醋与血腥汇成的臭味，中人欲呕。想到外面透风，身早被人装入一个中贮热沙的破旧布袋内，卧倒床上。用尽力气，休想挣起。只听产母与炕前二贫妇悲泣怨尤之声，凄楚欲绝。一会，又听屋外幼童三五，啼饥号寒，与一老妇哄劝之声。室内是昏灯如豆，土炕无温，越显得光景凄凉，处境愁惨。自觉身有自来，以前仿佛与人有甚约会，记得只要立志积修外功，便可成仙，所遇都是仙人，不是这等贫苦所在。照这情景，分明已转一世，投生到这家做了婴儿。又好似经历甚多，怎都想它不起？越想越急，越急越想不起。再见满室愁苦悲戚之状，不觉伤心，放声大哭起来。

哭了多时，也无人理。只隔些时，由一老妇将自己抱起，将那半袋沙土略为转动，仍放炕上。先见的两贫妇更不再见。自觉皮肤甚细，自腹以下全被沙土埋着。老妇每一次把自己翻身，肤如针刺，又痛又痒，难受已极。生母难产，不能转动。到了次日，好似怜爱婴儿，渴欲一见，竟不顾病体，强忍痛苦，口中不住呻吟，缓缓将身侧转向里，颤巍巍伸出一只血色已失、干枯见骨的瘦手，来摸自己的脸。二小虽不在一处，幻象皆同。见那产母年虽少艾，想因饱经忧患，平日愁思劳作，人已失去青春，面容枯瘦，更无一丝血色。这时两眼红肿，泪犹未干，却向着自己微笑抚爱，低唤"乖儿"。好似平日受贫苦磨折，以及十月怀胎，带孕劳作所受的累赘和难产时的千般苦痛，都在这目注自己，一声"乖儿"之中消去。不由激动天性，感到慈母深恩，觉着此乃惟一亲人，恨不能投到母怀，任其抚爱个够，才对心思。无如身不由己，又不能出声，只把嘴皮动了两动，说不出一句话来。产母见婴儿目注口动，先说了句："你知娘爱么么？"忽又凄然泪下，悲叹道："我儿这样聪明，你爹如在，还不知如何疼你呢。如今完了！"跟着便自怨自艾，哭诉命苦。

二小一听，才知这家原是士族。乃父学博运蹇，娶妻以后，家境日落。连婴儿共产七子，生母怀孕后不久，生父便染时疫而死。年未四十，遗下母妻幼子，一家九口，全仗母氏劬劳，苟延残喘。难产无力延医，家又断炊。幸邻里仁厚，略为资助，勉强保得母子平安。无如来日大难，不知伊于胡底。祖母适领诸兄前往戚家就食，就便借些银、米，尚未归来。平日受尽恶亲友白眼作践，身世孤寒，处境艰难，非人所得而堪。越听越伤心，不禁哀哀痛哭起来。产母一见儿哭，当是隔了一日夜，腹中空虚。忙停哭诉，将微弱无力的手伸出，将儿抱向怀中喂乳。二小见母氏气喘力微，强忍痛苦之状，越发伤心。无奈话说不出，不能达意，任其抚抱，心如刀绞，无计可施。勉强止哭，吃了两口。由此便就母怀，渐渐非乳不可，对母也越依恋，每日只在奇贫至苦的光阴中度过。看着母氏劳苦，欲解不能，终日心痛，情逾切割。祖母多病，诸兄又复年幼顽皮，重累母氏，多加忧急。端的度日如年，莫可奈何。

好容易挨到周岁过去，能够勉强开口说话，常逗得母氏一张满布皱纹的脸上有了笑容。忽又遭逢瘟疫，全家病倒，祖母诸兄全都病死，只剩母子二人。得人资助，薄殓以后，过了数年，总算家累大大减轻，差可度日。母氏因痛诸子均亡，只此遗孤，又极孝顺灵慧，爱如珍宝。加以年景甚丰，在母子勤苦劳作之下，日渐温饱，居然过了五六年的好日子。苦极回甘，快活已极，只求常驻慈辉，富贵神仙均所不易。那初生时的零星回忆已更渺茫，有时也还想起此生之来必非无因。但以慈母深恩，不舍远离，如何肯作出世之想？年至十八，忽发窖藏，顿成巨富。母子想起以前受苦，推己及人，力行善事，一节一孝，又肯博施济众，誉腾邦国，蔚为人望。正当极盛时代，老母忽然寿终。自来生死之际，情分越重，越发痛心。何况生自忧患，母慈子孝，安荣未久，忽焉见背。端的是人间至痛奇悲，无愈于此，泣血椎心，自毋庸其细述。

丧葬以后，想起慈恩未报，日夜悲泣，誓修十万善功，为母祈福。初意财多，可以易举。不料连遭水火刀兵与瘟疫之厄，由二十岁起，在二三十年中，无日不在颠沛流离、出死入生之中，再没享受过一天。但仍记得那十万善功，誓欲修积圆满。中间落在乞讨之中，仍以济人为务，也不知历尽多少艰难困苦。有时遇到危难，人谓度日如年，他比如年更甚。似这样从初生起，一日有一日的疾苦悲愁。直到六十岁善功圆满，因为一件极烦冤愁苦之事而死。此生中间，仅有短短几年小康和半年安享。但是造化弄人，特为增加他日后的苦痛而设。二小偏偏真灵不昧，始终持以至性毅力，坚忍不拔，从无一句怨尤，也没做过一件错事。此乃初次转劫之相。所历虽均庸德庸行之常，但是本来都忘。如非本身天性纯厚，善根坚固，稍一失堕，立堕前功，看去容易，实则艰难。

及至一劫转罢，还了本来，方觉元神重入转轮，身已化生。此番仍由婴儿起，只是生居富贵之家，凤因也还未昧。除不知因何投生，忘却大师用佛法自为轮回，助使成长一节外，前生之事依稀记得。这一次道心愈坚，自从能行动说话起，便一心慕道。尽管锦衣玉食，穷极享受，一点不放在心上。二十岁上父母一死，仗着弟兄甚多，便离家出走，到处访求高僧道为师，一直三数十年不遇。中间所受痛苦，以及山行野宿，蛇兽、鬼怪、盗贼的险难危害，又是一种滋味，比起上劫，抵御自越艰难，可是他终不灰心。到五十岁，才遇到一位仙人，但要他先修外功，始传道法。于是又自发十万善功宏愿，积修十年。好容易得告圆满，去寻师父，已早坐化仙去，只留下一封束帖。照所传授，苦炼三十年，方庆有成。不料妖魔来加扰害，苦斗了七昼夜，备历水火风雷、裂骨焚肌之苦，最终仍是道浅魔高，受尽苦难之余，活活为魔火烧死。当在魔困中，万分难耐之时，居然悟出转劫之事，心神一定，痛苦若失，立还本来，又到轮上。

这三次一次比一次紧要，所受痛苦魔难也愈加重。最后这次，对于前生身为小人，幸遇仙缘，拜云风为师，因往妖穴盗宝有功而得杨瑾怜爱，代向芬陀太师祖力为求恩的经过，都依稀记得。只把大师后洞石殿设坛，用小转轮三乘妙相代替过去、现在、未来三世，使诸般应受苦孽在幻象中度过，并把三生修积宏愿，日后实践躬行，颠倒命数，移后作前等情，忘了个干净。因想不起后头一段，便觉大师是用佛法使其转世修积，善功圆满，再来接引。又好似自遇大师，已经转过一世情景。因为记得一半来因，向道之心分外坚诚。加以一生下地不久，便丧父母，孤身一人，被一精医道的高僧收去抚养为徒，从小便在空门，易于修为。于是摒除尘念，一意皈依，持戒甚苦。才十余岁，高僧圆寂。没有半年，庙产便吃恶人强占，并将二小毒打个半死，逐出门去。所遇皆恶人同党，休说募斋，连水都讨不到一滴。尽管备历楚毒，饥渴欲毙，受尽恶人凌践，并不以此灰心怨尤，反而视为应受罪孽，誓发宏愿忏悔。重又许下十万善功，并立志朝拜天下名山圣地，访求正道。于气息奄奄，强忍饥渴创伤之中，宛转爬行，逃出虎口。幸遇善士，得保残生，不等痊愈，便负伤病就道。由此破衣赤足，云游天下，仗着师传神医，到处救人。因持戒谨严，募化以一水一饭为度，衣着用物均须自力制作。所到之处，病愈即行，永不受人金帛和水饭以外款待。先将宇内名山宝刹一一拜完，后更遍历灾荒鬼域，弱水穷沙。接连三四十年，中间也不知经过多少苦难。凡是人世上的水火、刀兵、盗贼之厄，以及瘴疠风沙、豹狼蛇虎之害，俱都受了个够。绝食绝饭，动辄经旬，往往饥渴交加，疲极欲毙，仍是努力奋志，苦挨前进，出死入生达数百次。至于山川险阻，人之危害，更是寻常，不在话下。

似这样苦行到老，十万善功虽已积满，所向往的仙佛终未遇到。虎口余生，千灾百难之余，手足多半残废。加以积年所受风寒暑湿，一切暗疾，老来一齐发作，就是拄杖膝行，亦所不能。但二小终无悔意，因难远行，又是终身行脚，不受人舆马舟车和一切供养，寄居人所难堪的土洞之内。每日除以独手伐木，穷半年之力制就的四轮矮板车，以一手一脚匍匐划行，出去为人治病外，便是闭洞虔修。因在四十岁上，见所积善功太少，惟求功德早日圆满，每为人治一次病，只化谷麦一撮，即以所化供餐。时光所限，穷一日之力，未必能得一饱。本就不易果腹，这一行动艰难，所居山邑又地僻人稀，每遇无人延医就治，便以草根树皮度日。

又隔些年，偶于静夜悟道。刚刚得了门径，魔头便来侵扰，不是以声色美味各种嗜欲来相诱惑，便以摘发捋毛、腐骨酸心、奇痛奇痒、恶味恶臭来相楚毒，比起以前所受，厉害十倍。二小先是拼受磨折灾厄，时候一久，所受一多，渐渐觉出这些全是幻境，只紧紧守住心神，静观自在，自会消灭，益发不去睬它。果然魔头伎无所施，俱都退去，仍返本来，毫无痛苦。自幸道基将固，好生欢喜。

正在澄神定虑、默参玄悟之际，忽见师父凌云凤同了杨瑾走来，二小自是喜极，拜倒在地。凌、杨二人见二小道成，甚是嘉勉。随告以小人国内小王有难，被恶弟鸦利勾引妖人前来篡位。因恨二小，将国中童男女全数杀死，祭炼了一面妖幡，赶来本山，欲擒二小回国处治，以报前仇。随传二小飞剑一口，命其回国勤王，并救亡种之祸。二小闻言，又急又怒，当时拜命起身。才一出门，便遇鸦利同了一些妖人挑着小王首级，在山前指名大骂。二小孤忠激烈，悲愤填膺，随使飞剑和归元箭杀上前去。哪知妖人厉害非常，斗不多时，便将师传飞剑、法宝毁去。如非见机逃遁，几被妖火烧死。满拟逃回山去，哭求师长报仇。才一见面，苦还没有诉完，师父便勃然大怒，说那飞剑乃仙家至宝，不该贪功骄敌，致为妖人所毁。当时变脸，痛打了一顿，逐出门墙。二小吓得心魂皆颤，再四哭求，欲援白阳山贪功受责前例，只要不驱逐，甘受重罚。云凤仍是盛怒难解，坚执不允。杨瑾在旁，不但不像上次暗中行法祖护，反倒助师为虐，在旁怂恿，说二小根骨浅弱，不堪造就，本早应逐出门墙，免贻师门之羞。

方觉冤苦万状，气郁不伸，忽闻梵呗之声，远远传来。猛然把前生芬陀太师祖加恩改造之事想起，暗忖："师恩深重，杨太仙师尤为垂怜，出阵虽遭挫败，乃力不敌，平日又无过失，怎会如此薄情？春温秋肃，前后迥不相同，莫非上坐师长乃是魔头幻象？"刚把心神一摄，便听一声清磬，师父和杨太仙师一齐不见。跟着又听芬陀大师在耳边喝道："幻象无穷，还不及早回头么！"

二小直似受了当头棒喝，把历劫三生一切经受全都想起，立即醒悟。睁眼一看，身已成了婴儿，只与转轮幻境不同，身子长才数寸，正由芬陀大师手指上放出两股金霞，簇拥着全身，停在空中。再看自己两具肉身，闭目垂帘，趺坐原处未动，仍是本来形相，一丝未变，也未成长。先还担心最后一节为魔所迷，曾入幻境，惟恐功败垂成。及朝大师顶礼膜拜之后，看出面现喜容，行法极为庄严慎重，料知好多坏少，才略放心。不敢妄动，合掌肃立光霞之中，任凭施为。大师一手指定二小元神，一手掐诀，口诵真言，渐觉金霞越来越盛，好似有质之物，通身俱被束紧，动转不得。先后约有刻许光景，忽随大师手指，缓缓往原坐处拥去。到了各人肉身头上，四外金霞压迫越急，只有下面轻空，身便往下沉去。低头一看，原身命门忽然裂开，知道元神归窍。上面金霞又往下一压，耳听大师喝道："元神速返本体，成长还须数日。照我所传潜心内视，反照空明，自有妙用。不可睁目言动，摇荡元神，阻滞生机。"话才听完，猛觉眼前一暗，身子往下一沉，元神化生的婴儿已经归窍，料知大功十九告成。哪敢丝毫松懈，谨守大师法谕，冥心静虑，打起坐来。

大师随即开坛走出。健儿已得极乐真人之助，将姬繁逐走。大师送走真人，把二小脱劫之事告知。并说末一关不能把持，忽为七贼所乘，如非大师以无边法力救助，虽然三劫已过其二，不致全败，将来又须再转一劫。假使后来道心与前一样灵明坚定，不起侥幸之心，一切幻象视若无物，听其自生自灭，一经复体，便可归入本门，不必再随云凤前往峨眉，异日功行圆满，成就更大。虽觉美中不足，即此已是难能，殊堪嘉许。此去峨眉，还当别降殊恩，赐一佛门至宝，使其立功自见。说完便留了　纸手谕，命交杨、凌二女。将健儿带至法坛，令其守护至天明。大师自往前殿，便未再来。

二小由小转轮中炼就元胎，肉身又经大师赐服自炼灵丹，所以元婴一归窍，便自缓缓成长。等杨、凌、叶三人进来，一昼夜的工夫，已经长成八九岁大的幼童。体格面容更是珠辉玉映，神光焕发，仙骨仙根，迥与前次不同了。手示所留法宝放在坛上，还有两柄月牙形的戒刀和两粒念珠。杨瑾知此二宝一名毗那神刀，一名伽蓝珠，均是大师昔年初次成道时所用防身之宝。威力灵效虽比本山法华金轮等四宝稍逊，也非寻常法宝、飞刀所能比拟。尤其是专制魔鬼妖魂，另具一种妙用。便和叶、凌二人说了，俱都叹为异数，各代二小欣幸不置。

杨瑾见健儿满面羡妒之色，笑道："自来大器晚成。李真人法宝最多，自成道以来，轻易不见他用。只要你异日好自修为，还怕得少了么？"叶缤笑道："话虽如此，我看他终觉可怜可惜。我的法宝他多不能使用。谢道友近四甲子以来，炼了好些法宝，被他仙都山中两孪生义女讨去不少，大约身边还有。等到峨眉相见，我慷他人之慨，要了来，转赠健儿，做见面礼吧。"健儿闻言，喜出望外，忙上前叩谢不迭。云凤也觉他向隅可怜，想起前在白犀潭得了两柄钱刀，本意沙、咪二小一个一柄。今见二小各得两件佛门异宝，本欲中止前念，赐一柄与健儿。及听叶缤一说，又想健儿尚无甚法力传授，来时颠仙又曾说此宝和那神禹令均须加功修持，自炼一次，方不致被外人觊觎，乘隙夺去，恐健儿拿去不能保持。又是双的，不便分拆。还是将来再说的好，话到口边，又复缩住。

杨瑾奉命代师行法，陪着叶、凌谈了一阵，自去坛上施为。行法前笑向云凤道："你这两个高足，三四天内即可成就，你是要高要矮，要胖要瘦？说出来，我好照办。"云凤还未开口，叶缤笑道："谢道友百十年前收了两个义女，因他素喜幼童，自今两女仍是十二三岁少女相貌，十分天真美秀，实是引人疼爱。听说峨眉门下尽多仙童，既然其权在你，何不把他们变得乖巧好看一些？仙家不比凡人，要那魁梧奇伟相貌何用？"云凤也觉身为后辈，未入师门，先自收徒，已属不合，再带两个比自己还要高大徒弟前往参谒师尊，未免不称，易为同门所笑。听余英男说，李英琼、齐霞儿的徒弟也是矮子。便在旁附和，最好是长到十几岁的幼童，太高大了倒不好看。杨瑾含笑允了，随令云凤陪伴叶缤，自去坛上主持行法。

沙、咪二小最为发奋，虽在幻境中受尽苦难，连冒三次奇险，行法人却少费许多心力。并且最紧要的难关已经度过,魔头已不再来侵害,大师佛法高强,防范又极周密,一切仇敌外邪均不能闯入。以后只需依样施为,一点也不费事。

叶缤先想到后殿看完二小,再和杨、凌二人聚谈叙阔,候到明早,再去探看大师归来,以便求教,请其指示玄机。身才进洞,全殿便被佛法封锁,四外金霞环绕。杨瑾上坛行法之时,又忘提起,也就罢了。

叶、凌二女本是一见倾心,这时晤面一室,促膝谈心。一个见对方道法高深,备极倾慕;一个见对方慧根凤具,吐属娴雅,意志高超。双方又都容华美秀,清丽入骨。由不得互相爱重,越谈越投机,顷刻之间便成密友。

云凤终觉杨瑾前生是自己祖姑。芬陀大师尽管谦和,与峨眉诸长老论平辈,实则辈分最高,诸长老仍以前辈之礼相见。叶缤是杨瑾两生至友,如何敢齿于雁序?因在白阳山,杨瑾再三说:"我前生虽是你的尊亲,然而今生已经易姓。自来今生世人,前生多有关联,辈分相差,往往颠倒,不过前生之事俱记不起罢了。譬如我和常人一样,不记前生,甚且由你接引,拜你为师,难道你也叫我祖姑么?出家人只论今世师徒辈分,不以前世尊卑为序。恩师与诸正教中道友多半两辈交情,因非本门,不相统属,仍是各论各的。尽管外人对她尊崇,从不以前辈自居。你真非谦不可,不肯用同道师姊妹称呼,你呼我为瑾姑,以示与外人有别足矣。"云凤争论了几次,最后只得允了。

自从二次和叶缤见面,知道叶、杨二人交情以后,便据前例呼作缤姑。叶缤执意不肯,说:"瑾妹劫后重来,如论今生,我和你相识还是在前。我生平最不喜做人尊长,除我岛中门人侍儿和仙都二女外,多是平辈姊妹。你这样称呼,反不亲切。最好各交各的,仍做姊妹,岂不亲切得多?要这空名则甚?"云凤虽只二三日工夫,已看出叶缤外和内刚,心念所及,便难摇动。也只得恭敬不如从命,改称为姊。叶缤初见云凤时,便知将来必有相须之时。自己素不喜与外人交往,峨眉一门下无甚知交。还疑萍水相逢,异日难得常见,到了用时不便相烦。不料既与杨瑾两世渊源,云凤人又这样谦恭诚恳,对己倾慕非常,断定将来隐患可除,越发欣喜,由此三人成了至交。不提。

第二○八回

踏雪赏幽花　　玉雪仙婴双入抱
飞光惊外道　　金乌邪幕总无功

　　光阴易过，不觉满了七日期限。健儿正从殿旁一间小石室内端了一盘煨芋和一些鲜果进来，与云凤食用。忽见金霞飞起，一闪不见，同时现出整座法坛。杨瑾手掐法诀，面向里立，口中梵呗之声刚住。再看沙、咪二小，身上仍各围着一片布单，低眉合眼，端坐原处，人已长成十五六岁幼童形象，面前却各多了一身道童装束。随听杨瑾道："你二人原有衣履已穿不得，急切间无处觅取。是我这两日乘着行法余暇，将昔年上山时俗家父母所赐的两匹绸缎制成两身道装，与你二人穿用。尘世华服虽非修道人所宜，但此物乃今生父母所赐，当时不忍过拂亲心，带上山来，又不愿以此济贫，留存至今。现时想起年久难免朽坏，我又要它无用，你二人此时又无衣着，正可暂且穿用。等到峨眉拜谒教祖，赐了穿着，再行更换。现在佛法已经圆满，等我三人走开，速速换好相见吧。"说罢，便同叶、凌二人同往前生居住的小石室内相待。

　　沙、咪二小也真勤谨，自从元神归窍，便照大师所传，运用玄功，静俟成长，一毫都不曾松懈。杨瑾再施展佛法相助，长到预拟身材，方始停歇，专做骨髓坚凝功夫。到第七天上，二小自觉大功告成。因原着衣履已在婴儿刚成长时被大师行法脱卸，身上只围着一片布单，正愁没有穿的，闻言大喜，连忙睁眼欲先谢恩时，三人已回身走去。喜洋洋纵下座来，拿起新衣，匆匆穿好。

　　健儿在旁见二小七日之内居然成了大人，虽然不免妒羡，也代二小欢喜不已。一面忙着询问经历，一面帮着二小穿戴。二小见他仍是藐躬小弱，同来四人只他最为本分，所遇独最落后，相形之下，好生不安。健儿见二小喜容遽敛，对己关切，也颇心感，便把日前遇合略为告知。二小闻言大慰，重又喜气洋洋，你一言，我一语，互相劝勉问询，乱了一阵。

跟着穿着停当，忙同赶往隔室，见了三人，纳头便拜，伏地不起。因是感恩太过，二小俱都啼笑相连，泪流满面，话反一句说不出来。连带健儿也不禁泪下。杨瑾见状，笑道："你们至诚心意，我已知道，不消说了。日内将带你们同往峨眉，师祖还赐你二人各有两件法宝，少时便须传授。且和健儿到外面谈一会再来吧。"二小越发大喜，又叩了一阵头，方始起立，转身欲行。杨瑾看出二小想要出洞，便问往哪里去？二小颤声答道："还没有向太师祖谢恩呢。"杨瑾笑道："师祖转轮妙法，大干造物魔鬼之忌，除法坛外，全洞均经佛法封禁，我还未撤，你们怎走得出？并且师祖此时已应人约，出山未归，佛缘只此。就能见一面，也须将来，在去峨眉以前，是见不着了。健儿已蒙极乐真人收录，他此时正把你二人当作识途老马，急欲一问幻象中的情景，向道心切，可爱可怜。故此好多话未说，便令你们到外面畅谈，莫辜负他盼望。我们也有话谈，快些去吧，唤你们再来好了。"三小领命走出。

　　云凤见二小肩披鹅黄色荷叶云肩，头挽抓髻，短发拂额，甚是疏秀。上身穿短袖衫，下身穿短裤，腰围湖色缎战裙，足穿芒履。一个剑眉星眼，英姿韶秀；一个灵秀异常，精悍现于眉宇。俱就原形放大，只多了一身仙风道气。本来相貌英俊，加上这身装束一陪衬，直和想象中的天府金童相似。好生欢喜，直向杨瑾称谢。叶缤也是赞不绝口。杨瑾便问："比仙都二女如何？"叶缤笑道："这个难说。二女乃是孪生，我自出世以来，就没见过这样生具仙骨仙根、美秀灵慧的少女，异日一见自知。除这二女外，只见到这两小人，所以赞美。听说峨眉颇有几位年轻的道友，不知如何？前见三英中的余英男，根骨自是上品，如论容貌，似尚稍逊。即便能有比她还强的，要像二女的天真可爱，却恐未必呢。"

　　杨、凌二人闻言，好生惊异，便都记在心里。随把大师手谕所示此行机宜和神鸠、二小安排，商谈了一阵。然后唤进二小，传授法宝，撤禁出洞。

　　去到前殿一看，芬陀大师尚未归来，只剩那只恶骨已化的独角神鸠守在殿里。此鸟本已通灵，自经大师连日佛法度化，业已悟彻前因。因不复仇视，知道杨瑾是它主人，见面便即长鸣示意，甚是亲昵。只有周身仍被牟尼珠所化金光彩虹围绕未退，似耐不住法宝威力克制，以前凶焰尽敛。杨瑾过去一抚弄它，便现乞怜之色。杨瑾笑道："我师父因你冤孽太重，意欲挽回他年劫数，本定为你代去恶骨之后，再用十日苦功，玉汝于成。不料你孽重难挽，适有要事出门，不能如愿，欲借此宝之力，助你脱难。但我佛门至宝，外人初授，万难佩用。你无此宝防身，眼前一场大劫便躲不过。为此使你暂受

21

磨炼，再有两三日，便能以你自身元丹与此宝相合运用。恐你恶骨未化，野性犹存，难于忍受，一有反复，不堪造就。因此不曾明说，却早留有手谕，看你福缘如何。今我见你果能心念纯一，不生恶念，实堪嘉许。现时忍受，关系目前大劫与他年成败。话已说明，难道还不明白么？"神鸠闻言，好似省悟，又欢鸣了几声。大小六人，便在殿中落座。

又守候了几天，神鸠忽由金虹中脱身飞出。杨瑾知它到了火候，便照大师手示，命它吐出元丹。一面指挥金虹，教以临敌运用之法。次早两童一鸠，俱都训练纯熟。云凤嫌二小名字不雅，沙沙赐名沙佘，咪咪赐名米佘。二名均系"二小人"三字合成，以示出身僬侥，不敢忘本；兼寓二人合力同心，共修善业，是二实一，是一实二，不可分拆之意。杨瑾本想多训练两日再走，叶、凌二女心切观光，俱欲早往。略为商量，便将贺礼带好，连同神鸠一齐上路。

飞行迅速，不消多时，便抵峨眉后山。那二十六天梯在凝碧仙府的东南，只杨瑾一人前生去过，还是因事绕行，依稀记得，知道不是往仙府的正路。嵩山二老既令在此设伏，必有原因。算计快到，便把遁光降落。正在查看沿途地形，忽见右侧相去里许，有一簇淡烟飞扬。如换旁人，早已疏忽过去。杨瑾因见当日天气格外晴明，那烟摇曳空中，看去稀疏，烟中景物却被罩住，什么也看不见，只管随风飘荡，并不扬去。又记得那二十六天梯是座突起岭背的高崖，三面削立，独偏西一面散列着二十六处天然磴道，可以盘旋曲折上升崖顶，崖势孤突，极易辨识。可是就在近侧一带，竟未寻到，心中奇怪。运用慧目细一查看，那烟果是人为。同时叶缤也已看出，对杨、凌二人道："那旁烟雾，分明是异教中散睛迷踪藏形之法。能做到似烟非烟的轻灵地步，必非寻常人物。开府盛会在即，峨眉诸位长老怎会容他在此卖弄玄虚？我们既然路过发现，何不上前查明来路，少效微劳，将它除去，免在仙府左近惹眼？"杨瑾略一沉吟，忽然省悟道："我想起来了，那有烟的所在，正是二十六天梯那座危崖。姊姊请再细看，此烟虽是旁门法术，但是正而不邪。闻得峨眉门下尽多出身异派之士，也许奉命来此有甚布置，也未可知。否则此崖原为应付妖鬼徐完之地，怎会容异派中人在此逗留作怪？我们近前一问，自知就里。如真是个异派妖邪，以我们三人之力，除他也非难事。"

说罢，各将遁光一偏，连人带神鸠，往那有烟之处飞去。忽见烟中飞射出几道光华，从对面迎来。三人一看，知是峨眉门下，忙把遁光降落相待。来人也自飞落，互相引见。叙礼之后，见来者共是五人，除余英男曾在元江见过外,下余一是三英中的李英琼,一是元元大师弟子红娘子余莹姑,一是墨凤凰申若兰,一是女神婴易静。同奉师命,率了齐霞儿的弟子米明娘,李英琼的弟子米鼍、刘遇安来此修建茅棚,为古神鸠和沙、咪二小藏伏之所。并在二十六天梯下面乌龙岭脊上,分五方八面设下禁制,以备诛戮徐完带来的三千妖魂。申若兰在红花姥姥门下多年,深知各异派妖邪虚实禁忌。知道徐完所经之处,一切凶魂厉魄无不俯首皈依。与仇敌交手,事前常命门下妖鬼四出窥探,来去飘忽,瞬息千里,防不胜防。五人又各有职守,只米氏兄妹、刘遇安和新来的二小人主持阵法。当此强敌,惟恐行法时走漏机密,吃附近游魂厉魄和来的妖鬼看破机密,预向徐完禀告,出甚差错,特施此法,将那一带地方掩蔽。遥见众人飞过,正值布置停妥,只刘、米兄妹三人还在演习,英男、莹姑又认出来人有叶、杨二人在内,知与抵御妖鬼有关,忙同迎来。匆匆说罢前事,便由易静领路,指说妖鬼来的途径与应付机宜,往烟中步行走去。双方多半初见,均互致倾慕。

　　一会行近,易静、申若兰各自行法,将手一指,杨、叶、凌诸人便由岭脊上移向淡烟之中。叶缤这才看出里面还设有一层禁制,如非易静用缩地移形之法进去,自己和杨瑾虽然不怕,云凤等不知误入,便吃不住,外人更是休想闯进。再一细看,这五人个个仙根深厚,尤以二英、易静为最。峨眉弟子才见数人,已是如此,无怪门户光大、冠盖群伦了。刘、米兄妹见三个到来,知是尊长,慌忙一齐拜倒,又与沙、咪、健儿分别叙礼。英琼、若兰都是天真烂漫,稚气未除,一个见了健儿小得稀罕,一个见了古神鸠形态比起神雕钢羽还要威猛得多,俱都赞赏不绝。

　　杨瑾视察一遍,问知嵩山二老另外还有安排,埋伏的人虽都是峨眉最小一辈人物,料无疏失。便将沙余、米佘二人连同神鸠留在当地,令随刘、米兄妹止息,不许躁妄擅专。少时迷烟一撤,只那茅棚有二老灵符隐蔽,四外禁制,不到发动,看不出来,仍是原来地形。须在茅棚以内守候,不可走出离棚一丈以外,免被妖鬼看破。嘱咐之后,李、易等五人也须回山复命,便陪了杨、叶、凌三人,带了健儿同往凝碧仙府飞去。

　　到了后洞飞雷径外落下,对面髯仙的飞雷洞,已被史南溪等华山派妖人上次攻打峨眉时,用妖火震毁。自从妙一真人夫妇回山,知道各派群仙好些都要先期赶来,特地行法,驱遣丁甲,将飞雷故址残破山石全数移去,削出一片平崖,建了一座广大亭子。每日命众弟子分别在亭内、洞口两处轮流守候,延接仙宾,并防妖邪乘隙闯入。众人到时,正该金蝉、石生二人值班延宾,石奇、施林把守洞口。一见众人飞落,金蝉、石生都爱健儿,抢着引路延客。李英琼笑道:"原是客人新来,才命你们分出一人接引,现有我和诸位师姊妹陪客,还要你们何用? 你两个不是因为我说那姓谢的孪生姊妹要来,怕有妖人随后追赶,特地向大师姊讨令,情愿在此守望,为她打接应吗? 等才半日,怎又想离开了?"金蝉道:"我真上你的当了。只说那两个姑娘小小年纪,竟有这么大本领胆子,敢和轩辕老怪为敌,惟恐万一被人追到此地,她义父未来,吃了亏,特意把众同门新传的七修剑和文姊的天遁镜都借了来,准备给来的妖人一个下马威,试试七修剑的威力。哪知等了大半日,连和石弟在空中眺望好几次,只把客人接到了几位,妖人和那双胞姑娘不见一点影子。还不如在里面和诸位师兄师妹说笑有趣呢。"英琼抢口答道:"小师兄,亏你还说人家小。照参参说起来,人家生相看去年小,真论年纪,且比你大得多呢。拿妖人试新传的法宝,这是多好买卖,我谁都没有说,只告诉玉清大师,被你听去,总共等了半日,就埋怨人。还是修道的呢,一点耐性都没有。"

叶缤本随杨、凌、易、余诸人要走,一听二人斗口,心中一动,忙把众人止住,在旁静听。英琼偶一回望,见来客尚在守候,云凤尚可,杨瑾与峨眉两世至交也还勉强,叶缤是外客新来,当着人家争执,自觉失礼,不禁羞了个满面通红,赌气对金蝉道:"我请易姊姊代为复命,你们都走,由我自和英男妹子接班轮值好了。"金蝉未及回言,叶缤见英琼不往下说,接口问道:"琼妹说那姓谢的孪生双女,何处相识? 如何知她与轩辕老怪为敌? 还到此地? 能见告么?"杨瑾也听出英琼所说,好似叶缤至友谢山昔年恩养的仙都二女谢璎、谢琳,便请众人各就亭内玉墩上落座道:"叶姊姊不是外人,此来专为观光,并无甚事,迟见教祖无妨。就是那谢家二女,却与她有渊源。琼妹请说此事经过,如真为妖人所迫,我们也好早为接应,免有疏失。"英琼便把前事告知。叶缤闻言,才放了心。

原来英琼和周轻云、女神婴易静三人,自从追赶妖妇,误伤红发老祖门下,惹出乱子。逃到中途,又遇李宁父女重逢,带往依还岭绝顶幻波池底,仗着李宁佛法相助,深入圣姑寝宫,得了许多法宝。神雕佛奴也仗佛力救助,脱胎换骨,转了一劫,换上一身白毛。由李宁率领四人一雕,正往峨眉飞行之际,忽见两道红光簇拥着两个白衣幼女,由南而北,往斜刺里山谷中飞落下去,容貌不及看真,身材甚是美秀。四人飞行甚高,又在后面,无甚破空声息,两女飞行特急,其去如电,一点也未觉察。

英琼见二女身材幼小，至多十二三岁，却有这么深法力，剑光又是正而不邪。知道各正派中剑光，除却本门金蝉的霹雳双剑一红一紫，还有凝碧仙府新出世的七修剑中，有一口是火红色外，似这样宛如朱虹的飞剑，却未听说过，首先觉着奇怪。想跟踪下去，看个仔细，强要乃父停住，一同降落。李宁只把遁光停住，笑道："我已不喜种因，我儿怎如此喜事？"英琼笑道："不是女儿多事，只为常听师长、师兄姊们说，如今正邪两派都在物色门人，有许多人都被异教网罗，入了歧途，造孽无穷。我们如能度到一个好资质的新同门，免被妖人物色了去，便无异多积好些善功。那两个女孩比女儿还小，有此本领，根骨必然甚厚。这点年纪，师长决不会在妖邪横行之时，放她们轻易出游，那去的所在又不似个修道人寄居之所。听说近来散仙修士为避四九天劫，故意兵解者颇多。万一此二女师长新逝，妄自下山，或是一时无知，大胆出游，遇见妖人强迫收去，岂不可惜可怜？好在离开府还有些日，也不急这片时耽搁，先看明了她们的路数，相机行事。果如女儿所料，由爹爹援引，度入本门，岂非佳事？"

易静也觉二女形迹奇突，说："这种红光飞剑，只有一位前辈散仙运用，但只听说，没有见过。尤其此人得道多年，绝无娶妻生女之事，连男弟子都不肯收，何况女孩？"相助英琼，在旁怂恿。李宁笑道："既你二人一定要去，我和轻云在前面山头相候也可。不过现在异人甚多，极乐真人便是幼童形象，就你易姊姊也是生来矮小，宛如女婴，但功行法力，哪样不是极深造诣？切不可以相貌长幼定人高低。此去先莫露面，只由你易姊姊用隐形之法暗中窥伺。等你俩走后，我往前面山头入定，默查前因，自知就里。她那飞行虽快，自问还能追上，等你二人回来，我自有区处。如有师长便罢，否则，决不肯令其陷入旁门便了。轻云随我护法，你们去吧。"

李、易二人大喜，忙即隐形，尾追下去。落地一看，那地方乃是一条广长山谷。当中一段最宽，林木也最多，内有十几株素不经见的奇树。那树下半干粗皮厚，苍鳞如铁，高约三丈，上半不生旁枝，却生着数十百片长达丈余的翠叶，纹理形态俱与芭蕉无二，只是宽大得多。叶丛中心有一独茎挺生，色如黄金。茎顶上开着一朵海碗大的红花，莲瓣重叠，色甚鲜艳。围着花底，生着一圈长圆六棱，与茎同色的拳大果子。易静认得此树名为佛棕，又名陀罗蕉。此树冬夏常青。每十三年结实一次，虽不似朱果、萍实之类仙果灵效，却是色香味三绝，服了也可长生。只是此树秉磁铁精气而生，除铜椰岛有百十株外，只南海大浮山有一落星原，因是陨星所化，所产独盛，不知怎会在此生长?

正寻思间,前见二女忽由林内走出,红光已经敛去,各人手上拿着十多枚佛棕果,一同跳跃而来。内中一个,从身畔取出一条薄如蝉翼的小网兜,向空一掷,立时乌云缭绕,展布开来,约有丈许大小,撑空悬在路侧大杉树上。然后喜孜孜走到佛棕林中,飞升树杪翠叶之上,拣那成熟肥大的果实往网中投去。互相往来纵跃,于红花碧叶之上,宛如蜂蝶穿花,轻灵已极。英琼、易静见二女年只十二三岁光景,俱生得粉妆玉琢,美秀绝伦。各穿一身极淡雅的古仙童装束。罗裳霞佩与冰肌玉骨交相映衬,宝焕珠辉,清丽绝尘。最奇怪的是,二女不但装束一样,宛如本是一人化身为二,尤妙在每人脸上各有一个酒涡,神情举止又极天真,满面俱是喜容。稍一说笑,颊上浅涡便嫣然呈露,使人见了加倍爱怜。不禁又惊又爱,看得呆了。

英琼更是觉得自出生以来,也没有见到过这等美妙少女。同门师姊妹虽有好几位极美的,但都不是这么小年纪,多少总带一点成人气味,以彼例此,微嫌英芒外露。尽管一样明珠美玉,光彩照人,总不如这两少女于极美丽中,带着几分憨气。一见便恨不得常与相聚,尽量爱怜,才对心思,越看越喜欢,几欲想要现身相见。

易静毕竟见多识广。上来也和英琼一样,诧为仅见,怜爱非常。再定睛仔细一看,二女举止纵跳虽极天真,但那一身仙根道气,决非十二三岁少女所能到此,如说是已修成散仙的元婴,神情体态又都不似,与峨眉诸新进弟子和自己的道路迥乎不同。分明循序修炼,自然修积,并非法宝、灵药之助到此地步,少说也有百十年功力,年纪偏又这么轻。如说是天上金仙孕育灵胎,岂非笑话,万无此理。怎么察看,也看不出个就里,断定有大来头。想起来时李宁叮嘱,恐英琼喜极忘形,冒失出去,说错了话,遭人耻笑,再三拦住。仗着隐形神妙,在侧窥伺。

二女一会便将成熟的果子摘完,投入网中。又把秀发披散,禹步行法,手掐灵诀,绕树三匝,手向树根连指,树顶花心一缕青烟冒过,那些生果立即成熟。二女一一采下,投入网中。见树上已空,手扬处,网兜飞下。那果共约百枚,每枚长有四寸,粗约二寸。本是一大堆,及到网中取下,看去不过拳头大小。二女看了看,由一个将网兜系向腰间的绡带之上,同声笑道:"主人必当我们由大浮山犯险得来。一送礼便是客,不愁门上人不放我们进去了。"语终人起,手扬处,便是两道朱虹破空飞去。

英琼不舍要追,易静道:"此树离却本土不生,必是二女所种无疑,幸喜没有冒昧摘取。这孪生女子休要看她们年幼，实年当在百岁左右。我也不少知闻，竟没听说有此二女。此事太奇，且等见过伯父再说，免被外人见笑。"

说罢，同了英琼正要起身，前面金光一闪，李宁已率轻云降落。不等问，便先笑道："你们可探出二女来历么？"易静说了前事。李宁道："难怪贤侄女不知底细。我适才静中参算，此二女乃是一母双生，因遭母难，受一姓谢的散仙恩养，修炼已逾百年。谢道友向不收徒，况系女子。一向由她们在浙江缙云县仙都中虔修，终年白云封洞，四外都有禁制，又不向人提说，所以知此事的只三数人。这次乃是背了恩父，私用法宝裂开石山，闯出禁地，欲往峨眉观光。无如修炼虽然年久，外面山川途向全都不晓，性又清高，不喜向俗流问询。自恃飞行迅速，以为峨眉是在西方，径往西行。此地名为灵树谷。崆峒老怪轩辕法王第四门人毒手摩什，知道谷底藏有无限磁铁，特由大浮山抢夺了十三株佛棕移植于此，每十三年采果一次。平时本有禁制，今早妖徒来此查看，见果要在明日中午始能全熟，知道此谷偏僻，景物不佳，一向无人经过，那禁法行使极为烦难，以为不致出事，一时偷懒，并想抽空往大城镇中寻乐，径自抛下走去。不料被二女无心走来闯见，知是珍品，先采几个吃了。走出不远，忽想起忘备礼物，正好现成，又返回来给它全数摘走。妖人原为老怪喜食此果，千方百计抢夺了来，以讨老妖欢心。本来看得极重，被人偷去，怎肯甘休？此果离树愈久，香气越浓，老远便可闻到。妖巢在大峇山绝顶，高出云表，金碧辉煌，穷极壮丽。二女初次出门，眼力不高，山又正当她们西行去路，胆子更大。望见宫阙巍峨，必疑是峨眉仙山楼阁，上前问询。这等美质，便无故遇上妖人，也不肯放松，何况又盗了他的珍果。香气一透，又不知隐藏，如何还容她们脱身？照我推算，此时想已与妖徒们对面了。"

英琼不等说完，便失声"哎呀"道："这怎么得了！好爹爹，我们快救她们一救吧。"易静虽知轩辕老妖为方今各异派妖邪中第一等厉害人物，便是他的手下五个恶徒，也各炼有一身极恶毒的妖法，非同小可，入耳未免心惊。及见李宁神色从容，知他不会坐视，不是二女道法高强，能够脱身，便是别有救星。见英琼满脸惶急，轻云也跟着力请："伯父快去救援。"正想开口说："伯父佛法高深，早已前知，二女必可无害。"李宁已笑对英琼道："我儿总是性急，好插嘴。我话还没说完呢。我虽然不喜种因多事，却照我法随缘行事，既然遇上，便是缘数，焉有漠视之理？不过我以汉代高僧，一念之差，轮回七世，全仗恩师超度，今生垂老，始完尘孽，得返本原。已在师前发下宏愿,从此不开杀戒,专心度世,以修善业。但二女所遇妖徒均是极恶穷凶,便我佛慈悲,也须任其化为虫沙,始能度化。我既不开杀戒,正好由二女先去除掉几个,等到二女快要受陷,再去救援,岂非一举两得?"

英琼仍不放心道:"谢家二女人小力微,怎是妖人对手? 又有杀徒之仇。万一我们去晚一步,就不送命,受一点苦,也叫人心痛,何况还危险呢。爹爹不开杀戒也好,我们早点赶去,隐在旁边,连女儿和二位姊姊也不动手。专等她两个杀完妖徒,快要被困时,救走多好,还是快快走吧。"李宁笑道:"我不杀人,却等二女杀了人之后再去,已算是启了杀机,再要目睹其事,成何道理? 我佛家心光遁法,快慢由心。你就磨着我先走,到彼也恰是时候,不会在先,何必忙呢?"英琼央告道:"女儿实爱极她两个,担心极了,连叫她们受个虚惊都舍不得。情愿爹爹快慢由心,按时到场,莫要错过便好,总比在这无趣的山谷里呆等放心些。女儿先只见她们照直飞起,飞得极高,晃眼不见。如看出方向,知道那山所在,已和易姊姊先追去了。"李宁道:"你三人先走也好,神雕佛奴可留在此。由此往西北过去百余里,望见山中宫阙,便是妖巢。妖人厉害,寻常正派道友都不愿由他山前经过,以免生事。你们虽然无妨,也须小心。"

英琼一听路隔这么近,越发心急,如非周、易二人静听李宁吩咐,不等说完,已自先走。当下李、易、周三人一声招呼,便同往前飞去。飞不一会,遥望前面高山矗立,高出云外。当中顶上现出一所宫阙,果然光霞灿烂。妙在看不出一点邪气,如非事前知底,谁见了也必当是正派中仙人第宅。易静连用慧目一看,二女红光正在云烟缭绕的殿外广场之上,和两道乌光、一条绿气驰逐争斗。随见一蓬花雨由红光中飞射出来,两道乌光立时了账消灭。紧跟着耳听龙吟之声,宫门内倏地飞出千万朵乌金云团,各自旋转如飞,由小而大,旋起无数漩涡,由高空飞起,晃眼连成一个其大无匹的天网,向红幕光中罩去。知是妖人所炼最厉害的邪法金乌障。二女红光已落罗网,危机瞬息。忙喝:"周、李二位妹妹,速将双剑合璧,随我同上。"

说时迟,那时快,三人剑遁迅速,当发觉时,已经飞近山头。到了金乌色云光边际,刚刚会合深入,一眼瞥见地上倒着三堆血肉,二女红光被两条绿气双双绊住,天幕虽未绝情下落,一经罩定,便如影随形,万难脱身。易静明知危险,一则恃有紫郢、青索双剑合璧,又自有七宝防身,更有李宁大援在后,三人救人心切,便闯了进去。只见殿台阶上站定一个形态丑恶、面如锅底、穿得非僧非道的矮胖妖人,正在手指妖云,恫吓二女降服,免得云光一

28

合,化为脓血。忽见三道剑光由外闯进,知道内中双剑来历,又惊又怒,忙把右手一扬,五指上各射出一道极强烈的乌光,随着手指动处,朝三人射去。哪知谢家二女机警非常,一见乌金云幕飞起,身被罩住,妖人再一通名,早知厉害。乘着妖人恫吓喝降之际,表面装作被绿气绊住,暗中各将一件极厉害的法宝取到手内,故任绿气缠绕摇曳,与殿阶相近,猛地运用玄功,两道红光忽然暴长。绿气猝不及防,立被震散。同时扬手,每人五道五色星光,照准妖人打去,紧跟着收回法宝。两道红光并为一条,由光中发出一片霹雳之声,两头射出万点雷火,星驰电掣,往云幕外飞去。妖人因后来三人飞剑厉害,只顾先下手为强,做梦也没想到前来二人诈败诱敌。那五色光华捷如雷电,相隔只有数尺,心神又为易、周、李三人所分,瞥见敌人宝光飞到,情知不妙,忙即遁开,已是无及,肩头和胸前各中了一下重的。愤急之下,忙运玄功,伸手去抓,敌人比他更快,这一来又慢了一些,竟被用法宝护身,冲出圈外遁去。易静一见二女打伤妖人,逃出险地,乘机又发了三粒灭魔弹月弩。一任妖人玄功变化,依然措手不及,又中了一下重的。妖人心也真狠,两起同是仇敌,故将后来的舍去,朝二人狞笑一声,双手朝空连指,脚顿处,连身隐去,天空云幕便急逾奔马,朝二女身后追去。

易、周、李三人正等上前拦阻,忽听李宁在耳边低喝:"往右方速退,候我同行。"三人忙即依言行事,晃眼工夫,头上妖云已离开宫前上空,到了前面天边。那两条绿气不知为何,竟未同追,各往宫门内遁去。妖人这等神速,李宁好似才到,不知能否解围?正代二女发急,想要随后追去,身已被佛光托住,却不见李宁人影。微觉眼前一花,再看已在妖宫百里以外高峰之上。李宁合掌正立面前,佛奴飞停空中,似在护法。晃眼二女红光星驰而过,紧跟着后面妖人的金乌色光云圈已铺天盖地而来,眼看首尾相衔,快要追上。忽见李宁一面口中念了几句,右手朝二女去路一扬,同时左手朝前一指。倏地眼前奇亮,万重光霞自天直降,化为一片光墙,将妖人光云拦住。精光万丈,霞彩千寻,立时大地山河全成金色,大放光明,一股旃檀香味弥漫天空。妖人光云来得快,去得又急,未等接触,便风卷残云一般收退回去。这类妖法,只要被光云罩上,便无幸理。二女仗着机警神速和法宝威力,虽乘妖光未合之际冲逃出去,一会仍被追上,非此一来,定遭毒手。

易静见佛法威力竟如此不可思议,好生惊服。正欲询问,李宁道:"谢氏二女虽脱毒手,但是今日她们连伤了三个妖徒,妖人也为她们法宝所伤,必不甘休。妖人乃左道中有名人物,受伤乃是一时疏忽所致,伤并不重。适才因我放起旃檀佛光,误以为白眉恩师驾到,当时虽然惊走,恨定不消。因恐恩师作梗,必往西崆峒老怪那里,私用老怪万里传真环中缩影之法,查看仇敌下落。二女此时即往峨眉,也还不会被他追上;妖人因老怪近知大劫将临,必不肯与峨眉开衅,单凭自己,又非峨眉派对手,许多顾忌,只要二女一进凝碧仙府,便可无事。偏生二女匆忙中又把方向走错,耽误了些时候,恰被妖人查出行踪,赶来寻仇。妖遁迅速异常,终久仍被追上,只不妨事罢了。"

说完,英琼失惊道:"妖人如此厉害,除非爹爹相助,哪有不妨事之理?反正同路,爹爹佛光迅速,何不把她们追上,带往峨眉,见着诸位师长,共商除妖之策,免她们又受惊吓多好。"李宁道:"你们哪知此中因果。二女修炼已逾百年,根骨缘福均极深厚,此次出山,正是因祸得福,将来成就之机。前途正有一个与她们父女极有渊源之人相待,而这位道友,差不多与谢道友同时出家,不过她乃佛门弟子,早已成道多年。最难得的是她道法十分高强,自修行起,便没开过一次杀戒,遇上恶人,全以坚忍毅力感度。如今愿功皆完,住在峨眉西北小寒山山麓一座自搭的茅棚之中,闭关潜修,业已五十三年,不曾出庵一步。静等完了初出家心愿,便即飞升。二女便是她所完心愿之一,那地方上有万年不消的冰雪,下面山穷水恶,亘古仙凡不到,她又一向随缘,永不强求,如非二女把途向走错,怎得相遇?二女此行获福无穷,并且妖人追上时,二女业已飞到峨眉,你同门师兄姊有好些人俱在洞外轮值,惧他何来?本是转祸为福之事,关系重大,我们爱之实以害之。如若真有危难,适才我已将她们留住,带了同行,不放走了。"

英琼等方始默然,仍由李宁用遁法飞行,片刻便到峨眉。进了仙府,拜见妙一真人夫妇和诸长老之后,英琼将幻波池所得法宝、册子一齐献上。妙一夫人见她道行精进,甚是嘉勉,随对易静道:"我日前曾见令师,你的来意,我已尽知。适才已经礼拜过了,且等开府那日,随新进诸同门,重行拜师大典,再定班次吧。"易静造就本深,见多识广,目睹仙府盛况,气象万千,师长多有无边法力,众男女同门无一不是仙根仙骨,福缘深厚,暗中好生欣幸。本意想等师父到来做主,听妙一夫人这样一说,看出期爱颇深,越发感慰,当即拜谢,改了称谓。

英琼终不放心谢家二女,只因老父久违,不舍为此久离。见洞口轮值迎宾的是石奇、施林、孙南、尉迟火四人,觉这四人本领不是妖人对手。又见众师长与父亲正在问询白眉禅师近况,又命众弟子随意别室相聚,无须随侍。

想寻一道行高的长辈商量，便退出来，正遇玉清大师。知她智深道高，料敌如神，拉向一旁，告以前事。玉清大师笑道："是谢家二女么？我前听师父说起，真可爱极了。如论追她那妖人，众同门除了三英二云各有仙剑、异宝护身，不致为他所伤，余者均恐难敌。只有本门七修剑合璧是他克星。最好是福泽深厚，永无凶险的一二同门，将七修剑带在身旁，必能将他逐走。"英琼道："那七修剑，自从庄师兄来，已经齐全。但听大师姊说，内中还有好些妙用尚未传授，佩带的人仅凭本门心法练习。不知一人独用，能发挥不？"玉清大师笑道："你来晚了，掌教师尊日前已将此剑用法口诀一齐传授，只你和轻云不曾在场。灵云的一口天啸剑改给了金蝉。但那用法一样，一传便会，极为容易，你只把人找到就行。"

正说之间，金蝉、石生恰巧走来。英琼知他最为相宜，头一口天啸剑又在他手。闻言故作寻思，委决不下。玉清大师也只微笑不言。金蝉、石生自从紫云宫大开杀戒，好似得了甜头。新近又得了口七修主剑，早恨不能找个妖人试手。忍不住插口道："你们要是没人，我去如何？再令石师弟帮我，他也是个有福的。"英琼笑道："这一说，小师兄更是有福的人了。但你私自出洞行吗？这轮值的事，归大师姊和秦师姊调度，不知改了没有？如若未改，你便向她们讨令，前往仉云亭，代人轮值。听家父说，二女到洞前才被妖人追上，无须远去，只需多留心，以防措手不及好了。"金蝉喜诺。英琼随把自佩的一口阳魄剑先交金蝉。

正谈论间，在室中轮值的徐祥鹅忽传师令，令英琼、易静、申若兰、余英男、余莹姑进去。五人入内，妙一真人说："妖鬼徐完行即来犯，必须预先布置。你五人可领我符箓，前往二十六天梯，搭一茅棚，以备古神鸠栖息之用；一面照箓施为，暗设禁制。妖鬼机智绝伦，来去如电，党羽极多，休要泄露机密。此外，朱师伯还另有安排。可将英琼新收二弟子和米明娘带去。佛奴、袁星毋庸同往。事完，即留三小弟子在棚内和新来沙、咪二小伏伺，你五人可同回洞。我和诸位道友谈到明早，便须闭关开读师祖洞壁所藏法谕，在内祭炼，须待庚辰日午正，五府同时开辟，方能出洞。在此期间，各方仙宾早到者甚多，我已另派有人接待。但来人中尚有些不速之客，竟欲尝试暗中作祟。由今夜起，便须指示一切机宜。除值班诸弟子外，俱应守候在外应召，不可远离。"英琼等领命自去。

金蝉寻到齐灵云，一说值班之事，竟然应允。又把轻云的水母剑、紫玲的金鼍剑、朱文的赤苏剑、若兰的青灵剑、庄易的玄龟剑一一要来，连同英琼的阳魄及自有天啸，共是龙、蟾、龟、兔、蜈蚣、鸡、蛇七口。临出洞时，又把朱文的天遁镜、司徒平的乌龙剪借来，与石生二人分带身上，一同到洞口伫云亭守候。满拟妖人不久追到，哪知越等越没影子。眼看各地仙山胜域的长幼两辈同道和一些散仙修士相次飞来，却多不认识。因英琼未回，先还恐离开，错过误事，全由石、施二人引导仙人入内。后见久无消息，想起洞中嘉宾云集，不知要听到多少新奇事物，不由心动，想等英琼等回来，入内看上一会。所以一见有客，便和石生争着引路。二人至交，一半也是有心说笑。吃英琼用话一将，也就作罢。

恰被叶缤听去，暗忖："昔年问谢山如何不令二女出山历练，曾听极乐真人说，二女另有机缘，不是玄门弟子，成就极佳，尤妙是到处逢凶化吉。李宁乃白眉禅师高弟，夙世因缘，佛法高深，诸事前知。既已救过二女一次，仍令她们受妖人追迫，必有深意存焉。妖人追到时，二女已在峨眉仙府门前，决无吃亏之理。何况还有人在此接应，所持法宝又是峨眉至宝。"越想越放心。听完只向金、石二人谢托了两句，说二女乃至友义女，诸劳相助，容当后谢，便自起立欲行。

云凤爱屋及乌，相劝杨、叶二人暂缓入内，且等二女到来，除去妖人之后，一同进见。杨瑾笑道："你多虑了。这二位道友俱是峨眉之秀，又持有仙府奇珍，区区妖人，何足为虑？你原为专诚拜师而来，虽然崔五姑尚还未到，岂可未见师长，便在洞外与人交手？齐真人闭关在即，现正忙碌。叶姊姊远方生客，初次登门，终以先见主人为宜。"说罢，仍由英琼等五人引进。金、石二人俱都好胜，见杨、叶二人一称赞，心中高兴。好在客已有人引导，便各息了前念，自在亭中等候。不提。

光阴易过。一直守到子夜，休说妖人和谢家二女，连客也接不到一个。计算该是师长指示机宜的时候，也不见命人来唤进去。石奇、施林已由秦紫玲和廉红药来代值。问知妙一真人、玄真子、髯仙李元化各位师长，连同一些与本门有深交的前辈仙宾，还有金钟岛主，已早在中洞升座。除三英、二云和齐霞儿、林寒、诸葛警我八人侍立外，余人俱在室外候召，挨次召进。有的面示机宜，有的还附有法宝、灵符、柬帖之类，各有一定职司。秦、廉二女出时，已差不多分配停当，现正奉命出来，将石、施二人接替进去受命，金蝉、石生二人却未提起。听说只等一位老前辈来，商谈之后，诸位仙长便要闭关行法，静俟到日，运用玄功无上法力，裂地翻山，开辟五府等情。

石生听了，还不怎样，金蝉便发起急来。石生笑道："蝉哥哥，你急什么？

听家母和餐霞大师谈说,这次开府,为千古以来神仙未有之盛,大遭异派妖邪嫉恨。各位师长因事关重大,尽管筹计周详,仍是如临如履,众同门各有专责,不许擅自行动一步。你看今夜分配职司,只有限几位师兄姊侍立,得知全局,余人多半单独传见,可见各做各事,不相混淆。事情一有专任,便不能由己心意行动。现时众同门俱已派定,我和蝉哥独未奉使命,旁侍八同门也没听说有什么吩咐。据我看来,诸位师长平日对我们这几人比较期许得深一些,定是别有重任无疑。即或不然,到时有好些左道旁门乘机作祟,我们如有职司,便不能随意敌斗。可见师长自有安排。况且干看着妖邪惹厌,也是有气;何如这样,无拘无束,遇上可以出手的机会,便拿他试试新的法宝、飞剑,岂不是好?"

正说之间,忽听东南遥空天际有极轻微的破空之声传来,行甚迅速。二人知有仙长到来,忙即飞身迎上前去。才见遥空金星飞驶,晃眼面前金霞闪处,来人已经现身,乃是一个白发飘萧的老道婆,手里拄着一根铁拐杖,生得慈眉善目,神仪莹朗。只是周身并无光霞云气环绕,好似就这么凌虚飞来神气。同来另有一个十二三岁的少女,也是御着玄门剑遁飞来,一片精光耀目的金霞刚刚敛去。金蝉虽没有见过,却早听师长说过,知道来人乃方今数一数二的老前辈剑仙江苏太湖西洞庭山妙真观老观主嫫姆。同来少女便是她惟一衣钵传人姜雪君,看去年只十二三岁,实则成道已三百年,和极乐童子一样,以道家成形婴儿,游戏人间。师徒二人和长眉师祖俱早相识,近年和诸师长也常往还。嫫姆道法高深,剑术精奇,自成一家。尽管谦和,各论各的交情,诸位师长均以老前辈之礼相待。便此番下帖,也由醉道人亲往西洞庭奉帖延请,甚是尊崇。金蝉不敢怠慢,忙和石生就空中便要礼拜。嫫姆师徒已含笑说道:"下去再行礼吧。"话才出口,金、石二人便觉身似有甚大力牵引,随同降落,越发惊佩,重又通名跪拜不迭。

嫫姆一面唤起,笑对金蝉道:"你便是齐道友前生的令郎么?仙根仙骨,果然不凡,和你这师弟真称得上是一对金童,可爱极了。令尊二女二子,前均见过,略有薄赠。只你一人初会,连你这师弟石生均极可爱。我也无甚好东西,前在川边青螺峪外清远寺,收了蛮僧九九修罗刀。回山之后,又经你雪君师叔亲加祭炼,用它除去了轩辕老怪门下的一个妖徒。

"老怪生平无仇不报,所杀是他最心爱的大弟子,自然痛恨,只是无奈我何。他知我不好相与,恶徒虽擅玄功变化,难逃我手;自己出面,又恐挫了多年威望。自从妖徒和雪君结仇之日起,便说他一向把定人不犯我,我不犯人

33

主意。怪他徒弟不守师训，其曲在彼，一任妖徒自己应付，不加闻问，以为日后掩饰之地。暗中却命妖徒严防，再赐了他几件厉害法宝。满拟我师徒照例是一击不中，除非再来招惹，决不再击，只要把这一次难关逃脱，便可免死。哪知我师徒除恶，下手虽只一次，从不轻举，谋定后动，决无遗漏。又以妖徒罪恶山积，胜于乃师，决计除他，一直数年没曾举动。最后遇机得了此刀，然后寻上门去。妖徒自恃妖法高明，又擅玄功幻化，身外化身，和九烈一样，炼就三尸元神，魂魄均可分化，任何厉害的飞剑、法宝俱不能伤。真要觉出不妙，至多舍却一个元神，便可脱难。尤其对我师徒早有防备，只要遇上，动手以前，将元神遁去一个。下余形神纵使全数为我消灭，他不过再寻一副好庐舍，修炼一甲子。无论如何，大劫总可躲过。久候不见动静，竟认为师言太过，渐渐放纵起来。我会潜光蔽影，而老怪万里传真环中缩影之法，又看不出我的行动。又不自隐匿，容容易易，吃我师徒寻上门去，乘他正要奸淫妇女之时，突然出现。一照面，先将混元祖师遗留的太乙五烟罗暗中放起，以防元神逃遁。再用本门至宝和这九九修罗刀，将他形神一齐化尽，去了人间一害。

"老怪原可算是第一厉害妖人，生平所忌，只芬陀、白眉、极乐和我四五人而已。如果遇上一个，还能勉强支持。所惧者，四人合力与他为难。近来他对于令尊也有戒心，本不会来此侵犯。因前在小寒山麓遇一昔年禅友，说起老怪劫运将临，明知末限，匿迹不久，忽然倒行逆施。并且他那第四恶徒毒手摩什，因为仙都二女无心由他妖巢路过，居然出言无状，强要收服二女，致使二女大怒，连杀了三个徒党，摩什痛恨切骨，必欲得而甘心，一路追踪到此。你们自不容他猖狂，由此双方成仇，最终还将老怪引出，和你们为难。此刀虽是蛮僧所炼，却能以毒攻毒。尤其经我炼过，按我玄门妙用，化为三套，各为二十七把。一套赐给红药，余两套赠你二人，以为接应二女，并备异日之用好了。"

金、石二人闻言大喜，忙又拜谢不迭。

说时，对面洞口轮值的廉红药见恩师降临，早飞身赶进亭内，礼拜之后，侍立在侧。嬷姆随命姜雪君将修罗刀分赐三人，传以口诀用法。一面笑对红药道："你师姊和我飞升在即。本门功行难进易成，初步进境极缓。一则你在我门下日浅，难于深造；二则当初救你，本我师徒一时义愤，你资质尚还不够。难得遇到峨眉开府旷世仙缘，为此将你引进齐道友夫妇门下。你日后只要和在西洞庭那样，奋志虔修，异日不特亲仇可报，并还有大成之望。

我师徒和你缘分只此，赴会之后，便即回山炼丹。只等还有一事办完，便不在人世了。"红药闻言，想起师恩深重，会短离长，不禁又感激，又伤心，痛哭起来。

姜雪君笑道："好一个修道人，怎还如此痴法？还不起来，传了飞刀，引导师父进去。"嫫姆道："此女天性至厚，伤感自是不免。对面洞口立着秦紫玲，太乙五烟罗本她姊妹应得之物，被我借去。此宝甚毒，她妹子煞重，不宜使用，正好还她，可去唤来。"言还未了，金蝉已高叫道："秦师姊快过来，参见太师伯和姜师叔。"紫玲已听红药说了来客是谁，早想上前拜见。因适在洞中，听师父面谕，各人职司一经派定，决不许擅自离开，人又素来谨慎。见红药已去，只自己一人把守洞口，明知嫫姆师徒近在咫尺，决可无虑，仍是谨遵师言，不敢走开，欲伺进洞时再行参拜。一听嫫姆叫她过去，这才飞过亭来跪拜。嫫姆随将太乙五烟罗取出交与。并说此乃混元祖师故物，因许飞娘、司空湛等五台派中能手均知用法，遇上时恐被夺去，为酬借用之情，另传紫玲一种用法，照此勤习，异日遇上，还可将计就计。

紫玲拜谢领命后，金、石、廉三人飞刀也已传授完毕，可以运用。正拟由红药引导入内，忽见对面洞口内飞出两道金光，正是诸葛警我和追云叟的大弟子岳雯双双现身，上前拜见。嫫姆已知来意，笑对姜雪君道："峨眉诸道友如此谦和礼敬，其何以当？"雪君也笑道："所以弟子要催请恩师早来呢。"说罢，二人已拜罢起立，躬身禀告道："诸位师长得知太师伯与师叔驾到，亟欲亲出恭迎，适值乙师伯自前洞降临，亲交礼物，分身稍迟。特命弟子等先来禀报，家师和诸师长随后就到。"秦、廉二女一听，师长俱要出迎，忙即拜辞，退向洞口侍立。刚刚站定，妙一真人、玄真子等峨眉本门诸长老，便率领好些男女弟子迎将出来，直到亭上，各自礼见之后，将嫫姆师徒迎进洞去。岳雯传示金、石、秦、廉四人小心守候，自随师长回洞。不提。

金蝉、石生正看着新得的法宝，说笑高兴，又见一道青光带着破空之声飞降，来势迅疾，更胜于前。二人定睛一看，来者正是前在莽苍山助众人斩妖尸收剑夺玉的前辈散仙青囊仙子华瑶崧。才一现身，便对二人道："二位贤侄不必多礼。后面妖人追赶仙都二女，不久即至。如非小寒山佛女孙道友法宝、灵符妙用，已被追上，遭了毒手。现时妖人屡伤不退，仇恨越深，必欲生擒二女回山楚毒，连这里也不再顾忌。眼看即至，我暂时还不便露面。适闻人言，嫫姆严师婆由小寒山来此，如已到达，当知二女之危，必有准备。我先见令师去了。"说罢，便往洞口飞去。紫玲、红药忙即施礼，待要分人引导入洞,华瑶崧道:"毋庸,妖人即至,你们人多好些。洞中十九知交,当不嫌我冒昧。"说时,正值醉道人听神驼乙休说起与她途中相遇,迎了出来,见面告以二女之事已有安排,一同走了进去。

华瑶崧进洞还没盏茶光景,便听天空异声如潮,接连不断,由东北遥空传来,声势甚盛。秦紫玲一听,便知来了异派妖邪,方喊:"二位师弟留意!"金、石二人早在戒备,声一人耳,便已飞起。金蝉首先运用慧眼,定睛往怪声来路一看,只见云净天高,碧空如洗,月光之下,两道红光似流星过渡一般,直往峨眉飞来。红光后面,一片乌金色的云霞展布甚宽,涛崩潮涌,电也似疾,向红云簇拥上去,看去来势比红光快得多,晃眼首尾相衔,快要追上。不禁"哎呀"一声,刚喊:"石弟快随我上前!"一言未了,猛瞥见红光中发出千万道金星,朝后面乌云中打去。乌云中好似知道厉害,待要退缩,无如双方势子都是迅猛异常,骤出不意,未容逃避,金星已经爆裂,散了半天金雨,前半妖云立被震散,好些随着星光明灭,化为无限缕游丝,袅荡空际,甚是好看。那乌云也真快得出奇,就这么略为退缩,至少已被遁出百里以外。同时那两道红光也似惊弓之鸟,尽管得胜,并不回身追敌,反乘妖云微一顿挫之间,催动遁光,加紧往伫云亭这一面飞来。

金蝉、石生本想上前接应,因近数日来连经大敌,学乖许多,不似以前轻率。又听说妖人太已厉害,迎敌之际,只可以逸待劳,不可远离洞府;加以红光飞落迅速,二人刚要上前,瞬息之间,已是飞近。光中拥着两个美如天仙的孪生幼女,面上微有惊恐之色。迎面遇着金、石二人,只双双含笑,把头一点,便往亭中飞降。二人一则见二幼女相貌如一,身材娇美,难得还有这么大本领,心中钦慕。又知妖人不可轻敌,断他必要追来,意欲向二女略问经过,再行迎敌,便随了一同下落。谁知那妖云去得快,回来得更快,二人足才着地,刚向二女询问姓名、来意,猛觉空中一片乌霞闪过。二女忽然摇手,示意噤声。

跟着凭空落下一个妖人,怒冲冲朝着对面洞口立定,朝着紫玲、红药将手一举,说道:"我乃西崆峒轩辕法王座下第四尊者毒手摩什,与贵派素无嫌怨,本来不想到此惊扰。只因昨夜我教下男女弟子在我大呇山绝顶宫阙外面闲眺,忽有两个贱婢无故上门生事,乘我在宫未出,接连暗算了我三个弟子。等我追出用七煞玄阴天幕将她们困住,不料来了三个贵派女弟子,想系见二贱婢年幼,生了怜悯,也不问我来历、姓名,便自出头,致被贱婢乘隙逃去。后来三女想也有点醒悟,不战而退。我念她三人事出无知,又看她师长与我无甚过节,恕其初犯,不与计较。但二贱婢伤我门人,却是饶她不得。回宫运用玄功,搜寻踪迹,才查出她们由小寒山左近往峨眉一飞来,追到此地,快要追上,忽被逃脱。此时料已逃入洞内。我知贵派掌教正奉长眉真人遗命开辟洞府,延请各派道友来此观礼,只需略有渊源,或是心存敬仰,均可自请参与。这两个乳臭未干的贱婢,定是师长新死不久,没了管头,仗着师门留传之宝,下山乱闯,不知天高地厚,胆大妄为。休说各派宗祖,连山川途径都不晓得,与贵派无甚渊源。不知急难中听甚鼠辈指点,欲借贵派盛会,避此一劫。我素重情面,人不犯我,我不犯人,遇事最讲情理。本来我可等到贵派开府之后,再要贱婢狗命。任她们逃到上穷天阙,下达地肺,相隔千万里,我只略施小技,便如掌上观纹,网鱼囊鼠,伸手即可擒来处治。一则杀徒之恨难消;二则贱婢甚是狡诈,保不投身贵派门下,以求护庇,那时我再杀她,岂不伤了双方和气,仇怨相寻,彼此不值? 本想中途追上,立时诛戮,两不相干,偏生下手略慢。既被逃进洞内,我不能不打个招呼。有烦速进洞去告知令师长们,最好将二贱婢逐出,凭我擒回处治,足感盛情。如因来者是客,不论长幼、来路,均无见逐之理,也望鉴谅微意,略看薄面,只许贱婢观礼,勿令列入门下,以免为此小事,彼此不便。"

毒手摩什正说得起劲,忽听身后娇声骂道:"不识羞的狗妖人! 我姊妹只是赴会心急,懒得和你师徒纠缠,当是真怕你么? 我姊妹自在小寒山拜访一位前辈仙师,你枉偷老怪传真缩影之法,如非我们故现行迹,引你赶来上当,你做梦也休想看出一点形影。休说我们来历不知,如今人就在你面前,你都看不出来,还说什么千里万里,真没羞呢! 知趣的,快滚回去,静候天戮。否则我姊妹就不愿与你一般见识,不想杀你,污我仙剑,你在仙府门前胡闹发狂,这四位哥哥姊姊容忍不得,要你狗命,我却不管。"

妖人闻声回顾,洞口立定二女,正是所追仇人——那两个孪生女孩。才对人发狂,说了大话,仇敌近在咫尺,竟未看见,不由又惊又怒,又急又愧。切齿痛恨之余,决计拼着树下峨眉一处强敌,说什么也要用金刀将仇人生擒回去,报仇雪恨,并用其生魂祭炼妖法。因二女中途得一神尼相助,怎么也查算不出底细。自见面起,连受创伤,对面又被瞒过。再一听这等口气,估量必有大来历,神通广大,法术神奇,弄巧还长于玄功变化,不易擒捉。现在峨眉门口,一发不中,夜长梦多,仇报不成,徒自结怨。便改了初遇时轻视之念,尽管耳听讥嘲,心中愤极,并不还言辱骂,却在暗中运气,等到天罗地网布置周密,再行下手。

仙都二女来此前本已受了高人指教,胸有成竹。一到峨眉,心更早已放定。故作不睬,你一言,我一语,说个不休。紫玲、红药先听妖人发话,本要还言,因见对面伫云亭忽然连人隐去,跟着凭空现出"二位姊姊,不要理他,少时愚姊妹说完了话,将手一举,再请诸位哥哥姊姊相助"一行拳头大小的红字,一闪即灭。金、石二人与二女同在亭内,更是看得逼真。后来仙都二女出面,人既生得玉貌朱颜,比花解语,娇丽无俦。语声更如出谷春莺,笙簧互奏,怡情娱耳,好听已极。又相貌穿着俱都一样,无独有偶;好似造物故显奇迹,聚汇两间灵秀之气,铸了一个玉雪仙娃,铸成以后,尤嫌不足,就原模子再铸了一个出来。同门少女虽有几个天仙化人,仍嫌比她俩少了几分憨气,又都少了一个配对的,便没这样可人怜爱。方信李英琼那么眼界高的人,居然爱如奇珍,赞美不绝,实非虚誉。

　　四人俱对仙都二女爱极,因见妖人满面狞厉之容,眼射凶光,怒目相视,不发一言。二女却是出语尖俏,使对方难以下台。知道妖人厉害,必有诡谋。一面觉着仙都二女天真有趣,一面惟恐妖人骤下毒手,躲避不及。仙都二女虽然道法高强,看来时慌迫神情,及媖姆师徒、青囊仙子华瑶崧先后所说的话,到底不可大意。各自暗中戒备,静俟迎敌。

　　妖人邪法本来发动极快,因仙都二女两次遇上,俱被逃脱,虽以全力出手,多了设施,也只瞬息之间,便即完竣。仙都二女还待往下说时,妖人突将手向空一扬,一片乌金色云光先往空中飞起,一晃天便遮黑。紧接着手向四外连指。一面朝金、石二人厉声大喝道:"我已设下天罗地网,你二人如非贱婢同党,可急速避入亭内。只要不往空中四外飞起,心无敌念,便可无害。等我捉到仇人,立即撤去法宝,决不伤你们一草一木。"一面又喝:"二女上前纳命,免我入亭连累不相干人,受我虚惊。"

　　言还未了,金、石二人一般心急,见二女手老不举,妖云已经飞出,又向四外乱指,每指一处,便有千百缕极细游丝射出,晃眼无踪,惟恐妖人先发制人,落后吃亏。石生新听米罂、刘遇安和佛奴、袁星以及新近投到拜在女㑃神邓八姑的门下易名袁黇的老猿无事时,在一起互以各地俚俗之言讥笑嘲骂,学会了几句骂人的话,闻言忍不住,先纵身出亭,指着妖人大骂道:"放你娘的春秋屁!哪个要你容让?不管你和二位姊姊有仇无仇,在我仙府门前放肆,便叫你吃不了兜着走。看我先破你这些乌烟瘴气的鬼门道。"声才出口,手扬处,天遁镜放出百丈金光,先朝妖道手指之处照去。适见妖烟立即由隐而现,成了片片乌云,杂着无数魔鬼影子,惨啸如潮,随着宝光照处,跌跌翻翻,重又化为残烟飞絮,由现而灭。

妖人一见,方自急怒交加,金蝉见石生动手,更不怠慢,喊一声:"大家快上,莫放妖人逃走!"也将七修剑化为七色七样彩光,连同自有霹雳剑,齐朝妖人飞去。仙都二女也各将手一举,跟着红光飞出,身剑合一,待要上前。对面秦紫玲看出妖人厉害,惟恐二女有失,忙喝:"二位道友,远来是客,妖人既敢来此猖狂,自有我们除他,无须动手。"声随人起,弥尘幡一晃,一幢彩云先朝二女飞去。果然妖人一见亭中敌人这等厉害,所用法宝、飞剑无一不是至宝奇珍,才知峨眉门下果是不凡。几个年轻后辈已有如此威力,少时诸位长者得信赶出,更难讨好。眼看仇报不成,弄巧还要丢人现眼在这几个无名小辈手里,并且从此结仇,后患无穷。益发把仙都二女恨如切骨。不愿所炼魔光为宝镜所毁灭,一面放起数十道乌光抵御七修剑,一面运用玄功把未破的魔光收了回来。紧跟着施展本门极恶毒的玄阴神煞,咬破舌尖,一口鲜血化为千百朵暗碧色的焰光,直朝二女飞去。恰值紫玲飞到,一见不好,忙把彩云往前一挡,就势将二女拥住。口喊:"二位道友,暂且观战。"径往洞口一同飞回。

仙都二女原知妖人厉害,怨毒已深。神尼所赐法宝、灵符,俱在途中被追时用完。身带法宝虽多,决非其敌。只为初次和外人见面,好胜心切,加以沿途惹事,均占上风,未免胆大,不欲袖手示弱。不料妖人竟拼损耗精血,猛下毒手。如非紫玲久经大敌,长于知机,几遭不测。就这样,虽未受伤,那一簇血焰撞上云幢,全都爆散,宛如千百霹雳同时爆发,砰砰之声,震得山摇地动,崖侧飞瀑俱都倒涌惊飞,弥尘幡连人带云幢也被荡开老远。妖人天空的玄阴神幕也似天倾一般,罩将下来,立时星月无光。如非宝镜、飞剑精光照耀,对面几不相见。这才知道实是不可轻敌,随定紫玲在彩云围绕之中,观战不前。

紫玲见金、石二人等法宝、飞剑均在满空飞舞,与妖人相持不下;七修剑又吃妖人所放的乌金色光华绊住,虽然我强彼弱,急切间仍难合璧;天遁镜金光也只能将天空妖云阻住,不能破它。忙喝:"廉师妹,你那修罗神刀还不放起除妖,等待何时?"红药为人本分,身负守洞之责,惟恐妖人乘机侵入,一意谨守戒备,没想到放刀助战。闻言刚把飞刀放起,金、石二人一个想将七修合璧,偏吃妖光绊住,暂难如愿,心神专注一面;一个是惟恐妖云压下,坏了仙景,手持宝镜,也是全神贯注。闻言齐被提醒,各照媖姆师徒传授,将三套九九八十一口修罗刀相继飞出手去。

妖人本来还想另施辣手，自恃玄功变化，不等到敌人首脑出来真个不敌时，决不退去。一听修罗刀，想起大师兄五浑尊者便死此刀之下。但是此乃仇人姹姆师徒所有，怎得在此？如是原物，敌人这七修剑已是克星，虽然功候尚浅，不能完全发挥妙用，也费了不少心力，拼损七股飞叉，才得勉强绊住，不令合璧。如今玄阴神幕被镜光阻住，不能下落伤人。敌势甚强，忙着抵御，还未及另施法术取胜。再要真是此刀飞出，如何能是对手？方疑不是原物，略疏防范，那八十一道血焰金光已分三面夹攻而来。百忙中定晴一看，谁说不是原物？知道此刀是本门中最怕的克星，又经仇人重炼，除却乃师一人而外，任谁遇上，只要被刀光裹住，不死必伤，弄巧还要坏去一个元神和数十年苦炼之功，焉能不怕。料定今日之局万难讨好，把一口钢牙一错，一声怪啸，匆匆收转飞叉，运用玄功变化，打算驾了头上妖云遁走。

哪知金蝉始终记住七修合璧的妙用，见飞刀出去，敌人飞叉一收，无了牵绊，立把七道剑光一指，飞身上去，身剑合一，化为一道七色彩虹，连同自己和石生的飞刀，一齐追上前去。妖人一见两般克星俱都赶到，那多年辛苦炼就的玄阴神幕，已被二女用佛门法宝损毁了好些，再被此剑截住绞散，实在可惜。只得忍痛用化血分身遁法，自断一指，收了妖云，由妖光中借遁逃去。金、石二人正追得急，方恐妖遁神速，追赶不上，忽然妖人身上一片烟光闪过，满身都是血光火焰围绕，恶狠狠回头扑来，还当又有玄虚。自恃七修合璧、宝镜神光威力，石生又将离垢钟取出护身，一同迎上。彩虹金光方往前一合围，猛觉妖云尽退，星月重明，清光大来。

耳听下面紫玲高呼："师弟回来，妖人已逃走了。"对面妖人火焰血光，也被剑光绞散，纷纷下落。跟踪下来，再细一查看，残焰消处，只有几缕极细碎的血肉零丝，知果受伤遁走。由紫玲行法引来瀑布，将洞岩、山亭刷洗一遍。然后和二女相见，叙谈以前经过。

原来武夷散仙谢山，自从昔年成道隐居武夷绝顶以后，因是生来性情恬淡，所修道业与别的散仙不同，道力高强，早证长生，炼就婴儿。既不须防御寻常道家的天灾魔劫，又没打算超越灵空天界，飞升紫府。只想永为散仙，介于天人二境之间，灵山隐修，自在逍遥，长此终古。本来毋庸物色门人，承继道统。又鉴于好友极乐真人李静虚功行早已修到金仙地位，只为收徒不慎，为恶犯戒，累他迟却多年仙业，还受了好些烦恼。所收徒弟十九，苗而不秀。内中只一秦渔最好，本可代他积修善功，早完宏愿，偏又为黄山紫云谷天狐宝相夫人所迷，坏道落劫。真人为完善愿，至今仍在尘海往来，费力操心,不知何时始得圆满。可见人定虽能胜天,但这强求的事,总要经过无限艰难与波折。尤其是中途稍一懈怠,前功尽弃。转不如自己这样逍遥自在,虽然金仙位业难于幸致,毕竟长享仙家清福,不须终日畏惧,惟恐失坠之忧,所以始终没打收徒主意。

他在散仙中交游最少,也和人永无嫌怨。除极乐真人等有限四五好友外,只一女道友叶缤最为交深。叶缤曾经劝他:"修道门人,总须有两个。你所居洞府景物清妙,楼阁宏壮,花木繁茂,占地甚广,平日又喜邀游十洲三岛,宇内名山。仙人纵然不畏岑寂,既有这等壮丽布置,便须有人看守,服役其间,方能相称。专凭法力驱遣六丁为你服役,不是不可,但是莳花种竹,引瀑牵萝之类,全是仙家山中岁月的清课。一切俱以驱役鬼神得之,虽然是咄嗟可致,无事不举,反而减了许多清趣闲情,有煞风景。何如物色几个好徒弟,于传经学道之余,为你焚香引琴,耕烟锄云,偶出云游,仙府也有人看守照料。岂可因李真人收徒不佳,便自因噎废食?"谢山未成道前,便和叶缤是世交之戚,情分深厚,素来推重,闻言笑道:"我只是一切随缘,不去强求,没为此事打主意罢了。真要遇上根骨深厚、福慧双修的少年男女,也无弃而不顾之理。既承雅意,我以后出游,多留点心便了。"叶缤笑道:"此言讫不由衷,仍是当年遇事曲从,不愿拂我心意的故习。想你生性高洁,游踪所及,都是常人足迹不到的仙山灵域,纵有美质,早都各有依归,如何能强收到自己门下?这类多生修积,夙根深厚,或是转劫谪生有仙根的童男女,多在人间产出,你足迹不履尘世,何处物色得到呢?"

谢山当时含笑未答,但两三次劝过,却也动心,觉着所说也实有理。如虑孽徒牵累,尽可看事行事,循序传授,何必固执成见?于是稍稍留意,不时也往人间走动,但美质难求,终未遇上。自忖:"偌大一片仙景,没有两个仙童点缀其间,也是缺点。"本心是想收两个好徒弟与叶缤看,省得说是言不由衷。

这日行经浙江缙云县空中,俯视下面,大雪初霁,遥望仙都群山,玉积银堆,琪树琼枝,遍山都是。一时乘兴飞落,观赏雪景,踏雪往前走去。仙都本是道门中的仙山福地,峰峦灵秀,洞谷幽奇。再被这场大雪一装点,空中下望,不过一片白茫茫,雪景壮阔。这一临近,南方地暖,山中梅花颇多,正在舒萼吐蕊,崖边水际,屡见横斜,凌寒竞艳,时闻妙香。空山寂寂,纤尘不到。更有翠鸟啁啾,灵禽浴雪,五色缤纷,冲寒往来,飞鸣跳跃于花树之间,彩羽花光,交相掩映。越觉得景物美好,清绝人间。只顾盘桓,渐渐走向山的深处,忽见危崖当前,背后松桧干霄,戴雪矗立,凌花照眼,若有胜境。刚要绕过,忽闻一股幽香,沁人心脾。走近一看,乃是一大片平地。地上一片疏林,俱是数十丈高,合抱不交的松、杉、桧、柏之类大树。崖顶一条瀑布,下流成一小溪,上层已然冰冻,下面却是泉声玲珑,响若鸣佩。溪旁不远,独生着一树梅花,色作绯红,看去根节盘错,横枝磅礴,准是数百年以上的古树;宛如袁家高士,独卧空山,孤芳自赏,清标独上。孤零零静植于风雪之中,与对面苍松翠竹互矜高节。花光明艳,幽香馥郁,端的令人一见心倾,不舍遽去。

正在树前仰望着一树繁花,流连观赏,偶一低头,瞥见树后大雪地里,有一尺许大的包裹。刚要走近去拾,便见包中不住乱动,微闻呀呀之声自内透出。暗忖:"大雪空山,何来此物?"忙运慧目,定睛往包中透视,里面竟是两个女婴,锦褓绣褓,甚是华美。再看婴儿,不特生得玉雪可爱,美秀绝伦,其根骨禀赋之厚,也从来未见。尤妙的是一胞双生,从头到脚,俱是一般模样。想是在冰雪中冻久,声已发颤,甚是细微,互相紧贴一起,手足乱动。不禁好生惊奇。因恐人家弃婴,血污未净,随将手一指,放出一股热气,将那锦包护住,先为御寒。然后默运玄功,潜心推算,立即洞彻前因后果,喜慰交集,不暇再看雪景,伸手抱起,便即回走。婴儿得暖,渐渐哭出声来。谢山边拍边走道:"乖儿莫哭。既与我相遇,此时我尚不能养你,且给你就近找个安身去处,平时仍来看你好了。"婴儿经此抚慰,哭声忽止。

谢山便照适才推算,往相隔数十里的仙都胜地锦春谷赶去。一面寻思:"二女不能带回武夷抚养,尤其在褓褓之中,自己孤身隐修,又是男子,抚养女婴,诸多不便。本山又是她俩安身立命之所,不应离开,难得有这现成的保姆,也真是实在凑巧。只是这位女道友出身旁门,近始改邪归正,来此潜修,不久便该兵解;和自己又是素昧平生,如不许以酬报,未必答应。此外再无适当之人。她偏前孽甚重,为此二女,说不得只好逆数而行了。"

主意打定,便纵遁光飞去,晃眼到达那锦春谷。危崖外覆,仿佛难通。内里却是谷径平坦,泉石独胜,春来满山花树,灿如云锦。谷当中有一高崖,崖腰以上突然上削,现出一片平面,嘉木疏秀,高矗排空,占地约有数十亩。向阳一座极宽大的石洞,洞内隐居着一个麻面道姑,名叫碧城仙子崔芜,便是谢山为二女所寻的人。刚由空中往洞前雪地上飞落,崔芜便走了出来。初出时,因红光一道突然飞落,颇似含有敌意。及朝来人细看了看,忽改笑容问道:"何方道友? 有何见教?"谢山便把自己来历渊源告知,欲烦她代为抚养十数年,自己也常来探望。请她视若亲女,传以道法,为她们异日成道之基。冒昧奉托，明知不情，但也与二女凤缘深厚。此外又无人可托。如蒙俯允，必有以报。

崔芜一见来人是谢山，大为惊异，先时颇有难色。末了把谢山请进洞内，打开包来一看，二女生得一般相貌。首先触目的便是那一双又黑又亮、神光湛然的眸子。再衬上额上浅疏疏一丛秀发，两道细长秀眉和琼鼻红樱，玉雪一般的皮肤。端的是粉滴酥搓，不知天公费了多少心力，捏就这么一对旷世仙娃。别的相貌都同，独独颊上各有一个酒涡，一是在左，一是在右，好似天公恐人分辨不出次序，特地为她们打出来的记号。尤妙是在仙根仙骨，智慧有生俱来，见人丝毫不惊，反而睁着一双乌光灼灼的眸子，摇着粉团一般的双手，向人索抱。梨涡呈露，一笑嫣然，越添了好些天真美丽。由不得爱怜已极，立时接抱过去，引逗起来。谢山刚问："道友，你看此二女可还使人爱怜么？"崔芜忽道："如此佳儿，我便为她迟转一劫，也所甘心。只是贫道法力浅薄，大劫不远，仇人三年以内必至，不能始终其事，已自愧对；再使二女因在我这里受了仇人侵害，岂非罪过？"谢山笑道："这个无妨，到日必效微力，助道友避去此劫便了。"

崔芜原因早年误入旁门，走了歧途，后虽改参玄门正宗，无如功夫驳杂不纯，元婴不能出窍，除了兵解，更无他途。偏生对方是生平仇敌，到时稍一不慎，必为所乘。夙仇深重，追寻已久，又无法避免，早晚难逃毒手。转不如就在本洞相候，可以预为防备，就势假手兵解，还有几成指望。每一念及仇人势强，吉凶莫卜，便自忧急。一听谢山肯为出力，知他道法高深，不特仇人非其对手，还可相助元婴出窍，免受一刀之厄。不由喜出望外，当时拜谢应诺。谢山闻她平日功行也颇深厚，只为旧日朋辈因她弃邪归正，均断了往还，为避末劫，必须期前尸解。自身功夫不纯，元灵未固，旧友既多嫌怨，正教中人又乏知交，无人护法，易为魔扰。仇人将法宝炼成，苦苦寻仇，无计避免，不得不冒险硬闯，实则火候已差不许多。只消将那寻仇的妖人除去，到时再有一个道行较深的人为她护法，不令仇敌扰害，再施法力，助她自开天门，便能成功证果。虽然夙孽稍重，有些魔难，但她已早回头，理应上邀天眷，化险助她脱劫，并不算是逆天行事。

谈了一阵，越发喜慰。二女相貌相同，只以面上梨涡略分长幼，便以在左的为长。并从己姓，一名谢璎，一名谢琳。崔芜因二女托她抚养，惟恐仇敌万一来犯，谢山还赠了她两道灵符和一件遇变告急的法宝，才行走去。不久叶缤闻知此事，赶来看望，见二女生得那么灵秀美丽，也是爱极。如非谢

43

山告以二女和自己的夙世渊源和异日的归宿,简直恨不能带回小南极去代为抚养。由此二人无事便来看望。二女生具仙根仙骨,灵慧绝伦,又得谢、叶、崔三人时以灵丹、仙果为饵,周岁便能修持。第三年上,仇人寻来,法宝厉害,声势十分猛恶。谢、叶二人为使崔芜应此一劫,以减前孽,故意迟来,于万分危急之际飞临,合力将妖人杀死,永除后患。

由当年起,便教二女正经修炼。二女用功也极勤奋,进境神速,年才十岁,便炼到了飞行绝迹,出入青冥地步。相貌更是出落得和紫府仙娃一般,冰肌玉映,容光照人,美秀入骨。只是天真烂漫,性好嬉戏。崔芜珍爱太过,不忍稍加苛责,未免放纵了些,益发惯得憨跳无忌。日常用功之外,尽情淘气,花样百出。始而只在山中捉弄猿鹿之类作耍,日久生厌,渐去附近各寺观中,去寻那些庸俗僧道作闹。仙都离城市甚近,为道家有名胜地,寺观甚多。锦春谷地界僻险,虽然游踪不至,但不时仍有樵采之迹。加以地多贵药,春秋二季,时有采药人往来其间。二女有时作剧太恶,竟被对方跟踪寻上门来。尤妙是仗着大人爱怜,每出生事,照例一人上前。事情若犯,总把小脸一板,叫人去认。二女相貌、衣着无不相似,不到憨笑时现出面上酒涡,谁也分辨不出谁长谁幼。认时又不令占算,一经认错,便不肯受罚。罚又极轻,至多不过三五日不许出洞一步。即便受罚,关了不到一日,便姊妹双双抱住崔芜,软语磨缠,不到撤禁放出不止。过不两天,又去生事。

崔芜拿她们无法,惟恐日久传扬,踪迹显露,为异派妖邪所知,生出事来,自己功行又将完满,坐化期近。想使二女学点防身本领,并使她们敛性就范,不再憨戏,便去告知谢山。谢山本因二女将有大成,意欲使其循序渐进,静候机缘之来。除三岁以前给她俩多服灵药、仙果,使其骨坚神凝,益气轻身,以便早日修炼外,一交四岁,每来传授,都是扎根基的功夫。此外仅传些隐身遁形,以及御气飞行之法,别的均未传授。崔芜因谢山外柔内刚,怜爱二女,恐受呵责,从未告诉。二女又是心高志大,见了义父、叶姑,总是守在身侧,专心请益,恨不得当时便把所有道法一齐学会,所以淘气一事,一点也不知道。及听崔芜一说,刚把面色微沉,二女妙目微晕,泪珠晶莹,装作十分害怕,倒在谢山怀里,同喊:"爹爹,女儿下次不敢了。"谢山本是假怒,心便一软,嘱令下次改过。哪知二女一副急相也是半真半假,谢山刚一低头,二女也在怀中偷眼看他,早"嘻"的一声,一个玉颊上现出一个浅涡,笑将起来。跟着争搂着谢山头颈,说个不已。抽空还向崔芜扮个丑脸,意似不该告她们的状。

谢山慈父威严，竟无计可施。和崔芜计议了一阵，决计把锦春谷封锁；并将各种贵药产地行法移植到谷外平坦之处，以防断了药户的生路。一面传授二女一些应用法术，使先挨次学起，免得崔芜去后，年幼道浅，难于自立。二女觉着学习法术新鲜，每日用功，连洞口外都不走出一步。转瞬经年，因崔芜坐化在即，以后无人照看，谢山传授颇勤。叶缤更恐二女将来受欺遇险，又赐了两件防身法宝。于是二女本领大进，凡浅近一点的法术，全都学会，由不得便想寻人试试。知道义父不在，由崔芜主持，明说必然不肯，便等谢、叶二人来去之时，暗中留心察看撤禁之法，仗着心灵敏悟，触类旁通，回数一多，居然悟出几分生克妙用。然后故作不知就里，向崔芜套问。崔芜见她们近一年来勤奋安分，轻易门都不出，以为童心渐退，一意用功，不再贪玩。况且向来不忍拂她俩，二女又故意把自己知道的舍去不问，竟被一阵花言巧语套问了去。满以为二女只知口诀，不识生克之妙，并无用处，哪知二女早蓄深心，一点即透。

次日乘着崔芜入定，便双双穿通禁制，走出谷去。先拿野兽试了一阵，吓得一群群东逃西窜，吼叫连天。又去附近一个庵观中作闹。庵中女道姑出身绿林女寇，近年妍上一个道士，同在庵中匿踪，不时同出抢劫。男的也是左道之士。上次二女因见道姑神态妖淫，知非好人，颇给她吃了几个苦头。哪知道姑竟将二女看上，暗中尾随，到了锦春谷。被崔芜看破，行法掩蔽，不令看出住处。道姑知道二女不是常人，没敢深入下手。回庵等妖道归来一说，再同去找寻，已是谷口云封，无门可入。妖道本山地理最熟，越知有异，时常留心守伺，终不见二女再现，也就罢了。今又忽见二女寻上门去，一看根骨这么好，又惊又爱，当时便想生擒。吃二女戏侮了一个够，强迫着他叩头赔礼才罢。

此时二女年幼，不知除恶，兴尽即归，毫无机心。回到谷口，不料只悟到一半禁制，知出而不知入。须俟崔芜打坐功完，发觉二女不在，寻将出来，始能领了进去。二女也不着忙，候了些时，觉着无趣。暗忖："这事明日便被养母发觉，以后休想再出。反正不免告知爹爹、叶姑，武夷相隔不远，飞行前往，片时可达，何不说是思念爹爹，前往寻找，还可看看仙府景致。一次走过，下次便可常来常往。"

二女主意打好，苦于不知方向道路，正想寻人打听，偶一回顾，瞥见适才所戏弄的道士正在身后树林内窥伺。忙即飞身过去，喝问道："你苦还没吃够？打算跟在后面，去告我们么？"妖道自然抵赖。二女乘机逼他详说去武夷的道路。妖道暗中尾随,本想看明下落,好约人再来。这一来,与虎谋皮,正合心意。知二女稚气天真,容易受骗,立时将计就计,答说认得,只要不再给苦吃,愿为详说。二女哪知道士所说乃是妖师巢穴,离仙都只有三百余里,此去等于送死。行时还向妖道喝道:"你说的地方如若不对,回来我们叫你好受!"说罢,驾遁飞走,照所说途向飞去。妖道见她俩小小年纪,如此法力,颇为惊异,忙驾妖遁随后赶去。

二女自然较快,飞行了一阵,忽见前面高山插云,两峰并峙,正与所闻符合。未甚思索,便即降低,贴地往两峰中间飞去,沿途景物均与道士之言相似,先未疑心。及至进了峰口,见里面陂陀起伏,草莽纵横,景并不佳。忽然想起:"久闻武夷仙山楼阁,遍地都是瑶草琪花,怎的如此荒凉丑陋?道士曾说过了峰口,再进十来里,大山之上,便是武夷绝顶。如有仙景,不会不见。莫不上了狗道士的当?回去决不饶他!"心正起疑,忽见前面山麓之上有一庙宇,殿阁隐现。又想:"难道仙山楼阁便是指此?且进去寻人问问再说。"边想边往前飞,晃眼到达。

刚把遁光按落,山门内走出两个道童。一个上下打量了二女两眼,回身往里便跑。一个开口便厉声喝问:"你们这两个小女孩哪里来的?可知我们五雷观的厉害,随便乱闯,不要命么?"二女见二童相貌丑恶,本就心中不快。况且从未受过呵斥,听他无故出口伤人,神态甚是凶横,越发有气。各把小脸一板,星眼微瞪,怒道:"我姊妹因由仙都锦春谷到武夷山寻找爹爹,没有寻到,打算寻人问路,与你什么相干?这样无礼,以为你那五雷观就厉害么?我们不过急于寻到爹爹,不值和你一般见识;要不,眼下就叫你跌个七昏八倒,爬不起来。早知你们不是好人,我们还不问啦。"

两童一名法通,一名法广,原是观中妖道五雷真人门下。先见二女驾着遁光飞来,疑是正派中人寻事。妖师又正在观中,紧闭法坛,祭炼邪法。忙同赶出一看,来人已经飞近,乃是两个十二三岁的少女。因见飞得颇慢,以为无甚本领。内中法广最坏,见二女神清骨秀,相貌相同,知道这类灵秀童女,师父曾经到处物色,难得送上门来,连忙赶往后殿送信。法通凶暴莽撞,先喝了几句,也看出二女天生美质,知道法广已去通报,想等其师亲自擒捉,便不再喝骂。及听二女由仙都来,忽然想起以前听说之事,狞笑问道:"如此说来,你两个是仙都锦春谷居住的那一对双生女娃了?你们可认得我师兄火法师杨玉龙么?"二女说完,本来赌气要走,闻言怒问道:"你问的可是锦春谷左小庙里道姑的丈夫,口会喷烟冒火,专用障眼法吓人,吃我姊妹制住,罚

46

他叩了四十八个四方头,才饶了他的那个头上有块红斑的狗道士么?这条路就是他指的,我们上了当,回去便要他的好看。你既是他的师弟,自然也不是好人。他说错了路,理该问你,再好没有。快领去寻我爹爹便罢,要不,我一使法,包你哭不得,笑不得,那时再叫我饶你,就后悔无及了。"

法通一听,师兄杨玉龙吃了二女的亏,不由大怒,正要发作,忽见七八道黑烟自观中冒起,向中左右三面天空分布开来,疾如潮涌,推将出去。知道妖师已经暗下埋伏,鱼已入网,越发趾高气扬,怒冲冲指着二女厉声喝道:"蠢丫头,做梦呢!这里是小雁山朝天门,是我师父五雷真人的仙山,离武夷山还有千多里路呢。我师兄怕你们活不长,叫你们自上门来送死。少时师父开坛出来,便要取你们的生魂,祭炼法宝。乖乖跪下降伏,免你小真人动手,白白多吃苦头。"

二女虽然从未杀生害命,平日却是饱闻邪正不能并立,与遇上时除恶务尽的话。适见妖烟弥漫,已觉出观中必有妖邪。再一听这些话,不由勃然愤怒,同声娇叱道:"原来你们都是左道妖邪呀!我姊妹早打好主意,将来专杀你们,为世除害。上月叶姑赐了我们法宝,老想寻一妖人试手,没有遇上。今天看那狗道士倒有几分像,他又没甚本事,和叶姑、崔姑所说的妖人不像。他又脓包,才吃一点苦,便跪地哀求。我们怕误伤了不相干的人,却吃他哄了。正好拿你们试手。我看你是他师弟,必更脓包。你师父也许有点本领,快喊出来,试试我们法宝。我姊妹不愿欺软的,省得少时你吃不上一点苦,又跪在地下求告,惹厌无趣。"

言还未了,法通已经怒不可遏,厉声大喝:"贱婢可恶!叫你们知我厉害!"说罢,双肩一摇,由背后飞起两把飞叉,化为两溜碧色烟光,冷森森朝二女飞来。这时天空黑烟已经分布开数十亩方圆地面。二女自恃学会了好些戮妖驱邪之法,又有叶缤所赐防身之宝与谢山用五金精英炼成的剑气,一点不觉身在险境。见叉光飞出,双双笑喝道:"这等破铜烂铁炼成的旁门邪法,也敢拿出现世!"随说,将手一指,各由身畔飞出一道红光,飞上前去,一照面,便将叉光包没。法通一见大惊,连忙运气收回,已是无用。急怒交加,由腰间取出一面麻幡,口诵邪咒,待要晃动。二女先斗妖道,见过此幡,当时没有防备,如非学会太乙玄都正法,应变神速,一觉神昏,立即施为,几为所算。今见妖童又使此幡,便不等他施出,谢琳首先娇叱道:"原来你与狗妖道真是一种货。"随说,一双粉团般的小手搓了两搓,朝前一扬,只见一团烈火夹着殷殷风雷之声,打向幡上。倏地化为千百万火星,爆散开来,一股浓烟散处,妖幡立成灰烬。妖童总算见机，逃遁得快，只右臂被火星扫中了些，骨肉皆被炸焦，遁向一旁，疼得急喊师父。二女笑道："你哭喊则甚？叶姑常说，将来遇见妖人的年轻徒弟，除非真正知他罪恶太多，不许随便伤害。我如安心杀你，早没命了。我只等你师父出来，试我法宝。快喊出来，我便不再给你苦吃。"

正说之间，先进观报信的妖童法广忽然飞身出来，手持一道妖符，一落地，看见法通受伤，大怒喝道："师父还得些时才出。他说贱婢已经入网，命我二人发动阵法，不怕她们跑上天去。"不等说完，手中妖符已化黄光，向空飞起。随听四面鬼声啾啾，天空妖气烟光潮水一般当头罩下。内中还有无数狰狞魔鬼，一个个张牙舞爪，厉啸连声，四方八面围拥上来。二女还当和前遇妖道一样，故意用障眼法来吓人，并非真鬼，不过声势盛些。仍是谢琳先动手，用谢山所传玄都祛妖之法，放出太乙纯阳真火去破。哪知星火爆处，烟光鬼影，只当前的一面被震散了些，而且晃眼散又复聚，左右和身后的更不必说，身上机灵灵直打寒噤。本甚危急，所幸二女各有剑气、法宝防身，又都机智。谢璎一见神火无功，首将那叶缤所赐的辟魔神光罩取出，往空微举，立时化为大约方丈，类似钟形的一幢五色光霞，升向二女头上，电一般转将起来。仙家至宝，果然神奇，只见精芒若雨，飙飞电射，妖烟魔影到了身侧，便自荡开。

这时全阵地俱被妖光黑雾笼罩，光幢丈许以外，什么都看不见。二女越想越有气，不耐久持，一赌气，御着剑气，索性飞入罩内，在红光彩霞围绕之下，满阵冲突起来。因见对头邪法与所闻妖人行径相似，一点没打逃去的主意，本就想仗法宝护身，由妖阵中冲入观内，去诛妖道师徒，为世除害。冲了一阵，哪知妖阵颇擅玄妙，暂时虽奈何不了二女，却能将她们困住，不使脱身。

也是妖童命数该终。本来悄没声隐在一旁，暗中主持，不住挪移颠倒，变化阵法，足可将二女困住，候到妖师出来，一举成功。偏巧诱二女来入网的妖道随后赶来。他因平日不得妖师欢心，法力有限，虽能入阵，不能尽知妙用。又当神光冲突，阵法倒转之际，恐和敌人宝光撞上，一进阵便大声高叫："师父、师弟！"一面施展本门护身入阵法，到处乱找。二童也知二女厉害，恐遭误伤，忙即赶前会合在一起。三人都是得意忘形，一见面，便说起话来。

二女何等心灵，见飞行了一阵，照理少说也在百里以外，偏连敌人门户俱未找到,立悟妖阵变化,便停下来附耳低商杀敌之法。一听妖道到来,心更愤恨。知道闻声冲去,敌暗我明,定然无效。各把法宝取在手中,略停了停,故意失声惊讶,装作身已被困,想要逃走。又装出身已中邪,无力飞行之状,故意缓缓退飞了半盏茶时。一面留神察听妖童等三人语声所在,等方向远近全都听出,算计阵法是按自己退路,照直倒转,倏地改退为进,急逾电掣,朝前冲去。同时双双把手一扬,两柄碧蜈钩突化作数十丈长的碧绿晶莹两道精光,一左一右,如神龙剪尾,朝前面妖童发声处一绞。

本来妖阵仅有数十亩大小,全仗妖童倒转迅速,方不致被二女冲逃出去。两方相距最远时,也只三四十丈。那碧蜈钩乃万年寒铁所炼,神妙非常,便不听出发声所在,也难保不被扫中。妖童如不说话,二女不知妖阵底细和敌人所在,不肯妄发,略再相持一会,妖师便出,何致便死。偏都骄敌,以为二女力竭智穷。又见二女照直前飞欲逃,只将阵法倒转,全没在意。二女再飞慢些,相隔更近,两道宝光横扫开来,何止百丈。突然由分而合,从两旁往当中绞将过去,如何还逃得脱。二女恨极敌人,还恐法宝落空,连人带光幢一同冲去。只听两三声惨嗥过去,妖童等三人全被腰斩,二女也已冲到。那地方正是观门,妖阵无人主持,二女不问青红皂白,一味直冲,遁光迅速,晃眼出阵,见了天光。可是势子太猛,遁光还未曾停,一下冲在山门之上,连门带墙,俱被宝光冲塌。

第二〇九回

灵境锁烟鬟　绝世仙娃参佛女
厉声腾魅影　穷凶鬼祖遇神鸠

　　二女见状大喜，正待飞进观中，扫荡妖邪。刚把碧蜈钩收转，神光罩还未及收，猛听头上狼嗥般一声怪吼。紧跟着眼前奇暗，阴风大作，好似身又困入妖阵神气。心料为首妖人已出。方思仍施故智，用碧蜈双钩杀他，猛又听四外似有人在唤自己名字。毕竟初临大敌，不知厉害，匆匆不假思索，竟误当是谢、叶、崔三人寻来。心念微动，立觉头晕心迷。紧跟着又是一股温香气味，由地底直冒上来，随即昏倒神光罩内，不省人事。过了好些时，才觉醒转，睁眼一看，身已同回锦春谷洞内。义父谢山，养母崔芜，俱在榻前。以前所遇直如梦境。方欲爬起问询，吃崔芜一手一个按住，随坐榻前，说起经过。

　　原来崔芜将在本月晦日坐化，这次入定较久，须要两昼夜才得醒转。二女私自出谷遇难，本不知悉。到第二天午后，谢山忽来看望二女，并问崔芜行期。才到谷口，便看出禁法移动，没有复原，虽然外人仍难入内，禁法却已显露。知崔芜不会如此粗心。入谷一看，果然二女不见。崔芜凝炼元婴正在紧要关头，断定二女必是私出，就唤醒她，也无用处，忙又追出寻找。先以为不会走远，无意之中寻到小庵，见那道姑孤身一人住在这僻静深山尼庵以内，脸上又带淫邪之气，知非善良。因二女近已能绝迹飞行，精通好些法术，有剑气、法宝防身，凭道姑这等寻常女贼，决非其敌。又急于寻找爱女，打算本山如寻不见，再运玄功，推算下落，以防二女年幼喜事，急于试验所习法术，离山远出，发生事变。偏那道姑恶贯满盈，该当数尽。见谢山生得丰神俊朗，望若神仙中人，她死星照临，竟动淫心。以为对方年轻美秀，既然生有二女，人必风流，可以勾搭。见他听说未见二女到庵中来，便要离去，一时情动难舍，惟恐失却毕生难遇的美食，竟把谢山唤回。一面卖弄风骚勾引，一面以二女为要挟。意思是如与苟合，便可明告；否则，二女便是凶多吉少。

哪知碰在太岁头上，话才出口，谢山连答也未答，只冷笑了一声，手一指，便将她禁住，迫令供出下落。道姑才知认错了人，悔恨已经无及。先还假说看中谢山貌美，想要借此勾引，其实没见二女来此。否则，你那姑娘精通法术，凭本领，我们怎是对手？情急分辩，忘了思索，多说了两句。谢山听出破绽，心料二女已中了妖邪诡计暗算。一着急，便用锁骨酸心之法，逼令吐实。这类禁法，寻常道术之士都吃不住，道姑自难禁受，只得说了实话。谢山从不轻易杀人。听说庵中狗男女竟是前在九华山盘踞为恶，被妙一夫人荀兰因前往诛戮，漏网多年，惯用五阴毒雷伤人的妖道邓清风门下，心里就有气。自己以前又算出二女今年有一场大难，过此便一路康庄，静候将来遇合，永无灾害。这次本是为此而来，偏生有事耽延，晚来了两天。如今身入虎穴，已有二日一夜，即使灵敏知机，仗着至宝防身，不曾受害，也必被困陷在妖阵以内，凶多吉少。不由更把多少年未发的怒火勾动，双手一搓一放，立有一团雷火发将出去，将全庵罩住。一声霹雳响过，连人带庵化为灰烬。同时催动遁光，电掣星飞，往大峇山妖巢中赶去。

　　三数百里途程，一晃飞到。远望双峰并峙，山口内妖烟邪雾弥漫山麓。运用慧目神光定睛透视，看出辟魔神光罩光霞飙飞芒射，旋转不休。知道二女只是被困，未为妖人所害，心才略放。痛恨妖邪，恐被逃脱，忙把遁光敛去，飞到妖阵上空。先由法宝囊内取出从不轻用的至宝都罗神锋，往下一掷，脱手化为一蓬三尺许长，一根似箭非箭、似梭非梭的金碧二色光华。碧光由中心起，箭雨一般，做一圈先向四外斜射下去，将妖阵包围，直入地中不见。另一半却是一面没有柄的金光宝伞，停在空中，箭锋向下微斜，不住闪动。精芒焕彩，奇辉丽空，大有引满欲发之势，却不往下飞落。法宝出手，这才现身大喝："妖孽速来纳命！"右手一扬，又将太乙神雷发动，一片霹雳之声，夹着百丈金光，千寻雷火，自天直下。阵内妖雾烟光立被震散，千百团的大雷火纷纷爆裂，石破天惊，山摇地撼，火光蔽野，上映霄汉，声势甚是惊人。

　　妖人虽将二女用光法迷住，无如辟魔神光罩神妙非常，一经运用，尽管无人主持，照样发挥它的威力。飙飞电转中，精芒随着往四下飞射。妖人所炼凶魂厉魄，只一挨近，立被消灭。妖人无法近前，收又收不去，用尽方法，不能损伤分毫。相持了两天，知道生擒难望，无计可施。正在想拼着人、宝不要，精血损耗一点，施展新炼成的一种极污秽恶毒的邪法，连敌人和那光幢一同毁去，免得夜长梦多，吃敌人师长寻来，留下后患。猛见妖阵上空光华飞闪，方觉不妙，还没看清是何法宝，雷火金光已经打下。妖人久经大敌，颇有见闻，认出是正教中太乙神雷，疑是以前峨眉派的对头，否则不会有此威力，再不见机，便难幸免。仗着妖法高强，长于化血分身，潜形飞遁之术，先还不舍自残肢体。拼着舍却一件法宝，略微抵挡须臾，就势抢收了所用法宝逃遁。及见神雷迅速，一声霹雳，妖阵先自消灭。自身虽仗法宝挡了一挡，遁向一旁，侥幸没有受伤，但那用作替身的一粒宝珠也被神雷震裂，化为万千点流萤，陨落如雨。

妖人惊惧百忙中，再一瞥见空中所悬伞形金光，分明敌人早下绝情，制己死命。就此遁逃，任走何方，都难幸免。情知凶多吉少，照这来势，不拼受一点大苦，决瞒不过。一时情急，竟用飞剑暗将左臂斩断，同时施展妖法，化血分身，将断臂代替其身，暗借血光隐身遁法。哪知谢山早料及此，神雷过处，见妖阵虽破，妖人未死，身畔一片浓烟过处，又飞起一片血光。怒喝："无知妖孽！恶贯已盈，还想逃死！"同时手指处，先前没入地下的碧色光华，突自妖阵外围地底钻出。一头仍在地下，另一头光锋倏地暴长，千百根冷森森的锋芒，寒光闪闪，齐向空中飞射上来。同时空中金光伞盖所有锋头也自暴长，根根向下倒垂，金箭如雨，一头停空，一头往下射去。两下里一半针锋相对，一半参伍错综，上下交刺，金光灿烂，耀眼生缬。除了二女光幢所在处，晃眼满布全阵，密如猬集。

这九天都罗神锋，又名绝灭神网。敌人一经罩住，金碧二色神锋一上一下，犬牙交错，互相一合一转，立即形神皆灭，妖人怎能逃脱？一条替身的断臂刚刚掷出，瞥见金碧光华上下发动，虽知厉害，还在自幸见机得早，已化血光隐形遁起，能逃一死，至少元神总可遁出，万没想到此宝神妙无穷。谢山心疼二女，愤恨妖人到了极处。明知敌人不会漏网，仍恐万一妖遁神奇，长于玄功变化，稍微疏忽，未将元神消灭，收宝时再一疏忽，仍被逃遁。因此神锋方一合拢，随又将手连指，一口真气喷将上去，那金碧光华突往中心密集交错着急转起来。说时迟，那时快，妖人只惨嗥得半声，连肉体带元神全都绞灭。休说血肉化为乌有，不留一滴，便那元神化尽时仅剩下的一缕青烟，也被神锋罡煞之气消灭无迹，元神炼化更毋庸提了。

谢山见妖人伏诛，忙收法宝和神罩一看，知道二女先中妖人五鬼摄魂之法，因是根性坚强，又有法宝护身，心神一时受了摇惑，元神并未出窍。但是遇敌疏忽，上身和四外虽被神光护住，下半身露出在外，致被妖人采集千年瘴疠之气和凶魂妖魄，互为表里炼成的天魔无形毒瘴侵入。尤幸二女机警，法宝神妙，一觉不妙，双双隐入光幢以内，支持不住，往下一落，光幢恰好罩住全身。虽然死去二日，仍能救转，不过中毒太重，肉身有了缺陷。如令照样长大成人，于修为上便有吃亏之处。只好暂时使为幼童，等到将来福缘遇合时，再打主意了。

当下塞了两粒灵丹在二女口内，双手抱起。一面叱开石地，陷一巨穴，将三妖徒和所居寺观一齐沉埋下去，复回原状。然后回转锦春谷，连施仙法，并用灵药。直到次早，崔芜醒转。又待到过午，二女才得救醒。又调养了些时，复原不久，崔芜坐化便有了准日。

二女从小便受崔芜抚养，忽要永诀，自是伤心。自听说起，便守在旁边随进随出，寸步不离。每一谈起，便悲泣不止。崔芜本就钟爱二女，有胜亲生，见她们如此依恋，越发感动。一算日期，还有十天，谢、叶二人须在期前才到，便对二女凄然道："令尊因你二人凤根深厚，他年成就远大，福缘遇合又晚，惟恐把路走错，修为费力，所传只是扎根基的功夫，这主意原是对的。不过令尊和叶道友俱是散仙中的翘楚，玄功奥妙，法术高强，怎没传授你们？实是不解。近一年来，经我再三劝说，虽然传了一些法术，又赐你们辛金剑气这种防身至宝。但是目前异派十分猖獗，遇上你俩这样异禀奇资，决不放过，何况你们又是那么年幼喜动。我去之后，虽然全谷禁制严密，岁月一久，保不住静极思动，又和上次一样，千方百计冲将出去，受妖邪侵害。日前我又劝令尊和叶道友多加传授，都说恐你们分心，时还未至。我道力浅薄，莫测高深，心实放你二人不下。我前在旁门也颇算是个中能手，并还得有两件厉害法宝、一口飞剑，惜被未明神尼破去。也由此害怕，弃邪归正。别的法宝都在。我虽身在旁门，那两件好的，原是汉唐仙人遗留下的奇珍，并非邪法祭炼而成。还有几种防身脱难的法术，虽出旁门，于你二人却有用处，本来早想传授，惟恐令尊不许，迁延至今。我爱抚你姊妹十几年，今将远别，来生相遇，尚属难知。意欲乘这几天余闲，择你们能用能行的，一一传授，永留纪念。此外还有一事相托，将来不免为难，你二人能给我情面么？"

二女闻言，悲喜交集道："我二人受你抚养，恩同慈母，休说为难，刀山剑树皆所不辞，何用问呢？"崔芜叹道："此事并不要你二人涉险，不过那人与我关系极深，不忍视他灭亡。而叶道友恨他切骨。现时虽得隐藏，他年小南极群邪数尽之日，终须相遇，难逃一死。此系以前未明神尼指示玄机，始得稍知未来因果。我昔年失德之事，可不好意思对谢、叶二道友明言。想来想去，你二人修炼成就，必和谢、叶二道友常在一起，无事不知。我给你们留下一封柬帖，内载此事。只等两甲子后，叶道友如有扫除小南极七十三岛妖邪之事,可即开拆,赶去照此行事,就足感盛情了。那两件法宝,一名洞灵筝,长才数寸,乃汉仙人樵公伏魔之宝,专制山精海怪。如法弹奏,多厉害的怪物,闻声立如痴醉,周身绵软,任凭诛戮。更能裂石开山,通行绝海。叶道友小南极除害,如将此宝带去,省事不少。一名五星神钺,专能破旁门五遁邪法。别的都无足轻重。你二人遇合成就,无不相同,永不分离,可一同应用便了。"随将诸宝取出,连同法术,择要分别传授。五六日工夫,一齐学全。末了取出束帖,叮嘱谨藏,不可告人和开拆。二女拜谢领命。

又过三日,谢、叶二人相次赶来。崔芜重托拜谢之后,由二人相助防护。到了紧要关头,果有两个异派仇敌,无心中闻得崔芜居此,寻上门来。刚看出锦春谷设有禁制,未及施展邪法冲进,便为叶缤暗中埋伏的冰魄神光所杀。一些应有的魔头,又吃谢山以全力维护元婴,未受侵害,终于免去走火入魔的难关,安然坐化。

二女自是悲痛万分。嗣经叶缤再三劝说,又将二女带往武夷仙府住了些日,才减去了哀思。由此谢山为二女订了日课,仍令在锦春谷中修炼。每隔半年,前往探看一次。每隔三年,许往武夷省亲,住上十天半月。但须有人来接,不许亲往。二女见自己已长大,再三请求,长在武夷随侍,一同修炼。谢山只是不允,屡请不获。日久也就不再提起。因有上次遇险之事,谷中封禁越严。二女除却每三年作一次武夷之游外,一步不能走出。没奈何,只得静心修炼,不再外骛。

一晃百年。自忖根基早固,每见谢山,必要强求另传道法。谢山总以女儿将来与己路径不同,此时多加传授,反而有误前程。二女无奈,又请传授法宝。谢山吃她们磨缠不清,方始允诺。于是二女每一归省,必要索讨宝物。谢山见二女功力与日俱进,道心坚纯,根基尤固,爱极不忍拂意,身边又没有那么多法宝,便随时物色,得暇现炼些来传授,遂成惯例。年月一久,二女得了不少法宝,欣喜非常,只苦无法试用罢了。

这年武夷归省,恰值叶缤来访,与谢山谈起峨眉开府盛况。二女听了,歆羡非常,恨不能当时飞往,才对心思。其实谢山前已算出二女遇合,应在本年。只为自身事忙,又与极乐真人有约,知道二女不应归入峨眉门下。心想:"二女欲往观光,等自己事完,用上两天工夫,默运玄机,细推前因后果,算出遇合所在,再放出山。彼时再抽空前往峨眉仙府一开眼界,也是一样。"二女力求未允,又气又急,回山筹计了好些日。忽然想起崔芜所赐洞灵筝,一旦如法施为,左近山石林木俱要遭殃,再厉害些便要山崩地裂。父亲所传

54

诸宝,虽遇不上妖人试验威力,毕竟自己还互相试过。独于此宝恐损谷中美景,从未演习。难得遇到千古难逢的仙家旷典,父亲偏不叫去。尤可气是父亲那么好一座仙府,却不许女儿同住,长年住这牢洞,也住够了。千载良机,错过可惜,何不就用此宝裂石穿山,逃往峨眉赴会?父亲、叶姑都爱自己,当着那么多外人,决无呵责之理。既可见识一些有名仙长道侣,饱看仙山景物,弄巧父亲见这牢洞已毁,无处可住,就许令我二人搬到武夷去住,省得长年气闷。

二女虽然修炼多年,从未与外交接谈说,外边的事一点不知。童心稚气犹似幼时,想到便做。先取洞灵筝走向谷口一试,哪知禁法神妙,筝上神弦响处,禁法反应,遍处金光红霞,尽管地动山摇,震得人头晕目眩,停手仍是原样未动,封禁依然,休想走出。二女急得跳脚,几乎哭出声来。连试几次,均是如此。二女已经心灰气沮。回到洞内,忽想起禁制俱在洞外,洞依崇山,父亲行法时,决想不到会由后洞攻穿十来里路的山腹,逃将出去,也许可以一试。重又对着后洞如法施为,果然生效,随着神弦弹动,山石逐渐裂开。因无禁法反应,声音并不十分猛烈,只渐渐朝前裂去。约有个把时辰,竟将原有一座石山裂成一条峡谷,直通过去,脱出禁制以外。

二女只庆脱身,洞虽毁坏,也不顾惜。虽父亲来有定日,叶姑却是难说,来得又勤。平日惟恐其不来,这时却恐走来遇上,又难如愿。匆匆回洞,将平日衣物觅地藏好,所有法宝全带身上,立即破空飞起。只知峨眉是在西方,不知途径。心想:"专往西飞,见了高山美景就留心查看,遇上人就打听,没有寻不到的。"飞行半日,自觉飞出甚远,连遇许多无人烟的高山,俱与所闻不似。正在烦急,忽见脚底山谷之中,生有好些异果,颇与以前叶姑由海外带来的佛棕异果相似。一同飞下一看,正是此果,随便摘吃了两个,重又飞起。已经飞出老远,猛想起:"父亲曾说此次赴会群仙,差不多均有贺礼。自己空手前去,父亲如在还好,否则相形之下,岂不难堪?记得那年叶姑曾说佛棕果是仙果,只海外有两仙岛出产,岛主颇吝,轻易不肯与人,极为难得。不料这里却产得有,又是无主之物,现成礼物,岂非绝妙?"念头一动,又赶回来,全数采个净尽。

哪知此果乃大笤山妖人毒手天君摩什尊者种来供献与妖师崆峒轩辕法王享受之物,便不遇上妖人师徒,一经发觉,立被寻来。何况二女又把大笤山绝顶妖宫误猜是仙山楼阁,欲往探询,自行投到。那佛棕异果离树越久,香味愈发浓烈,妖宫徒众一闻便闻了出来。先见二女美质,本已不肯放脱,再知异果被盗，如何能容。这时妖人正在宫中拜参炼道，手下徒众虽然厉害，禁不住二女法宝神妙，为数又多。何况此次遇敌，鉴于幼年之失，上来便留了神。众妖徒骄横已惯，又恃在本山本地，轻视敌人年幼，才交手，便吃二女杀死了三个。可是谢山所赐的法宝也损坏了两件。终于惊动宫中为首妖人轩辕老妖门下第四尊者毒手摩什，赶将出来，见爱徒伤亡，愤怒已极，立下毒手，想生擒二女，为爱徒报仇。二女虽然得胜，连失法宝之余，也看出妖人势甚厉害。互相打个招呼，正待再给敌人一个重创，飞身遁走。耳听一声龙吟，忽见宫门台阶上又一个矮胖妖人出现。人还未到，先飞起一片乌金光幕，将当头天空罩住，似要往下压来。方在惊疑，看不出头上是何法宝，耳旁忽听有人低语道："妖人所放乃是七煞玄阴天罗，一被罩上，休想活命。还不逃走，等待何时？"

二女原曾听谢山说过轩辕师徒们的厉害和所炼邪法、异宝的名头功用。闻言定睛一看，果与所闻金乌神障相似，不由大惊。知道这是最狠毒的邪法，虽有辟魔神光罩护身，久了也是凶多吉少。更恐被困在此，将开府盛会错过，心中发急。看出妖人志在生擒，各打一个暗号，假意被陆续追出迎敌两妖徒的绿气绊住，由它牵扯，缓缓往宫前飞去。暗中运用玄功，取出法宝，准备临走时再给妖人一下重的，以防追赶。眼看临近，倏地施展全力，将剑气倏地暴长。尚恐力量不足，一个对付为首妖人，一个对付那两条绿气，各将手中备就的法宝发将出去。妖人猝不及防，一面又要顾周、李、易三个突然出现的强敌，分了好些精神，两妖徒固是受了重创，毒手摩什也中了一下重的，慢得一慢。二女见那么厉害的法宝打在妖人身上，竟未觉出怎样，情知不妙，赶紧回身催动遁光，急如飞星往前逃走。

妖人自是咬牙切齿愤恨，略为闪避，连伤势都不顾，径舍周、李、易三人，随后追去。二女百忙中回顾，身后金乌光云狂潮暴发一般，漫天盖地追来，竟比自己遁光要快得多。心中惊惧，忙把避魔神光罩取出，以备万一。猛听耳旁有人说道："道友只管加速遁走，贫僧代你们抵挡一阵便了。"二女听出是先前说话那人。再回头一看，一片千百丈长的光霞忽然从空下降，光墙也似横亘天半。后面妖云也已飞到。就在两下里似接触未接触之际，目光一瞥之际，妖云便电一般急，卷退回去。二女亡命飞驰，虽然回顾，并未停留，也遁出了好几十里。知这两番相助的必是一位前辈神僧，好生感佩。还有适才和为首妖人对敌三少女，也极可感，剑光更是神奇。意欲寻着这四人致谢，询问来历。刚把遁光微停，便听耳边接着说道："峨眉开府在即，此非相见之地，须防妖人去而复来，贫僧也无奈他何。事正紧急，前途尚有人相待。请到峨眉再见吧。"

二女一听，这人竟是峨眉一派，一面未见，竟识得自己来历；神色不动，便将那么厉害的妖人逐走。不由对于峨眉更生景仰。既然在峨眉可见，何必忙这一时？便催动遁光，往前赶去。因为逃时匆忙，将方向走偏了些，中途又值阴天，没有看出方向，以为途向未走错，否则适才那人定要提起。一味加急前飞，不觉竟由峨眉侧面越过，到了川藏边界的大雪山界内。有了上次经历，沿途所经高山甚多，内中虽曾见到好些藏在深山中的庙宇和修道人所居的洞穴，惟恐又生枝节。偶然隐形飞落，见与想象中的峨眉不似，便即飞去，并未朝人问讯，以致越飞越远。嗣见前面雪山矗立，高出云表，绵亘不绝。二女虽未到过峨眉，大雪山景致却听说过，渐渐起了疑心。

谢琳道："听说峨眉灵山胜域，每年朝山的人甚多，极具林泉之胜。尤其后山仙府一带，素无人迹，风景应该格外灵秀雄奇才对。我们飞行了这些时，按说早该飞到，为何所过之地全与爹爹平日所说不似？这时竟然飞到这满布冰雪的乱山中来了。我看此山少说方圆也有两三千里。峨眉在四川省内，书上载着天府之国，人民富庶，决不会当中夹着这么大一片冰山雪海。莫非我们把路走错，走到滇西大雪山来了吗？"

谢璎答道："你说得对。我也正在疑心，沿途所经均不像是峨眉，按路程却该早到，此山俱是万年不化的冰雪，怎得会是峨眉？十九把路走错。只为适才助我姊妹脱险那人曾说前途有人相待，并没说我们把路走错，内中必有深意。又见迎面这山高出群山之上，凭我们的目力，竟会望不见山顶，从出世以来还是头次见到。这还不说，最奇怪的是我到了这里，心中老动，仿佛往日叶姑带我们去见爹爹，因三年才去一次，由上路便盼起，越快到，心越急的情景一样。所以老想和你说往回飞，另寻峨眉下落，却又总是想到那山顶上去，不曾出口，你说怪不怪？"

谢琳道："谁说不是，我也是从初见这雪山起便心动，活似有个极爱我们的人在那里等我们一样，照着我的灵机，兆头还是很好。不然，我已料定是大雪山，不等到此，早喊姊姊回头了。"说时，二女遁光已经停住。谢璎道："这事真奇，停下来，我心更动得厉害，直恨不能当时飞将过去。我想神僧既说前途有人相待，必非恶人。此山又如此之高，相隔只百多里，也不争这一点时候。反正走错，难得到此，何妨上去一次，不管有无人相待，好歹也开一回眼界。"

话未说完，忽听遥空一声清磬，竟似由对面高出云天的雪山之上传来。二人闻声，不由心旌摇摇。一面又觉身后有什么警兆侵来，只有前行安乐之状。双双连"走"字都未说，不约而同朝前飞去。越往前，冰雪之势越发雄奇。因山太高，须迎着罡风向前斜飞。沿途俯视，只见到处冰崖千仞，万峰杂沓，茫茫一白。天色老是那么阴沉沉的，日月无光，青苍若失，一望数千里俱是愁云漠漠，惨雾冥冥。尽管四外雪光强烈，眩人双目，并不觉出一点光明景象，加上悲风怒号，雪阵排空，汇成一片荒寒。休说人兽之迹，连雀鸟都没见有一只飞过。忽然一阵狂风吹过，好些千百丈高的冰崖雪壁忽然崩塌，当时冰花高涌，云雾腾空，轰隆轰隆之声，响彻天际。跟着数千里内的雪山受了震动波及，纷纷响应，相继崩塌，声巨而沉，恍似全山都在摇撼，端的光景凄厉，声势惊人。

　　二女暗忖："这等穷阴险恶之区，除了冰雪，什么景致都没有。尤其山岭之上，罡风凛冽，景更荒寒，任是铁建的庙宇也为吹化，怎会有人在此居住？但那一声清磬，又分明是山顶上发出来的，真个奇事。"一路寻思，越飞越高，不觉飞到顶一看，那山竟比下面所见还要高出两倍，满山俱是万年前的玄冰。因受罡风亘古侵蚀，到处冰锋错列如林，人不能立足。通体满是蜂窝一般的大小洞穴，其坚如钢。乍摸上去，并不甚冷；等手缩回，只觉寒气侵肌，其冷非常。

　　二女巡行了一遍，除却钢铁一般的冰峰冰柱，毫无所遇。罡风寒气酷虐异常，虽然修道多年，时候久了也觉难耐。失望之余，还没商量飞回，谢琳道："我怎么只一想退回去，心便吃惊？一想前行，便自宁贴？这样绝顶，本来不会有人。山那边又被半山云雾遮住，何不下去看看？那边背风向阳，天气好些，也许云雾之下有人居住。如找不到，索性绕山而回，免得迎风上下费力。"

　　谢璎点了点头，又同往山后降落。刚把上层云雾穿过，便觉出下面冰雪渐稀，山势倾斜得多。俯视居然见到土地和一些耐寒的矮树短草，料有希望，好生高兴。本定照直飞下，不知怎的，到了山头，无故偏向东南方角上飞去。前半仍有冰雪，山势也极险峻，百里以外方见林木。二女一口气飞出三百里，又有一山前横。谢璎方道："我们人没遇见一个，就这样乱飞一气，有什么意思？"谢琳忽然惊喜道："姊姊你闻见香么？"说时，谢璎也闻到一股旃檀香味。姊姊二人一样心急，不顾再说，抢着往前飞去。

　　前面这山本已林木森秀，及至飞越过去，忽然眼前一亮，大出意外。原来山的对面还有一座较小的山峦,四外高山环绕如城,此山独居其中,宛如宗主。那景物的灵奇清秀,直是从来未见。主山四外,平原如绣,芳草连绵,处处疏林。不是绿阴如幄,便是繁花满树,嫣红万紫,俪白妃黄,多不知名。天气更是清淑温和,宛如仙都暮春光景。并有云峰撑空,平地突起,石笋丛生,苔痕浓淡,苍润欲流。再往前去,便是一片水塘,碧水溶溶,清可见底。塘侧多是千百年以上的松杉古木,下面绿草成茵,景绝清旷。还有一桩奇事:举凡虎、豹、熊、罴、羊、鹿、猴、狼、兔以及各种禽鸟、虫蛇之类,随处都是,游行往来,见人不惊,也不互相侵害。照例平时形如世仇,见必恶斗,或是弱肉强食,见必吞噬的,到此都化去了恶性,只有亲昵,全无机心,各适其适,意态悠然。林枝树杪,只见佛禽浴日,灵蛇吐焰,翠鸟娇鸣,如哨笙簧。见了人来,有那大一点的怪鸟,以及雕、鹤、孔雀之类,偶还偏着个头,傲然看上一眼,多半直如未见。二女觉着这里景物自然美妙,已是难得,似这样羊虎、狼鹿、蛇鸟、鹰燕等本性相克的生物,竟会栖息一地,互可狎习,各不相惊,更是极其稀罕。明明群动之境,耳目所及,偏感到一种说不出的静中之趣。自然心移神化,相对无言,把平日好寻生物戏弄的童心全收拾起。遂将遁光停落,一路观赏美景。由水塘侧绕过,见生物鸟兽更多,到处琪花瑶草,嘉木繁阴,泉石之胜,更是目不暇接。却没见到一个人影。行约五里,方到对山脚下。

初降落时,因见对面山上白云如带,雾约烟笼,只顾观看那些珍禽奇兽,不曾留意。这时走到山脚,才看出山势险峻,四外都是树色山光,花香鸟语,山却宛如天柱矗立。尽管玲珑剔透,通体空灵,石色苍古,有似翠玉,却不见一草一木。全山仅下半近中腰有一块突出的平石,此外都是嵯峨峭立,无可着足。那平石广仅亩许。由下望上,只听泉瀑之声,洋洋盈耳,宛如鸣玉。

方欲飞身上去观看,猛瞥见一片祥云由顶上飞起,直朝来路高山之上飞去,其疾如电,晃眼无踪。料知有异,忙飞到石上一看,紧靠崖壁,还搭有一座极宽敞的茅棚。左右一边一道飞瀑,如白龙夭矫,贴壁斜飞,到了平石附近,顺着山势,绕山而流,径往后山转去。适见白云横亘,便是此处,所以不曾看出。如此灵境,断定棚内必有高僧驻锡,不顾再看景物,忙往棚中走进。还未进门,便看出棚内空空,只当中蒲团上端坐着一个未落发的妙年女尼。身侧地上插着一根树杈杈,上悬一磬。面前有一小木桩,放着一个木鱼、一个香炉和几本经卷。此外更无长物。除几根木架外,无甚遮拦。当中正门却横着一根木头,离地约有三尺。说是门限,又觉太高;要说防人进去,上下又是空的。不知要它何用。

二女自上来后，心更跳得厉害。再定睛一看，见那女尼生相竟和自己相似，正在闭目入定，神仪内莹，宝相外宣。气象体态虽然庄严已极，那美如天人的面上，却流露出无限慈爱的容光，由不得又敬又爱。始而为她威仪容止所慑，肃然起敬。后来越看越像素识，直似本来极熟的亲人多年未见，猛地重逢。无形之中真情流露，自然感动，难于遏制，直恨不能当时扑向怀抱中去，才对心思。心虽如此，毕竟前因渺茫，事由初会，又见对方入定，未便惊扰。先在横木之外立望了一会，由敬生爱，由爱加敬。暗忖："适遇神僧，既示仙机，此山景物如此灵异，心情又如此感动，必非常人。义父又常说，近年将有遇合，成就远大，不是玄门中人。再者自己素来眼高心大，看人不上，怎见了此尼，又没见她有甚道法，会如此使人敬爱尊仰？好生不解。莫不便应在这位神尼身上？"想到这里，不约而同，双双跪倒在门外，口称："弟子等巧涉灵山，许是注定福缘，望乞大师指点迷途，加以造就。"

话还未毕，忽见女尼头上现出一圈佛光，一闪即隐。随即睁开一双神光莹莹的妙目，向二女微笑道："你姊妹来此，原非偶然。不过此时你们还是槛内人，难进我的槛外来。不必多礼，我也无多话说，可各起立，听我先说一个大概。"二女听女尼口音，好似以前听过，十分耳熟，心中早已敬服到了极处。闻命拜了几拜，忙即起身，立侍于外恭听。

女尼道："我在此闭关已三百年，如论修行岁月，尚不止此。因我在佛座前发下宏愿，誓参上乘功果，立无边善功，而不杀一生物。即遇极恶穷凶，也以慈悲智慧、坚忍恒毅之力度化。虽具降龙伏虎无上法力，只用以为救世之用，从未以之伤害一命。苦行多年，忽然大彻大悟。本早功行圆满，只为当初佛前发愿之时，偶然动一尘念。我佛法不打诳语，有因有果，念即是因。有此一因，必须实践，始得解脱。为了此一段世缘，虽迟我百余年功果，但我佛法度人功德，胜于度世。说解脱，便解脱，何论迟早？这些话也不必多说。休看你姊妹学道多年，生具灵根慧质，但不到那自在境地时候，任我说千道万，你们也不得明白。我为你姊妹，已可算是破戒，这个报应由我自去身受。其实我仍是我，受不受没甚相干。

"至于我的来历，你们回去对你义父说，小寒山有一女尼，他未必能够明白；如说他的青梅旧友，就知道了。你们那叶姑却是我俗家第一良友。后因彼此出家，道路不同，她又远居海外，自闻我当年噩耗，屡经苦心寻访无着，以为历劫多生，难于寻觅。峨眉会后，可邀同来此一晤。

"你姊妹闻峨眉诸道友道法高深,不能无动于衷,此行意欲归附。玄门正宗,本来不恶,无如你姊妹均是佛门弟子,此去只可观法,无缘遇合。

"还有你姊妹在大坌山与轩辕门下第四弟子毒手摩什结了深仇,此人魔光、邪法均极厉害,非你姊妹所能抵御。并且你们来时,他正在崆峒绝顶其师魔宫以内,算出救你们的人不是白眉禅师本人,乃他弟子李宁,越加愤恨。盗用邪法、异宝,千里传真,环中缩影,搜寻你姊妹踪迹。他御魔光飞行捷逾雷电,片刻千里,迅速异常,只要被看出所在,晃眼追上。你们来时,再晚到一会,立被发觉。我用佛法感召引来此地,才免于难。又用佛法将本山真形隐去一半,未被看出,否则他必追来此地。我虽不怕,但我不开杀戒。他又牢记杀徒之恨,难免纠缠不清。我正闭关,无缘度化。而这里一切众生,均经我佛力化去恶根,在此栖息,日常听经,静候孽限一满,转轮投生,难免惊扰。只有使你们在此较为隐秘,此也是你姊妹命中一难。全免自是不能,且等明日,妖人久寻你们不着,又有他事离开之时,你们乘隙遁往峨眉,那里自然有人接应。中途妖人难免追踪,我再赐你姊妹灵符、神香,如用得当,足可从容赶到,决无疏虞了。"

二女一听,神尼佛法如此高深,忽然福至心灵,重又跪倒,拜请收录,并示法号。女尼笑道:"我俗家姓孙,自从出世以来,便是独身修道。禅功佛法,均由静中参悟,佛即我师,并非寻常师徒授受。既无赐名,哪有名号?你姊妹本我门中人,又有好深因缘,拜我为师,与拜佛一般,原无不可,只是正式收徒,尚还不是时候。这个时候,说早就早,说晚就晚,全在于你姊妹。且等峨眉归来再说吧。"

二女见这神尼笑语温温,由不得有一种依恋之思,虽只片时之聚,竟觉似慈母当前,亲爱已极。无奈中间隔着一根横木,不能进去。始因初见,敬畏心盛,不敢违逆,勉强侍立在外,心中老嫌不能亲近。谈的时候一久,觉着神尼双目莹莹,不时看定自己两姊妹,好似含蓄着无限的慈爱,越发感动。不禁把平日缠磨谢山的孺慕稚气使将出来,双双手扶横木,跪地哀恳道:"好师父,弟子等不知怎的,敬爱师父,老想到棚里去挨着师父,侍立一会。好在师父又没入定,不怕弟子惊扰,请开恩允许弟子进内吧。"

神尼见二女情切依恋之状,似颇感动,微笑道:"痴儿,痴儿!这条门槛,古往今来,拦住了多少英贤豪杰,你们不到时候,跳得出么?"二女情急入内,也没细辨神尼为何把跳进说成跳出,便道:"这只是一根横木,只要师父不见怪,弟子不论上跳下穿,或是将它取下,都能过去。"神尼笑道:"休看这门里一根横木,过去却难呢。不信,你们就试试。"二女闻言,心想:"师父忒小看人。也许有什么禁法,怎看不出来? 且不管它,当着师父不好跳进,且钻过去。"随同把头一低,意欲钻过,暗中又偷觑神尼双手和口角神情,看在暗中阻止没有。哪知神尼神色自如,手和口全未动,而姊妹俩身子明明钻在空处,却似有万千斤的阻力挡住,休想得进。自觉不好意思,不由犯了好胜童心,又想:"这样好好过去,大概不行。反正师父答应的,不如冷不防给它来一个硬冲。"想到这里,随驾剑气飞起,意欲由横木上飞过去。不料来软的还好,不过被潜力阻住;这一硬冲,竟被那潜力震弹出老远,因骤出不意,头都几被震晕,才知不是小可。当时又惊又愧,跑至棚前,手扶横木,望着神尼,眼泪汪汪,撒起娇来,埋怨师父不念弟子真诚,有心见拒,却不明说,只在暗中使法。

神尼微笑道:"这本是三教中最难过的一关,自我设此木起,便没动过它。我又何尝不愿你姊妹过来?"说时,二女泪珠点点,全都滴在横木之上,还待求说,神尼面上忽似一惊,微叹道:"我本意只完前因,不再入世,只在门槛外看定你们,时至再行接引。不料世缘一起,便有许多牵累,仍是避免不得,至少又须多迟我一甲子功果。门横巨木,仍为至性至情所动,可知圣贤仙佛、英雄豪杰,都不免为这情字所累,情之所至,防备无用。如今门木已解,只是虚搁在两旁框子上,你二人进来吧。"

二女未见神尼有甚动作,还不甚信,只轻轻一抬,竟是随手而下。心中高兴,立即破涕为笑,抢着扑近身去,双双倒在怀里。猛想起自己并非真个年幼,这是初见面的师父,不应如此冒昧,惟恐忤犯。神尼已一手一个抱紧,一边为二女拭着眼泪,叹道:"乖儿,你们已历三生,怎还有如此厚的天性?致我所设大关,均为所破。我本打算见面谈上几句,传了你们退敌之法,仍即入定。既已迟劫数十年功果,索性同你们聚到明日再分手吧。"二女见师父不但没见怪,反倒搂紧抚慰,心中正在舒服,闻言忽然醒悟道:"弟子等初见恩师,便似见了极亲爱的尊长一样,由不得又敬又爱,一切声音笑貌,均似极亲极熟的人,只想不起在哪里见过。恩师成道已数百年,弟子姊妹出生才只百年,听恩师这等说法,莫非弟子姊妹前三生是恩师心爱的儿女吗?"

神尼微把面色一沉道:"今生便是今生,前生的事说它则甚? 你两个也修道多年,以后还要在我门中,哪有这许多的世情烦恼?"二女见神尼总是面带微笑,忽见有了不快之容,同时在口气里已明白了大半,不禁悲喜交集。因恐神尼真个不快,仍使故伎,倒在怀里,仰面向天,且把一双秀目虚合,试探着娇声说道："恩师不要见怪,弟子怕看恩师生气的脸色,还是带笑的脸好。女儿再也不敢乱说了。"一边说,却在暗中偷觑神色。神尼忍不住微笑道："痴儿,隔了三生,还是这等顽皮。今日初见尚可,峨眉归来,正经拜师之后,须以苦行修持,却不可如此呢。那等称呼,尤其不可。"二女道："弟子也是孺慕太深,不知如何是好。到了修行之时,自然是要规行矩步。还有弟子实不舍离开恩师,既非玄门中人,峨眉不去也罢。"神尼道："这又不对了。难道你义父教养之恩与叶姑照拂关切之厚,以后别远会稀,都不禀告一声?"二女连忙认错不迭。

由此师徒三人越谈越亲切,一直相聚到次日。神尼算准时辰将至,才由香炉内取出两把香灰,拿在手里一搓,立变成一捧赤豆大小的舍利子,金光闪闪,耀眼生缬。便分给二女,传了用法。又在二女双手各画灵符一道。吩咐:"妖人追近时,由一人将手一扬,同时另一手发出舍利子,便可将他惊退老远,并还小受创伤。我知你二人难免虚惊,如真运用合宜,有这四次阻挡,足可从容赶到。此宝一发,即与魔光并尽。固然发出越多,敌人受伤越重,但须防后难为继。如多与你们,白白糟掉。此行小心为妙。"

二女平日心高胆大,独对神尼比谢山还要信服,领命拜辞,一路上便有了戒心。因前行的路正与妖人来路斜对,成三尖角的方向,此去峨眉,无异与妖人对面相迎。全仗来路所经高出天半的大雪山主峰掩蔽,必须以进为退,抢先赶到。妖人如果追来,然后绕山而驰,变作照直而行,才不至于迎头撞上。未动身前,先运用玄功,增加剑遁威力,蓄势引满待发。飞出小寒山禁地之外,便以全力加急飞行,两道红光并在一起,如流星般抢往大雪山驶去。时刻本经神尼算准。

毒手摩什因自昨日起,盗用其师法宝,接连查看了一昼夜,几乎遍览寰区,均不见二女影子。正在又惊又恨,轩辕法王忽命侍童传唤。只得把上有昨日二女所杀妖徒心血,用为查看时法物的一面三角晶镜,交给看守法坛的师弟万灵童子茅壮,匆匆告以二女衣着相貌,自往前殿去讫。

他这里刚一离开,茅壮便自法台宝镜中发现二女由小寒山突然出现,朝大雪山主峰急飞。因妖人曾说,二女若往峨眉,照理原该早到。但这一次行法,与二女仇深恨重,立誓杀她,特意刺了三个爱徒的心血来行法,与往昔不同。只要仇人所到之处,任隔千百丈厚的山壁,也看得出形影。峨眉目前不少能手聚集,二女与他们似无甚关系。他们不袒护便罢,如若袒护,便是公然出面作梗,决不再做掩藏示怯之举。本来就因二女资质太好,恐到峨眉为人看中,收归门下,出头护庇,仇不易报。急于在她俩未入峨眉以前下手,连夜行法,查看峨眉方面并无征兆。此法不是所寻的人,镜中不现形迹,定还未至。偏会查看不出,真乃自有此宝以来,未见之奇。心料二女峨眉之行终须前去,所以宝镜碧影始终照在峨眉那一方面。偶然查到别处,也是瞬息之间。

茅壮心有成见,一经接手,便照向原处。知二女是双生姊妹,一身仙骨,美丽灵秀,无与伦比。一见现形,忙把宝镜转动,施展邪法,将人形放大。定睛一看,不由动了爱怜之心。暗忖:"师兄忒也胡闹,这么好根骨的少女,福缘必定深厚,怎会夭折,葬送在你手里,受那终古炼魂之惨?岂非逆天行事,自找烦恼?便师父那么高深的法力,为异教中第一人物,凡百无畏,任性而行,生平所摄生魂,除却本是凶魂厉魄,或是旁门中遭劫人物外,也没见有一个真正有根器的童男女在内,何况是你;再者,你是盗用师父法宝,因你得宠,知道了,也不致如何重责。我奉命看守,终是私相授受,责有攸归。有此推托,乐得不去前殿通知,暗助二女一臂之力,使他们逃往峨眉,免被师兄追去吃他的苦。保全两个可爱的人,还为本门少生些事故。"心念一转,只管注视镜中二女形影,不去前殿告知。

直到二女飞近雪山主峰,毒手摩什才匆匆赶回,见状又惊又怒。问知在小寒山左近出现,那一带并没有听说有什么人隐修,越加奇怪。知二女是赴峨眉,足可赶上,不暇多言,立即起身。轩辕门下妖道和九烈神君一样,端的神速异常,如非二女手有灵符、神砂,几难幸免。

二女眼看大雪山主峰在望,瞬息可达,心方略松,忽听东北遥空传来一种极洪厉的异声,知道妖人晃眼即至。忙照预计,明明到了峰前,该往东偏飞行,却改回向西,绕山而驶。

妖人也是前次失利,二女踪迹又忽然一隐,估量必非寻常,那座主峰有二三百里方圆,妖光难于遍及。自恃妖遁神速,欲俟追上,始用全力,以便一举成擒,免得又被滑脱。虽然一发不中,仍可再追,到底迟慢一些。地隔峨眉并不甚远,二女遁光也颇神奇,稍微疏忽耽延,被她们跑进峨眉一仙府,仇便难报。二女昨日隐藏太奇,定有强敌暗助,稍纵即逝,不敢大意。恰好两下里方向斜对,便照二女去路迎来,满拟必可撞上。哪知有了神尼指点,与来时预拟的方向去路竟是背道而驰,直到飞过应该相遇之处,还没见着红光影子,好生惊奇。暗忖:"仇人要往峨眉,定走这一条路,万无在此不遇之理。镜中现形,去路一毫不差,看准赶来,怎会迎过了头,还没见到一点形迹,难道又闹什么玄虚?"一边想着,仍往前飞。

实则妖人由峰东飞过时,二女刚巧改道由峰西绕出峰前,差不到一晃眼的工夫,便被发觉,时机危急,时不容发。妖人百忙之中,万没料到仇人会走反路,飞过了头,又未回看,致被错过。又心疑仇人有了警觉,往小寒山来路退去,循路急追。已快追到小寒山左近,忽然想起二女似初出山,途向生疏,也许还不认得去峨眉的道路,径由主峰顶上越过。来时疏忽忘了回顾,反被漏去。否则就她们中途退回,凭自己的遁光,也无追不上之理。心念一动,立即回飞。因那主峰高大碍眼,意欲从高处瞭望,径往峰上飞去。准备所料不对,也可行法,拨云四望。经此一来,二女已由峰前折回峰的东北,反倒走上妖人适才所经的来路。

妖人刚到峰顶,便瞥见前侧面云层雾影中,一道朱虹拥着两个仇人,往去峨眉的正路上电驶急飞,甚是迅速,途向一点不差,分明胸有成算,才知上了大当。心中愤激,忙纵妖遁追赶。二女已经避开正面相遇,心更拿稳,闻声回顾,厉声起处,妖光烟云由远而近,潮涌追来。谢琳心想:"峨眉群仙毕集,自己却被妖人赶上门去,末了还仗人家接应才得无事,固然妖人太凶,到底面上无光。师父曾说,这佛香、神砂专破妖光魔火,发得越多,妖人受伤越重。此时离峨眉尚远,如把神砂改作两次发出,效力虽大,未免冒险。何不把自己这一份匀作三回却敌,姊姊这一份等快到峨眉,妖人追上之时,给他一个狠的?"主意打定,也没和姊姊说。原定是她先发,妖人来势实也太快,刚把手中神砂取了三分之一在手,未容再想,那乌金色的光云已经首尾相衔。不敢怠慢,慌不迭将手一扬,发将出去,立时便有万点金星朝后飞去。妖人猝不及防,颇受了一点创伤,妖光也被神砂炸毁了些。可是神尼原已算定每次要多少,如按四次发放,妖人每中一次,必要遁退老远,等神砂在空中与当前妖光相撞爆灭,重整残余,始能再进,逃到峨眉足可从容。这一分,少去好些威力,妖人受创不重;妖人又看出法宝来历,只能使用一次。只要追时留心,玄功变化退避得快,至多宝光稍微损伤,无关宏旨。受伤以后,一面咬牙切齿,咒骂仇人,同时早想好了应付之法。二女却仍在梦中。

谢琳见敌人果然受伤退去,胆子越大,还自得意。谢璎见一样神效,也未拦她。不料第二次神砂发出,妖光逃遁更速,一沾即退,妖人却似未受甚伤。而且去得快,回得也快。第三次更糟,竟连妖光都未消灭一点,神砂飞出,吃妖人放出一片绿黄二色的火星,迎在头里,一撞全消,竟是全师而退,晃眼又被追来。尚幸二女灵敏小心,一面抵御,一面运用全力加紧飞驶,等第四次追近，已到了峨眉后山上空。

妖人也是活该倒霉。因见二女中只是谢琳一人动手，谢璎始终未动，快到地头，心中急躁万分，惟恐漏脱，又看出仇人手中法宝已经用尽，神情惊惶，即便还有，也有破法。准备豁出送掉一件别的法宝，再用玄功变化护住元神，肉身拼受一点伤害，一面用法宝防备神砂与之同尽，一面加急前追。敌人如施法宝，更不再退，径直硬冲过去。谁知二女惊惶，由于第三次妖光未伤，回来太快，只当敌人有了抵御之法，神砂无功。明知师父既说只有虚惊，不会受害，但是好强心胜，惟恐逃到峨眉，当人丢脸，并没想到是神砂量少之故。见已追近，一时情急，又料这一挡，至不济，也能飞到地头。不过妖人没在自己到时重伤惨败，全仗外人接应，面子不好看罢了。谢璎听谢琳直催："姊姊做一回放试试。"便把双手神砂同时发将出去。

二女发时，稍微迟缓，无意中成了诱敌之计。这次妖人见已追近，仇人尚无动作，峨眉转瞬即到，恐生波折，越以为二女力竭势穷。这次神砂之力，比前长了两三倍，就有准备，也难免于受伤，何况又把防御之心丢去了大半。在一缓一急之间，相隔越近，二女也几乎被妖光罩住，突将神砂全数发出。妖人怎吃得住，法宝损伤了一小半不说，如非心急报仇，欲以玄功变化，双管齐下施展毒手，虽然不致必死，而形神两受重伤，决所难免。等到遁向远处，收拾残余，同时省悟二女是得了昨日为她隐形人之助，分给了一些神砂，这次将要用完时，二女已经赶到地头。明知对方不好相与，此去十九弄出事来，无如满腔恶气难消，想了想，把心一横，追到洞前。不料饱受二女奚落，对方一个有名人物也未出现，竟为几个无名小辈所伤。末了，还是自残肢体，才得借着本门血光遁法逃去，怎不恨切心骨。由此便与金、石、二女诸人结下深仇，立誓报复。不提。

金、石、秦、廉四人听二女略说前事，又见二女一双仙容玉貌，俱都佩极爱极。双方正谈得投机，崖下面噗的一声，冒出一道白光，其疾如矢，直向亭中射来，势甚突兀。金、石二人慧眼神目，一见便认出是本门家数，刚说一句："不是外人。"白光敛处，乃是一个相貌奇丑的小尼姑，众人俱不认得。见那小尼姑满头上疤痕累累，蜂窝也似。一张紫酱色的橘皮扁脸，浓眉如刷，又宽又密。底下却眯缝着一双细长眼睛，扁鼻掀孔，配上一张又阔又大的凹嘴。未语先笑，却露出一口细密整齐、白得发亮的牙齿，还生着一双厚长红润的垂轮双耳。身更矮胖。与仙都二女并立一处，越显一丑一美，各到极处，不禁暗笑。尤其仙都二女刚刚出世不久，才到峨眉，便见着金、石、秦、廉这几个极秀美的少年男女,以为峨眉门下俱是这等人物。几个把门的已有这等丰标,洞中比这好的金童玉女更不知还有多少。休说还要参与开府盛典,便见到这些人也是高兴。方自欣慰,忽然平地冒出这么一个丑怪物来。金蝉不说是自家人还好,这一说是自家人,仙都二女由不得多看两眼,越看越忍不住,几乎笑出声来。

小女尼不等众人问询,便先向金、石二人笑嘻嘻道:"你两个想必就是金蝉、石生两小师兄了?"说时,见仙都二女在笑她,也不理睬,随伸左手,用食指指着自己扁而且掀的鼻子,对众笑道:"小贫尼癞姑,乃落凤山屠龙师太善法大师的小徒弟。这两位师姊呢?"

金、石、秦、廉四人虽未见过屠龙师徒,却早听玉清大师和诸先进同门说起她们的故事。

原来屠龙师太当初原是本派前辈,只因疾恶如仇,屡次妄起杀机,致犯教规,师长屡戒不改,将她逐出门墙。赌气出门,益发躁急,到处搜寻异派妖恶之徒为难,一被她遇上,便无幸免。彼时任性刚愎,谁说的话也不听,同道中落落寡合,只妙一夫人和她至好。东海三仙始终关念旧日同门,未断往还,知她这样下去,杀孽日多,树敌太众,早晚必有祸患。这四人劝她虽还能勉强听从,也只是当时,见了恶人,依然故态复萌。便不再劝,公推妙一夫人暗中为她防护。屠龙师太本是峨眉派中有名辣手,道法高强,永远独来独往,向来不要人助。妙一夫人暗中将护不久,便被发觉,虽然不愿,良友苦心好意,也只听之。表面不加拒绝,暗中却想尽方法掩饰,避道而行。

这年长眉真人飞升,她虽然气愤师父薄情,处罚太过,负气怙过,出门以后不再参谒,也不略露悔意托人求说。毕竟师门恩厚,永世难忘,到日前往拜送。因是弃徒,不敢再齿于众弟子之列,只在洞前跪伏遥拜。哪知只听传说,时日说得不对,连跪伏了三昼夜,终不见真人仙云飞起。心想:"自离师门,便未见过。此后更是白云在天,去德日远。"越想越觉依恋。又见连旧日同门和师门一些至交俱陆续到来,飞升之事,一定无讹,决计无论再跪多少天,也候到师父飞升才罢。立心诚敬,明知同道身前走过,只把双目垂帘,虔心相候,既不招呼,也不探询。似这样跪到第六天上,真人方始飞升。拜送之后,妙一夫人忽持真人柬帖和一件法宝赶来,告以真人因她不知悔过,一意孤行,这多年来虽经众弟子求说,不曾允准。教规谨严,师徒之分已绝,师徒之情尚在。此次飞升,众门徒弟子各有法宝遗赐。所赐屠龙师太白柬一张,到时现出形迹,自有应验。又外附戒刀一柄,以为异日之用。屠龙师太此时原是道装,名叫沈琇。听完前言,心中难过已极。知道宝物不过留念,那张白纸却关系他年成败,必不在小,感激涕零。方要回山,三仙等一干旧同门和许多平辈道友相继走来看她,并约入洞少聚。屠龙师太知道晓月禅师尚在洞内,平素不和,犯规被逐,一半由他而起。这次师父又将道统传给妙一真人,晓月禅师也很气愤,自己偏和三仙等人情厚。一则进去难免受他讥嘲,看些冷脸;二则此时也实无颜进洞,便自谢绝。三仙诸人知她与晓月不和,也就不再相强。

屠龙师太回山不久,以前所树诸强敌便联合寻上门来。苦斗了三昼夜,末了敌人请来轩辕法王和九烈神君等师徒多人,将她困在妖阵以内。偏生三仙、妙一夫人等几个至交得有长眉仙示,早知就里,加上晓月又在生心内叛,诸须防备,不曾来援。眼看和弟子眇姑要为阴雷魔火炼化,同归于尽。一时情急无计,想到真人所赐无字素柬。刚由怀中取出,还未及细看,便见纸上朱篆突现,如走龙蛇,霹雳一声,冲破千重魔火妖光,破天飞去。这时屠龙师徒护身神光已快炼尽,再有个把时辰,便无幸理。料想此柬必是一道求救灵符,正盘算来人是谁,烟氛汹涌中,一幢祥光紫焰忽自天空降落,直罩头上,护身的神光竟被压散。方拿不定凶吉,平地突托起丈许大一朵金莲,将身托起,与那祥光上下一合,将师徒二人一齐包没,腾空而起。慧目外望,满空四外的阴雷魔光,如狂涛怒奔般纷纷消散。一干妖人更是手忙脚乱,四散飞逃。祥光、金莲,其去如电,只望了一眼,已飞出数百里外。

一会落下一看,身在一个海岛之上,湿云低垂,景甚荒寒。祥光敛处,对面山石上坐定一个衰年老尼,短发如雪,面容黑瘦,牙已全落,双目却是神光炯炯。猛想起逐下山以前,曾闻师言,东海尽头居罗岛神尼心如,新近在岛上相遇,说她想收一个女弟子。因在荒岛坐禅多年,无暇到中土来,托他代为物色。并说她以前便是最恶的人,忽然悟道。所收弟子,只要资质好些,放下屠刀,立即是佛,不问以前善恶,自能度化。道友肯予援引,便是缘法,这人如已在佛道两门修炼多年的尤妙。听那口气,好似把师父门人要一个去,更对心思。今日灵符才得升空,便被接引来此,两下里印证,分明预有前约。久闻神尼以前所习,乃是专一伏魔功夫,近始参修上乘功果,佛法无边,不可思议。如蒙收录,岂非幸事?立即跪伏谢恩,并请收录。神尼先问:"戒刀带来了未?"屠龙师太闻言,立即将刀献上。神尼即用戒刀为之披剃,再述前因。果然师父看她杀孽太重,必遭大劫,自己飞升在即,非得神尼这等法力宏深之人为师,终不免祸。并算出她与佛门有缘,前次逐出,实是有心玉成。

拜师之后，在岛上苦修了十年，神尼便自飞升。因她曾在东海一日之内连杀了二十三条修炼千余年的毒龙，因此人都称她屠龙师太。除眇姑外，还收有一个患癞疮、麻风，眼看要死的贫家弃女。师徒三人虽都丑得一般出奇，但道法却极高强。尤其是这位癞姑，曾得过半部道书，练就穿山行地之能，如鱼游水，比起南海双童还强得多。

金蝉等四人既然听说过屠龙师太师徒的来历，所以听完癞姑自报家门后，立时改容致谢。互通完了姓名，正要给仙都二女引见，癞姑道："我知道她们是仙都二女，刚被那臭巴掌妖人赶了来。人家看不起咱，犯不上巴结。我正经话还没说呢。"这话一说，仙都二女好似来人揭了她姊妹短处，自身是客，不便发作，噘着两张小嘴直生气，暗骂："丑秃子！"金、石二人也觉发僵。

癞姑全不在意，随对众道："家师和眇姑本要今日来的，因听一旧友说起，许飞娘忌恨峨眉开府，费尽心力，约了好些厉害妖人，欲在开府那一瞬间，在峨眉对面的雪山顶上，施展九天都篆颠倒乾坤大法，将全山翻转，给齐师叔一个丢脸。家师气愤不过，料知诸位师伯叔必早知道，她和家师姊找人商量去了。我想早日来此观光，因我来路与别位不同，要路过二十六天梯，过时觉着危崖顶上有点异样，下去查看。才一落地，便现出一个和我丑得差不多，只头上没长癞疮的女道友，自称米明娘。知我是客，见面便催我快走，问又不说。后被我逗得发急，她见事变快到，才说是妖鬼徐完要来惹厌，她已觉出惊兆，恐我不走，误了他们的事。还怕万一客人受伤，更受师长责怪。我很爱惜此女，又想看妖鬼到底有多少鬼玩意，刚答无妨，空中便有了鬼声，前队先到。她因见我不走，事又紧急，便行法连我一齐隐去。先来鬼徒鬼孙又都是废物，毫无觉察，便入了埋伏。我以为都是这样稀松平常的鬼闹呢，哪知鬼头跟着就到。这一来却热闹了，差不多世间什么样的坏鬼全都来齐，外加许多魔头。我跟着打了一阵鬼架，觉着我是胜负两难，他们那几个却未必是人家对手。既然早有准备，怎会只派几个后辈和大猴子去应付？不是诱敌，便是别有良策，好在禁制重重，妖鬼一时冲不到此，他们忙着和鬼打，都不爱理我。想到此打听一个行市再回去，好多少出一点力，就便歇歇脚。因天空已被禁制横亘，齐师叔仙法神妙，竟随着人上长，人到哪里，都拦住。我飞不过去，只得改做穿山甲到此。"

金蝉见她咧着一张大嘴，言词神情无不滑稽，强忍着笑，告以经过。癞姑笑道："原来棚里还埋伏着古神鸠，又有矮老前辈暗中布置，这就莫怪了。

不过这些鬼东西太气人了，多除他几个，省得留在世上害人，总是好的。你们除却真个奉命不能离开的，谁敢跟我打鬼去？上空飞不到，我会带他做穿山甲。到了那里，却是各顾各。"仙都二女知道此言明是为己而发，不禁玉容微嗔道："要去我们自己会去，哪个要你来领？四位哥哥姊姊们奉命延宾，不能离开。你做你的穿山甲去，不管我们怎走，准定奉陪就是。"癫姑笑道："二位女檀越生气了？我只当你笑时才现酒涡呢，原来嘟嘴也现，真好看。以后我只要见到你们姊妹，不叫你们笑，就叫你们生气。"二女嗔道："我们没有那大工夫和你生气，偏不现出给你看。"癫姑笑道："这又现了不是？"二女气道："少说闲话，你不走，我们先走了，倒要看看你这不被人赶出门的有多大本领！"癫姑笑道："我小癫子没甚本领。实不相瞒，方才由地底钻出，便是被那鬼玩意赶了来的。不过我和人动手，照例没完没了，死缠。当时打不过，绕个弯又去。到此打一转，再回去打时，好说并非真败，只为打到中间，忽然想起这里有两个妙人儿，特意抽空跑来看酒涡来的，省得妖鬼说我。"这几句话一出口，休说金、石、廉三人听了好笑，连秦紫玲那么老成的人，也忍不住笑出声来。仙都二女更是笑不可抑，怒气全消。癫姑反板着丑脸，只望着二女面上酒涡，一言不发。众人见状，又是一场大笑。这才知是有心作耍，本无芥蒂。二女也猜嫌悉泯，反觉癫姑有趣。紫玲再一重为引见，更各亲近起来。二女见只说笑不走，重又催促。癫姑道："我是逗着玩，要去，现在时候还早呢。"紫玲也说："米、刘诸人无妨，朱师伯另有安排。须俟妖鬼全军出动，始可前往。纵不全灭，也须去他一半，不必着忙。"于是众人便在亭中说笑。

候到子初，司徒平忽出来传令说："师尊闭洞前留有仙示，命金、石、秦、廉四人，一交子正，速往二十六天梯，各用新得法宝，分四面截戮妖鬼。阵中已有神鸠，无须近前。来客如愿相助，悉听自便。"说完，便见徐祥鹅、周淳、周云从、赵燕儿四人出洞，接替轮值。癫姑首先喊声："再见！"一道白光，往地下穿去。仙都二女说自己须到阵前穿地而入，免毁山石。随了金、石、秦、廉四人同行，到了二十六天梯上空，自用法宝裂地开山入阵。不提。

且说米、刘、沙、米诸人正在茅棚中守望，忽听破空之声，一道白光飞落岭上。米明娘看出是本门中人，恐她不知，贻误事机，出去问明来历以后，怎么劝说，癫姑也是不走。明娘出身异派，觉出妖鬼快来，入门日浅，不知来历根底，再说恐其不快，只得使眼色。米、刘二人方将来人一齐隐去，便听空中啾啾呜呜，鬼声如潮，忙将禁制展开。方料妖鬼毫无觉察，不难使之入网，哪知事情并不尽然。妖鬼早知峨眉在二十六天梯有了埋伏,又闻许飞娘约请了两个异派中的头等人物,要在开府之日倒转仙府,毁灭全山,自己自恃邪法高强,不愿因人成事。又知敌人气运正盛,能手众多,飞娘此举决难成功。便是自己此行,也只是因为符、令为对方所毁,轻视不理,又失去一心爱女徒,仗着屡劫幽灵,炼就不死之身,乘隙扰乱,给敌人一个厉害,稍出心中怨恨,真想把敌人怎样,仍办不到。乐得故示气派,不与人合流,独自行事。算准当晚峨眉诸长老要在太元仙府内闭洞行法,开读仙示,特意期前赶来。妖鬼平日尽管骄横,因对方是生平头一次遇到的强敌,又有准备在彼,由不得也加了几分小心。一面召集教下全体鬼魔大举前进;一面派出两个得力弟子去打头阵,看看对方何等埋伏禁制。那初次入伏的,并非徐完本人。

而另一面,妙一真人等又深知妖鬼神通变化,灵敏迅速,来去如电。此时正在专心伺隙,稍有动作,便被识破,不易入网。和白、朱二老,各以意会,一面算准神鸠到的时候,命几个再传新进往设埋伏;一面却由嵩山二老主持全局,另加了一番精微布置。茅棚刚搭成,神鸠便到,立由易、李诸人转告杨瑾,乘妖鬼还未算出以前,藏入其内。并告米、沙二小,不到子正,不可放出神鸠。米、刘诸人全都不知底细。

明娘正被癫姑引逗,急恼不得。一闻鬼声,刚把禁制展开,便觉眼前阴风飕飕。一阵旋沙起处,岭头上凭空现出两个面容惨白、瘦骨嶙峋的妖人,都是身着麻衣,鬓垂两挂纸钱,一手执着一柄上面黑烟缭绕的铁叉,一手持着一面上绘妖符、血污狼藉、长约二尺的麻幡,身子凌虚而立,若隐若现。正当四山云起、月黑天阴的子夜,那神情说不出的阴森凄厉。二妖人才一现身,便睁着鬼火般一闪一闪的碧绿眼珠,不住东张西望,四下搜索,好似不见敌人,面现惊疑之色。明娘主持全阵,正嫌人手太少,二妖人忽然同声喝道:"我二人奉冥圣徐教主法旨,来寻那日在白阳山古尸陵墓中毁去教祖的阴符、敕令,和那用禁法困住叛徒乔乔,致被少阳门下孽徒逼去成亲的两个贱人。你们既敢在此地设机埋伏,急速现身出敌;要是害怕,告知你们主脑,速将那两贱人献出,免得一网打尽。如若打算妄用隐形禁制之术,我们俱是玄阴不坏之身,直是做梦。"

言还未了,忽听有一女子粗声莽气笑骂道:"不要脸的无知游魂妖鬼!人在面前都看不出,还敢吹大气呢。妙一真人如把你们当玩意,也不会只派几个再传弟子收拾你们了。他们奉有师命,不到时候,不能收网。我来做客,却可随便。我也会吹气冒泡,却是真吹,不只口说。且先试试你们这不坏之身是什么玩意。"先说时,身并未现。二妖徒闻声只在近侧,不由犯了凶横气焰,自恃真阴元灵炼就的形体,可分可合,能聚能散,又善玄功变化,不畏暗算。没等对方说完,勃然暴怒,双双厉啸,将手中妖幡连连晃动,朝着发声之处乱指,由幡上飞起一片碧萤般的鬼火。立时阴风滚滚,鬼影幢幢,每一点碧萤之上,各托着一个狰狞鬼头,其大如箕,千形百态,猛恶非常,各张着血口,獠牙重重叠叠,发出各种极惨厉的鬼啸,怒涛一般飞舞上前。明娘虽然在暗处,未被发觉,因离身较近,也觉阴寒之气侵肌,由不得机灵灵打了一个寒战。不敢大意,忙从暗中遁到茅棚下面,去与米、刘诸人会合。

正待合力下手,癫姑话也说完,自破隐形法,突然现身上前,手指妖徒,笑嘻嘻骂道:"你们这些鬼都没用处,这些鬼脑壳有什么相干? 还是让我吹口气试试吧。"妖徒见那上千凶魂厉魄炼就的恶鬼枉自口喷碧焰阴火,磨牙吐舌,只在四外环绕,不能近她的身。出来的敌人偏生得又丑又矮,一点看不出有甚奇处,越发愤怒。刚把手中妖叉一摇,待化血焰飞出,癫姑口已先张,只见一团赤红如火的光华电射飞出。妖徒如果小心,看出对方难惹,先用千里传音之法向北邙告急,这数千里的途程,妖鬼邪法玄妙,妖徒出时没有禁制,真灵相感,声息一通,可以立即赶到,二妖徒尚不致死。至不济,那两面恶鬼幡下的上千凶鬼,总可保住一些,不致全灭。只因凶横太甚,一念轻敌,以为妖鬼法令森严,自己是同门表率,不欲一战未交,便自示弱。及见对方法宝、飞剑全未施展,忽然喷出一团火光,知是佛家降魔真火,和少阳神君师徒所炼内火一样,恰是自己克星,不禁鬼胆欲消,忙欲遁逃时,已是无及。那火来势如电,眼未及眨,忽自分散,化为一片火雨,将二妖徒全身围住,再行爆散。只听一片轻雷之声,密如贯珠,连妖徒带所持幡、又全数消灭,连烟都未起一缕。那些恶鬼失了凭依,纷纷悲啸欲逃。米、刘诸人早把禁制发动,太乙神雷上下四外一齐合围,晃眼全部了账。明娘才知癫姑真个法力高强,好生敬服。

正致谢间,癫姑道:"实不相瞒,我因你一见投缘,同丑相怜,意欲助你一臂。知道妖魂难伤,不惜损耗元气,除了两个为首妖魂。此事可一而不可再。妖鬼徐完见妖徒本命灯一灭,必定立即赶到,我能敌与否,尚难断定。我在此现身诱敌,你们仍照原定,不要管我。"

癫姑说时,米、刘诸人早把阵法重新布置,以为妖鬼远在北邙山,连癫姑也觉几句话的工夫,未必就到。不料话还未完,二人便觉阴风扑面,肌栗毛竖。同时千万支灰碧色的箭光,夹着一股极强烈的血腥,当头撒下。眼前一花,一个面如白灰,身穿白麻道装,头戴麻冠,相貌阴冷狞厉的妖道,带着二十多个和前两妖徒同样打扮的男女妖魂忽然出现。想是恨极,身还未落,先下毒手。如非癫姑道法高强,曾得屠龙降魔真传,明娘又是久临大敌,深知妖鬼厉害,时刻谨防,米、刘、袁星均极机警,应变神速,几遭不测。

阴风才到,癫姑手一指,先放出一道白光,一片金霞挡在前面。明娘也放起一片青光,不约而同互相将身护住,遁退一旁,准备看清来敌,再行应战。棚下面,米、刘诸人见徐完已到,便不再等明娘退回,先自发动。

第二一〇回

闭户读丹经　明霞丽霄开紫府
飞光摇璧月　朵云如雪下瑶池

　　原来妖鬼徐完因在妖宫看见妖徒本命神灯一灭，知遭惨死，不由暴怒，立即赶来，猛下毒手。及见幽灵鬼箭未将敌人打中，随将收敛万千凶魂厉魄炼就的妖术邪法，全数施展出来。痛恨之下，看出敌人共只几个无名小卒，越发愤怒。又因阵法催动，断他归路，见敌人用的是暗藏太乙神雷的玄门生灭两相禁制大法，以为此法虽然玄妙，却奈何自己不得，就杀眼前几人，太不消恨。决计施展全力一拼，至少也将敌人门徒杀死一半，才可稍平怨气。于是暗用鬼语，密令手下的妖徒，在自己所放血沙幡紫焰护身之下，率领万千恶鬼，冒着雷火宝光，乘虚摄取敌人真魂。却独自冲破禁制，赶往敌人洞府，乘着首要诸人无暇迎敌，将门下男女弟子一网打尽。

　　谁知阵中禁制虽阻不住他，如想前进，却被一重佛光阻住，无论飞左飞右，飞得多高，只要往峨眉一面便被阻住。这才省悟，敌人埋伏以外，还另约有佛法高深的能手，用佛家须弥神光将前路阻住。知道厉害，不敢硬闯，急怒交加，退将下来。瞥见阵中雷火乱发如雨，打得那些恶鬼欲前又却，无法进攻。同时手下妖徒又吃小癫尼暗算了一个，受伤退下。当时恨到极点，便朝癫姑扑去。

　　峨眉出战诸人多出身左道，识得厉害，互相联合在一起，只把雷火连连发放，以待时机，只守不攻；又在法宝、仙法护持之下，妖鬼无隙可乘，简直奈何不得。只癫姑一人自恃具有降魔法力，不畏邪污，不时在法宝、神光护身之下，乘机出没，伤害妖徒、恶鬼。癫姑正在兴头上，忽见妖鬼徐完由隐复现，知他动作如电，便留了神。可是疾恶之性和其师当年一般激烈，见了便难容忍。恰值有一妖徒贪功心切，妄想乘机冒险，摄取袁星真魂，吃癫姑看出。知众妖徒均有徐完妖幡上分出来的紫焰护身，前侧面不能伤他，冷不防遁入土内，到了妖徒脚下，倏地冲出，扬手一团雷火，打得妖徒身受重伤，几不成形,败退下去。癞姑方觉此法妙极,眼看白影一晃,妖鬼临头。先飞起一团灰白色的冷焰,紧跟着右手一扬,又是千条惨碧绿光同时射到。这是徐完多年心血炼就的阿鼻元珠与碧血灭魂梭,不遇大敌,轻易不用,厉害已极,如换一人,不死也必重伤。

癞姑却极机智,深知妖鬼难敌,早有戒心。知道敌人不是不知自己有宝光护身,善者不来,一见便纵神光往上飞去,端的迅速已极。本意还拿不定此宝深浅,没想遁走,打算暂避头阵,看明来路再说。哪知敌人追逐更快,差点没被打中。身外宝光只被碧焰扫着一点芒尾,立即机灵灵打了一个寒噤,知道不妙。自恃通晓禁法,能冲出阵,忙即升空欲往峨眉遁去。如法施为,竟然无效,身后妖光阴寒之气已经袭近。百忙中飞星下射,往下飞落。妖鬼必欲得而甘心,见她冲不出阵,不往回路逃,反倒落下,以为再妙不过,一指灰碧光华,掉头向下急追。满拟只要被二宝打中,纵有法宝护身,也要昏迷倒地,准可将生魂摄去。眼看流星赶月,首尾相连,癞姑忽然回手,一团雷火打来,宝光竟被挡了一挡。妖鬼不禁怒骂:"贼尼想逃命,真是做梦!"见癞姑已经落地,正指二宝下击,忽然不见。那地面已经敌人玄门禁制,鬼都难入,竟会被她遁走。

妖鬼怒不可遏,便寻米、刘诸人发泄。哪知诸人法力虽然不济,太乙神雷威力极大,彼此俱难伤害。相持了一阵,妖鬼觉着区区小辈都不能胜,反伤了上千恶鬼和心爱门人,气得暴跳如雷。忽然发狠,竟将准备抵御三仙二老诸人的碧磷砂发将出来。米、刘诸人正用神雷抵御之际,见天已交子正,时辰将至,但仍不敢大意。忽见妖鬼取下身佩葫芦,朝外一甩,猛飞起百丈绿火,碧萤如雨,当头压下。太乙神雷尽管连发,却只稍微一挡,不能打退,反倒一分即合,越聚越多,潮涌压来。离身还有十丈以外,已觉阴寒刺骨,直打冷战,心正忧急。

沙、米二小同了神鸠伏身棚内观战,早就跃跃欲试。米佘胆子最大,更是心急,几番欲出,俱以子正未至,吃沙佘阻住。及见众人危急,又到了预定时辰,便对沙佘道:"时至事危,再不出援,如被妖鬼得胜,禁制一破,现出茅棚,一样也隐不了身。我们初上仙山,何不冒一点险出去,也显得我们同门义气?"那只古神鸠已有多年不啖生魂,也恨不能早飞出去,闻言作势欲飞,将头连点。二人再往外一看,米、刘诸人已渐败退,面现惊惶。一时情急,刚将芬陀所赐二宝放起,各化成一团金光,一弯朱虹,飞身出去,便一声雷震,号令发动,正是时候。

同时那古神鸠迅速立起，呼的一声，茅棚整个飞起，直上高空。身子立即暴长十余丈，飞将出来，一声厉啸，飞扑上前。张开丈许大小的尖钩铁喙，喷出笔也似直一股紫焰，长虹吸水般，首先射向前面碧涛之中。只一吸，便把那些极污秽，频年聚敛无数腐尸毒气、污血阴秽以及万千凶魂厉魄合炼而成的碧磷砂，全数吸了进去。跟着伸开那大约丈许的钢爪，便向徐完师徒抓去。说也奇怪，众妖徒多是生魂炼成的形体，能分能合，寻常的飞剑、法宝俱不能伤，可是被神鸠那带着乌光黑气的利爪一抓，便被裹住。再张开铁喙一啄一吸，立化黑烟，吸入肚内。当前两妖徒猝不及防，首先了账。

　　徐完以前虽曾闻说白阳山古妖尸鸠乃无华氏父子所豢神鸠，生前便具啖鬼之能，又在陵墓地底潜修了数千年，越发成了恶鬼的克星。但一想到自己师徒道法高强，此鸟连几个峨眉后辈俱敌不过，无甚可畏。后又闻说擒鸠的是芬陀再世爱徒凌雪鸿，也只以为此鸟至多能啖那些无主幽魂，不足为异，一时疏忽，没放在心上。这时正在凶焰高涨，自料转眼得手之际，猛瞥见对阵两个仙风道骨，通身佛光绕护，各指着一道朱虹的道童突然出现，才知敌人身后还有一层埋伏，斗了半日，竟未觉察。方自愧愤，未及施为，猛又听阵外一声雷震，紧跟着轰隆一声，一座茅棚倏地掀起，直上高空。由棚内飞出一个大雕般的奇形怪鸟，才一现身，便暴长了十余丈，周身俱有五色烟光围绕。尤怪是五色烟光之外，由背腹到嘴边还隐隐盘着一圈佛光。瞪着一双奇芒四射，宛如明灯，有海碗大的怪眼，爪、喙齐施，势疾如电。一照面，先把千重碧焰吸进了肚，紧跟着两个爱徒又自送终，声势猛恶，从来未见。妖鬼做梦也未想到古神鸠如此厉害，不由惊急愤恨，一时俱集。又见门下妖徒、恶鬼纷纷伤亡，敌人的神雷、法宝、飞剑更是连珠飞来，后出现的两童所用更是佛家降魔之宝，稍差一点的妖徒遇上，便被朱虹斩断。真气一散，敌势又甚，匆迫中，不及遁回凝合成形，吃神鸠所喷紫焰飞来，卷住往回一吸，立被吞入腹内，晃眼又断送了好几个。

　　妖鬼情知遇见克星，万难讨好，把心一横，一面暗发号令，命众妖徒收转恶鬼，速用本门遁形之法，随着自己往来路冲出阵外，遁回山去；一面拼着损耗数十年苦炼之功，运用玄功，再取神鸠的性命。如能除去此鸟，再凭自己一人，与敌一拼。说时迟，那时快，心念一定，立率妖徒、恶鬼往外飞遁。那逃得稍慢一点的，吃米、刘二人催动禁制，施展法宝，四面夹攻，多被雷火、宝光击散，做了神鸠口中之食。一任妖鬼逃得多快，也伤亡了不少。

　　妖鬼刚将妖徒、恶鬼冲出阵外，神鸠已经追来。妖鬼不再顾阵外还有什么埋伏，把满口鬼牙一错，重又回身。迎着古神鸠，猛将口一张，喷出一团鸡卵般大小的暗绿光华，照准神鸠打去。这是妖鬼运用玄阴真气炼就的内丹，能发能收，可分可合，比起九烈神君的阴雷还要厉害得多。神鸠贪功心狠，哪知厉害，眼看上当。恰巧癞姑与仙都二女一由地底穿行，一由空中飞到佛光左近，用洞灵筝裂石开山，先后由地底冒将上来，见妖鬼已经惨败逃出，便助米、刘诸人向前追杀。癞姑识货，知道妖鬼回头，必下毒手。一见暗绿光华喷出，忙喝："此乃妖鬼内丹炼成的阴雷，神鸠小心！"言还未了，神鸠已快吸到口边，忽然警觉，忙张大口一喷，飞出一团栲栳大的金光，迎头一撞。绿光立即爆散，却不消灭，随着徐完心灵应用，避开正面金光，化为一蓬绿雨，朝神鸠全身包去。神鸠仗着机警，将暗含口中的一粒牟尼珠喷出；没有妄吸入肚，炸伤肺腑，免去大劫。却没料到阴雷散后，妙用犹存，得隙即入，迅速非常。等到觉出不妙，将身上百零七颗牟尼珠齐化金光飞起，围绕全身，一片爆音过处，绿雨化为腥风消灭时，已吃阴毒之气乘隙而入。虽只少许，又非要害，一经察觉，便运用玄功，暗中抵御，不使阴毒之气深入骨髓，受伤已是不轻了。总算生性强悍，依旧奋力扑上前去，毫未退缩。

妖鬼一见阴雷打中神鸠，直如未觉，反现出一身佛光，将阴雷破去，白伤耗了好些元气。这才觉出凶多吉少，有了畏心。敌人一个未伤，就此撤退，终究不甘。一眼看到对阵除那先遁走的癞姑重新出现外，又添了两个仙根仙骨的少女，报仇之外，顿起贪心。一纵妖光，避开正面神鸠来势，随手发出阿鼻元珠。意欲出其不意，一下将二女打倒，摄了生魂就逃。哪知二女正想用法宝伤他，惟恐又发阴雷舍鸠打人，不及抵挡，早把辟魔神光罩放起，一个施展碧蜈钩，一个施展五星神钺，双方恰好同时发动。癞姑在侧，更恐二女无备受伤，扬手一雷。妖鬼阿鼻珠化成灰白光华刚刚飞出，忽见二女被一幢宝光罩住，光中突又飞出两道翠色晶莹的长虹和两团具有五色彩芒角，飘转星驰的奇怪宝光，电驰般飞至。妖鬼心想二女年幼无备，只有一道剑气护身，相隔又近，妖珠万无不中之理，十拿九稳可以将生魂摄去。百忙中下手，一心只在防备神鸠，没有留意二女。万不料自己倒吃了太近的亏。这两件法宝俱非常物，妖鬼猝不及防，相去不足三丈，等到精芒耀眼，想逃已是无及。四道宝光一齐夹攻，双双绕身而过，竟将妖鬼斩为数段。同时那阿鼻珠先吃癞姑一神雷打偏了些，神鸠正追妖鬼赶来，看出便宜，上了一次当，不敢乱吞，竟伸双爪，借着牟尼珠的佛光威力，抓抱了去。

这些原只瞬息间事。米、刘等原有六人，始终追杀，并未停手。只因妖鬼变化神奇,长于闪避抵御,不能伤他。这一受伤,斩作数段,正好众人的雷火、飞剑、法宝也纷纷赶到,一齐加紧施为,俱想在此把这些残魂余气全数消灭,永除后患。一时雷火、金光、精芒、虹霞蔚为异彩,顿成奇观。正在兴头上,方觉神鸠此时上来,正好吸取妖鬼报仇,为何退缩不前?忽然癞姑喊道:"妖鬼已经受伤逃走,你们还闹些什么?"众人闻言,抬头一看,空中满天光华交织之下,一片妖烟比电还急,正往东南方飞去,一晃无踪,适才合攻之处,哪有踪影。那只古神鸠身已缩小还原,在佛光环绕之下,直打冷战。

各收了法宝,忙赶过去一问。癞姑道:"这不妨事,谁叫它心狠口馋,差点没被阴雷打死。现仗佛光和它自有内丹,只一日夜,便可将身受阴毒炼化复原了。那粒妖珠已被我代为收存,等到了仙府,交它主人。"众人一看,只是龙眼大小一丸白骨,上面满是血丝,隐泛灰白光华,不想如此厉害。

正谈说间,石生忽自空中飞落,令众陪了三位来客返回仙府。并说适才对敌这一会,还来了好几十位仙宾,因被芬陀佛光所阻,吃白、朱二老在对面高峰接住,陪同观阵,今已飞往仙府。

原来白、朱二老知道徐完劫运未终,能使重创,已是幸事。一面暗中布置,设阵诱敌;一面暗请神尼芬陀在远处山上,暗用佛家大须弥如意障无相神光,将往仙府的路阻住,以防万一。虽然三仙算出仙机,终恐米、刘诸人力弱道浅,又以连日仙宾云集,不时到来,遇阻失礼,特在对面数十里外高峰上遥为监防,就便迎候来客。也是徐完晦气,那么厉害的妖鬼,竟吃几个后进打得落花流水,末了还损失了若干元丹,受伤逃去。

妖鬼本来玄功奥妙,先为二女所伤,只是一时疏忽,不及防御,当时吃了点亏。情知敌人厉害,万无胜理。而且不知神鸠重伤,只是勉力挣扎奋斗。以为再复成形,难免追逐,佛光护体,阴雷无功,有败无胜。又听空中鬼嗥惨厉,知道仇敌上面还有埋伏。休说手下妖徒,便那万千凶魂厉魄,也经自己多年苦心搜罗,摄取祭炼而成,好容易得有今日,如被一网打尽,异日复仇更是艰难。情急悲愤,不敢恋战,就势放下几段幻影,连原身都未收合一起,便自向空遁去。妖鬼遁逃,最为神速,众人就追,也追他不上。神鸠神目如电,虽然看出,身中邪毒,已难支持,退了下去。等癞姑在旁识破,妖鬼早飞到空中,数段残魂,一凑便合,复了原形。四下一看,对方虽只几个少年男女,所用法宝如天遁镜、七修剑、修罗刀、太乙五烟罗之类,几乎无一不是妖鬼的克星。尤其是各有至宝护身,无隙可入,满天奇辉异彩,上烛霄汉。只杀得妖徒、恶鬼纷纷伤亡,能逃走的不到一半,余者也正危急。自己已经上当,连失内丹、异宝、惊弓之鸟，不敢再用阴雷，以免又耗元阴。没奈何，只得强捺毒火，咬牙忍痛，一声号令，拼舍却为太乙五烟罗所困的一些妖徒、恶鬼，施展玄功，化成一片妖云，护住残余鬼众，遁往北邙山而去。朱梅随用千里传声，将金、石等四人唤往峰上，命石生传示米、刘诸人分别回山。

这一场恶斗，虽只两个多时辰，到的仙宾却是不少。计有矮叟朱梅的师弟伏魔真人姜庶同了门下弟子五岳行者陈太真，金姥姥罗紫烟同了门下弟子女飞熊何玫、女大鹏崔绮、美仙娃向芳淑，江苏太湖西洞庭枇杷村隐居的散仙黄肿道人，武当山半边老尼门下武当七女中的照胆碧张锦雯、姑射仙林绿华、摩云翼孔凌霄、缥缈儿石明珠、女昆仑石玉珠，总共十二位外客。有的因本门诸长老交厚，先期赶来观光，就便襄助一切；有的是借着送礼，在其师未到以前先来观赏仙府美景，顺便结纳小一辈的教外之友。至于峨眉本派赶来的，是云灵山白云大师元敬同了门下女弟子郁芳蘅、万珍、李文衍、云紫绡师徒五人。

朱梅率众弟子陪着正要走时，遥见东南天边飞来一条彩虹，其疾如电，似往峨眉后山飞去。快到众人头上，金姥姥笑道："这是何方道友？遁光如此眼生。做客观光，心急则甚？"朱梅笑道："你没见适才仙都二女还要急呢。来人大约是海外散仙的弟子。"追云叟接口道："我看许有甚急事。齐道友等闭洞参拜，仙府除了外客，多是后辈，待我接他下来，问有何事。"说时，彩虹已经飞远，追云叟将手一招，便自飞落。见来人是个绝美秀的少女，飞行正急，突被人无故行法降落，老大不快。见了众人，秀眉一耸，嗔道："我自往峨眉仙府寻我师父，并参见诸位前辈仙长，你们无故迫我降落，是何缘故？"追云叟笑嘻嘻正要开口，石玉珠最喜结纳同道，见这少女年约十六七岁，美秀入骨，英爽之中却带着几分天真，动人爱怜。听她说话颇傲，知道二老脾气古怪，恐其无知冒犯，忙代引见道："这便是齐真人的好友，嵩山二老中的白老前辈，适才在此驱除妖鬼。我等俱往仙府观光，为佛光所阻，在此少候。现正要走，因见道友飞行特急，恐有甚事，故此招下问询，原是好意。道友令师是哪一位？"少女闻言，立即回嗔作喜道："家师姓叶，在海外金钟岛上修炼。因闻左近乌鱼礁四十七岛妖人，有乘家师远游，约同来犯之事，赶来禀告。不知诸位老前辈与诸位道友在此，言语不周，尚乞原谅。"

追云叟笑道："我老头子生平有一句说一句。目前我还遇见天乾山小男的徒弟，听说乌鱼礁四十七岛那些没出息的海怪，见了叶道友望影而逃，竟敢乘虚侵犯仙岛，胆子不小。只是令师不在，你又来此寻她，岛上不更越发空虚了么?"少女脸上一红,答道:"弟子只是听说,尚未实见。再者荒岛同门和宫中侍女尚多,也还能够支持。初入仙山,又不知家师是否在此,还望老前辈指点。"追云叟道:"仙府就在前面,不过开府还得数日,你如晚到三天,正凑上这场热闹,不但报了信,也可观完了礼再走。今日到此,不论令师随你同归与否,俱都错过,岂不可惜? 昨天也有两个找师父的,他师父因为到的人多,嫌他不该期前赶来,主人又没留他,不好意思,只得骂了徒弟,一同回去,连自己也不看了。其实这有什么? 齐道友还托我们多找几个年轻人来观礼,给他壮门面呢。因那两个没对我说,又看不起我,懒得管。他师徒走了,我又后悔,像怪对不过他似的。"

这少女名叫朱鸾,乃金钟岛主叶缤第二弟子。这次听说峨眉开府盛典,本就心切观光;日前又和同门打赌,吃了将,借着寻师报警为由,想到峨眉开开眼界。来时凭着一鼓勇气,自觉有词可借,一味加紧飞驰,惟恐不能早到。及至被追云叟拦住一说,忽然想起:"师父法令素严。乌鱼礁四十七岛妖人乘虚来犯之事,师父在岛时已经知道,并未放在心上。行时曾说,和峨眉素无渊源,此次前往观光,乃是谢师叔引进,所以门人不便带往。自己一时和同门负气,冒失前来,到得如是时候也好,偏又早到了两天。万一师父生气,迫令回去,热闹看不成,还被说上两句,岂不丢人?"想到这里,不由又急又气,又不便中途回去,不禁作难起来。

众人闻言,早看出朱鸾假公济私,借题来此,追云叟有心逗她发急。但知此老最喜滑稽,性情古怪,不便插嘴。后来还是金姥姥见她惶急可怜,笑对追云叟说:"闻说杨道友前生便是令夫人凌道友转世,与叶道友两世深交,日前已在元江相遇,近由龙象庵一同来此,不知到了没有? 峨眉开府,亘古未有之盛,难怪他们这些后辈俱都千方百计想来观光。此女不远万里来此,少时叶道友如有责言,我们大家代为关照如何?"追云叟道:"姥姥你莫弄错,她是因为妖人作祟,向叶道友报警来的。如是专为观礼而来,我和朱矮子是总知宾,不问来人是甚路道,早按客礼相待,接了同行。凭她师父是谁,不等礼成以后,是不放走的了。我知叶道友门下四个弟子,倒有两个和我有渊源。内中一个还是以前那老伴没转世时,由血胞里给抱去的。我知她是谁? 我和叶道友又没甚交情,以前只是内人单独和她来往。要是个不相干的,谁耐烦去舍这个老脸?"

朱鸾先听提起凌雪鸿,本就心动,未及开口。闻言猛想起:"听师父说,我自己乃师父好友凌雪鸿的晚亲。生才三日,便全家死难,多蒙凌雪鸿得信赶来,由一恶奴手中将自己救下。因她也是劫运将临,恐怕不能终始其事,特意送往小南极,转托师父教养。不久她便在开元寺兵解坐化。每一想起救命深恩,日常乞求上天,盼她早日转世相见,终无音信。不料竟来峨眉,还与师父一起。她前生的丈夫正是这位老前辈,怎倒忘却?照这语气,分明是怪自己荒疏失礼,一见先就出言冒犯,又未自报名姓所致。"念头一转,忙即乘机改口道:"弟子朱鸾,只为观光心急,又不知是前辈尊长在此,诸多失礼,千乞老恩伯恕过这不知之罪吧!"随说,便即跪拜下来。

追云叟原是一见便知此女来历,别有用心,并非专为作耍。闻言哈哈笑道:"你在叶道友门下五十余年,可曾对你说过你隐藏发际的朱纹来历么?"朱鸾答说:"弟子也曾问过,并还请问仇人姓名下落,家师均说须等凌恩母转世,始能见示。弟子因恐仇人早死,当时想起还在着急呢。"追云叟道:"你那仇人,哪得便死?日内便要来此赶会,凭你这点本领,决非对手。你那凌恩母已经转世,现改名杨瑾。她前因分毫未昧,道法反更高深。等她到了峨眉,你可问她,自有计较。令师现在峨眉,你见时如照适才所说,她必当你假公济私,擅自离山,也许令你回去,这热闹就看不成了。你可说日前在岛上闲眺,遇我走过,说起你那大仇要往峨眉观光,为此拼受责罚赶来。再有你恩母为你说情,就不会令你走了。下次见人,不可再如此狂妄,凡事须等问明来历再说。"

朱鸾好生感谢,拜领教益,起立要走。又见两道青虹经天而来。金姥姥认得是同门师妹岷山玄女庙步虚仙子萧十九妹,同了她惟一爱徒梅花仙子林素娥。连忙扬手招下,互相见礼。这才同驾剑光,往峨眉飞去。石生等一行也相继赶来,到了后洞降落,一同走将进去。

妙一真人等本门诸长老俱在以前长眉真人收藏七修剑的中洞以内,闭洞开读仙示,准备施展仙法,开辟五府。太元洞内只有妙一夫人、元元大师、顽石大师等本门几位女仙,陪了媖姆师徒、青囊仙子华瑶崧、神驼乙休、叶缤、杨瑾等仙宾在内谈说。后辈来客俱由齐灵云、岳雯、诸葛警我三人为首,率领一干暂时没有职司的男女同门,分别接收礼物,陪往别室相聚,或往仙府各地游览。二老率众人入内,宾主分别见礼。归座之后,众弟子也各上前参拜复命。妙一夫人嘉奖了几句,命将神鸠留下,紫玲、金蝉领众弟子,除有事者外,各去别室相聚。

杨瑾说:"众仙聚谈,神鸠不宜在此,最好仍交沙、米二小,择一静室调养。"乙休接口道:"此鸟今日居然给妖鬼一个重伤,使他大伤元气,功劳不

81

小,不要亏负了它。我生平不喜欢披毛戴角的玩意,独于这里的神鹫、神雕却是喜爱,这只古神鸠尤为投缘。令师想使它应此一劫,故此任其身受阴雷寒毒,一粒丹药也不肯给,我偏不信这些。昔年为一好友,受了轩辕老怪阴雷之灾,曾向心如老尼强讨了几丸专去阴雷之毒的灵药,不曾用完,恰有几丸在此。待我送它一丸,医好了它的苦痛,再令人领去,与它两个鸟友同在一起。它们俱是通灵之物,也无须人看守,包我身上,决没有事。我知那两个小人生自僬侥之野,好容易遇到这等福缘,正好任其到处游赏,饱点眼福。何苦给他们这苦差使,守在室内,不能离开?"说罢,便递了一丸色如黄金的灵药过去。神鸠这时伏身杨瑾膝头上,正在通身酸痛、麻痒、寒颤,难受万分,闻言猛睁怪眼,张口接住,咽了下去。

嫫姆笑道:"乙道友意思甚妙。我也索性成全你,早免这场苦痛,好去和你那几个同伴仙禽说笑闲谈吧。"随说,把手一招,神鸠便纵向嫫姆手腕之上,目视乙、嫫二人,大有感谢容色。嫫姆道:"叫你复原容易,再遇妖孽,如要抓他,一下便须抓死,免留后患。你的劫难尚不止此呢。"随伸手连抚神鸠全身,忽然往起一抓,便见尺许大小一片暗绿色的腥烟随手而起,似是有质之物,聚而不散。姜雪君在旁,忙道:"师父,给弟子吧,不要毁掉,将来也许有用。"嫫姆笑道:"你也真不嫌污秽,你要便自己收去。"雪君笑道:"还请师父使它还原才好,省得又用东西装它。"嫫姆笑道:"你真是我魔星。"说时,手指尖上忽起了五股祥光,将那一片腥烟裹住,略转一转,祥光敛处,变成米粒大小十五粒碧色晶珠。雪君接过,塞向法宝囊内。同时神鸠也疾苦全消,朝着乙、嫫、杨三人,长鸣叩首致谢。

妙一夫人便命林寒领了米、沙二小,将神鸠送往仙籁顶旁雕巢之内,与神雕、神鹫、神鹤等仙禽在一起。并嘱雕、猿等不许无事生非,沙、米二小如欲游玩仙景,可令虎儿引导。杨瑾也嘱神鸠务要安分,须知做客之道。追云叟笑道:"这倒不错,鸟有鸟友,兽有兽友,各从其类,同是一家,自己鸟决打不起来。"杨瑾哪知别有用意。嫫姆、乙休却都明白,因都生性疾恶,没肯说破,只当闲谈放过。

这时一干后辈多往别室去寻同辈友好,相聚游玩。只仙都二女和朱鸾因有话说,尚在室内。叶缤已问完了二女此行经过,闻知多年寻访无着的故交至好,竟在小寒山闭关虔修,并有如此高深的法力,欣慰已极。决计开府之后,告知谢山,同往相见。妙一夫人道:"前闻嫫姆大师说起小寒山神尼佛法高深,久欲拜访,只为她终年坐禅清修,只芬陀、嫫姆二位老前辈偶往一见,未便惊扰,迟迟至今。铁门巨木一撤,此后不特更要多积无量功德,异日道家四九重劫,又可得一大助了。"叶缤道:"孙道友实是至情中人,异日如有相需之处,可以一招即至,夫人随时见示,当必应命。"妙一夫人谢了。

叶缤随令朱鸾回话。朱鸾见师父面色微沉,方在心慌。追云叟朝杨瑾使了一个眼色。杨瑾先未留意到她,定睛一看,忽然想起前生之事。未及开口,朱鸾已照追云叟所教的话,一一跪陈。杨瑾忙将她唤起,接口问道:"此女当年的事,姊姊还没对她说么?"叶缤叹道:"自闻贤妹开元寺兵解之讯,心如刀割。因在事前毫无闻知,否则此劫也并非躲不过去。先颇悔恨,后来才知恩师有意成全,心才平些。自知力薄,她那仇人近来颇知敛迹,党羽又多乌鱼礁群邪,恐树敌太众,一击不成,反致偾事,延迟至今。意欲候到贤妹转世相见,再作计较。此次重逢,尚未归岛,所以还未对她说明。她那仇人虽未奉齐真人请柬,既来观光,终是外客,如何可以在此生事?我看此女虽然亲仇时刻在念,但她适说并未告知同门,推说四十七岛妖人将要来犯,寻我报警。只恐先并不知仇人要来,志在观光,受别位道友指教,改了主意,也未可知。我意由她在此,候我同归,暂时还是不与明说,事后再作计较的好。"朱梅笑道:"叶道友怕给主人惹事,这并不然。这些不请自来的,好人不是没有,但多是心存叵测。到后见事不行,便知难而退;稍有可乘之机,立即兴风作浪。真是可恨已极!这里主人决不怕事,但告令高足无妨。"叶缤还是不肯,一面婉言谢却,一面严嘱朱鸾,即便有人指点,不奉师命,也不许妄动。乙休、二老只是微笑不言。朱鸾虽觉委屈,总算观光之愿已遂,说完了话,便由旁侍女弟子领了出去。

在座诸仙均爱仙都二女,留在室中奖勉了一阵。妙一夫人特将李英琼及易静二女唤进,命领二女各处游玩,俱各欣喜辞出。不提。

因是开府期近,那本在仙府坐镇以及陆续到来的,或是奉命出外,去而复转的老一辈中人物是:峨眉掌教乾坤正气妙一真人夫妇、东海三仙中的玄真子、嵩山二老追云叟白谷逸和矮叟朱梅、髯仙李元化、成都碧筠庵醉道人、近年移居西天目山的坎离真人许元通、罗浮山香雪洞元元大师、云灵山白云大师、陕西太白山积翠崖万里飞虹佟元奇、云南昆明开元寺元觉禅师、贵州香泉谷顽石大师、黄山餐霞大师,以及神驼乙休、媖姆、姜雪君、青囊仙子华瑶崧、金姥姥罗紫烟、黄肿道人、伏魔真人姜庶、李宁、杨瑾、叶缤、步虚仙子萧十九妹等。

本门晚一辈的,男的是:诸葛警我、岳雯、严人英、金蝉、石生、庄易、林寒、白侠孙南、石奇、赵燕儿、杨鲤、龙力子、七星手施林、神眼邱林、苦孩儿司徒平、铁沙弥悟修、黑孩儿尉迟火、云中鹤周淳、易家双矮易鼎和易震、南海双童甄艮和甄兑、独霸川东李震川、灵和居士徐祥鹅、周云从、商风子、章虎儿、张琪、黄玄极等；女的是：齐灵云和霞儿姊妹、李英琼、余英男、秦紫玲和寒萼姊妹、墨凤凰申若兰、女神童朱文、女殃神邓八姑、周轻云、女空空吴文琪、红娘子余莹姑、女神婴易静、廉红药、凌云凤、裘芷仙、章南姑、郁芳蘅、李文衍、万珍、云紫绡、陆蓉波、金萍、赵铁娘，以及由金姥姥罗紫烟转引到本门的女飞熊吴玫、女大鹏崔绮、美仙娃向芳淑等。

外客方面，以及打算另立宗派，未将门人引进到峨眉门下的是：青城山金鞭崖矮叟朱梅的门人长人纪登、小孟尝陶钧，伏魔真人姜庶的门人五岳行者陈太真，滇西派穷神怪叫花凌浑的门人白水真人刘泉、七星真人赵光斗、陆地金龙魏青、俞允中，素因大师及其门人戴湘英，玉罗刹玉清大师及其门人张瑶青，武当山半边老尼门下武当七女中的照胆碧张锦雯、姑射仙林绿华、摩云翼孔凌霄、缥缈儿石明珠、女昆仑石玉珠，屠龙师太的门人癫姑，小寒山神尼的门人，谢山的义女仙都二女谢琳、谢璎，金钟岛主叶缤的门人朱鸾，步虚仙子萧十九妹的门人梅花仙子林素娥。

峨眉再小一辈的是：齐霞儿的门人米明娘，李英琼的门人米鼍、刘遇安、袁星，邓八姑的门人袁化，凌云凤的门人沙佘、米佘，以及英琼的神雕佛奴钢羽，紫玲姊妹的独角神鹫，髯仙李元化的坐骑仙鹤，杨瑾的古神鸠，金蝉所培植的芝人、芝马等。

好在凝碧仙府广大，石室众多，仙景无边，长幼两辈宾主各有各的住所。本山本就出产不少灵药异果，新近又由紫云宫移植了许多珍奇果品，加上海内外岛洞列仙所赠仙酿果实，堆积如山。灵云等为了开府，又自制了各式美酒甘露。由裘芷仙、章南姑、米明娘、松鹤二童、袁星掌管仙厨，随时款待仙宾，井井有条，一丝不乱。

到了第二日，先是宜昌三游洞侠僧轶凡命烟中神鹗赵心源、梨花枪许钺，持了一封亲笔书函来见妙一真人，说自己功行将完，赵、许二人俱非佛门弟子，拟转引到峨眉门下，请求破格收录，并说自己事完即至。随后便是长沙谷王峰的铁蓑道人带了朱砂吼章彰的门人湘江五侠虞舜农、木鸡、林秋水、董人瑜、黄人龙前来赴会，也是将五侠引进到峨眉门下。俱先参拜妙一夫人等各位师长，静候掌教真人开洞后重行拜师之礼。不提。

到了傍晚，轻易不与人相见的百禽道人公冶黄忽然赶到，见过太元洞诸仙，便把前在莽苍山阴风穴中得来的冰蚕交给妙一夫人，转还金蝉、石生，并告用法和一切灵效。

正谈说间，后洞值班的徐祥鹅忽然入报，说崂山麻冠道人司太虚求见。异教中的不速之客，在期前赶到的，尚是头一个。神驼乙休道："这种人，理他则甚？"青囊仙子华瑶崧道："此人自从金鞭崖一败，深自悔悟，好些妖人约他出与正教为仇，他都不允，似是一个悔悟归正之士。此番不请自来，必有原因。他与别的旁门左道不同，既来做客，不妨给他一点礼貌。进来看是如何，再作计较。"妙一夫人深以为然，便欲出迎。追云叟道："正主人无须前往。我和朱矮子今日本该到前山守望，他又和朱矮子前有过节，不如由我二人去接他进来。他要好呢，便和他把前账一笔勾销，交个朋友，引来洞中；不好，当时打发他走。我二人这就往前山去。"说罢，不俟答言，往外便走。妙一夫人还恐二老把来人得罪，方欲请转，公冶黄道："道友放心，此人来意不恶，两矮子只是故意装疯，他们比谁都知分寸，决无妨害。"

一会，周淳忽又陪引几位仙宾进来。众人一看，乃是元江大熊岭苦竹庵的大颠上人郑颠仙，同了门下弟子辛青、慕容贤、慕容昭、欧阳霜等师徒五人。众人连忙离座，分别礼见归座。辛青等四人均捧有礼物。妙一夫人等谢收之后，便命旁侍女弟子领去别室款待。叶缤笑问："颠仙怎今日才到？"颠仙答说："本定早来，因受一至友之托，往广东珠江疍户船上度两个转劫的散仙。不料那两个少女已被妖人司空湛看中，本性已迷，眼看要落陷阱，幸我早到一步，费了不少的事，将她们救下，引度入门。最终吃司空湛赶来发觉，如非极乐真人与谢道友路过相助，贫道虽能脱身，二女必定被他夺去重入罗网了。暂时不能带来此间，又防妖人不肯甘休，到处为她俩寻觅藏身修炼之处，昨日方得寻到。为此前后耽延，反被二位道友先到了。玉清道友不是早来了么，怎么不见？"妙一夫人道："她先还在这里闲谈，因她性情和易，谦虚善谈，法力既高，见闻又博，一些后辈个个和她亲密，都喜讨教。偶然来此，只要外子不在，众弟子便千方百计借故进来，将她引走。请益多闻，原是佳事。众弟子职司虽已派定，时还未至，开府以后便须各勤修为，难得有此良晤，也就没有过问。此时想在头层左偏大石室内，与这些后辈新进高谈阔论呢。道友如欲相见，命人去请好了。"

颠仙正要开口，看了神驼乙休一眼，笑道："贫道只是随便一问，并无甚事，何必打搅众高足们谈兴？少时自往前面看她好了。"乙休何等机警，闻言立笑道："颠道友，我已访出伏魔旗门下落，只为开府事重，受齐道友之托来此，无暇分身。你寻玉罗刹，必是为了此事。真人面前不说假话，我就知道妖贼藏处，也不会立时赶去，隐瞒则甚？"颠仙笑答道："并非隐瞒，区区妖孽，也不值真人一击。只为内中还有少许牵连，贫道也是前日才知道底细，必须与玉清道友商议之后，始能奉告。真人鉴谅为幸。"乙休道："你们总爱吞吐顾忌。过了这几天，略用心思，便可查出底细，不说也罢。"颠仙微笑未答。

青囊仙子华瑶崧问道："道友来时，可曾见着洞口有一穿着麻衣冠的道者么？"颠仙道："是司太虚么？这位道友近来实已痛改前非。来时曾见他和白、朱二老在仁云亭内聚谈，好似商量甚事。匆匆相见，我正要走，朱道友将我唤住，令转告诸位道友，说他和司道友要往本洞上面去办一事，办完即陪司道友同来。说罢，三人一同隐形飞去，因和诸位道友相见问话，还未顾得说呢。"

众人闻言，料知前洞必有事故发生。妙一夫人方想命人去唤仁云亭值班的门人来问，随见岳雯进洞禀告说："二老在上面用千里传音，命岳雯寻到南海双童，少时前往上洞门外候命，去时踪迹务必隐秘。并令告知妙一夫人，说神驼乙真人到时，曾将由洞顶到下面的山石一齐打通，为仙府添一美景。后来虽经大师伯用仙法暂时隐去，真正厉害的对头仍不免看破，正日无妨，期前却须留意，以防妖人混入。还说以后来客更多，哪一派人都有，不能一律往太元洞内延款。最好将仙籁顶附近两处石洞收拾出来，专备那些心存叵测的异派中人栖息。太元本洞也用仙法另开出两个门户出入，以分宾主。各位道友也可自在游戏，各自结伴分居，无须都聚一室。"说罢，拜辞走出，去寻南海双童。不提。

乙休笑道："两个矮子话倒不差，只是齐道友和我们商议时，他们没在此，没有听见罢了。"妙一夫人道："此次开府，不知多少阻难，如非诸位道友前辈鼎力相助，事情正难意料呢。事虽议定，还是乘着外人一个未来，早些准备为是，省得他们来了，看出我们先有厚薄之分，多生恶感。"乙休笑道："这些旁门中的蠢物，谁还怕他不成？如说歧视，我先不住此洞，径去仙籁顶小洞穴内栖身好了。"妙一夫人道："那洞高只容人，大才方丈，地甚狭隘，如何可容仙屐？"乙休笑道："那洞虽小，位居半崖腰上，独具松石之胜，飞瀑流泉，映带左右。尤其洞外那块磐石和两个石墩，恰似天生成供我下棋之用，既可拉了令高足们据石对弈，又可就便照看我新辟出来的通路，免被妖人混进，朱矮子说我冒失。"

百禽道人公冶黄道："乙道友说得极是。我就知道有好些异派能手，特意在期前两三日赶来,相机作怪。他以客礼而来,不是公然反面,主人自不便和他明斗。既有诸高明之士在此,乐得装作不知。由诸位来客各自认定来人,分别相机应付。主人不动一点声色将他打发,并还显得岳负海涵,大度包容,岂非极妙?依我看,仙府美景甚多,行止坐卧无地不宜,几天工夫,何必要甚栖息之所?简直主人无须作陪周旋,这里只作为来宾初到,与主人相见之地。不论来人长幼辈分,见过主人,便可随意游散。另外再择空旷之处,或是山巅水涯,景物佳处,驱遣六丁,暂时建造出数十处居室,设备整齐,以为这些介乎敌友之间的人们下榻之需,以示我们接待周详,起居安适,免得枭鸾并集,都住在一处。"众人闻言,齐声赞妙。

白云大师笑道:"这一层,大师兄和掌教师弟已经想到。并且白、朱二位道友带来紫云宫无数神砂,千万间金庭玉宇,弹指即成。只是白、朱二道友送这珍奇神妙的礼物,意在为仙府添一奇景,准备到时故作惊人之笔,不欲事先泄露,更不愿给对头们住那么华美精妙的楼阁。本洞石室不下数百间,足敷应用。又因来宾不论何派,均是道术之士,稍有掩饰,便被识破,反而贻笑,弄巧成拙。既备下这好屋宇,一切几榻陈设均须相配,才显出仙家富贵,气象万千。尽管来宾并不一定真须寝室,一切几榻设备均须一律齐全。屋宇容易,这些东西仓猝间却没处弄去,假的又不能用,也不便以尘世中的俗物充数。借的地方不是没有,无如用的人多是妖邪一流,如何好向人家开口?掌教师弟连日谨慎虔诚,一意准备开读先师法谕,主持根本大计,把此事视为寻常。好在洞中设备已早齐全,未以为念,把款待来宾居处,由妙一夫人掌管。虽然打算简便一些,就着本洞各石室原有设备款待,因算出有位仙宾来此,锦上添花,尚还未定呢。"

公冶黄便问:"那人是谁?"妙一夫人道:"我只知凌道友夫妻引来。那日也是因为诸位道友谈起用紫云宫神砂建立楼阁之事,白、朱二老固执不允。偶然占算,刚刚算出一点因由,事由凌道友夫妻而起,内中还有一位未曾见过的道友。忽似有人暗用法力蔽了灵机,心中奇怪。二次运用灵机虔心占算,反似并无其事。我料凌道友也是故作惊人之笔,有意突如其来,到时再行明说,不欲前知,也说不定。"乙休笑道:"这两矮朋友真个小气,现成露脸的事偏不肯做。五府开辟,到处玉柱金庭,千门万户,仙山宫室不消说了。其前再有人来凑趣,在各风景佳处添上许多琼楼玉宇,叫来人开开眼,还可把他们隔开,以示邪正不能并立,真乃快事。不过夫人道法高深,凌花子那点门道,想在千里以外心动神知,将夫人蒙混过去,还办不到。即便是另一位高人,也必适逢其会,不能久隐。我们何不再同占算,看是什么来路?"

妙一夫人前日算过之后,便值仙宾云集,忙于接待,无暇及此。这时谈到,也觉凌浑夫妻法力未必胜过自己。说完了话,早在默运玄功,暗中推算,闻言含笑点头。约有半盏茶时,忽笑道:"凌道友夫妻已同诸位道友快起身来了。"乙休也笑道:"我说夫人前日乃是适逢其会如何?如是来人的师父还差不多,眼前诸位如何能有那么高深的法力?"媖姆也笑道:"足见主人盛德感召,连这位闭宫千年,永不和人来往的老前辈都肯破例,命门下两辈弟子来做不速之客,参与盛典,并且来得恰是时候。他们到后不久,刚布置完,便是群邪相继登门,正好使他们见识见识。我们就照乙道友与公冶道友所说行事,分散开来好了。还有一层,适才洞顶来一妖人,已由白、朱二位和司太虚一同打发逐走。余者自称观礼,尚须延揽。由明日起,便要陆续到来,内中虽多能手,好些均不值一击。我意各自量力应付,连众门弟子也可登场,就便历练。但是不到来人真有举动,哪怕看出,不可先发,最好无形之中给他一个警戒,仍使礼成而去,使其知畏惧之余,略有愧悔。我师徒此来,专为应付一人。请在洞中借一净室,子夜以后,便不出面,以防事前警觉。法力高深的诸位道友,也是能不出面,便不出面,最好寓干戈于玉帛,只有暗斗为妙。外人一到,由几位做主人的先在此地相见,略为叙话,便引往新建宾馆去住。此辈鬼蜮成性,多么无耻之事也做得出,因主人相见的一会,难免不闹玄虚。只装不知,无须理会,自有贫道暗中防卫。还有宾馆之中须有人服役,门弟子虽然众多,一则多有职司,二则须防暗算,再者这些妖邪也不配众弟子为之服役。好在凡是接请柬前来的,已有各方友好代陪延款,众弟子全都知晓。这些邪魔外道,由我师徒略施小技,代为料理。只命管理仙厨的人,按着定时,将酒食盛入器皿备用便了。"妙一夫人等再三称谢。

神驼乙休因百禽道人公冶黄于弈也有同好,便说这里后辈中颇有两个能手。议定以后,便同走出,去寻岳雯觅地对弈去了。

二人走后,郑颠仙径去寻找玉清大师,商量前事。不提。

青囊仙子华瑶崧笑道:"乙真人道法高深,是散仙中有名人物。不料对弈棋这等爱法,人之癖嗜,一至于此。"妙一夫人道:"此老如非结习难移,神仙位业何止于此?他于弈如此癖嗜,还不是好胜之心太重所致?"

顽石大师笑道:"华道友,我还告诉你一个笑话。此次开府,门弟子多有职司。齐道兄一为防备乙道友这几天在外自寻苦恼,万一吃对头用计一激,赶上门去,又蹈前辙。二为这里也实须他,向他力说,开府以前有好些异派妖人扰乱,一干主脑俱要闭洞,参拜行法,白、朱二老照顾不来,非他来此坐镇不可。强约了来,又恐日久不耐。派给岳雯的职司,便是陪他下棋饮酒,对他本人却未明言。他知开府事忙,岳雯又贪图和诸新旧同门相聚,总躲着他。先一二日还不好意思,适才见了岳雯,不觉技痒,终于忍不住,借题发挥。他不知怎的,只爱和岳雯、诸葛警我这两后辈对弈。分明已有了公冶黄做对手,还不时要找岳雯。齐道友神仙也讲世故应酬,岂非可笑之事?"

叶缤笑道:"适见乙道友和妙一夫人俱都玄机奥妙,遇事前知。下棋原是对猜心事,这样高深法力,对手有什么杀着全可算出。棋着前知,胜负早定,下时有甚意趣,如此爱法?"顽石大师道:"道友哪里知道。他们下时,各凭心思学力,决不比玄功占算取胜。据说岳雯近来棋道大进,只要乙道友让一子,往往弄成和局。输得最多时,也只四五子之间。诸葛警我仍要他让四五子,才能勉强应付。司徒平更差。所以他最爱和岳雯相对。岳雯心高志大,为了陪他下棋,虽然得到不少教益,仍恐误了修为,老是设法躲避,真是可笑。如果神仙下棋要运用玄机占算,有何意思?那烂柯山的佳话也不会有了。"

群仙言笑晏晏,不觉子夜将近。嫫姆大师和姜雪君便起身告辞道:"子时一过,崔、凌二位道友便陪仙宾同来,顷刻之间,便增建出好些楼阁亭树。此与幻景不同,明灯丽霄,彩云匝地,为仙府生色助威不少。异派中人到此,便吓也吓他一跳。只惜仙山楼阁一经建成,妖邪便接踵而至。愚师徒尚须准备,不复随同诸位迎候,须俟仙府宏开,始能晤对。咫尺缘悭,稽此良晤,见时烦代为致意吧。"妙一夫人知道少时与凌浑、白发龙女崔五姑同来的这几位散仙,虽与众人无一相识,但是得道已近千年,总算是前辈中人。嫫姆不愿随众出迎,又不便当众自高。仙府行即多事,委实也须先做准备,正好借题退去,自归净室,准备应付。忙即称谢,亲自陪往后洞净室之内。一面唤来廉红药,令在室内随侍候命。

红药自从嫫姆师徒一来,心念师门厚恩,又知会短离长,本就万分依恋。无如仙宾众多,俱在洞中聚集,除奉命轮值者外,门弟子无事不敢擅入。只逐走妖鬼徐完复命时,匆匆拜见。虽随众同门辞出,心仍恋恋,只在门外守候,难得离开一步。巴不得随侍在侧,稍解怀慕。妙一夫人和嫫姆师徒早就看出,心颇嘉许,俱是有意成全。红药只图多和师父、师姊亲近,并未想到能有好处,闻召大喜,连忙赶进。

嫫姆笑对妙一夫人道:"此女天性至厚,福缘也复不恶,今归贵派门下,自是她的仙福。只惜此女根基禀赋稍差,尚望道友加意栽培呢。"夫人道:"老前辈法力无边,稍出绪余,她便受用无穷。后辈今日令她随侍,也是仰望老前辈赐以殊恩,有所造就呢。"嫫姆道:"此语尚不尽然,法与道不同。贵派玄门正宗,异日循序渐进,自成正果,年时反倒无多。愚师徒论法术,自不多让;论起道行,终因起初驳而不纯,欲速不达,枉自辛苦修为了几百年,迟至今日,始能勉参上乘功果。一样成就,却不如贵派事半功倍,既速且稳呢。长一辈的不说,即以连日所见众门弟子,入门才得几年,哪一个不是仙风道骨,功力都有了根底?此岂别派门人所能梦见?我既救度她一场,她又如此纯厚,不忘根本,自是不能忘情,有所加惠。但我师徒所赐,只是身外之物与御敌降魔之功,至于仙业造就,仍要仗诸位新师长呢。"妙一夫人道:"老前辈一再垂嘱,后辈敢不惟命。"姜雪君笑道:"是时候了,夫人请延嘉客去吧。"

妙一夫人随即辞出,默运玄功一算,来人已在途中。便命轮值弟子召集全体门人,除有职司者,一齐出迎。众弟子已早得信,齐集洞外候命,闻呼立至。在室诸仙客,多知来人是千年前人物,闻名已久,从未见过,俱欲先睹仙仪为快。当下除乙休、公冶黄外,俱由妙一夫人为首,率领长幼两辈群仙,算准到的时刻,迎将出去。

一会到了后洞门外,时当子夜。云净天空,月明如昼,清辉广被,照得远近峰峦林木、泉石花草,都似铺上了一层轻霜。天空是一望晴碧,偶有片云飞过,映着月光,玉簇锦团,其白如银。右有群山矗立,凝紫被金,山容庄静。左有危崖高耸,崖顶奔涛滚滚,浩无涯际,闪起千万片金鳞,映月而驰。到了崖口,突化百丈飞瀑,天绅倒挂,银光闪闪,直落千寻;钟鸣玉振,宏细相融,汇为繁籁,传之甚远。更有川藏边界的大雪山遥拥天边,静荡荡地雪月争辉,幻为异彩。端的景物清丽,形势雄奇,非同恒比。

众人指点山景,正说夜景清绝,青囊仙子华瑶崧笑指天边道:"仙客来了!"众人抬头一看,天空澹荡,净无纤云,只东南方天际有一片彩云移动,其行甚缓,迥与飞剑破空,遁光驶行,顷刻千里之势不同。华瑶崧叹道:"瑶岛仙侣,果自不凡。我们剑光如电,刺空而过,不用眼看,老远便震耳朵,声势咄咄逼人,一动便起杀机。哪似人家仙云丽空,游行自在,通不带一点火气。诸位请看,仙步珊珊,连带凌、崔二位煞星也跟着斯文了。"

众仙闻言,正觉好笑,忽见彩云倏地加急,晃眼便近天中。白云大师笑道:"都是华道友饶舌,被这位仙宾听去,催云而来。否则这等碧空皓月之下,附上一片彩云游动,再妙没有,我们多看一会也好。"华瑶崧未及答言,彩云已簇拥着几个羽衣霓裳,容光美艳绝伦的女仙人冉冉飞来。远看飞似不快,实则迅速异常。快飞近众人头上,略为一顿。妙一夫人方要飞身迎上,猛瞥见云中两道金光,宛如飞星陨泻射将下来。

要知来者何方仙侣,以及峨眉开府奇迹异事,且看下文分解。

第二一一回

火柱困霜鬟　雷泽砂中援道侣
蓝田餐玉实　灵空天际见真人

妙一夫人率领长幼两辈同门以及太元洞内各仙宾,齐出后洞,迎接怪叫花穷神凌浑、白发龙女崔五姑代约请来的几位仙人,刚到仵云亭前,便见东南天际有一朵彩云缓缓移动。青囊仙子华瑶崧和白云大师等人正说笑间,彩云倏地加急,冉冉驶来,晃眼便到了仵云亭上空。刚看出内中簇拥着几个美艳绝伦的仙女,妙一夫人待要飞身迎上前去,忽自云中飞射下两道金光。现身一看,正是滇西派教主凌浑、崔五姑夫妻二人,一落地,崔五姑首先朝妙一夫人举手为礼,笑道:"我为齐道友代约了几位嘉宾,只说事出意外,不料诸位道友竟早前知了。"

崔五姑说时,彩云也已飞坠,现出全身。众人见来客共是男女七人,只有一个年约十四五的道童生相奇古,余者都是道骨仙风,丰神绝世。内中一个身着藕合色罗衫,腰系丝绦,肩披翠绿色娑罗云肩,罗袜朱履,手执拂尘,年约二十三四的少妇,和另一个身着薄如蝉翼的轻纱,胸挂金圈,腰围粉红色莲花短裙,年约十七八岁的少女,雪肤花貌,秀丽入骨,尤为个中翘楚。下余还有三个少女,一般浅黄宫装,各用一把朱竹为柄,紫玉为头的长柄鸭嘴花锄,挑着一个形式古雅的六角浅底的花篮,扛在玉肩之上,云鬟风鬓,仙姿绰约,都是万般美艳,年纪也差不多。男的除道童外,还有一个羽衣星冠的中年道者,在同来诸人中年纪虽长,却与三个肩挑花篮的少女做一起,随在后面,好似辈分尚在道童之后。

妙一夫人等因是初见,连忙迎上,正要请问姓名、法号,凌浑笑道:"贤主嘉宾,均不在少数,请至仙府再行礼叙吧。"妙一夫人便向来客施礼,延请入洞。双方略致谦词,由白云大师前导,妙一夫人等陪客同行,众门人后面尾随同入。到了太元洞中,仍由凌浑夫妇代双方通名引见。宾主重又礼叙,互致敬慕,分别落座。

原来这七位仙宾俱是东海尽头,落漈过去,高接天界的海上神山天蓬山绝顶灵峤宫中主者赤杖真人门下两辈弟子。为首三人,那虎面豹头,金发紫眉,金睛重瞳的道童,乃真人嫡传弟子赤杖仙童阮纠。那穿藕合罗衫的少妇,名叫甘碧梧。那身着白蝉翼纱的名叫丁嫦,那三个挑花篮的少女,一名陈文玑,一名管青衣,一名赵蕙,乃甘、丁二女仙的弟子。那中年道者,名叫尹松云,反是阮纠的弟子。赤杖真人在唐时已经得道,成了散仙。自经过道家四九重劫以后,便在天蓬山绝顶建立仙府,率领两辈弟子隐居清修,度那仙山长生岁月,不曾再履尘世。那灵峤仙府地居极海穷边,中隔十万里流沙落漈,高几上接灵空天界。自顶万四千丈以下,山阳满是火山,终岁烟雾弥漫,烈焰飞扬,熔石流金,炎威如炽,人不能近。山阴又是亘古不消的万丈冰雪,寒威酷烈,罡风四起。两面都是寸草不生。要越过这些寒冰烈火之区,上升三万七千丈,冲过七层云带,始能渐入佳境,到那四季长春,美景无边的仙山胜地。真人师徒又不喜与外人交往,所以仙凡足迹俱不能到。凌、崔二人起初并不相识,说起认识,那还是在新近。

原来白发龙女崔五姑偶往东海采药,忽在海滨发现一个鱼面人身的怪物,在海边沙窟之内奸淫妇女。那怪物口吐人言,并会妖法,身边还带有一根鸟羽。用禁法一拷问,才知是翼道人耿鲲的爱徒,背师远出为恶,已非一次。怪物看出五姑神色不善,那根充作求救信符的鸟羽没有用上,便被擒住。为求活命,又想引崔五姑去会乃师,自投罗网,便说天蓬山阳丙火真精凝成的至宝雷泽神砂近已出现,日夜发出奇光,照耀极海。其师为报三仙相助天狐宝相夫人伤他之仇,意欲采炼此宝,日后前往峨眉,将全山烧化,以报前仇。业已去了多日,尚未回转。并把取宝之法告知,以求免死。五姑知他心存叵测,淫恶穷凶,问完前情,便即诛戮。耿鲲妖法通神,又擅玄功变化,胁生双翼,来去如风,本就厉害。若将这前古纯阳真火蕴结孕育的奇珍得去,益发助长凶焰。反正无事,立照怪物所说途向赶去。

以五姑的法力,还飞行了一天多才到。远望天蓬山,本就是愁云低幕,烟雾弥漫,天水相接,终古一片混茫,轻易看不出山的全貌。这时赶去一看,老远便见两根大火柱,矗立天际黑烟之中。因是烟雾浓烈,黑压压仿佛天与海上下合成一体。但那火柱却是颜色鲜明已极,海上万重惊涛全被幻成异彩。五姑练就一双慧眼,大敌当前,更是留心。初看以为火山爆发。等稍飞近,定睛细看,不特那火柱似有人在主持,并还杂有妖邪之气,不是山上原有烟雾。暗忖:"自己虽然得道多年,但此山从未到过。以前只听师长提起,说山在东极,相隔三仙所居东海还有十几万里。终年为火云烟雾笼罩,高出天汉。中有罡风、冰雪、烈火之灾,山又不产生物,仙凡足迹皆所不至。偶有好奇的修士前往,意欲攀升绝顶,上去两三万丈,便看出无甚意思,以为再到顶上也不过如此,又不能久耐罡风、冰雪、烈火的凶威,全都未尽而返。除已成道的金仙,不知有人去过没有。近数百年间,各岛洞散仙修士,谁也不知此山到底多高,山顶是否险阻更多,有甚景物在上。似此凶险僻远之区,断定本来不会有人,定是神砂发现,启人觊觎,都想来此收取,据为己有。耿鲲也是其中之一,因而争斗起来。只是这样猛恶的神火困在其内,竟能禁受,此人法力也自不小。"

这时五姑相隔当地还有好几百里,因觉对方是个劲敌,只知有人被妖法困在火柱以内,被困人不知是何路数。若是翼道人耿鲲,自信还能抵御;若是别人,却不知深浅。忘约凌浑同来,人单势孤,恐有闪失,老远便把身形隐去,隐蔽遁光,加急飞行。正在查看火中人的邪正,飞行迅速,不觉快到。猛一眼看出烈焰之中裹住两幢彩云,知是玄门有道之士。同时又看出火柱前面有一胁生双翼的妖人,手持一剑,正在行法,加增火势。分明有两个同道中人为妖邪所困。眼看危急,惺惺相惜,不禁起了疾恶同仇之感,立时加急赶去。也是五姑该当得此异宝,为他年夫妻抵御四九重劫之用。自觉大敌当前,救人心切,不知妖人有无余党,意欲一举成功。只把火柱当作耿鲲自炼纯阳之火,未怎顾忌,一直隐身前进,下手异常神速。事后才知临事疏忽,没有认清,所收竟是那极厉害的雷泽神砂,吃了一惊,宝物已经得手了。

这一面,耿鲲又是素来骄横,以为穷边极海,敌人绝无后援,足可任意横行。哪知崔五姑突然隐身飞来,一到,先将自己多年苦功采取五岳轻云炼就的锦云兜放出,化为千百丈五色云幕,罩向两根火柱之上。同时取出七宝紫晶瓶往外一甩,立有一道紫金色光芒射向烟云之中。妖火已被烟云裹住,金光又将烟云吸住,直似长鲸吸水一般,嗖嗖两声,晃眼收尽。翼道人耿鲲正在一意施为,戟指怒喝火中所困敌人:"速急降顺,免得骨化魂消!"猛觉彩云、金光相次飞射,知来了敌人,还没想到势子如此神速。因人未见,怒吼一声,朝金光来处将手一指,飞出一道赤红色的光华,如飞上前。忽听声音有异,回头一看,两根火柱齐化乌有,火中敌人已纷纷施展法宝,夹攻而来。同时崔五姑也已现身,一面放出飞剑,将那赤红色光华敌住,大喝:"扁毛妖孽,擅敢欺压良善!我绝不似东海三仙心软,叫你今日死无葬身之地!"随说,手扬处,太乙神雷雷火金光似雹雨一般迎面打去。

耿鲲见敌人一现身，便将自己运用五行禁制，并将自己连日所收雷泽神砂所化的火柱收去，知道厉害，心气已馁。又见雷火猛烈，原困两敌人的法宝威力又非寻常之比，不由又惊又急，怒火中烧，把心一横，厉啸一声，振翼飞起。到了空中，略一展动，翅尖上即飞射出千万点火星红光，满空飞舞，聚而不散。一面抵敌雷火和飞剑、宝光，一面准备施展玄功变化，拼个死活。哪知崔五姑早已防到，暗将三支金刚神火箭取出。这里耿鲲未及施为，猛瞥见三支火箭由满天火星光霞中直射过来。知道此箭专伤敌人元神，只要射上，至少耗去两三百年功力。再如三箭连中，更无幸理。尤厉害的是，此宝与敌人心灵相通，得隙即入，由心运用，最难抵御。自料再延下去，凶多吉少，急切间又无计可施。只得自断三根主翎，化为替身，抵挡三箭。倏地施展玄功，化为一片彗星般的火云，横空逝去，其疾如电，瞬息已杳。

崔五姑知他飞遁神速，追赶不上。见那三个化身已有两个为火箭所伤，化为红烟飞散，知是鸟羽所化。忙将三箭招回，收下一羽一看，见鸟羽足有三尺来长，钢翎细密，隐泛异彩。不舍毁却，便即行法禁制，免被妖人收转。刚刚停当，被困两人已飞身赶来相谢。崔五姑见来人乃是两个少女，俱都仪态万方，清丽出尘。一望而知是两个瑶宫仙侣，忙含笑还礼，互相落下。

正要通名问讯，忽见一朵彩云自空飞坠，倏地现出一个美丽少妇、一个少女。见面便同声礼谢道："愚姊妹连日随侍家师赤杖真人，采取灵药苑的各种灵药以及小蓝田玉实，供炼灵丹，以为救度海内外有根行的散仙之用。不料小徒无知，偶然游戏，拨云下视，发现妖人在此偷取雷泽砂。此宝每七百九十年由本山火口内涌出一次，宫中原有，本可不去睬他。只因妖人心贪骄横，目中无人，意欲穷探火源，竭泽而渔。小徒恐他毁损本山奇景，泄了地肺灵气，一时轻举妄动，下来阻止，不料法力有限，反吃困住。愚姊妹和诸同门又当火候吃紧之际，无暇分身。眼看危急，多蒙道友仗义相救。家师隐居避地，已逾千年，各方道友均少往还，道友也许尚未深悉。此地不是讲话之所，家师所居灵峤宫，就在此山顶上，请到上面一叙如何？"

五姑虽不知对方来历，一听这等说法，又见来人神情风度，知是天仙一类人物，奇缘遇合，心中大喜。因见对方师徒似在憎嫌山脚下的硝烟火气，匆匆略为谦谢，便即起身。行时，二女笑道："此山高接灵空，中隔七层云带。嘉宾远来，尚是首次，待愚姊妹献丑，同以片云接驾吧。"随说，少妇罗袂微扬，便由袖口内飘坠一朵彩云，晃眼便散布开来。崔五姑知道中途罡风猛烈，主人谦虚，故意如此说法，便随四女飞身其上，同往顶上升去。飞出万丈以上,罡风越来越厉。四女见五姑通如未觉,也颇钦服。少妇笑道:"此山罡风,实是惹厌,愚姊妹不愿下山,也是为此。"随手指处,脚底彩云便反卷上来,将五人一齐包没。眼望云外,黑风潮涌,冰雪蔽空。但云中通没一点感觉,飞行更是迅速。

似这样接连飞过好几层云带,冲破三四段寒冰风火之区,才到了有生物的所在,渐渐林木繁茂,珍禽奇兽往来不绝。五姑见景物已极佳妙,仙云还在上升,默算所经,已经升高了七八万丈。心方惊异,身子已由彩云拥着,又冲越过了一处云层。沿途景物益发灵秀,到处洞壑幽奇,瑶草琪花,触目都是。这才看见上面彩云环绕中,隐隐现出一所仙山楼阁。随又上升了千多丈,方始到达。早有好些仙侣迎将出来。仙云敛处,脚踏实地。

五姑随众前行,一看这地方,真是自从成道以来,头一次见到的仙山景致。山头上一片平地,两面芳草成茵,繁花如绣。当中玉石甬路,又宽又长,其平如镜。尽头处,背山面湖,矗立着一座宫苑,广约数十百顷。内中殿宇巍峨,金碧辉煌,飞阁崇楼,掩映于灵峰嘉木、白石清泉之间。林木大都数抱以上,枝头奇花盛开,如灿烂云锦,多不知名。清风细细,时闻妙香,万花林中,时有幽鹤驯鹿成群翔集,结队嬉游。上面是碧空澄霁,白云缥缈;下面是琼楼玉宇,万户千门。更有奇峰撑空,清泉涌地,点尘不到,温暖如春。端的清丽灵奇,仙境无边,置身其中,令人耳目应接不暇。

正在沿途观赏,对面走来一个中年道者,朝着为首少妇说道:"师祖现在玉真殿相候,请师叔陪了来客入见。"少妇将头微点,径引五姑沿着满植垂柳的长堤走去。走约一半,忽见长桥卧波。桥对面碧树红栏,宫廷隐隐。中间隔着一片林木,苍翠如沐。穿林出去,面前出现一片极富丽的殿宇,殿前一片玉石平台,气象甚是庄严。五姑虽然得道多年,到此也不觉心折。走到平台瑶阶之下,方欲以后辈之礼通名求见,请为首二女代为先容。忽一道童打扮的仙人接出,对五姑道:"家师命我出迎,请崔道友不必太谦,径到殿上相见。"

五姑谦谢了两句,随众同进。见这殿甚是广大,俱是琼玉建成。一切陈设用具,无一不是精美绝伦,人间未见。殿当中并未设甚宝座,只东偏青玉榻上,坐着一个相貌清古的仙人。除前见道童外,还有七八个男女侍者在侧侍立。知是宫中主者赤杖真人。因真人得道已逾千年,理应以后辈之礼拜见。刚要拜倒,真人便命众女弟子掖住,笑道:"我与道友并无渊源,如何敢当大礼?"五姑道:"弟子自从先师飞升以后,从未向人执过后辈之礼。并非有意谦恭,只为真人乃先进真仙,弟子适才又是先与门下诸位道友接谈订交,论哪一样也是后辈。尊长在前,怎敢失礼?"说罢,依然拜了下去。真人一面还着半礼,并令众弟子扶起答谢。笑道:"道友如此谦恭,我也不便再为峻拒。请坐叙谈吧。"随命侍者往小蓝田采取鲜果款客。五姑见众在旁,仍然不肯就座。真人笑道:"我在此山清修多年,对于门下弟子礼节素宽。道友只管请坐,他们也要坐下。"五姑只得谢了。落座之后,除却第二辈弟子和宫中侍者外,众男女弟子都分别就座。

五姑听真人说起来历,才知真人姓刘,与唐罗公远同时成道。本已修到天仙位业,只为到时差了一点火候,仍用肉体飞升,便须再转一劫。一则不耐尘世烦扰,又吃门下男女弟子苦口挽留,真人师徒情重,况且灵峰仙府高接天域,仙景无边,更有蓝田玉实,灵苑仙药,一样长生不老。拼着永为地仙,享受清福。成道以来,已历千年,未履尘世。历朝列仙未成道飞升以前,也从无一人来过。中间只有一个转劫散仙,名叫尹松云,受另一地仙指引,仗着一道灵符护身,由山脚下冒着冰雪与罡风、烈火之险,费时半年,步行上山,拜在真人大弟子赤杖仙童阮纠门下。另外还有三个再传女弟子,乃是南宋末年忠臣之后。宋亡,随着一家至戚遁逃海外,被飓风吹入落漈,全舟遇难,只三女共抱着一块船板,被风浪打到天蓬山脚海滨沙滩之上。醒来想起国破家亡,全家惨死,终日悲泣。正要相率投海,吃真人门下甘碧梧、丁嫦二女弟子无心中拨云下视发现,禀明真人,度上山来,收归门下。甘、丁二女便是引五姑入宫的少妇和那少女。三女一名陈文玑,一名管青衣,便是五姑所救二女,还有一名叫赵蕙。此外宫中男女弟子侍者共有二三百人之多。除却再传弟子,每隔些年下山积修外功,就便接引些有根行的人上山外,这些头辈弟子也是千年不履尘世。那些侍者都是再传弟子引来。每次下山,踪迹均极隐秘,轻易不与外人交往争斗。仙法奥妙,法宝神奇。真人更具玄门无上法力,一切因果早经算就,预示先机,依言行事。有缘者加以引度,否则人前绝不泄露,因此不为世知,这次特许五姑入见,固因解救二女弟子之德,此外还有一段因果。并说:"近拟着门下两辈弟子下山行道。目前妖邪横行,各方道友素无渊源,不久下山,还望代为引见接纳,以便有事时互相关照。只未下山前,暂勿宣泄。"五姑自是一口应诺。说时,侍者早把各种仙果,连同仙府灵泉取来奉上,五姑拜谢吃了。

谈过些时,真人便命众弟子陪出游玩。五姑一边玩赏仙景,无心中谈起目前异派猖獗,以及峨眉不久开府盛会。众仙听了,颇觉有兴。尤以大弟子赤杖仙童阮纠和甘、丁二女为最留心。小一辈的陈文玑、管青衣、赵蕙三女也极起劲，不住询问。五姑看出众仙意颇向往，暗想："到日，如将这些得道千年的地仙代约了去，岂非盛事？"继一细想："对方素不和外人交往，适才真人虽有命众弟子下山行道之言，又嘱事前不可泄露，知道肯去与否？初见不便冒昧，且等日后再说。"话到口边，又复止住。

　　游完全景，本欲告辞回去，众仙竟不放行，再三留住盘桓些日。五姑本定日内往白阳山花雨崖探看凌云凤，因见主人盛意挽留，又爱仙府美景，一算云凤食粮还有不少，不致空乏，就短少几天的，山中遍地黄精、首乌，更有别的山果可以充饥，云凤也会自出寻掘，无足挂心，便在宫中住了下来。一住多日，始得辞别。中间真人见过三次，末次并令五姑连凌浑也约了来。五姑知道真人道法高深，尤其小蓝田内灵药仙果甚多，能和其徒交往，得益不少，闻言自是越发心喜。

　　起身时，甘、丁二女执意亲送下山。连日快聚，已成莫逆，五姑知道朋友情长，不是意存轻视，索性由她们用仙云护送同下。到了半山以下，五姑无须再往山脚，本应就空中御遁飞行，二女坚持要送过十万流沙方回。五姑再三推谢不获，只得应了。飞过流沙以后，二女说是千年以来不曾出山，左近不远小蓬莱有二散仙，乃千年前旧交，昔年为修天仙位业，备历艰辛，转劫三次，久已不通音问，不知还在岛上隐居没有，意欲便道往访。随与五姑殷殷话别，订了后会，各自飞去。

　　五姑一算，凌云凤之约已过了好几日，先往白阳山赶去，助云凤脱了一难，送返原洞，略示机宜。便即回转青螺峪，告知丈夫凌浑，定日同往拜访。因记赤杖真人嘱咐，对众同道谁也不曾说起。

　　这日正要起身，妙一真人忽命门人下帖，延请凌浑夫妇期赶到。门人去后，凌浑笑说："我们枉自修仙多年，眼前放着这样仙境和前辈真仙，竟会毫无闻知，真是笑话。"五姑笑道："真人仙山清修，不喜外人烦扰，除偶有两位同辈地仙和灵空仙界中的昔年同道金仙拜访外，因有仙法妙用掩饰，休说深入仙府，就运玄功推算，也算不出他底细。据丁道友说，这多年来，也有几个灵慧有心之士，欲往穷源查探。不是功力尚浅，难禁前半十万丈风雪烈火之险，便是到了半山以上，为真人仙法所迷，现出一片穷荒阴晦的绝顶，来人以为走到地头，毫无所得，废然而返。行藏如此隐秘，地又如此险阻僻远，足迹难至，寻常想也想不到，怎会知晓？不过以我连日观察，真人实具无上法力。那些初传弟子也不在你我以下。妖人耿鲲在他山下盗宝，困陷门人，事前万无不知之理。就算门人该有此难，炼丹大事，无暇分身，门下两辈弟子连同宫中侍者不下三百人，无一不是道术之士，更有不少神奇法宝足以应援，何以要等外人前往解救？后又说起不久将令弟子下山行道的话，并且还令我约你往见。两面印证，与以前隐秘行径不符，颇似有心给你我开门路。如非夙世因缘，便许将来有用你我之处，都说不定。"

凌浑道："我也如此想法。自你回山一说，我便接连两次默运玄机，虔心推算。不特没有算出对方用意，连那山顶仙府宫中主者都似并无其人。因此心中敬佩，亟欲往见。他那里灵药虽多，我素不愿假借草木之灵增我功力。倒是这位老前辈道行深厚，我夫妻天仙难望，走的正是他这一条道路。四九重劫，行将来到，仗我前得天书，峨眉诸道友师徒相助，与驼子等合力抵御，你又无意中得了纯阳至宝雷泽神砂，诸般凑巧，足可望平安度过。然而毕竟他师徒是过来人，能去讨教，岂不加倍稳妥？

"还有齐道友这次开府，仙宾云集，异派中人假名观光，心存叵测的也将不少，如能将他师徒代约了去，不特锦上添花，还可使众妖人见识见识。照你所说神气，即使真人不肯纡尊，门下弟子必肯凑趣，何不试上一试？这次观光诸友，有好些送贺礼的。寻常多是自炼的一两件法宝，准备主人汇集一起，分别传授门人，护身诛邪。郑颠仙因有元江之役，得了不少前古仙兵，送得最多。驼子是用五丁开山，将凝碧崖前通上面的云路，中间所有危崖怪石阻隔，全数一扫而空，多现出千亩方圆天空，却用五层云雾将它隔断。另外把北海水阙九龙真人所居玉螭宫外那座红玉牌坊，用他当年所得那粒困龙珠换了来，建在五府前面。朱霞映空，富丽堂皇，最为珍贵。白、朱二矮子更是狡猾，老早便用龙雀环，把紫云三女所炼一条神砂甬道，整个收来，凑了现成便宜，拿它当礼物，不特出色惊人，还可随心运用，无往不宜。我夫妻本来法宝不多，你虽有几件，俱都经你多年心血炼成，不能随便送人。我新创立教宗，法宝、飞剑，也应了我外号的典，穷得自己门人都没甚用的，还在到处物色，如何还拿出去装大方？再说也不新鲜。随众附和，我向来不干。驼子为人尚可，决不能被两矮子比下去。急切间既无甚新奇礼物，莫如不送。且到天蓬山一行，也许能想出一点花样。如能将人约去，岂不比送礼还强？"

五姑闻言，先只寻思不语，忽然笑道："有了，只不知人家肯借与否。"凌浑问故，五姑道："我见灵峤仙府千门万户，宫室众多，而且差不多俱有衾枕陈设。我问宫中怎有这么多人居宿？众道友答道：仙府花开四时，八节长春，仙景无边，不在灵宫天界诸仙府以下。尤其是灵药仙果甚多，内有数种天府奇珍，都是长年开花，结实却是三百六十五年一次，妙在同时成熟。灵空天界有好几位金仙，俱是真人昔年同门同道至交，每当结实之期，真人必以仙云传递玉简瑶章，邀约下降。中有两位仙宾带有不少侍人。每次宴集，均由仙果半熟起，直到全熟，采食之后方走，借此流连。仙府终岁光明，无日夕之分，来者又都是天上神仙，本用不着甚宿处。只因这些侍从各有清课，虽然做客，每隔七日，便须御气调元，依时修炼，时虽不多，必须安排一处净室。真人门下弟子又均好客喜事，一意踵事增华。自第一次请客起，便集全力采炼鲛绡文锦，美玉灵木，就着仙山形势，于原有宫室以外，另添建了数百所楼阁精舍。第二次会后，陈设益发富丽齐备。这还不奇，最奇的是仙法神妙，消长随心，大小取携，无不如意，可由仙宾人数而定。平日宫室楼阁也没这么多，此次因是仙果结实期近，又知这次仙宾较多，瑶章未寄，已有先来之讯，期前便有好些降临，为此早为布置。这些楼台亭榭，连同内中陈设用具，不用时，俱可缩为方寸收起；用时随地放置，立呈华屋。据说每会一次，必有一些不速之客，多为客人约了同来。惟恐临期匆促，备办不好，好在仙山岁月，常是清闲，众道友闲中无事，便营建宫室，添置用具。每成一所，再用仙法缩小，以备到时应用。一切奇珍材料，本山均有极多出产，无须外取。于是越积越多，互相争奇竞丽，集仙法之大成，穷极工巧。直到二百年前，真人说眼前所有，已经足用，无须再建。尤其内中陈设，多是摆来好看，来客均用不着。近来衾褥之类，悉以本山天蚕所吐丝织成，虽然随吐随收，蚕不作茧，不曾伤害生命，终是虚耗物力。起初因众弟子长日清闲，共试法术，营建宫室，为延款仙宾之用，一举两得，不曾禁止。不料近日互相争奇斗胜，铺张扬厉，已入魔道，大非所宜，着即停止。并将内中格外精工奇丽，不似修道人所居的，各自收起，不许取用。众道友奉了法谕，方始停手。那已成未用的共有三百多间。此次峨眉开府，众异派妖人尚未闻有另备住处。如一律住在太元洞内，非但良莠混杂，还得多加小心。我们此行如能把人约去，再把这三百多间用具齐全、陈设华美的宫室借来一用，岂非绝妙之事么？"

凌浑闻言，大喜道："有这样事？太妙了，开府期近，事不宜迟，今天就走吧。"

于建、杨成志闻说峨眉开府，刘、赵、俞、魏四人已经先往，早就心中盼望。看出师父、师母必由天蓬山约了仙宾同往赴会，不会再返青螺。于建和俞允中一样，人最本分，尽管师父平日不拘礼节，依然始终谨慎，不敢分毫放肆。心想："这类福缘，不可强求。"心虽盼望，不敢开口说。杨成志却忍不住问道："师父还回来么？"凌浑看了一眼，骂道："没出息的东西！自不学好，人家不要你，被赶了出来。就我回山，莫非你还想老着脸皮跟了去么？这次各方道友是被请的，除非有甚不得已，或是洞府须人坐镇，差不多把所有门人全带了去。就是当时不得参与，会完师父回山，也可赶去看看，在仙府流连两日，受小辈同道款待。不特增长见闻，观赏奇景，妙一真人夫妇对这些后辈，不论是会前会后，只要是开府第一次登门的，或是法宝，或是灵药、仙丹，按着来人缘福功行，各有赐予。以我和峨眉诸友至交，理应全数登门，独你一人不能前往。上次本心是想将你们四人引至峨眉门下，不料你没住几天，便谋害芝仙，做出那样残忍无耻之事。人家看我面上，不好意思处罚，借着我一句话，将你休了回来。连于建也跟着受累。我是向来说话算数，做事做彻，不能更改。你全仗这一点，才得收容。虽然在我门下，只要肯勤修，一样可以成就，到底不如人家容易方便，同门人多，异日下山积修外功，处处都有照应，少吃好些苦头。自己不知懊悔，发奋向道，一心只羡慕人家，想凑热闹，难道嫌脸没给我丢够么？"

　　杨成志因在峨眉住了些日，见众女弟子十九均美如天仙，尤其申若兰性情温柔，章南姑美秀和顺，不特可爱，还觉容易亲近。方在心中盘算，不料弄巧成拙，差点没重返故乡，再入尘世。自来青螺，时涉遐想。可是他极聪明，知道凭自己这样，人家决看不上，尽管心不堪问，用功却是极勤。这次想去参与盛会，虽然为了妙一真人加恩后辈，想得一点好处，就便开开眼界，一多半还是别有用心，打算见机重向旧日诸男女同门拉拢，以为日后时常登门亲近之地。先听被请的人都把门徒带去，心想："师父和峨眉诸长老是至交，灵云来时又请所有门人一体前往，这还不是十拿九稳？"眼巴巴盼望师父即日起身，或命自己和于建先期赶往，方称心意。见师父马上要走，还未提起，满腔热望，忍不住拿话一探口气，不特此次无望，便日后也休想登门。最生气的是，谁都有份，便是于建此时不能随往，会后仍可赶去，惟独自己一人无望。不禁又愧又急又伤心，满腔热念，立时冰消，半晌作声不得。追忆前事，心想："自己虽然不该冒失，毕竟事出无知。师长未曾回山，尚不知情，当时灵云等人如肯担待掩饰，不是不可挽回。就说师长面前不能隐瞒，以师父的情面代为求说，也必可以从宽收容。为一草木之灵，并且还未伤着毫发，便这样视如寇仇，一任怎么苦求都是不允，连妙一真人面都未见，便作威作福，强给师父送了回来。自己和南姑姊弟原是一路，既不肯收容，理应一齐逐出才是。并且章虎儿与己还是同谋，只因南姑是个女的，和这几个主权的女同门日同卧起，近水楼台，容易巴结讨好，所以连章虎儿也被留下了。于建一个无辜的老实人，反做了替死鬼，连带受累，太不公平。"越想越觉不忿，把初来时恶念重又勾起。由此益发痛恨灵云、英琼诸女，立誓努力潜修，学成道法，以便异日去寻诸女报仇雪恨。

凌浑见他脸涨通红，眼中都快流下泪来，笑叱道："我收徒弟只凭缘分和我心喜，不论资质如何，只要肯用功，我仍一体传授。可是学成以后，全仗自己修为善恶。好的，我决不使他吃人的亏；要是自作自受，甘趋下流，我却不护短，任他身受多惨，决不过问，稍加怜悯。等刘泉他们回山，便须传授法宝、道术，学成下山行道。他年有无成就，是好是坏，就系于自己人禽关头一念之间了。"

杨成志一心妒恨仇人，正在盘算未来，闻言只当闲谈，并未警觉。五姑觉着这等心术的人，便资质多好，也不该收他。既已收下，师徒之谊就应常加告诫，使其常自警惕，洗心革面，免致堕落，不应听其自然，一面又和别的门人一样传授，助长他的恶念。辨貌知心，老大不以这师徒二人为然。闻言方欲开口规诫，凌浑道："人各有心，不可勉强。我当年便是这样人性。不必多言，我们走吧。"崔五姑还要说话，见凌浑朝自己使眼色，知道丈夫性情如此，主意已定，强劝无用。可是这么一来，杨成志未来休咎，已可预知。人虽不是善良，资质却在中人以上，修炼更是勤奋敏悟，任其自趋败亡，未免可惜。料定丈夫必定另有用意，不便再为其说，只朝杨成志微微慨叹。

杨成志满腔贪嗔痴妄，通未觉察。于建在旁却早听出师父语有深意，又见师母神色有异，益发心中谨畏。师兄弟二人各有心事。不提。

凌浑说完，随同崔五姑起身，一路无话。过了十万里流沙落漈，遥见天蓬山在望。因山太高，中隔七层云空，为求迅速，不由山脚上升，相隔老远便催遁光，斜飞上去。刚飞过了四层云带，忽见对面高空中一片五色祥云，拥着一男二女三个仙人，由上而下斜飞迎来。五姑认出来人是赤杖仙童阮纠，同了甘碧梧、丁嫦二女仙，忙即招呼凌浑，一同迎上。两下里都是飞行迅速，晃眼落在祥云之上。阮纠随将仙云掉转，缓缓斜飞上去。

五姑给双方引见之后，一面称谢，笑问甘碧梧道："诸位道友，端的道妙通玄，遇事前知，竟把十万里外之事了如指掌。"甘碧梧笑道："我等不曾用心推算，哪有这深法力？这全是家师适才吩咐。不特贤夫妇驾到，便是此来用意，家师也早算出了呢。"五姑大喜，笑问道："愚夫妇因和峨眉诸友至交，又是道家稀有盛事，不揣冒昧，所望甚奢。既欲奉请真人和诸位道友下降，以为光宠，又欲慷他人之慨，将道友前说灵峤三百余间仙馆楼阁，暂假峨眉诸道友一用。不知真人和诸位道友肯推爱玉成么？"

丁嫦插口笑道："道友说话，何必如此谦虚？自从那日订交，便成知契，以后互相关照，情如一家，何须客气呢？家师近以上界仙宾不久下降，并闻还有玉敕颁来，灵空天界不比凡间，非等到日，不能预先推详，为此不便远离。日前我们听道友说起峨眉诸友法力和诸比丘灵异之迹，才知近来修士大不易为。人心日恶，魔随道长。功力途径虽然今古相同，因是妖邪众多，非具极大的降魔法力和防身本领，不能抵御。不似千年以前，修道人只需得有师承，觅一深山，隐居清修，时至道成，再去行道，一俟内外功行圆满，便可成就仙业。虽也不免灾劫，大都易于躲避。比较起来，如今要更难得多。又值凝碧开府之盛，私心向往。道友未说，不便启口，无因而往，做那不速之客。后和家师说起，才知道友原本有意代主人延客，正遂私愿。现由大师兄起，连同我等三四个小徒，共是七人，已经禀准家师。静俟贤夫妇到来，有人先容，与未去诸同门略作快聚，便即相偕同往了。至于灵峤仙馆所余那三百余间房舍，原是我等一时遣兴，游戏之作。只因营建部署之初刻意求工，一心模仿桂府宫室，力求华美，哪知只凭载籍传闻，不曾亲见，向壁虚拟，不特全无似处，建成之后，经家师和诸仙长点破，才知刻鹄画虎，全无是处。不但不像青女、素娥、玉楼仙史等天上神仙所居，连寻常修士也居之不宜。不过建时既费工夫，而内中的玉簟锦茵、冰绡珠帐，以及一切零星陈设，无一不是成之非易。空费许多物力心力，拆毁未免可惜，废置至今已二百年，正苦无甚用处。休说借与峨眉诸道友应用，如不是物太富丽，不是修道人所宜，便全数奉赠，又有何妨？这类房舍什物，用来炫耀左道旁门中人耳目，使之惊奇，正得其用。甘师姊已命陈、管、赵三个同去的女弟子，用三只紫筠篮装好，随时都可带走。另外还有三十六枚蓝田玉实，不腆之仪，聊以为敬。尚望代向峨眉诸友致意，分赠门下男女弟子，哂收为幸。"

凌浑见丁嫦得道千年，看去年纪不过十四五，容华秀丽，宛如仙露明珠，光彩照人。吐属更是朗润娴雅，吹气如兰。桂府仙娃，不过如此。阮纠和甘碧梧虽有丑美之分，而仙根道力，无不深厚，骨秀神清，丰姿飘逸。眼前同道中人，能到此者，竟没有几个。分明金仙一类人物，不知怎么会忽然折节下交？甚为惊异。

甘碧梧因五姑极口称谢，笑道："七师妹修道多年，见了外客怎还似当年心热气盛情景？心中有话，必欲一吐为快。到了上面，再行奉告不一样么？"

丁嫦微嗔道："四师姊生性温柔,连说话也慢腾腾的。凡事该如何,便如何,有话便说,慢些什么? 本来如此。那日听崔道友说起峨眉开府之事,偏不开口,非等师父有了口谕,崔道友已经来约,才行明告。反正一样,何如早些说出,人家喜欢多好呢!"甘碧梧笑了笑。阮纠接口道："七师妹心直口快,稚气终脱不掉,没有含蓄。我以前较她尤甚,近三百年才改了些。有时想起跟随师父隐居前许多旧事,都觉好笑。自来江山易改,本性难移。许是山居年久,未与外人交往,日常清暇无事,默化潜移,连性情也随以改变。这次奉命下山,许不似昔日躁妄。"丁嫦道："你是大师兄,同门表率,自然要老成些,那似我和十六师妹的孩子气呢! 仙山虽好,只是岁月清闲,无争无虑,连四师姊素来倜傥的人,也变得这等闲静雍容,没有从前有兴了。"甘碧梧笑道："嫦妹你还要说些什么? 当着崔、凌二位道友,也不怕人笑话?"

崔五姑笑道："仙府长生岁月,仙景无边,已是令人羡煞;而诸位道友又是雍容恬逸,纯然一片天趣,真情款款,自然流露。真恨不得早生千百年,得附骥尾,可拜真人门下,便天仙位业也非所望呢。"阮纠道："道友过誉。我们虽然幸窃福缘,得天独厚,终不能望到天仙位业,便为一情字所累呢。"凌浑闻言,忍不住问道："休说真人,便是诸位道友,哪一位不是神仪内莹,精华外映,明是天上金仙一流。听内人说,虽是男女道友同隶师门,并非合籍双修。即以千万功力而论,已具通天彻地、旋乾转坤之能,怎么情关一念,便勘不破呢?"阮纠笑道："此事说来话长,并且将来借重诸位道友,也是为此一字。不过暂时奉家师命,恕难奉告,且等峨眉会后,再作详谈吧。"甘、丁二女同声笑道："大师兄才说改了性情,不又饶舌了么?"凌浑知道来时料中所说借重之事,至关重大,不便再为深问。

五人言笑晏晏,不觉连越云层,到了天蓬绝顶灵峤宫外。阮、丁、甘三人领了凌、崔夫妇,先去拜见过了赤杖真人,略说命众弟子随往峨眉观礼之事。凌浑又略请教些应劫的话。便由阮、甘等门人陪出,先引凌浑把灵峤仙府风景游览了一周,然后去至甘碧梧所居的栖凤亭中小坐。众仙侣因凌浑初来,又命门人侍者去取灵泉甘露与各种仙果,前来款待。凌浑健谈,神情穿着又极滑稽,宾主双方越谈越投机。内中赤杖仙童阮纠和一个名叫兜元仙史邢曼的,尤为莫逆,由此成了至交。

凌、崔二人因离庚辰正日没有几天,路隔太远,必须期前赶到。虽然飞行迅速,不致延误,当此多事之秋,受人之托,终是越早到越好,便起辞别。众仙再三挽留。阮纠并说："此行如何,家师已经算出,明早起身,到时恰好。

因此次旁门中颇有几个能手，为了事前不使得知，道友到时，使用仙法隐蔽行藏，不到起身下山，谁也推算不出。据我想，也许峨眉诸道友都认作意外，到后方知呢。"甘碧梧和另一仙侣同声笑道："大师兄话休说满。左道旁门中人，自难知道我们行藏。峨眉诸位道友何等高明，未必也瞒得过吧？"阮纠笑道："我不是说准能瞒过。只为凌、崔二位道友此来，未向第二人提起，原定约了我们，突做不速之客，以博主人一笑。并且主人连日正忙，素昧平生，我们又非现时知名之士，念不及此，怎会前知？除非我们已经上路将到，主人久候凌道友夫妇不至，无意中占算行踪，那就难了。"丁嫦道："这个我敢和大师兄打赌，我们此去，只一动身，峨眉诸道友便即知道。即便主人正忙，无心及此，你没听崔道友那日曾说，日前已是仙宾云集。师兄的转劫好友大方真人，和我们对头的两个克星也在那里，焉有不知之理？"甘碧梧笑道："七师妹怎的胸无藏言？"丁嫦好似说走了嘴，面上一红，便不再说。阮纠笑道："我只臆度，哪个与你打赌？"说时也看了丁嫦一眼。

凌浑暗忖："众仙千年不曾下山，法力如此深厚，怎会有甚对头？大方真人正是乙休，想不到他与赤杖仙童竟是历劫知交。见时一问，便知就里。"故作没有在意，岔将过去。阮纠似已察觉，笑对凌、崔二人道："我们在此隐居清修，于仙于凡，两无所争，本无什么。只为家师奉到天敕，又值再传弟子和一些侍者建立外功之会，正好命两辈门人一同下山。好些事均属未来，家师默运玄机，为免众弟子将来有甚困阻，预为之备。其实事情尚早，家师只示了一点征兆，不曾明言。休说乙道友不能详悉，便我等也只略知梗概，此时未便奉告，盖由于此。"

崔五姑道："想不到诸位道友清修千年，早已天仙无殊，怎会突然发生这些烦扰？"另一女仙罗茵笑道："按说，我们虽然道行浅薄，不能上升灵空天域，到那金仙位业，如论位业，却也不在天仙以下。尤其是清闲自如，既无职司，又无羁绊，不似天仙多有繁巨职掌。只自成道起，两千一百九十年中，有三次重劫，一次比一次厉害，是个讨厌的事。"丁嫦笑道："罗六师妹倒说得好，假使地仙如此易为，似我们这等清福，那些天府仙官都愿退这一步，不再稀罕那天仙位业了。"

凌、崔二人闻言，心中一动，默计赤杖真人师徒成道岁月，正是道家四九重劫以后的第二难关快要到来。起初以为真人有无上法力，谁知仍难轻免，不禁骇然。天机难泄，无怪支吾不肯明言。便朝罗茵点了点头。众仙知道二人业已会意，便不再提起。

又盘桓了些时，一算时间，已经过了一天。阮纠不等凌、崔二人开口，便请起身。二人要向真人拜别，众仙俱说："真人现正调元炼气，不须多礼。"二人便托众仙见时，代为致意。当下赤杖仙童阮纠、甘碧梧、丁嫦，率领三人的爱徒尹松云、陈文玑、管青衣、赵蕙，共是男女七人。由陈、管、赵三女，用仙府三柄紫玉锄，肩挑着装有三百间仙馆楼阁和蓝田玉实的紫筠篮。随了凌、崔二人，同驾一幢彩云，往峨眉仙府进发。

彩云一离天蓬山界，降到中层云下，便自加快，往前飞驰。其速并不在剑遁以下，并且一点也不见着力施为。上面是碧空冥冥，一片苍茫；下面是十万流沙，漫无涯际。等将落漈飞过，又是岛屿星分，波涛壮阔，碧海青天，若相涵吐。中间一片祥云，五色缤纷，簇拥着九个男女仙人，横空穿云而过。每当冲入迎面云层之中，因是飞行迅速，去势太急，将那如山如海的云堆一下冲破。所过之处，四外白云受不住激荡，纷纷散裂，化为一团团、一片片的断絮残棉，满空飞舞。再吃阳光一映，过后回顾，直似万丈云涛，撒了一天霞绮，随着残云之后，滚滚飞扬，奇丽无俦。

仙云神速，飞近子夜，峨眉便已在望。阮、甘诸仙因此山乃千年前旧游之地，仙府只知是在后山亘古无人之区，不曾去过。刚刚把仙云势子改缓，在夜月清光之下指点林泉，一面追忆前尘，一面和凌、崔二人谈说，问询仙府所在。丁嫦忽指前面崖上笑道："我说如何？你看前面崖上，洞口石亭均有人在守候，分明峨眉诸道友对于我们来意已前知了。"凌浑正和阮纠一样，心料妙一真人等不会想到会约仙侣同来，又是何等神奇隐秘。素无人知的地仙，还想突然降临，故作惊人之笔。又知妙一真人等如真前知，此时必是亲身出迎，而洞口崖亭中人，分明是几个轮值守候的门人。方对丁嫦笑道："道友，你料错了，那是齐道友门下弟子，奉命在彼迎候嘉客的，正经主人并无一个，也许真不知道呢。"

凌浑话还未完，遥见洞门内倏地闪出好些人来。这时两处相隔尚远，乍见虽还不能辨认，必是长一辈的主人无疑。才知主人毕竟前知，这等大举出迎，自己面上也有光辉，好生欣喜。立即改口道："想不到主人果是仙机灵妙，早已前知。大约凡是无甚要事的，都出洞来迎候嘉宾了。"阮、甘、丁三人闻言，定睛一看，忙道："我等不速之客，主人竟如此盛意延款，何以克当？急速催云快去吧。"随说，手指处，脚底仙云又复加急飞驰，晃眼到了后洞上空。三仙因想认一认为首主人，微一缓势间，凌、崔二人已先从云中飞坠。三仙又见妙一夫人似要飞身上迎，知是为首女主人，忙率尹、陈、管、赵四弟子一同下降。

到了太元洞内，宾主分别礼见，由凌、崔二人代为略致来意。妙一夫人等自是极口称谢，敬佩不置。凌浑因阮纠与乙休有旧，闻说乙休同了百禽道人公冶黄、追云叟的大弟子岳雯，在仙籁顶旁危崖老松之下，相互对弈，恰值灵云领众弟子拜见仙宾，不曾走去，便命去唤。随问众人，那些异派中的恶宾不久即至，那三百间仙馆楼台如何布置？丁嫦笑道："微末小技，极易布置。这些房舍大小隐现，无不如意。微仪已蒙主人哂纳，房舍就在小徒肩挑筠篮之内，只需主人命二三高足领了小徒，指出适当地点，立可成就。"青囊仙子华瑶崧道："既然是能隐能现，索性先只安置，将形隐去。等那些恶宾到来，依次领往，随时出现，岂不更妙？"妙一夫人道："这样虽好，只是小徒们法力浅薄，不知仙法运用，万无重劳嘉宾之理，还是现出来吧。"甘碧梧道："运用之法不难，一学就会。小徒们相助照料，有何不可？"夫人再四谦谢，不欲劳动仙宾。嗣由凌浑折中，仍命门弟子执掌，由三仙先传运用之法。妙一夫人因来者不善，善者不来，引导来客就舍的人既要本领高强，又须机智沉着，始能应付，便命齐霞儿、秦紫玲、诸葛警我、林寒四人充任。三仙立即当众传了用法，并各赐了一道灵符，以备万一。四人拜谢领命，随引了尹松云、陈文玑、管青衣、赵蕙四人，分四路去讫。

黄肿道人和伏魔真人姜庶重述适才所议方策，将人分散太元洞内。广堂之内，只留二三主人，等候外宾来见。余各自寻居处，不必长聚一起，以便暗中留意，相机应付。妙一夫人终因仙宾初来，尚未怎样款待，意欲多陪一会，等有异派人来，再作计较。三仙知道主人心意，力言彼此同道倾心，一见知己，无须如此谦礼。并说："山居千年，极少新奇之事，此行专为观光，就便看看目前左道伎俩，如在太元仙府居住，难于一目了然。好在房舍现成，妖人将至，最好立时便请一位令高足领去，择一高旷之地，可以纵观全景，而又不当要冲，以便作壁上观，实为快事。"妙一夫人见他们坚持，只得亲自陪往。一面并请玉清大师代做主人，时常陪伴。

议定以后，除各主人外，一班外客欲睹仙馆之奇，仗着房舍众多，纷纷效尤；一般后辈更好奇喜事，渴欲见识。妙一夫人想："这样把所有长幼来宾全都住在新添设的仙馆楼阁以内也好。"便陪了阮纠师徒，先往绣云洞去物色仙居。众人也相率走出。刚刚走出洞门，便见亭台楼阁，琼馆瑶树，到处矗立，点缀得一座凝碧仙府霞蔚云蒸，祥光彻霄，瑞霭满地，绚丽无俦，仙家妙术，果真惊人。方在齐声赞妙，倏地光霞一闪而逝，所有楼台馆榭全数隐去。

知四弟子已经布置停妥,正在试法。

正陪仙宾前行,灵云忽然走来,对凌浑说:"乙师伯胜了公冶真人一局,现和岳师兄对弈正酣。闻说阮仙长到此,只笑了笑。弟子久候无信,三次催请,乙师伯才说要请阮仙长往见。不知可否?"凌浑笑骂道:"这老驼子真个棋迷,连老朋友来也不顾了。"阮纠笑道:"行客须拜坐主,原该我去见他才对。二位师妹可随主人往寻居处,令四弟子同住一起,不得妄自多事。我与大方道友久别,要作长谈,也许和他同住。到了正日会集,再相见了。"丁嫦笑道:"我们现时决不至于多事,师兄和大方真人在一起,却是难说呢。"妙一夫人方欲分人送往,凌浑对崔五姑道:"老伴,诸位道友是我夫妻请来,我二人也和主人差不许多。你和玉清道友陪伴甘、丁二位道友师徒,我自引阮道友去寻驼子去。"说罢,同了阮纠自去。不提。

妙一夫人等仍陪甘碧梧师徒六人走到绣云涧,正赶齐霞儿同管青衣二人一齐将仙馆设在涧侧高崖之上,刚刚停当,待要回洞复命,看见夫人等陪了众仙宾到来,连忙迎上。跟着秦紫玲同了赵蕙,林寒同了陈文玑,诸葛警我同了尹松云三起,也都各按所去的一带地方,相度形胜,设置停当,互相试验一回,隐去真形,回至中途,有的老远望见,有的经同门传说,相次赶来复命。

妙一夫人便命齐霞儿将崖上仙馆现出。霞儿如法施为,手一指,崖上突然现出一座霞光四射的玉楼。众人见那楼阁共是三层,每层五间,形如重台梅花,通体碧玉砌成,琼槛瑶阶,金门翠栋,雕云镂月,气象庄严,奇丽无俦。再走上去一看,一层有一层的陈设,无不穷极艳丽,妙夺鬼工。至于设备之齐全,更毋庸说。锦墩文几,玉案晶床,尽管华贵异常,却又不是富贵人家气象,于珠光宝气之中,现出古色古香,别有雍穆清雅之致。顶层五间开通,成一敞厅,似是准备仙宾暇日登楼凭眺观景之用。比起下两层设备还更精美,四面碧玉栏杆,嵌空玲珑。更有百十盏金灯点缀其间,燃将起来,灿如明星,夜间望去,更是奇景。

众人落座,正在赞赏,诧为未见。玉清大师笑道:"此崖虽然隐僻,却非最高之地。如再高出二三十丈,全景便在目下,一览无遗了。"丁嫦笑道:"这个容易,这些房舍原本可高可下。"随说,将手一指,只见祥云如带,横亘楼腰,二楼一段。便在隐约之间,顶层便于不知不觉中升高了数十丈,仙府全景立现眼底。甘碧梧笑道:"区区末技,七师妹也要卖弄,不怕诸位道友齿冷?"丁嫦笑道:"我们承诸友不弃,一见如故,亲若一家,何用掩饰作态?"

先来长幼群仙，俱欲各觅居处，纷起作别。甘碧梧道："事也真巧。当初原是同门师兄姊妹互弄小技，只顾争奇斗胜，忘了修道人的本色，又没见识过天仙第宅是什么形状，以致徒事纤巧，闹成了个四不像。此次所带楼舍，只这一所小琼楼乃二师姊姚瑟所建，还不过于离奇，恰被愚师徒数人占用。余者多半出诸七、九师妹之手。诸位道友虽然暂寄仙踪，逢场作戏，如见不堪之处，幸勿见笑。主人事忙，承五姑与玉清道友相伴，已感盛情，请自回吧。"

妙一夫人等也觉众异派中恶客行即到来，正当多事之秋，便也不作客套。一面吩咐霞儿等四人，引导各长幼仙宾，仍分四路送入仙馆安置。并请内中几个主要人物，各依方向，暗中监防。事完，便分两人一班，在太元洞中和另外两名弟子随侍，以便外客到来，见过主人之后，领往馆舍。随即分向甘、丁二女仙称谢辞别，各自依言行事。不提。

经此一来，太元洞内诸仙十去八九。长一辈的，只剩下妙一夫人、元元大师、白云大师、顽石大师四个正主人。余者只神驼乙休、百禽道人公冶黄和新来的赤杖仙童阮纠、穷神凌浑，在仙籁顶危崖之上，与岳雯对弈；嵩山二老同麻冠道人司太虚，在前洞上面御敌未归；嬛姆师徒在后洞石室之内，运用玄功，暗中戒备。此外都移往仙馆。一班后辈来宾，有的随着迎接诸仙之便，当时随往，各自觅了住处。有那随着本门中弟子散在各地游玩聚谈的，适才各地仙馆楼阁突然出现，相顾惊奇，纷纷赶往绣云涧，问知就里，俱都好奇，欲广经历。霞儿等再一说起，不问来客长幼，凡愿往仙馆居住的，均可迁入。众后辈闻言大喜，相率随同前往，各觅住所。本门弟子虽不得住入仙馆，也都想见识见识，除有重要职司，正在轮值的几个，也都跟去观赏。霞儿等四人分领了各仙宾，每到一处，便依法施为，一所玉宇琼楼立即显现。众仙宾早各约好同居仙侣，分别入内。

妙一夫人等四主人到了太元洞前，回头一看，只见四方八面，一座接着一座的仙观楼阁，重又相继显现。虽不似适才全数毕现，也有二三十处。端的仙云缥缈，气象万千。再看男女弟子，只有陆蓉波、余英男、庄易、严人英四个在洞内外应班轮值，余人全都不在。笑道："无怪人情羡慕富贵华美。便众弟子虽然新进道浅，也都根器深厚，平日心情也极清静淡泊，此时见了这等富丽华贵之景，竟然如此钦慕，异派中人更不足论了。"白云大师笑道："我知他们并非钦慕，只是年轻好奇，想要见识罢了。"元元大师道："话虽如此，到底不该。所以赤杖真人力说，此举渐入魔道，不是修道人所宜。阮道友等说,此类楼观只宜左道中人居住,不便奉赠,确是实情呢。"顽石大师笑道:"无怪人言,我辈同道中人,只师兄一人铁面冰心,最为刚直。前杀王娟娟,便是证明。无论仙凡,谁不想多见多闻,增长经历?他们又听来的是千年前成道的人物,又见仙法如此神妙,哪能无动于衷,想开一回眼界?所以连灵云和白云师兄门下三个已经入门多年、道力较深的人,都跟了去。就连金姥姥、萧十九妹、黄肿道人、青囊仙子、金钟岛主和两世修为的杨道友,他们论起功行法力,哪一位是在你我之下?他们虽然也有为监防妖人,有为而去的,但见猎心喜,也占一半。他们尚且如此,何况晚辈?"说得妙一夫人等俱笑了起来。

四人刚刚入洞归座,先是黄山餐霞大师同了汉阳白龙庵素因大师,双双到来。见面谈不几句,杨鲤又引导他的前师南海聚萍岛白石洞散仙凌虚子崔海客和门下弟子虞重走进。恰巧齐霞儿等四人将众仙宾安置停妥,头一班是秦紫玲和林寒,正在侧随侍,宾主礼叙。妙一夫人知崔海客人极正直,便略告以实况。谈了片刻,便令林寒前导,亲身陪他师徒入居仙馆。林寒见他只有师徒二人,便引往洞侧山坡之上,行法现出一所共只三间的飞云亭来。夫人肃客入内。崔海客早见仙府之中,到处神仙楼阁,瑞霭祥光,及见林寒随手一指,便现出一座双层亭舍,益发惊奇,赞羡不置。

夫人等仙厨中人献上酒果灵泉,便即辞出。这次回到太元洞内,便繁忙起来。先是铁钟道人、游龙子韦少少、小髯客向善和成都隐名剑仙钟先生等昆仑派中名宿,除却南川金佛寺方丈知非禅师要正日才到外,俱都各带门人,联袂偕来。

这次妙一真人诸长老为要解却辟邪村误伤游龙子韦少少飞剑之嫌,对于以上诸人齐下请柬。韦少少本还不好意思前来,经知非禅师和小髯客向善力劝,说:"上次对方事出无心。对方主者齐漱溟宽厚温和,极知礼让,素无嫌怨,今以礼来,不去反显我们小气。峨眉正当鼎盛之时,仍能谦虚待人,欲借此一会,释嫌修好,实不愧道家本色。乐得就此化敌为友,彼此都好。"铁钟道人也力主同往,但又说:"峨眉势盛,易使后辈向往,门人不可多带。"偏生一干门人欲随往观光,纷纷向师求说。知非禅师只有一个嫡传弟子,必须留守,本人有事,又是后去,不在话下。其余四人,除钟先生是愿教徒弟见识,命即同去外,铁钟、韦、向三人均恐门人与对方交往,见异思迁,不令随行。于是愿去的好些俱没去成,而不甚心热,如上次在无华氏古妖尸墓穴中吃过亏的小仙童虞孝、铁鼓吏狄鸣岐之流,反因师命随行。

行时，小髯客向善忽然想起还有两人未到，便问知非禅师道：“此次峨眉还请的有卫师弟夫妇，昨日还见在此，怎的不辞而别？”知非禅师微叹道：“他二人近来行径荒谬。自从幻波池受了巨创归来，经我算出，对方应援迟缓，害他夫妇毁了道缘，实是不知圣姑禁法妙用。初发现有人被困时，固然略存私念，可是要想救也无从下手。那等危机四伏的险秘之地，加些小心，也是人情，何况还出死力相救。算起来只有救命之恩，决无仇怨可言。他们出来时不问当门的人是甚道路，便下毒手伤人，已大不该，幸而那人是佛门高弟，未与计较。回来他夫妇只知痛惜道缘，贪得内中宝物，因闻前去二女仍要再往，竟打了恩将仇报主意。我再三苦口劝说，开导利害，终是不听。近更受了妖妇愚弄，益发倒行逆施，变本加厉。峨眉诸友正是那两女子的师长，如何会去？果真肯去时，他们见到峨眉那等气象，也许知难而退，不致将来自取灭亡了。他夫妇明明极好一对神仙眷属，论起功力、法宝和所炼飞剑，都是本门有名人物，偏会一入迷途，便双双陷溺罔返。此乃劫数使然，无可挽回。此事不久发作，只盼他们到时知机，能就此兵解，不致形神皆灭，便是幸事。此时由他们去吧。”四人听了，叹息了一阵，便向知非禅师作别起身，一行共是师徒九人，同往峨眉飞去。

妙一夫人早有妙一真人嘱咐，甚是优礼。一面又把妙一真人闭洞行法开府，须等正日开府始能出见；客多甚忙，接待简略，已经备下宾馆，不能随时奉陪的话说了。钟先生等见主人礼貌殷勤，各把前嫌消去，互致了几句谦词，便由林寒引导，餐霞大师陪客就舍，同往仙馆去讫。

这里客才去，跟着南海地仙天乾山小男带了三连宫中三十六个仙童弟子，西海磨球岛离朱宫少阳神君带了日前曾来峨眉先送礼物谢请的火行者元柄等四个门下弟子，相继到来。

以上两拨虽非同道至交，尚还是友非敌。等这两拨刚刚引入馆舍，忽然轮值弟子苦孩儿司徒平飞身入报：“后洞外来了三个相貌凶恶、装束诡异的道者，一个大头大肚、胸挂十八颗人头念珠的凶僧，随带着七个男女，到了飞雷崖伫云亭前。先由一名叫鬼焰儿朱赤午的妖童，向弟子等声称：‘我家师父等三道一僧，乃北岳恒山丁甲幢、火法真人黄猛、三化真人卓远峰、屠神子吴讼，率领门下弟子七煞手常鹞、鬼焰儿朱赤午、仙掌雷召富、大力仙童洪大肚、独角金刚阳健，以及江西鄱阳湖小螺洲金凤寺方丈恶弥勒观在和号称龙山双艳的细腰仙娘柳如花、小金女童幺凤，一行师徒共是十二人。因闻峨眉开府，心切观光，前来拜山，参与盛典。’令弟子等入门通报。弟子来时，隐闻内中一个生相蠢俗不堪、名叫洪大肚的和那朱赤午说:'你说这一路无甚防备,你看这洞设的不是那禁制么?'弟子因各位师尊早已算出未来,妖鬼徐完来过以后,只仙府上空还不免有妖人来此窥伺,已由白、朱二位师伯戒备,后洞已不会有事,所以不曾设伏。今早弟子等曾见雪山顶上有金光微闪,似往洞口飞来,细看又无行迹,来人不知怎会看出?这十二人均未接有请柬,容他进来与否,请示定夺。"

妙一夫人知道,来的这为首四人,明初已经得道,虽然出身旁门,已经躲过三劫,隐居修炼。除纵容门下弟子不时出山为恶外,本人踪迹俱甚隐秘,正邪各派俱无交往。料是受了仇敌蛊惑,来此相机行事,来意善恶尚还未定。既然以礼求见,自应以礼待承。便请餐霞大师代出迎导,就便暗中查看洞口禁制是哪位道友所设。

大师去后,妙一夫人等因庚辰正日将近,敌友双方来客越多,一一陪叙,势难兼顾,便把五位主人分开,以便分别接待。又因来人师徒以前恶迹昭彰,幸逃天戮,已有餐霞大师接待,不愿多与周旋,便避了出去。

这里餐霞大师到了洞外,见来人师徒都是一身邪气,知道虽是左道旁门,也不可轻视,便按主人之礼,上前通名致辞。

原来这一干妖人,以前因为作恶多端,常受正派剑仙嫉视,备历险难,幸逃诛戮。先在恒山销声匿迹了七八十年,后始分居。由此学乖,不再彰明昭著,行事力求隐晦,也不与外人来往。近百年中,见同时一班厉害仇敌十九仙去,自问后起诸人莫我之敌,虽然渐萌故态,仍不轻于树敌。近年虽闻峨眉派发扬光大,人才辈出,因一向闭门不出,只由门下妖徒出外摄取妇女,回山采补,对方诸人均未见过。这次原是妖道门人受了与峨眉为仇的妖邪怂恿,言说仙府灵药众多,更有千年灵芝炼成的芝人、芝马。众妖人本为所习不正,必须常年采补,始能驻景延年,长生不老,如能得到芝仙服食,立可免去四九重劫,修成地仙,当时便被打动。自恃邪术高强,法宝厉害,更炼有几只灵禽猛兽,不问明夺暗取,十九可以如愿。对方有此灵物仙药,便为它树下强敌也值。因门下弟子到处闻人传说对方人才辈出,道法高强,剑术神奇,还存戒心。除将所有法宝和所豢养猛禽恶兽全数带在身旁备用外,并命卓远峰的爱徒青蚨仙童左心,去往陕西黄龙山青杪林,卑词约请以前同道中能手猿长老,许以啖肉芝的重利,使其率领门下五仙猿,赶往峨眉,假装不是一路,暗中相助。无论谁得了手,都是平分春色。

行前原有人指点途径,一直便往仙府后洞门飞去。心想:"峨眉仇敌到处都是，这等盛举，为防敌人侵害，近洞一带必有防备重重。不分异同，一体接待，只是传闻。自己未奉到请柬，又非同道，弄巧还许不能进去，一到便动干戈。"及至飞到后山，沿途留心查看，只遥见洞门外立有两人，对过崖亭内也有两人，年纪均轻，似是守门延宾的弟子侍从，并无埋伏禁制。不由气焰渐长，以为人言过甚。照此情形，守门人如若见拒，便用法术变化隐形，硬行闯入，骤出不意，夺了仙芝便走。正寻思间，已经飞近。落下一看，首先入目的便是那四个轮值延宾的男女弟子，个个仙根深厚，道气精纯。又见对方闻言，入内通报时，人过处，洞口上空忽有金光一闪。妖人师徒俱都识货，定睛一看，竟是昔年吃过它苦头的佛家用来降魔的神光。才知对方盛名，非由幸致，如不得到主人允许，要想进门，并非易事，不由把先前锐气为之一挫。

等不一会，瞥见对面洞内飞出双道光华，跟着洞口现出两人：一个是入内通报的守门少年，另一人是个女道姑。单看遁光来势，已知不是寻常。再听说话口气，餐霞大师对于外人最是谦让，说得自己好似本派数不上的人物。妖人狂妄已惯，信以为真，觉得对方随便出来迎宾之人，已有如此本领，不禁又是一惊。但既已劳师动众，门人们又都在外夸下海口，无论如何也须勉为其难。想到法力高强，并还有极厉害的接应，心气又复一壮。

火法真人黄猛最是强横，略向大师称谢道扰之后，便道："贫道隐居恒山等地，清修避世，百余年来，不曾与外人来往。因闻近来贵派昌隆，人才蔚起，又有这番千古难逢的盛举，不特贫道师徒亟欲观光，连贫道等平日豢养的两只虎面枭、一只金眼狍儿，也要随来见识。虽然它们通灵多年，能大能小，终嫌兽蹄鸟迹，有污仙府。不知道友可能容许它们进府么？"餐霞大师知这两种俱是最猛恶的恶兽凶禽，妖人带了同来，心存叵测。故作不经意之状，微笑答道："齐道友门下弟子也有几个豢养着猿、鹤之类灵物的，有主人在，当不至于放肆。不过，外客中也带有仙禽同来的，异类与人不同，物性有忌，带进无妨，主人一律款待，饷以美食，只请叮嘱它们不可离开道友，以免万一生性相克，争斗起来，不论何方受伤，主人俱觉难处。话须言明，幸勿介意。"黄猛暗笑："猿、鹤之类也值一提？怕不做了枭、狍口中美食。"故意笑道："它们多是野性未驯，特为瞻仰仙府而来，不惯拘束。不过只要不去撩拨它们，也不会冒犯的。生性相克，自是常事。贫道只恐它们无知冒犯，致失客礼；否则，它们这次在外生事，如为别位道友珍禽异兽所伤，好借此警戒下次，杀它火性，正是求之不得呢。"说时，便听妖道妖僧袖中枭鸣狍啸，声甚猛厉。大师暗笑道："不知死活的孽畜！不久便是劫数临头，还敢发威。"故作未闻,笑答:"这样便好,道友既不以此为意,那更好了。"

说罢,方要延客入内,忽听破空之声,劲急异常。众妖人一听,便知是同党黄龙山青桫林猿长老,带了门下仙猿到来。故作不解道:"道友,有客来了。"大师看出妖道面有欣喜之色,知是同党,便答道:"不知何方道友驾临,有劳诸位道友稍待,一同延接也好。"一言甫毕,一道白虹带着五道丈许长的青白光华,已一同自天飞坠。大师见来人身穿白麻布衫,猿臂鸢肩,满头须发,其白如银,两道白寿眉由两边眼角下垂及颊,面色鲜红,狮鼻阔口,满嘴银牙,两耳垂轮,色如丹砂,又长又厚,貌相奇古。通身衣履清洁,不着点尘。一对眯缝着的细长眼睛,睁合之间,精光闪闪,隐射凶芒。身后随着两苍三白五个通臂猿猴,看去身材没有仙府双猿高大,都是火眼金睛,铁爪长臂,动作矫健,顾盼威猛。

双方通罢姓名之后,众妖人也故意与来人礼叙,互致仰慕。这猿长老初来时,神色颇傲。及至大师延客同行,偶一眼望到洞门上面,立似吃了一惊,朝黄猛和妖僧观在看了一眼。大师早已看出,那是佛门降魔神光。料定不是芬陀,便是白眉禅师,不知何时路过,见仙府后洞只有几名弟子轮值,无甚别的设备,虽然无事,终启妖人侵侮之心,特意暗中设下,使来人知道戒慎的。见这些妖人以目示意,不禁暗笑,也不说破,故意前行引导,以示无他。直到太元洞中,宾主落座,略谈片刻,便唤当时轮值的诸葛警我、秦紫玲,将妖人师徒做一起,两女妖人做一起,猿长老一人五猿做一起,分别领往仙府安置,静候开府盛会。行时并嘱诸葛警我传示袁星:"来客除猿长老,还有五位仙猿,须多备酒果款待外,黄道友等还带有虎面枭和金眼狍等珍禽异兽,它们俱不耐拘束,到了仙馆,许要放出。告知佛奴他们,遇上时小心,不要招惹,以免性克争斗。"二人会意,随即答应:"弟子遵命。"大师也未亲陪,只送出太元洞口,便即作别回身,自寻妙一夫人等商议应付。不提。

黄猛先见仙馆楼观过于辉煌华丽,心想:"这凝碧崖,对方才发现不久,门人十九新进,哪里会建立这许多的玉楼仙馆?必是卖弄玄虚,将寻常事物幻化点缀,故作惊人之举。弄巧十之八九皆是幻景,并非实物,都说不定。"嗣见诸葛、秦二人到了地方,只随手一指,便由地上凭空显现出一座亭榭,和前见一样,银壁云楼,金庭玉栋。内里陈设更是罗帏琼帐,冰衾珠缨,日用各物,无不毕具,光彩陆离,备极精丽。越以为主人号称玄门正宗修道之士,自居太元洞只是气象庄严,古雅朴实,无多陈设,两下里比较,远隔天渊。又想:"这类楼台亭阁有好几十所,未现出的想必还有。休说通体琼瑶,难得如此成材的美玉，便室内陈设，也无一件不是人间稀见之珍，绝非寻常岁月可得聚敛。主人师徒正在勤于修为，岂有为了开府宾客数日之需，费上这样大的心血精力，物色营建，成此旷古未有的奇观巨制？"怎么想，也万无此理，益发断定前料不差，是个幻景。初来虚实未得，不便当着主人施为。等诸葛、秦二人转身辞出，黄、卓二人先取两件物事，用禁法一试，并无异状。再连房舍带用具依然行法解破，俱是原形未动。渐渐看出无一样是假的，才知敌人委实不可轻视，不禁大吃一惊。

诸葛、秦二人原因九宫岩这几座馆舍与仙籁顶乙休下棋之所，以及诸神禽所居的老楠巢，相隔甚近，存心把众妖人安置在一起，明是分成三处，实则望衡对宇，相距咫尺。行时并说："开府尚有三数日，诸位师长事忙，无暇奉陪。各宾馆中如有同道，不问新知旧友，均可互作往还，结伴游行，宴集为乐。如需酒食，或仙猿仙兽们的食物，另有执役男女侍童，随时往来各处宾馆，略呼侍童，便即应声而至，一经示知，可立奉上。不过这些男女侍童都是入门未久，朴讷谨畏，师长法戒素严，只知执役承应，奉命惟谨，拙于应对。如有不周之处，尚乞原谅，免使受罚。"一面又指给他们看。

众妖人经过别的宾馆时，早就见到几个年约十二三的道装男女童子，都是一式打扮：男挽抓髻，女的垂髻，短发裁云，容颜美秀；一身碧绫短衣裤，上披翠叶云肩，白足如霜，下蹬葛履。手捧三尺玉盘，中贮酒果食物，贴地飞行，往来出入于各楼台亭馆之间。遇到高楼，径直飞上，也不见甚遁光云气随身；只是凌虚御空，上下如意，脚底好似有甚东西托住一样。最奇的是，不但装束相同，连年岁相貌，高矮胖瘦，无不相似。本来猜不透是甚来历，听了主人之言，才知竟是仙府执役小童，十分惊异。接着一童子送了些酒果前来。

其实这些童子都是姜雪君前在仙山时，见洞庭东西两山有不少岁久通灵的古树，因是草木之灵，只凭日精月华与山川灵气滋润，尽管饶有灵性，均还未成气候，不能脱体变化。两山地大肥沃，居民日众，时受樵工砍伐，枉自咽风泣露，无计防御。觉着它们与人无害，成长修为不易，一时恻隐，趁着闲中无事，运用玄功和师门心法，度化了数十株，助其炼成形体，使其修为。近以成道在即，这些灵木功候仍差，既恐日后为恶人所伤，违了初愿；又恐樵工无知，妄加采伐。它们自恃有点法力，为了切身之痛，作怪伤人，无形造孽，多半已移别处深山荒远之地。余剩还有三十六株，俱是杨梅、枇杷、梅花之类，功候较深，又是东山名产。意欲乘着峨眉开府之便，采来点缀仙山，权当送妙一真人夫妻的礼物。因不愿徒众弟子为异派妖人执役，便令灵木的婴儿现形代替。

这些木婴儿到底功候尚差，有的才只勉通人言，不能应对自如。虽仗媆姆仙法妙用，看去神奇，外人也不能加害，终与真人有异。黄猛等妖人俱都法力高强，远胜末流，只为初入仙府，便见许多灵异之迹，心志有点摇惑，以为敌人故意炫耀，这些侍童功力必然不浅。及至仙童送完酒果要走，卓远峰故意将他唤住，一问话，果然木讷，说话困难。再定睛仔细一看，目带青芒，面白似玉，尽管清秀绝伦，却是冷冷的，不带一丝血色。情知有异，方欲追诘询问，道童忙施礼回身外走。众妖人已经看出不是真人，只不知是甚精灵幻化。大力仙童洪大肚最是莽撞，见那道童生得灵秀可爱，见人却答不上话来，面有窘色，觉着好玩，想逗他一下，伸手便拉。哪知手才挨近，便似触电一般，当时反震回来，力大非常，人未拉着，手倒震得发麻。鬼焰儿朱赤午见状惊异，忙使妖法，将手一指，意欲将他禁住。哪知道童竟如无觉，连头也未回，便从容飞去。

屠神子吴讼忙即拦阻，埋怨道："你们怎这般莽撞？我们与对方并无仇怨，此来为了何事？这些童子分明是樟柳神一类，主人用来执役，并无深意。正经事还未商议，却去考究这些无益之事则甚？我们成道多年，已入宝山，如若空手回去，休说要被外人耻笑，也实无以自解。我们只是看着好玩，无心作耍，倘因此引起敌人猜忌，下手岂不更难？黄道兄因见这些楼观陈设，便生戒心，其实不过是些珠玉珍宝，因有这么多，营建又如此精巧，便觉奇了。焉知不是七拼八凑，各处借来装点门面的呢？我们带有仙禽灵兽和猿长老的仙猿，都是极有力的帮手，哪能一点真实本领法力未见，便生退心？说出去也是笑话。我看不数日便是庚辰正日，敌人全数出面，党羽越多，闻说内中有不少能手。不乘他们忙于开府闭洞行法之时下手，到了正日，必更艰难。猿长老适才已当着敌人叙见，其实黄道兄过于谨慎，便做本来知交，又有何妨？你看人家将我们都安置在一起，哪有一点防备之心？敌人不是太傲，看不起我们，便是真个客多，人少事忙；正经主人又在洞内行法，不能分身，所以连个陪客的都没有。此时正好把那猿长老和龙山二妹请来此地，从长计较，赶紧下手，才是正理。时机稍纵即逝，悔之无及。"

黄猛道："我因洞口的佛光，觉出洞中定有能者暗中主持。休看无甚防备，惟其托大，才见其有恃无恐。事情自是必办，不过总须慎重而行，免致闪失在这些后生小辈手里，将来无颜见人。"

第二一二回

蓦地起层楼　仙馆宏开延怪客

清谈矜雅谑　碧峰小集啖丹榴

众妖人正说之间，忽听门外"哈哈"一笑，飞进一伙人来。众妖人一看，来者正是猿长老，一手扶着细腰仙娘柳如花，一手扶着小金女童幺凤，并肩搂抱，飞了进来。恶弥勒观在最爱龙山二淫女，二女偏是厌他俗恶体臭，人又痴肥，毫不理睬。妖僧自己吃不到天鹅肉，却恨别人与二女亲近。见状老大不快，便发话道："这里不比自家山中，随便勾搭，无人过问。不问我们来意如何，表面上总是做客。主人男女之分甚严，适才引路那厮明知我们和柳、童两位妹子同来这座楼台，再多十人也有闲空，却把男女分住两起，以示男女有别。聚集无妨，便要亲热，也不要落在外人眼里，省得对头笑我们旁门左道中人只知淫乱，禽兽不如。"

猿长老本来兴冲冲进门，方要说话，一见妖僧声色不喜，连理也未理，径往锦墩上一坐，索性把二女一边一个，搂坐在膝头上，由满脸银髯中咧着一张鲜红嘴唇，嘻笑不已。

黄猛、卓远峰均和二女有染，知二女妖淫，性复刚傲，一意孤行，爱谁便是谁，法力又强，永不许情人过问，稍有辞色，立即变脸决绝。凶僧以前便因吃醋，二女与他反目，永不再使沾身，反而当着人格外欺侮。奈又奈何不得，终于气得避往鄱阳，离群索居，至今不曾和好。虽不能视为禁脔，但知猿长老内媚之功高出己上，二女又是喜新厌故，见状也自不快，只是双方都不能得罪，莫可如何，听妖僧一发话，便料对方不能善罢。

果然猿长老笑嘻嘻等妖僧说完，两只细长眼睛倏地一睁，一双凶光闪闪的碧瞳注定妖僧，哈哈笑道："你不愿意我爱她两个，要吃飞醋，只管明说，犯不着借题目。实对你说，我这次早听人说，峨眉有不少好炉鼎，便你们不找我，也自要来。老黄、老卓为这两个活宝，将近百年没敢和我见面。今日用着我时，迫于无奈，才约了我来此，还不肯做一路走。可惜无用，我虽老悖，还不犯替别人做牛马。你们也知道，我向来是玄牝交合，很少是我的对手，一交便失阴而死，如像她两姊妹这等棋逢敌手的活宝，至少也得四十九日夜，才得天地交泰，得上一回真快活。我此时和她们干爱不交，也不是忌怕甚人，只为这里共只三四天耽搁，难于尽兴罢了。男女相爱，各凭心愿。你们以为她两姊妹是你们的人，一路同来，我不该凭空伸手。既这么说，现时这点亲热，我老头子也不稀罕。从今起，各顾各的，我也不再和她两姊妹相聚。只我这样长生快活已足，也不想成地仙，服灵芝肉，你们盗你们的肉芝，我物色我的炉鼎。但是回山以后，她两姊妹如去就我，谁要作梗，却休怪我无情。还有我已命五猿搜探肉芝踪迹，如能到手，我也不要，那是我送给她两姊妹的定情礼物，你们也休想沾染。"说罢，又朝众妖人狞笑一声，一道白光，便自撇下二女，穿窗而去。二妖女也是面现鄙夷之色，冷笑连声，双双装作看玩景物，款步下阶，往左近闲游去了。

猿长老这一席话，休说妖僧大怒，便黄、卓二人也是怒火上升，均欲发作，俱吃吴讼暗中止住。等人走后，吴讼才劝道："小不忍则乱大谋。龙山二贱婢原是祸水，这百余年来，为了她俩，关上门在窝里反，闹得同门同道好些伤亡，只我一人立誓不去与她们勾搭，别位道兄哪一个不吃亏？伤朋友，还受她们的恶气。到哪里找不到好女子，何苦非迷恋到身败名裂不止呢？我看老怪物本来隐在山里，拿母猴子做炉鼎，不轻出山害人，无人寻他晦气，过得好好的日子。这次不知又听了何人怂恿，比我们心还凶，竟想将这里的女弟子摄几个回山受用。你看此间一些少女，美固真美，哪一个不是仙根道气？休说无此容易，即使出其不意，一时侥幸，捞走一两个，没等受用成，人家已大兴问罪之师。这不比肉芝，草木之灵，谁到口，谁就算有缘福，已经吃下肚去，无奈我何。即使真个不肯甘休，不是人家对手，逃总能逃，至多弃了旧居，也还值得。老怪物如此贪狂，又把这两个淫贱勾上，定是一场大祸。我们同在此间做客，如与计较，白叫外人耻笑，何苦来呢？倒是老怪物已经下手，我们不能再迟。可令灵枭、灵狍一由空中隐形窥查，一由地底搜寻肉芝生根之所。一面命众弟子装作游玩，一半寻访，一半查探敌人虚实。真要不行，听说开府那日，有不少仙果灵药待客，盛况空前，好歹也大家吃点再走。众弟子去后，我们也以玩景为名，暗中接应。还没下手，先就内乱，兆头大是不佳。一切都要小心，除非看准敌人不如你我。只要不明显出来，便暗中吃亏，也须忍住，不可和人破脸，以免不好收场。"

议定之后，火法真人黄猛和恶弥勒观在，便将袍袖一抖。只见黄猛袖中飞出一对神枭,生得虎面猫头,通体暗蓝,爪利如钩。观在袖中飞出一只神狍,生得人面羊身,白毛如霜,阔口虎牙;前爪宛如人手,后爪倒钩五歧;自前肘起,直到腋下,一边生着九只圆如龙眼、金光闪闪的凶睛。声似儿啼,人立而行。二神枭一出袖口,落地身便暴长了好几尺,各自磨牙,乱叫发威,势甚狞恶。妖道喝道,"不用这样!"随取了两粒污血炼就的朱丸,喂与二鸟吃了。然后朝那鸟头一按,低语了几句。两只恶枭随手而小,怪叫了两三声,整翅而起,在室中略一回翔,身上便起了一团黑烟,往外飞去,转眼黑烟消灭,鸟影也自隐去。那只恶狍见同伴先行,似欲争功,不住厉声怪叫。妖僧忙也取了块药,与它吃下,照样附耳说了几句。因恨猿长老,并嘱:"遇见五猿,不妨暗算。"随将头链撤去。恶狍性烈如火,不等飞出,身子一缩,就地便往下钻。凶僧一把抓住,方喝:"这里不行!"地上光华闪处,狍头已与地相撞。不料琼玉地面一点未动,狍头却吃了大亏,疼得怪嗥连声,不顾命般往门外窜去,落地便自入土不见。众妖徒也分别起身往外走去。

不提众妖人内讧,各有诡谋。且说金蝉、石生二人,自随嵩山二老和众同门回洞复命之后,二人因见仙都二女人既那么美秀、聪明、年轻,性情又极随和天真,又是一般相貌身材,分不出来长幼,俱都喜爱非常。以为师长闭洞以前,未曾奉有职司,清闲无事,正好相聚。退到外面,先寻一些未见过的同门,说:"现在来了两个同辈的女客,是孪生姊妹。修道已逾百年,人却和小女孩一样。相貌身材,宛似一人,分身为二。长得如此美貌,差不多把仙府所有美貌同门都比下去了。人又天真烂漫,没有丝毫作态。同时还来了一个小尼姑,偏是又丑又怪,还有一头癞疤,比易师姊、米明娘还丑得多。言行动作却极滑稽有趣,真个好玩极了。现在中洞同母亲、师伯叔们说话,一会就出来,你们还不快去看。等这三人出来,我叫袁星到仙厨里去取些好酒果来请她们吃,再引去各处游玩多好。"

金蝉正在逢人便告,说得二女天花乱坠。英琼忽然走来,听了笑道:"小师兄,你两个以为没派差事,好常和仙都二女、癞姑她们玩么?没那么好的事。亏你刚才还说我和易师姊、周师姊奉有师命,枉把谢家姊妹盼接了来,不如你们闲人,可以常见,哪知自己比我们奉使命还重要。这也不说,偏是到时和木头人一样,只呆立在那里,甚事不做。不比我们,遇上机会,还可拿敌人开心试手。真是报应呢。"金、石二人因众同门好些俱是奉命在一定地方侍立,或是手执仪仗排班,觉着这类事最是拘束无趣,惟恐派上。听英琼之言好不扫兴,忙问:"你知我们派的甚事么?到甚时才不能动?适在洞里怎没听母亲说？莫是哄我们吧？”英琼道：“事关机密，坐了不少外客，如何能说？只等到时，着别人传话，事前连众同门都不知道。我也是才听玉清大师和邓师姊说起，叫我来唤你两人前去。我几时骗过你来？反正罚站是一定了。何时开头罚站，却没细问，也许现在，也许庚辰正日，我不晓得。不信，你自问去。你两个男孩偏爱和人家女孩做一起玩，她俩比众同门姊妹长得美，与你们有甚相干？你们请客，谁知道人家爱理你们么？我真替你俩害羞呢！”

金蝉闻言，又急又愧，星瞳微瞪。正要还上几句再走，见女神童朱文和张瑶青，还有几个男女同辈，本站在一起，听己述说仙都二女来历为人。英琼这一嘲笑，朱文便伸纤手朝瑶青脸上连羞，一双剪水双瞳却注定自己，微笑不语。秦寒萼、申若兰刚走过来，也在笑问：“有甚趣事？说出来我们听听。”知道这几个女同门口角尖酸，最不饶人；尤其是彼此交情甚深，和男同门相聚说笑，一有争执，便同心齐上，永远不占上风不止，怎么也说她们不过。再一还口，嘲笑更多。话到口边，又忙忍住，气得把小嘴一噘，拉了石生就走。石生是谁爱怎说怎说，向来不以为意。边走边喊：“蝉哥哥不理你们，顶凶。我们才不羞呢。我们男的拜男师父，你们怎么也跟我们拜师父呢？”朱文便喊：“你两个回来，是好的，说完话再走。”石生笑道：“蝉哥哥，我们就回去，跟她们评理，莫尽受她们欺，谁还怕她们不成？”金蝉听是朱文在喊，便不肯回去，说了句：“好男不和恶女斗。她们有本事，在外和妖人使去，谁耐烦理她们？”说完，招了石生，如飞跑去。

众同门知金蝉、石生一向天真，口直面嫩，常被朱、秦、李三人问住。见了二人窘状，俱都发笑。英琼也向众人述说，仙都二女如何美貌可爱，最难得的是那么高功力，一点不傲，纯然一片天真。休说两个小师弟，无论谁都爱和她们亲近。正说得起劲，易静忽然飞来，说妙一夫人传示，命英琼速去。说罢，二人一同飞走。

众人听金蝉、英琼一说，俱想看这仙都二女是何人物，也一路说笑着，往太元洞走去。到了一看，英琼、易静、金、石四人，同了仙都二女，还有向芳淑、朱鸾、癞姑等九人一起，正由中洞往外走出。石生正笑对英琼道：“你说谢家姊妹不爱理我们么？你看，我们到蝉哥哥屋里请客去呢。还有，你说我们要罚站，玩不成，我们才到，便遇见玉清大师说了，跟你说的也不对。这么大人说假话，真羞！”英琼道：“怎么是假话？到底罚站不，我不是说，没细问甚时开头么？”

金蝉对石生道:"反正有两天玩的,人家称不了心,我请谢家姊姊吃百花酒。我们走吧。"朱文微嗔道:"不要我们同去,是不是?"金蝉慌道:"你们也是主人,莫非还要下请?"英琼接口道:"朱姊姊,管他呢,他不要我们去,我们偏去。两位谢家姊姊是我和易师姊、周师姊先交上的,再说女客原该我们接待,师父本命我和易师姊陪客,没有他们。应该我们不要他两个才对,和他商量则甚?"金、石二人未及答话,忽听身后说道:"你们都无须做主人。我这次还带有一点吃的,原是来时无意中得到,太少,不值送礼,现正没个打算,请你们同享了吧。此时有事的除外,无事没遇上的也不专请。内中几人出点花样,看回热闹,也该到里头去了。"原来玉清大师来了。

众同门互相嘲笑为乐,原是常事,当时争胜,一过便无,永无芥蒂。又都爱和玉清大师一起说笑,不特有趣,还得指点,增长见闻,有时还可得知未来之事。一听要出花样,巴不得应在自己身上,俱都高兴非常。英琼便领仙都二女等没见过的,略为引见,便即同行。

玉清大师与灵云姊妹同居一室。平时本和长一辈的人物在一起,一则谦恭,总以后辈自持;又和众弟子莫逆,每入中洞广堂之内,不多一会,便被众人请了出来,所以在外时多。众人行过灵云室侧,正要走进,大师笑道:"洞中无甚意思,不如往灵翠峰故址,不但新来诸道友便于观赏景致,而且相距仙厨又近,饮食方便。免得在洞中着袁星往来取送,外人看见,笑我们嘴馋,客未到齐,先自享受。"众人都被引得笑了起来。

于是且谈且行,陪了新来诸人一路观赏,往前走去。到了灵翠峰左近,寻了一个便于眺览的小峰顶上。玉清大师清点人数,除金蝉、英琼等主客十一人外,还有白云大师门下四女弟子,武当七女中的张、林、孔、石五人,五岳行者陈太真、陶钧、刘泉、俞允中、张琪,连自己共是二十六人。下余太元洞内外,还有十多个本门弟子,不是奉有职司,便是正在准备接班轮值,不曾随来。见那峰头只是一座高耸天半的小峰,顶上才只两丈方圆,人多地窄。便使仙法,双手往四外一推,峰顶石地便似的席一般往四外展开,立即大了数倍。英琼撮口一呼,袁星立即飞来。大师道:"此时原用不着你,既已叫来,那你就到仙厨告知裘、米二人,将本府仙酿连同果脯下酒之物,各取些来。邓八姑还在室内,我请客的东西,叫她带来好了。"

说罢,面向太元洞,用千里传音之法,低声说了几句。一会,便见邓八姑提一竹篮到来,笑对大师道:"我同灵云妹子还在等你回去,你却背了我们,来此领头作乐。他们几个正在兢兢业业,留心师长传呼,灵妹责任更重,如何会来？反正你也是虚邀，我代你把话转到就赶来了。"大师一手接过竹篮，笑道："我也不是虚邀。他们虽不肯离开，少时却有事寻来，自应此时先约一声，虽然无关，人总周到些好。这已成了我的积习，有时连自己也觉多余，老改不了。其实哪一次都有一点缘故，并非有心送空人情哩。"边说，边将竹篮中鲜果取出。众人见那果实每个大约尺许，颜色碧绿，圆形六棱，看去皮薄鲜嫩。从未见过，笑问何名。

大师笑道："此果名为桂府丹榴，乃金池异种。不知千万年前，在那北海尽头长夜岛上，长了一株。此岛位居地轴中心之下，离北极陷空岛还有二十九万三千余里，与小南极恰正相反。长夜漫漫，终古永无明时。尽管产了一株天府珍物，但那地方除此一株宝树，周围不足十丈之地，阴极阳生，发出奇亮的光华外，四面俱是玄霜黑气包围，比罡煞冰雪之阴还要厉害十倍。并更有千万年前别处已早绝种的毒龙猛兽，怪鸟妖鱼，生息其间。多半口喷毒烟烈火，长逾数十百丈。有的胁生八翼，齿牙如锯，身似坚钢，专由空中吸人脑髓。端的猛恶非常，凶危无比。此果不只好吃，且具轻身明目之功。真正修道人早已炼到轻身明目，吃了得益无多，却要犯上好些奇险，跋涉数十万里，才能到手。而那些恶物，又只在黑暗中互相残杀，以暴去暴，不能为害生灵。乐得由它们自生自灭，迟早同尽，不去招惹。知道此果的人又不多，因此永没听人去过。

"这次原是我由元江回来，便道往成都玉清观绕了一转，这一耽搁，便成巧遇。行经姑婆岭左近，忽然发现一个头陀驾风急遁，神情狼狈已极。我乍见，只知他是旁门中人，竟会看不出路道。又看出他受伤甚重，不能持久。一时好奇，暗中追随。追出五百多里，忽然狂吼一声，往下坠落。跟踪下去一看，人已死了九成，我用丹药勉强救醒。一问，他手上正提着这一筐东西，见我，竟似见了恩主一般，不住礼拜，愿将此果奉送，求我赐以兵解。我见此人虽生得丑陋，出身旁门，并不像别的邪恶一流。再四追问，才知什么险恶地方都有修道人的踪迹。他说长夜岛上，近百年间，有一散仙在彼修炼，出身也是左道，人却机智非常。自知天劫将临，不能避免，所习不正，保不定形神皆灭。只有长夜岛深藏地轴之下，可以暂避。即或不能，也可以预将此岛地底穷阴罡煞之气，运用法术凝炼，以作抵御。仗着法术高强，率领两个爱徒，以三四年的岁月，费尽心力，备历险难，硬由许多奇险中冲进。到了此树之下，掘一地室，潜居修炼。一面准备抵御天劫，一面想将全岛恶物除去，积修外功。想俟劫后，重来中土，再觅名山。哪知天劫仍难避免，五月前依然

122

降临。总算他防范周密,早打好万一之策。法力又高,更占岛上无穷地利。到了最后关头,一发千钧,万难幸免之际,说定由一个爱徒代他拼命抵御,少延时刻;一个便用飞刀将他杀死兵解。然后护着元灵,并带上这一篮珍果,仗他所传各种异宝,冲开玄霜罡气,逃出北海。师父转劫投生,门徒也另投门户,并嘱此果不可中途失去。

"到了这日,果然支持不住,二徒依言施为,总算尸骨虽变劫灰,兵解却告成功。二徒一同合力,也受了许多凶险,才得逃出。二徒一名程明诚,一名古正。不知自己运数也终,其师另有用心,不曾明言,一心还想另拜师父,修成正果。因是从小出家,随其师深山修炼,后便随往长夜岛,不知各派门径,也不知要此果何用。只知遵奉师命行事,带了这十几个丹榴,奔往各地名山,寻访未来师父。因闻峨眉、青城为宇内名山,神仙窟宅,先到灌县青城山转了一转。事前并还听人说起,矮叟朱真人在彼隐修。及至赶到金鞭崖,朱真人师徒已早离山来此,一路寻来。行近姑婆岭,劫数临头。遇见西昆仑星宿海北岸小古刺山黑风窝中妖孽血神子的门徒乌萨齐,看出他师弟兄二人身带宝物,强欲夺取,二人自是不服。妖孽师徒所炼,别是一种邪法,厉害非常,如何能敌。交手不多时,程明诚先为妖徒血影罩住,送了性命,并把程明诚从长夜岛带出来的宝物抢了去。古正总算见机得早,乘着妖徒向死人搜索之际,驾风遁走。就这样,妖徒仍放他不过,打了他一血影鞭。后来终于支持不住,毒发晕倒。妖鞭恶毒已极,他虽被我救醒,但是周身胀痛,口鼻奇腥,苦痛有甚于死。自知万难活命,再三哀求我,助他兵解。我想这里群仙云集,教祖和诸位师长前辈多具起死回生法力,妖法不难破解。那头陀又素无恶行,本意劝他暂忍须臾之苦,带来救治。他却坚持求我助他兵解,转劫之后,再加度化。并说竹篮之内有一无字柬帖,其师曾说如遇急难,字便现出。请我取看。我一找,果然篮底藏有一函,字已现出。

"原来他师父竟精习先天大衍神术,所有前因后果俱早算出。函中大意是说:他自幼好道,不合将路走错,误入旁门。一任平日留心戒备,无如所习不正,有时仍难免罪孽。收徒以后,尽管洗心革面,大劫将临,已难挽救。他虽费无数心力往长夜岛,并非是想完全免难,不过希冀以诚格天,免去形神俱灭而已。因是此行须人相助,自知不配收那有好根器的门人,特意选了一个孤苦贫薄的丐儿,及一个幼遭孤露,为一恶僧收养、日受磨难的小头陀做徒弟,使他们跟随自己受尽艰危辛苦。以他的苦心造就,于此生修积下根行,以备转世之后,再做师徒,同归正道。故意不与明言,令他们护住元灵,到了中土,自去寻师。等自己转劫,仍可重逢。实则是令二徒来此应劫,不特事俱前知,连二人所遇何人,均经算出。除这一篮十八枚珍果外,还附有一道灵符、四面回光神镜。少时便有应验,适才已经按人分交佩用。

"他那两个徒弟对师极为忠诚,心感师恩,原欲从殉,是他执意不许。二徒后又叩问日后休咎,何年师徒重逢。他说:'你二人如有一死,不得独生。柬帖字迹如现,便是转劫之时,可求所遇之人终始成全,连我也阴受其福。'二人只知奉命惟谨,全不计及师言好些不符。看完柬帖之言,方始恍然大悟,益发非要兵解不可。我怜他心诚,知是定数,便不再勉强。说也真巧,刚使他兵解,便遇见一位老前辈,本是来此赴会的,听我一说,大是赞许。知我无暇分身,竟把元神要去,不辞跋涉,为他寻找好庐舍去了。

"此果我除孝敬家师和赠妙一夫人尝新,尚余十个在此。我闻这果皮薄如纸,一拍即裂成大瓣,外皮色如碧玉,内藏多颗质如荔实,色似火齐的无核朱实。未吃时,层层之间形如一朵瑶台莲花;吃到嘴里,作桂花香,凉滑脆腴,芳腾齿颊,甘美无与伦比。但未尝过,不知是与不是。"

李英琼笑道:"这丹榴真个碧鲜爱人,还没到口,我已闻见清香。再听大师一说,更想吃它了。"说时,大师已把六个丹榴放到峰顶大石之上,手指处,沙沙连声,全数开裂。每个六瓣,各现出一层层六角的榴子。每颗约有七八分大小,圆润如珠,色红如火,粒粒晶明,朱碧相映,鲜艳已极。众人各掰了一瓣,到口一尝,果然甘腴凉滑,齿颊流芳,质如荔枝,而脆美过之,玉液琼浆,未必胜此。纷纷赞妙不置。袁星适送酒脯到来,大师分了一瓣与它。又命它带两个去,一个给仙厨诸人尝新,一个分给芝仙、袁化和古神鸠等诸仙禽。金蝉道:"它们刚巧六份,还有那匹马儿呢?"朱文道:"芝仙吃不许多。这一个榴实不少,不会匀着吃,定要各吃一瓣么?"大师笑道:"蝉弟最疼芝仙、芝马,再带一瓣去吧。"袁星笑嘻嘻接过自去。

谢琳笑问道:"蝉哥哥,听说你那芝仙灵异,长得更是好玩。能给我们喊来开开眼么?"金蝉见她也随石生叫蝉哥哥,忙道:"姊姊得道多年,怎能如此称呼? 太不敢当了。"谢琳道:"得道不论年久,蝉哥累世修为,总算起来,焉知不比我长? 真要比时,我还没有蝉哥哥高呢。你只说芝仙能令我姊妹见识不能呢?"

玉清大师见金蝉作难,笑道:"平日休说二位姊妹这样嘉客,便无论谁也能一呼即至。只为近日枭鸾并集,有好些异派中人,俱为垂涎芝仙、芝马而来。芝仙本来好动喜事,近从本山诸道友又学会了一点防身本领,胆子渐大,越发好奇,不耐藏伏。而来的妖人多半本领高强,有的还精穿石行土之术。为防万一,由前夜起,便将它原来生根之处,用移山之法,连那方丈之地,一齐移向隐僻之处,四外设有禁制。更恐它冒失出游,遭了毒手,另派好些明暗护卫。所以不能唤来。它的魔头不久即至,我择此地与诸位小聚,即是为了在此相度形势,略为指点之故。本来只是两位小师弟可去,二位道友要想看它,且等少时,或者去太元洞,大家散后,可随他二位同行。不但可见芝仙、芝马,这里的灵猿仙禽也都在彼,有好些可笑之事,岂不比叫来有趣么?"二女闻言大喜。

众人一听,知道必有妖人来盗芝仙,大师划策防御,给来人一个重创,俱欲随往。大师说道:"对方原是背人鬼祟之行,人如一多,大家都看不成了。适才颠仙寻我,听说掌教夫人说起,少时先有几位瑶岛真仙降临。到后不久,本府便要凭空添建出好些仙馆楼阁,玉柱金庭,红栏碧树,彩云缭绕,壮丽无比。列仙宫观,也是极其赏心悦目之事。最好仍令两小师弟和谢家二位道友同往。癞姑长于地遁,如若见猎心喜,去了倒是一个大助。别位却是不必。"众人只得罢了。

谈到子夜将近,灵云姊妹同了吴玫、崔绮、周轻云、女神婴易静、诸葛警我、庄易、严人英等十多人寻来,说起仙宾将到,令众人齐集太元洞,除有专职者,一体出迎。灵云姊妹因同门人好些散在各处,与同辈来宾中知好作队游聚;又以大师先前留话,请他们尝新,便借传命之便,一路约了同来赴约。霞儿笑问:"好东西吃完了么?"玉清大师笑道:"我早知诸位姊妹道友要赏光,早留有两个在此,吃完再走吧。"众人打开丹榴吃了,自是赞绝。大师向金、石二人略示机宜,并递给金蝉一个束帖,便率众人同往太元洞飞去。到后,便齐集门外候命。大师和灵云姊妹自行入内。一会,众师长同出,除外宾出迎与否任便外,本门中弟子无事的,俱都随出。

金、石二人一心惦着芝仙、芝马,又听大师说起仙馆建设,妖邪接踵而至,内中还有精于地遁之人。芝仙生根之地设有禁制,固是无妨;但须防它一时好奇,擅自出游,适逢其会,遇上妖人,却非小可。仙侣到后,见霞儿等男女同门已随陈、管、赵三仙女分往各地布置,金、石便着了忙,径往凝碧崖前昔年白眉禅师所居楠巢前赶去。行时,本还想约仙都二女同往,偏生二女闻说妖人天亮才来,俱想见识仙家妙术,暂时无心及此。金、石二人也知为时还早,自己的事,如约外人,有似求助,见二女不来询问,也就不便邀约。一看癞姑也不知何往,只得听之。

125

金、石赶到凝碧崖前，见袁化独坐楠巢之内入定，袁星和神鸠、神雕、神鹫，连同髯仙李元化座下仙鹤，正聚在一起，不时鸣叫两声。地上放着好些果脯，众仙禽神情甚是亲密。金蝉一到，便喝道："袁星，这样不行，妖人会被你们吓跑了。告诉它们听，快藏起来，能变小的，越小越好。"袁星道："小师伯，不要急。今天的事，佛奴它知道。它说先来的是一个脸上没长眼睛的小羊和两只猫头鹰，做它的孙子都不够。连老客人古神鸠都不用伸爪子，便打发它们变蚂蚁去。另外还有我袁星的几个远族玄孙，凭我们几个，足能打发。倒是它们的主人不大好惹，但我们有老客人打接应，决出不了错。小师伯放心。"金蝉喝道："你这母猴晓得什么，师伯还有甚小的大的？也跟你主人学，叫人还添诨号，一点规矩没有。佛奴就比你好。你看袁化，才来几日，多么小心谨慎，真像载道之器，哪似你这样顽皮？"袁星扮了一个鬼脸，照吩咐说了。众仙禽齐朝金、石二人点头叫应，只不动身。袁星回说："它们都说还早得很，何苦无故自扰？"金蝉气道："外来的是客，你们也不听话，我一生气，不告诉你们主人才怪。"袁星道："这不干我事，我不敢跟小师伯强，叫我藏在地洞里等一年也去。"金蝉道："袁化怎不下来见我？"袁星道："袁化要装道学先生，不与我们为伍，打算入定调神，查探妖人来路，玄机还没运完呢。"金蝉道："到底邓八姑的门下有出息，哪似你们这样？芝仙呢？"

话还未了，石生早去楠树根窟内，将芝仙抱了出来。芝仙看见金蝉便伸手索抱，笑指树内，"呀呀"学语，说芝马因闻妖人要来侵害，吓得在树窟中嗦嗦乱抖，一步也不敢动。芝仙力说无妨，劝它大胆，全无用处。金、石二人闻言，过去一看，那匹芝马果然趴伏在树角落里，一双清澈的俊目注定穴口，一动不动。见了三人，满面俱是乞怜之色。那株古楠树参天矗立，大约十围，通体浑成，只近树根处有方丈许方圆大洞。这天因有妖人觊觎，更有凶禽恶兽同来，俱精土遁，芝仙生根之所易被寻到，为求万全，并免在太元洞内与妖人争斗，特将两肉芝的本根寄生在楠树主根之内，以便借着灵木，施展木土双层禁制。此外环树四周均有防范。只要不离开禁地，便可无事，再要想盗肉芝本根，更是休想。

金、石二人自从日前芝仙移植，便将禁法学会。这时见芝马胆小害怕情景，甚是爱怜，便把禁制撤开，纵身入内。芝马见主人进穴，才战战兢兢立起，走近身侧。金蝉将芝仙递给石生，一把将芝马抱起，抚爱道："小乖，这地方设有好几种禁制，妖人怪物万进不来。何况树上下还有袁星、佛奴、神鹫和古神鸠它们小心防守，不管是人是怪，只要一近前，便自送命。你只乖乖地在此,不要离开,就没事了,怕它为何?"芝马虽然通灵,差知人意,无如气候尚浅,不能把芝仙大胆,受了袁星、神雕等怂恿,要强逼它出去冒险诱敌之事形容出来。只用目怒视着芝仙,"吱吱"乱叫。芝仙明白它是想告发自己,气得鼓着小嘴,由石生怀里挣落,纵身照马头就是两拳,打得芝马直啼。金蝉喝道:"你比它年纪大,欺负它则甚?你两个要亲热些,好好地玩。师父说,开府之后,你不但人话全都学会,还可跟着我们学道,修成正果呢。芝马虽然稍差,早晚也是有份。再若欺它,我不爱你了。"芝仙怒视着芝马,"呀呀"不休,连说带比。意思似说:芝马自从上次被妖人吓破了胆,见不得风吹草动,太没志气。并说自己和它决不离穴一步,有何可怕?

金、石二人信以为真,调弄抚爱了一会。耳听穴外二袁问答欢笑,与众仙禽交鸣之声。纵出一看,只见仙府各地,忽然现出许多仙观台榭,楼阁玲珑,仙云缥缈,霞蔚云蒸,好看已极。方和石生指点欢呼,拍手夸妙,晃眼倏地隐去。袁化已从树上飞落,上前见礼。金蝉知它法力高强,班行却小,人又恭谨,好似只此已经心满意足,修为甚勤,最是另眼相看。笑问:"你在树上入定,可知甚时妖人才来么?"袁化受了雕猿嘱咐,不便明言,便道:"二位师叔休听那袁星瞎猜。弟子因乘此时无事,做点日常功课。至于妖人来盗芝仙,师祖和诸位太师伯叔早有安排;何况左侧仙籁顶崖上,还有乙太师伯与几位仙长坐镇。妖人有多大法力,也无所施。弟子只知奉命到时隐身树上楠棔以内,操纵禁制,自知法力浅薄,并未敢于多事。"

金蝉闻言,心中一宽,问道:"我也听说乙师伯与公冶道长、岳师兄三人,在仙籁崖上对弈。那崖甚长,只不知在哪一面?一路走来,怎未看见?"说时,遥见一道金光,一片祥云,往左边危崖尽头处飞去,到了崖顶降落,现出怪叫花凌浑和赤杖仙童阮纠,忽又隐去。袁化道:"师叔,你看见那两位仙长落处,有两株大松树么?乙太师伯他们便在松下踞石对弈。师叔未来以前,还命袁星到仙厨中取了一些酒果。本来这里可以远望,袁星去时曾听公冶真人言说:'少时越来越多,莫要跑来乱我们清兴,把行迹隐去了吧。'等袁星回来,就不见了。"金蝉知道乙休和师父交情最深,这里既在他的眼皮底下,有人来盗芝仙,料想他决不轻饶,益发放心。

待了一会,袁化告辞上树,仍自打坐。金、石二人方笑:"这猴子用功这么勤,莫非真想做大罗天仙不成?"一言甫毕,适才所见仙馆楼阁,重又一座接一座相次出现,有的就在近处。飞升上空一看,竟有好几十所。时见长幼来宾与诸同门,三三两两,远远结伴飞过,往各仙馆中投去。金碧辉煌,彩霞浮空,祥云匝地,华丽无俦。二人俱是稚气未尽,好奇喜事。始而交口咒骂:"妖孽怎不早来? 累我们在此守株待兔,有这么好的仙居也不能前去随众同游。"继又自行宽解:"芝仙所居,重重禁制,仙猿、仙禽护卫周密。那古神鸠何等厉害,连妖鬼徐完也非对手,何况寻常妖人怪物。乙师伯、公冶真人等,又在左侧崖上,更添上阮、凌二仙,怎么想也万无一失。这些仙观楼阁均是借来,开府之后,便要还人。偏生到日又有职司,寸步不能离开。自己还没有看过仙观楼阁是甚景致。既称仿自天上仙宫,想必比紫云宫那样的水仙宫阙还要富丽好看。难得遇上,岂可错过时机? 何不乘着妖人未来之前,抽空赶去开开眼界? 只是芝仙还须拿话试探,嘱咐他一回,稳妥些。"

想到这里,互一商量,便一同落下,走至树前一看,芝仙已抱着芝马头颈亲热嘻笑起来。芝马却似害怕,无甚情绪。见了二人,连忙长鸣,似要挣起,吃芝仙强力抱住,不令起来。金蝉试探道:"妖人怪物来还早呢,现在上面发现不少仙楼宫观,你还不趁这时候骑了马儿出去,转上一遭再回来? 即使中途遇见妖人,你们不会往土里钻么?"一句话出口,芝马先吓得怪叫,周身乱抖。芝仙虽然不怕,却站起身来,连说带比。意思似今日妖人厉害非常,出去遇上,便没有命。并听神雕等说,不久即至,所以连穴口外还在禁制之内的地方,都不敢去。出游须俟开府以后。金蝉和芝仙久处,明白它的言动,自是欣慰。重又改口,恐吓它道:"妖人怪物就来,千万出去不得。这是我试你的。听我的话,守在这里,必有好处。只一离开,我就永不爱你了。"芝仙连连应声。

金、石二人不知芝仙比他们还要灵巧,故意做作。实则等时辰一到,便仗自己精于木土遁法,就是金、石二人在侧,也出去诱敌去了。二人心中高兴,以为不会出事,说完,回身便走。行时,瞥见芝马不住哀鸣摇首。芝仙却抱着它,用小手去按马口,不令叫喊。二人只知芝马胆小害怕,一看树上少了古神鸠,急于往观仙景,均未在意。一同飞起,瞥见群玉峰上一所楼台,通体五色美玉筑成,最是庄丽华美。楼外更有一所平台,有十几个男女来宾和二三同门,正在那上面聚谈。心想:"那里相隔不甚远,万一有事,就赶回也来得及。"便同飞去。

到了一看,乃是金姥姥和步虚仙子萧十九妹、罗紫烟师徒的新居。因地大房多,又与半边老尼交厚,便连武当五女弟子,一齐安置在内。朱文、申若兰、秦寒萼原是随来观光,吃石明珠、石玉珠、向芳淑、崔绮四人强行留住未走。凭台远眺,互相言笑,正说得有趣,见金、石二人到来,朱文便问:"适才众人都在,你两人往哪里去了?"金蝉正说芝仙之事,金姥姥和步虚仙子萧十九妹忽同自楼内走出。金姥姥对金、石二人道:"那想盗芝仙的几个妖人,各带妖禽妖兽,还有五只妖猿,已经到了,你们还如此大意。"二人闻言大惊,忙要赶回。萧十九妹拦道:"无妨,二位小道友不必着急,这里决不容许妖孽猖獗,只管放心。适在楼内,我见诸葛警我引了妖人师徒,分三处安置在东西崖上楼亭之内。中有一白发老妖人,正是陕西黄龙山猿长老。一到楼内,便令五只妖猿,由崖前起始,分五路钻入地底。看那神气,分明疑心芝仙生根之所在太元洞一带,欲命妖猿前往搜索。洞中现有嫫姆大师和姜雪君道友二位煞星,妖猿入内,即或手下留情,也须闹个半死,怕他何来? 你二人先不必忙着回去。我听说,古神鸠和仙禽、仙猿,均在凝碧崖前老楠树上,任甚妖物,也非其敌。另外还有两个妖僧、妖道,身旁妖气隐隐,所带妖禽怪兽,现均尚未放出。莫如等我看明踪迹,再行应付不晚。"金、石二人也因玉清大师叮咛,身是主人,只宜引逗戏侮,使其难堪,到时自有人出头;自己不是万不得已,不可公然动手。只为关心芝仙不过,惟恐万一闪失,老早赶去,也不过是拿了大师柬帖中所附的隐形符,暗中窥伺,好放心些,并不定要动手。一听妖猿往太元洞去,正好送死,心又略定。

萧十九妹随递过一件法宝令看。金蝉见是一个三寸大小白金环,环中晶明如镜。朝前一看,正赶上猿长老和黄猛等妖人口角,与二妖女相继走出。跟着妖道、妖僧放出两只妖禽、一只怪兽。妖禽刚飞出门,便将真形隐去。怪兽也钻入土内,不知去向。金蝉慧眼,又仗有宝环查看,竟只看出妖禽变作两点目力难辨的极淡影子,四下里乱飞。稍一疏神,便难看出。怪兽更是不见形影。方想还是回去的好,萧十九妹也在身后往环中观看,忽然失惊呼道:"这两只妖禽,怎往我们这里飞来则甚?"言还未了,朱文忽惊呼道:"蝉弟快看,那不是芝仙,怎到这里来了?"金、石二人大惊,忙侧转脸一看,谁说不是? 芝仙正骑着芝马,由峰侧小路上,如飞往凝碧崖来路驰去。看那神气,好似身后有甚妖物追赶,亡命一般往前飞驰。金蝉一时情急,喊声:"快走!"连手中金环也未放下,便和石生同驾遁光追去。

身刚飞起,芝仙好似快被妖物追上,跑着跑着,往下一钻,便入了土。二人耳听金姥姥用千里传声,在耳边唤道:"上空已有人护卫芝仙,你二人速将身形隐去,赶往凝碧崖,妖人也许要去哩。"二人闻言,立即将身隐去。百忙中,再拿金环往空一看,二妖鸟所化淡黑影子忽然飞回。另有一片淡影,比二妖鸟大得多,正往前飞去,飞行既低且缓。金蝉料是芝仙对头,心中愤极,方欲暗放修罗刀,斩它一下。芝仙忽又从地下冒出,在淡影笼罩之下,不但不逃,反倒咧着嘴向空"呀呀",神态甚是自然。金蝉惟恐芝仙中了那妖物暗算,刀已脱手。尚幸石生觉出有异,手一招,先将刀招回,喊声:"不对!"遁光迅速,二人已双双赶到,同时金蝉也悟出那片淡影,乃古神鸠所化。知道芝仙是故意诱敌,却令神鸠暗中隐形护卫,却被吓了一大跳。这原是瞬息间事,相隔也很近,差点没将神鸠误伤。正想隐身,给芝仙一个虚惊,戒它下次,芝仙忽似又有警兆,重新纵马飞驰,晃眼便驰入凝碧崖前禁地,一头钻下去不见了。

二人赶到一看,连二袁带众仙禽,一个都不在。再赶近树穴一看,芝仙、芝马正在喘息,已回原地。二人纵身入内,才到里面,禁制便自发动。因有了隐蔽,无须隐形,现身喝问芝仙:"何故如此胆大妄为?"芝仙这才比划说,是众仙禽的主意,令告主人,不必动手,只看笑话。现在众仙禽和二袁俱已藏起,静等妖物到来,捉弄为乐。一面又指穴外令看。二人探头出去一看,外面禁制发动以后,又经袁化法力施为,已变了另一种景象:好些大树俱已不见,只剩一片绿茸茸的草地。随听空中刷刷两声,先飞落下两只鸱枭一般的怪鸟。每只身高约有七尺,生得通体暗蓝,虎面猫头,獠牙交错,爪利如钩。额前凸出两只茶杯大小的怪眼,睁合之间,凶芒四射,忽红忽蓝,奇光闪烁不定。身上毛直似精铁铸成,两腿树干也似。当下落的时节,两翼收合之间,似因追敌发威,大者如剑,细者如针,根根倒立,看出既坚且劲,犀利非常。乍看表面样子,竟比仙府神雕还要威猛。金、石二人知道,妖鸟已被诱入埋伏,便照玉清大师所教,故意在树穴内和芝仙说笑引逗。

那虎面神枭也有数百年的修为,又经妖人训练,目光如电,甚是通灵凶猛。先奉妖人之命,隐身空中,四面飞翔,查看芝仙踪迹。芝仙虽然受了雕、猿恐吓,强迫着芝马,骑了出来诱敌,心中终是有点内怯。尤其芝马胆小害怕,一任催迫,只在禁地左近盘桓驰骋,不敢远离。那一带,恰被高崖挡住。妖禽怪兽和五妖猿是初来,地理不熟,只当芝仙生根之所,必在敌人洞府左近。急切间,休说芝仙,连众仙禽所在也未看出。

这时,古神鸠首先运用玄功变化,隐形飞起,一面暗中查看敌人动静,一面准备芝仙出时暗中保护。神雕佛奴自从服了白眉灵丹,脱毛换体以后,道力大进,已能运用玄功变化,小大由心。等金、石二人一走,便令袁星、神鹫、仙鹤各自觅地藏伏,只留袁化隐身古楠巢内,凭高四望,主持全局,操纵禁法。自己也将身缩得极小,将形隐去,紧随芝仙、芝马之后,和古神鸠上下呼应。却未使芝仙知道袁星同了秦紫玲姊妹座下独角神鸳正藏在禁地入口要路的一株大松树上。见芝仙只在崖左右一带骑马游行，不见一点征兆，用尽目力四下察看，也不见妖禽、怪兽和妖人、妖猿形影。知道芝仙好高吃激，又知空中已有古神鸠和佛奴隐形随护，定可无害。便等芝仙驰近，由树上飞落，拦住马头，用话一激。芝仙屡经忧患之余，尽管好胜，稚气行事，仍极谨慎。一想金、石二人现在群玉峰上，并有好些法力高强之人在一起，相隔又近，便遇上险，也逃得脱。并且神驼乙休和诸位道法极高之人，就在近侧崖上。看是险事，实则到处都是救星，万无一失。否则，休说雕、猿等担不起这大责任，自己也没那么呆。

一面行强逼着芝马，试探着往群玉峰前缓缓驰去。刚把那一带长崖走完，转入平地，相隔群玉峰约有一箭之地，便吃妖鸟瞥见，追将过来。芝仙、芝马俱是千年以上通灵神物，又在仙府得了真传，何等灵慧，微有征兆，立即警觉，拨转马头，如飞往回路驰去。其实上有神鸠，下有神雕，便被妖鸟追上，也不会伤着一根毫发。无如二仙禽俱都将身隐起，道力又高，不似妖鸟老远便闻见腥风，只管生具慧眼，神目如电，也观察不出一点行迹。

加上那只古神鸠天性暴烈，飞空随护之际，瞥见二妖禽飞行迅速，来势甚骤，眼看芝仙要被追上，不由暴怒，忘了同伴的嘱咐，两翼一敛，往下一沉，准备妖鸟飞近，一爪一个，双双抓死。古神鸠虽经芬陀佛力度化，无如本质过于凶恶，功行法力尽管独高，却不如神雕听经多年，气质早变，今番脱劫之后，更非别的通灵异类所能比拟。古神鸠先前为了纵观四方，飞行极高，所以芝仙无甚觉察。这一突然降下，尽管真形未现，威势自非等闲。芝仙、芝马本已嗅到妖禽腥风邪气，追逼越近，心越惶急。猛又感到一种绝大风力，还听到一种似乎以前听到过的怪啸，泰山压顶，当头罩到，不由亡魂失魄，哪还再容寻思，一按马头，双双往土内钻去。

也是二妖禽过于灵巧，动作神速，不该就死。眼看快将芝仙追上，忽然入土遁去，自知再追无用，立即回身，去唤金眼狍。刚发现那只金眼狍在锦帆峰附近由土内冒出，狰牙森森，长舌外吐，口喷热气，如飞驰回。还未及赶上前去打招呼，忽又遥见芝仙、芝马由地底钻出，往前驰去。妖鸟凶狠忌妒，先前是因自己不能入土，没奈何去寻同伴相助。二次一发现，觉出芝仙神情不似有甚机心，适才飞遁只是适逢其会，自作游戏，并未觉出有警。一时贪功心胜，便不再向金眼狍通知，径自返身，重又追去。哪知这次相隔较远，又中了袁化的道儿，于原有禁制之外，另加了一些幻景：芝仙已经归穴，二妖鸟还看见芝仙、芝马在地面上疾驰。相差只有十丈左右，本来一发即中，偏追不上。不由凶威暴发，倏地运足全力，两翼一收，飞速下射，双双争抢着往下扑去。眼看芝仙毫无觉察，连带芝马，已在各自目光和巨爪之下。妖鸟厉害非常，对方无论是人还是别的生物，只要被它那一双怪眼的凶光罩住，照例爪无虚发。如再被那爪兜住，更连想入土地遁，都来不及；即便侥幸，钻入下去，也被连土一齐抓起。二妖鸟都各满拟这一次非中不可，一心还怕同伴争功抢夺，回去分享主人所给的犒劳。哪知一爪抓下去，双双扑空。又因知道芝仙长于土遁，惟恐滑脱，下飞时势子绝猛，如真抓空，那地方无论是山石是泥土，俱应抓裂一个大坑。不料一看地皮，却是好好的，白用了全副精力，竟是无的放矢，没有实处，空抓了一下。

二妖鸟凶顽成性，到此境地，仍不省悟。落地回顾，不见芝仙踪迹，又未看见怎样逃脱，不禁纳罕，互相怪叫了几声。忽听左近有数小孩说话，听出内中一个不似生人。妖鸟闻嗅极灵，用鼻一嗅，恰又闻出左近香味甚浓，当是芝仙气息，生根必在近处，妄想发掘芝根，顺着香气找去。内中一只妖鸟自以为寻到，飞将起来，再行扑下，猛伸双爪，往那所在抓去。做梦也没想到，地皮比铁还坚，依旧纹丝不动。两只怪爪，因是用力太猛，却几乎折断，疼得厉声怪叫不已。另一只妖鸟，本也相继飞起，作势待要下击，见状觉出不妙，赶紧收势。忽听四外鹤鸣雕叫之声，知有敌人在侧作对，立时暴怒，厉啸叫阵，身上羽毛，铁箭也似一齐猬立，身形凭空大了一两倍，神态更是猛恶。

妖鸟正在发威之际，忽见独角神鸷高视阔步，由来路口上缓缓走来。神鸷生相虽没妖鸟狰狞凶恶，却是羽毛华美，目如明灯；身子和腿没有妖鸟粗壮，却长有六尺，不似妖鸟项短，看去丑恶；再加上形似孔雀的五色彩羽和那两丈四五尺长的两条长尾，越显得顾盼神骏，姿态灵秀，别具威仪。到了妖鸟近侧，且不发难，只傲然不屑地叫了几声，声如鹤鸣，甚是嘹亮。妖鸟也颇识货，知道遇见劲敌，急忙回身相向。头朝前面，往短项中紧缩；两腿微屈，身往后坐，周身蓝毛根根倒竖；二目凶光闪闪，注定仇敌；活似负隅猛虎，蓄势欲起之状。神鸷相隔约有丈许，表面看去，不似妖鸟矜持作态，戒备严紧，但那形如绣带的两条长尾，已经卷起了一半，两翼也微微舒展了些。双方都是鸣啸连声，六只怪眼齐射奇光，各注仇敌，都在伺隙而动，谁也不肯先发。

金、石二人抱着芝仙、芝马，凭穴窥视，俱觉好玩，双双探头出去，呐喊助威。正催神鸷快上，袁星忽然跑来。金蝉已由芝仙口中问出是雕、猿的主意，反觉这样有趣，并未嗔怪。笑问袁星道："怎么神鸷老不动手，只是叫喊？

132

还有两打一也不公平。佛奴它们哪里去了,怎么不见?"袁星道:"小师伯没见么? 佛奴先和古神鸠隐身空中,保护芝仙,回到树穴,才行离开。因有一只能在地底下走的羊头怪物,吃神鸠发现;另外还有五只通臂妖猿,本领更大。惟恐斗时坏了仙景,又想全数除去,特意命神鸷先对付这两只猫头鸟。它两个仗着袁化法力,把怪物和五只妖猿引去灵翠峰后僻静之处,再行下手。不料妖猿乖觉,竟不上套。正打主意,忽然仙都二位同胞女仙和那癞尼姑相继出现,打了妖猿一顿,竟连怪物的主人都引去了。它们不是不动手,只因二妖鸟怕神鸷那两条长尾;神鸷又知妖鸟口中能喷鬼火,怕不留情,坏了它的好看羽毛。如今佛奴正和一妖猿恶斗,一会赶来,与神鸷一对一个,就不怕了,妖鸟已经入伏,非死不可。"

袁星说话,声调不曾放低,恰被妖鸟听去。妖鸟原也想用啸声将同伴和主人引来,闻言才知身入罗网,无怪白叫啸了一阵,全无应援。惶恐愤怒之下,更不再挨时刻,骤出不意,双双将怪口一张,各喷出一粒鹅卵大小的碧色明珠,四周绿火烈焰环绕,齐朝神鸷打去。跟着口中绿火连连喷发不已。再看神鸷,却并未抵御,只一跃,避开来势,振翼飞起,闹得满空都是绿火妖焰。这原是妖鸟积年吞食腐尸阴磷凝炼而成的内丹阴火,腥腐之气,刺鼻欲呕。金、石二人忙将头缩退回来,大喝:"神鸷废物,怎这么无用? 叫我们看回热闹,都办不到。"说时,方欲用修罗刀去斩妖鸟,袁星忽然拍手笑道:"妖鸟只知听人说话,把内丹鬼火全喷出来,想烧神鸷,不料上了我的大当,白白请古神鸠享受了。"

话未说完,猛听一声怪叫,眼前一暗,那只古神鸠突然在空中现形,身已暴长,长约数十丈,停在空中不动。周身金光环绕,头比栲栳还大,二目精光下射,爪上还抓着一只白猿。正张开铁喙,由口里喷出一股匹练般紫焰,射向绿火丛中,裹住往回一卷,便似长鲸吸海般,全吸到口里头去。金、石二人先前和徐完教下妖鬼交战时,神鸠已经受伤后退,未曾见其与敌相斗,想不到如此威力。正在惊奇赞许,说时迟,那时快,神鸠好似正擒到一只妖猿,还没顾到弄死,闻到阴火气息跟踪赶来,匆匆吸进腹内,长鸣了两声,倏自空中隐去。这里妖鸟正吓得心胆皆裂,欲逃无路,神鸠已经飞走。

二妖鸟情知凶多吉少,以为神鸠来去自如,必有逃路,也想升空逃遁。哪知古楠巢内有人主持禁制,仇敌来去方便,自己却是没有出路,飞没多高,便自撞回。略一迟延,神鸷已经赶到,相隔在两丈以外,两只长尾便如彩龙也似,照准二妖鸟打将出去。恰巧二鸟相并同逃,匆迫之中不及躲闪,一下正打在头上。当时负痛,情急暴怒,身上钢翎箭羽,一齐倒竖。忙欲迎御时,神鹫何等乖觉,骤出不意,将那半卷起的长尾,倏地舒展开来,打了一下,便闪电一般,掣退回去。二妖鸟虎面上立即高凸一条血印,几乎连眼都被打瞎。只得厉声怪啸,凶威暴发,双双展开双翅,回身便扑。神鹫也将身旋转,伸开两只钢爪,奋力抵抗。妖鸟秉天地间之戾气而生,也有将近千年功力,腹中内丹阴火虽被神鸠吸收了去,仍有不少威力。尤其通体毛羽坚利如钢,两翼尖上各有毒气射出。神鹫虽是得道千年的灵鸟,以一敌二,急切间竟也奈何它们不得。

斗到夜晚,只见两团蓝影裹住一个彩球,上下翻飞,搅得风声呼呼,烟云滚滚。再加上神鹫两条长尾彩龙也似起落不停,略有间隙,便朝妖鸟头脸上打去,其疾如电,声势越显猛恶。石生在旁看出神鹫身法比妖鸟灵巧得多,几次钢爪抓下,眼看得势,俱吃了腹背受敌的亏。前面妖鸟还没抓中,身后妖鸟已经击来,不得不舍此就彼,返身迎御。妖鸟更是刁猾,自知没有神鹫灵巧,老是前后夹攻,以致神鹫持久无功。神鹫尽管长尾打中了好几下,并没伤着妖鸟要害。最后一次,反因贪功心切,前进之势太猛,上了妖鸟诱敌的当。仗着应变神速,虽未重伤,左翼尖上仍被妖鸟利爪抓中,折落了十几根二尺许长的彩羽,疼得怒啸连声。

石生越看越生气,和金蝉商量,打算用飞刀、飞剑除去一个妖鸟,使双方一对一打。袁星忙拦道:"小师伯不要忙,刚才我们都商量过,最好我们师长不要出手,专由飞的和飞的打,叫妖人知道我们这里不但是人,连鸟都不好惹。小师伯师叔不比外客,没有带着仙禽同来,惹了它自是不饶,要一出手便失身分了。藏起来旁观,装不知道最好。其实神鹫并非真败,只因今天是它生日,该有一点灾难。佛奴、袁化给它出主意,叫它独敌二妖鸟,等吃点亏,应完这一劫,再行施展全副本领取胜。免得早胜以后,赶到前面去,遇上妖鸟的主人受害,虽不致命,到底厉害。所怕者,妖鸟口中阴火。现被神鸠抽空赶来收去,已无可虑。休看它中了一爪,乃是受了指教,避重就轻,故意在此挨时候,只等佛奴一招呼,妖鸟就快没命了。要不的话,它比佛奴性格猛烈得多,一向不肯吃亏,早拼了命。何况佛奴这时还在上面闲着,看它疼得那样,反而高兴,一点不急,就知道了。"

二人闻言,再细一看,果然神鹫在妖鸟夹攻之下,时而昂首腾空,虹惊电舞;时而两翼紧束,飞星下泻。一味闪躲腾挪,回翔侧避,只将两条长尾抽空打出。偶然用一猛势,双伸钢爪,朝妖鸟扑到,也是一击不中,便即退去。自从上过一次当后，越发乖巧，只在两团蓝影之间穿梭跳丸也似，上下前后驰逐不休。真似同类相戏，并没真打一般。反是二妖鸟逃又逃不出，仇敌身法又灵敏，除抓中了一下翼尖外，再也休想近身。神鹜尾又极长，妖鸟微一疏忽，便挨上一下重的。不由把素日凶野之性，全数发出，口中厉啸连声，爪喙齐施，势愈猛烈，直似恨不能与敌拼命，同归于尽。神鹜仍是从容应付，不去睬它。受伤之后，叫过几声，便即住口。有时妖鸟横开两扇一丈多长、又宽又厚的铁翼，双伸利爪，猛扬铁喙，或是一上一下，或是一前一后，夹攻上来。神鹜夹在中间，身既高大，两翼尤长，正是绝好标的，眼看形势奇险，万躲不过，怎么也得中上一下。哪知微一转折腾翔，便自容容易易避开，好似妙造自然，一点也不见它惶遽匆迫。那最惊险迫近之时，等于对面掠过，敌我相去不足尺许。每遇这等情势，避时至少必有一妖鸟挨一长鞭。身法之巧妙神速，无与伦比，毛羽又是那么五彩纷披，灿若文锦。

金、石二人各具一双慧眼，都看得眼花撩乱，难分端倪。方觉袁星所说果似有理，忽听灵翠峰那面远远传来神雕佛奴的啸声。袁星拍手欢笑道："妖猿不死即擒，妖人也吃了大亏，小师伯还不快看去？"

金蝉闻言，猛想起玉清大师柬帖还未开视，急忙取出一看，心中大喜。刚和石生把芝仙、芝马放下，纵出穴去，就在一刹那的工夫，佛奴啸声已到了顶上。同时神鹜也换了战法，倏地神威一振，一声怒啸，口张处，一股五色彩烟疾如水箭，直朝对面妖鸟喷去。

妖鸟原也防着神鹜腹有内丹，所以初上来时，对面相持了一会，迟迟不发。后见阴火被神鸩吸去，仇敌终无动静，胆便放大。又知身陷绝境，适才爪擒白猿、吸去内丹的克星再一出现，立即没命。早打好拼死主意，不问少时能逃与否，先用爪撕裂神鹜泄恨，专以全力恶斗。久战无功，急怒交加。这时一闻雕鸣，知道对方来了帮手，越发愤恨。因觉仇敌狡猾，不可捉摸，主人所赋护身御敌的毒烟邪气，一任施为，竟如无觉。双双怒吼了一声，用起了上下交错、前后合围之法：在前一个，由下斜飞往上；在后一个，由上斜飞向下。意欲与敌拼死，更不再顾自身伤害，只是横来，猛撞上去，能胜更好，否则同归于尽。

这一手本极狠毒，不似先前虽也猛力夹攻，终还防自身受伤，有些顾忌。妖鸟满拟仇敌多灵巧，也无法躲闪。哪知仇敌已经得到号令，反守为攻，事已无及。两下功力原差不多，一面比较灵巧，一面却多着一个。妖鸟内丹不失，胜负正自难说；内丹一失，相去便远，况又晚了一步。当神鹜闻声反攻时，并没想到妖鸟竟敢舍命来拼。因见同伴将到，也惟恐一击不中，相形难堪。双方势子都是既猛且速，而佛奴来势又是迅速非常。神鹫口中彩烟射出，当头妖鸟骤出不意，首先惨啸一声，将颗虎头炸成粉碎。妖鸟以全力拼命，来势过于猛烈，身虽惨死，那没有头的鸟尸，依旧展开双翼，横空飞来。神鹫也不再闪避，双爪伸处，一边一只，恰将妖鸟两腿接住。就听一声厉啸，奋起神威，猛力一扯，当时齐胸撕裂成两半片，掷于就地。

就这瞬息之间，它这里方在得胜心喜，猛觉脑后风生。知道不妙，回身迎御，万来不及，赶紧紧束双翼，疾如流星，平射出去。身还未等掉转，佛奴长啸声中，又是一声惨啸。忙拨转头一看，身后妖鸟已经头裂脑流，似断线风筝一般，正由空中缓缓下坠。这只妖鸟本是往神鹫身后袭击，佛奴恰值赶到，凌空下击。妖鸟正用全力前攻，瞥见一团白影银光闪闪，自空飞坠，自知万无幸理，并未想逃，依然不顾命地朝前冲去。心想好歹也拉个陪死的，只要双爪能抓向仇敌背上，便没白死。哪知佛奴比它更快，刚听到前面妖鸟同伴惨叫之声，还没看清怎么死的，佛奴已一爪击向头上，当时脑浆迸裂，死于非命。跟着佛奴又是一爪打落下去，端的神速已极。

妖鸟一死，二仙禽便双双交鸣，振翼飞去。喜得金、石二人拍手大笑，直夸还是佛奴爽快，一击成功。知道灵翠峰故址一带正是热闹时刻，忙令袁星告知袁化小心防卫，道："妖邪虽然闯不进来，终是谨慎些好。"说完，同隐身形，往灵翠峰飞去。

到后一看，前面空地旁老杉树上吊着一个通臂猿猴，地下还躺着一个羊面人身、胁生多目的怪尸。仙都二女和癞姑正同几个妖人在斗法宝相打。左侧有一两丈来高的怪石，古神鸠、佛奴、神鹫、仙鹤四仙禽或蹲或立，同踞其上。有的剔羽梳翎，有的抬起一足，一个个姿态威猛，顾盼神飞，各歪着一颗鸟头，睁着精光四射的怪眼，注视下面恶战。遇到三女占到上风，便互鸣两声，助威庆喜，神情甚是暇逸。沙、米二小拉了健儿的手，坐在下面石头上，也在指点笑说不休。

照着玉清大师柬帖所示，这时原应以主人的地位，现身出去，给双方解围。金、石二人偏偏童心未退，先观鸟斗出神，柬帖既然晚到，又忘了开看。又见三女拿敌人开心，打得十分好玩，心想多看一会再说。便凑到沙、米二人身旁，悄声询问。二人闻声不见人，倒被吓了一跳。后听金、石人二人自通姓名，忙要施礼，吃二人止住。于是沙、米把事情的经过向金、石二人详细说了一遍。

第二一三回

隐迹戏群凶　　恶犯伏诛　　妖徒授命

对枰凌大敌　　穷神妙法　　驼叟玄功

　　原来仙都二女虽然清修多年，童心仍自未退。并且初次出山，便到凝碧仙府这等洞天福地，所遇又都是天仙般的人物，端的耳目应接不暇，无一处不新奇。加上人又美秀天真，长幼两辈主宾，无一个不喜与她俩亲近。二女寂寞已久，巴不得多交些同道，谁要有甚邀约，无不点头应允。自从来宾各就馆舍，李英琼、易静、申若兰、朱文、向芳淑和石氏双珠都争着约她俩，往各仙馆中观赏奇景，末了又同去二女与叶缤、杨瑾同住的小琼楼仙馆中相聚谈笑，不觉多延了些时候。后来还是女神婴易静无心中说道："人不可以貌相，癞姑那等丑陋，却有那高道法，人也极好。听说她师兄眇姑比她还丑，法力更高。只是性格阴沉，整年寒着一张脸，遇上异派妖邪，动起手来，又狠又辣。永没人见她笑过，不如癞姑随和，滑稽有趣。这些时没有见人，不知哪里去了？"

　　二女闻言，才想起适才金、石二人之约，单是去看芝仙也还罢了，玉清大师曾有用己相助之言，此约岂可不赴？便和众人说了。正问了途径要走，叶缤见众小姊妹谈得非常亲密，也颇代二女喜欢，一时之间，交了许多同道良友，恰巧走将过来听去，便嘱二女："听杨姑说，主人宽大为怀，对于假名做客，心存叵测的一干异派妖邪，只在暗中戒备，使其知难悔悟，在开府前后数日中，不与之公然为敌。掌教真人与诸长老法力高深，神妙无穷，一切均有部署。你二人初来做客，便蒙长幼群仙爱重，此去如遇甚事，只能适可而止，不宜任性而行。如到紧急，金、石二道友身为主人，不便出面，你二人又难取胜时，我和杨姑必往暗助。切忌伤人，树敌尚在其次，身是客体，好些不便。适听道友们说，有好些妖人均带有妖禽恶兽同来，意欲加害芝仙。禽兽与人不同，妖人先自失礼，况又纵出扰闹仙府。而这类怪物，大都残害生灵，作恶多端，即便代主人除去，他也无话可说。不过这等所在，既敢驱使出场，决非常物。你二人可将我小南极磁光子午线带去，但能不伤，仍是不伤的好，只将它擒住，使妖人丢一回脸，知道厉害便了。如果物主无耻，逞强出头，可将主人撇开，作为你们看见妖物猖獗，抱打不平。他如不服，可去小南极或武夷绝顶寻我或你义父好了。"

二女知这磁光子午线乃小南极磁光炼成。昔年叶姑曾用它在千寻冰洋以下，钓过一个极厉害的妖物九首赤鲸。妖物遇上，立即成擒。分明是想自己在人前露脸，好生欢喜，兴冲冲接过，便往凝碧崖前赶去。快要到达，耳旁忽听有人说道："老楠巢现困着两只妖鸟，设有禁制，暂时不能走进。小癞尼现在崖西你们适才分吃桂府丹榴的峰侧杉林内，和一个怪兽相打。一会还有五只猴子赶来，要凶得多，小癞尼和袁星两个恐办不了，你两姊妹快帮她忙去吧。这几个妖人实在可恶，我还想借此惩治他们一回，使其栽在你们几个小人手里。那子午线最怕纯阳真火。捉到猴子以后，可速勒死，再吊起来诱敌。客和客打，多凶，主人也是不管。莫听你叶姑的话，真要出了甚错，都由我驼子和凌叫花担待，保你争得光彩，决不吃亏。"二女早听谢山说过神驼乙休大名，又听仙府众弟子说起他许多奇迹异事，敬佩已极，又知是义父好友。来时闻他在仙籁顶崖上下棋，那地方相隔凝碧崖灵翠峰甚近，有他和凌真人二位老前辈暗中相助，自是万无一失，闻言越发高兴，遥望崖上空空，并无人影，料是将身隐去。悄答："侄女遵命。"随即改道，往灵翠峰飞去。刚刚飞起，似觉身后金霞微闪。回顾来路，适见沿途景物忽然隐去，换了一片没见过的山崖原野。猜是乙、凌二人仙法妙用，先将现场和斗处掩去，使妖人无法追踪应援，以便取那妖物性命。

仙都二女正往前飞，晃眼便要到达，忽听欢呼之声。往下一看，正是来时在二十六天梯所见沙、米二童和那小人健儿。前面不远，癞姑正和一羊首人身、胁生多目的怪物在那里恶斗，连忙落下。沙、米、健儿三小看见二女飞落，忙即迎上拜见。二女见那怪物通体长只七尺，并不十分高大；头作羊形，却生就一口獠牙，口喷毒烟烈火；前爪宛如人手，拿着半截血红色的兵器；面上无目，两胁却一边生着九只金眼，凶光四射，狞恶非常。纵前跃后，时飞时降，上下驰逐，宛如金丸跳掷，灵活已极；厉啸连连，宛如儿啼而尖锐刺耳，难听已极。看神气，癞姑将它困住，已无法逃脱。不知怎的，只引逗得怪物急蹦暴跳，还未弄死。

一问经过，才知三小适随众人往观仙景，杨瑾因古神鸠性情暴烈，仙府诸仙禽又多喜事，老楠巢芝仙藏身之所刚听说起，恐有疏失，暗将运用牟尼珠真诀传给沙、米二小，命往传示警戒，随时监防，以免生事。若是不服，只需口诵真诀，如法施为，神鸠围身牟尼珠便生妙用，发出佛家真火，立即将它制住。健儿因见仙府这班后辈都拿他当稀罕物事，竞相搂抱问讯，自惭渺小，不似沙、米二人已能人前出面，好生愧愤，见人就躲。这时正和沙、米二人在一起，知古楠巢只众仙禽仙猿在彼，便跟了去。刚到凝碧崖前，便听空中呼呼风响。三小生长荒山，能辨风识物，知是来了猛恶之鸟。仰视空中，已经飞过，只没现形。方想这里既是得道仙禽，怎风中会夹有腥气？猛瞥见前面飞下两只虎面凶枭，还没见它们落地，一片烟云闪过，便不再见。跟着，左近树上飞落下一只尾拖绣带、通身五彩毛羽、目射金光的大鸟，还有仙府仙猿袁星。一落地，袁星先用人语说道："那边禁制已经发动，你三人且到别处玩一会再来吧。"说罢，便纵遁光，往自己来路飞去。那只身高丈许的独角仙禽，也跟着飞去。飞行甚低，都是飞到妖鸟落处附近不见。

三小初来，对谁都奉命惟谨，不敢再进。正商量回转，忽又听地底儿啼之声，晃眼由远而近，从左近地底，往崖西啼了过去。三人好奇，以为芝仙形似小儿，声音也许是它，正好跟去，看看是甚形相。跟追到灵翠峰故址左侧疏林以内，只听叭的一声，癞姑由地底飞身出来，瞥见三小赶来，哈哈大笑，身便隐去。紧跟着原出现处突然一亮，飞出一只羊首人身的怪物。这是那只金眼恶狍，原在地底搜寻芝仙生根之地，没有寻到，刚往回飞，吃癞姑看见，暗中用计诱来。比起仙都二女见时，声势还要狞恶，爪里拿着一柄银叉，叉尖上直冒血焰，满口虎牙错得山响，人立而行，两胁十八只凶睛闪闪，齐射金光。因在地底吃癞姑逗发了凶野之性，一出土，便转身四顾，急欲得人而甘。忽见三小同立，匆促之中，误把健儿认作芝仙，喜出望外，不顾搜寻敌人，忙即飞身扑去。

沙、米二小是初生之犊不怕虎，巴不得拿妖畜试手。沙佘恐伤健儿，抢先一手抱起，一面和米佘正要将毗那神刀放出，猛听喝道："且慢！"同时叭的一声，眼前人影一晃，癞姑倏地出现。妖狍羊脸上着了一掌，手中妖叉也被斩断，吃癞姑顺手一捞，将半截带着血焰的叉头夺去。飞向一旁，大喝："你们不要动手！这怪物，我想它不是一天，难得遇上，我还要向它讨东西呢。"二人忙将飞刀收住，在旁观战。

癞姑原因妖狍厉害，尤其那柄妖叉必污秽狠毒，得有妖人真传，已与其爪成了一体，爪又坚逾精钢，不易斩断。一面施展佛门降魔金刚掌，一面运用玄功将剑光隐去，出其不意，突然同时下手，因恐妖狍灵敏，如若断它前臂,万一不能一下斩断,有了防备,再下手更不容易。所以上来将叉杆斩断,随手夺去,收入法宝囊中。然后一面和妖狍追逐,一面暗中施为。等已停当,才大喝道:"无知孽畜!你已恶贯满盈,遇上我这识货的,已经给你撒下天罗地网,休想活命。快将脑中元珠和这十八只怪眼自献出来,还可容你转劫,另去投生;否则形散魄消,连畜生道中都没有你了。"

妖狍先前不合骄狂,以为对方除精土遁而外,并无他长。又以乍见健儿,误认芝仙,贪功心盛,中了道儿。妖叉失去不说,那一掌更是受伤不轻,只打得头冒火星,心脉皆震,益发暴怒如雷。起初一心只想报仇,咬牙切齿,怒啸连声,恨不能将敌人嚼成粉碎泄恨,一味抖擞凶威,向前猛扑。及见仇敌只是躲闪,并不还手,不时由身旁取些东西,往四外乱放,每一扬手,便有好些道粗细不同的光华一闪不见。又听发话,方在心动生疑,癫姑已改守为攻,那身法竟比妖狍还要灵巧敏速,端的神出鬼没,隐现无穷。也没用甚飞剑、法宝,只将师门独传金刚掌向妖狍头脸打去。

妖狍连中几下,打得头晕眼花,脑袋欲裂。虽知不妙,无如赋性凶横,从未吃亏,仍是不甘就退。后来实被打急,横心拼命,竟将口中毒焰烈火喷出。癫姑知道这便是它内丹所化,意欲全得,不愿破它,只得暗用佛法防身,仍旧乱打不休。妖狍明知敌人设有罗网,一则仇恨太深,又盼主人及同类赶来救援,只管忍痛苦挨。却不知那金刚掌不是挨过便完,初中虽然厉害,还不怎显,随后却逐渐发作。尤其像妖狍这类禀赋奇强,当时勉强能受的怪物,事后反应也愈烈。不消片刻,宛如火烧针扎,通身奇痛麻痒,百骸皆沸。正在咬牙忍受,情急暴怒,进退两难,恰巧杀星照临,二女赶到。

二女问明情由以后,不知妖狍受伤甚重,已快不支,以为癫姑尚难迫使献出内丹,意欲相助,双双将子午线飞出。癫姑没想到二女会出手,瞥见两蓬红白二色、细如游丝的精光电雨一般飞来,方欲喝止,来势神速,已向妖狍当头罩下。同时妖狍也是疼痛难支,忽起逃生之念。它不知癫姑未出土之时,早在地底设下埋伏。因见仇敌四外光华乱飞,以为地遁是它专长,敌人所说罗网即使是真,也能仗着天赋和多年修炼之功逃走。身刚往土内一沉,子午线已经飞到。妖狍性烈如火,周身炙痛欲焚之际,猛觉神光当头罩下,上半身立似被好些铁线绑住,深勒入骨。知道难逃一死,仇敌志在得它所炼内丹元珠,愤极犯性,竟拼一死,同归于尽。猛将真气一提,自将那粒有生俱来的天黄珠自行震碎,化为一团极强烈的血焰,炸破天灵飞出,一闪即灭。自身元神也自头顶飞起欲逃。气得癫姑喝道:"孽畜!还想逃么?"扬手一团雷火,将其炸成灰烟四散。

癫姑随向二女笑道:"此妖名金眼狍,乃天生恶物,脑中有一粒天黄珠。一落地,便有入土之能。又经多年修炼,土中游行,益发如鱼在水。如能得到那粒天黄珠,于我大是有用。妖狍诡诈多疑,我来时已在地底设有禁制,本意怕它不献,再将它迫入土内,先使失去知觉,再行设法,不料如此烈性。心机虽是白用,总算除去一害了。"边说边走过去,将死狍全身拉起,横置地上。

二女收回法宝,觉得自己误了人事,方在内愧,忽听身后吼啸之声。回头一看,袁星用两道剑光护住全身,且战且退。身后有两只火眼金睛,羽毛雪白,身量又比袁星要小一倍的长臂白猿,已各指挥着一道青白二色的剑光,凌空追来。袁星好似吃过苦头,抵挡不住,一面如飞倒退,口中乱喊:"妖猿厉害!沙、米二师弟快来帮我一帮。"神情甚是惶惧。仙都二女方欲上前,沙、米二人已将飞刀先放出去,袁星才得退下。癫姑笑道:"你主人何等威名,你这般大惊小怪,不丢人么?"袁星闻言,羞得毛脸通红,一溜烟逃去。二女、癫姑细看妖猿剑术,果非寻常。沙、米二人全仗所用的乃是佛门至宝,否则早已不是对手。又见妖猿一边迎敌,一边手指二小,嘴皮乱动,知要暗算,俱都有气。癫姑首先扬手放出两团雷火,朝妖猿打去。妖猿见敌人还有几个没动手,也是情虚,意欲暗使妖法,先下手为强。忽见雷火飞来,识得厉害,往空便起,端的神速已极,雷火竟未打中。

癫姑和二女看出妖猿竟擅玄功,甚为惊奇。手中法宝正要发出,倏地眼前一暗,以为来了厉害对头。惟恐米、沙、健儿三小吃亏,赶忙飞身过去保护时,只听一声雕鸣,杂着妖猿惨叫之声,神鸠、神雕突然现身,朝二妖猿当空下击,各自抓到了一只。佛奴所抓的一只,首先脑裂而死。另一妖猿,被神鸠右爪抓住,正起左爪要击猿脑。妖猿竟欲反噬,一面奋力强挣,一面招回飞剑,朝神鸠颈间飞去。神鸠直没怎理会,剑光飞到,大口一张,便灵蛇也似一口咬住。左爪依旧下落,当时了账。佛奴随飞近前,将鸠口飞剑抓去。神鸠不似佛奴一爪抓死,立将猿尸丢落,意似想吃猿脑。铁喙一扬,待要啄下,忽似有甚警觉,横转双翼,抱着死猿,往凝碧崖一面飞去。跟着又一仙鹤飞来,和佛奴互叫两声,同往左侧一块兀立的怪石上面落下。不多一会,神鸠空爪飞回,朝雕、鹤又对叫两声,朝众人看了一眼,飞向地上,将死猿抱起,往东飞去。

仙都二女知道佛奴灵异,便戏它道:"妖猿共是五只,告诉你那同伴,再来莫都弄死,留两只给我们玩玩也好。"佛奴正点首长鸣示意,二女猛瞥见远远有青白光华一闪。心想:"这些妖猿,颇有意思,何不将身形隐去,看它闹甚把戏?"忙即行法,连人带众仙禽一齐隐去。众人因有高林遮体,那青白光华不能看出,在凝碧崖左近绕飞了两转,方往峰前飞来。先只有一只妖猿,按遁光降落。看去这只功候比先死两只稍差,毛作苍色。落地后睁着一双火眼,东张西望,满处搜寻,又用鼻四下乱嗅。一会找向佛奴掷猿尸的所在,忽似嗅出兆头不妙,面现惊疑之色。跟着由地上拾起几根残落的猿毛,拿在鼻前闻了一闻,立即暴怒。一面引吭怒啸,一面把剑光放起护住全身,仍自张望,不住用爪搔头,竟似知道左近伏有敌人,搜查不出之兆。啸没四五声,随有一苍一白二猿各驾遁光飞来。先到的那猿便把猿毛给二猿看,又指了指地上,互啸了几声。后来的二猿也似惊急,各将剑光护身,用鼻四嗅。无如仙都二女得有谢山真传,隐形神妙,尽管妖猿五官敏锐,善于闻嗅观察,近在咫尺,竟闻不出。二女、癫姑又喜看妖猿神情惶遽可笑,不肯即出。

挨了一阵,三妖猿往来搜寻,已将那一带找遍,均无发现。内中一只白猿突然暴怒,厉啸了两声,率二苍猿,各将飞剑放出,上下四方乱飞乱射。峰侧树枝挨着一点,便即纷落如雨。二女知道妖猿同伴失踪,地有残毛血迹,断定当地伏得有人,意欲迫人出现。恐其乱放飞剑损毁林木,暗骂:"无知孽畜!死在眼前,还不自知。"刚想现身出去,忽听佛奴鸣声,回望石上,佛奴和古神鸠已经离石,双双飞起,晃眼离去隐形地带,便自无迹,由此互在空中一递一声鸣啸。二女方以为二仙禽又施故智,三猿已闻声将飞剑放出。先是苍猿的两道剑光,朝佛奴鸣处飞去。跟着神鸠又在鸣啸,白猿也将飞剑循声追去,同时行使妖法放出一片妖云。二女待要飞身直上,那三道青白光华到了空中,略微驰逐,忽分作两起停住,电闪一般掣了两掣,便即无踪。三妖猿甚是灵狡,因见仇敌不曾现形,有了戒心。一面恐敌人逃脱,循声飞剑追击;一面却另使妖法护身,没有连身追去。正指剑光施为,忽然剑光失去,不由情急拼命,竟不暇再计安危,腾身飞起,意欲追夺回来。哪知飞得快,落得也快,刚到空中,便似暗中被甚东西打了一下,纷纷怪叫,落将下来。

二女闻得头上风声,再看石上二仙禽,已经飞回,都是单爪独立,各抓一道剑光。苍猿的剑,本是佛奴一爪抓来,落下时,意欲交给仙鹤,而仙鹤好似无此法力。同时妖猿不舍飞剑,虽然受创落下,仍然奋力回收。仙鹤稍一畏缩,差点没被遁去。剑刚离爪飞起,吃神鸠往前一探身,张口擒住。这次剑主未死,剑虽被二仙禽擒住,仍如灵蛇也似,颤动不休,看去还不能放松。谢琳脱口笑道:"我当你们不肯跟我们玩呢,原来收剑去了。"

三妖猿早就觉出兆头不妙,只因同伴踪迹不见,存亡莫卜,死去二猿又是三猿的配偶亲属,先是关心寻仇,不肯就去。及至飞剑一失,知道猿长老心毒法严,对门下妖猿不稍宽假,自己芝仙没有寻到,同伴少了两个,不知下落,回去已不免于重责。况这五口飞剑,乃猿长老多年辛苦祭炼而成的奇珍,当初传授五妖猿时,曾有"剑在命在"之训。这与身相合、存亡相关之物,一旦失去,回去这罪孽如何受法?休说归路已为神驼乙休所断,癞姑又在遍设禁制,便放它们逃走,没有剑,也是不敢回去。空中打跌下来,正急得厉声啸叫,两爪向空乱招,妄想收回,抓耳挠腮,情急无奈,忽听近侧有人说话。妖猿恨毒之余,互叫了两声,表面仍装惶急暴跳,暗中却行使妖法,猛下毒手。

二女还想看妖猿急跳好玩,一点没有觉察,癞姑恰又离去。如非佛奴精通猿语,暗告神鸠,抢前迎御,还几乎中了暗算。三妖猿原本背向二女,故作不知,一味号跳。为首白猿猛一回身,前爪一扬,便是千万根细如游丝的银针,朝二女立处打来,其疾如电,发处又近。此宝乃猿长老采炼五金之精,加上奇毒,合炼而成的飞针,只传了白猿一个。与宝相夫人白眉针,功效相差无几。除却此宝脆弱,不能与别的飞剑、法宝相抗,只要先有防备,便可无害是它短处外,如出不意,被它打中,一样也能循血攻心而死。二女事出仓猝,飞针又是大片飞来,难于躲闪。百忙中,刚把剑气发出,待要抵御时,猛瞥见一道紫焰自头上射出,飞针立即不见。忙运剑气护身回顾,正是神鸠所擒飞剑,已到了另一爪上。那道紫焰已经口中收回,妖猿飞针已为它内丹所化。二女想不到妖猿如此刁毒,心中大怒,双双娇叱一声,一面收法现身,同时将子午神光线飞将出去。

因先前隐形法未撤,妖猿看不见对方动作,以为语声相隔这么近,万无不中之理。不料飞针放出,又如石沉大海,全无动静。方在骇异,倏地眼前一花,现出大小五人和一石笋,石上立着三个仙禽。所失飞剑,也在二仙禽爪喙之下擒着。一时情急,顿忘利害,立即飞身纵起,意欲夺取回来。身才离地,二女子午神光线已化成一蓬红白二色的光线,当头罩下。妖猿想逃,已是无及,周身俱被勒紧,嵌入骨内,跌倒在地。二女手再一指,三猿便同离地飞起,被吊向路侧大杉树上。跟着癞姑飞来,说道:"我适往探妖猿来路,有无别的党羽同来,不料乙师伯已将妖猿主人引来。你俩将妖猿吊起诱敌,再妙不过。我们且回原地,等他们到来,再行出现好了。"

二女闻言大喜,忙同回到原处,隐身相候。癞姑便将死狍也提了过来。这时妖猿已被子午神光线勒得快要闭过气去。二女想要妖人来寻,故意将咽喉间略微放松,妖猿痛极,立即惨叫起来。才叫了两声,便见两个妖人张皇寻来。众人见这两个妖人都是道童打扮,看去年纪已是不小。一个身材高瘦,相貌凶恶;一个身子矮肥,浓眉猪眼,唇厚嘴大,相貌恶俗不堪。各都腰挂革囊,背插鞭剑之类兵器。二女见这类蠢物也配修道,不禁暗笑。二妖人正是大力仙童洪大肚和鬼焰儿常鹖。还有朱赤午、召富、阳健等,尚在后面未到。

众妖徒原随黄猛、观在等妖人装作玩景,出观妖禽怪兽动静,以备万一接应之计。正在九宫崖前眺望,先见二妖禽远远飞来,忽似有甚警觉,往南飞去。一会又见一只金眼狍在左近现身,似往崖前飞回,晃眼又往土内钻去。跟着又见五妖猿空中飞过,看那神气,所去之处,竟和二妖禽走的是同一方向。众妖人初来,不知哪里是凝碧崖。因见各地祥云缭绕,玉楼纷起,时有本洞主人陪引仙宾,往就馆舍。仙侣游行,往来不绝,看出内中道法高深之人甚多。妖禽等所去之处,沿途更是仙馆林立,不便公然往探。

等了些时,妖禽妖兽一个也未见回转,也无踪迹。暗忖:"这里俱是强敌,枭、狍踪迹隐秘,外人当不至于看出。猿长老太过托大,手下猿竟连身也未隐,满空乱飞,敌人自无不见之理。老怪骄横,不但不能相助,反有倒戈相向之势。此时除了对付敌人,还得防他先下手将芝仙盗去,端的可恶已极。如若吃亏,原是快心之事。不过他那五猿俱精剑术,功力还在枭、狍之上,如若受挫,枭、狍自然更是不行。它们又这等公然放肆,又偏是走成一路。一与枭、狍变友为仇,既须防它们捷足先登,暗算枭、狍;又恐受它们牵累,为敌所伤。"越想越不放心,便令常鹖等众妖徒持本门隐形神符,前往探看。芝仙如真在彼,急速偷偷下手。妖猿如若作梗,或是侵害枭、狍,便拼着和老怪反目,暗中下手,除得一个是一个。如见敌人防备周密,道法高强,速率枭、狍隐形,任五猿自去犯险。如它们失陷,急速回来,另打主意。如若得手,便出不意,合力抢夺,不可令其得去。行事务要隐秘,知进知退。

众妖徒立即依言行事。内中洪大肚粗鲁,常鹖凶横刁狡。二人偏最交厚,和别的同门俱都不和。哪知神驼乙休和凌浑、公冶黄早在对崖隐形瞭望,暗中主持。崖前景物已变,妖人有甚动作,全都看得见。五妖猿隐身法已吃公冶黄破去,成心引洪、常二妖入网。二妖人只图贪功抢先,结伴南飞,到了凝碧崖侧落下一看,东西两方已是无路,当地一片大广场,只东西疏林掩映,静悄悄的,并无人迹。暗忖:"来路仙景何等宏丽清奇,怎这里如此荒凉?适才明见枭、狍飞来未归,怎会不见?"洪大肚便要回转,或往东林探看。常鹢心细机警,觉着奇怪,居然疑心敌人所设幻景。正嘱洪大肚看清下手,不可造次,忽听朱赤午等后来诸人惊讶之声,就在左近,四顾却不见人。试低声唤了两声,也无回音,再听已无声息。本门隐形符,自己人怎会对面不见,只听一声,便无回音?知道光景不妙,心想:"来时曾见洞口佛光,此中大有能者,莫要人影未见,便入罗网。且先退回试试,便知就里。"便同飞回。

谁知乙、凌诸人禁制神妙无穷,休想逃脱,除却去往崖东吃亏受气,便是同行的人,只要离开两丈以外,便成了两路,各不相见,不能重聚一起。二妖徒这一回头,立时觉察归路已变,只见无数山石林泉往身后倒飞过去,迥非来时景物。估量已飞行了二三百里,仍未到达,益发断定入了埋伏,只得暂且止住。二妖徒修炼多年,法力本来不弱,见状并不惊慌。心想:"自身是客,只要不露出偷盗形迹,便逃不出,也可诿之于偶然游行,误入埋伏,至多丢人,并无大害。并还可以责备主人,为何不先告知禁地?乱撞无用,且先查看出是何等禁制,再作计较。走脱出去更好,不然索性发话询问,对方定有主持行法之人,不会置之不理。便是枭、猿等因盗肉芝,触动埋伏,也可说是异类无知,背主胡为,此来便为寻它们回去。怎么都有话可说。"想到这里,索性把隐身符收起,再往前进,想去先去之处查看。这回却是快极,才一转身,便已到达。仍是先见情景,怎么细心观察,也看不出丝毫门径。

二妖徒方在惊惶,忽听妖猿惨叫之声,由东方疏林内传来。二妖徒把灵翠峰一带真景疑成了幻景,本就想去探看,一听猿叫惨厉,料知凶多吉少,立即循声赶往。因恐禁法厉害,格外戒备。赶到一看,树上吊着三妖猿,全身却被数百十根细如发丝的红色光线绑紧。都是长舌外伸,金睛怒突,神情甚惨。见了人来,白牙森森,哑声厉嘷,意似求救。二妖徒见状,正快心意。又料暗中有人主持,意欲借此撇清,故意喝道:"你们这些孽畜,背了主人,自出惹事,死也活该。那两只虎面神枭和金眼狍儿,才和你们初见,便被诱出,累我们找到如今。它们哪里去了?快说出来。"可怜三妖猿勒得头颈欲断,哪还答得上话。又知妖徒心藏奸诈,未怀好意,立即暴怒,磨牙伸舌,虎虎发威,眼里似要冒出火来。二妖徒口里喝骂,暗中查看,当地并未设有禁制,妖猿只被法宝困住,人却始终不见,越发惊奇。

二妖徒方想发话,猛瞥见右侧大树后有小影子一闪,心中不免一动。忙即住口,定睛一看,果是一个从未见过的小人,穿着华美道装,藏身树后,满面笑容，探首向外偷看，见了二人，立向树后隐去。二妖徒掩将过去一看，树后空空，已无踪影。以为世上哪有这样小人？分明是芝仙无疑。因有妖猿前车之鉴，先还疑是敌人有意放出诱敌。及至走遍全林，仔细观察，毫无可疑之状，终于利令智昏。常鸶使眼色说道："也许枭、狍无知，误入埋伏，和这三孽畜一样，吃主人擒去。既等不到，我们归禀师父，向主人询问，要将回来，再责罚吧。"

说完，等了一会，不听应声，假装回飞，直到原处，终无动静。又疑主人事忙，这里芝仙生根之所虽有埋伏，无人主持。一时贪心大动，也不知枭、猿为何失陷，自恃法力，妄欲一试。只要能将芝仙擒到，如真冲逃不出，便就地分啖，朝尽头处行法穿山，逃了出去。于是二次隐身，重返疏林。老远便见那小人竟在妖猿面前，口中念咒，手执一面小令牌连击了三下。妖猿好似负痛已极，手脚乱颤，两三声惨叫过去，身子一挺一缩，便不再动。等到二人飞近，小人已笑嘻嘻持牌跑回原来树下不见。再看妖猿，已被光线生生勒死，头颈、四肢都只连着一点残皮，快要断落，死状奇惨。看神气，颇似妖猿轻敌，吃芝仙用法宝暗算擒杀，越以为先料不差。那面令牌必是一件厉害法宝，也许连那禁法都由此宝运用。自以为看破了机密，好生欢喜。知道芝仙灵敏，令牌妙用深浅不知，还是隐伺在侧，看明之后，再行下手为是。

等不一会，小人又跳蹦出现，到了猿尸面前，口中念咒，将牌一指。妖猿身上红白光线便即飞起，往牌上飞去，猿尸立即落下。二妖徒不知隐身法已在入伏以后破去，健儿受了癫姑指教，特意使妖徒自露恶迹，以便处治，分明看见二妖徒，故作未见。仙都二女并还暗中随护，收回子午神光线。健儿全是做作。收到第三猿尸身上，本欲故露破绽，不全收回。恰值洪大肚心急，忍耐不住，见小人这次相隔猿尸较远，也只三丈光景，竟想乘机扑出，常鸶一把未拉住。可是小人也已惊觉，只一纵便到了树后，晃眼无迹。常鸶埋怨不该莽撞，洪大肚也埋怨不该拉他，以致延误。各自低语了几句，尚幸身形未现，或许还能再出。已知肉芝生根就在树后，便不出也有主意。只这令牌所发神光奇怪，必须查看明白，以便预防。回顾猿尸，还剩一只吊着，身上余剩的光线又细又亮。暗用飞剑一试，竟斩不断。后来还是洪大肚想起，用所炼的真火试试，居然烧断了一根。

二妖徒胆子更壮，正欲同往树后，小人又已出现，先用前法，收了猿尸身上余光，随即遁回，来去甚速。常鸶看他去时欣喜情景，料可计擒，便令洪大肚暂候，自去断他归路。刚到树侧，小人忽然出现，这次竟连令牌也未拿，空手欢跳而出。二妖徒大喜,更不怠慢,忙即合围而上。常鹝更把飞剑放出,一面行使妖法,防他入土。大喝:"芝仙速急束手降伏,免遭毒手!"那小人已被夹在当中,无可逃遁,眼看到手成擒。两人四手,正一把抢扑上去,猛闻一股极熟悉的腥膻之味,眼一花,洪大肚势子最猛,一把抱个结实。同时二人也看出所抱的正是那只金眼狍,已经惨死。小人就乘着这一抱的空隙,竟由洪大肚手底,往斜刺里纵去。耳听少女嘻笑之声,身侧有人喝骂:"无知妖孽!竟敢以大凌小,无故欺我们的小师弟,今日叫你好受!"

洪大肚手中抱尸还未放下,胖脸上叭地早中了一掌,立时顺口流血,半边紫胀起来。常鹝方喝:"你是何人?现身答话。"一言未毕,随听:"你这瘦鬼更是可恶!你自瞎眼,怪着谁来?"这次更是先打后说,手到话到,打得也更狠。尽管常鹝妖法高强,连脸骨都几被打碎。打得二妖徒两太阳穴直冒金星,疼痛彻骨。不由又急又怒,赶紧纵起,行法护身。再看地上,横着金眼狍的死尸。对面站定一个相貌奇丑的癞头小女尼,身后两个美仙娃、两个道童和刚见那小人,正指着自己笑骂。旁边有一突立地上的云峰,上面站着一雕、一鸠、一鹤三只大鸟,形态非常威猛。

二妖徒知道敌人有意隐去行迹,使己上当。明知金眼狍比虎面枭厉害,既已身死,枭鸟必更无幸。但上来先受暗算,敌人欺人太甚,仇恨已深。就此退回,不特平日威名扫地,自己也太难堪,师长面前也无法交代。又以健儿这样小人,从未见过,仍误认作芝仙。心想:"敌人年纪俱轻,不见得有甚法力。适才只是心粗疏忽,骤出不意,吃她打了一下。如真动手,未必不敌。成形肉芝,千年难遇,岂可错过?只要敌人稍形见弱,便可声东击西,施展邪法,将肉芝小人摄走。"立即同声怒喝:"峨眉鼠辈,伤我金眼神狍,罪该万死,还敢暗算伤人,速将肉芝献出纳命!"随说,洪大肚左肩摇处,首先飞出一道暗绿光华,直取癞姑。跟着常鹝也放出一道青光,朝二女等飞去。二女早在跃跃欲试,各将剑气飞出,化为两道红光,恰好敌住。

癞姑骂道:"瞎眼妖贼,连人都认不清,还敢发狂!你见人生得矮小,便当他是芝仙,真做你娘的清秋大梦!芝仙乃千年神物,久已得道通灵。你们这些瞎眼妖贼,休说没有见它福分,便遇上,你们也奈何它不得。我们因见上好瑶榭琼楼,里面却住了好些异派妖邪,看不顺眼,知道灵翠峰故址清静,来此闲游。你们先打发些不成气候的孽畜来盗,仙芝主人自有安排,托我照看。那芝仙也不是好惹的,你们自做贼,我原本不愿多事。叵耐那些孽畜和你们一样瞎眼,都误把我们同伴当作芝仙,不由分说,上前乱抓,欺到太岁头上,自然送死。不久你们又来打接应,本不屑计较,打算隐过一旁,由你们自去,偏要自找无趣。你们不是说我们暗算人吗?如今我也不用甚飞剑,只凭双手和你们打,看你们躲得过不?"随说,纵身上前,照定常鹲就是一掌。

常鹲自恃一身妖法,方暗骂:"小癞秃这等打法,岂非送死?"扬手一团黑气打将出去。满拟敌人并无本领,只仗隐身法伤人。这黑煞之气炼成的阴雷,中上必死。不料面前人影一晃,阴雷并未下落,反往对面神鸠口里飞去,吃鸠口所喷紫焰一裹,吸入腹内,连人一齐无踪。心方一惊,叭的一声,背上又中了一拳。这一下比前打得更重,几乎心脉皆被震断。当时怒火上攻,又是情急,又是愤恨,忙喊:"师弟留神!"已是无及,耳边一声怒吼,洪大肚当胸又中了一下重的,受伤更是不轻。急得二妖徒暴跳如雷,只得各施妖法,放出一团暗紫光华,将身护住,一面忙取法宝。癞姑又在面前笑嘻嘻出现,说道:"我本是又癞又秃,人虽丑,却不做贼,说话尤其算数。当面打你,该不是暗算了吧?自己瞎眼,怨着谁来?"

常鹲猛一转念,怒喝:"贼尼贱婢,是否峨眉门下?通名受死!"癞姑笑道:"妖贼眼瞎,耳又聋么?你挨头一下时,我就对你说过,峨眉门下个个金童玉女,道骨仙风,没我这样丑怪的。你叫我癞秃么?那就是我的官称。你想打听我们名姓来历,以便现时打不过,日后告知你那妖师,好约人去寻仇么?那也做梦。我师父是屠龙师太;这两位姊姊是武夷散仙谢山道长的女儿,小寒山神尼的徒弟,金钟岛主叶缤是她姑姑。眼前便有两位在此。我们本打算代主人捉贼,一齐把你俩捉住,你这一说,倒不好意思了。你们自去商量,放哪一个回去与妖师送信?当时见个高下,免你们日后还多跋涉。你看如何?还有,你们人只两个,已有谢家姊姊和你们动手,我本不该再上,因你们不服气,特意教训一下。如今你们放心,莫怕挨打,除非再来贼党,我癞秃是不好意思动手了。"

仙都二女和沙、米、健儿五人,见癞姑满口便宜话,神情言动无不滑稽,俱都哈哈大笑。二妖徒也被闹得急也不是,恼也不是,暗中咬牙切齿。冷不防双双扬手,又是两道暗赤光华,电一般朝癞姑射去。正值仙都二女见妖人剑光厉害,难于取胜,癞姑一双空手,反将妖人打得晕头转向,自觉不是意思,便将两柄碧蜈钩发出,恰与赤光迎个正着。

二妖徒见状,心正惊急,忽听癞姑笑道:"贼党寻来,免我手痒,再好不过,又该我上场了。"说时,便有两道光华飞落,来者正是朱赤午和召富。他二人也是到了凝碧崖侧入伏,寻找妖禽、妖猿不见,和常、洪二人差不多的遭遇，进退两难。后闻二人喝骂之声，遥见剑光飞舞，知遇强敌，追寻了来。

朱赤午在黄猛门下，也是眼明手快、心毒意狠的人物，法宝又多。人未临场，先打好主意：一到更不答话，左手一扬，先发出四绝神叉；同时左肩摇处，又飞出一片彩霞，裹住一柄银光如电的三尖两刃小刀，朝众人面上飞去。同来的召富，也将剑光放出。癞姑一见后来二妖人法宝甚多，尤其那柄长才尺许的刀光有彩烟围绕，必是极毒极秽之宝。恐有疏失，来势太急，不及招呼众人小心，想用神雷挡它一下。刚扬手发出，忽听三仙禽同声鸣啸。紧跟着一片彩云带起呼呼狂风，疾逾奔马，由头上一瞥而过，神雷也已爆发。满空雷火飞舞中，敌人的青、白、黑、绿四色叉光连同飞剑，俱被仙都二女碧蜈钩圈住，绞在一起，并未伤人。那片彩云，正是仙府独角神鸶电驰飞来，就空中一抓，将那三尖两刃小刀抓去。同时，石上古神鸠口射紫焰，将刀光四外彩雾一吸而尽。四仙禽聚立石上，除仙鹤外，各用一爪抓住适得的飞刀、飞剑，互相睥视鸣啸，得意非常，不时偏头注视妖人，大有鄙夷之色。

众妖人见仙禽也如此厉害，方在骇异，癞姑已纵身入场，动起手来。一个人时在人丛中忽上忽下，忽前忽后，得空便用大力金刚掌打上一下，端的神出鬼没，隐现无常。四妖人见二女剑气红光还在其次，那两道亮晶晶的翠虹却非寻常。本就全力相持，不敢大意，哪经得起这么一个捷逾神鬼的强敌，在身侧出没隐现。最厉害的是，任何法术、法宝都伤她不了，有时反被破去，稍微疏忽，便吃一下重的。干生气着急，无可奈何。可是癞姑早和仙都二女商妥，不要敌人的命，只由二女正面迎敌，去破法宝、飞剑。自己用玄功变化和本门佛光护体，抽空便给敌人一下。总算妖人见机，常鸶先自生警，妖法护身之外，并运用真气，将全身要害护住。虽不曾再受重伤，一样也是难耐，神情狼狈已极。

正在此时，金蝉和石生恰好赶到。二人一边观战，一边听沙佘、米佘述说前事。二人只顾看得有趣，不住拍手叫好，竟忘了照玉清大师的柬帖行事。

似这样斗了多时，四妖人疲于奔命，欲罢不能，虽有一身妖法，无暇施为。同时空中飞剑和四绝叉又吃碧蜈钩各绞断一道，余者也是勉力支持，不敢还击，大有相形见绌之势。耳听仙都二女高喊："妖贼！急速跪地服输，由我们押往太元洞去，禀告女主人，便能免死。"自觉危机已迫，人是丢不起，除却四人合力，将本门极恶毒的妖法施展出来，拼命死中求活，更无良策。常鸶首用暗语示意，四人立即聚在一起，先将护身烟光化合为一，将全身紧紧笼罩。然后各自咬破舌尖，一口鲜血喷将出去，化为亩许大小一片血光飞起，晃眼展布开来，朝众人当头罩下。

四妖徒不施邪法，还不至于送命。这一施为，旁边沙、米二人见二女、癞姑应敌，自己不得上前，早就手痒。因癞姑先前叮嘱，这次只准拿妖人开心，专破法宝，扫其颜面，不可伤他们。先来二妖人吃二女、癞姑敌住，好容易盼到又来了两个妖人，正好出手。不料来势太快，二女应敌也快，两柄碧蜈钩已先飞出，恰好敌住，也占着上风。沙、米不便参与，方悔下手太慢。及见妖人互打手势，聚在一起；又听身边金蝉告诉石生，留意妖人要施邪法。于是心更跃跃欲动，惟恐金、石二人抢先，又难出手，血光一起，更不寻思，各把牟尼珠发出，脱手便是两团栲栳大的金光。二小只见众人打得热闹，想拿敌人试试法宝威力，哪知佛门至宝，妖人如何禁受。所喷血光，又是妖人元丹精气所萃，与本身息息相关。金光到处，立即震散，化为无数赤烟消灭。

四妖人真气被击散，立受内伤，同声怒吼，口喷鲜血，几乎晕倒。因是事出意外，初行法时还以为敌人纵能抵敌，也不过用飞剑、法宝护身，自己也不求胜，先乘隙遁去，事后再打报仇主意，不料会遇到专破邪法的克星。知难活命，心中怨毒，悲愤已极。反正是死，乘着一息尚存，径将各人所有法宝全数施展出来，一时飞起十余道暗绿暗赤的烟光，朝众人打去。癞姑见状，一不做，二不休，双手一搓，神雷似雨雹一般朝前打去。妖人重创之余，无术逃避，全数被雷打死。同时金、石、沙、米四人见敌人法宝太多，也各将法宝、飞剑放出。妖人已死，所放法宝、飞剑无人主持运用，哪禁得起十来道霞光异彩，电舞虹飞，略一跤结，便都了账。众人只顾有兴，等到癞姑一声喝止，已化为残萤断烟而散了。

癞姑埋怨众人道："妖人这些法宝虽是邪法炼成，内中颇有珍物。我们得来，稍加祭炼，便能应用。就自己不喜欢，将来送人也好。怎这等随便糟蹋？也是他们恶贯满盈，我们本心不想伤他们，偏要找死，使出这类太阴赤血神焰。我见他们真气已被佛光击散，拼被师伯叔们说上两句，结仇我又不怕，乐得成全了。妖师一个没有寻来，必被乙、凌诸位老前辈阻住，也许仙籁顶还有热闹可看呢。"金蝉闻言，也失惊道："玉清大师交我一封束帖，吩咐到此给妖人和解，不可多伤他们性命。因见你们打得有趣，看了高兴，忘打招呼，都除去了。不日开府，弄这许多死尸，真是惹厌。"谢琳笑道："这个无妨。乙真人还嘱咐我们，多大乱子都有他担待。杀死妖人，想必无妨。倒是死尸惹厌。"石生道："这有什么难处？叫佛奴它们抓出山去，丢了就是。"癞姑笑道："只它们鬼得多，各得了一两口飞刀、飞剑，不知要送谁呢。"说时，三仙禽见妖人一死，已各将爪上刀剑光华咽入腹内，互相鸣啸，喜跃非常。金蝉笑道："怎这么没出息？一听送人，惟恐有人要，赶忙吃了。"

正说笑间，忽见袁星飞驰而来，对众人说道："小师伯和诸位仙姑快看去，现在又添了好些妖人，连先有的，正和乙太师伯他们在各处斗法呢。听说元元太师伯和随侍的师伯叔们，还几乎中了妖人暗算。我去偷看了一眼，吃人赶了回来。热闹极了。"金、石二人闻言，忙令神鹫和佛奴将死尸由凝碧崖上空运走。并说："如因仙法禁制，飞不出去，或先觅地藏好，或由我去请乙师伯暂撤禁制，放你们出去，免得污秽仙府。"众仙禽纷纷鸣叫点头。沙、米、健儿三人也要随行。金蝉道："凝碧崖有芝仙在彼，关系重大，开府以前，不可无人防守。你们那两件法宝颇好，只可随我们崖上遥观，时刻留心老楠巢那边，不可离开，以免来了能手，袁化和众仙禽万一有甚须助之处。"二小忙答遵命。

众人随即起身，飞到凝碧崖顶一看，乙、凌诸人和二妖女、一白须发的老妖人正斗得不可开交。原来众妖徒都是凶狡一流，尽管彼此同门，却是互相倾轧忌妒，面和心违。尤其独角金刚阳健禀性乖僻，与谁都合不来。行时见常鹒和洪大肚、朱赤午和召富互使眼色，各自结伴同行，无人理会，心中有气。心想："随众同去，既显不出自己，遇上祸事却是有份。本领又不如人，反正有功劳也轮不上。敌人如此厉害，枭、猿一去不归，弄巧就许被敌人困住，师父尚有戒心。他们既不要我，乐得偷懒。"于是缓缓前进，试稳了步再走。飞到左侧崖下，回觑师父，已被山石遮住，便即降落。一边观看景致和过往人物，一边顺路往凝碧崖一面走去。

也是命不该绝。阳健法力虽然不济，心思却极细密，不似那些妖猿骄狂。自到仙府，便处处留心，又喜观看美景。众妖人仙馆聚议盗取芝仙之事，复又和猿长老、龙山二女起了内讧，俱没留神外面景物。独他一到，便凭窗四望，凝碧崖一带与九宫岩相隔本近，看得尤为真切。初出时，未觉异样。这一落后，正赶上众妖徒入伏，神驼乙休施展仙法，变了原来形势。又当四仙对弈构思之际，本没把妖人师徒放在眼里，不曾防到有人会步行走来。阳健还没走到，便觉前面山形似与前见不同，心中奇怪。及至走近，为防师父看见，特意寻一隐僻之处立定，再往前路细一观察，越觉情形有异。暗忖："适才分明见这里还有一条瀑布，又有山石，怎都不见？"不由生了戒心。方在寻思，忽见一丑一俊两个道装童子，突自身后危崖上降落。二童正是易鼎、易震，原为乙休送信飞落。

阳健贴崖而立，又将身形隐去，所以当时连乙、凌诸仙俱未发现。阳健知道崖顶无人，怎会二童由上飞落？正想回头上望，忽听一人哈哈笑道："妖猿伏诛，老怪物此时必已警觉。驼子，你这棋老下不够，拿老怪物开心多好。你再不把禁法撤去，我的时候一到，就不奉陪了。"阳健闻言，知道妖猿既死，枭、狍必也凶多吉少，哪里还敢停留，飞起便逃。半路途中，又听另一人喝道："我驼子向来不杀漏网之鱼，你既在我眼底逃过，不必惊慌。归告汝师，枭、狍已经伏诛，这都是我驼子命人做的。他那四个徒弟也难活命。如不服气，只管寻我。我和凌花子却不似主人好说话，量不宽厚，劝他及早缩头，免找晦气。"

阳健听那说话的声音就在耳边，吓得心寒胆战，连头都没敢回，晃眼飞回。见黄、卓等四人正立在九宫岩顶前眺，面现惊疑之色。回头一看，适来之处，崖顶老松之下，现出老少五人。内中有一身材高大的驼子，极似平日所闻神驼乙休。忙把前事说了。

黄猛怒道："都是你们这些孽畜，受了五台、华山两派所愚，硬说这里有芝人、芝马，内中主脑多是末学新进，只会一口飞剑，便即夜郎自大，妄开仙府，可以手到成功。我虽是觉得无此容易，以为总有几分真实，哪知上此大当。敌人不是易与，来时已经看出。想不到这压不死的驼贼和百禽道人公冶黄，也是他们羽党。那打扮像花子的，定是怪叫花凌浑无疑。还有一个和驼子对弈的少年、一个道童，想必也非常流。如照驼贼所说，不特枭、狍、五猿，连众同门也全遇害。此仇不报，如何出去见人？说不得，只好和他们一拼了。"

恶弥勒观在一听妖狍被杀，遥望仙籁顶上，敌人现身以后，仍和没事人一般，自在下棋，神情甚是从容。越发愤怒，当时便要飞身过去，拼个死活。屠神子吴讼忙拉住道："道兄莫忙。老怪物出现了，五猿一死，他必不甘休，我们乐得坐山观虎斗。他如胜得过敌人，索性闹他一个大的，抢些美人，仗着你我法宝遁法，冲将出去，回山受用，以报今日之仇；否则，我们也是白白吃亏。君子报仇，十年不晚，我们索性忍气到底。当时能走更好，如不能走，便忍辱负重，推说众弟子违背师命，自寻死路。既与主人无干，冤有头，债有主，事后自会寻他。我们硬挨到开府之后再离去。"

说时，猿长老已在所居小楼台上现身，意似怒极，满头须发皆张。一出面，双手齐扬，由十根长爪上发出五青、五白十道光华，宛如十道长虹，由指尖起，直达对崖，并不离手飞起。众妖人见他情急拼命，竟把他采炼西方太乙真金，苦炼数百年，与本身真元融会，从来难得一用的太乙天罡剑气施展出来。知道非同小可，便都停手观战，相机应付。说时迟，那时快，这里青白光华飞出，乙、凌二人还未抵御，对崖观弈的道童已先笑道："乙道友残局未终，莫为妖孽扰了清兴。我不喜伤人，且代抵挡片时，等到完局，再由诸位发放吧。"话还未了，伸手由左肩上拔出一根珊瑚短杖，往前连指，立有十团宛如初出日轮的火球，放出万道霞光，恰将那十道青白光华挡住。晶芒四射，流照崖谷，左近许多仙馆楼台，相与辉映，幻成一片异彩，耀眼生缬，好看已极。

这时乙休正和公冶黄对局，好似全神贯注棋上，竟连理也未理。猿长老见状，越发怒极，手招处，十道青白光华倏地收回。随由身畔取出三支形如铁钉的法宝，刚扬手发放，猛觉对面崖上少了一人，心方一动，钉也同时离手。就在这一瞬之间，猛又觉眼前人影一闪，微风飒然。猿长老毕竟法力高强，应变神速，一觉有警，忙张口一喷，一道白光首先飞出，将全身护住。然后定睛看时，对崖的怪叫花凌浑突在前面出现，已用分光捉影之法，骤出不意，将三支天狼钉在手边抢去。哈哈笑道："老怪物不要害怕，我不打你。这棺材钉，现时颇有用处，想向你借，又知你小气，不愿白费口舌，只好不告而取，暂时借我一用。如要用它给你下葬，十五日后，可去青螺峪向我讨还好了。"

猿长老原是人与猿交合而生，修炼数百年，剑术、法力俱颇高强。虽习采补之术，却知畏惧天劫。一向隐居陕西黄龙山中，专择山中有点气候的母猿，来充炉鼎。除像龙山双艳这类自甘俯就的淫女外，以前从不侵害生人。自从近来侥幸躲过了一次四九天劫，才日渐骄狂自大，遇上有根器的少女，便思染指。不过山居多年，习静已惯，难得出山。虽毁了几个女子，也是旁门左道，多半被他迷恋，出于甘心，也非强求。直到日前受了别的妖人蛊惑，才对峨眉诸女生心，以前恶迹无多。门下五妖猿，却是无恶不作。乙、凌二人觉他修为不易，尤其所习剑术乃越女正宗，并非旁门，与所习邪法不同，只此一支。意欲警戒保全，使其改邪归正，并无除他之念。可是猿长老天性好胜喜斗，几曾受过这等气。那天狼钉又是新近得到手的一件前古异宝。先见赤杖仙童法宝神奇，知道此宝妙用无穷，欲取一试。不料还未发出，便被敌人由手上夺去。到手不久，只能运用，还没到与身相合的功候，不似别的法宝，可由敌方强收过来。不由急怒交加，没等凌浑把话说完，手扬处，又是五道青光发出。凌浑也将手一扬,飞起一道金光敌住。还待往下说时,忽听对崖百禽道人公冶黄道:"天已不早,那话快应点了。凌道友还不去办正事,与这老猴精纠缠则甚?"凌浑随笑喝道:"老怪物,我本想试试你的越女剑法,无如我还受人之托,要去办事。休看我借用你的东西,还代你报杀徒夺宝之仇呢。莫把好心当作恶意。我失陪了。"说罢,人影一晃,便已无踪。

　　猿长老的徒子徒孙俱是猿猴,内中只有一个大弟子是人,名叫宗德。本欲随师同来观光,猿长老因洞内有玉版天书和越女剑诀,惟恐万一有人乘虚窃夺,一干妖猿不足应付,强令留守,宗德神色甚是不快。猿长老听了凌浑之言,心中一动,暗忖:"五猿已为敌人所杀,此言决不是指五猿。莫非真个有人往盗天书,宗德遭了暗害? 但是自己才来不久,敌人怎会知道? 再者,宗德乃嫡传大弟子,如有不测,元神也必飞遁,来此报警。适才虽然心惊肉跳,乃是五猿被害,与此无关。宗德不但元神不见,也未行法告急。"

　　猿长老方觉断无此事,敌人踪迹已失。再看对崖,道童已将赤玉杖插向背后,凌浑未回,乙休、公冶黄对弈自若,重又勃然暴怒。自知那赤玉杖不破,飞剑无功,敌人神情最为可气。心想一不做,二不休,一面仍将十道青白光放出,手指对崖大骂,去分敌人心神;一面放起一片剑光,将身护住,以防中人暗算。暗中运用玄功变化,将元神遁出窍去,直飞对崖,猛然下击。满拟敌人狂傲托大,目中无人,自己元神已隐,骤出不意,至不济也须伤他一个。哪知到了乙休等人头上,刚化成一道青白光华,往下射去,却击了一个空,枉把崖石穿了一个大洞。如非收势得快,几乎将元神穿向山腹中去。赶忙定睛看时,敌人仍然对弈,自己还在两丈以外。知道敌人用移形换影之法,使己丢丑。隐身法竟瞒不过敌人的眼睛,好生愧愤。神光已现,再隐又无用处,只得咬牙切齿,怒冲冲就势往前冲去。这次不似头回冒失,看清下手,敌人位置也未认错,晃眼冲到。忽然面前祥光一闪,觉出厉害,忙即飞退下来一看,仍是先前所见道童,一手用赤玉杖敌住那十道剑光,一手放出一片彩霞,将自己去路挡住。笑道:"我与你无仇无怨,本不想拦你的高兴,只为我这朋友残局未终。他们除却诛戮那恶贯满盈的妖邪,另当别论,寻常对敌,不喜两打一。我已动手,只好暂时奉陪,只等乙道友残局一完,由你二人对敌,我决不插手。你的仇人还未逃走,还有你两个同伴也被我挡住,俱等乙休道友发付,稍安毋躁何如?"

　　猿长老这一对面,才觉出敌人虽是道童装束,看那丰神气骨和道术、法力,分明天上金仙一流人物。闻言回顾来路,刚勾搭上的龙山二女不知从何处赶来,放出四口飞刀,也吃敌人杖头上分出来的四团红光逼住,不禁大惊。事已至此,只得怒喝:"你是何人?既无仇怨,何故强行出头?"赤杖仙童笑道:"我姓阮,名字说出来,你也不知道,不说也罢。你放心,我决不和你为难。你元神虽是婴儿,却也活了好多年岁,一部古玉版五十三页《火真经》,俱能无师自通,悟出大半,怎会还有这么大火气?听我良言,你门下五猿孽由自作,最好就此罢手,候到开府回去,改邪归正,仍由原书自求深造。等把以水济火的妙用功候悟彻,自能成就;否则也把元婴入窍。乙道友怜你修为不易,不忍暗算。如遇别的妖人路过,趁火打劫,就难说了。"猿长老急不得,恼不得。自己修炼多年的一部玉版《火真经》,珍秘如命,除大弟子外,从未向人提过。只不知敌人如何连自己功候有了几成和其中窍要,俱都知道得这等详细?明知话里有因,身在虎穴,强敌环伺之下,元神出窍,终是不妥,无如输不下这口气去。

猿长老方在进退两难,忽见两道金光夹着一道青光,由前面不远自空斜射,落到崖上,现出两个矮子、一个麻冠道人,认出来人是嵩山二老和麻冠道人司太虚。内中矮叟朱梅手一伸,已把残棋搅乱,朝乙休叫道:"适才我三人在归途中,遥见妖贼已顶了一个替身,同十多个妖徒同往后洞飞来。都是你一点不先商量,冒冒失失给主人建牌坊,使凝碧上空门户洞开。少时妖贼师徒知道后洞有佛光禁制,必由前崖云路冲逃。凌花子已经走去,你还有这个闲心下棋?这厮近已二次成道出世,如被逃走一个,异日各派同道后辈,不知要被他伤害多少。我和白矮子还找元元道友有事,这里交你。这次多亏司道友相助,又代后辈们除了一害。岳雯,你可陪司仙长往仙馆中安置。庆典日期将到,莫下棋了。"乙休推棋而起,哈哈笑道:"我头一次看朱矮子这等狂风暴雨。本来棋只剩了一着,偏要惹厌。这是赤杖仙童阮纠道友,他正代我挡驾。少时事完再谈,你自寻元元老尼去吧。"追云叟白谷逸道:"驼子你莫太狂,休说妖孽本人,便他手下妖徒逃掉一个,看你有甚颜面见人?"乙休道:"白矮子莫担心,我约的帮手还没有来,不料又会添出一个,万无一失,你们自去吧。"二老随即飞走。岳雯也领了司太虚,自就馆舍。

百禽道人公冶黄道:"你和老怪物明说了吧,不要闹了。"乙休笑道:"他门下妖猿,是我叫人杀的,他与我有杀徒之恨,不犯讨好。我恶人向来做到底,反正来得及。凌花子借人东西,好人由他做吧。那龙山二妖妇,却容她们不得。"随说,随即起立,手指猿长老道:"老怪物,我杀你徒弟,你不服气么?这个容易,阮道友请收法宝,让他们三个狗男女都过来好了。"

155

第二一四回

地叱天鸣　剑气纵横寒敌胆
金声玉振　卿云纠缦丽鸿都

猿长老连元神带飞剑,俱吃阮纠宝光逼住,也不还击,只不令前进。眼看仇敌目中无人,言笑自如,正干生气着急,阮纠忽把法宝收回,不禁把一腔无明火重又勾起,顿忘厉害。把元神所化青白二色光华,连同那十道剑气,齐朝乙休飞去。龙山二女见敌人宝光只抵挡不攻,正不知是何用意。一见撤去,自恃妖法神奇,轻易未遇敌手,更精隐形之术,败也无妨,为示同仇敌忾,竟指刀光,连身飞来,夹攻乙休。以乙休法力,一举手,二女立成粉碎,只为别有一番用意,未施杀手。公冶黄见敌势太盛,乙休虽然不怕,终费手脚。方欲相助,乙休哈哈一笑,大袖展处,满身俱是金光,直向当空十余道青白光中冲去。那些飞刀、飞剑只一近身,便被荡开,来势越急,震退越远。乙休也不还手伤人,只是闹海金龙一般,在满空长虹交织中上下飞舞,敌人一点奈何他不得。

公冶黄见乙休法力如此高强,也自惊赞不已。不过暗自寻思:"敌我强弱已分,眼前便有大事发生,怎还不早了结,多此无谓纠缠?"忽听凌浑用千里传音遥呼:"妖孽欲逃走,诸位道友留意,不可放他们逃脱。"语声才住,便见一条赤红血影电驰而至,后面紧跟着又飞来两道金光、三道白光,俱如长虹亘天,与那条血影首尾相衔,快要飞到仙籁顶上空。乙休和公冶黄闻声早已戒备。乙休首由身畔取出掌大小一叠轻纱,朝凝碧崖上空掷去,脱手化为极薄一片五色淡烟飞起,晃眼布满空中。跟着又由袖内飞出一道百十丈长的金虹,横亘天半,挡住去路。

这时血影已经飞到,来势迅速异常,身后五道光华俱没它快。金、石、仙都二女等也已到达崖顶,中间只隔着那片彩烟。公冶黄见势在紧急,惟恐妖孽遁逃,手指处,先飞出乌油油一道光华,迎着血影,绕身而过。那条血影在太元洞侧已连经诸长老剑仙的飞剑,都是随分随合,不见损伤。不料遇到公冶黄这道不起眼的乌光，反是它的克星，当时分成两个半截，虽仍合拢，并未当时接上，不禁着急。正赶上小金女童幺凤仓猝中瞥见飞来几道极厉害的剑光，未免胆怯，刚往侧一闪，正赶血影飞到，不知厉害，误以为敌人之敌，即我之友，只顾一心避敌，却没想到这条血影比敌人还要狠毒百倍，未及避开。刚一照面，闻到一股极难闻的血腥气，血影已扑上身来，心神一迷糊，当时惨死，尸身下坠，连元神也未保住。

细腰仙娘柳如花和童幺凤同恶相济，情逾骨肉，见状大惊。一面连忙使飞刀护身，心还在打报仇主意，哪知飞刀并无用处，相隔又近，那血影是伤得一人便增一分法力，早由童幺凤背后透身而过，直扑过来。柳如花闻得血腥，知道不好，欲逃无及，惨号一声，又吃血影扑上身来，透身而过，死于非命，尸身坠落。经此一来，血影重又固结。

猿长老虽未见过，却早闻说。乍见血影飞来，二女还未身死，心方一动，忽见金光后面凌浑飞到，老远高喊："老怪物还不省悟？速将元神归窍。你那徒弟宗德，已为妖孽所杀，《火真经》也被夺去。再不见机，你那元身也保不住了。"猿长老闻言，方知乙、凌、阮诸人前言，竟果应验。那《火真经》已悟八九，他年成败所关。元身法体，同关重要。不禁吓了一大跳，忙往九宫岩元身飞去。总算法力较高，乙、凌诸人不曾作梗，血影伤二女又一耽搁，终于元神复体，赶紧飞身隐遁，才没遭了毒手。

那血影真是又贪又狠，忒也胆大。自恃二次炼成出山，已近不坏之身，来去如电，不可捉摸；又恨仇人将门下妖徒一齐消灭，意欲得便伤一个是一个。因乙休不似和人真斗，竟误认作双方斗法，比剑为戏，尽管为公冶黄所伤，并无戒心。伤了二女之后，一眼瞥见九宫岩上猿长老的元身和黄、卓众妖人，立即飞扑过去。猿长老见机先遁，一面发出剑光抵御，挡得一挡，众妖人也纷纷奔避不迭。血影见人有了防备，知难得手，这才想起遁走。这些事也只瞬息之间，他快仙众也快，微一转侧，七八道各色剑光已经连成一片光墙，将他阻住。同时乙、凌二人的太乙神雷，也如雨雹一般，夹着金光、雷火，朝他打去。血影虽然不畏，却冲越不过去，又吃那满天雷火打得在空中七翻八滚。总算公冶黄被阮纠止住，不再放出乌光，少吃点苦。知道这条去路已走不通，地底天空俱有禁制，一时情急无计，恐应昔年誓言，真个为火所伤。心一发狠，意欲拼受后洞佛光照体之厄，仍由来路逃出，弄巧还许遇上仇敌门下，伤他几个，以报杀徒之仇。念头一转，拨头便由雷火丛中飞起，往来路逃去。

那追血影的，乃是凌浑、餐霞、顽石、白云四人五道光华。见他要逃，俱恐遁脱，齐声大喝，电掣追去。忽听乙休喝道："凌花子，自有人制这妖邪，你急什么？"言还未了，忽见迎面飞来一道金光、一道红光，拦住血影去路。众人认得来者正是极乐真人李静虚，同一少年道者，这才宽心大放。血影也认得极乐真人，情知比先斗诸人神雷还要厉害，仍想乘隙冲出。忽见二人袍袖一展，立有百丈金光、雷火从对面打来。正拼着受这一二雷之伤，装作被打落，由下面乘虚飞越。猛看出雷火光中，夹着几点形如火焰、青莹莹的豆大精光。方想："另一敌人只把袍袖虚扬，未见发出宝物，难道另有诡谋，还能伤我不成？"心念微动，已被青光打中，同时又吃神雷一震，连滚了几下，方觉元气大伤，猛地心头一凉。恰巧佛光、神光已经爆发，跟着众仙赶到，各放太乙神雷，几面夹攻，竟连末一念头俱未转到，便已爆散成为无数血丝残影，四散消灭。乙休终不放心，把手一招，崖前那片轻云电驰飞来，往下一网，全数网去，悬在空中。众仙重用纯阳真火合力一烧，直到形影皆消，连血腥味都闻不到，才行住手。

那与李静虚同来的少年，正是谢山。乙、凌、公冶三人，俱早相识，便给没见过的诸人一一引见。问起来意，极乐真人道："我和谢道友，无心中做了一件两全其美之事，到得稍晚，差点没被老妖孽逃走。说来话长，我还要应长眉道人旧约，助齐道友代镇地轴，须与谢道友同往，会后再谈吧。"仙都二女老远望见义父，首先飞到，一一拜见。谢山道："你姊妹此行经过，昨日我已尽知，会后即同往小寒山，不必多说了。你们和一班小道友，相聚无多，自去玩吧。"说时，金、石诸人也相继过来拜见。极乐真人指着金、石二人道："你两个职司甚重，还不快跟我走，以免少时不能入内。"说罢，自和谢山、金蝉、石生，向众作别自去。餐霞大师等三人也自回转。

乙休便问凌浑："昆仑妖孽门下党徒，你都除去了么？"凌浑道："那还用说？如非媖姆暗中相助，妖孽一到，便将他那赤血妖光破去，妙一夫人固然无妨，这次他顶了天台修士蒋诚言的肉身前来，装得极像，外表竟看不出他破绽。还有两个厉害妖徒，一个顶着华山派余孽小杀星霍合，一个顶着老怪物的徒弟宗德。也是老怪物不好，受人怂恿，存心不良，想盗芝仙，惟恐无人看家，不令宗德跟来。宗德本就心不甚愿，恰值霍合受了许飞娘之托，往探老怪物行未。这厮自己想来，却恐被人识破，知宗德脸生，异想天开，意欲冒充老怪物的徒弟，混进府来观光。宗德被他说动，相约同行。因恐玉版真经和越女剑诀放在山中有甚差池，一时小心过度，竟将其暗藏身边带来。中途遇见妖孽师徒,连话都未答一句,便已送了终。这两妖徒尚是劫后初出,并无肉体。妖孽因为日无多,五府一开,便难下手,急切间难觅好的肉体。本意只带那些附有肉体的徒党进来,令二孽徒守在外面,等成功以后,另行设法。这一来,恰巧被我们一网打尽,否则剩两个在外,又留隐患。妖孽到时,见了轮值迎宾诸弟子,本欲暗下毒手,就此闯进,逢人便害。幸亏白眉、芬陀二位在雪山顶上运用佛法遥制。他又看出洞口佛光隐现,惟恐因小失大,才暂止妄念,改以客礼求见。妖孽行踪神速,事前好些道友俱不知道。齐道友对我预告,又未详言,只知他要来报长眉真人当年之仇,来时情景,也是茫然。以为这类妖孽,老远便能闻出血腥,只到时守候,一望而知,哪知竟出意料,如非阮道友用诸天宝鉴查出他的行径,险被漏网误事。他见主人时,留有三徒在外,正欲将洞外诸弟子择肥而噬,吃我用天狼钉一钉一个,全数钉住。宗德肉体便在其内。刚把《火真经》、剑诀取过,他师徒已为媄姆无音神雷所伤,只剩他一条血影遁出。先还想将钉住的三妖徒救走,吃姜雪君追出,仍用无音神雷将三妖徒残余元神消灭。餐霞等诸位道友也即追出。他知后洞佛光厉害,仗着昔年熟地,想由崖前云路上冲。凶狡成性,到这一发千钧之际,仍想就便害上几人再走,终于作法自毙。也是齐道友该要发扬光大,妖孽记仇之心太甚,刚得脱劫,不等火候精纯,便想乘隙侵犯,致应昔年誓言。否则稍晚十年,气候一成,再被五台妖人结纳了去,祸害之烈,何堪设想!”

这时猿长老已是焰威顿敛,忸怩着凑近前来,想向凌浑求告,无如适已与众成仇,羞于启齿。就此回山,又因那部《火真经》,自己正炼到紧要关头,为他年成败之基,如若失却,无异前功尽弃。等第二次天劫降临,轻则重堕轮回,重则形神俱灭,连兵解都无望。正在为难愁急,乙休忽笑道:“你这老猴头,威风哪里去了?可要和我驼子再斗一回?”猿长老闻言,又愧又愤,乘机慨然道:“乙真人,休再恶作剧。我自宋时得道,虽属旁门,颇知谨慎。说我多收异类,近来往往纵容,或者有之;但我本人只是性傲,不肯服人,别无过恶。只因误信人言,受此大挫,从来未有之辱,门徒好些惨死。我已知悔,从此努力虔修。彼此都是玄门中人,剑诀我已精熟,凌真人又非取自我手,收用无妨。《火真经》关系我修道成败,诸位如能念我修为不易,将它赐还,终生感戴。真人不允,我也无法。除非诸位今日便作成我兵解,自知不敌,也决不抵御,任凭杀戮。如若放我回去,必以全力报德,死而后已,决不反复。”凌浑笑道:“驼子逗你玩的。那血影妖孽,本是白眉真人同门休逐的师弟,比你如何?如想伤你,哪能容你兵解?连残魂剩魄都消灭了。我不愿乘人之危,你既肯洗心革面,便是朋友,没有要你东西之理。《火真经》自然还你;剑诀和天狼钉,仍须十五日后,你到青螺峪去取。如何?"猿长老想不到一念转移,事便如此容易,感激万分,朝着乙、凌诸人再四称谢。乙休知凌浑义结猿长老,别有用意,方欲答话,被赤杖仙童使眼色止住,只得罢了。

公冶黄道:"如今风平浪静,我们去下完那一局残棋吧。"乙休笑道:"你已负了一子,只剩有限几着,还不肯认输么?"公冶黄笑道:"一局未完,哪能便定胜负?"乙休笑道:"依你,依你。"随拉阮纠、公冶黄同往崖上飞去。

猿长老自觉当着众妖人面上无光,意欲告辞。凌浑笑道:"老猿,你又迂了,无此一着,你如何能转祸为福?一存芥蒂,又入魔道。且等会完再走,我还有好些话对你说,都彼此有益之事。能同往青螺长谈尤妙。如不愿往九宫岩,我引你另找同伴去。"随将玉版真经取出递与。猿长老已经心向正教,闻言点头谢了,随着凌浑,另寻馆舍安置。不提。

仙都二女初次见到今日这等阵仗,大是惊奇。正觉得有兴,忽见易静走来,对二女、癫姑道:"仙府行即开辟,叶岛主令我来寻三位姊姊,同往相候。"二女还想听完乙、凌诸仙的话再走。癫姑笑道:"凌真人说的只是片段,我们去听全的多好。问问那血影是甚妖孽?怎会是长眉师祖同门?连我都没听说过。"易静道:"说来话长,连我也刚听说起。现在诸位仙长都聚集在绣云涧,正谈此事,我们快走吧。"说完,同往绣云涧赶去。

这时玉清大师和青囊仙子华瑶崧果在谈说此事,除原有二三十位仙宾外,武当山半边老尼也在座。此外还有浙江诸暨五泄山龙湫山樵柴伯恭、跛师稽一鸥,陕西秦岭石仙王关临,小南极不夜城主钱康,宜兴善卷洞修士路平遥,苏州天平山玉泉洞女仙巩霜鬟,湖北荆门山仙桃嶂女仙潘芳,岷山白犀潭韩仙子的弟子毕真真、花奇,边山红菱磴银须叟,黑蛮山铁花坞清波上人,岷山白马坡妙音寺一尘禅师,南川金佛寺知非禅师,苏州上方山镜波寺神僧无名禅师和门下天尘、西来、沤浮、未还、无明、度厄六弟子,赤身教主鸠盘婆门下弟子金姝、银姝,恒山云梗窝狮僧普化,天乾山小男,滇池伏波崖上元宫天铁大师和门下十三弟子,滇池香兰渚宁一子,武当派灵灵子和门下癫道人、诸葛英、有根禅师、沧浪羽士随心一,太行山阴绝尘崖明夷子和大呆山人,东海玄龟殿散仙易周、杨姑婆、林明淑、林芳淑、易晟、绿鬈仙娘韦青青等全家,天师教主藏灵子、熊血儿师徒,总共添了数十位长幼仙宾,十九俱是应约而来。那不请自来和一些心怀诡谋的尚有多人,不在此内。这些仙宾,有的各就馆舍;有的闻说灵峤仙府来了千年成道的上仙,纷纷来拜望。仙都二女等到时,刚刚相继辞去。玉清大师正说起头没有几句,仙都二女和癞姑便在旁静听说下去。

原来那血影本名邓隐。当初曾与长眉真人一同学道,后犯教规,被逐出师门,怀恨忘本,投入旁门,渐渐无恶不作。后又得到一部魔教中的秘籍《血神经》,由此改名血神子,变本加厉,法力也日益高强。真人后奉师父遗命除他,连擒了两次,俱念同门之谊,警戒一番放却,始终怙恶不悛。最后一次,真人恐遗大患,用两仪微尘阵将他擒住,本该形神悉诛,是他苦苦哀求,免去灭神之戮,力说从此洗心革面,并还立下重誓,真人才将他和门下诸党徒,连死的带活的,一齐押往西昆仑星宿海北岸小古刺山黑风窝原住妖窟以内,将洞门用水火风雷封闭,令他率领门下忏悔前孽。

长眉真人别时,并对他道:"你自得了魔经秘籍,炼就魔光鬼焰,广收妖徒,造下无边大孽。我屡奉师命行诛,俱念以前同门之谊,特予宽免,纵恶为害,连我也为你负过不少。现将你师徒等十余人禁此洞内,休日受风雷之苦,实则替你减消罪孽,玉汝于成。你如真能回心向善,仍照以前师门心法,虔修三百六十五年,难满灾消,那时你应受天劫,已在洞中躲过。再出山去,将你对我所许十万善功做完,以你师徒法力根基,依然能成正果。如再怙恶不悛,人只一离此山,便有奇祸。那时我已成道多年,再想活命,就无望了。

"我也明知那部魔经已被你参透了十之八九,虽被我用真火焚化,你在洞中照样能够如法修为参悟,不必等到难期届满,便可用那邪法破去我的封锁,逃脱出去。但我同门师弟只你一人,几生修为,得入师门,旷世仙缘,煞非容易。以前只为一念贪嗔,致为魔女所诱,铸成大错,犯规被逐。师父本就说你夙世恶因早种,屡世修为,全系勉强。因你天资颖悟,看出恩师行藏,向道心坚,苦苦哀求,百折不回,又有诸位恩师的同道好友再三劝说,勉强收下。哪知你修为虽是极勤,恶根依然难尽,终于不出恩师所料。你入门之时,我既代你力求,后来你犯规被逐,我又力向师父求情,以为天下无不可化之人,意欲力任匡救之责。此时你稍知悔悟,早已重返师门,焉有今日?谁知后来为你费尽苦心,终难挽回。

"我因头次劝诫,曾对你说,此后必要逼你回头,不到我力竭智穷,决不罢休,并决不亲手杀你。所以自奉遗命诛你以来,我几乎全副精神在你身上,专在你为恶将成之时,给你破坏,甘违师命,不肯杀戮,也是为此。可是你这类极恶穷凶之人,我为私谊,留在世上,你一日不归善,一日不死,我便不能飞升。我功行已早圆满，已为你迟了一个甲子，难于再延。你虽恶贯满盈，我仍不愿有违初志，为此将你送来此地，看是放却，实则数运已尽。为想尽我最后心力，这次擒你，特早了数日，使你遭劫之期移在他年。吉凶祸福，系你一念。能听良言愧悔，自可无害；否则，你只要期前破法出山，不出三日，便应前誓，为神火所化，形神俱灭了。"说罢，封洞自去。

血神子邓隐自习魔经，恶根日长。因知真人飞升以后，无人再能制他，口虽求恕知悔，怨毒已深，心存恶念。头两年惟恐真人试他，强自忍耐，受那风雷之苦。等第三年真人道成飞升后，立即在洞中重炼魔经，以求出困。自知天劫厉害，真人所说并无虚言，为避他年之劫，甘受绝大苦痛，将魔经中最厉害的一种邪法，昔年不舍得原身，几番踌躇欲炼又止的血影神光，重新苦炼。竟将自身人皮，生生剥去；再将全副血身炼化，成为精气凝炼的一个血影。又将随死的几个爱徒，一一如法施为。

此法炼成以后，异日出山，无论遇见正邪各派修道之士，只消张臂扑将上去，立即透身而过，对方元神精气全被吸去；并还可以借用被害人的原身，去害他的同道。再遇第二人，仍旧脱体，化为血影扑去，只要扑中，便无幸免。多大法力的人，如若事前不知，骤出不意，也是难免受害。尤其厉害的是，水火风雷、法宝飞剑皆不能伤。因除长眉真人外，释道两教中还有几个厉害人物，仍难惟我独尊，心犹未足。除将原有诸宝重加祭炼外，又费十多年苦功，炼就十指血光与头顶上的玄阴魔焰，以为抵御敌人纯阳至宝之用。满拟真人飞升，去了对头，可以任意逆天行事，为所欲为。因为痛恨真人，便想连他门下一网打尽。

当妖法炼成，破了禁制，脱困出洞之日，正是开府的前几天。知道开府以后，以前秘藏至宝俱要被敌人得去，将易于防身，难以加害。加以心性狠毒暴烈，报仇心切，迫不及待，才一出困，便赶了来。他手下共是十五名妖徒，炼成血影的虽只三人，余者也都各有异宝，精习魔法。因师徒四人尚无肉身，一到便被仇敌识破，有了防备，不能大肆杀害，于是四出寻觅替身。

先是大弟子妖番乌萨齐，在姑婆岭左近遇见程明诚，当时用血影罩住，得了肉身。总算古正见机逃遁得快，妖徒又忙着回山，不曾追赶，得遇玉清大师，将肉身保住，兵解转劫，未被得去。妖徒行在途中，与妖师相遇，正想将程明诚的肉身让与。恰值天台修士蒋明诚受了许飞娘的怂恿，欲往峨眉觊觎芝仙，摄取有根器的少女，飞行路过。妖人师徒正在山头聚谈，蒋明诚御风飞行，既高且速，本未被他们看见。也是平日淫恶，该遭惨劫，过时瞥见

162

下面风景清丽,洞谷幽奇,死星照命,在空中略微停顿。忽发现左近山头上有一番人,带了十二个相貌清秀的道童和三条血人也似的红影并立。心疑对方也是旁门中人,不知从何处摄了些童男来,竟想上前询问。他这一停,已被妖人发现,便逃都未必来得及,何况送上前去。才一照面,觉出异样,血影已扑上前去,当时送命。又值小杀星霍合同了宗德飞来,邓隐的二妖徒立即飞上前去,也是一扑即死。于是各顶着一个替身,去往峨眉求见。正遇周轻云、吴文琪、杨鲤、尉迟火四人轮值,轻云忙即入内禀明,领了进去。

他们前脚入洞,极乐真人便同谢山赶到。杨鲤认得谢山,正是那年为助陆蓉波开石脱劫,中途和虞重为妖人所困,用太乙神雷解救自己脱险的绛衣少年。又与极乐真人同来,料非寻常,忙即上前拜倒,正要称谢。二人连话都未等和洞外三人说,把手一摆,便往洞内飞去。刚出飞雷径,还没飞到太元洞侧,迎头遇见叶缤、杨瑾,同了几个年幼道侣闲游仙府各地,谈笑走来。谢山喜道:"叶道友,快将那古灯檠与我,小心戒备。琳、璎二女何在?"叶缤见他神情匆迫,料已发生变故,忙将古灯檠取出递过,方答:"璎、琳二姊妹现在凝碧崖守护芝仙,古神鸠也在那里,当无他虑。"言还未了,忽见太元洞内电一般飞起一条血影,紧跟着又追出好几道光华,真人、谢山随即腾空追去。

原来妖人掩饰极工,又是正教出身,师徒十余人外表一点不见邪气,妙一夫人等闻报时还未觉察。轻云刚出去引客,忽见姜雪君走来,朝诸仙打了一个手势。妙一夫人本听妙一真人说过,这才醒悟。恐被妖孽觉察,各自会意。刚安排好,妖人已领了十二妖童走进洞来。这时随侍四弟子已各避开,室中只有餐霞大师、顽石大师、白云大师三人。妙一夫人本身也自避开,却将元神中坐,见妖人进门,故做傲岸之状,笑问:"道友何名?到此有何见教?"妖人一见室中人少,暗发号令,命众妖童寻人伤害。同时因愤夫人无礼,狞笑道:"你丈夫还想承继长眉道统,连眼前的老前辈都不知道么?"说罢,身子往后便倒,立即血腥味满室,血光四射。随着全身四肢飞起一条赤身血影,刚要往前飞扑。同时十二妖童各由手上飞起一道血光,待向餐霞大师等三人飞去。

就这瞬息之间,倏地满洞金光,夹着十余团碗大金星,朝妖人师徒迎去。同时金光中飞起一只大手,挡在妙一夫人面前,正迎妖人来势。四仙也各将飞剑法宝一齐施为。一片惨叫声中,十二妖童首先毙命。妖人头顶和当胸各中了一下,当时将所炼血光魔焰震散。认出中的是乾天太乙无音神雷,知道不妙,又急又怒,暗运玄功,由剑光、雷火中冲逃出去。

到了洞外一看，三妖徒也被人用法宝将命门钉住，穷神凌浑正待发手雷，越发愤恨。百忙中，还想救了爱徒同逃。不料姜雪君先在洞中见轻云引了妖人进来，尚还不知厉害，惟恐妖人发难太骤，遭了波及，忙施大挪移法，刚将轻云移入别室，妖人已经发动，恰好当先遁去。见状不顾再伤妖人，先发无音神雷，将三妖徒形神一齐爆散。妖人虽然元身炼就血影，功候精纯，与妖徒鬼魂炼就的不同，不致被无音神雷消灭，但一样也是难于禁受，急得怒吼一声，飞空遁去。

凝碧崖原是他旧游之地，意欲由前崖上升。因他起初为防应神火灭身之誓，不惜受那极大楚毒，忍痛十余年，才将血身炼成精气凝结的形体。这一来，便是先天阳精丙火也俱难伤害，何况其余。以为最多再中几下太乙神雷，拼受一点零伤，并无大碍。做梦也没想到今日之局，早在长眉真人算中。凭空来了一个谢山，竟持了千年前的佛门至宝佛火心灯，并且来时受有神僧指点，全知底细；又将用法学会，已能发挥妙用，比起从前厉害得多。就这样还恐妖孽觉察，杂在极乐真人太乙神雷中，一同发出。等到妖人心头一凉，觉出有异，已经爆散，连声都未出，便即消灭了。

二女听说义父心灯有如此威力，自是喜欢不置。听完话后，走近叶缤身侧，笑问唤她何事。叶缤道："血影妖孽逃时，我和杨道友本欲相助除害。甘道友忽令门徒相召，才知峨眉开府大招旁门之忌。一干假名观礼的异派，因为血影子一来，十九都寒了心。按说已可无事，不料成道多年的散仙，也有来此作闹的。那人名叫余娲，乃小蓬莱西溟岛得道多年的女散仙。她和灵峤宫甘、丁二位仙姑的至友霜华仙子温良玉、瓢媪裴娥，同在一岛修炼。日前甘、丁二仙送崔五姑过流沙时，曾经便道往访，温、裴二友正在闭关入定，未得面谈。余娲得道在后，本来与甘、丁彼此不识，因听温、裴二友说过二仙来历，便延往岛上水宫之中款待留宴，甚是礼重。余娲自云：南宋末年得道，移居岛上只百多年，收有二十多个男女弟子，法力俱颇高强。二仙偶然谈到峨眉开府之事，听她口气好似不以为然，便未再提，宾主尽欢而散。

"二仙见她人颇自傲，又喜炫弄。她和温、裴二友岛上的各洞府，独她所居穷极华丽，罗列珍奇。意犹未足，又在岛东大湖上施展法术，逼水为墙，就着湖中碧波，建起九层水晶宫阙。四面水壁，厚达十丈，表面坚凝平滑，无殊晶玉，但只两面薄薄一层，内里却与湖水相通连。各层楼板檐瓦，都用各种金银珠翠铺建，移步换形，五光十色，一处一样。湖中原产有千百种奇鱼，时在水壁之中上下游翔，往来不绝。龟龙曼衍，千形百态，与各层珠光宝气交相掩映,光怪陆离,蔚为壮观。法力虽然高强,但是这类为逞自己私欲,长年矫揉造作,以法为戏的举动,似非修道人所宜。门下男女弟子神情也颇自满,有两三个均不似安分人物。而温、裴两至友所居,只是岛上原有石洞。说是闭关潜修,已逾百年,不特洞门封闭极严,还设有玄门潜形禁制,外人难以窥探。当甘、丁二仙还未飞落,她便飞起,假称迎接,隐有戒备之意。及至问明来意,才转惊喜之色。因她全岛也设有潜形禁制,所说是否可靠,尚在未定。

"二仙百年前,曾在仙府查看故人踪迹,彼时只温、裴二友在岛清修,更无他人。此次往访,因知温、裴二友外功早已圆满,专一清修,不会外出,又是忽然想到,去时并未占算。当时觉得有些可疑,回山立即禀告赤杖真人,用宫中至宝查看。见温、裴二友果然同在一洞以内入定清修,并无异状。可是岛上隐迹神妙,以真人的法力,尚费了点事,才行看出。正想运用玄功,仔细查算余娲踪迹,何以要如此隐秘,以及她师徒的来历行径,忽有两位天府金仙下降。跟着崔、凌二位道友往访,与真人匆匆一见,便即辞出。仙府众仙忙于待客欢聚,又以二友无恙,也就不甚注意,就此岔开。

"适才阮仙长的弟子尹松云道友,因见诸葛道友领了三位仙宾往就馆舍,认出是雪浪岛散仙骑鲸客,同两个新收弟子来此观光。尹道友昔年奉命下山,引度有缘之士,在大庾岭深山之中,与骑鲸客无心相遇,助他得了一枝九叶灵芝,因而成了莫逆之交。今日故友重逢,前往看望,见面一问,他竟是受了五台妖人蛊惑,特为觊觎芝仙而来。经尹道友详说利害和主人法力,以及周密的防备,方始恍然悔悟上当。照主人的法力,来人一举一动,俱都前知。自觉留下无颜,便欲率了勾显、崔树二徒,不辞而别。尹道友说:'主人量大,对客尤为礼敬。你原受人愚弄,非出本心,只要不故犯,便是嘉客。未至期而去,反显痕迹,日后如何见面?'这才留住,因而谈起冷云仙子余娲。

"原来余娲的门下男女弟子有好几个俱与晓月禅师、司空湛、许飞娘、天痴上人等相识。虽因余娲岛宫照例不许外人登山,未能当面进谗,而她门下众弟子多半恃强好胜。一半是受人愚弄怂恿,以为峨眉派狂妄自尊,心中不服;一半也是各有私心,想乘机炫耀自己法力。于是纷向乃师述说,齐真人这次开府,海外散仙挨次请遍,独不把他师尊看在眼里。并还假造了些切中其师心痛的谗言。余娲竟被末几句话激怒。她自迁居小蓬莱,已百余年,不曾离岛一步;以前又在海外僻远之地潜修,轻易不来中土。对这里长幼诸道友,只近年才听传说,不知底细,误认作对方法力有限,不值亲来。只命男弟子陆成、毛霄,女弟子于湘竹、褚玲,持了好些法宝,来做不速之客,到后相机行事。依她本心,只是不忿齐真人等轻视,意欲当场给点厉害,使主人丢脸,略煞风景,并无过分加害之心。可是这四人已受妖邪蛊惑,必要卖弄神通,大闹一场。

"仙府主宾两方俱多法力高深之士,各处仙馆均有监防,绝不容他们猖狂,定找无趣。但这四人均是她门下健者,并且仙府此时另外还来好些假名赴会的仇敌。先来的,已被适才乙、凌诸位道友法力镇住,或者不致妄动。随后来的,尚不在少,他们不知厉害,仍可能冒失行事。这些人迥非你们适才所杀妖徒之比,你两姊妹又都好胜喜事,难免不乘机出手。你义父此来,一切料已前知,既未禁止,当无妨碍。但我终恐你们一不留意,便受虚惊。明日就是庚辰正日,此间昼夜如一,转眼即至。如能随我在此作壁上观,单看热闹,免致将来树敌,最为稳当;真要多事,也不拦你们,但须随时留意。

"那四人中,有一个生具异相的少女,两手两足,各分左右,一长一短,上下参差,便是有名的三湘贫女于湘竹。此女最是狠毒不过,和人一作上对,不死不休,永无了结。身带法宝也多,更广交游,除峨眉、武当两派,各派均有至交。你们往小寒山拜师不久,便要积修外功,如若树此强敌,要添不少麻烦。丁仙姑说,余娲所习道法,介乎邪正之间,生平只做了一件亏心事,除量小心狠,爱炫耀逞能外,并无多少罪恶。门人等虽多骄狂,也不似别的妖邪多行不义。照这样,主人和诸位仙宾决不轻易伤他们。你们如遇上,务要避开,不可轻敌。还有后来诸敌也颇有几个能手,你姊妹无论自问能敌与否,那件护身法宝必须随时备用,到时最好先放出来,再行上前,便万无一失了。"

二女闻言,口虽应诺,心中却不愿示怯。再退向旁边,将癫姑引到别室一说。癫姑笑道:"那四肢不全的女花子于湘竹,我老听人说,还没见过。人都说她师父早已仙去,原来还有这么大靠山么? 难得遇上,倒要斗她一斗,看她如何死缠不休哩。"二女一听,暗忖:"癫姑还要成心斗她,自己怎好意思退缩? 凭着法宝防身,至多不胜。如结下仇,会后就去小寒山拜师,凭师父的法力,难道还怕她上门欺人不成?"一心争胜,便把叶缤所说全置度外,口头却不说出。正想借口闲游退出,半边老尼本来昂着那半边脑袋和一张怪脸,坐在那里一言不发,神色颇傲,忽唤二女近前,拉手笑问道:"我自出家以来,还是头一次见到这样一对仙根灵秀的人物。少时有人扰闹仙府,主人早有安排,我自不便多事。你们初次出山,恰可借此历练。我送你们一件小东西,留在身边备用吧。"随从身畔取了两根长约四五寸,两头俱尖的金针,分给二女,传了用法。又道:"此针我也取自旁人,但经过我重新祭炼,共九根。除留赐门下七女弟子外,尚余两根在此。我无甚用,你们拿去,如为邪法、异宝所困,差不多可以立破哩。"

二女先颇厌恶半边老尼貌丑,人又那么自大,想不到会赠自己法宝。见叶姑面有喜色,越发欣喜,当即拜谢领教。回顾癞姑不在,忙即谢别。追出一看,癞姑正在前面和李英琼说话,问怎不相俟同行?癞姑笑道:"这真奇怪,人家半边脑壳送你们东西,我在旁看着,算甚意思?如不先走,她还当我也想一份呢。你两个真是这里的香包,连她这向来护短薄情,除自己门徒永看外人不上的冷人,都会爱你们,真是难得。"英琼笑问:"半边大师送甚法宝?"二女把针递过,说了前事。英琼道:"我听玉清大师说,这位老前辈性情古怪,素来少所许可。但她法力甚高,武当、昆仑两派同道,对她都带三分敬畏。外人除和师父、崔五仙师交好外,轻易不与人交往。她送人的东西,决非常物,恰又在这紧急之时,内中必有深意,莫看轻了。"谢琳笑答:"我也如此想法。叶姑说,少时还有敌人扰闹,姊姊和诸位同门师兄弟姊妹,莫非还是旁观,不动手么?"

英琼道:"到了正日,这座峨眉山腹差不多要整个翻转。虽由掌教仙尊、各位师伯叔照教祖仙示主持行法,裂地开山,我们都各派有重要职司。到时地轴便即倒转,到处都是地水火风,后洞门也暂时封闭。纵有仙宾降临,也改由凝碧崖前云路飞落,另有白、朱长老与白云、顽石四位仙师代为接待。所有本派同门,各就班列侍立。静候五府齐开,地轴还了原位,重建仙景,方是群仙盛会哩。我也是才听齐二师姊说起。当和敌人斗法之时,众同门正各按九宫八卦、五行方位,用掌教师尊所赐灵符,连同自己飞剑、法宝,准备排荡水火风雷,并防妖邪扰害,好些重责。因这次乃千古神仙从来未有之盛举,忌恨的人太多,一毫大意不得。好些地方,仗着长幼两辈外来仙宾相助。自己人尚且不够用,又多和妹子一样,末学新进,哪还敢分心去和人动手呢?你们看他们不正往太元洞去么,妹子虽已得信,也须前往,一会师父便要传声相召。难得我们四人一见如故,开府以后,癞师姊要回岷山,二位姊姊要去小寒山。妹子也须奉命他出,大约将来和易、余二位同居依还岭幻波池,异日便道走过,务请降临。我和易姊姊行道之暇,也必去岷山、小寒山拜望。余师妹飞来,必是唤我前去。会后如能快聚,固是快事,否则前言不要忘却。"说时,二女遥望峨眉门下诸弟子果纷纷往太元洞赶去。闻言未及回答,余英男已经飞到,喊英琼道:"诸位师兄师姊俱往太元洞领命和取灵符,姊姊快去。"一言甫毕,二人便听耳边传音呼名,赶紧默应,同向三女作别飞去。

癞姑笑道:"英琼豪爽天真,只性刚一些,没有女神婴机智有心机,但这两个人我很喜欢。英男初见,未甚交谈,想也不差。闻说幻波池艳尸崔盈气候已成,精于玄功变化。她三人此去必有不少险阻,我很想到日暗中助她们一臂。二位姊姊如若有意,此去小寒山拜师之后,你们别的先不忙学,只凭着你俩姊妹讨人喜欢的本事,硬向令师撒娇,强磨令师将那无形护身佛光传你们。加上原有的几件法宝,足能和艳尸斗一气了。到时,我必先得信,自会前往通知。令师如不应允,我也没法。反正她必爱你们,所做又是好事,不会责罚,不要害怕。"谢璎笑道:"我姊妹近日所遇这么多道友姊妹,看来数你最坏。难道你在令师门下,平日也这样?"

癞姑把癞头麻脸一摇,舌头一吐道:"凭我这副尊容,也配跟师父撒娇?不被打扁,自己也肉麻死了。头一样,我师父严峻有威,终年沉着一张脸,没见她笑过。最可气的是,师姊眇姑瞎着半对眼睛,模样比我强不多少,神情却比师父更严。师父不开笑脸,还肯说话,她连话都不肯说。除了拼死用功,便和恶人作对,心肠又狠。异派妖邪遇上她,照例是赶尽杀绝,休想能得全尸。平日老是阴沉沉一张冷脸,又怕人,又讨厌。我平日千方百计引她开口,不是鼻子哼一声,便是拿她那半双瞎眼白我一下,仿佛多说一句话,便亏了大本似的。常吓得我寒毛根直立,老怕惹翻了她打我。我又是个话多爱热闹的人,遇上这样同门,偏生只此一位,真闷得死人。要不怎会见了你们几个,我就爱呢。"

二女闻言,真忍不住要笑。谢琳道:"你爱说笑话,我偏不信。闻令师姊道法甚高,哪有不通人情之理?"癞姑道:"明日她和师父必来,不信你看。各有各的天性,什么怪人都有。起初她原有伤心处,日子一久,习与性成,变成冷酷神情。她又不似我想得开,人看我不顺眼,也不生气。我挖苦自己,比别人还凶呢,这还有甚说的? 其实她那真心比我还热,只要和你知己,什么险阻忧危都甘代受。只是知道她的人,比我还少罢了。不遇知音,能叫她有什么话说? 我这样嬉皮笑脸,她又不会,所以和她好的人就少了。"二女同道:"知音难得,匪自今始。我们如若相遇,倒真要和她结交呢。"

癞姑刚说了句:"结交不得。"忽见适往太元洞的峨眉男女诸弟子,三三两两相继走出,分往各地走去,一晃眼,俱都不见。如非事前得知各按方位守候,奉有使命,乍看只当是各自结伴闲游,或往各地仙馆访友神情,行若无事,直看不出一点戒备之状。这时各派仙宾越来越多,仙馆楼台亭阁矗立如林,到处云蒸霞蔚,匝地祥光,明灯万盏,灿若繁星。更有娵姆师徒用仙法驱遣灵木化成的执役仙童手捧酒浆肴果,足驭彩云,穿梭一般穿行于山巅水涯,各处仙馆之中,都是一般高矮服饰,宛如天府仙童,各具丰神。再加上海内外群仙云集,有的就着所居碧玉楼台四下凭眺,有的结伴同行,互相往还。不是相貌清奇,风采照人,便是容光焕发、仪态万方。目光所接,不论是人是景致,都看得眼花撩乱,应接不暇。三女先前所见,尚无如此之盛;出时又以说话分心,不曾在意。这一细看,方觉神仙也有富丽华贵之景。二女首先赞不绝口。

癞姑笑道:"我不懂对头是甚人心,人家与他无仇无怨,偏要做那煞风景的事,自寻晦气。就说有仇有怨,或受至友之托,不得不作崇吧,也应量量自己的身分本领,然后下手。分明见主人这么高法力,府还未开,首要诸人也还未出,已有这等声势,也不想能敌与否,便敢胆大妄为。幸亏是主人宽大,今日如换我家师徒三个做主人,连那没动手的妖邪,只要存心不善的,一个也休想回去。"

谢琳笑道:"都要知道利害轻重,早明邪正之分,不会身入旁门,迷途罔返了。不让他们吃苦丢人,还要狂呢。我们管他则甚? 这正是好景致热闹时候,有好些新起的仙馆还未见过。李姊姊适说,开府时遍地水火风雷,宴后仙宾便各起身,再看未必还有。这些楼台亭馆仿自桂府瑶宫,难得遇上。好在都是做客,就住的是敌人,没和主人翻脸以前,遇上也无妨碍。何况总可看出几分,路道不对的不进门,只在外面看看,不去睬他好了。"谢璎道:"对头已快发作,莫要看不完就动了手。要去,我们快些去吧。"

癞姑道:"你两姊妹须听我的,好歹我总比你们见得多些。我说不能惹,就口头上吃点亏,也须避开。"二女当她说笑,随口应了。癞姑又道:"你们细看,本派道友俱有职司,已各就方位,不到时,看不见人。晚一辈的外客,俱被各人师长唤到跟前,静候开府。只乙、凌、公冶、白、朱等有限的几位老前辈,专门应付他们。各位正派仙宾,俱已各归馆舍,不愿多事树敌。这一会,路上走的飞的越来越少,除却仙厨执役仙童,差不多都是面生可疑和不知底细,与双方无德无怨的散仙之流。请想事情多大,目前后辈就我们三人游行自在,胆尽管大,却要心细,量力而行呢。"二女闻言,再细看各处,果然在这片刻工夫,人少了大半,先前所见各正派中师徒,一个也难见到,依然不以为意。

三女正在且谈且行,谢琳忽对癫姑笑道:"你快有好朋友了,还不快上前招呼去?看神气,还许不是旁门中人呢。"癫姑遥望前面花林中走来二女,一个极美,一个极丑。认得一是美魔女辣手仙娘毕真真,一是丑女花奇,俱是岷山白犀潭韩仙子的门下。忙使眼色,令二女噤声,故意顺着绣云涧往侧拐去。走过两处仙馆,知已背道而驰,才说道:"我不稀罕交这朋友。那丑女倒不是不可交,我只恨她把那心辣矫情好做作的师姊奉若神明。最可笑的是,以前问她何故如此离不开她?却说爱她师姊长得美。我生平最不喜像她师姊那样人,觉得比齐家大姊那么真是方正,并非作假的人还要难处。彼此脾气不大相投,两家师父又有交情,却偏都护短,万一有甚争执,谁吃谁亏,都是麻烦。她师姊也嫌我丑,我又爱说真话,闹得连花奇也疏远了。躲开最好,免得遇上,我嘴快,一不小心得罪了人,又生芥蒂。"

　　边谈边走,不觉绕到仙籁顶对面的锦帆峰下。二女见上面仙馆有好几座,形式极为富丽,与别处不同,便往上走。癫姑低语道:"你看峰腰第二座楼台上有一男一女,面有怒容,不似好人,这一处莫要过去。"二女所想去看的,恰是那里,闻言不以为然,悄答:"我们闪向一旁,隐身上去。能进则进,不能进只看一看便走,怕他何来?"癫姑也是好胜心性,只是暗中戒备,便不再拦,一会转到。这座缕台,全是一色浓绿晶明的翠玉砌成,因经灵峤诸女仙加工精制,把占地几及二亩的一所两层楼台,宛如一块整玉雕就,通体浑成,不见一丝痕迹。宝光映射,山石林木俱似染了黛色,形式又玲珑精巧,越显秀丽清雅,妙夺天工。本想绕台而过,因为爱看,不觉停了一停。

　　忽听台上一女子道:"适才藏灵子说的话,真叫人生气。这三寸丁,枉为一派宗主,竟对峨眉派那等恭维。不但几个为首之人,甚至连那门下一群乳毛未干的新进,都夸得天上少有,古今难寻,真是笑话。如不念在与他们师父曾有一面之缘,我还更要使他难堪呢。"另一男子口音笑道:"藏灵子长外人志气,话固说得太过,敌人也实不可轻视。休说这里的楼台馆舍以及一切布置,不是寻常道士所能办到;便照崔海客所说,我们未来以前,所来敌人也非弱者,尤其西昆仑血神子何等厉害,尚且全数葬送,事前怎能不加小心呢?"

　　女的冷笑道:"那几个旁门下士自非峨眉对手。至于血神子如何如何,我们从未闻见,只凭崔海客一面之词。现时敌人势正强盛,连驼鬼他们都甘为所用。焉知崔海客他们不是和驼鬼、藏灵子一样,想避道家四九重劫,异日打算借助峨眉,看出我们来意,故意张大其词,捧人臭腿?不久便要裂石开山,并非怕敌人全数出现,势众人多,是为那时水火风雷一齐发作,敌人早有准备,下手较难。意欲不等师父飞到,先行发动,给敌人一个大没趣,看看以后还敢目中无人不?"男的答道:"飞符已去多时,师父万无不来之理,师姊何必忙在片时?"

女的微怒道:"我只不服他骄狂,又是我们好友的对头。受人重托,夸了大口,如若使他开府成功,气焰更盛,岂不丢人? 果如天矮子和崔海客所说,以我们数百年的功力和师父所赐法宝,至多不能全胜,他决伤我们不了。好歹也在会前给他一个重创,才可稍消心中恶气。待我们和敌人斗上,师父的接应也正来了。你不必拦,就下手吧。"男的答道:"敌人虽然这次不请我们,意存轻视。一则是素昧平生,好些借口,不便公然问罪;二则来时主人甚是谦恭,现时主要诸人俱在闭洞行法,待承又极周到,其势不能无故翻脸。"

女的不等说完,便怒道:"你近来胆子怎越发小了? 安心向他找事,随时随地俱可翻脸,有甚顾忌? 今天最叫人生气的还有叶缤。昔年游小南极采取冰参,在冰原上相遇,我因见她生得秀美,法力也还不差,有心结识。及拿话一探口气,竟说她素喜清静,平时除二三知己外,轻易不与外人往返。措词虽极自谦,分明是见拒之意,我已有气。但还许是见我随有两个同伴,形迹较为放荡,她不愿招惹,因而连我一齐见拒。当时略谈分手以后,连去她金钟岛上三次,都推说人已他出。这原拿不定真假,但是礼尚往来,应该回访,我并还留有便中寻我的话。她却一直也未到我以前所居沙壶岛去。等我拜到现在师父门下,前年在武夷山左近路遇,远望明明是她,等我跟踪赶去,已经隐形避开。我正指名数她无礼,值西湖超山唐梅坞岳道友路过,极口说她委实不喜与外人交结,天性如此,决非自大;便岳道友在她好友谢山座上曾遇过两次,有时相遇,也只略一点首即去。既然自命清高,为何这次也到人门上? 适才有两位先来的道友,俱曾见她同了几个面生的散仙修士一同闲游,神情甚是亲密,迥非昔年傲岸自高故态。如非对敌事重,依我脾气,当时就叫她当众丢丑了。"

仙都二女和癞姑因身形已隐,拟暗入仙馆偷看内中是甚布置陈设。行至台下,听见上面二人问答,便不再上,倾耳静听。先只想听这两人的来历,女的是否叶缤所说的于湘竹。及听说到叶缤,二女首先有气,都在寻思:"无知贱人,你敢说我叶姑,今天先就教你丢了丑脸试试。"相隔甚近,恐被警觉,也未和癞姑商量,俱想用癞姑隐形打人的故伎,先打那女的两下再说。念头一转,立即飞身上去。癞姑骤出不意,大吃一惊,一把没有揪住,只得跟踪飞

171

上，以备接应。

二女到的一刹那，忽听女的道："你看师姊不已和敌人动手了么？我们还不快去！"二女恰也掩到身侧，见那女子宫装高髻，打扮得和图画上的天仙一样，姿色却是寻常；男的是个少年道人，相貌比女的要俊得多。二女手才扬起，还未打下，这一双男女敌人本自起身要走，倏地颜色剧变，似有觉察，同往一旁纵去，紧跟着满身都是白光环绕。女的首先怒喝："何来鼠辈，速速现形纳命，免你仙姑费事！"随向囊中取出一件法宝出来。二女全都打空，方欲跟踪追过，癞姑已经飞到，一手紧拉一个，一言不发，便即飞起。二女看出不大好惹，料有缘故，只得随同飞起。见癞姑手朝西面一指，人却南飞，晃眼到了左近危崖边落下，悄道："敌人已经发动，且先看这对狗男女厉害不。大敌当前，岂是凭手就可打人的？ 要有一位老前辈在场，乐得捡点便宜，我们先不要过去。"

说时，那台上女子手扬处，飞起亮晶晶两尺许长一幢银光，流辉四射，急转了两转，倏的一声娇叱，与那男的双双往西南方飞去。所追原是癞姑诱敌的幻影，晃眼便被追上。这一男一女，正是余娲的弟子毛霄、褚玲二人。法力虽比于湘竹稍次，但俱各有两件极厉害的法宝。仙都二女几乎被擒，幸而癞姑看出敌人身有异宝，预存戒心，赶紧上前将二女引走，缓了一缓，才未吃亏。

及至毛、褚二人追上幻影，发觉上当，不禁大怒。回头一看，见于湘竹、陆成的飞剑已被神驼乙休、穷神凌浑破去，法宝也毁了一件。不顾再追敌人，忙即飞身赶去，一指空中银光，先向凌浑当头罩下。凌浑知道此宝厉害，忙运玄功，身剑合一，化为一道金光，将那一幢银光抵住。百禽道人公冶黄在仙籁顶上见添了敌人，也把自炼墨龙神剑化为一道乌油油的光华，飞出手去。一面笑向阮纠道："对方人多，道友何妨相助一臂？"阮纠微笑不答。

这边仙都二女和癞姑见乙、凌、公冶三人虽将于、陆两敌人飞剑、法宝各破去了一两件，因这四敌人各有一片白光护身，所用法宝均极神奇，急切间仍难取胜。方在惊奇，忽见北面、西面有七八道光华，均如长虹横天，各由所居仙馆中相继飞出。看神气，好似预先相准了对头，刚一出现，左近别的仙馆中也飞出七八道光华。跟着双方现身，各自运用飞剑、法宝，在空中交驰互斗。渐渐越斗越近，不谋而合，齐向仙籁顶上空聚拢。满空俱是各色光华交织，比起先前和猿长老等妖人斗剑声势还盛得多。

二女、癞姑定睛一看，那先飞出的一伙敌人，只有两个头陀和一个少年道姑似是左道中人，余者俱是散仙一流，法力均颇高强，但都面生。后出诸仙，也只认得易周、易晟和绿鬃仙娘韦青青、凌虚子崔海客、步虚仙子萧十九妹、金姥姥罗紫烟、玉清大师等。先前见过的六人，有三个不认得。这一来，恰好一个对一个，有的施展法宝、飞剑，有的运用玄功，大显神通。也不知是乙、凌诸仙有心相让，未下绝情，还是对方法力高强，本来势均力敌，斗了好些时，乙、凌诸仙尽管连占上风，无如敌人多半均擅玄功变化，法宝甚多，层出不穷，仍是伤他不了。并且乙、凌、公冶、罗、萧、玉清六人，虽然常占上风，易、韦、崔等六人却至多和敌人打一平手，偶然还有相形见绌之势。只见光霞灿烂，彩霞飞扬。有时法宝、飞剑为对方所破，碎裂成千万点繁星，陨落如雨。各仙馆中男女仙宾俱出，凭栏观战。神光仙影，交相掩映，祥氛匝地，瑞霭飘空，顿成亘古未有之奇观，神妙至于不可思议。

二女几番跃跃欲试，俱吃癞姑阻住，说道："我看这些敌人，只有两三个像是路数不正，余者多是散仙中高明人物。乙、凌诸位老前辈不肯伤人，各处仙宾俱出观战，并无一个上前助阵，必是先商量好了，有一定步数。初上来还互有胜负，这一会，已各将人掉转，强对强，弱对弱，差不多扯匀。而我们有好几位俱比敌人要强一着，依然不使杀手，显见含有深意。起初我不服那于湘竹，还想斗她一斗。这时一看，人家多年修炼，功候果然不浅，准知未必讨好，也就知难而退了。寻到我们头上，那是没法。既然各有对头，何苦惹她则甚？尤其敌人差不多俱擅玄功变化，精通道法。我们如用法宝神光护身，和他们明斗，不是不可，也不至于便受伤害。但是白费气力，要想伤害敌人，煞非容易。如用隐形暗算，只一近身，吃敌人护身神光一照，立被破去，稍微大意，便受其害。徒劳无功的事，我向不喜作。余娲少时即至，总有新奇花样，乐得在此看看热闹，还长见识，理他则甚？"

二女虽被劝住，并未死心，暗中仍在准备发动。又看了片时，恰值自己这面有一位不知名的仙宾，是个白须老者，本和那少年道姑相斗，大约气量较狭，先本和众仙一样，只是迎敌，不愿伤人，不知怎的，一时轻敌疏忽，吃道姑用法宝暗算，当时躲避不及，受了一点微伤。立即大怒，长啸一声，改作身剑合一，化为一道白烟与敌相拼；暗中却运用玄功，将元神分化出去，猛下毒手，将道姑右臂斩断。就这样，还恐敌人将断臂夺了去，用灵药、佛法复体，紧跟着，扬手又一神雷，将那条断臂炸成粉碎，正说着便宜话。

那道姑名叫王龙娥，也是海外有名望散仙。虽是旁门一流，法力颇高，与余娲师徒甚是交厚，在敌党来宾中最后到达。于湘竹等不知她也是受了奸人蛊惑而来,只当来此作客,无心相值,因见自己和人相斗,同仇敌忾,上前助战。瞥见遭人毒手,仇敌还在奚落,俱都心中愤极。内中褚玲法宝最多,和她对敌的又是凌虚子崔海客,恰是平手,可以随便抽身,忙即舍了崔海客追去。一照面便发出百零九根天芒刺,红雨一般当头罩下。那白发白须老人乃红菱嶂银须叟的同胞兄弟雪叟,知道此宝厉害,来势神速,不及抵御,忙运玄功往斜刺里遁去。

这时众仙各有敌人,崔海客又被褚玲法宝绊住,不及追赶。二女见状,再也忍耐不住,各在辟魔神光罩护身之下,飞起迎敌。因知来人飞剑、法宝厉害,惟恐不可取胜,径将碧蜈钩、五星神钺一齐施展出去。褚玲眼看追上敌人,猛瞥见小峰上面倏地飞来一幢光华,将去路阻住,挡得一挡,前面敌人已经远扬。跟着光幢中飞出两道碧虹,一柄具有五色光芒的神钺,迎着天芒刺神龙剪尾,只一绞便即破去,洒了半天红雨。自身也被剪了一下,觉着力量极强,护身神光差一点也吃破去。不由又惊又急,怒火上攻,一面忙使法宝、飞剑迎敌,大喝:"何方鼠辈! 藏头缩尾,暗使鬼蜮伎俩,怎不敢现形答话?"

二女吃她一激,又因一上场便得手,自觉法宝神奇,敌人法力有限,既已对敌,隐形何用? 随在光中现身,戟指同声笑骂:"你自眼瞎,看我们不见,怨着谁来? 本是一对一个斗法,你偏欺软怕硬,自不是人对手,却逃下来帮助那道姑两打一,暗算人家。你才是不要脸的鬼蜮伎俩,亏你还好意思说人呢! 我姊妹名叫谢璎、谢琳,我义父乃武夷山谢真人,师父是小寒山神尼,金钟岛主叶缤是我姊妹姑姑。好些法宝还未用呢,知趣的,快滚回去,朝原来那位仙长纳命;再要张狂,我姊妹一生气,你就和猴子一样活不成了。"

褚玲见二女活似一人化身为二,年纪不大,一身仙骨仙根,所用法宝尤为神奇,说话偏是那么天真稚气,不禁又好气,又好笑。猛一动念:"自己还没有徒弟,这么好的资质,何不就此擒去?"念头刚转,回顾那与心灵相合的一件至宝,就这瞬息之间,已被神驼乙休用身外化身,冷不防撤下对敌的于湘竹,凭空收去;崔海客正指法宝飞剑追将过来:不由大惊。明知仇敌势盛,斗了这些时候,法力并未全施,直似有心取笑。师父不知何故,迟不到来? 心贪二女美质,惟恐不能得手。一面扬手飞出一片白光,迎敌崔海客;一面又把适才几番踌躇,想要使用,又怕被敌人损毁,未敢冒失出手的一件本门惟一至宝施展出来。长袖甩处,先由袖内飞出一团淡青色的微光,朝二女打去。

二女哪知厉害，方笑这类东西也敢放出来现世，忽听癫姑在峰下高喊："二位姊姊速退，这东西挨它不得。"说时迟，那时快，青光已与五星神钺相接，一触即化青烟，分向上下四外飞起。二女见那青光虽化淡烟裂开，但是展布甚广，又匀又快，宛如天机舒锦，平波四泻，齐向身前涌来，晃眼头上脚下俱被越过。又听癫姑连声急喊，知道有异，忙指两道碧虹，想去绞散。虹光到处，只将那烟撑开，似虚似实，既不再破裂绞散，也没觉出有甚阻力。倏地三道宝光齐被青烟逼住，身后一紧。回头四顾，全身也被青烟包没，钩、钺二宝竟撑它不动。如非神光护身，更不知是何景象。料为敌人法宝所困，急得把以前所有法宝、剑气全数施展出来，一面又运用辟魔神光罩不住乱冲，终无用处。只见四外青蒙蒙一片氤氲，外面景物一点也看不出，声音也听不到。先停住不动，待了一会，忽然连人带宝，一齐往空飞起。估量已经离开当地，要被敌人摄走情景。心一着急，谢璎猛想起半边老尼所赠两针，因是情急心乱，只管把原有法宝悉数施为，尚忘使用，也许此宝能破。忙令谢琳一同取出，如法一放。只见一溜赤红如火的尺许梭光脱手飞起，叭叭两声极清脆的声音，身外青烟立即破碎，裂一孔洞，由小而大，往四下散裂。耳听外面人语嘈杂，光华电舞，一闪即逝。

二女心中大喜，不等青烟散完，忙即冲出一看，凝碧崖前云路已通，自身已离出口云层不远。对面有一仙女面带怒容，正和阮纠、甘碧梧、丁嫦三仙说话，似在争执。身后便是适才所见的十多个敌人，乙、凌诸仙已经停战。众中却多了两个老尼：一个慈眉善目，相貌清癯；一个身材矮胖，凹脸突睛，面黑如漆，相貌虽丑，别具威仪。身旁还随有一个双目半眇，瘦小枯干，相貌奇丑的小女尼。

方估量这是屠龙师太和弟子眇姑，癫姑已从对面飞到，拉着二女笑道："适才你两人不听招呼，为混元一气球所困。跟着，余蜗便冲开凝碧云路飞下，硬要将你摄去，差点没把我急死。初来时，乙、凌诸位仙长正想施展法力，和她决一胜负，恰值我师父、师姊同了优昙大师赶到，将她阻住。她仍不听良言，已经行法，待和我们拼命。后来灵峤四位仙长出头，她见这些人哪一位也不好惹，一位乙真人就够她受的，这才借风转舵。并和四仙商量，说你二人资质甚佳，劫回山去并无恶意，只是收作门人传授道法。那意思是心意已定，除非有人将她混元一气球破去，方可罢休。不料那针竟是此宝克星，一下便碎。她已说过，干看着心疼生气，还不能为此发急。三仙留她师徒会后再去，她丢了这么大的人，自是不愿。无如上方云路，乙真人已和凌真人同用法宝封闭,再上去决没下来容易。她不去还好,真如非去不可,便是敬酒不吃吃罚酒,更找无趣了。"谢琳笑道:"你看她师徒几个不是同甘、丁二仙一齐往绣云涧去了么?"癞姑回望,果然余娲面有不快之色,也没和先斗诸仙相见修好,自随甘、丁二仙,率领门人同往绣云涧飞去。下余八个敌人,自觉无颜再留,意欲相随同行,因听三仙口气,明劝暗诫,知道上去必有阻隔,一个冲不出去,再回下来,更不是意思。想了想,表面上总算是无心遇敌,未与主人明斗,只得带着一脸愧容,各回仙馆,静候过开府再去。不提。

癞姑随领二女拜见优昙与屠龙师徒二人,自免不了夸赞几句。二女见眇姑果是冷冰冰一张死人脸子,不禁暗笑。谢琳更是淘气,见诸仙只有一半散去,乙休、凌浑、公冶黄、阮纠仍回仙籁顶,那由云路新来的神尼优昙与屠龙师太也随乙、凌诸仙回到崖上,并未往见主人;眇姑好似初入仙府,独在崖下徘徊观赏。谢琳不熟装熟,便凑上前去假亲热,口喊师兄,不住问长问短。眇姑正喜二女天真灵秀,先也有问即答。一会,发觉二女使眼色,老忍不住要笑神气,癞姑又紧随身后,不禁恍然大悟。朝癞姑斜视了一眼,微怒道:"你倒向外人变着法了编排我呢,回去看我饶你!"癞姑笑道:"奇怪,你自破例和人说话,怪我做甚?听玉清大师说,适才各位仙长和敌人交手前,先暗斗了好一阵,内中还有几个旧日仇人狭路相逢,才动的手。因是本来相熟,来意大同小异,动手后发觉自身力薄,不一路的也成了一路。经过情形,甚是新奇有趣,正要赶去打听。谢家姊姊因听我说你的道高,又是我的师姊,特意和你亲近。她们自有心事,哪一处算我编排?莫非你终年不说不笑,人家和你相交,也要寒着一张脸才好么?"眇姑哼了一声,又用眇目白了癞姑两眼。二女想起癞姑前言,再也忍耐不住,也都笑将起来。眇姑断定癞姑闹鬼,刚要发作,忽听屠龙师太在唤:"徒儿们快些上来,时辰快要到了。"癞姑忙催快走。

四人一同飞上崖去一看,嵩山二老已由山外回转。四人见礼之后,朱梅笑道:"驼子,时候快到,我们方位定了没有?莫要乱了章法。事是无妨,如使外客费事出力,或是受点虚惊,也羞人呢。"乙休笑道:"朱矮子,你想日后创立教宗,多结外援,处处卖力,也不想想这点小事,还用过分操心吗?我们恰好八人,到时各守一方好了,难道还有甚错?"追云叟白谷逸道:"驼子少说嘴,你哪样事都是闹着好玩,也不想事轻重。我们各人都有两个对头在此,他们不敢和我们明来,保不在要紧关头暗中使坏,哪能不先打算呢?依我说,你的屎棋不早下完了吗?左右无事,我们现就把人分开,各守汛地。一则免得地水火风突然爆发,事前不看好地势,那些仙馆有一处照顾不到,便是笑话;二则原有那些灵药花木也须保全,不可遗漏;三则可以暗中观察,对头是否敢于作梗,有备无患。岂不是好?"

乙休还未回答,众仙齐都赞妙。乙休笑道:"两矮子只是多虑。本来五六人已够,因阮道友盛意相助,又添上二位神尼,多厉害的乱子,都挡得过去。既大家都愿早点分配,我们便按八宫方位分列好了。"癫姑笑问:"弟子等可有点事做么?"朱梅笑道:"少时全山只仙籁灵泉一处不变,余者差不多暂时俱化火海。你们且到古楠巢去保护芝仙吧,一切布置运用已告袁化,只用法宝、飞剑护住芝仙,骑在佛奴身上,静候仙府重建,又好看又好玩。我这里派差事还有好多,快些去吧。"说时,众仙也议定方向,共推神尼优昙带了眇姑,在仙籁顶上运用佛法,护那左近灵泉,并照预计行事。下余七人,也各按方位自去,相度形势,如法施为。不提。

二女、癫姑随即飞往老楠巢一看,雕、鹫、鸠、鹤四仙禽俱各守在老楠枝上;袁星同了沙佘、米佘、健儿和芝仙俱在树腹之内围坐,面色紧张,围着树根划了亩许大小一个圆圈。袁化刚由楠巢中飞落,见了三女施礼,引到树腹中去。芝仙、芝马见了二女,一点也不认生。二女尚是初见芝仙、芝马,喜爱非常,正抱起来抚弄,袁化已向癫姑问明来意,喜道:"弟子正因老楠有三千年之寿,根深十余丈,占地亩许,来宾中不少敌党,到时除将这树连根拔起,还要保护芝仙、芝马,虽仗师祖神符妙用和众同门、四仙禽相助,终恐法力浅薄,难胜重任。现有三位仙姑到此,决无一失了。"癫姑道:"那日玉洞真人岳韫,到岷山对师父说起你多年修炼,道法甚高。教祖既有法旨,决能胜任。我们只是借此观赏全洞奇景,并帮不了多少忙。你仍主持你的,我们只看看好了。"袁星道:"本定弟子主持行法,拔这楠树,免为地火所伤。芝根仍藏树腹不动,健儿也守在里面。芝仙、芝马都由袁星抱住,骑在佛奴背上。神鸠站在地上。沙、米二弟一骑神鹫,一骑仙鹤,左右护卫。现在可由三位仙姑抱住芝仙、芝马,同在雕背和两翼之上,袁化御剑殿后,别的仍照原样。弟子便可专心保护这树,比前更周密了。"三人闻言大喜。

袁星随纵身飞起,往太元洞略微遥望,下来说道:"时辰将到,请出来准备吧。"随手一招,四仙禽立即飞落。众人依言行事,抱着二芝上了仙禽。遥望崖那边,依旧楼台亭榭,林立星罗,金碧辉煌,仙云缥缈,到处祥光瑞霭。时见仙馆中宾侣徘徊于瑶台玉槛之间,宛如无数小李将军的仙山楼阁图画,呈列眼前,奇丽无俦。仙馆外却是静悄悄地不见人行,连仙厨中执役仙童也都不见踪迹。再看下面袁化，已将头发披散，正在禹步行法，甚是紧急。树底圆圈忽自开裂，深陷下去。

二女方问癞姑："时辰到未？"忽听地底隐隐轻雷之声。癞姑直喊："快看！"二女昂首前望，一声雷震过处，正对凝碧崖后，倏地飞起两朵祥云，云头大不及丈。左立石生，右立金蝉，俱穿着一身极华美的蝉翼仙衣，好看已极。金蝉面前虚悬着一口金钟，石生面前虚悬着一口玉磬，相向而立。那两朵云由地面直升天半，相隔约有十丈，华彩缤纷，祥光万道，宛如两朵五色芙蓉，矗列天半，顿成奇观。金蝉等云停住，手执一柄一尺许长的玉棒，向钟撞了三下。各仙馆中仙宾相继出观。钟声洪亮，荡漾灵空，还未停歇，跟着又是三声极清越的玉磬，金声玉振，入耳心清。方在神往，耳听地底风雷之声，由细而洪，越来越激烈。猛然惊天动地一声大震，整座仙府忽然陷裂。立即山鸣地叱，石沸沙溶，万丈烈焰洪水，由地底直涌上来。一二百座仙馆楼台也在这时凭空离地飞起，虚浮于烈火狂风、惊涛迅雷之上。

要知后事如何，且看下文分解。

第二一五回

大地为洪炉　沸石熔沙　重开奇境
长桥横圣水　虹飞电舞　再建仙山

　　且说癫姑、仙都二女、袁星、袁化、米佘、沙佘、健儿等保护着芝仙、芝马，在仙禽背上刚由凝碧崖前飞起，便听雷鸣地震之声。跟着崖对面左右两朵仙云，分拥着金蝉、石生和一钟一磬，飞升起数十丈高下，停在半空。金、石二人各将钟、磬击了三下，金声玉振，余音浮荡灵空，犹未停歇。猛然天惊地动，一声大震，眼前只见峰峦崖壁全部陷裂，晃眼之间山鸣地怒，石沸沙熔，水火风雷一齐爆发。偌大一座美景无边的仙府，除仙籁顶一处，全都化为火海，万丈洪涛由地底怒涌而上，加上呼呼轰轰的风雷之声，猛恶非常。那一二百座琼楼玉宇，仙馆台榭，连同仙府原有的无数花木，也在这时突然拔地飞起，高高虚浮于狂风迅雷、烈焰惊涛之上。这一来，上面是仙云暖曛，瑞霭飘空；下面是风雷横恣，水火怒溢。各色剑光、宝光，翔舞交驰，交错成亘古未有之奇景。休说沙、米、健儿三小，便是癫姑、二女、袁化等修炼多年的人，见了也由不得目眩神摇，心惊舌咋，称奇赞妙，骇诧不置。

　　沙佘笑对米佘道："昔年故山常有地震，几曾见过这等情景？你看那水和火，尽管作势骇人，却白是白，红是红，干干净净的好看已极。不似我们那里，一遇地震，便冒黑水污汁，臭得人老远闻了都要晕倒。"癫姑闻言笑道："你们几个小人怎知奥妙？此是掌教真人与诸位仙师遵照长眉师祖仙示，运用玄功，以旋乾转坤的无边法力，将原有仙府重新扩大改建，与寻常地震不同。本来这里就是灵区仙域，无甚污秽，再经过水火风雷鼓铸，就有一点渣滓，也都吸入地肺化去了，如何会有臭气来？只等玉洞真人将灵翠峰请回，五座仙府便可出现。听师父说，齐师叔要把整座峨眉山腹掏空，仙府广幅大到三百余里方圆。这里好似一个绝大洪炉，正在鼓铸山峦，陶冶丘壑，那些沸汁便是资料。现在还是初起，少时声势更要猛烈怕人呢。你们且看当中漩涡，那些杂乱东西不都沉下去了么？"

说时,水火风雷之势,已经蔓延开来,越延越广。四面八方,所到之处,无论是崖壁,是石土,是山峦溪涧,全如沸汤泼雪一般,挨上便即熔化崩陷。几句话的工夫,眼界倏地一宽,水火忽然会合一体,火都成了熔汁,奔腾浩瀚,展开一片通红的火海,焰威逼人。尽管二女等精通道法,兀是热得难耐。尤其健儿更难禁受,通身汗流,口渴如焚,气喘不止。二女见他人小可怜,忙道:"健儿热得难受,我们却要护芝仙,不能过去。身旁有药,请癞姊姊代取出来,大家吃些避暑吧。还是芝仙道法高,一点也不热。"癞姑本在二人身后,正要答话,只见芝仙、芝马在二女怀中各睁着一双清波晶莹的双瞳,注视二女。

　　癞姑猛触灵机,一面向二女身旁摸取丹药,故意失声叫道:"这火不比凡火,乃齐师叔熔炼全山金铁玉石的乾天纯阳真火,我们道行浅薄,如何禁受得住? 我热毒已经攻心,你那丹药无甚用处,这却怎好?"二女见她说时哭丧着一张丑脸,神情甚是惶急,自己也觉热极,闻言信以为真,不禁大惊。一眼瞥见袁化由手上发出一股青气,托住那株荫被十亩,枝叶扶疏的古楠树,停身雕前。回望癞姑,正和袁星笑使眼色。心想:"二袁尚不畏热,她怎觉得如此厉害?"谢琳刚想说丹药颇有灵效,何妨试试,话未出口,怀中芝马倏地挣起,张嘴一口唾沫,朝癞姑迎面喷去。癞姑立现喜容,张口迎个正着。笑道:"谢谢你的好意。这下我不热了。谢家两姊妹不知禁得住不?"话未说完,芝仙似早有心,张口一股青气,朝谢璎脸上喷去,跟着又朝谢琳迎面喷了一口。二女原来并坐,当芝马喷沫时,闻得一股清香,又见癞姑突现喜色,刚刚省悟,芝仙已一口喷来,当时立觉清馨入脑,通体清凉,神智益发灵明,知道得益不少,忙也相随称谢。

　　癞姑随把二女丹药分给众人,忽听袁化笑道:"齐大仙姑已用天一真水祛热息焰,用不着了。恭喜三位仙姑与芝仙缘分不浅,早出一会便无此奇遇了。"二女等往前一看,齐灵云和秦紫玲,同在弥尘幡云幢围拥之下,各捧着一个玉瓶,由瓶口中飞出一片濛濛水烟,在火海上面四面飞驶了两转,直往当中原出现处飞去,晃眼无踪。所到之处,炎热顿煞,烈焰也不再上腾。那烈火熔成的通红浆汁,却由四面滚滚而来,浪骇涛惊,齐向金、石二人云幢前面聚拢,激成一个十数亩大的漩涡。这时仙府全区,好似一大锅煮得极开的沸水,又似一炉烧熔了的铁汁,火星飞溅,一片通红,所有杂质,全都浮起,到了当中,随漩而下,沉入地肺之内。那些沸浆熔汁,便越来越清明,晶莹剔透,更无丝毫渣滓,渐归宁息,也不似先前汹涌。

二女便问癫姑灵翠峰的来历。并说："现时后洞已闭，云路又经真人行法禁闭，你说那玉洞真人如何进来？"癫姑道："今天事多着呢。你们看先前两次斗法热闹么？仙府外面还有几个极厉害的仇人，想趁这时，用其法力倒翻地肺，连仙府带峨眉全山千里以内的天地生灵，齐化劫灰哩，你们说妖人心毒不毒？虽然雪山顶上，我们有人制他们，但是这些妖邪都是出了名的厉害。好鞋不沾臭狗屎，无缘无故，谁也不犯惹他们。岳师叔和齐师叔是至交，那灵翠峰乃是星宿海底万年碧珊瑚结成，经长眉师祖取来，炼成一件至宝，中藏灵丹和丹珠、仙草。昔年曾设在日前玉清大师请客的丹台附近，为全山灵脉发源之所。前者突然飞去，飞经东海上空，为一水仙截住，看出内中藏有至宝奇珍，连用法术祭炼，终未得开，反损坏了两件法宝。齐师叔因开府之后，须用此宝镇山，知那水仙为人孤傲，海底潜修多年，又无过恶，如若上门索讨，难免争执，结下仇怨，不愿为此伤他。后听玄真子大师伯说起，岳师叔昔年有恩于他，托代转索。那水仙恩怨分明，久欲报恩，不得机会。岳师叔虽然手到擒来，但不愿和那两个老怪结仇，特意算准时辰，等老怪败走回山，方始前来；否则，早该到了。乙真人他们必已前知，到时自会放他进来的。"说时，下面已成了数百里方圆红艳艳一片平波，漩涡也已停息，火浆渐稠，看去仍是奇热，不可向迩。

二女等正指点谈论间，隐闻一声雷震，癫姑刚道："来了！"忽见青井穴故址上面，一道金虹横天而过，往身后凝碧崖上空飞去。跟着飞落下一个羽衣星冠，周身金光霞彩的仙宾。癫姑忙喊："岳师叔，怎这时才来？"二女等见这玉洞真人生得剑眉星目，丰采照人。左手持有一件八角形的法宝，放射出亩许方圆一股紫气，上面托着一座玲珑剔透，通体碧绿晶莹，四外金霞环绕的翠玉孤峰；右手掐着灵诀，指定头上。缓缓降落，神情庄严，目不旁视，看去谨慎已极。降离火海丈许，便即停住。同时优昙大师、屠龙师太也由左近仙馆后现身，迎上前去，各由手上放出一道金光，将翠峰托住。玉洞真人岳韫忙将左手宝物撤去，略微歇息，重将那八角形的金盘放出。这次改上为下，不在手内，到了空中翻转，仍发出一股紫气，与神尼优昙、屠龙师太的金光上下一合，围拥着那峰缓缓前浮，到了两朵云幢前面，轻轻落下。下沉约三数丈，地底一声雷震，便即矗立在火海之上不动。真人、大师也将法宝、金盘撤去，一同飞向左近仙馆而去。跟着地底殷殷雷鸣，密如贯珠，火海中浆汁也渐凝聚，不消片时，便如冻凝了的稠粥浓膏相似，火气也渐消灭。

二女等暗忖："本来仙景多好，经此一番地震，地面虽大出好些倍，原有的峰峦丘壑全都毁化，只花木还在，莫非这数百里方圆一片空场，只修建上五座洞府？气象虽然雄旷，哪有原来好看？"正寻思间，忽见尽前头那凝聚的火海熔浆平面上，突然拱起了五个大泡，每泡大约百亩，相隔约有一二十里，甚是整齐。跟着周围零零碎碎又起了好些大小不等的浆泡，随听金钟二次响动，左右各地棋布星罗，也有无数其形不一的浆泡，相次涌现，颜色也逐渐转变，不似先前火红。钟声响过，玉磬又响。

峨眉门下男女弟子，忽然各按九宫八卦、五行方位，一齐现身。当地震初起时，众弟子各在方位上，仗着本门灵符，隐护身形，只将各人法宝、飞剑放出，排荡水火风雷，相助师长收功，满空五彩光华交织，并不见人。这时大功告成，突然出现。本来个个仙根仙骨，资禀深厚，因值开府盛典，妙一夫人又各赐了一身仙衣，冰绡雾縠，霓裳霞裙，羽衣星冠，云肩鹤巾，交相辉映，越衬得容光照人，仪态万方，丰神俊逸，英姿出尘。

休说峨眉两辈交好的来宾见了称赞，便是那些心藏叵测，怀仇挟愤的敌党，见了这等景象，也不由得戒心突起，诡谋潜消。有的只是知难而退，不敢再有妄动，安安分分静俟会后各散；有的竟由此一举，顿悟邪正之分，不但不敢再有仇视，反而心生向往，恨不得当时归附，以求正果。异类知道戒惧感化，暗中立誓弃邪归正的，竟占了一多半。这且不提。

且说众门弟子一现身，神驼乙休、穷神凌浑、百禽道人公冶黄、赤杖仙童阮纠、追云叟白谷逸、矮叟朱梅、神尼优昙、屠龙师太等八位前辈上仙，也各自在八卦方位出现。乙、凌、白、朱四人，首用千里传音，朝众弟子传示，嘴皮微动，将手一挥。众弟子立即依言行事，八方分布，如法施为，各将灵符化去。仙府原有那些琪花瑶草，嘉木芳卉，本经众仙施展法力，连根带附着的泥土，凭空拔起，附在那一二百座仙馆台谢的平台云壁之上，一经施为，纷向下面降落。那冒起来的许多浆泡，也继长增高，越来越大，除当中最后面先起五泡，只往上长，看不出是甚形相外，余者渐现峰峦岩壑之形，地面却渐渐往下低去。有那斜长形的浆泡，长着长着，砰的一声清脆之音，突然破裂，当中立现一道溪涧，清泉怒涌，流水潺潺，跟着移形换景，现出浅岸幽岩。那些花草树木，自空下坠，全落在这些成形浆泡上面。晃眼山青水碧，花明柳暗，清丽如画。约有个把时辰过去，只眼前十里方圆一片，直达当中一个未现形相的大泡，仍是空荡荡的广场，余者已是峰峦处处，涧谷幽奇。还有四个大泡，已被高峰危崖挡住，仿佛换了一个境界。又似适才是在做梦，地皮全都凝结。当中一条晶玉甬道，犹是朱红颜色，两旁已被碧草匀铺，哪有丝毫劫后痕迹。众人见乙、凌等长幼群仙各自御剑飞行，四下回翔，每到一处，那浆沸熔结的地面，眨眼便现奇景。各仙馆中的宾客，全都凭栏眺望观赏，互相笑语指点，各现赞美容色。一会工夫，相继沉降，各择景物佳处，矗立其上，不再浮起。

正在互赞神妙，矮叟朱梅忽然飞来，笑向众人道："事情已完，仙府将开，地面已经复旧，你们还恋在空中呆望则甚？那株老楠树，可移植到仙籁顶上去。现时更无他变，树穴内有禁法封闭，灵峰飞回，此间地脉俱都通连，外人不能穿行，二芝却可任意游行自在，不足为虑。你们几个未领衣冠的，快些将树植好，赶往洞后，待众弟子行法完毕，随同排列吧。"袁化等本门弟子闻言大喜，忙拜谢领命。由袁星将芝仙要过，同了三小，扛着楠树，往仙籁顶飞去施为。不提。

朱梅又向癞姑笑道："你这小淘气，怎不随去？你师父打算休你哩，不趁此时热头上找个着落，留神日后无人收你。"癞姑闻言，心中一动，赶紧躬身笑问道："矮师伯，莫拿小辈开心。师父为什么要休我？我没犯规条，说什么也不行。"一言未了，屠龙师太忽然飞来。癞姑忙喊："师父怎不要我？"屠龙师太对朱梅道："你是老长辈，怎这样嬉皮笑脸？"朱梅笑道："不是你说的么？我瞧你还要她当徒弟才怪。"屠龙师太道："你这朱矮子，向来不说好话。你请吧，我师徒还有话说呢。"朱梅笑道："难为你们师徒三人这副尊容怎么配的，也舍得分开？小癞尼，我是为你好，你师父休你无妨，那把屠龙刀却要要过来，莫被别人得去。"

屠龙师太正要答话，朱梅已经飞去。随告癞姑，说自己适见妙一夫人，得知齐师叔开读师祖玉箧仙示，内中附有赐给自己的灵丹，服后不久，功行便即圆满。因念师恩深厚，欲令眇姑承授本门衣钵。癞姑则重返师门，拜在妙一夫人门下，已经议定。命癞姑速随二袁，同由新建立的仙府入内，更了新衣，准备少时随众排班参拜。

癞姑闻言，不禁悲喜交集。又想起朱梅所说之言，知那屠龙刀乃本门至宝，定连衣钵齐传眇姑，明索十九不与。推说师恩深厚，不舍离开，如说重返峨眉，师姊还是大弟子，怎单将弟子弃去？随说便落下泪来。屠龙师太正要晓谕劝说，眇姑忽也飞到，对癞姑道："你不必如此，那屠龙刀我请师父赐你好了。"屠龙师太对眇姑道："癞儿重返峨眉，不患无有奇珍。此宝你日后却少它不得哩。"眇姑稽首说道："师恩深厚，弟子刻骨铭心。但是朱师伯既然亲为此事提醒，必与师妹他年安危有关。御魔全仗自己功力修为，不在法宝。时已不早,请师父赐给她吧。"屠龙师太微一点首,由怀中取出一把形如月牙,碧光耀目的环刀,递与癞姑。癞姑素觉眇姑面冷,不甚投契,见她慨然以至宝相让,好生内愧,坚辞不要。眇姑只看着她,也不再说。屠龙师太道:"你还不知我和你师姊的性情? 既已出口,永无更改。不过她将来道高魔长,性又孤高,无甚同游;你为人随和,到处皆友,务念同门之情,不可大意。固然她内心坚定,终可无害,到底少受苦难为好。时已不早,你速去吧。"说罢,不俟答言,同了眇姑飞去。癞姑知道再推便假,只得收了。

当二袁去时,二女、癞姑已离雕飞起,四仙禽也随往仙籁顶上飞去。屠龙师徒走后,二女向癞姑致贺。癞姑苦笑道:"我师父都不愿要我,有甚可贺之处? 这一来,弄巧小寒山去不成了。先前说的话,仍请留意,就不能亲往约你们,也必以法宝通知。以后得空,再相见吧。"说罢别去。

二女落到地上,再看场上,地底殷雷之声早住,众仙已将布置就绪,所现景物,比日前仙府还要美秀灵奇。只是地方太大,只前面小半林木繁茂,花草罗列;后半尽管泉石清幽,山容玉媚,却不见有草木花卉。两朵云幢后面的第一个大浆泡,也长到了分际,不再上涌。看去恰似一个长方形,前低后高,大约百余亩大小的罩子。本就浮光耀彩,再被无数仙馆楼台、祥氛瑞霭映射上去,越显光怪陆离,夺目生花。二女才知那是五府中的太元仙府,适才本非地震,乃是运用玄功妙法,将全景整个化去,将山石泥土与地底五金宝石融冶一炉,成了浆汁,再照原景损益增建,扩大好些倍,重又造出丘壑泉石。端的功参造化,法力无边。本来五座洞府有三座俱是玉质,只不知它们新毁了再建没有?

二女正寻思间,见空中飞翔的诸位长老,齐往右面峰腰灵峤诸女仙所居仙馆平台上飞去。众弟子也分成两行,齐往当中晶罩之后飞去。跟着癞姑、袁星、袁化、沙佘、米佘五人相继飞过,却不见健儿在内。猛想起健儿并非峨眉门下,适才见他随众同往仙籁顶时,曾和沙佘耳语,面有忧色,许是想一同混进去,吃二袁阻住留在楠树穴内。这点小人,如此向道,实是可怜可爱。

正想前去看望,女昆仑石玉珠忽然飞来,笑道:"二位姊姊,叶岛主唤你们呢。"二女随她来路一看,因是开府期近,乙、凌等八位长老连同灵峤诸仙,为使来宾得饱眼福,特意把这些仙馆楼台降落在两旁峰崖之上,都是举目可及。这时金钟岛主叶缤、杨瑾、半边老尼和门下五女弟子俱集在一起,凭栏观望。二女忙随石玉珠飞身赶去。叶、杨二人同笑问道:"你两姊妹真淘气,差点没被冷云仙子余娲摄走。为何你们还要多事,代人守护芝仙,别人都有事走了,还舍不得回来?"半边老尼望了二女一眼,微笑道:"她两个且乖巧呢。千年灵物,尚知报德,你看她们这双眼睛,可知没有白出力哩。"叶、杨二人闻言,仔细向二女脸上一看,果然目有灵光,神采益加焕发。叶缤首先笑问道:"芝仙给你们吃什么东西么?"二女笑答:"没有。只喷了一口气在脸上,怪香的。当时觉得头目清灵,通身舒畅。莫非这也得了益处?"随说,又双双笑道:"我们还未向武当老仙师拜谢哩,真个荒疏。如不是那法宝,差点没给贼道姑的气球装走。"说罢,双双拜了下去。半边老尼拉起笑道:"小小年纪,不可出口伤人。你们休看轻那口青气。以前芝仙未服齐道友灵丹,尚无现在功力,为感金蝉不杀之恩,只给他双目拭了一下,便能透视云雾,辨别幽隐。如今芝仙功候大进,这口青气乃它本身元精所化,常人略微沾润,便可起死回生,况你二人美质,又是当面喷来。别的益处不说,单这一双神目,便不是妖烟邪雾所能隐蔽了。如非你们缘福深厚,哪有这等奇遇呢?"

二女闻言,好生欣喜。便问叶姑、杨姑:"怎不和灵峤诸女仙一起? 仙府开时,是什么情状? 怎的布置已完,迟不开出?"叶缤道:"看你们问这一大串,我懒得说,自问杨姑去吧。"二女又问杨瑾。

杨瑾朝半边老尼看了一眼,笑道:"因为半边大师不喜人多,所以我们陪同来此。你当仙府容易开建的么? 休说景物,还有好些没有增建齐全,便是当中那座太元仙府,一切陈设布置,也还有不少事做。本来辰正起始,要到次日午正,才是正经宴会仙宾之时。只为此是千古未有之奇,不论何方道友,俱欲目睹盛况,主人又是门户广大,一体接待,所以都是在期前赶来。经过详情,千头万绪,也说它不完。按说此时已可开放,因妖人猖獗,暗下毒手,尽管防范周密,内外俱有能者,仍不免被他用法宝将地底灵脉毁了一处。为了一劳永逸,不得不运用仙法修复。现在自掌教真人以下,俱在里面合力施为。你们只要见灵翠峰上放出异香,第三次敲钟击磬,便是仙府开放了。不过还须本门中人首先行礼参拜,事完才得众宾客赴会呢。你义父也在里面,你忙什么? 适才闲中推算,你二人少时又启杀机。可是仙府连日应有阻难纠葛,俱已过去,似不应有事发生。叶姊姊怕是今日肇因,事却应在将来。你姊妹一双两好,容易惹人注目。今日外客中有不少异教人物,均是能者,你姊妹不日便去小寒山,至多三年,便要下山行道,何苦树敌,多结仇怨? 恰值半边老尼想看你们,为此将你二人唤来。最好就随我们在此,静候少时,一同观礼吧。"

半边大师接口说道:"道友虽然知机,贫尼却不如此看法。她二人缘福根基俱都深厚，眉间虽隐有杀气，但于她们本身无害。适才灵峤甘、丁二位道友和崔五姑商量，开府以前，还有好些新鲜花样。休看她三人学道多年，只恐童心比小徒们还盛。初次出山，难得遇到了这样空前盛况，我看就由她们去吧。当真将来有甚纠葛，贫尼师徒决不置身事外好了。"

叶、杨二人原因半边老尼未来以前，便有人告知，二女不久要树强敌，敌人恰与半边老尼有点渊源，知道老尼难惹，难得对二女格外垂青，当赠二女法宝之时，便打算将计就计。后来二女走后，偏巧郑颠仙因老尼神情傲兀，语气中隐含讥讽。叶、杨二人看老尼不爱理人，恐生嫌隙，借词将她师徒约了过来，就势唤回二女。哪知事有定数，禁阻无用，本心就是引她吐口，不料才一开端，老尼便揽了过去，心中暗喜，立命二女拜谢。二女自得法宝脱难，对老尼已经大改初念，起了敬意，闻言会意，早不等招呼，双双拜将下去。其实半边老尼道法高深，精于前知，对于二女也是别有用心。只当时这一着，因是爱重二女过甚，以为自己向不需人相助，将来即有用人之处，自应施惠于先，以便到时出诸自愿，免受对头讥笑，因而脱口包揽下来，等日后发觉，才知上套，无奈话已出口，说不上不算了。此是后话不提。老尼当即笑将二女拉起，慰勉了几句。

半边老尼的五女弟子，本就喜欢二女，意欲结纳；又见师父破例，对外人加恩，情知必非无故；二女又极喜交友，更爱五女个个生得灵秀美貌。因此答完了话，便凑向一起说笑，亲近起来，互谈近况和适才癞姑应敌时的许多笑话。

正在兴头上，照胆碧张锦雯忽道："二位姊姊快看，诸位老前辈刚由下面行法部署完毕，怎又飞落场中，连灵峤仙府诸位女仙也在一起，莫不是如师父所说，再出甚新鲜花样吧？"众人回望前面广场上，神驼乙休、穷神凌浑、追云叟白谷逸、矮叟朱梅、神尼优昙、屠龙师太、百禽道人公冶黄、玉洞真人岳韫、白发龙女崔五姑、青囊仙子华瑶崧、玉清师太、郑颠仙，还有天蓬山灵峤仙府赤杖仙童阮纠、甘碧梧、丁嫦、尹松云、管青衣、陈文玑、赵蕙等师徒男女七位地仙，正同向广场当中飞落，看神气似已议定有甚举动。落地之后，众仙便各自立定观望，只乙休一人向前走去，紧跟着两边峰崖各仙馆中又飞落了好几十位仙宾。

二女好些俱未见过，经石玉珠、张锦雯一一指说，才知那后飞落的乃是海外散仙易周全家、凌虚子崔海客、滇池香兰渚宁一子、苏州天平山女仙巩霜鬟、南海磨球岛离朱宫少阳神君、天师派教祖藏灵子。此外只有最后飞落的两人,同穿着一身黄麻布的短衣,看去只是中年,却生着三绺黄须,面如纸白,最奇的是也和二女一样,是孪生兄弟,不但相貌如一,连举止动作俱都一样,似是快地震以前赶到,众人都不认得。只摩云翼孔凌霄想起十年前路过大庚岭时,曾见这两人在一山僻小村之内,纠合七八个村人在织渔网,也因见二人孪生异相,看了两眼,彼时只当是两个寻常村人。后虽想起,二人生就一双金黄色眼睛,暗无光泽,所结的网广被数亩,还未结完,觉得奇怪,想过也就丢开,不曾在意,不料竟是有道之士。这两位黄衣人,由斜对面一所小亭舍飞落,也不与众合流,单独立在一边旁观。藏灵子好似对他俩有留意神情。石玉珠最是好奇喜事,因两位黄衣人凭空飞堕,随身不见云光,又不带有邪气,看不出是何路数,正想去向师父请问,忽听空中一声雷震。赶紧回看,满空光霞激滟中,金、石二人立身的朵云前面,突现出一座红玉牌坊,长约三十六丈,高约长的一半,共分五个门楼,一色朱红,晶明莹澈,通体浑成,宛如一块天生整玉,巧夺天工,不见丝毫雕琢接榫痕印。当中门楼之下,有一横额,上镌着"玄灵仙境"四个大约丈许的古篆字,字作金色。一时朱霞丽霄,金光映地,衬得仙府分外庄严堂皇。

仙都二女见众仙俱集,底下新奇之事还多,忙向叶、杨等三人说了,约同张锦雯、孔凌霄、林绿华、石明珠、石玉珠五人一同赶去。石玉珠等因先时师父不令离开,不料二女一说便允,二女又只顾走快,不暇再问,匆匆同往场中飞落。这时各仙馆中长幼外宾又飞落了二三十位。地既宽大,来去相隔又远,多半俱在四下围观。站在当中的仍是先来乙、凌诸仙与后添的易周和宁一子。

众人知道那红玉牌坊,未开府前乙休便带了来,为显神通,故作惊人之笔,也没和妙一真人商量,一到便将凝碧崖前的上空云路开通,连上洞均整个掀去,展开了十来里方圆云空。另用七层云带将上下遮断。等到将红玉牌坊建好,因仙府诸长老说起五府未辟前数日,正是多难之期,兹事体大,不可大意,敌人厉害,中间又须发动水火风雷,重新鼓铸峰峦,陶冶丘壑。就算道术神妙,防备周密,可以无害,但妖人刁狡无耻,败时甚事做不出?这等稀世奇珍,当初海国水仙采万年红珊瑚熔铸此宝时,和本府灵翠峰一样,不知费了多少心力,你道友也用至宝换来,得之不易。万一妖人情急时有甚残毁,不特可惜,反负道友这番盛情美意。最好先行收起,开府时再行建立。乙休先还恃强,不肯撤去,力说自己早已算就,来敌中只一血神子扎手,但已约了极乐童子到时赶来,用先天太乙神雷合力除他,决可无害。自己既代了主人,洞开门户,自然身任其难,不令妖人妄越雷池一步。后来还是妙一真人知他性情古怪,这等劝说无用,笑说:"此时仙府景物虽也都不差,终嫌地太逼窄,不称此宝。与其先立在此,使外人笑我受了厚礼,立即卖弄,倒不如等到五府宏开,当众出现,既可使他们见识道友法力高深,又为新居生色,岂非绝妙?"乙休明知众人说得极是,只为与白、朱二老斗口已惯,不愿输口,故意执拗。等妙一真人一劝,立即乘机应诺撤去。这么大一座坚硬之物,上不着天,下不着地,一声雷震,万道霞光,突然建立,适才又有水火风雷之劫,先前不知隐藏何处,说现便现,远近群仙目睹的,十有八九竟没有看出它的来路。就那看出的几位,如神尼优昙、屠龙师太、白、朱、凌、崔以及灵峤诸仙、宁一、藏灵等二十余位仙人,见这等神速灵妙,也都赞佩不置。

众仙宾正观赏称道间,凌浑回顾藏灵子和少阳神君并立一处谈说,忙喊道:"天矮子,刚才灵峤诸位道友说这里新建出来,地方大,景致少,想给主人添点东西,由这广场到后面,看少什么,添什么。你看驼子多人前露脸,你当教祖多年,不似我这穷叫花,才当了三天半花子头,休说送人,连自己衣食还顾不过来呢。你打算送什么?快说吧,这不比世人新屋落成宴客,须等主人亲出招呼。莫非你非见了主人才献不成?"

藏灵子道:"凌花子,你已创立教宗,还是改不了这张贫嘴,一点修道人的气度身分都没有。真可谓是甘居下流,不顾旁人齿冷。无怪峨眉发扬光大,你看齐道友,无论平日今时,哪一样不叫人佩服?岂似你们这样,连说话都惹厌的?"朱梅道:"天矮子,我如不和凌花子站在一处,也不多心。你说他,我不管,为什么要加'们'字?"藏灵子微笑道:"这话还便宜你呢。凌花子不过说话讨厌,人还可交;不似你和白矮子,又讨厌,又阴坏。你知道驼子吃激,故意将他,往铜椰岛去惹祸,自己却三面充好人。我听说日内痴老儿便要往白犀潭赴约,驼子夫妻败固是败不了,就胜也有后患。看你将来怎对得起朋友?"朱梅方说:"这个不用你多心,凭驼子决吃不了人的亏,当是你么?"

凌浑道:"两个矮子休要斗嘴,你们倒是有东西送主人没有?谁要拿不出新鲜物事,把我这根打狗棒借他。"藏灵子冷笑道:"你不用巧说将我。我知两矮子在紫云宫混水捞鱼,得了好些沙子。那本是峨眉门下弟子之物,你们还要给人,有什么稀罕?齐道友千古盛举,又承他以谦礼相邀,我早备有微意,已将孔雀河三道圣泉带了一道来,总比你们这些慷他人之慨的有点诚心吧?"这句话一出口,众仙俱知那一道圣泉,藏灵子看得极重,他和峨眉又无深交,并且门人还有杀徒之恨,就说前仇已经乙、凌二人上次化解,妙一真人优礼延请,藏灵子素来性傲不肯服人,怎会如此割爱厚赠?除已知用意的有限几人,俱都惊诧。

凌浑笑了一笑,方要答话,乙休忽道:"你耍贫嘴有甚意思?还不快看灵峤诸仙妙法。"说时,阮、甘、丁三仙已按预计,命陈文玑、管青衣、赵蕙三女弟子如法施为。三女领命回身,立时足下云生,同时飞起,各将肩挑花篮取持手内,分成三路,由红玉牌坊前起始,沿着各处峰崖溪涧上空,缓缓飞去。花篮中的花籽,便似微雨轻尘一般,不时向下飞落。

当地震时,除仙簌顶一处兀立火海之中,不曾崩陷外,裴芷仙、章南姑、米明娘等所掌仙厨石洞,因是存储款待仙宾酒食之所,也由米明娘为首,用妙一真人灵符,将全洞室拔地飞起,等地皮略微凝结,复了原状,便移往绣云涧故址东面。

新建危崖之后,姜雪君带来的那些化身执役仙童的花木之灵,气候浅薄,禁不住那么大阵仗,也都藏身在内,静俟后命。陈文玑等三仙眼看快要绕遍全境,飞到尽头,这些执役仙童候都出现,往五府后面的山上飞去。三女看出用意,没到后山,便自飞回。神尼优昙笑道:"想不到嬷姆师徒也如此凑趣。这些已成气候的花木果树,我们稍微助力,每株俱能化身千百。仙府前面,本多嘉木美树,瑶草琪花,只嫌地方太大,仓促之间,不够点缀。如从别处移植,当时又来不及。今有许多天府仙花异种,再加上许多珍奇通灵的花木果树,越发锦上添花,十全十美了。贫尼对齐道友无可为赠,且送少许甘露,聊充催花使者吧。"

藏灵子闻言走过,正要答话,先是陈文玑、管青衣、赵蕙三女仙赶回,向师复命。跟着姜雪君由后山前现身飞来,见面便向优昙大师行礼,笑道:"那些花木之精,本在东洞庭生根。后辈起初可怜它们只采日月风露精华,向不害人,小有气候,颇不容易。又值齐真人开府盛典,初意它们俱有几分灵气,种植在此,既可点缀仙山,权当微礼;又可使它们免去许多灾害:一举两得。本来为数甚多,因料仙府花木必多,恐难容纳,特选带了一少半。适见仙域广大,颇有空隙,为期全盛,只得令其各凭功力,化身培植,但此事自必戕其元气。虽然仙府地气灵腴,易于成长复原,只是暂时受创,终且大益。但是家师和妙一夫人适才谈起,它们区区草木之灵,尚知自爱,连日服役仙宾,也颇勤勉称职,事后无赏,转使有所凋残,未免辜负。知道大师玉瓶中藏有甘露灵浆,天师教祖此来携有灵河圣泉,欲请加恩,赐以膏露,俾得即时复原荣茂,于开府之时,略增风华。不知尊意如何?"

优昙大师知道嫫姆师徒是因自己玉瓶中甘露所带无多,遍洒全山花木难足敷用,终不如悉数灌注在这些灵木身上,可使得到大益,惟恐兼作催花之用,林木沾润无多。而那些灵峤仙花的种子,如无灵泉滋润,又难顷刻开花,终年不谢。恰巧藏灵子心感三仙前斩绿袍老妖时许多留情关注之处,久未得报;又以大劫将临,非有玄真子、妙一真人夫妇等峨眉长老出力相助,难于脱免。平日性傲,耻于下人,路数不同,正苦将来无法求助。不料妙一真人竟命门人亲往送柬,延请观礼,辞章更是谦虚,不禁又感又佩又喜,正合心意。竟把守了多年的三道地脉灵泉,用极大法力,带了一道前来,借以结纳,并为他年万一之备。优昙大师既知藏灵子的心意,自己身带灵丹又多,正好挹彼注兹。所以一听姜雪君如此说法,便笑答道:"这些灵木,原本不应辜负。时已不早,就烦道友大显神通,以灵泉浇灌那些仙府奇花。贫尼去至后山,助那些花木果树成长,就便令它们结点果实,与诸位仙宾尝新吧。"

藏灵子道:"孔雀河灵泉,不与本源相接,固然可用,终不如源远流长的好。但是仙府全境山峦溪涧,均经仙法重新鼓铸陶冶,地脉暗藏禁制妙用,与凡土不同,不是外人可能穿通接引。适闻李、谢二位道友镇压地肺,不知事完与否?来时泉源已由荒山引到山外,只限雷池之隔。可请李、谢二位指一泉路,与外通连,一劳永逸,行法时也方便些。"姜雪君知他用意,笑道:"李、谢二位真人已早毕事,现正在中元仙府以内,与齐真人等相聚。家师与妙一夫人等,仍在太元仙府聚谈。来时,妙一夫人曾说,教祖盛情可感,已将数千里泉脉贯穿,不特源远流长,无须竭泽而渔,异日双方音声如对,尤为绝妙。特令转告:本府地脉中枢便在灵翠峰下,已由极乐真人留有泉脉,通向府外飞瀑之下,与教祖所穿泉路相连。而此峰又是长眉真人镇山至宝,中藏无数妙用。道友只需将泉母由峰西角离地九丈三尺的第五洞眼之中灌入,内里自会发生妙用,内外通连。用时再向东方斜对第三穴中行法,便可随意施为了。"

藏灵子一听,这等天机玄秘,最难推算的未来之事,分明又被识透,越发愧服。旁立人多,恐被听出,略微称赞了两句,便依言行事。走向灵翠峰前,仔细一看,果然仙法神妙,不可思议。随照所说,把身后背的一个金葫芦取下,手掐灵诀,施展法力,朝峰孔中一指。立有一股银流,其疾如箭,由葫芦口内飞出,射向峰眼中去。众人见那葫芦长才一尺二三,泉母未射出时,看去似并不重。及到银泉飞射,立时洪洪怒响,长虹一般,接连不断往外发射,藏灵子那么大法力,双手捧持竟似十分吃力,一点不敢松懈。凌浑在旁笑道："藏灵子，真亏你，大老远把这么多水背了来。要差一点，赔了自己一份家私，还得把背压折，去给乙驼子当徒子徒孙，才冤枉呢。仙府都快开了，种的仙花连叶还没见一片，静等浇水，你不会留点，少时再往峰里倒吗？"藏灵子冷笑道："凌花子，你知道什么？随便胡说。"说时场上诸仙已有一多半随了优昙大师，越过当中三座仙府，往后山飞去。二女等觉着藏灵子水老放不完，也都赶往。

姑射仙林绿华生平最爱梅花，见众木精仍是仙童打扮，一个个疏落落，分立山上下，见众仙到来，纷纷拜倒叩谢，却不开口。玉清大师恰在身旁，笑问："哪几个是梅花？"二女也俱有爱梅花癖，也抢着指问。玉清大师道："你们看，那穿碧罗衫和茜红衫的女童，便是绿萼梅与红梅。"谢琳笑问："那肩披鲛绡云肩，身穿白色衣，长得最为美秀出尘的，想必是白梅了？"谢璎又问："有墨梅异种没有？"玉清大师道："怎么没有？不过只有一株，那和两株荔枝邻近的便是。除却穿紫云罗，腰系墨绿丝绦，是增城挂绿外，凡是女装的，都是林道友的华宗，处士的眷属。有人惹厌，不必问了，看姜道友和家师行法吧。"

二女闻言，也未留意身后有人走来，只见姜雪君朝男女诸仙童把右手一挥，左手一扬，立有一片五色烟云，把全山笼罩。优昙大师随由身上取出一个玉瓶，手指瓶口，清香起处，飞出一团白影，到了空中，化为灵雨霏霏，从上飞洒。约有盏茶光景，雨住烟消。再看山上下，男女仙童全都不见，前立之处，各生出一株树秧，新绿青葱，土润如膏，看去生意欣荣，十分鲜嫩。孔凌霄笑告林绿华："如非仙家法力，似这一点嫩芽，间隔又稀，要等成林开花结实，不知要等几多年哩。"谢琳道："就这样，恐怕也只开花结果，要想一株株长成大树，也恐不容易吧？"一言甫毕，眼看那些树渐渐发枝抽条，越长越大，转瞬便有四五尺高下，枝叶繁茂，翠润欲流。姜雪君道："这样漫长，等得多么气闷。我再助它们一臂吧。"随说，正要掐诀施为，优昙大师笑说："无须。这里地气灵腴，便无甘露滋润，法力助长，也能速成。此是灵木感恩，欲求极茂，加意矜恃所致。好在为时有余，天灵道友尚未施为，少时与各地仙葩一齐开放，一新眼目，也是好的。我们回去吧。"说完，众仙便往回飞。

二女和林绿华俱因爱梅，心想相隔前面过远，少时只能遥观，这梅花中有好些俱是异种，商量看到树大结萼，差不多到了时候再走。张锦雯、孔凌霄与石氏双珠，同有爱花之癖，见三女不走，也同留下。那些梅树也似知道有人特看它们，故意卖弄精神，比别的荔枝、枇杷、杨梅、玉兰之类长得更快。晃眼树身便已合抱，一会越长越大，绿叶并不凋落，忽变繁枝。众人知道树叶已尽，花蕊将生，又喜又赞，在花前来回绕行，指说赞妙不绝。二女更喜得直许愿心："花若能快开几朵好的大的出来，让我们观看，日后我们如成道，必对你们有大好处。"张、孔、林、石五女见二女稚气憨态，纯然天真，又笑又爱。

正在说得高兴，忽然身后怪声同说道："你们如此爱梅，可惜所见不广。这有限数百株寻常梅花，有甚稀罕？西昆仑山顶银蟾湖两孤岛，有万顷荷花，四万七千余株寒梅，其大如碗，四时香雪，花开不断，为人天交界奇景。你们会后可去那里一饱眼福便了。"众人回头一看，正是先见那两个不相识的黄衣人，尚在旁观，还未走去。这一对面，越看出一对孪生怪人相貌异样，声如狼嗥刺耳，面上白生生通无一点血色，眼珠如死，竟无光泽，板滞异常，胡须却如金针也似，长有尺许，根根见肉，又黄又亮。穿的黄色短衣，非丝非麻，隐隐有光。神态更傲兀可厌。

二女先见他们随众同来，二人单立一处，默无一言，也无人去睬他们，心本鄙薄。这时听他们突在身后发话，武当五女见多识广，虽也厌恶，却知不是庸流，未便得罪。姑射仙林绿华正想婉言回绝，谢琳已先抢口答道："谁曾和你们说话来？梅花清高，就因它铁干繁花，凌寒独秀，暗香疏影，清绝人间，不与凡花俗草竞艳一时，所以清雅高节，冠冕群芳。如要以大争长，牡丹、芍药才大呢。若把它们开在这梅花树上，成了无数纤弱柔软的花朵，乱糟糟挤满这一树，看是甚丑样儿？真看梅花，要看它的冰雪精神，珠玉容光，目游神外，心领妙香，不在大小多少。哪怕树上只开一朵，自有无限天机，不尽情趣。如真讲大，牛才大呢。"

谢璎也插口笑道："你两个枉是修道人，既在此做客，不论是人请是自来，修道人总该明理。打扮像个乡下人，衣冠不整，便来赴会。我们素昧平生，要请我们看花，应该先问姓名，不该在人背后随便乱说，说得还不客气，又是假话。你们既没问我们的姓名，我们也懒得问你们。只是一样，你家既有好多的花，为何还和我们一样，守在这里等开花结蕊？出家人不打诳语，看你二人这一身，也许不是释道门中弟子，所以随便说诳。你们莫看凌真人穿得破，一则人家游戏三昧，自来隐迹风尘，故意如此；二则他是一派宗祖。你们何能和他比？再说人家虽穿得破，也是长衣服，不像你们短打扮呀。怪不得一直没人理你们哩。"

谢琳又道："按说彼此都来做客，我姊妹至多不理你们，不应如此说法。

但我们也是为好,想你二人能够守到开府,福缘实在不小,看看人家,想想自己,应该从此向上,免得叫人轻视。你们要学好人,仙府眼面前多少位上仙,哪个不比你们高强?如肯虚心求教,要得多少益处呢!至少也和我姊妹一样,交下多少朋友,岂不是好?你们这一身打扮跟脸上神气,先就叫人讨厌,还要说人所见不广。连梅花都要生气,不肯先开,使我姊妹都看不成了,多糟!"

武当五女见二女你一言,我一语,毫没遮拦,信口数说,两黄衣人仍是不言不笑,默然难测。知道不妙,连和二女使眼色,全不肯住。正在暗中悬心戒备,忽见两黄衣人把死脸子一沉,朝二女刚说的"娃娃"两字,忽然回身便走,也没有见用遁光飞行,眨眼工夫,便到了十里广场之上,竟没看出他们怎么到的。料知不是好相识,二女已经惹事,看神气要变脸。只不知他们何故突然收锋,反似受惊遁走,俱觉奇怪。

回望那数百株梅花树,已经大有数抱,长到分际,枝头繁蕊如珠,含苞欲吐,姹紫嫣红,妃红俪白,间以数株翠绿金墨,五色缤纷,幽香细细。同时别的花树也俱长成,结蕊虽不似梅花,别有芳华,清标独上,却也粉艳红香,各具姿妍。

方在赞赏夸妙,猛听连声雷震,瞥见来路广场上水光浩淼,一幢五色光霞正由平地上升霄汉,矗立空中,倒将下来。连忙一同飞身,赶将过去观看。原来藏灵子圣泉已经放完,屠龙师太又施展法力,将灵翠峰前十里方圆地面陷一湖荡,即将藏灵子圣泉之水,由灵翠峰底泉脉通至湖心,涌将上来,已快将全湖布满。百禽道人公冶黄笑道:"这湖正在红玉坊与仙府当中,将正路隔断,出入均须绕湖而行。再搭上一座长桥,直达仙府之前,气象就更好了。这该是嵩山二道友的事吧?"追云叟白谷逸笑对矮叟朱梅道:"紫云神砂,为数太多,正想不出有多少用处,尽建造些楼台高阁,也没意思。屠龙师太辟此一湖,实是再好不过。"

白谷逸随即和朱梅各由身畔取出一枚朱环,隔湖而立。白谷逸首先左手托环,右手掐着灵诀,朝环一指,立有一幢五色光华,自环涌起,上升天半,渐渐越长越大。二女等七人到时,倏地长虹飞击,往对岸倒去。同时这一头也脱环而出,恰巧搭向两岸,横卧平波之上,成了一座长桥。易周在旁笑道:"这桥还是作半月形拱起好些。"矮叟朱梅道:"后半截是我的事,不与白矮子相干。"随说,飞身到了桥中心,双手一搓,抓起彩虹,喝一声:"疾!"那条笔也似直的彩虹,便由当中随手而起,渐渐离开水面约有四五丈。公冶黄道:"够了,够了!湖长十里,两头离水二丈,当中离水只高四五丈,形势既极玲珑,日后众弟子们可以荡舟为乐,不致将两边隔断,两头看去,还不怎显,宛如一道虹卧在水上,太好看了。"

朱梅道:"鸟道人,你说好,偏不依你。"手指处,彩虹忽断为二,各往两头缩退十多丈,悬在空中,当中空出一段水面。朱梅照样手托朱环,掐着灵诀,往下一指,彩霞又自环中飞泻,落向水面,晃眼展布开来。朱梅在空中直喊:"白矮子快帮点忙!我一人顾不过来,这东西一凝聚,再弄它就费事了。"说时白谷逸已应声飞起,到了湖心上空,一同行法施为。不消顷刻,朱环收去,当中彩霞随手指处,先现出一片彩光灿烂的二三十丈方圆的平地。跟着彩光涌处,地上又现出一座七层楼阁,四面各有三丈空地,两边彩虹随往下落,搭在上面。朱、白二老分向两面飞去,到了两桥中心,用手一提,各拱出水面三丈高下。然后分赴两头,各掐灵诀行法施为,对面驰去,仍到阁中会合,再同往众人立处飞来。这一来,一桥化而为二,每道长约四里余,宽约十丈,中间矗立着一所玲珑华美的楼阁,两边俱有二丈高的雕栏。乍成时,远望还似气体。等到二老飞回,便成了实质,直似长有十里一条具备五彩奇光的整块宝玉雕琢而成,通体光霞灿烂,富丽堂皇,无与伦比。

众仙正纷纷赞美,意欲由桥上走将过去,观赏一回,藏灵子道:"后山灵木俱已结蕊,各处峰崖上的仙府琪花,还不成长,莫为矮子卖弄手法,误了催花之责。"凌浑笑道:"湖里有的是水,谁都能够运用,并非你不可。"藏灵子冷笑道:"凌花子,你知道什么?我那圣泉岂是这样随便糟蹋的?湖中之水,虽也有少许圣泉在内,大体仍是飞雷崖上那道飞瀑,不过仙府泉脉只此一条,借我圣泉引导来此罢了。为想使湖水亘古长清,甘芳可用,日后养些水族在内,易于成长通灵,掺入了些。如说全是圣泉之水,休说急切间没有这么多,便是灌满全湖,圣泉比飞雷瀑布山泉重二十七倍,水中生物怎能在内生息游动?灵翠峰奥妙,我已尽知,少时自会用我圣泉,为仙府添一小景,并备日后众弟子炼丹之用足矣。"凌浑笑道:"如此说来,你那点河水并没舍得全数送人,不过带了些来做样子罢了。怪不得,我刚才想你怎会有这么大法力呢!"藏灵子道:"你又说外行话了。这万年灵石玉乳与千载岩青,只有轻重之分,一则遇风即化了,一则离了本原,日久便即坚凝成玉。我起初原想竭泽而渔,全数相赠,只不过主人要以法力养它,甚是费事,齐道友特意留下泉脉,使其两地相通,不特省事,而且互有益处。当我齐蔷,就看错了。"凌浑笑道:"你当我真不知道吗?再往下说,你非情急不可。算我不懂,你自行法

194

如何？"

藏灵子知他再说必无好话，便不再还言。嗔道："血儿，持我红欲袋汲水灌花，不可迟缓。"熊血儿随从身后走来。朱梅笑道："我听你这法宝名字，准不是什么好东西。莫要污了灵峤仙花，你没办法交还人家。"藏灵子方欲答话，神驼乙休已先接口说道："你们三个欺负天矮子，我不服气。你们不知此宝来历，就随便乱语。"藏灵子笑道："到底驼子高明识货，不像你们随口胡言乱说，全无是处。"追云叟笑道："朱矮子成心怄你哩，谁还不知氤氲化育之理？此宝用以浇花，实是合用。不过仙葩遭劫，多少沾点浊气，比起人间用那猪血、油汁浇花，总强些罢了。"乙休道："你既明此理，还说什么？藏灵子，彼众口利，孤嘴难鸣，不要理他们，催完了花、白、朱二矮还有事呢。"

那灵翠峰自从灵泉灌入，泉路开通之后，峰腰便挂起两条瀑布，相隔两三丈，下面各有一原生洞穴承住，并不外流。乙休说时，血儿早走过去，由法宝囊内取出一个尺许长的血红色皮袋，接住泉流。约有半盏茶时，飞起空中，将袋往空中一掷，立即长大亩许，由下望上，绝似一朵红色云霞。血儿紧跟在后，手掐灵诀一指，适接圣泉便化为濛濛细雨，四下飞落，沿着各处峰峦溪涧，遍地洒将过去。雨云飞驶甚速，顷刻之间，便将适才仙葩布种之处，一齐洒到，水也恰巧用完，血儿收宝归来复命。藏灵子正要行法催花，赤杖仙童阮纠笑道："这些小草琪花，得道友灵泉滋润，当益茂盛，道友不必多劳吧。"藏灵子知道灵峤诸仙法力高强，照此说法，必早在暗中行法，便无滴水，也能花开顷刻，不便再为卖弄，便停了手。

易周笑道："后山花木，已全结蕊绽开，远望一片繁霞。道友何不使仙府奇芳略现色相，使我们先饱眼福呢？"阮纠笑答得一声："遵命。"晃眼之间，适才千百布种之处，突然一齐现出三尺许高的花枝，都是翠叶金茎，其大如拳，万紫千红，含芳欲吐。有的地方还现出一丛丛的九叶灵芝。除灵峰、平湖、甬道、通路、广场外，一切峰峦岩石，溪涧陂陀，全被布满，繁茂已极。

宁一子道："贫道无多长物，只带了千本幽兰来，不料仙府名葩开遍全境。一则此间无处培植；二则幽谷小草，性本孤僻，也须另为觅地。适见那溪谷满布乔松，贫道所携，有一半是寄生兰，本该寄生老木古树之上。仙府将开，微礼尚未奉诸主人。乙道友烦往同行，了此小事如何？"阮纠笑道："我适闻到幽兰芬芳，由道友袖间飞出，我早已料到。空谷孤芳，不同俗类，已暗命弟子留一处幽谷，就在绣云涧后。诸位道友何妨同去，一赏芳华？"众人俱称愿往。宁一子逊谢了两句，便由朱、白二老前导，往仙府左侧横岭转将过去。

　　一路之上，只见洞壑灵奇，清溪映带。原有的瑶草奇花，本是四时不谢，八节如春，名目繁多，千形万态。又经仙法重新改建之后，景物越显清丽。众仙顺着绣云涧，到了鸣玉峡尽头。循崖左行，面前忽现出一片松径，松柏森森，大都数抱以上，疏疏森立，枝叶繁茂，一片苍碧，宛如翠幕，连亘不断。左边一片陂塘，水由仙籁顶发源，中途与绣云涧会合，到此平衍，广而不深，溪流潺潺，澄清见底，水中蔓草牵引，绿发丝丝。树声泉声，备极清娱。宁一子笑道："这里便好，且把寄生兰植上吧。"随说长袖举处，便有细长如指的万千翠带一般，往沿途老松翠柏的枝丫之上飞去。立时幽香芬馥，令人闻之心清意远。定睛一看，那寄生兰叶，俱在二三丈之间，附生树上，条条下垂。每枝俱有三五花茎，兰花大如酒杯，素馨紫瓣，藤花一般，每茎各有十余朵，累如贯珠，香沁心脾。乙休道："仙兰诸上奇兰，异种名葩，何止千百，此是其中之一。虽是人间嘉卉，但经过宁一道友仙法培植，休说常人无法觅得，只恐各地名山仙府中，也未必能有这样齐全呢。"

　　阮纠笑道："丁师妹最喜兰花，灵峤宫中还植有数十种，除朱兰一种得诸灵空仙界外，余者多是常种。道友奇种甚多，不知还肯割爱数本么？"宁一子道："丁道友见赏，敢不拜命。袖中尚剩五百余本，约百余种，真属罕见的不过十之一二。荒居所植，除朱兰只有一本，未舍送人外，稍可入目的，每种都分了些来。请丁道友指示出来，不俟会毕，便可奉赠。"丁嫦笑道："阮师兄饶舌，重辱嘉惠，无以为报。小徒篮中花种尚有少许，即当投桃之报如何？"陈文玑随取花种奉上。宁一子喜谢收下。

　　话说众仙走完松径，转入一个幽谷。宁一子见左边危崖排云，右边是一大壑，对岸又是一片连峰。一条极雄壮的瀑布，由远远发源之处，像玉龙一般蜿蜒奔腾而来，到了上流半里，突然一落数丈，水势忽然展开，化为平缓。遥闻水声淙淙，山光如黛，时有好鸟嘤鸣于两岸花树之间，见人不惊，意甚恬适，衬得景物益发幽静。

　　仙都二女笑问玉清大师道："这么多禽鸟，适才地震怎禁得起？莫不又是法力幻化的吧？"大师道："这事还亏我呢。仙府本无鱼鸟，这些都是申、李、金、石等四人闲中无事搜罗了来。琼妹手下又有雕、猿门人，为讨师父好，每出一次门，便四处物色。袁星格外巴结，竟骑了神雕，远去莽苍山中寻找异种，以致越养越多，什么样都有。直到那日，由幻波池归来，路遇贤姊妹回来，闻说地震之事，才着了慌，又不舍得放出去，一齐托我想法子。我因数目太多,尤其水中鱼类难弄,费了不少事,才把这些禽鱼作为几处,摄向空中,专心经管。直到仙府重建,才把它们散放各处。你是没去鱼乐潭和朱桐岭两处,不特小鸟小鱼,连凤凰、孔雀都有呢。"

正说之间,宁一子已将五百余本幽兰植向岩谷之间。果然幽芳殊色,百态千形,俱是人间不见的异种,名贵非常。宁一子请众少待,行法施为,每种花上俱有三五果实坠落,一齐收集下来,交与丁嫦。丁嫦笑命管青衣收入花篮。

乙休回顾,见嵩山二老和两黄衣人不曾跟来,笑道:"白、朱二矮,今日跑里跑外,大卖力气,不曾同来,想必又有花样。只奇怪地缺、天残两个怪物自己不来,却命他两个门人出来现世。适才见他们忽从后山遁回,我未留意观看,料又和两老怪物一样,打算卖弄,吃哪一位道友给吓了回去呢。"姜雪君笑道:"适才这两人遁回时,曾见家师现了一现,定是不安好心。家师不容他们作怪,总算见机,没吃到苦。家师又在做客,没有穷追。亏他们老脸,不缩回宾馆中去,还在场上旁观。不过这一来,家师和我又多两个对头了。"凌浑道:"两老怪还在令师和道友心上么? 真是有其师,必有其徒。两小怪物竟生得一般相貌神气,真讨人嫌! 一样孪生,便有天渊之别,我竟不曾见过,看去倒颇似有点门道。如非乙驼子说,只恐知他们来历的还不多呢。"

二女不知地缺、天残是甚人物,武当五女却所深悉,听说黄衣人是他们弟子,不由大惊,好生代二女担心。正要向众仙述说前事,丁嫦一眼瞥见二女憨憨地听众仙说话,好生爱怜,便从身畔解下两枚玉玦,递给二女道:"适才乙道友所说二人,异日在外行道,难免相遇。他们有两件奇怪法宝,此乃古地皇氏所佩辟魔符玦,带在身上,就不怕他们了。"二女本最慕灵峤诸仙,忙即拜谢。也想述说前事,还未开口,忽听撞钟击磬,金声玉振,远远自仙府来路传来。众仙说声:"仙府开了!"纷纷飞起。

第二一六回

熊血儿喜得阴雷珠
小仙童初涉人天界

二女等也追随着，同往红玉坊前飞去。晃眼落到桥上，仙府也还未开，只见飞桥两面湖波中，又由嵩山二老用紫云神砂建立起四座金碧楼台，一边两座，恰与楼当中飞阁成为五朵梅花形对峙，紫霞点点，金碧辉煌，越发壮观。仙府后侧，各处峰崖上，也有二三十处各式大小亭台楼阁，隐隐出现。这次云幢上，共是百零八下金钟，四十九敲玉磬，众仙到时，尚还未住。眼看湖两岸各处山峦上仙葩和后山许多花树，越显精神，含苞欲放。忽听湖水哗哗作响，碧波溶溶中突冒起满湖水泡，跟着一片极清脆的啪啪之声密如贯珠。每一水泡开裂，便有一株莲芽冒出水面，晃眼伸长，碧叶由卷而开，叶舒瓣展，满湖青白二色莲花一齐开放，翠盖平擎，花大如斗。这时金钟、玉磬已将要到尾声，众仙方讶平湖新辟，刚刚离开不久，适才并无人想到往湖中行法植莲，顷刻工夫，这佛国灵花西方青莲怎会突在湖中开放？眼前倏地又是一亮，再看四外前后的天府仙花，连同后山千百株花树，忽然同时开放，仙府前半，立时成了一片花海。青翠浮空，繁霞匝地，香光百里，灿若锦云。再加仙馆银灯，玉石虹桥，飞阁流丹，彩虹凝紫，祥光万道，瑞霭千重，汇成亘古未有之奇。尤妙是境地壮阔，尽管花光宝气，光怪陆离，依旧水碧山青，全境光明，了不相混，全不带一毫人间富贵之气。休说凡人到此，便是这一班老少群仙置身其中，也禁不住踌躇满志，神采飞扬，仙家富贵，叹为观止。

观赏赞叹了一会，钟、磬声终，隐闻仙乐之声，起自当中仙府以内，琼管瑶笙，云箫锦瑟，交相互奏。众仙侧耳一听，正是广寒仙府云和之曲。赤杖仙童阮纠笑对神驼乙休道："主人正在传授门人道法，只等此曲奏罢，仙府即时宏开，我们方可入内，也只看得谢恩典礼了。"说时，各仙馆中来宾知已到时，主人开府宴客之后，便须相率归去，不便再留，各自纷纷飞落桥亭等处静等观礼。

甘碧梧笑对阮纠道："大师兄，仙府景物宏丽，仙宾会后，愿留者已另辟建居室。我们这些小摆设，命众弟子收去了吧。"阮纠含笑点头。陈文玑、管青衣、赵蕙三女弟子立持花篮，分途往各远近仙馆楼阁飞去，所到之处，只见祥光一闪，原有楼台亭阁，便即无影无踪，现出本来面目。不过刻许工夫，全都收尽，陈、管、赵三女仙飞回复命。丁嫦笑道："只顾我们收拾零碎，却忘了客馆下面具是空地。如今遍地繁花，独空出一二百处空地，岂非美中不足？诸位道友法力高深，又不便班门弄斧，贻笑大方。主人正传道法，还来得及，仍把花种撒上些如何？"甘碧梧笑道："嫦妹不必多虑，你看满湖青莲，此间大有能者，正不必我们多事呢。"

话才出口，忽见仙府后面飞起千万缕祥光，宛如虹雨飞射，分往各仙馆原址飞去，落在空地之上。紧跟着各有数十百株娑婆、旃檀等宝树，由地下突突往上冒起，晃眼成林，郁郁葱葱，宝相庄严，隐闻异香。比起适才众仙植花种树，又是不同。直似数千株整树，自地涌现，迅速异常。

姜雪君在旁，惊问朱梅道："芬陀大师、白眉禅师均在雪山顶上防魔未来，优昙大师适才同在一起观赏幽兰，不曾离开，此与满湖青莲同一路数，眼前何人有此法力？莫非白眉师伯大弟子采薇僧朱由穆师兄又出山来了么？他在石虎山闭关以来，多年未见，已说静参正果，不再出头，怎得到此？"

矮叟朱梅笑道："谁说不是他？别了多年，还是当年那种脾气。他来时，我和白矮子正用紫云砂在湖中建这四处楼阁，他由云路飞降红玉坊前，迎头遇见天残、地缺老怪门下两个业障。恰巧没有别人在侧，也不知他是否看两业障长得不顺眼，安心怄气，拿话引逗。这两业障天生不是人的性情，向来不爱答理，适才后山观花，又吃令师一吓，正没好气。见来人是个相貌清秀，唇红齿白的小和尚，通没一点气派，误认作来此寻找师父，就便看热闹的小徒弟，竟想拿他出气。一口怨气没将人吹倒，跟着又想用大擒拿法将人赶回来路。哪知来人神通广大，笑嘻嘻连老带小，一顿足挖苦，把两业障跌了个晕头转向。末了才说：'这里群仙盛会，冠裳如云，主人决不会请你们师徒这样怪物。你们瞒着师父，混进府来观礼，既然衣履不周，连长衣服都不备一件，就该悄没声打个树窟窿或土洞钻将进去躲起来，偷看完了热闹，一走才是，偏不知趣，要在人前走动。我想景致你们已看过，本来不知礼貌，那开府典礼看它则甚？又不合冲撞了我。本意还想惩治一番，警戒下次，念在主人今日盛典，不便给人家做没趣的事。好在少时开府，你们这样神气，也没法和别位仙宾并列，趁早给我滚回山去，免得当众丢丑！'话才说完，一手一个，只空抓了一下，往上一甩，手并没有沾身，两业障便似泥块一般，被人抓起，身不由己，跌跌翻翻，往云路上空飞去。看那情势，虽不至真个甩回山去，这佛家大金刚须弥手法，怕不把他们甩出三五百里外去。

"他同朱道友和我二人见面没谈几句，便向湖中洒下两把莲子，往仙府飞去，他师弟李道友正由后面绕出迎接，同往后面飞去了。他和东海苦行头陀最是莫逆。以前我们都是好友，因正手忙，还没过去看望，打算会后再作长谈。好在他既已出山，就不愁见不到了。道友与他也是昔年旧雨，现齐道友正在中元仙府以内，宣读长眉道祖遗留的仙示，并传门下男女弟子道法，事完方始正式开府，率领本门长幼三辈同门，当众焚烧奏乐，向教祖所居灵宫仙界通诚遥拜，行那谢恩之礼。那时一班知好，除我们有限几人受有重托在外，俱已齐集中元仙府。道友无事，何不前往叙谈呢？"

姜雪君闻言，略一寻思道："我自转劫以来，已不愿再与此人相见了。"朱梅道："本是三生良友，相见何妨？姜道友此言，岂不又着相了？"说时，优昙大师和屠龙师太一同走来，笑道："采薇大师今又出山，难得良晤。姜道友三生旧雨，更与我们情分不同，为何还呆在这里？"姜雪君笑道："我先不料朱道友会来，正向朱真人打听呢。那就去吧。"说罢，随同飞去。不提。

仙都二女和武当五姊妹，俱留意那两黄衣人，此时四顾不见，仙馆已收，无可存身，都在奇怪。闻言才知被一前辈神僧用大法力逐出府去，好生称快。石玉珠见二女高兴，悄告："两怪人之师天残、地缺，有名难惹，得道多年，行辈既高，又并非妖邪一流人物，所炼法宝最为厉害，正派群仙，若非万不得已，决不愿和他们生嫌结仇。姊姊适才不合随口讥嘲，结下仇怨。朱老前辈想必知此二人姓名深浅，何不先问出个底细，日后遇上也好准备。"二女本没有把黄衣人看在眼里，因石玉珠说得十分慎重，朋友好心，未便违拂，便凑过去向朱梅请问道："朱老前辈，可知那两黄衣人姓名本领么？"追云叟白谷逸在旁接口笑道："这两孪生怪人，二百多年中，共只出山四次，还连今天一起在内。我倒过过三次，所以知道得比较别位清楚。以他师徒性情，各有各的乖谬。两业障每出山一次，必闹许多笑话，害上不少的人。这次不知又是受甚妖人蛊惑，想来此见景生情，出点花样。因见兆头不佳，没敢下手，打算老着脸皮，赴完了宴再走。不料被小和尚跑来，将他们赶去。论本领，倒还没甚出奇之处，只是二人各秉师传，炼有几件独门法宝，专一摄取人的心灵，道行稍差的人，往往为他们所算。时已无暇详说，此去小寒山拜师之后，只把今日之事一说，令师必有破法，至不济也能用佛门定力抵御，不为所惑，无足为虑。"

二女刚谢完了指教，钟、磬声已住，长桥对面当中头一座仙府上面，形似大泡的晶罩，突化云光流动，缓缓升起，将仙府全形现出。跟着左右一边一座的晶罩，也各由峰崖后面化为五色云光上升。到了中央，渐渐缩小，会合成一片丈许大小的彩云，停在当中第一座仙府前面。众仙见那当中仙府高约三十六丈，广约七八十亩，四面俱有平台走廊，离地约有三丈六尺。前面平台特别宽大，占地几及全址三分之二。四角各有一大石鼎，四面雕栏环绕，正面两侧设有三十六级台阶。竖立着一座大殿，上刻"中元仙府"四个古篆金字，广约十亩。当中设着一个宝座，两旁各有许多个座位，前面大小九座丹炉。大殿通体浑成，无梁无柱，宛如整块美玉，经过鬼斧神工挖空建造，气象雄伟，庄严已极。

这时峨眉门下众男女弟子，各持仙乐仪仗，提炉捧花，分作两行，正由殿中端肃款步走出，排列在平台两旁。玄真子为司仪，手捧玉匣前导，引着掌教妙一真人和长一辈同门，到了台中央立定，仍由妙一真人居中，众仙稍后，依次雁行排列。玄真子随喝："弟子齐漱溟等敬承大命，即遵恩师玉匣仙示，谨畏施行，连日斋戒通诚，虔修绛牒，恭附缴奉天府玉匣之便，百拜闻上，伏乞慈恩鉴察，不胜受命惶悚感激之至！"说罢，将手一招，空中卿云便即飞降。玄真子恭捧玉匣，往空一举，玉匣便被卿云托住，冉冉上升。玄真子随命奏乐焚燎，齐漱溟率众门人弟子百拜。拜罢，仙乐重又奏起。那司燎的后辈四弟子，便把备就粗如人臂的沉檀香木，装向四角石鼎之内，发火燃将起来。妙一真人遂率众仙望空遥拜。玄真子站在妙一真人的前侧面，也是随众拜倒。这时众仙均换了一身新法服，羽衣星冠，云裳霞裙，加上仙景奇丽，仙乐悠扬，宛如到了兜率仙宫，通明宝殿，众仙朝贺，同咏霓裳，端的盛极。

一会，拜罢礼成。妙一真人等始命奏乐迎宾，亲自下阶往长桥上，向众仙宾行礼，拜谢临贶，迎接入殿。同时媖姆师徒、极乐真人李静虚、谢山、采薇僧朱由穆、李宁等相助妙一真人等在内里行法部署。诸位仙宾也由宝座玉石屏风后面相继转出，纷向妙一真人等致贺不迭。妙一真人等请众落座，众仙坚请真人往居中宝座就位。真人力说："此是众同门及弟子参拜学道之地，本非延客之所。只为仙宾众多，五府中只此殿最大，今日又承诸位道友大显神通，添了不少异景，变成全境最胜所在，殿外石台又面临平湖，遍地仙葩，正好观赏。为此适和诸位前辈道友商议，将宴客之所，移来此地。起初因左元洞一带，景物最为幽胜，数百株桂树，均为女弟子申若兰由福仙潭带来的千年桂实栽植而成，大都数抱以上，以为宴客相宜。没想到众仙嘉惠，法力如此神妙，众弟子已经布置就绪，仓促改计。礼成以前，又无法走进，急切间难于就绪，为此才请诸位前辈道友来此小住。尊客在前，并有诸老前辈，怎敢僭妄无礼？"众仙见真人坚持不肯，只得罢了。便把中座空下，各自归座。随来众弟子，各随师长侍侧。妙一真人等众主人，各就下首分别陪坐。

仙都二女见那采薇僧朱由穆果是小和尚，看年纪不过十五六岁。身着一身鹅黄僧衣，甚是整洁。相貌尤其温文儒雅，气度高华。正看之间，忽听神驼乙休问妙一真人道："齐道友，为何先不开府，直到缴还玉匣道经，拜章谢恩，才行开放？与预定不符。"妙一真人道："玉匣中恩谕如此，不敢不遵。"穷神凌浑道："众弟子法宝已传授了么？怎如此快法？"妙一真人道："众弟子法宝，俱多能用。只女弟子李英琼等得有几件，尚不会用。家师所赐真经，传授之后，照此修炼，不久均能应用。幻波池所得法宝虽多，而圣姑所赐目录小册，均载宝名、用法，极为省事。所以无多耽延。"

随又起立对众仙道："众弟子正式行礼，拜师传道，本拟宴客之后，在此殿内当众举行。只为日前在青井穴，闭关开读家师所留玉匣仙示，对传道一节，不许炫露。而《九天元经》，本是天府秘笈，一开府便须拜章缴奉，飞送天上。因此临时变计，改在大师兄监临之下，以及各位前辈道友相助，先将《元经》仙籍虔心参悟通晓。等将全境改建，开府时辰已经将至，只得遵奉师命，谬承道统，正了师位。事前因时匆迫，除本门弟子外，各方道友荐引门人甚多，彼时正值闭关之际，内外隔绝，来人师徒均未见面。如今事后，补行入门之礼，又觉不甚慎重。幸而家师玉匣中留有新旧门弟子名册，应收录的俱写在内。除青城朱道友引进的纪登以下诸人，因家师仙示，青城一派在朱道友与姜道友主持之下，日后门户还要发扬光大，不应收录，未便传集，有负盛意外，余者凡在名单中人，又经本人师长有意引进之士，全数命人召集到太元洞内，更换家师留赐的法衣，同集大殿，与旧同门同行大礼，传授初步道法，各赐法宝一两件，并将旧有法宝、飞剑，各为指示用法。仍由大师兄监导，率同长幼三辈门人，将修就的绛牒附入玉匣之内，焚燎告天，拜表通诚，拜谢师恩。尚幸没误缴还仙籍的时刻，仰叨各位前辈、各位道友福庇，鼎力相助，于极危难中平安渡过，居然勉成基业。又承嘉惠勤勤，无美不备，小弟等及门下诸弟子，永拜嘉惠，感谢何可言喻。此后惟有督率门人，勉力潜修，以符厚期。区区愚诚，敬乞垂鉴。还有荐引门人的诸位道友，适才恐误事机，不揣冒昧,一时权宜,未得面奉清舰,便即仰体盛意,先自收录,擅专之罪,尚望原恕。"众仙纷说:"道友太谦,本来如此,何须客气!"

妙一真人未及答话,矮叟朱梅笑道:"齐道友,你这次大开法门,甚人都收,我荐的人却一个不留。分明嫌他们不堪造就,却说好听的话。我和白矮子都喜清闲,不耐烦学凌花子好端端创甚门户,做甚教祖。"妙一真人道:"道兄,话不是如此说法。青城、峨眉殊途同归。贵派自从昔年天都、明河两位长老为了一句戏言,互相推让,各自闭户清修,不再收徒以后,不久相继道成飞升,今只道兄和姜道友二位延续道统。不客气说,道友如若独善其身,姜道友虽然有志光大,未免孤掌难鸣。家师遗示也言及此。并且转劫之人,不久便要出世,贵派十九高足,多半投在道友门下。如若置身事外,非但那十九人多半无所依归,一个不巧,被异派中人网罗了去,误人尚小,造孽事大。还望道兄三思。"

凌浑接口道:"齐道友,朱矮子口是心非,莫听他的。他的心事,我全知道。无非他和老姜知道,日后正教固是昌明,道高魔头也高,本是相对,妖邪也更猖獗。他把门徒全引到你门下,分明是畏难……"话未说完,朱梅把小眼睛一翻,正要还口,神驼乙休插口道:"你两人,大哥莫说二哥,两家差不多,谁也不用激谁笑谁。你家这教祖也不怎好当,我驼子反正闲得没事,又不想修甚天仙。你们各当各的教祖,有人为难,都由我驼子和齐道友出头如何?"白谷逸笑道:"你自己泥菩萨过江,自身难保。来日大难,道家四九重劫还未应典,倒惹下不少麻烦,哪一样都够你办的,还要代人拍胸脯么?"乙休笑道:"白矮子,说你也未必信,到时自见分晓,看我挡得住不?"

妙一真人知这几位仙人交情甚深,又都滑稽成性,每喜互嘲谑笑。但是乙休性情古怪,往往一句戏言,便要认真,恐又激出事来,忙道:"诸位道兄,不必说了。未来之事,家师已早留示:道家四九重劫,临场的共十一人,只有一人应劫,恐难避免。乙、凌二位道友,金身不坏,不必说了。青城派的发扬光大,并不须甚人助力,更是出人意表呢。其实四九天劫,到时应劫的那一位,道行法力,并不在诸位道友以下,只为纵容门徒,造孽太重,终于误在门人手上。那抵御太阳真火之物,本分邪正两派,别人都有,他具备的功力独欠,致受了点伤,到了最后关头,终为魔袭。如非有人怜他修为不易,几于转劫凡人,再去苦修七世,重入玄门,均所不能,说来也甚可怜。他所须之物,今日新收女弟子便有一人无心获得,他却不知,性又骄狂,不肯俯就。小弟因事关定数,未便公然明告相赠,只索到时赶去,相机行事吧。"

乙、凌二人，日常忧虑的便是这件事，大劫不特厉害，魔头神妙，尤其不可思议。一任运用玄功，虔心推算，仅算出应劫时日而止，未来成败休咎，全算不出。除了多备法宝和有道力的至交好友相助，一半再凭自己根行功力硬碰外，别无良策。一听真人指名相告，预泄先机，知道无害，好生欣幸，本都良友，也就不再争嘲。

这旁边却苦了一位藏灵子，自知门下良莠不齐，平日又爱护短，惟恐所说遭劫的人应在自己身上。偏生素来恃强好胜，有意拿话探询，又恐乙、凌、白、朱等人讥笑嘲讽。只得和妙一真人结纳，以他为人，到时决不至于袖手。终以事关成败，微一失足，万劫不复。心正忧疑，听真人说，那抵御太阳真火之物，新收女弟子便持得有，心中微喜。侧顾殿外平台之上，众男女弟子已将仪仗竖好，乐器放置。除岳雯、诸葛警我、严人英、林寒、周淳、司徒平、施林、邱林等八人早入殿内随侍外，余人都在齐灵云、霞儿姊妹二人指挥之下，正在安排筵宴，将从左元仙府、灵桂仙馆运来的玉几玉墩，一一布置陈设，已将完竣。忙又运用玄功慧眼，朝那面生年幼的女弟子身旁新赐的法宝囊中查看。

这时，来宾中后辈也多齐集平台之上，人数虽多，藏灵子十有八九不曾见过。但是开府大典，众男女弟子各按年纪长幼，只有两种装束，每种俱是一色新着仙衣，又在做事，极易分辨。只李英琼、余英男是熟脸，到时先已见过，知是旧有外，只云紫绡和向芳淑年纪最轻。头一个入眼的是云紫绡，根骨之好自不必说，法宝囊中剑气透出，并无异处，又看了几下，俱觉不像。正留神查看间，瞥见在最后面闪过一个相貌奇丑，满头癞疤的胖女子，身后随定一个美如天仙的少女，看神气，似一同做完事，抽空去寻同道闲话。心中暗笑，一美一丑，相去天渊。正用慧眼查看，忽见丑女向鸠盘婆弟子金银二妹招手，凑将过去。美的一个，随由囊中取了一把大如豌豆的紫色晶珠出来，与二妹观看。这二女正是癞姑和向芳淑。

芳淑因承极乐真人指教，本想在拜师时节将所得阴雷珠在人前现出，引逗那抵御四九天劫的前辈诸仙得点好处。不料教祖遗命，在开府以前拜师传道，失了炫露机会。芳淑灵慧，随众设置筵宴，正和癞姑一处，便向她请教，并说师长宴客，礼仪尊严，其势不能无故现出，问她有何高见？癞姑道："这有何难，这些位老前辈神目如电，殿又宏敞，一目了然，只合他用，自会寻你。快把事情做完，你只装呆，听我调度好了。"芳淑笑诺，赶快将应做的事做完。癞姑悄道："我们未送人，先向行家打听个行市，免得便宜了人。"说完,便拉了芳淑,遥对殿门走过。一边招呼金银二妹,令芳淑取出阴雷珠,问此宝有何妙用?二妹惊道:"此是黑眚阴雷,厉害非常。除家师外,天下只三人炼有此功力,俱非寻常人物。此宝一放便完,无坚不摧,专御真火神雷,为魔教中有名法宝。多大神通,也难在发出后收取。外人如在事前盗去,非但不能使用,宝主人心灵一动,立即爆炸,反为所害。不怕二位见怪,就比二位姊姊道力还高的也禁不住。向姊姊由何处得来?"癫姑抢口答道:"乃是极乐真人赐给师妹的,已经重炼过了。"话刚说完,便听殿内妙一夫人传呼向芳淑。芳淑应声赶入。夫人笑道:"后山佳果,俱已结实,你另约四五同门,速往采摘,以备少时宴客之用。"芳淑领命自去。

藏灵子一见,便认出那是阴雷,正合抵御天劫之用。又听妙一真人口气,分明示意自行索取;否则早命门人取赠,必不如此说法。方想设词出外,暗中跟去,凌浑已先起身说道:"后山洞庭枇杷、杨梅,芳腴隽永,远胜荔枝,我生平最是喜爱。愚夫妇少时宴后,须送灵峤诸仙一程,暂时无暇再来,意欲暂借一枝,带回山去,主人肯否?"妙一夫人笑道:"焉有不肯之理。门人采取,恐违尊意,烦劳亲往后山选取如何?"凌浑说声:"多谢!"便自起身走出,一晃追去。藏灵子知凌浑也认出此宝,借故往索,自己一持重,晚了一步。如若全被得去,凌花子为人,虽可找他分润,却非输口不可;就此赶去,又恐被人看破,向小辈要东西,有失尊严。

藏灵子心正难过,忽听赤杖仙童阮纠笑道:"佳会不常,美景难逢。此时外间天甫西初,月还未上到中天。如以法力大放光明,使一轮明月映照碧波,未始不可,终嫌造景不如天然风景清妙。仙府新境初建,美景尚多,均未游览。此地有崇山峻岭,茂林繁花,更有平湖清波,飞瀑鸣泉,虹桥卧波,琼楼交峙。始若候到月上中天,略借法力,由凝碧崖前将皓月清辉引将下来,照彻全境,上下天光,岂不又是一番情趣?贤主嘉宾,良宵美景,稀有之盛。诸位道友,如无甚事,何妨稍留鹤驾,暂息云车,索性多留半日,请主人将盛筵暂缓,先将全境游遍,归来正好月上,然后对月开樽,临波赌酒,岂不倍增佳趣?"说完,谢山、叶缤、岳韫、乙休、朱梅、白谷逸诸仙首先赞妙,余人也都附和。这时凌浑已满面笑容走回。妙一真人笑道:"凝碧崖旧有十八景,今番改建之后,只灵桂仙馆一处新设。余景除经仙师洞图命名外,好些多未定名。本意诸位前辈道友来时,正值闭洞习法,未暇一一陪侍,诸多失礼,欲借杯酒,先伸歉诚,略尽主礼。会后再陪同游玩,分别赐以佳名。既承先施之惠,敢不应命。"说罢,立即传知众门下弟子,只留下岳雯、邓八姑、秦紫玲、齐灵云男女四弟子在殿台轮值，余者无论主客，俱都同行。

妙一夫人说："仙府左侧一带松径涧谷，适才众仙同宁一子往植幽兰，已经去过，只左元仙府不曾走到。便请众仙由殿对面长桥越过圣泉湖，绕灵翠峰，出红玉坊右桥，转由右面一带山峦中通行，到右元仙府少憩。再绕行到少元仙府后面，适才种植花果的后山一带赏花。再经后山绕行东面一带山径，经过右元仙府，绕到适才众仙植兰的涧谷尽头。由此通向中路的山径折回，到中央太元仙府，顺广场正路，由中元仙府后门归还原处。这样差不多可把全境游遍。"青囊仙子华瑶崧道："我们人数太多，同在一起，他们小一辈的见师长在前，难免拘束，不能尽兴。我想主人、各位道友、老前辈同做一路。众高足难得聚首，最好由他们自结友伴，不限定人数道路，随意游行。愿随侍各人师长的听便。诸位以为如何？"藏灵子首先说好，众仙也随点头。于是把长幼分作两起。行时，藏灵子用本门心语，对熊血儿传命。

血儿自来仙府，便随侍师父，不曾离开一步，一个知好没有，势最孤单。知道峨眉门下这些女弟子都不好说话，身是异派，素不相识，冒昧凑近前，一个误会，便遭无趣。出殿以后，见长一辈的众仙已由主人陪同，下了平台，往长桥对崖走去，波光仙影，冠裳如云。小一辈群仙，也三三五五，命俦啸侣，笑语如珠，各寻途径，往四外散去。鬓影衣香，云裳霞裙，个个仙风道骨，丰神绝世。加上眼前景物，百里香光，这幅仙山图画，便小李将军、郭汾阳等古名画家复生，也无处着笔。血儿正在呆看，打不起主意，如何下手，忽见诸葛警我由长桥上走回。

诸葛警我和司徒平、林寒、庄易，还有三英中的严人英，俱极谨饬。虽奉师长之命随意游行，终恐师长万一有甚使命，身侧无人，传声相召固可立至，终不如随侍在侧的好，并且还可长点见识。五人退下来一商量，便跟上去。这时不知何故，诸葛警我忽然折回，碰到血儿，朝他点首笑道："熊道友，为何不去游玩，没有伴么？"血儿猛想起来时正是此人接待，引入仙馆。师父背后还说此人功力深醇，人又谨厚温柔，不露圭角，异日必成正果。和自己虽然谈未多时，却极投机，有问必答，甚是诚恳。不似别的正派中新进门人，多半心存歧视，气味不投。闻言立即乘机答道："小弟与贵派同门俱是初见，无多交谈，仙府路又不熟。本想追随各位尊长，无奈先前已经禀告家师，自行游玩。好在此地虹桥碧水，花光如海，气象万千，一样可以领略，意欲在此暂憩，还没想到如何云游哩。"诸葛警我笑道："道友嫌无伴侣，这个无妨。小弟本随师长同行，中途想起有几句话，忘向轮值诸同门交代。请在此小候，小弟交代完了，就来奉陪如何？"血儿暗喜，忙即谢了。

诸葛警我随去殿内，和岳雯等说了几句，便返了回来，问血儿，愿往何处游玩。血儿道："适才种植幽兰之处，风景绝佳，那些兰花都是异种，尤为可爱。道友适才有事，必还未去过，我们往那边走如何？"诸葛警我知道那是往绣云涧后仙厨去的路径，众仙行时，向芳淑等五女同门正采了些枇杷、杨梅、荔枝、李子、醉仙桃等佳果回来，癫姑迎上前去，告以游山之讯，商议将果物送到仙厨，即由当地起始游览。血儿师徒刚巧走出，定被听去。果然华仙姑料中，不禁暗笑："我就陪你同往，看你遇上时，如何下手？"故作不知。恰好血儿心急，因芳淑已去了一会，大家都是步行，不能飞往，欲把脚步加快。诸葛警我偏成心怄他，假装玩景，不住指点泉石，领略风光，随地停留。

血儿始而非常愁急，继一想："师父说遇上那穿藕荷色短衣，女童打扮，姓向的女子，可以便宜行事，但能明索或以宝物交换最好。看对方情势，非特长一辈的高人甚多，便这些后辈新进，也都不弱，一个弄不好，既误大事，还要丢人。明夺决不可为，暗取也极艰难。素昧平生，如何开口和人商说？"又想起荡妻施龙姑可恨："她如不犯淫邪，前番不同一干妖人来犯峨眉，今日岂不正好同来？以她资质美貌，言谈机智，和对方一拍便合，本身得上好些便宜，交上许多正经同道，还替师父也办了事，这有多好！偏生天生淫贱，甘居下流。如不为了师门恩重，忍辱含垢，早已杀却。"

血儿方在寻思，气苦发急，人已走到绣云涧侧。一眼瞥见向芳淑同了四个女伴，由仙厨前面，一路花花柳柳，说笑走来，径由斜刺里走过，转向对面许多仙禽翔集的岭腰上而去，恰与植兰的涧谷相反。这时，向方淑只朝诸葛警我一同恭恭敬敬叫了声大师兄，正眼也未朝自己一看。如无诸葛警我同行，就不能上前答话，也可设法，暗中隐身尾随，相机行事。这一来，反多了一个大阻碍，正暗中叫不迭的苦。忽听诸葛警我笑问道："道友有甚心事么？只管出神则甚？"

血儿生怕被他看破。暗忖："他是峨眉大弟子，道行法力必高，要想背他行事，决不可能。此人甚是长厚，莫若舍个脸实言相告，也许能代自己手到要来，不向别人传扬。"便向诸葛警我苦笑道："明人面前不便说谎。小弟现有一事奉求相助，不知可否？"诸葛警我笑道："你我两辈同道之交，有话只管明言，但可为力，决无推辞。"血儿看他意诚，喜道："道友真个至诚君子。实不相瞒，小弟将来有一大劫难，非得魔教中阴雷不能解救。这类人物，家师虽认得两个：一是所炼阴雷，威力不足；另一个本恶人，近来忽要改行向善，闭门多年,不肯见人,所炼阴雷虽多,却一枚也不舍送人。家师又不喜无故求人,时时为此愁急。适见贵派一女同门,得有此宝不少,意欲求取三粒,由小弟赠她一件宝物,以当投桃之报。只为素昧平生,不便上前。正在殿台为难,恰值道友盛意约游,早欲奉托,羞于启齿。适见那位向道友便有此宝。现时仙府内觊觎此宝的尚还有人。此宝贵派并无用处,而小弟却是关系他年成败,惟恐他人捷足先登,好生忧虑。今承垂问,如蒙鼎力相助,请向道友转让,感德匪浅。"

血儿随由囊中取了两粒大如龙眼,光芒夺目的宝珠出来。正要递过往下说时,诸葛警我早受了青囊仙子华瑶崧指教而来,本意只防藏灵子不好意思明说,暗令门人相机求取,而血儿性急如火,向芳淑又看他不起,万一情急下手,明夺暗盗,把本来两各有益的一件好事无心铸错,生出嫌怨,岂不更糟?闻言本想点破,继见血儿满脸惭惶之状,想起他师徒学道多年,能有今日,也非容易。既要求人,自身理应向主人明说,偏要好高,顾全教祖身分,却令门人鬼祟行事。一个闹穿,丢人岂不更大?血儿身世处境最为可怜,已经有心成人之美,何必揭穿,使他难堪?便不去说破,接口笑道:"向师妹年幼,稚气未脱,不知由何处得来此物,本无用处,奉赠道友就急,再好没有。既是同道,又非世俗交游,讲甚报酬?小弟也决不令她告诉别人。宝珠请即收起,再提投赠便俗。请稍等候,小弟必为道友取来便了。"

血儿总以为双方道路不同,虽不似别的异派,如同冰炭,不能两立,终不免貌合神离,就肯应诺,也还有些拿捏。没想到如此顺利,并还守口,不以告人,真是感激万分。由此连藏灵子也对峨眉派有了极好情感,遇上事便出死力相助。对诸葛警我、向芳淑二人,尤为尽力,双方遂成至交,互相助益。不提。

血儿还在极口称谢,诸葛警我已匆匆飞去。不一会,便持了五粒豌豆大小,晶莹碧绿的阴雷珠飞回,说道:"向师妹此物,得有颇多。说是九烈神君所炼,恐三粒万一不够应用,又多赠了两粒。"血儿一听是九烈神君之物,越发惊喜交集。暗忖:"峨眉这些门下,真是奇怪,入门想都不久,连得道多年的人,本领俱无他们大。九烈阴雷,不亚轩辕老怪所炼阴煞之宝,威力极大,尤能与他心灵相通,外人拿在手上,他心念一动,立化劫灰,炸成粉碎。再说也无法到手。此女小小年纪,根骨固好,并看不出有何过人之处,竟能收下许多,怎不令人佩服?本门教祖不禁婚嫁,似这里许多天仙化人,自己竟无福遇合,却娶了施龙姑这个淫妇,真乃终身大恨。"诸葛警我见他口不住称谢，面上神情似喜似怒，笑问："道友还有甚心事么？"血儿忙答道："心愿已了，还有甚事？只道友与向道友大德，无以为报。又想贵派门下，怎有这么多异人？无论各派中人，俱都望尘莫及哩。"

说时，正要转向东北去看幽兰，忽见昆仑门下小仙童虞孝、铁鼓吏狄鸣岐面带愁容，由后走来。诸葛警我先在殿内看过师祖玉匣中的名单，知道二人不久也是本门中人，便转身迎问："二位道友，意欲何往？如若无事，何妨结伴同游？"血儿也随声附和。二人原认得熊血儿，暗忖："他乃藏灵子传衣钵的爱徒，素来忠心于乃师，不与外人交往。怎会背了师父，独个儿和峨眉门下大弟子在此无人之处密谈？并还面有喜色，双方神情也甚亲密，直似多年知交，决非初见，与他平日为人，大是不类。看起来，峨眉派真易使人归向，连他这样人也受了引诱。"反正闲游，便想探个虚实。互相看了一眼，一同点首应诺，并在一起，往前走去。

一会走完松径兰谷，越过洞上游的危崖，又经过了好几处仙景，便到左元仙府。三人都未到过，先以为五府同开，右元仙府必也一样富丽辉煌，气象万千，左近景物尚且如此清丽灵奇，何况本洞。哪知到后一看，大出意料。原来那左元仙府附近景物，尽管优美繁多，正洞只是一座百十丈高的孤峰危壁，洞在峰腰，约有方丈大小，看去阴森森的。全峰笔立如削，由上到下辟有一二百个大小洞穴。最大的洞穴，高不过五尺，宽仅二尺，约有二丈来深，至多可以容得一人在内趺坐。小的大人直容不下，也只二三岁幼童，可以勉强容纳。有的浅不过尺，坐处并还向外倾斜，形势不一，各有难处。环峰四外，俱是松杉之类古木，大都一抱以上，参天蔽日，衬得景物越发阴晦。绕向峰后一看，正对前洞，还有一个后洞，洞门上横刻着"心门意户"四个朱书古篆和些符偈。

三人见了，很觉奇怪，料知左元洞内必有玄妙设施，想到洞中探看。小仙童虞孝刚开口一笑，诸葛警我笑道："此是本府左元洞十三限入口，平日为众弟子修炼入定之所。以后除奉掌教师尊特命外，众同门自问修炼到了年限火候，必须先由这心门意户通行，越过内中十三道大限，经由前洞口飞出，然后去至中元殿内禀告师尊，始得下山修积。从此往来自如，并可在外另辟洞府，任意修为。便是回山，也另有景物享受和无不优美的清修之所，毋庸再来此洞受苦了。如若修炼未到功候，或是自信不过，休说游行自在，便连本府偌大一片仙景，也休想能够游涉。只可在少元洞内炼到能够服气辟谷，或是师恩准其速成，赐了辟谷灵丹，然后仍须常年在这峰壁小洞穴中潜修。

除却每日有一定时,可以随意在峰侧一带和峰左青溪坪、古辉阁两处,与众同门互相比剑观摩外,余者都好比千仞宫墙,人天界隔,可望而不可即,不能擅越雷池一步了。至于各位师尊,也只偶然来此指点传授,此外难得见面。本派同门新进者多,颇有几个修道年限功候全都不到,便自告奋勇,下山历练,使内功外行同时并进的也可禀明师长,甘冒奇险,径由左元十三限,或是右元洞内火宅严关,硬冲出去。这十几位同门师兄弟,大都仙缘福泽至厚,根行坚固,又都持有两件极灵异的法宝、飞剑,凭着以身殉道的勇气,方始侥幸成功。右元火宅关口只有一道,看似没有左元十三限繁难,但凶险更大。这两处地方,到时一个把握不住,轻则走火入魔,像以前百禽道长、邓八姑等一样,不能行动,须要多年虔修,受尽苦楚,培养心头活火,凝炼元神,重生肌骨,复了原体之后,二次重度难关。稍一不慎,仍是重蹈前辙。转不如循序渐进,现时虽然艰苦,年久水到渠成。那重的,不是五官四肢残废一两处,永难恢复,便是丧命转劫,甚或形神全消,都在意中。虽然师恩深厚,暗中必有极大法力护持,丧生灭神尚不至于,便是走火入魔,也非人所能堪了。这里你们只看到孤峰陋洞,还不怎样,那由少元洞转来峰上洞穴中修炼的,中间尚须绕行左元洞许多险境,才能到此呢。"

铁鼓吏狄鸣岐问:"在火宅、十三限之外,还有何险?"诸葛警我道:"右元洞位于地底,上面凡是危峰峭壁,鸟道羊肠,遍布蛇兽水火等各色各样的危机险境。入口之处,名为小人天界,所历景物甚多。人行其中,只要心志不纯,立时地棘天荆,寸步难行。可以使经历的人,在那暗无天日,地狱一般的危境中,逃窜上三五个月走不出来。必须凭着定力灵慧,才可从容脱出。这是将来连闯十三限的初基,虽无这里凶险,早晚终可脱出,但那定力不坚的人走了进去,稍微疏忽,那苦难也够受了。现今这两处仙法尚未发动,右元洞那些危峰峭壁,鸟道羊肠,俱是实境,尚可一观。此洞虽设有十三层难关大限,全洞长大不过十余丈,此时内中空空,有甚意思?"熊血儿暗忖:"以前常觉旁门灾难太多,尤其天劫厉害,正宗玄门得天独厚。今到峨眉赴会,见这些末学新进,为日不久,竟有好深功力,令人妒羡。哪知他们也还有这么多难处,无一容易得来。人家先难后易,早把根基打好,不畏魔扰,所以天劫也不去寻他了。"方想如何到这两处洞中见识,尽管仙法不曾发动,也可增长阅历。虞孝和铁鼓吏狄鸣岐已向诸葛警我商请,引入洞中见识。正要从旁随声附和,诸葛警我已笑对二人道:"二位道兄,此时还不是进洞的时候。再者两洞均非延宾之地,洞口已经封禁,来客只在附近游玩,无进洞者。既是二位道兄必欲先往一观,我略微担点责任,连熊道友一起同往好了。"虞、狄二人听他语气称谓,好似含有深意,心中一动。诸葛警我已引三人转到前峰,说声:"请稍等待。"连忙飞身直上。

三人见他抢先引导,料知洞中必有一些现在外面的机密布置,不欲外人看见。装作不解,不等招呼,跟着飞上。到了洞中一看,由前洞口直望后洞口,空无一物。就这慢得一步的工夫,诸葛警我已不见踪迹。洞与外观孤峰一般大小,比起两边洞门却高得多,地也凹下,洞壁仿佛甚薄,看去不似石土凝成。用手微叩,渊渊作金铁声。心想:"后洞门外,壁有符箓,诸葛警我也许故弄狡猾,由此穿出。"心中寻思,同往后洞门走去。刚往前走不到两丈,三人相继回顾洞中,只剩了自己一个,同行二人不知何往,唤也不应,心中一惊,方觉奇怪。再看前后洞门,俱已隐去,神志也似有点迷糊,思潮全集。

熊血儿道力较高,觉出情形不妙,知是自己不听招呼,冒失所致。自身是客,再如恃强乱闯,触动洞中禁制,失陷在此,师门面子难看。赶紧宁静心神,高呼:"诸葛道友何往? 请即现身。"脚便停住,不再前进。这一来,果然好些,虽仍进退两难,尚未现出别的幻象。

铁鼓吏狄鸣岐人较平和,发觉身侧二人忽然失踪,现出上述景象,情知落在对方禁制之内,事前原嘱少待,不能怪来人卖弄神通为难。心想:"此洞既是峨眉门下弟子成败关头,定必玄妙莫测,凭自己这点法力,万冲不出。既是来客,主人不能坐看出丑,久置不问。"于是也不再前进,强摄心神,停在当地,静候主人解救,和熊血儿一样,也未见甚异处。

惟独小仙童虞孝,生性好胜。前在白阳山妖尸墓穴受挫之后,因恨嵩山二老,兼及峨眉,心中先存敌意。见状认作诸葛警我故弄玄虚,心中大怒。暗忖:"此洞共只三数十丈方圆,洞壁甚薄,眼前无非幻景,估量方向不曾走错,何不给它一个硬冲? 冲出固好,即使破壁飞出,主人自己不在此接待,有意卖弄家私,隐在一旁,发动埋伏欺人,先失礼貌,也难怪我,怕他何来?"心虽这么想,毕竟久闻峨眉威名,终是有点内怯。为防万一,特意放出飞剑,护住全身,并将身畔法宝取出备用,驾起遁光,朝前疾驶。满拟飞行迅速,这数十丈之隔,眨眼即至,否则便该埋伏发动,有了阻挡。哪知飞行了一阵,别无迹兆,不特前后洞口和两同伴不见,而且四顾空空,上不见天,下不见地,身在其中,加紧飞驶,渺无涯际。又急又恨之下,一发狠,便将师传至宝风雷錾取将出来,欲将洞壁震破。平日此宝一发,便是一道火光,挟着风雷之声飞出,无坚不摧,声势甚是猛烈。及至这时扬手飞出,仅止一溜火光,朝前飞去,略闪即隐,声影皆无。知道不好,赶紧收宝,已收不回,心中一惊。猛觉身落实地,定睛一看,护身飞剑也没了踪迹。当时天旋地转,神志渐昏,似要晕倒。正惊急害怕间,猛觉眼前一花,金霞乱闪,照眼生辉,突现出十余个朱书古篆,大约径丈,都是光华四射,飘忽如电,一个接一个,连是甚字也未认清,一闪即灭,字尽光消。诸葛警我忽在前面现身,前面洞口也自现出,回了原状。再看熊血儿和狄鸣岐,也在身侧站定,和适才同行情形一样。回顾前洞,就在身后,直似做了一场幻梦,根本不曾前进。飞剑、法宝已失,心中愁急。暗察熊、狄二人,神情却似泰然,若无其事。不禁惊疑愁急,不知如何是好。

忽听诸葛警我说道:"虞道友,法宝、飞剑怎不收起,放在地上做甚?"虞孝赶紧随手指处一看,果然一宝一剑,俱似未用时原形,遗放在身侧地上,忙即收起,羞了个面红过耳。忍不住向狄鸣岐问道:"适才狄师兄可曾见我吗?"熊血儿见他惶愧情景,猜知就里,笑道:"我们自己性急,不听诸葛道友的招呼,冒失先上。如非主人手下留情,正不知如何献丑呢!"

诸葛警我忙道:"道友想错了。小弟因此洞禁制虽未全设,规模已是初具。自身法力浅薄,惟恐忤犯嘉客,侥幸事前随侍家师,得蒙指点秘奥,意欲先将禁法止住,再请入观。哪知三位道友心急先上,埋伏一经触动,收起来便稍费事,为此略微耽延,也只盏茶工夫。掌教师尊所设禁制,尚无十分之一,入伏人只要心略定,不再作前行敌视之想,立可无事。小弟虽然无状,焉有忤犯尊客之理?"

三人自觉被困时久,少说也有半日,一听只有盏茶工夫,又听所设禁法不足十一,已有如此神妙,如果全设,威力可想。好生敬佩,各自拿话探询此中玄妙。诸葛警我只答此与佛门中殊途同归,一切景象身受,皆由心念引发;只要明心见性,神智澄明,不为七情六欲所扰,便可通行无阻。自己不过适逢机会,随侍在侧,略窥皮毛。如待全设,自知薄质浅学,本身尚难通行,如何告人?

三人料他不肯详说,只得罢了。随同走遍全洞,仍是空无迹象可寻。适见霞光古篆,竟查不出一丝迹兆,不知何来,不知何去,如此厉害,端的神妙无穷,令人莫测。无可流连,只得退了下来。虞孝对于峨眉,先是又嫉又畏,经此一来,更知万不如人,由不得生了敬服之意。狄鸣岐更是早已心服口服,都只为师门恩厚,不甘向往外人,舍旧投新罢了。

四人下来之后,正商议往右元洞去,观赏景物,并窥火宅妙用。忽见朱鸾面容悲愤,同了癞姑、向芳淑、申若兰并肩密语,由侧走过,四人也不作理会。跟着路上又遇见东海鲛人岛散仙巫启明的门人神风使者项纪,他和熊血儿原是熟人。见了血儿,唤至一旁,问可知道前行三美一丑四女来历姓名与否。血儿答道:"内有三个,俱是主人门下,难道你看不出服饰?问她们则甚?"项纪不知血儿现时已和乃师一样,与峨眉成了一气。便答:"峨眉三人我知道,只问那穿杏黄云肩的一个,还有那外来的一个。"

血儿心性刚直,有德必报。知他师徒虽然得道多年,仍是旁门故态,这次来做不速之客,就许受了许飞娘等人怂恿,未必安甚好心,适才未曾出手,定是自觉无力,知难而退。这时打听二女,不知又想出甚花样。想起向芳淑赠阴雷珠恩惠,便向他道:"这两个,一名向芳淑;一个似是金钟岛主门下,不知姓名。你尾随她们何意?"项纪答道:"这是她们自己不好,鬼鬼祟祟。四个贱人,随在师父身后窥探,一同指着师父咒骂,好似有仇神气。当时师父正离了主人,和几位同道闲立谈说,她们以为隔远,可以任性咒骂。不知师父早已留心,故意离开主人,便为暗查她们动静。刚听出一点,便被丑女觉察,一同走开。师父疑心内有仇人之女,命我来探。正要隐身追近,便遇见你。我因那金钟岛来的一个和穿杏黄云肩的长得最美,故此朝你打听。你往日不也恨她们?何不助我一臂,日后得便,弄她一个快活,岂不是好?"血儿知他素来冒失,乃师法力也确实不弱,惟恐向芳淑吃亏,便先告诫道:"这几个少女虽是年轻,一个也不好惹,莫要自寻无趣。"项纪哪知血儿心意,笑答:"谁还不知此时身在虎穴,只不过先探一点虚实,到底谁是师父仇人,等离开这里再作打算。你这样胆小则甚?"说罢自去。

诸葛警我同了虞、狄二人在前缓行相俟,早看出项纪说话神色不正。血儿说完,追上三人,并不隐瞒,照实一说。诸葛警我知道向芳淑乃金姥姥罗紫烟的晚亲至戚,幼无父母,怀抱之中便被度上衡山白雀洞去抚养。因她灵慧异常,最得师尊欢喜,欲使深造,不令外出。本人又知勤奋用功,毫不务外,不像何玫、崔绮两师姊时常离山他出。直到近日,因奉师命,要转投峨眉门下,欲立功自见,方始下山修积,在外行道。为日无多,决不会与海外奇门之士结怨。真有大仇在身,乃师金姥姥先就出头,何至谋及外人?癞姑虽是后辈,一则自身法力颇高,乃师屠龙师太生性疾恶,又最护犊,巫启明如若有仇,也早不俟今日。申若兰前在红花姥姥门下,向不和外人来往。自投本门,从未离群独行,人又和善,更无仇怨相结。内中只有朱鸾较似,但是她居金钟岛,偏在南极,鲛人岛在东海尽头,虽然同是海外,两下相去,比起中土还要遥远。乃师又向不与同道往还，正邪各派中人，连知道她姓名行藏的人，都无几个。再看朱鸾来时神情口气，分明拜师以来，初次离岛他出。乃师与师门至交，谢山、杨瑾俱住在此，如是仇敌，怎会不去禀告，却在背地约了新交的几个同道姊妹，去招惹这样强敌？

诸葛警我正感奇怪，忽听矮叟朱梅在耳旁说道："朱鸾与妖道巫启明有不共戴天之仇。只因我和杨道友商谈，被那小癞尼听去，一时好事，不等我们嘱咐朱鸾，暗中先去告知；同时自告奋勇，引了朱鸾、向芳淑、申若兰，想认准妖道师徒面貌，为日后相助朱鸾，合力报仇之计。不料行踪不秘，反吃识破。妖道真是胆大，竟敢暗叫妖徒尾随下来，用他那面摄心镜，先将四女真形摄去。以为这样做法，当时四女毫不觉察。他回岛以后，只需探明四女一离本山，便可对镜行使妖法，将神形一齐摄去。却不知在令师和我们这些人眼底，因他先还安分，远来是客，任其列席，自是格外宽厚，如何能容妖道猖狂作祟？因此改了初计，意欲等他师徒一离本山，便给他们一个厉害。我便暗跟下来，掩在四女身前，妖徒只摄去了四个幻影，真形并未摄去。我料朱鸾该报亲仇，妖道以前积恶，近虽轻易不施故伎，假充好人，已难掩盖，气数将尽。但他炼就三尸化身之法，又擅灵光遁法，人更机警，稍觉不妙，便要遁走。再去寻他，便要费事。朱鸾必须手刃亲仇，本身法力却非其敌。我们日后忙碌，又无余暇空闲。如要除他，斩却三尸化身，只用红欲袋，以毒攻心，较为省事。血儿和妖徒相识，并无深交，却极感向芳淑赠他师父阴雷之德。我已嘱咐四女，乘着会后，两辈主人同出送客，可以各按私交随意远近。这半日之暇，先去姑婆岭埋伏相候，由朱鸾当先明报父仇，三女在旁相助。妖道必被激怒，意欲就势摄走。你到时借送血儿为名，同往姑婆岭，作为无心相遇。他见向芳淑有难，必要上前劝解，妖道必恃强不听。等到双方破脸，血儿势成骑虎，不能与妖道并立，我和杨、叶二道友也相继出现。那时不仅妖道，就连今日心蓄诡谋，临场胆怯，假作来客，不敢动手的一些妖孽，均可一网打尽，免得日后又去为害世人了。"说罢寂然。

血儿等三人不知有人用千里传声，向诸葛警我耳边说了这一大套。见他从容缓步，一言不发，笑问："道友有甚心事？"诸葛警我乘机试探血儿道："向芳淑师妹性情和善，根基甚厚，最得师长钟爱。只因年少好强，容易树敌。适才见她眉间煞气，颇有晦色，日内必有灾厄。那项纪之师巫启明十分厉害，以前积恶如山，近数十年虽闻业已改悔，仍免不了故态复萌，既与为仇，实是可虑。道友与他师徒可交厚么？"

血儿道："项纪为人，心粗性暴，只仗师传法宝，自身法力不高。前在东海采药，偶游鲛人岛，是他无故恃强欺人，打将起来。适值他师父不在，他敌我不过，逃往宫内，妄用乃师所炼镇山之宝，被我用玄功变化，强夺了去。因奉师命，不许在外伤人树敌，原是逼而成敌，没想伤他，见已力绌技穷，本欲带了宝物走去。这厮也真脸老，看出我无甚恶意，知道至宝已失，师父厉害，回山便是死数，竟向我求饶，说了许多好话。因已服低，未与计较，便将法宝还他，由此相识。他岛上种了不少灵芝，以后又去过一次，承他款待甚殷，我却看他不起。乃师也只闻名，未曾见过。后来家师闻说此事，不令与他师徒亲近，便没再去。可是他每一见我，必要周旋。我不愿使人难堪，虚相酬对，实则无甚深交。他偏当是打出的交情，几次要引我见他师父，我均婉拒。适才他奉师命，在仙府长老群仙之前闹鬼，何等机密丑事，竟会当着道友，将我唤向一旁，吐露真情。心粗浅陋，可想而知。听说乃师只是法力高强，心性也和他差不多少，真可谓难师难徒了。至于向道友与他师父结仇一层，他师徒虽是一向冒失，但贵派各位前辈仙师，道妙通玄，决不容他猖狂，何必多虑？少时得便，我再向这厮探询真情，究为何事结仇，意欲何为？就此警告他几句，能够无事最好，如真生心害人，与向道友寻仇，小弟虽然道力浅薄，独对他师徒，却有制他之策。或是先期预防，或是探明时地，到时往援，定当略效绵力，以报适才赠珠之德便了。"诸葛警我见他豪爽热诚，甚是欣慰，随口谢了。

且谈且行，沿途又见了好些美景。遥望长老群仙同了众仙宾，正由灵峤仙馆一带全仙府景最清丽之区游赏，不便迎去。便由中段改道，绕行捷径，经由前元仙府之后，去至右元仙府。诸葛警我为想暗中点化虞、狄二人，特地引向右元仙府前面，新入门弟子必须通行的入口之处走进，以便周历全景。那入口是一条极深险的峡谷，上有"小人天界"四字题额。四人正往里走，血儿忽接乃师藏灵子传音相唤，命即前往灵桂仙馆相见。血儿料是师父见已久未复命，关心向芳淑的阴雷珠不知到手没有，唤往相询。便向三人告辞说："家师传音相唤，不知何事，不暇奉陪。"说罢自去。

虞、狄二人初进谷口时，见谷径狭小，全崖只有数十丈高下，危壁之上满布羊肠窄径。内中景物，分别看去虽似奇险，仿佛和人家园林中盆景假山一样，层峦叠嶂，幽谷危崖，名色虽多，但无一样不是具体而微，不切实用。心中暗笑："这类布置，尽管鬼斧神工，穷极工巧，曲折盘旋，形势生动，无如地势不广，共只数里方圆，不过比人工布置的假山大些，还不如一座小山。景又太繁，几步便换。最高最险之处，高远相隔不过三丈。休说道术之士，便寻常稍习武艺轻功的人，都可随意攀援上下。来时曾见一个憔侥小人，如说为他们而设，还差不多。偏说得那等难法，并还是无论何人，入门均非经此不可。即便暗藏五行生克，如八阵图般布置，可使身入其中的人视蹄涔为沧海，培塿为山岳，那也只能混凡人耳目。以峨眉今日的势派，那道行法力俱有根底，闻风向往，自行投到的人，以后想必不在少数，这点障眼法儿，决瞒不过。明明可以随意通行，却仍要使其由此经历，岂非儿戏？真要藏有法术禁制，那从未学道，只根骨特厚，初次入门，连武功都未练过，又万过不去。既有火宅严关和左元十三限为出山行道的试金石，何须画蛇添足，多此一举？"二人心思差不多，而虞孝轻视讥笑之念最甚。

正各寻思，诸葛警我见二人自入小人天界，一路观望，互递眼色，口角带笑，知有轻视之意。故意笑道："家师曾说火宅、十三限，为有法力道力门人而设，尚不为难。独这小人天界，因为来人初次入门，功力不济，甚或是个连武功都没有的文弱幼童，所以不问他本身功力，只要是根骨深厚的有缘之士，便可通行；否则，任是多大神通，也通不过。即或有了福缘，应是本门弟子，而心意不坚；或是上来看得太容易，不甚诚信者：虽然末了省悟，仍可脱出，所受苦难却多。故此颇费一番心力呢。"

虞孝暗忖："如说峨眉各长老法力，照近来所闻所见，确是高出别派之上。便门下弟子，也无一庸流。至于这小人天界之设，分明想使新进门人加增本门信仰，使不会法术的人容易通过。等那道术之士通过，却在暗中行法作梗，以示神奇。反正可以推说我二人是外客，不便请试；或是推说师长所设，未到用时，故可通行无阻。我偏给你点破，看你如何说法？"遂故意问道："少时客去，新进门人便须由此通行。听道友口气，令仙师既费心力，想已设备齐全了？"诸葛警我道："那个自然。"虞孝又道："怎我等也能附骥游行，其中并无阻滞？除却崖谷幽奇，景物险阻，有似人家假山盆景，想见昨晚陶冶丘壑，匠心神工，法力无边外，并未觉出如何艰难。莫非因有道友引导，方故而不显？或是外人不堪造就，因而任其通行么？"

诸葛警我暗笑："我如不教你尝尝滋味，你也不知本门威力。"便笑答道："这里新入门的通行难易，视各人心志定力如何。至于外人，更是休想妄入一步呢。这里地势虽小，一切布置有类人家园林或假山盆景，内中实具无限妙用。如换别位师弟，也不敢引客人游。只为小弟不才，入门年久，昨奉师命，忝为门门之长，而这小人天界，便归小弟掌管，颇知内中门径。而二位道友此时以外客来游,入门便走的是应行之路,虽不免沿着两崖上下的鸟道羊肠,峰崖幽谷,攀援绕越,多费一点跋涉升降,却和寻常游览一样,毫无异状。生人到此,如若心志坚纯,具大定力智慧,也可履险如夷,从容通过。如无人引,或是中道自行退出,误入歧途,立即被困在内,非到末了省悟,恐难脱出呢。"

虞孝心终不信,便向狄鸣岐道:"此间如此精微神妙,反正地方不大,时间尚早,我和师兄何不勉为其难,试看配入峨眉门墙否,以博诸葛警我一笑呢?"狄鸣岐听诸葛警我口气,也误作八阵图之类。这类五行生克、九宫八卦禁制之术,原是昆仑派专长。只为近日闻见经历,深知对方法力无边,神妙莫测,向虽不甚信服,犹存戒心,不敢轻举妄动。但因虞孝生死至交,知他性强,说了必做,自己不听,便要独行,拦劝无用。心想:"对方是主,为人又好,决不至于使客过于难堪。一人势孤,二人合力,到底好些。"为留少时地步,笑答道:"乘此千载一时,增长见识,自是佳事。但我二人法力浅薄,如真失陷阵内,无法脱出,还在其次;如因时久,误了盛会,岂不可惜?到时还望诸葛道友格外留情呢。"诸葛警我听他先打招呼,便答道:"话须言明在先,此间阵法乃家师所设,小弟只奉命掌管引人入内,略加告诫,一切妙用早经设定,到时只把门户开放,任其通行,并不中途行法变幻颠倒,向来不作梗,一切听之。人陷在内,除却家师看他不堪造就,亲来送他出门,也无法去援引相助,全仗本人心志定力如何。二位道友到时,必能通过,决不致错过夜间盛会,却可断言。小弟现由应行之路绕出去,至那边出口相候。此外何途皆可通行,只是不易而已。二位道友,能记准小弟所行途径,也可就此走出,难易全在自己。说起玄妙,实则又无甚奇异呢。"虞孝早已不耐,答说:"既是皆可通行,道友请便,弟等勉为其难好了。"

诸葛警我微笑,道声:"前途相候。"往前飞驰不过四五丈,忽又飞升危崖上面的羊肠小道,折转回来,再往前进。似这样忽上忽下,忽进忽退,只见遁光飞驰,往复盘旋于危峰峭壁,鸟道悬崖之间,宛如孤星跳踯,晃眼不见。狄鸣岐比较谨慎仔细,先颇留意观看,想作万一打算。因被虞孝一拦,不令详看示怯,且对方飞驰既速,所经上下途径又是错综反复,曲折交岔,宛如蛛网,稍失一瞬,便难认出,记也委实艰难,总想主人不会使客过于难堪,只得罢了。虞孝虽不令狄鸣岐记认对方所行途径,却极留意对方有无动作。嗣见诸葛警我一晃飞出,并无行法之迹。行前又曾说,设施早定,来人有无法力,一样身经,决不在中途行法,向人作梗。越认定是八阵图之类。

二人商量，偏不照对方所行途径，因为负气，要由谷中通行。初上来并未过于骄敌，先把五行生克，八卦方位，生门死户，一一辨明。自觉观察所得，与所料不差，对方所设，无不与己所学符合。然后并肩前行，始而贴着地皮，上下低飞了一阵。渐觉两边危崖高耸参天，一切景物均长了不知多少倍，迥入谷时形似假山，具体而微，大不相同。心方一动，忽然悲风四起，蛇蝎载途，猛禽恶兽，怒吼驰逐，俱都凶睛闪闪，红光焰焰，磨牙吮舌，似要攫人而噬。谷中本就阴气森森，天光早看不见，这一来，更衬得景物越发凄厉。先还自恃法力，以为此类蛇兽乃主人所设，不好意思杀它们，已是留情，未足为害。又飞行了一阵，见前途茫茫，山重水复，直似置身大山之中。

狄鸣岐首先警觉情形不妙，唤住虞孝，说总共没多远的路，怎会飞行了半日仍未走完？而山高却增加无数倍，莫非真个中了道儿？哪知不提醒还好，这一提醒，虞孝立时发急，略微计议，便同往空飞起。又往上飞了好一阵，那两边危崖，也没见继长增高，只是一任向上高飞，老过不去。二人枉急了一身冷汗，终究飞不过去，只得降下。重又细查门户方位，另觅生门出路。不知怎的，这一落地，等到二次上路，法术竟全失去效用。二人也忘了御剑飞行，只见山岭重重，道路崎岖，不是危峰峭壁，便是悬崖绝涧，再不就是森林插天，荆棘满地。瞻前顾后，无可通行。就有途径，也是鸟道羊肠，横空孤寄，背倚危巇，下临无地。加以毒蟒当前，恶兽在后，步步皆成奇险，由不得使人眩目惊心，惊悸失次。似这样辛苦跋涉，上下攀援，约计过了两三天，连经过好些难关，中间有十几次极凶险的，都是性命呼吸，死生系于一发。二人合力抵御，费尽心力，才得仅免于死，人已累得精疲力竭，遍体创伤。因神志早昏，竟不知此来何事，怎会到这暗无天日的险恶之地？只是一味前行，寻觅出山之路。直到最后，由一处奇险之地，勉强挣扎逃出，一同委顿在地。这地方是乱山顶上，一片突出的危崖，下面是无底深渊，来路是蛇兽成群。本是毒口余生，逃到当地，前进偏是无路，加以饥渴交加，滴水难求，而身后蛇影虎吼，又越逼越近。二人自忖必死，不禁抱头痛哭起来。哭了一阵，心想与其死于蛇虎爪牙，还不如坠崖一死，保得全尸。

正呜咽计议间，狄鸣岐忽然悔恨道："我兄弟二人，怎会死在这等所在？"话刚出口，渐渐想起以前投师学道之事，忙把心神强自安定，追忆过去。虞孝见对面不远，已有两条成围毒蟒，遍体纹绣，鳞光闪闪，张开血盆大口，吐着火一般的信子，往崖上游来。虞孝见狄鸣岐还在沉吟，当他怕死，心意未决，便拉他道："生有处，死有地，我二人今已到了绝路，再不滚将下去自尽，莫非临死还要受这毒蛇咀嚼之惨么?"狄鸣岐自从心念一动,神志渐复,忙摇手道:"死在蛇口也是定数。此事奇怪,先不要忙死,等我仔细想想,我二人为了何事到此? 以前也曾学道练剑,怎适才连只老虎都斗不过?"虞孝闻言,也渐明白过来,急切间仍未想起怎么来的。

还是狄鸣岐发觉较早,想起自己原是道术之士,不应如此。反正寸步难移,一切命定,便把生死置之度外,索性闭了二目,澄神定虑,追溯本原,苦思了一阵。居然想到随师峨眉赴会之事,当时警觉,把前事一起想到,猛然大悟,绝处逢生,精神为之一振。刚刚睁眼大叫:"此乃凝碧仙府,小人天界幻境。我们自己狂妄无知,受此活罪,还不省悟服低,早些脱困出去。"话未说完,那两条毒蛇本在危崖来路边际,盘旋欲上,倏地双双身子一躬一伸,长虹飞射般一前一后对面冲来。二人生死至交,连日遇到凶险,都是合力同心,各重义气,相扶相依,争先锐身急难。这时虞孝也正想到开府观礼之事,还没想到恃强轻敌,妄欲通行小人天界一节,闻言心方警悟,二毒蟒已冲到身前。二人同坐地上,虽想到身有飞剑,可以抵御,却忘了四肢疲乏不堪。二蛇来势迅速若电,狄鸣岐见前蛇直扑虞孝,又惊又怒,大喝一声:"孽畜!"左手把虞孝一拉,待要纵起飞剑出去,猛觉彩光耀眼,奇腥扑鼻,身子绵软,竟纵不起来。一时惊遽情急之下,又忘了身后绝壑和松去左手,慌不迭就地一滚,竟连虞孝拖着同往崖下坠落下去。初坠落时,二人一般心思,以为这样缓慢来势,可驾遁光飞起,或升或降,均可无事。哪知身在仙阵之内,精神早已耗散,剑遁也早失去效用,一任奋力施为,竟飞不起。只是眼花撩乱,身如弹丸,飞堕不测之渊。崖壁上怪石像潮水一般,迎面往上飞起。斜视下面,无数大小石笋森列,宛如剑林矛树,锐锋根根向上,落将下去,便是洞腹穿胸,死于非命。才想起此中幻境,竟是真的,而自己的飞剑、法宝,到此却在不知不觉中受了禁制,一无用处。

这时小仙童虞孝首先觉得,只有服低告饶,或许还有生路。急喊:"弟子狂妄知罪,教祖原宥!"狄鸣岐早对峨眉向往,只为师门恩重,不忍二心。近来更知峨眉派道法高深,颇不以虞孝此举为然。一则同门交厚,知他性刚,如若劝阻,必要独行。与其结局更糟,还不如同任其难,到时或有转机。又以主人和易,自身是客,至多找个没趣,绝无大凶,才与同行。适才省悟之后,心已服低,只未出口,听虞孝一告饶,也在心里默默求告。说时迟,那时快,本来落处相去下面还远,二人求告未终,忽坠势迅速,眼看地底千百成群剑锋一般的石笋,迎面向上涌来,断头折胸,万难躲闪,心寒胆悸。二人四目一闭,只等身受。

　　隔了一会,尚未落到乱石丛中,头既不似初坠时昏晕,身子也似在实地上,不曾往下翻堕。心疑降至中途,被甚东西接住。睁眼一看,身竟坐在地上,面前景物忽然变小,仍是初入小人天界时景象,空中所见石笋林,也在身侧不远,和盆景相似,每根最高不过尺许。上边危崖削壁,遇险时所经景物,无不历历可数,只是一切俱都具体而微,由下到上,高才丈许。休说二人,便一个寻常人,失足坠落,也不至于就会送命。再看坐处,比起原发脚处,只前行了丈许。说是幻境,周身又是酸痛疲乏,不能起立。算计全境,未行百分之一二,竟闹得出死入生,精力交敝,技穷智竭,法术无功,如非省悟服输,还不知再受多少罪孽。是真是幻,尚是莫测。再如前行,休说力竭难行,便能行,也无此胆勇。后退也成了惊弓之鸟,不知能否。最可惜是在谷中白受了三天大罪,开府盛会,必已过去。师父当已回山,自己丢此大脸,见面还要责罚。

　　二人正在相对愧悔,愁思无计,莫决进退,忽见前面危峰削壁之间,有一人影顺着上下纵横数不清的羊肠鸟道,飞驰而来,定睛一看,正是主人诸葛警我。二人大喜,急喊:"道兄快来接引,我二人知过了!"

第二一七回

弹指悟夙因　普度金轮辉宝相
闻钟参妙谛　一泓寒月证禅心

　　诸葛警我也已看见二人，答道："道兄受惊，筵宴将设。右元洞全境暂时已难遍游，只好等二位旧地重游了。"听去声音极细，仿佛相隔甚远。二人一听盛筵未开，才知三日光阴仅只片时，所遇险难却不止百数，不由惊佩交集，喜出望外。一会，诸葛警我走近，见面先抱歉道："适才因知二兄如欲通行全境，由后山谷走出，尚须时刻。值有一事未向家师复命，抽暇前往，又和熊道友相见，谈了片时。二兄尚未走出，料是途中行法飞行，致触禁制，被困在此。二兄最终虽仍可由此中走出，终非待客之道。而小弟奉命掌管，因家师禁法神妙，可幻可真，一切均早设就，身入其中，只有心向本门，才可通过。而资禀缘福太浅，定力不坚，强由外人接引来此侥幸一试的，到时悔心一生，不愿再入本门，始得中途被摄脱险，摄向山外。否则，便须家师自行停止禁制。此外便是小弟，也须循着一定门户途向出入，不乱飞越。此间看似具体而微，实则景特繁多，包罗万有，可大可小，与佛家须弥芥子之喻，殊途同归。别时匆匆，未及回视，不知二兄触犯哪路禁制，误入何门。仙法微妙，景中人虽不像沧海藏珠那等细微，如不知一定地方，却也千头万绪，找起来甚是艰难。偏偏又有几位贵客降临，中有两位神僧，带来一个幼童李洪，说与掌教师尊，前有多世因缘，他又是九世修为，该为佛门弟子，更有巨大善缘未了，非有带修师父不可。而圣僧功行，不久圆满，不再收徒。凑巧谢真人和金钟岛主叶仙姑也同受了圣僧点化，皈依佛门。掌教师尊和家师正把李洪引进到谢真人门下，宾主商谈正密，未敢渎请，方在为难，意欲亲来一看。走到路上，忽接家师传音相告，说二位误入震宫，因已自己省悟，而能进出小人天界者，均是本门弟子，此时不便任其通行，已在暗中撤禁，使二位仍返原地。连忙赶来，二兄已果然在此。家师已怪小弟行事冒失，难再引路通行。为时无久，圣僧一去，便须开宴。此时长幼仙宾，均返中元前殿。右元火宅之游，只好俟之异日。稍往太元洞一带游览，也到时候了。"二人已心服口服，自然无不唯命，诸葛警我便向前引路。

这时二人虽然勉强起立，身上疲苦仍在，又不好意思出口。心正发愁，因为受了禁制，所以如此，出去后还不知如何。诸葛警我已经觉察，便向二人道："二兄适才想多劳顿，这个无妨。小弟身带家师所炼灵丹，服后立可复原。至于飞剑、法力，也可恢复如初，只不过元气消耗，暂缓片时，出谷之后，始可随意施为罢了。"随取两丸灵丹递过。二人才知此中并不全是幻境，那火宅乾焰，想必更是玄妙莫测。随将丹药接过，称谢服下，仍由原路退出。诸葛警我笑道："异日通行小人天界的，虽不免因定力信心不坚，不能走完，便被逐出的，毕竟十不逢一。既能来此，终是有缘。照二兄后来情景，并非不可通行。只因盛筵将开，不得不引二兄退出。日后如有机缘，或是暇时想起，何妨再续前游呢？以二兄之道力根骨，再来必举重若轻，从容通行，不致阻滞横生了。"

二人闻言，想起诸葛警我几次所说，俱都含有深意。暗忖："峨眉派近奉长老遗命，光大门户，到处网罗有根器的门人，正邪各派新投入门者，日有增加。对方之言，分明是有为而发。峨眉乃玄门正宗，法力高深，开府以后，益发隆盛，能投其门下，仙业容易成就，自是幸事。无如师门恩重，万无舍此就彼之理。并且所学也是殊途同归，虽然比较艰难，成就迟缓，只要自己努力虔修内外功行，也不患不能求得正果，不是一定非遭兵解。此时见异思迁，非但背师负义，便是峨眉诸长老见了这样人，也决不会看中，弄巧还许摒诸门外。明明不行的事，对方偏三番两次示意引诱，是何缘故？"俱觉不解。

虞孝最是心直口快，心想莫教旁人看轻，便答道："贵派乃玄门正宗，又当最盛之际，光焰万丈，能得列入门墙，神仙位业指顾有期，委实令人钦仰羡慕。只惜愚师兄弟二人，从小便蒙家师度上山去，抚养传授，以至今日，师恩深厚。而敝派修为，又是循序渐进，不比贵派易于成就。近年奉命下山行道，内外功同时并进，更无暇晷。日后对此无边仙景，有贤主人殷勤延款，无此福缘享受，旧地重游，料已无望，只好空自神往罢了。"

诸葛警我明白二人心意，又知他们不久大难将临，笑答道："我也明知二兄师门恩重，为副师长厚期，勤于修为，无暇重来。但是未来之事难料，即使诸位法力高深，长于前知的前辈，到自身头上，也当不免有千虑之失。此中消长，实关定数。适才所说，并非想二兄即日来游，只想二兄到了机缘凑巧，或有甚事见教之时，勿忘今日之言。俾得良友重逢，再续今日之游而已。"二人闻言，心又一动。当时也未往下深说，已一同走出谷口。

三人遥望中元殿前平湖上面，已现出一片晴天，皓月已被引来，照得全景清澈如画。各地仙馆，明灯齐放，光华灿若繁星。灵翠峰、仙籁顶两处飞瀑流泉，一个激射起数十百丈擎天水柱，一个如玉龙飞舞，白练高挂，给那十里虹桥与仙府前面红玉牌坊所发出来的宝光一映，千寻水雾，齐化冰纨，映月流辉。那凝碧崖前和远近山峦上，那些参天矗立，合抱不交的松杉乔木，杪椤宝树，映着宝光月华，格外精神。苍润欲流之中，更浮着一层宝光。并有雕鹭鸠鹤五色鹦鹉之类，翔舞其上，猿虎麋鹿以及各种异兽，往来游行，出没不绝。而两崖上下的万行花树，百里香光，竞芳吐艳，灿若云霞。湖中青白莲花，芳丛疏整，并不占满全湖，共只十来片，每片二三亩不等，疏密相间，各依地势，亭亭静植在平匀如镜的碧波之中，碧茎翠叶，花大如斗，香远益清，沁人心脾，神志为旺。偶然一阵微风过处，湖面上闪动起千万片金鳞，花影离披，已散还圆，倍益精妙。加上数百仙侣徘徊其中，天空澄霁，更无纤云，当头明月格外光明，与这些花光宝气，瑶岛仙真，上下辉映，越觉景物清丽，境域灵奇。便天上仙宫，也不过如斯。

虞、狄二人，先虽见仙府景物之胜，已是暗中叫绝惊奇，想不到新灯上后，明月引来，更增添无限风光，又是一番景象。极欲前往观赏，哪还舍得往别处走。狄鸣岐便说："盛筵将开，道兄恐还有事，仙府后面，不去也罢。"

诸葛警我人最长厚，因来时玄真子曾说起二人未来之事，二人异日对头现在前面，此去难免遇上。恰好自己职司已完，未来同门师弟，能助他们去一难，岂不是好？本意想引二人到后山闲游，等听奏乐，再去入席。那时人多席众，两个宗派各殊，不在一起，席散自去，无甚交接，两不留意，日后相遇，或可无事。一见二人为前殿平湖奇景所动，极欲赶往，知道师父所说，定数难免，只得听之。暗中留神他们所遇的人是谁，以便再为打算。这时只有掌教妙一真人夫妇和谢山、叶缤，还有三五长老陪着新来的这几位仙宾，在殿中坐谈。余下众仙宾，也刚由各处游玩回来，由白、朱、乙、凌以及本门两辈师徒，三三五五，分别陪伴，在虹桥水阁，玉坊平湖之间，闲游观景。虞、狄二人想往飞虹桥上，赏玩湖中青莲，对诸葛警我道："我二人此时已渐复原，这里各方道友甚多，自会找伴。道兄是贵派同门之长，必还有事，请自便吧。"

诸葛警我口里答应，分手之后，见岳雯、严人英、林寒、庄易、司徒平等十来人俱在平台之上凭栏望月，低声谈笑，齐朝自己招手。便走到台上，却顾不得和众人说话。回头一看，见虞、狄二人走到桥上，迎头先遇见熊血儿同一新交道侣，知道不是。嗣见四人一起说笑，旁有二人走过，面有怒容，朝四人身后恶狠狠看了一眼，沿湖走去。认出那便是朱鸾的仇人巫启明师徒。因四人语声甚低，隔远不曾听见，看神气并未觉察有人怀恨，不知因何成仇，便暗记在心。岳雯笑道："师兄看什么？那两个未来同门，心意如何？"诸葛警我道："那两个不肯忘本，堪与我辈为伍。此时只是敬服，尚无入门之意呢。"随问起谢、叶二仙客归入佛门之事。岳雯道："林师弟在侧随侍，比我知道得详细。"林寒接口道："小弟也只知道前半。现在如何，因师命退出，就不知道了。"诸葛警我道："神僧来时，我正有事离开。秦师妹语焉不详。我只问天蒙老禅师和谢真人、叶岛主到底是何因果？可曾申说么？"林寒道："这倒未说，只说前事。"

原来妙一真人夫妇、玄真子等峨眉派长老以及乙休、凌浑、白、朱二老，陪同海内外仙宾，往游仙府全景，兼为新设诸仙景题名。除左元、右元二洞因是门人修炼之所，只在附近转了转，没有进去外，余者仙府全景俱都游览殆遍。末了众仙宾因仙府前殿、虹桥、平湖、玉坊、飞阁气象万千，自不必说，此外以灵桂仙馆一带最为清丽。尤其那数百株桂树，都是月殿灵根，千年桂实，经用仙法灵泉栽植，每株大约数抱以上，占地亩许，茂枝密叶，繁花盛开，奇香馥郁，宛如金粟世界，令人心醉神怡，徘徊花下，不舍离去。盛会不常，日后难得再来，见时尚早，多想游完全景，再往小坐，流连片时，候到月上中天，始去前殿赴宴。

妙一夫人笑道："本来定在灵桂仙馆外，金粟坪桂花树下，布筵款客。因在开府以前，群魔合力来犯，意欲施展邪法，崩山坏岳，倒塌峨眉全山，使此间全洞齐化劫灰。多蒙白眉禅师、芬陀大师请来当今第一位神僧天蒙老禅师，去至雪山顶上，施展无边佛法，大显神通，遥遥坐镇，方得消厄于无形，将晓月师兄勾引来的魔头苗疆长狄洞老怪哈哈老祖的元神化身惊走，妖法无功。

"晓月师兄本可幸免，他偏复仇心甚，不知自量。恰巧轩辕老怪有一妖徒，前与谢道友的义女仙都二姊妹结怨，意欲乘她姊妹来此，途中加害，不料又被小寒山神尼忍大师以佛法暗助脱险。妖徒追到此，后洞轮值诸弟子自不容他猖狂，又用媖姆大师所赐修罗刀，予以重创。妖徒遁回山去，向师诉苦。老怪平日自尊自大已久，心里虽怯，不敢硬来，终觉扫了他的威望，大为愤恨。自身不敢轻易尝试，表面痛骂门人，怪他咎由自取，不为做主，暗中点

224

醒，使其另约一厉害妖人，合力来犯。另外故意把几件厉害法宝显露出来，使妖徒来乘隙偷去应用。

"所约妖人，便是二百年前被家师长眉真人飞剑削去半臂，声言此仇必报，说完大话，又将家师所削小半身子索去的妖僧穿心和尚。当时家师明知他是用激将法，一则妖僧数限未尽，二则所习虽是不正，却和九烈等妖人一样，虽有恶行，尚能敬畏天命。除却刚强好胜，专与正人为仇外，不如他的人，明是仇敌，他也不肯加害。同门师兄弟，颇有几个不知他厉害的和他对敌，至多说上几句难听的话，总是放脱，并未伤损一人。因此家师听了他的话，只付之一笑，便即放却。但妖僧从此便在太行山阴，用法力在千寻山腹之中辟一石洞，苦修炼宝，以为报仇之计。去时曾经立誓，如他法力不胜家师，决不出世。嗣闻家师飞升，又急又气，为了昔年誓言，一直在太行山腹内，隐居了二百余年。不但未再见外人，连门下百八名女妖徒，也都在入山以前遣散，不曾留下一个。这次许是静极思动，大劫将临，竟被人将他怂恿出来，与我们为仇。如论妖僧法力，实不在哈哈、轩辕老怪之下。走到路上，晓月恰与相遇。妖僧本还想约两个同道商量，谋定再动。只因晓月与妖徒都是复仇之心太切，晓月更嫉今日开府之举，必欲加以扰害。而天蒙老禅师又用佛法迷踪，隐蔽神光，颠倒阴阳，连妖僧、妖徒都误算雪山上三个强敌，事完各自回山，以为正好乘隙下手，即便不能全胜，人也莫我奈何。哪知还未到达，便被困入天蒙禅师大须弥障中。总算天蒙老禅师网开一面，妖僧、妖徒各被白眉禅师打了一禅杖逃走。芬陀大师却将晓月禅师擒住，欲送来此间，照家师玉匣仙示处治。本已快到，因天蒙禅师在途中遇一旧友，略谈些时，又同去引度一人，故此小有耽延。

"前殿承诸位道友前辈施展仙法，点缀景物宏丽，迎接三位前辈神僧，较为庄重。故特将筵席改设在彼，并命门人等择那风景佳处设席，并不限定殿前平台一处。现已一切齐备，只等引来明月，便请入座。三位神僧、神尼，大约不久即降，全体同门尚需恭出迎候。诸位欲往灵桂仙馆，只管随意，恕不奉陪了。

"那天蒙禅师，乃东汉时神僧转世，东汉季年已功行圆满，早应飞升极乐。只为成道之初，曾与同门师兄弟共发宏愿，互相扶持，无论内中何人有甚魔扰，或是中途信心不坚，致昧前因，任转千百劫也必须尽力引度，必使同成正果。当发愿时，双方都是凤根深厚，具大智慧，修为又极勤苦，本来极好的根器。无如入门年浅，求进太急，又以前生各有凤孽情累，遂致为魔所乘。

禅师道心坚定，又只有一点夙孽，到时尚能强自震摄心神，渡过难关。而那同门，却被魔头幻出前生爱宠，少年情葛，凡心一动，立堕魔障，等到醒悟色空，已是无及。并加上一个夙仇相迫，重又转劫入世。虽仗根骨福慧生有自来，又得老禅师累世相随，救度扶持，每次转劫，多是高僧行道，但那一段情缘未了，一直未得成为佛门正果。累得这位老禅师也迟却千余年飞升，中间助他超劫脱难，造成无心之过，并还转劫三生。不过老禅师智慧神通早到功候，虽为良友减削前孽，转劫再世，却是生而神明灵异，迥异恒流，与寻常有道之士转劫不同罢了。直到北宋季年，老禅师方始隐居在滇西大雪山阴乱山之中，由此虔修佛法，不轻管人闲事。近年听说不久便要成正果。那同门料他情缘早了，重归佛门，将与老禅师一同飞升。只这位高僧是谁，却访问不出。禅师得道千余年，每次转世，法力只有精进，与白眉和尚齐名，为方今二位有道神僧，法力之高，不可思议。这次居然肯为峨眉出力，岂非异数？有一芬陀大师，群魔已非对手，况又加上这两位神僧，暗以绝大法力相助，自然举重若轻，群邪皆靡了。"

妙一夫人这一番话，对那与峨眉交厚，早知底细的，还不怎样，那外来诸客，却大出意料之外。一听三位神僧、神尼还要亲降，并还擒了晓月禅师同来，皆欲瞻仰，更不再作灵桂仙馆之游，一齐愿去至前殿相候。玄真子微运玄功推算，向妙一真人道："三位神僧、神尼已将恩师遗旨所说的婴儿度引同来。留宴大约无望，事完即同飞锡。现已快由李善人家起身，我们速率众弟子，去到凝碧崖上空迎候吧。"

妙一真人随传法旨，命众弟子奏乐，手捧香花，排班出迎。一面转请百禽道人公冶黄、极乐真人李静虚、青囊仙子华瑶崧、媖姆师徒暂时代做主人，陪伴男女仙宾。在座仙宾凡是佛门中人，如神尼优昙、屠龙师太、南川金佛寺知非禅师、苏州上方山镜波寺无名禅师师徒等，或与三位神僧、神尼同道相识，或是末学后辈，衷心敬仰，连同外道中高僧如虎头禅师之类，俱都随出迎接。那各派仙宾以及海外散仙，虽不一同出迎，也多齐集殿前平台之上，恭候禅驾。谢山、叶缤在旁，忽然灵机一动，见杨瑾正要随众飞起，叶缤首先赶过去说道："来时令师对我曾示玄机，惜乎我是钝根，未能领悟。我想随同主人出迎，不知可否？"杨瑾笑道："这个有何不可？"说时，众门人已香花奏乐先行。

妙一真人夫妇同了玄真子等一干长老，正由殿中步出。谢山见叶缤已和杨瑾商定，同出迎接，正想开口，妙一真人已先笑道："谢道友，也想同走么?"谢山笑应:"白眉老禅师原本见过,这位天蒙老禅师却是闻名已久,想求他指点迷津,因见诸位道友俱在殿台恭候,所以踌躇。同往迎接,正是心愿。"妙一真人低声笑道:"天蒙老禅师不为道友,今日还未必肯降临呢。一同去吧。"谢山闻言,心中又是一动。见妙一真人说完这句话,便和本派同辈群仙以及嵩山二老等,还有与白眉、芬陀交厚的仙师,相次由平台上起身,各驾遁光,越过虹桥、平湖,往红玉坊外凝碧崖前上空飞去。杨瑾、叶缤二人,并立一处,也快随后起身,谢山赶忙过去笑道:"日前李道友同我往见白眉,曾示玄机,并有不日再见之言,难得老禅师同降,意欲往迎,就便请教。主人已走,和二位道友做一路吧。"杨、叶二人含笑点头,三人随同飞起,到了凝碧崖上空。

斜阳初沉,明月未升,半天红霞,灿如翠绮,正是黄昏以前光景。妙一真人率了两辈同门弟子,各驾云光,雁行排列,停空恭候。

此时谢山遥望前面神僧来路,尚无动静。俯视峨眉,就在脚底,满山云雾迷茫,远近峰峦浮沉在云雾之中,如海中岛屿一般,仅仅露出一点角尖。再看云层以下,各庙宇、人家,已上灯光,宛如疏星罗列,梵呗之声,隐隐交作。不时传来几声疏钟,数声清磬,越显山谷幽静,佛地庄严,令人意远。知道此时半山以下正下大雨,天色阴晦,所以月还未出,便上灯光。

本山为佛门重地,普贤曾现化身,灵迹甚多,古刹林立。不禁想起:"佛家法力不可思议,一经觉迷回头,大彻大悟,立可超凡入圣。自己根骨本厚,从小便喜斋僧拜庙,时有出家之想。记得当时还遇一位老僧点化,只为凤世情缘,割舍不下。后经变故,三生情侣,化作劳燕分飞,一时生离,竟成死别,心灰厌世之余,幸蒙恩师接引,始入玄门,侥幸修到散仙地位。因爱妻也是凤根深厚,只要寻到再生踪迹,便可引度,同修仙业。道成以后,也曾费尽心力,遍寻宇内,竟是鸿飞冥冥,找不到一点踪影。荏苒数百年,随时都在留心,直到日前,才发现她早已皈依佛门,得证上乘正果,比起成就,要比自己高得多。不似自己每隔数百年,便要预防一次道家重劫,稍一不慎,便堕凡孽。这多年来,占算寻访,俱无下落,分明爱妻法力高深,惟恐情孽相寻,隐迹潜形,不令知闻。近日功行将完,方始略露行藏,令往一见。想不到苦修多年,成就反不如她。

"幼年所遇高僧,也曾说过自己原是佛门弟子。自入玄门,修炼多年,每值静中参悟,不是不能推算过去未来。惟独对于过去诸生,只记得仿佛做过和尚,也做过道流,详情因果,竟是茫然。以自己的法力玄机,直是万无此

227

理,每一想起,便觉奇怪。以为前生必犯了教规,逐出佛门,一经堕劫,便昧夙因,忘却本来,所以别的都能前知,独此不能。

"事隔多年,忽于武夷山中石洞以内,发掘到古高僧锦囊偈语,方若有悟。同时好友叶缤,恰在海底珊瑚林内水穴之中,发现一具坐化千年的枯佛,得到一个古灯檠,与锦囊偈语诸多吻合。事后虔心参详,那海底枯佛分明是自己汉时遗体,为躲仇家和保持那古灯檠,留待今生遇合,物归原主。但今生偏又是玄门中人,殊觉离奇。新近为了此事,特请极乐真人李静虚引见白眉禅师,初意自己已成散仙,不会再皈依佛门,只不过请其指示前因,到底为了何事堕劫而舍释入道? 如说过去有甚罪恶,见弃佛门,仙佛一体,殊途同归,一样都是根深福厚始能成就,能为仙即能为佛。何况前生又是佛门弟子,本有夙世因缘,岂非难于索解? 此外还要请教的,便是海底佛火心灯的用途,以及和叶缤的夙世渊源。哪知白眉禅师只将心灯来历用法指示,对于所问各节,只示机锋,语甚简略。枉自学道多年,智慧灵明,当时只觉他日成就,决不止此,急切之间,仍难参悟。因有'峨眉再见,回首即是归路'之语,料定必有深意存焉,时还未至,便不多说。今日一听说天蒙禅师将临,忽然灵机连动。现在峨眉上空,忽听下方僧寺疏钟清磬,禅唱梵音,又似有甚醒觉。此为近三百年来未有之景象,甚是奇怪。莫非将来仍要归依佛门,还我本来面目不成?"

谢山念头一转,侧顾叶缤,站在近侧,也在低眉沉思,容甚庄肃。居中站在众门徒前面的妙一真人和玄真子,正在对谈。因人数众多,随同迎候的外客,不肯僭越主人,多立在左右两侧,相隔较远,语声甚低。仿佛听玄真子道:"此子居然如此道心坚定,转劫多年,一灵不昧,却也难得。人都羡慕师弟有今日成就,哪知福缘善因,早在千年以前种下呢。"白云大师元敬在旁插口道:"此子既不应在我门中,年纪偏又是个三岁童婴,禅门中几位至交,不是衣钵早有传人,便是功行将行圆满,不能待他成就。此子发愿又宏,将来外道强敌不知多少,如不得一法力高强的禅师为师,任他生有自来,根器多厚,也难应付。师弟,你这前生慈父,作何打算?"妙一真人道:"这一层我早想好了,少时自知分晓。"餐霞大师问道:"此子之师,可是谢道友么?"妙一真人点了点头。白云大师笑道:"这个果然再好没有。我真非善知识,已经拜读玉匣仙示,只差把话写明,竟未想到,岂非可笑?"

先前众仙所谈,谢、叶二人俱未留意。后头是一段问答,全听得逼真。尤其谢山闻言,惊喜交集。照此说法,分明长眉玉匣仙示,早已注明,自己果然还要返本还原，重入佛门。方在推详，忽听白谷逸道："佛光现了，本来是在金顶，怎会如此高法？必是三位神僧、神尼要显神通度人吧？"

峨眉金顶，每值云雾一起，常有佛光隐现。现时只是一圈彩虹，将人影映入其中，与画上菩萨的脑后圆圈相似，并无甚强烈光芒。亘古迄今，游山人往往见此奇景。信的人说是菩萨显灵；不信的人多说是山高多云，日华回光，由云层中反射所致。但是宇内尽多高山，任是云雾多密，均无此现象。尤其是身经其境的，那轮佛光总是环在人影的脑后，和佛像一般无二，绝不偏倚，此与峨眉夜中神灯，同是宝景奇迹。千百年来，信与不信，聚讼纷纭，始终各是其是，并无一人说出一个确切不移之理。这在众仙眼里，原无足奇，可是当夜所见佛光，却与往常大不相同。众仙停处本在高空，脚底尽管云雾迷茫，上面却是碧霄万里，澄净如洗，并无纤云。那佛光比众仙立处还要高些，恰在青天白云之中突然出现。先也和峨眉金顶佛光相仿，只大得多，七色彩光也较强些，宛如一圈极大彩虹，孤悬天际，看去相隔颇远。及至众仙纷运慧目注视，晃眼之间，彩光忽射金光，化作一道金轮，光芒强烈，上映天衢，相隔似近在咫尺之间。可是光中空空，并无人影。

众正惊顾，忽听身侧不远的知非禅师和无名禅师同声赞道："西方普度金轮，忽宣宝相，定有我佛门中弟子劫后皈依，重返本来。如非累世修积，福缘深厚，引度人焉肯以身试验，施展这等无边法力？此时局中人应早明白，还不上前领受佛光度化么？"

这时谢、叶二人瞥见当中迎候的众仙，自妙一真人、玄真子以次，全都肃立躬身，神态异常诚敬，似要拜倒。一闻此言，猛然警觉，福至心灵，不谋而合，更不暇再看旁人动作，双双抢向前头，刚合掌膜拜，口宣佛号，跪将下去，便觉那轮佛光已将全身罩住，智慧倏地空灵，宛如甘露沃顶，心地清凉，所有累劫经历，俱如石火电光，在心头一瞥而过，一切前因后果，全都了了。当时大彻大悟，一同只高呼了一声："我佛慈悲。"金轮便已不见。事后，二人也仍立原处未动，只是弹指之间，各自换了一副面目，从此皈依佛门，仍还本来罢了。

不过佛法神妙，不可思议，这些情景，由谢、叶二人动念起，直到悟彻前因，重返佛门，在场众仙除妙一真人、玄真子、优昙、餐霞、白云等十余位仙人，及外客中的知非禅师、侠僧轶凡、屠龙师太、无名禅师师徒等，总共不到三十人深知此中微妙，此外余人只见佛光，略现即隐，既未看见罩向谁的身上，也未看出有人上前受了度化。便有道行稍高的十来位，也只知道佛家普度神光的来历,专为接引凤根深厚的有缘人之用。能运用这等佛法的,已参上乘功果,行与菩萨罗汉一流。这类佛法,关系自身成败,轻易不肯施为。那金轮乃行法人的元灵慧珠,行法之时,必须觅地入定,功力稍微不到火候,固易为魔侵扰。这类佛法接引,又无异舍身度人,事前须发宏愿。而所接引的人,如非孽重魔高,前生早已成道,也不至于转劫。尤其是根骨越厚,前生道行越高的人,今生的陷入也更深,其或背佛叛道,往往最难回头。即或不然,仗着前生善根,未怎为恶,并还知道摆脱世缘,出家修道,有了成就,但也是个外教中人,决非佛门弟子。已经弃佛归道,身在玄门,将成仙业,对于佛家,纵不鄙薄,令他舍旧从新,也是难事。而这类事,又须全出自愿,进退取舍,系于一念,丝毫不能勉强。一个不领好意,或是到时凤因早昧,视如无关,不肯动念皈依,行法人虽不为此败道,也要为此多修积数百年功果,惹出许多烦恼,末了还须随定此人,终于将他引度入门,完了愿心,方得功行圆满,飞升极乐。中间只管千方百计,费尽心力,仍须对方自己回头,不特依旧不能勉强,连当面明言以告前因后果,剖陈得失利害,使早省悟,均所不能。所以如非交厚缘深,誓愿在先,便是佛门广大,佛法慈悲,也无人敢轻于尝试。主人既出接三位神僧、神尼,行法人当然是其中之一。虽断定众中必有有缘人,在等接引度化,看佛光隐得这等快法,被引度人十九皈依,暂时却看不出来是谁。

这些人方在相互悬揣,谢、叶二人经此佛光一照,已是心神莹澈,一粒智珠活泼泼的,安然闲立,一念不生。

佛光隐后,随听遥远空中,隐隐几声佛号,声到人到,紧接着一阵旃檀异香自空吹堕。众仙知道神僧将降,妙一真人方令奏乐礼拜。面前人影一闪,一个庞眉皓首、怀抱婴儿的枯瘦长身瞿昙,一个白眉白须、身材高大的和尚,一个相貌清奇的中年比丘,身后还随定一个相貌古拙、面带愤怒之色的老和尚,已在当前出现。四位僧、尼到来,也未见有遁光云气,只是凌虚而立。众仙十九认得,第二人起是白眉和尚、芬陀神尼和晓月禅师。那领头一个,自是久已闻名的千岁神僧天蒙禅师无疑。忙即一同顶礼下拜不迭。三位神僧、神尼也各合掌答谢道:"贫僧、贫尼等,有劳诸位道友远迎,罪过,罪过!"

妙一真人道:"弟子等恭奉师命,开辟洞府,发扬正教。弟子德薄才鲜,道浅魔高,群邪见嫉,欲以毒计颠覆全山。如彼凶谋得逞,不特弟子等有负恩师天命,罪不可逭,便这千百里内生灵,也同膺浩劫,齐化劫灰。多蒙二位老禅师与芬陀大师大发慈悲,以无边法力暗中相助,遍戮邪魔,尽扫妖氛,转危为安,使滔天祸劫,消弭无形,功德无量。而弟子等实身受之,感德未已。复荷莲座飞降,弥增光宠。大德何敢言报!敬随玄真子大师兄,率领同门师兄弟以及门下众弟子,谨以香花礼乐,恭迎临贶。伏乞指点迷津,加以教诲,俾克无负师命,免于陨越,不胜幸甚!"天蒙禅师微笑答道:"真人太谦。今日之来,原是贫僧自了心愿。你我所为,同是分内之事,说它则甚?且去仙府说话。"

妙一真人等躬身应诺,随同侧立,恭让先行。三位僧、尼道声"有僭",便自前行,凌虚徐降,往下面凝碧崖前云层中落去。众仙和众仙宾各驾遁光,紧随在后。一时钟声悠扬,仙韵齐奏,祥氛散漫,香烟缭绕,甚是庄严。

众仙飞降极速,依然三僧、尼先到一步。平台上早有多人仰候,见了三位僧、尼,也都纷纷礼拜。媖姆和极乐真人李静虚及灵峤诸仙,也相继出见。妙一真人随请殿中落座。众仙因这三位僧、尼行辈甚尊,道行法力之高不可思议;尤以天蒙禅师为最,此次先在雪山顶上为开府护法,扫荡邪魔,事后又生擒晓月禅师,一同降临,还有机密话说,得见一面已是缘法,不便冒昧忝列。外客除却灵峤男女四仙、屠龙师太、李宁、杨瑾、神尼优昙、半边老尼、媖姆师徒、采薇僧朱由穆、极乐真人李静虚、百禽道人公冶黄、谢山、郑颠仙、知非禅师、易周、侠僧轶凡、无名师徒和乙休、凌浑、嵩山二老等二十余位,余者多自知分际,见两位为首主人不曾指名相让,反倒分出人来陪客,料知有事,俱都不曾随入。便是主人这边,也只玄真子、妙一真人夫妇、白云大师、元元大师和四个随侍轮值的弟子在内,余人俱在殿外陪客,不曾同进。那晓月禅师却始终垂头丧气,如醉如痴,随在芬陀大师身侧,行止坐立,无不由人指点,直似元神已丧,心灵已失主驭之状。休说知非禅师见了慨叹,便是玄真子、妙一真人等一干旧日同门,也都代他惋惜不置。宾主就座,随侍四弟子献上玉乳琼浆,天蒙禅师等合掌谢领。

玄真子因妙一真人适迎神僧时,曾向晓月禅师行礼,不曾理睬,看出他屡遭挫败,不特怙恶不悛,故态依然,反倒因此羞恼成怒,益发变本加厉,心蕴怨毒,誓不两立,故意借受佛法禁制,假装痴呆。似此叛道忘本,执迷不悟的败类,师命尊严,即念同门之情,也是爱莫能救,不便再与多言。见天蒙、白眉就座,略微接谈,各自低眉端坐,宝相庄严,意若有事,便向芬陀大师请问经过。

大师答道:"此人真不可救药。叛师背道,罪已难逭。近去苗疆,为报前仇,竟炼了极恶毒的邪法,并勾结苗僧哈哈和一些邪魔妖道,来与诸位道友为仇，被白眉师兄佛法所制。我因念在以前曾有数面之缘，念他到令师门下苦心修为，能有今日也非容易，以为他也是有道之士，怎便为了一念贪嗔，甘趋下流，不知顺逆利害，到了力竭势穷，行遭惨劫之际，还不回头觉醒？于是力向白眉师兄缓颊，略加劝诫，便即放走。他刚一走，天蒙师兄便用佛法隐晦神光，移形幻相。我问何故，二位师兄齐说，此人近来入邪日深，为魔所制，为逞一己之私，多行不义，已是丧心病狂，无法挽救，行即反恩为仇，不久仍要约请厉害妖邪，前来报复为祟。依他本意，颠覆峨眉以后，我们三人中，只我似乎好欺。适我放他，为的是免被白眉师兄押送此间，多受一场屈辱，并还免受那玉匣飞刀斩首之劫。他不但不知感恩，反想仗着邪魔之力，乘我门人不在，孤身入定之时，突然发难，前往暗算。事成固是称心，如若被我发觉，来的妖徒自难免于诛戮，正好就此激引轩辕老怪等为首邪魔，全力寻我三人作对。我听二位师兄之言，还以为他纵然悖谬，还不致如此胆大昏愚。及至默运玄机，细一参详，居然半点不差。到了今日傍午，他果约了几个比较伎俩多一点的妖邪回来，因为佛法所迷，虚实两皆误认，自投罗网。同来妖党，只两个数限未到的见机遁走，余者均被我除去。他也受了佛法禁制，被我擒来。此乃是白眉师兄为践昔年对令师的前约，有意假手于我。至于如何处治，乃是贵派家法与令师遗命，悉听尊便，不与我三人相干了。"

话刚说完，忽听玱然鸣玉之声。那藏飞刀的玉匣，本奉长眉真人遗命，在开府以后，藏在中元殿顶一个壁凹以内，这时突自开裂，飞出一柄飞刀。那刀只有尺许长，一道光华，寒光闪闪，冷气森森，耀眼侵肌。先由殿顶飞出，疾逾电掣，绕殿一周之后，略停了停，然后忽沉忽浮，缓缓往晓月禅师立处飞去。

晓月禅师本是面带愧愤，垂首低眉，经妙一真人揖让，坐在三位僧尼左侧，心中暗想："我虽为佛法所禁，不能自脱，到底在正邪两派俱都修炼多年，有了极深造诣，法力高强。本派中人，苦行头陀已经成道。深知天蒙、白眉二位神僧，决不会亲手杀人；芬陀大师也只将我交到为止，谅必不肯加害。此外能制自己死命的，只有玄真子和妙一真人二人。余者连白、朱、乙、凌诸仙宾都算上，不是势均力敌，难分高下；便是至多法力较高，要想伤害自己元神，仍是极难。这些仇敌都有声望，自视甚高，不肯众人合力对付一人。这个僭当教主的仇人，即便不念以前同门之谊，当着开府盛典，各方仙宾云集之际，也必要假仁假义，决不肯于当众加害。只有偏心薄情的前师所留玉匣飞刀，厉害无比。能抵挡此宝的，只有前古共工氏用太乙元精和万年寒晶融和淬炼的断玉钩。此钩现在自己身上，随心动念，便可飞出迎御。仇人既不肯当众下手，芬陀又只将己禁住，不令逃遁，法力仍在。来时，听白眉口气，好似自己还有后文，不致便遭劫数。便照形势情理来断，这些新旧仇敌，万不至于因见飞刀无效，重又合力下手，置己于死地。断定此来不过受些屈辱，并无凶险。本来早遭劫兵解，凭自己道行法力，转世修为，一样速成；并还可以不必再转人生，当时寻一好庐舍，立可重生修炼。不过仇敌法力功候太高，再行转劫，功力相差，此仇越发难报。再者本身修为，煞非容易，现已脱胎换骨，炼就元婴，只为一朝之愤，误入歧途。因前在苗疆，与哈哈老祖斗法不胜，拜在他的门下，妄以为可以成仙，报仇雪恨，自为教祖，偿那平日心愿。一步走错，便以错就错到底，渐致仇怨日深，江河日下，无法再返本来。如若当年不动贪嗔，独自虔修，本可炼到天仙地位。就是现在忘本趋邪，只不过不能飞升灵空仙界，又多了道家一次四九重劫，仙业仍然有望。这原来肉体怎舍弃去？为此只有忍辱含垢，等自己脱身以后，准备再用多年薪胆之功，一拼死活。"

晓月心虽如此想法，而对前师法力素所深知。自己的悖逆颠倒，多行不义，也不是不知其非。尽管受了哈哈妖师魔法暗制，当紧要关头，知道本门法规尊严，言必应验，因而也是有点心惊胆怯，不敢十分自信。昔年长眉真人所留玉匣飞刀家法，以及另外一些简笺遗示，多半俱当众弟子的面，封存收藏，尽管到时始得出现拜观，不知内容，形式全都见过。入殿落座，暗中留神观察，俱无影迹。玄真子只向芬陀大师问询前情，好似事前尚不知悉，否则玉匣早已请出，陈列殿中相待，哪有如此从容暇逸？

晓月又想："照此情形，分明因为吉日灵辰，盛会当前，不愿以旧日同门来开杀戒，乐得假充好人。不过叛教的人被外人擒送到此，如不经过处治，任其从容而去，决无此理，至少也要经过一番做作才是。也许仇敌心狠狡诈，既不便当众下手，为盛会杀风景；又好不容易擒到，不舍放脱，为以后大患。表面假仁假义，已将玉匣取出，假作顾念前情，仗着外人法力禁制，不能脱身，留此规劝，或是稍微拘禁，便自悔悟。等到会后人去，再将玉匣飞刀请出，能杀便推在师父遗留的家法威力；不能，再行合力加害，必欲杀己为快，以免飞刀为断玉钩所破，有损长眉威严，并还放走仇敌，留下未来心腹之患。主意真个再毒没有。转不如拿话给他叫破，免中暗算。"

晓月正在胡思乱想，忽见飞刀突在殿顶出现，他自是识货，觉出以前亲见封刀入匣时，虽觉神物灵异，并无如此威力。枉自费尽心力，炼成一柄断玉钩,自信十分能敌。这时两两相较,分明仅能勉强阻挡,不特结局只能缓死须臾,并非敌手,甚至连元神婴儿也为所斩,无能幸免。心胆立寒,不禁悔恨交集。见飞刀电掣,转了一圈,朝己飞来。尺许长一道银光,精芒四射,直似一泓秋水,悬在空中。前面若有极大阻力,其行绝缓。忧惧危疑中,一眼瞥见妙一真人夫妇目注飞刀,面有笑容,大有得意快心之状。中座天蒙禅师,正在低眉入定。连他所抱三岁童婴,也在他怀中闭目合睛,端容危坐,相随入定,迥不似初入仙府,青瞳灼灼,东张西望,活泼天真之状。晓月心中恶毒之极,无从发泄,顿起恶念。

晓月因来时天蒙、白眉中途忽离去了好一会,回来便抱个婴儿。听他三人对谈,此子竟是仇人前九世的亲生之子,与天蒙极深渊源。初世便在佛门,因受父母三十九年钟爱,父母年已八十,忽遇天蒙禅师度化出家。后来功行精进,万缘皆空,只有亲恩难报,不能断念,为此誓发宏愿,欲凭自己多生修积,助父母修成仙佛,方成佛门正果。由此苦行八世,俱是从小出家。那前生父母,便是仇人夫妇。因是本身好善,积德累功,终于归入玄门,成就今日仙业。此子虽算完了心愿,但是过去诸生,除头一世在天蒙禅师门下外,余均苦行修持,寿终圆寂,并无多高法力。又以时缘未至,终未见到父母一面。直到现今九世,投生在一个多子的善人家中,名叫李洪。天蒙禅师才去那家,暗地度化而来。一为使他父子重逢;二为自己功行圆满,几桩心愿已了,不日飞升。而此子此生,须将以前诸生所发宏愿一齐修积完满,并还随时助他父母光大门户,直到飞升灵空仙界,始能证果。当此异派云起之际,非有一位法力高强的佛家师父不可,故此带了回来。

晓月见天蒙、婴儿入定神气,误以为天蒙正用佛法度此婴儿,使他元神坚凝,日后易于成道。暗忖:"仇人真个阴毒可恶。本是同门至交,因夺了我教主之位,才致今日惨状。现我狼狈至此,毫无动念,反以速死为快。听老秃驴说,此子日后于他发扬光大,大有助益。反正难免兵解,倒不如趁此时机,将此子杀死,就势拼着原法身不要,再去投生转世。一面用断玉钩敌住飞刀,不使刀光照顶,先用飞剑自行兵解,好歹出一点怨气。仇敌虽多高明,此举突然发动,又当自己势迫危临之际,人所不防,只要下手神速,未必便达不到;即或无成,仍是兵解,也无别的害处。"

晓月想到这里,默运玄功,心念所向,身旁断玉钩便化成两钩金红色极强烈的光华,互相交尾飞出,直朝婴儿飞去,其势比电还疾,法宝又极厉害,相隔又这么近,似此突然发难,便有大法力的人遇上,多半惊惶失措,难于抵御。在座诸仙宾，多半不知此中底细，俱觉此举太狠，激于义愤，知道救已无及，好几位都在厉声呼叱，待要下手。口刚一开，忽见钩光到处，婴儿顶门上突升起一朵金莲花，竟将钩光托住。婴儿一双漆黑有光的炯炯双瞳，也自睁开，一点也不害怕，反伸出一双赛雪似霜的小胖手，不住向上作势连招，似想将钩取下，却不敢之状。天蒙禅师随睁眼喝道："洪儿，你将来防身御魔，尚无利器。适才怜你年幼，已将你多生修积功力还原，并赐你我佛门中的大金刚愿力。你既想在正果以前借用此宝，便即取下，何必迟疑？"婴儿答声："弟子遵命，敬谢恩师。"随说，小手一抓，宝光立化为一柄非金非玉，形制奇古，长约二尺的连柄双钩，落到手里。婴儿这时已经天蒙禅师点化，洞彻夙因。钩取到手以后，立即纵身下地，直朝妙一真人夫妇奔去，眼蕴泪珠，喜孜孜跪在地上，叩头不止。真人夫妇早知来因，随命起立，等到事完，再向诸道长礼拜。妙一夫人随手便抱了起来。

且不提多生再遇的母子亲爱。只说那晓月禅师一见婴儿头顶现出金莲，法宝无功，大吃一惊。忙运玄功收回，已被天蒙禅师施展无边佛法，相助婴儿收去，再也收它不回。本就难于幸免，此举残忍，更犯众怒。如不早自打点，就许形神皆灭，再转人生，俱都无望。万分惶急中，欲放飞刀自行兵解时，哪知天蒙禅师话还未和婴儿说完，就这一睁眼的工夫，那柄飞刀本是飞来极缓，这时竟比初现时飞得还快，晓月连放飞剑自杀都来不及。晓月这里断玉钩没有收回来，飞刀已电掣而至，到了离头丈许，倏地展开，化为一片三丈方圆光幕，将全身罩住，外圈渐有下垂之势。

晓月知道厉害，刀光只要往下一围，不特通体立即粉碎，化为一股白烟消灭，连血肉都不会有残余，便自身婴儿元神，也同时化为乌有。想要自裁兵解，势已不能。晓月禅师枉自修炼功深，饶有神通变化，平日妄自狂傲，不肯低首下心向人，到此存亡绝续，危机瞬息的境地，也是心寒体颤，六神皆震。情知长眉真人仙法神奇，在座诸仙谁也解它不得。便是乞怜求饶，也无用处。情急之下，顿生悔心。这时只恨孽由己作，用尽心机，先期百计防范，到头来依然难逃显戮。料定不免于难，便把双目闭上，暗运玄功，打算死中求活，将元神缩小，静俟飞刀上身时，乘隙将元神遁走，作那万一之想。同时默求师父，恩施格外，特赐原宥，只使身受诛戮，不要伤及元神，便是万幸。本心元神不敢即出，战战兢兢，潜伏待机。满拟刀光四外一合，便即了账。但有丝毫空隙，无论何处，均可变化逃走。正在忧惊颤抖，不知如何是好，等了一会，不见飞刀近身，耳听众仙求情之声。虽然自觉许有生机，惟恐一时疏神,刀光突然合拢,元神不及遁逃,形神皆灭。存心戒惧,认作一发千钧,仍持前念,不敢骤然睁目,分了心神,并遭仇敌耻笑。暗将飞剑紧护元神,潜伏左臂腋下,准备刀光透体时,奋力一挡,略微冲荡开一丝缝隙,飞剑虽未必能保,元神或可幸免。

晓月准备停当,仍无动静,方始略微分心静听,果是玄真子、妙一真人诸旧同门师兄弟,在那里代向长眉真人求恩原恕。大意说:

> 晓月叛道背师,投身邪教,忘恩反复,多行不义,该正家法,予以显戮。但他当初只是一念之差,并未为恶。后受邪魔诱迫,迷途不返,日趋堕落,不能自拔,并非出自本心。加之贪嗔之念太重,遭受挫折,有激而发。虽彼执迷不悟,一半也由于弟子等德薄能鲜,不知善处,感化无方,以至今日,为此引咎,情愿分任其责。敬乞恩师大发鸿慈,并看在三位老禅师面上,念他相随多年,能到今日,大非容易。前在本门,实无大过。特降殊恩,姑且原宥,暂免刑诛,予以最后一条自新之路。

晓月禅师听出语气纯诚,并非卖好做作。又知此刀乃师留本门家法,便几个道行最高的旧同门,如玄真子、妙一真人等三数人犯了教规,一样受刑,无力避免。先还当前古至宝断玉钩专破飞剑飞刀,可以抵御。谁知师父法力仙机神妙莫测,一经相对,仍是相形见绌,万非其敌。照飞刀的神异威力,谁也阻它不住。按说在眨眼之间,早已应劫上身,怎会虚悬? 只觉寒气森森,逼人肌发,尚未下合,不是数限未到,便是师父允了众人求恩原宥之请;即或不然,也好趁这将落未落之际,查看一条出路。似此闭目等死,岂非胆小太过? 弄巧反倒误事,更是冤枉。

晓月念头一转,忙即睁眼一看,一干旧同门俱朝飞刀跪下,求告将终。随侍四弟子俱未在侧。在座一二十位仙宾,除白眉、芬陀、媖姆、优昙、李静虚在座前站立外,俱都回避旁立。只天蒙禅师一人仍坐原位,右手外向,五指上各放出一道粗如人臂的金光,将飞刀化成的光罩,似提一口钟般凌空抓住,不令再往下落,面容端庄。等妙一真人等求告完毕,忽朝自己微笑道:"可惜,可惜! 一误何堪再误? 长眉真人已允门下诸道友之请,缓却今日惩处,你自去吧。"说时,奋臂一提,刀光便似一团丝般应手而起,被那五道金光握住,绞揉了几下,金光银光同时敛去。禅师手上却多了一把长约七寸、银光如电的匕首。同时玄真子等也纷纷叩谢师恩起立，走到禅师面前。由妙一真人躬身将那飞刀接过，恭恭敬敬拜至殿的中心，双手捧着往上一举，仍化一道银光，飞向殿顶原出现处。又是一声鸣玉般响声，便自回匣，不见一点痕迹。

晓月禅师死中得活，想不到如此容易，一时心情竟是恍惚，也不知是喜是忧，是愧是悔，呆在那里。媖姆喝道："你已幸逃显戮，还不革面洗心，自去二次为人，呆在这里有何益处？"晓月禅师这才想起惊悸过甚，逃生出于意外，竟忘了叩谢师恩；还有对方适才此举，不能说是无德于己。侧顾座中，惟有旧友知非禅师，正朝自己摇头叹息，颇似关切，授意自己，此是洗心革面之机，休再执拗。无如对方俱是仇敌，平日势不两立，忽然腼颜向仇人致谢，未免难堪。尤其媖姆和屠龙师太，尚在怒目相视，状甚鄙夷。师恩自是应谢，别的仇人实放不下这个颜面。暗忖："今只幸免一时，将来如何，仍视自己行径如何而定，也不在此几句虚言。此时方寸已乱，心志未决，受制前师，与受制仇人不同，何必多此一举，留人话柄？"匆匆一想，便朝殿外礼拜，谢了师父不杀之恩。随又起立，也没向众说话，只朝中座天蒙禅师合掌说道："多蒙老禅师佛法相救，免我大劫。但我罪孽深重，势已至此，或是从此销声隐退，闭门思过；或是重蹈前辙，再犯刑诛。此时尚还难说。敬谢大德，贫僧去也。"

屠龙师太最是疾恶，前在峨眉门下，便与晓月不和。今见他已是日暮途穷，一干旧同门对他如此恩厚，依然不能感化，刚愎倔强，不肯回头，听那行时口气，仍要卷土重来，为仇到底，不禁愤怒，大喝："无知叛师孽徒慢走！你以为只有师父家法始能制你？限你三日之内，如无悔过誓言，我便寻你做个了断！"晓月禅师见她阻拦发话，不禁恼羞成怒，连适才愧悔之念也一扫而光，便厉声喝道："无耻泼尼！你也是被逐之徒，腼颜来此，也配口发狂言，仗势欺人，还逞什么威风？"话还未完，忽听天蒙禅师道："屠龙休得多此嗔念。他自有个去处，管他则甚？晓月，你还不到地头，何不快走？"听到"走"字，好似声如巨雷，震撼心魄，大吃一惊，又好似着了当头棒喝，心中有些省悟，身不由己，驾起遁光，便往殿外飞去。只是飞遁迅速，殿外长桥卧波，玉坊耀彩，灵峰耸秀，飞瀑鸣玉，到处祥氛瑞气，花光岚影，仙府丽景，已是二度映入眼底。由不得魔头暗制，妒羡交集，贪嗔之念重生，仇恨倍增。当时没有停留，径直飞去。屠龙师太听他辱骂，并未在意，又经禅师唤住，便即归座。

白眉禅师叹道："此人根骨原本不差，否则当初长眉真人怎肯收录？只因过去一生中夙孽太重，以致一念之差，误投邪教，为魔力所暗制。他在黄

237

山紫金溪隐居时，虽已入了旁门，仍然时常警惕，并未常与妖师亲近。不合妄用机智，自信道力甚深，欲巧借妖师之力，觊觎教祖之位。并还想俟妖师数尽以后，将他门下妖党一齐度到峨眉门下，使其改邪归正，自为教祖，光大门户，为千秋万世玄门宗祖。起念虽由贪嗔，用心设想也未始没有他的道理。即使对现今峨眉诸道友，也不过想到时迫令降伏，屈居其下，并无伤害之心。却不知哈哈老妖得道七八百年，为苗疆邪教宗祖，尽管走火入魔，暂时身同木石，元神仍能飞行变化，运用自如。并且入魔不久，苦心虔修，所炼害人害己的阴魔，重又被他的法力智慧降伏。晓月禅师与之斗法，尚且不胜，如何能落在他暗算之中？又不合为一孽徒，妄信妖妇许飞娘的蛊惑，慈云寺斗法时，误用妖师秘传十二都天神煞，为苦行道友佛法所破。害人未成，阴魔反制。由南川金佛寺回醒以后，心中愤激太甚，竟不听良友箴规，不辞而别，赶往苗疆，从妖师习练妖法。由此越为阴魔暗制，倒行逆施，日趋堕落。实则灵性早迷，明知是害，不计灭亡。平日法力，只能用以济恶，对于本身全无补益。

"我三人带他到来，原为践我昔年与长眉真人之约，在他大劫未临以前，先给他一个警戒，就便由天蒙师兄用佛法试为其难，看他能否及早回头，以免毁去那数百年修炼之功。飞刀为长眉真人昔年初成道时，降魔镇山之宝，早已通灵变化，神妙无比。除我外，诸位道友中只一两位见他用过。本来绕殿一周之后，他便遭了劫数。因被天蒙师兄用佛法阻住，来势甚缓。他如真能悔悟，一声祝告，刀便飞回。他偏昏昧无知，见难泄愤，意欲暗算婴儿，下手狠毒。那断玉钩乃前古异宝，也非常物。天蒙师兄因为婴儿尚无合用防身之宝，便加以收取。飞刀无了阻挡，立即如电飞来，本是难免。因他当时已生悔心，刀未下合，略微一缓。天蒙师兄又以佛家金刚手，将刀抓住。后经诸道友求情，方免于难。如非入魔太深，我等三人不愿强施佛法，逆数而行，致生别的枝节。只再费点心力，便可强他醒悟。好在他道基颇厚，数应遭此一劫，再经一世修为，始能成就，孽满劫临，自能醒悟。只好略尽心力，稍微警惕。成败祸福，仍然视他一念转移，且由他去。屠龙道友近已功力精进，此中消长不应不知，为何也要与他计较？"

屠龙师太笑答道："弟子生性疾恶，见不得这等忘恩背德、狂悖乖谬的行径，意欲加以告诫。听二位老师父法谕，现在想起，也觉多事。"

妙一夫人见双方话完，便把婴儿李洪放下，引导他朝众仙宾分别拜见，略说前生因缘。众仙见李洪生得面如冠玉，唇红齿白，目如朗星，根骨特异，禀赋尤厚。适又经过天蒙禅师佛法启迪，使其神完气旺，髓纯骨坚。小小童婴，顿悟夙因，具大智慧。相貌又是那等俊美，宛如明珠宝玉。内蕴外宣，精神自然流照，无不称奇爱赞。灵峤三仙更极喜爱，等过来拜见时，甘碧梧首先揽至膝前，奖勉了几句，由身边取出一块古玉辟邪，给他佩在颈间，说道："适闻诸道友说，你再有六七年，便须出外行道。目前诸邪猖獗，你又将晓月禅师的断玉钩强借了来，异日难保不狭路相逢。此宝虽无多大威力，却能防御左道中的阴雷魔火，诸邪不侵，用以防身，不无小助。客中无以为赠，聊以将意。异日有暇，望在便中过我灵峤荒居，或能有所补益呢。"李洪此时已经恢复前生灵智，迥非来时之比。闻言忙即合掌拜倒，领谢起身。赤杖仙童阮纠同了丁嫦，也各取了一件宝物相赠：一是碧犀球，用以行水，能使万丈洪波化为坦途；一是三枚如意金连环，也是专破左道白骨箭类阴毒邪法之宝。李洪一一拜谢受领，学了用法，去至下首妙一真人面前侍立。

妙一真人这才手指李洪，转向谢山道："日前拜读家师玉匣留示，才知此子本是佛门弟子。现今几位前辈神僧，功行俱将圆满，不及携带。而此子以前诸生，发愿甚宏，须历年时，始得圆满。方今群邪猖狂，此子冲年在外积修善功，不免到处都有左道妖邪与他为仇。非得一位具有极大法力的禅门师父，传以降魔本领，随时照护不可。道友适才皈依佛门，也须有番修积，门下又无弟子，虽有两位令爱，不久便去小寒山忍大师门下清修，不得随侍在侧，将来衣钵，也无传人。如今此子拜在道友门下，实是一举两得。不知道友心意如何？"

谢山一听，自己的事，妙一真人竟早前知，好生佩服。便笑答道："小弟为了一些世缘，转劫多生，终无成就。今生枉自修炼多年，对于过去一切因果，竟是茫然。适才出迎三位禅门大师，幸蒙老禅师大发慈悲，宏宣宝相，金轮普度，佛法无边，方始如梦初醒，悟彻夙因。现虽立志皈依佛门，寻求正果，但是自来所学不纯，法力浅薄。贤郎多生智慧，根骨深厚，现虽年幼，不消数年，必能精进，不可思议。小弟初入佛门，尚在学步，如何配做他的师父呢？"

芬陀大师接口笑道："道友过谦了。休说此子本你前生师侄，夙有因缘，谢道友又何尝不是修积释道两门，殊途同归，无异一体。我佛门中法，说难便难，说易便易。道友新近皈依，仅自彻悟，还未修为，心存客气，自然患为人师。"

谢山原极爱重李洪，只因初悟夙因，匆匆与前世师兄相晤，有好些话尚

239

未询问，自身尚无师承，如何便收弟子？为此谦辞。及听芬陀大师这等说法，妙一真人只是含笑不语，情知真人言不虚发，事已定局，便起身答道："谨谢大师教益。但后辈自身尚无师父，如何收徒？齐道兄之嘱，不敢不遵，只请暂缓，容我拜师受戒之后如何？"边说边往天蒙禅师座前走去。本意近前跪倒拜师，请求收为弟子。哪知刚一跪将下去，天蒙禅师本在低眉默坐，忽然伸手向谢山顶上一拍，喝道："你适才已明白，怎又糊涂起来？本有师父，不去问你自己，却来寻我，是何缘故？"

谢山吃普度佛光一照，仅只悟彻凤因，以佛法素重传授，未来如何修为，尚须禅师指示。况他又是前生师兄，为了自己，迟却千年正果，受恩深重，觉着拜师万无不允。偏生对付晓月，好些耽搁，不便越众前请。此念横亘于胸，尽管智慧灵明，竟未往深处推求。及被天蒙禅师拍顶一喝，猛地吃了一惊，当时惊醒，神智益发空灵。立即膜拜在地道："多谢师兄慈悲普度，指点迷津。"禅师微笑道："怎见得？"谢山起身，手朝殿外一指。众人随手指处一看，原来灵峤三仙适在禅师等未降以前，施展仙法接引的明月，已应时而至，照将下来。凝碧崖前七层云雾，连同由平湖后半直连正殿平台那么宽大高深的洞顶，也被用移山法缩向后去。这时殿外正是万花如笑，齐吐香光，祥氛潋滟，彩影缤纷。当空碧天澄雾，更无纤云。虹桥两边湖中明波如镜，全湖数层青白莲花万蕾全舒，花大如斗，亭亭静植，妙香微送。那一轮寒月，正照波心。红玉坊前，迎接神僧的百零八响钟声，已是尾音。清景难绘，幽绝仙凡。众仙方在暗中赞美瞻顾间，忽又听天蒙禅师问谢山道："你且说来。"谢山恭答："波心寒月，池上青莲；还我真如，观大自在。"禅师喝道："咄！本来真如，做甚还你？寒月是你，理会得么？"谢山道："寒月是我，理会得来。"禅师笑道："好，好！且去，且去！莫再缠我。"谢山也含笑合掌道："你去，你去！好，好！"

白眉禅师、芬陀大师随即起立，同向妙一真人道："天蒙师兄与寒月师弟因缘已了，我三人尚有一事未办，还须先行，要告辞了。"叶缤也和谢山一样，有许多话要请教，并欲拜芬陀为师，一见要走，忙即赶前跪下。被芬陀大师含笑拉起道："道友心意，我已尽知，但贫尼与你缘分止此。行得匆忙，无暇多谈。你和谢道友一样，从此礼佛虔修，自能解脱。一切适才想已知悉，何庸多说？"叶缤原已悟彻，便笑答道："弟子已知无缘，只请和老禅师一样，略示禅机，赐予法名如何？"说时，殿外云幢上，钟声正打到末一响上。大师笑问道："你既虚心下问，可知殿外钟声共是多少声音？"叶缤躬身答道："钟声百零八杵，只有一音。"大师又道："钟已停撞，此音仍还在否？"叶缤又答道："本未停歇，为何不在？如是不在，撞它则甚？"大师笑道："你既明白，为何还来问我？小寒山有人相待，问她去吧。"叶缤会意大悟，含笑躬立于侧，不再发问。

李宁和采薇僧朱由穆、杨瑾三人，见师父将行，各自趋前请命。白眉、芬陀笑道："自照你们心意做去。随时相助齐道友，发扬光大。行止归去，均在于己。有事自会传谕留示。助己助人，勉力潜修好了。"

说罢，三位神僧、神尼便往外走。妙一真人等知难挽留，只得恭送出去。众弟子把香花、礼乐早已准备。天蒙禅师笑道："何必如此？"三人各自合掌当胸，向众辞行，便自平地上升，仍和来时一样，只是易下为上，没有来时云层洞顶阻挡曲折，去势更是神速。妙一真人等忙率两辈同门和先前出接的诸仙宾飞身恭送时，三人身已直上云霄，只见祥光略闪，微闻旃檀异香，便不见踪影。众仙礼送回来，又向谢、叶二仙分别称贺。由此二人便入了佛门，一个改名寒月，一个改名一音。只等小寒山一行，便各回山虔修。不提。

众仙到了殿内，妙一真人便令婴童李洪行那拜师之礼。谢山自然不再推辞。行礼之后，谢山见晓月禅师所炼断玉钩连同灵峤三仙所赐三宝，由妙一夫人分别给李洪佩戴，钩插在左肩之上。那钩形制古朴，上面满刻奇书古篆符引之类，宝光内蕴，灵异非凡。便对李洪道："灵峤三位仙长所说，务须留意。此钩不特前古异宝，并经现藏宝主人费了若干心血祭炼，原意用以抵御长眉师祖玉匣飞刀，可知厉害。如非天蒙老禅师佛法无边，只恐谁也用它不了，即便到手，也早晚必被原主夺回。看来晓月对于此宝，必定珍惜非常，一旦受制佛法，为一幼童所得，必不甘心。虽然老禅师佛法高深，既肯取以转授，又将它灵性隔断，使为你用，不致被他收回，到将来也不致有甚危害，但还是小心才好。你初拜我为师，本应传授一两件防身御魔之宝。一则我本玄门中人，刚悟前因，还我初服，尚未十分修为；二则我所有法宝，除一心灯外，无甚奇处。好在你已有此神物，更蒙灵峤三仙赠你三宝。此时到底年纪太轻，尚须随我小寒山一行，回山修炼。且等我将法宝重用佛法祭炼，到你他年下山之时，再行传授吧。"

李洪拜谢，领命起立，仍去妙一夫人身前立侍，甚是依恋。妙一真人笑道："痴儿，你已转劫九世，前后千年修为，怎还如此依依难舍？"李洪跪禀道："儿子自蒙恩师佛法警悟，想起以前诸生之事，父母慈恩深厚，好容易违颜千载，今始重逢，少时又要随师还山，怎叫儿子能舍？"谢山道："你与令尊千年父子，今始重逢,煞非容易。我为全你孝思,并得多受贤父母教诲,此后许你每年一次归省便了。"李洪闻言,自是欣慰。妙一夫人道:"今日开府,各位仙宾所赠法宝珍物甚多,前又得了紫云宫、幻波池许多法宝,本可赐你两件。也为你年纪太轻,尚非用时,且等将来省亲时,我择那佛门弟子合用之宝,赐你好了。"殿外众仙闻知谢山收徒,又是妙一真人夫妇前九世的爱子,纷纷入贺。

诸葛警我等来时,正值神僧、神尼去后,李洪在殿中拜师行礼。略听完了经过,见齐灵云、周轻云、秦紫玲在殿右一角聚谈,知三人奉命设置盛筵,正想过去询问众仙席次,齐霞儿已点手相招。近前一问,霞儿笑道:"大师兄奉命引度那两人怎么样了?"诸葛警我道:"师父原说他二人师父劫运未到,入我门中,尚非其时。不过二人不久便有大难,此时先给他们稍微点醒便了。这两人资质禀性都好,我看他们已有警觉,只为师门恩重,不肯弃彼就此。到了时机,必来无疑。我为奉命代熊血儿问向芳淑师妹索取阴雷珠,并点化虞、狄二人,竟偷了懒,三位师妹安排筵宴,想已齐备了吧?"齐霞儿道:"起初本是不论交情亲疏,所有筵席齐设在平台之上。游园时,灵峤三仙、公冶道长和家师等诸位尊长相继提议,说殿前仙景各有妙处,而到会仙宾各有友好,门人弟子也多偕来,行辈不齐,如在一处,盛会固较庄严,一则有等次,不免拘束,难求尽欢;二则席次也费安排。最好除平台上原设的五席外,余者择那风景佳处,分别设席,听凭到会长幼仙宾自约同道友好,各任心喜,随意入座。"

诸葛警我为众门人之长,久与机密,知道此事早在掌教师尊算中。为免一些不相干的外客和旁门中人挑剔厚薄,故令一体设宴平台。却由别的仙宾以观景尽欢为名,除主要五席外,余者分设各处,不论上下各等,俱可随意入座。实则功行深薄,行辈高低,以及道路各有不同,绝不肯掺和在一起。经此一来,既免鱼龙混杂,又免因此生出别的枝节。齐霞儿当然也知此中深意,彼此相视一笑,更不再说。

那殿台上的五席,俱是一律两丈四长、一丈二宽的青玉案。仙家筵席,不同俗世,又值开府盛典。每席共坐十二人。当中列有主位,做一字横列,入席者有玄真子与妙一真人等四位,余均本派同辈。两旁作八字形,各有两席相连。只席座均比主席高约半桌,以示尊敬。每边各有二十四位。列坐的,为媖姆、优昙、极乐真人李静虚、百禽道人公冶黄、灵峤三仙、易周、白朱二老、乙休、凌浑等本派至交,以及半边老尼、藏灵子、少阳神君、无名禅师、知非禅师、侠僧轶凡等仙宾,不是前辈真仙,便是各派宗主、神僧、神尼之类。

242

那些不速之客以及旁门中人，见此盛况，主人尽管以礼揖让，也都自然自惭形秽，不敢与之并列了。

五席之外，如湖堤、桥亭、灵峰、水阁等各处所设筵席，俱和殿台一样形式陈设，只地方不同，人数多寡也各听随意邀约。外来一干后辈，席设水阁之内。

本门弟子，只诸葛警我、岳雯、黄玄极、悟修、齐霞儿、易静、癞姑、邓八姑男女八弟子，在湖心阁以内做主人，陪伴后辈，得以与宴。余者有的司乐，有的司厨，有的在侧侍宴，各有职司。只等会后仙宾散去，师长赐宴之后，经过二次传授，或是奉有专命，或是自行呈请，分别由左元十三限，或由右元火宅玄关通行一次。能通过的，三四日内拜师下山行道。自信功行不济、志在虔修的，也不勉强，在仙府内与去留诸同门欢聚畅游三日，便去右元洞壁崖穴之中苦修，到了火候，再行请命。有那本身功力不够，并未奉有特命准予先积外功，随时在外修为，而又妄想一试的，侥幸通过这两处难关之一，自可如愿；如通不过，在师恩卵翼之下，虽还不致有败道丧生，走火入魔的凶险，但也元气大伤，去至右元洞窟，日夕熬炼，多受好些苦难，始得复原。

自从妙一真人按照长眉玉敕遗命，订下规条功课，门下弟子虽居住在这仙山福地，将来也必能成就仙业，但是成道以前，修为至难，差之毫厘，谬以千里，功力根骨所限，分毫也勉强不得。如非真个道心坚定，精诚不渝，休得列入门墙。上来根基先自扎稳，所学又是玄门正宗，上乘功课，所以后来峨眉派日益发扬光大，为各派北斗宗盟，门下弟子到头来咸列仙班。即或向道心坚，修为勤奋，而福缘不够，强请入门；或是凤孽太重，无可解脱，入门修炼，此生虽不免于兵解，而转世之后，因有前生修为，道基坚固，再有师长、同门垂怜接引，成就自速。至不济也是地仙散仙一流。

至于中道为邪魔所诱，叛师背教，或犯严规，误入歧途，以致堕落的，只有一人。此人也并非不知自爱，只为凤世冤孽太重，心又急于建功，不到功候，便强欲下山，仗着灵警智慧，居然通行火宅，走向前殿。偏生教祖他出，代掌仙府的正是此人所拜师父髯仙李元化，见他竟是如此精进，通行火宅，以为可以无虑，未加告诫，反予奖勉。以致下山不久，便遇凤孽纠缠，对方恰是一个厉害邪魔之女，双方苦斗三日，终于受了诱惑，堕了色戒，坏去道基，不敢回山，又迷恋上妖女美色，迫不得已与之同流合污，做了邪魔爱婿。由此行恶日多，终为李英琼飞剑所杀，连转劫重修俱属无望。峨眉派因此取材愈严，门人出处，越发慎重，更无一人再步前辙。此是后话，暂时不提。

第二一八回

　　胜会集冠裳　无限清光　为有仙姬延月姊
　　同仇消芥蒂　难忘故剑　还将驼叟斗痴翁

　　隔不片刻，一轮皓月已列中天。因有仙法排云，碧天万里，澄霁如洗，更无纤翳，显得月华皎洁，分外清明。大殿中李洪业已行完拜师之礼，待不一会，先听殿中传呼赴宴。红玉坊前，两云幢上的金蝉、石生二人，重又鸣钟击鼓。跟着司乐众弟子鼓瑟吹笙，箫韶交奏。仙乐声中，殿中众仙款步而出。玄真子、妙一真人等主人，先趋平台前侧站立，重又向众仙宾致谢临觇厚意，肃客入席。众仙宾早已各自约好同道伴侣相待，纷向主人谦谢几句，另有仙宾及诸弟子陪同各人选中的席次，分别入座。

　　那在平台入席的诸仙宾，十九都是主人飞柬专使专诚恭请而来的前辈仙尊，各派宗主，或是同道至交，自有玄真子、妙一真人等肃客就座，主人一律揖让。虽无世俗客套，都各知分际行辈，得道先后，除两边首座略互谦让外，也自就座，序列适合，无稍差池。

　　众仙宾中，赤杖仙童阮纠、甘碧梧、丁嫦已得道千余年，又是初次相见，自然推居东席上座。第四位以次，便是易周、杨姑婆、一真大师、宁一子、少阳神君、天乾山小男、藏灵子、半边老尼、无名禅师、知非禅师、钟先生、铁钟道人、游龙子韦少少、灵灵子、玉洞真人岳韫、梅花仙子林素娥、侠僧轶凡。此外还有随灵峤三仙同来的四位男女地仙尹松云、陈文玑、管青衣、赵蕙，虽是三仙弟子，但是得道年久，已成地仙，论功行，便长一辈的群仙也多不如，自不应去至水阁与一班后辈、新进门人同列，经妙一真人夫妇向三仙力请，同在平台入宴。本来席次尚高，因有师长在前，只得屈诸末座。算起来，恰好一列两席相连，共是二十四位仙宾。

　　西席这面，首座极乐真人李静虚，以次为嫘姆、神尼优昙、神驼乙休、百禽道人公冶黄、追云叟白谷逸、矮叟朱梅、滇西派教祖凌浑、屠龙师太、金姥姥罗紫烟、青囊仙子华瑶崧、步虚仙子萧十九妹、伏魔真人姜庶、大熊岭苦竹

244

庵郑颠仙、寒月禅师、一音大师、杨瑾、采薇僧朱由穆、李宁、姜雪君、林明淑、林芳淑、玉清大师、素因大师,也是二十四位。

当中主座是玄真子、妙一真人夫妇、醉道人、髯仙李元化、万里飞虹佟元奇、餐霞大师、元觉禅师、元元大师、坎离真人许元通、顽石大师。因峨眉长一辈的十三同门中,苦行头陀已证佛门正果,飞升极乐;风火道人吴元智,前在慈云寺遇难兵解,转劫再生,年尚幼小,未曾引度佛门。所以主座十三,却只坐十一人。

余下虽奉请柬,或是情深,或以道行浅薄自谦,不敢与诸位前辈真仙并列,俱去别处入席的,如昆仑派中后进剑仙小髯客向善、长沙谷王峰铁蓑道人等;新近归正的异派散仙麻冠道人司太虚,恒山云梗窝狮僧普化,滇池伏波崖上元宫天铁大师,黄肿道人,凌虚子崔海客,太行山绝层崖明夷子、大呆山人,北海冰洋岛五散仙仇生明、夏寅、吉永、卫寒樵、令狐畹兰,岷山白马坡妙音寺一尘禅师,浙江诸暨五泄山龙湫山樵柴伯恭,岷山飞虹涧女仙董天孙,苏州天平山玉泉洞女仙巩霜鬓,湖北荆门山女仙潘芳,陕西秦岭石仙王关临、跛师稽一鸥,小南极不夜城主钱康,苗山红菱磴银须叟,宜兴善卷洞长生修士路平遥;辈分介乎长幼之间的,如北海陷空岛大弟子灵威叟,黑蛮山铁花坞清波上人,南海散仙骑鲸客,苏州上方山镜波寺无名禅师座下天尘、西来、沤浮、天还、无明、度厄六子。此外尚有释道两家的神僧、剑仙,闻风而来的不速之客,众仙客随带来的门人弟子,总共不下八百余众,因无关紧要,在这里从略了。

当下两辈侍宴的本门弟子捧上仙酒肴果,八百仙人对月开樽,临波把酒。此时仙乐悠扬,万花怒放,香光如海,霞彩缤纷,端的仙景无边,令人五官应接不暇。神仙佳话,千古流传,决非寻常所能梦见。

饮到中间,妙一真人命随侍男女弟子严人英、司徒平、徐祥鹅、施林、郁芳蘅、李文衍、吴文琪、周轻云,将先备就赐给随众仙宾赴会的诸后辈的锦囊取来,即席颁赐。囊中之物,也有法宝,也有珍玩,也有灵药仙果,品类不一。俱装在妙一夫人用东海鲛绡织成的大锦囊内,外用旃檀木为架,悬在席前。由上述男女八弟子随手探取,各凭福缘厚薄给予,凡在水阁入席的俱都有份。众后辈仙宾一一领收拜谢,无不欣喜非常。一会颁赠完毕。

灵峤三仙中的丁嫦笑指云幢上面金蝉、石生二人道:"今日主人开府盛典,仙宾又极众多,门下高足俱极劳苦,尤以云幢上司钟、磬的两仙童为最。资质又都极好。贵派规法至严,未便唤他下来,且借主人仙厨美肴,略当慰劳,不知可否?"妙一真人知有用意,当着众人不便明言,便笑答道:"小徒只在上面司乐,并无微劳。既承道友怜爱,敢不拜命,唤他们下来拜受好了。"丁嫦道:"那倒无须。一则当此大典盛会,原定仪礼,岂容率易更张;二则,此时玉坊虹桥,碧树银灯,花光霞彩,月明星辉,多此两幢撑空朵云,也生色不少。为此一杯酒,何须升降周折,飞觞赠饮好了。"

金、石二人司乐之余,闲中无事,本在随时留意下面仙宾言谈动作。丁嫦是借题送礼,语声虽是不宏,金、石二人却听了个逼真,不等妙一真人招呼,便在云上行礼致谢。心想:"灵峤三仙,道行法力何等高深,人又极好。这酒是主人的,岂不知客去以后,我二人便可享受,何必多此一举?况又有慰劳的话。"方疑此举藏有别的美意,一转念间,丁嫦已要过甘碧梧面前杯子,连同自己杯子,持在手内,往上一扬,便有尺许方圆两朵祥云,托着两只玉杯,分向二人云幢上飞到。二人连忙跪接过去,酒只半杯,方要举饮,猛觉杯底有物落到手上。低头一看,金蝉所得乃是一只玉虎,大才两寸,通体红如丹砂,一对蓝睛闪闪隐射奇光,玉虎口内青烟隐隐的似要喷出,神态生动,宛然如活;石生所得,乃是一块五角形的金牌,也只三寸大小,上面符篆重叠交错,竟分不清有多少层数。二人原本一样机智心灵,知非凡物,必是当着多人不便明赐,假作赐酒为名,暗中赐予。偷觑平台之上,玉清大师和姜雪君,正朝自己注视微笑。在座诸仙,除了乙、凌、白、朱和峨眉交深情厚的几位,只朝上看了一眼,便各和邻座言笑,仿佛明知,故作不解。余人多似不曾觉察。心中欢喜会意,悄悄藏起,如无其事。见那祥云尚在,只朝丁嫦略微跪谢,把酒杯仍放云上,任其托了往下飞去。

丁嫦接过放下,笑道:"乐不可极,广寒仙子何能久羁?我们已经饱饫仙厨,应该告行了吧?"说罢,灵峤三仙首先谢别,跟着众仙也纷起告辞。当下除神驼乙休、白朱二老、玉清大师五六位有事暂留外,所有与会长幼群仙,俱都起身。玄真子、妙一真人仍率众弟子,香花礼乐恭送。仙法均撤,明月隐去,凝碧崖前,仍是七层云雾封蔽,回复原状。由灵峤三仙、极乐真人以次,相继由平台、虹桥等地,各驾祥云遁光向空飞起,到了凝碧崖上空,纷向主人举手作别飞去。这时月影沉西,天已快亮。只见千百道金光霞彩,祥云紫气,挟着破空之声,在峨眉后山绝顶上空,四下飞舞,电闪星驰,晃眼全都飞去,不知去向。

玄真子、妙一真人等回到正殿,收去两朵云幢,命众弟子自去择地饮宴,欢聚三日。然后再看各人功力深浅,或是下山行道,或是留守修炼。随与乙休、白、朱、玉清诸仙，商谈未来之事。因而谈起李洪，将来成就虽是远大，但是道高魔头也高。照着长眉真人玉敕遗命，李洪年甫十岁，便须下山修为，开头便遇到一个极厉害的强敌，非有一件旁门至宝，不能收功。还有李英琼，再往幻波池取宝，也有不少周折。事在李洪之前，不久便到，务请众仙随时相助。白谷逸笑道："齐道友日来开府事忙，我和朱矮子替你办了一件事，还没有对诸位道友说。此宝虽不是玉敕所说异宝，功效却也差不多。有了此宝，将来李英琼、李洪可以省事多了。"说罢，手中递过一物。妙一真人接过，和众仙同看，乃是一个形如穿山甲，前面有一风车的铁梭，长仅尺许，遍体俱是活瓣密鳞，蓝光闪闪。

餐霞大师见了惊道："此乃当年红花鬼母七宝之一，名为碧磷冲，威力不在玄龟殿九天十地辟魔神梭之下，只是不能像神梭一样载人。用时长约丈许，前面七叶风车电转飙飞，密鳞一起展动，宛如一条绿色火龙，发出数十丈碧焰寒磷，专一穿行山地。无论石土金铁，被这碧焰阴火挨着，无不熔化成浆，陷成十丈以内的陷洞。宝主人便随在后面前进，暗中侵害人家。尤妙是动起来时一点声息全无，不似神梭还挟有风雷之音，老远便能听出，端的阴毒非常。我昔年初成道时，鬼母尚未遭劫，偶因采药，误入滇南番境，曾经亲见此宝妙用。侥幸鬼母以大劫将临，不愿无故与本派结仇，又知我是无心深入，看出他门人的行踪诡秘，一时好奇，暗中尾随窥伺，因而发现我非有心作对，只在我发现此宝之时突然出现，好言劝我离去，并未加害，反送了好些灵药。我自知不敌，也未再去。闻说鬼母遭劫之时，说门下诸弟子俱非善类，她在世还能强制，她死以后定必造孽无穷，为她再生添上许多孽累。本欲一齐迫令兵解，随即转世，再同修为，结果只有六人兵解。

"第二弟子何焕奉命有事在外，人更机警，早听出乃师平日语气，算计劫临，定必不免。又知乃师法令如山，难于抗拒，时刻都在留心。回山时，借故推迟，落在诸同门后面，隔老远窥探前行。这时鬼母已经中了极乐真人飞剑，只为想迫门人同行，免贻后患，而手下七弟子恰有一半在外，勉强行法忍苦强挨。不过运用元神，强支躯壳，只可缓死须臾，不能持久。内中又有三个桀骜不驯，反与对敌的，经她手刃处死，益发耗了心神。等何焕回时，说完话，人已不支。何焕知她体力已不能再杀自己，跪在地下哀声哭求，说自己从此闭洞清修，决不出外为恶。鬼母此时已制他不了，又见他平日心性较为和善，便要他立下永不为恶的重誓。然后说道：'我虽邪教，只是天性乖僻，人不犯我，我不犯人，更知警惕，向不轻易为恶。所以这次大劫虽然不免，还

247

得对头容让,不将我元神斩去,使我仍得再行转世修为,以求正果。不意以前一时偏见,收下你师兄弟七人,心性无一善良,我去以后,定必造孽多端,自遭大劫,结果还要累我,因此才想将你七人一齐带走,使为再世师徒。既免后患,还可再生,同求正果。内有三个心存叵测,意欲叛我的,我已除去,连再转世也都无望。你虽较他们心性好些,到底容易受人引诱,自取灭亡。本意令你同行,你偏昧于轻重,再四苦求,不愿兵解。我门下七人,一个不留,你们不知就里,显我太无师徒情分。所不放心者,只恐你日后以我所传法术害人害己。现既立下重誓,我也不强迫,但那本门七宝,暂时却不能授予,须守我诫,闭洞清修四十九年,到时七宝自会出现。到手以后,必须善用。须知誓愿已发,只要背反,稍存恶念,或受同道蛊惑,去与众人为难,立即报应,遭那杀身之祸。务要谨谨遵守。'

"说罢,便去洞内,久等不出。入内一看,已是化去。何焕葬师以后,遍向同道朋友辞别,说他奉命闭洞参修,不再参与各事,特此辞别。以后便未再听说起。此宝既然出现,必是这厮静极思动,受人怂恿愚弄,欲借此宝,由地底冲入仙府扰害,致为白、朱二位道友夺来。可是么?"

白谷逸道:"照此说法,定是这厮无疑。我二人先并不知有外贼由地底来犯。乃是朱矮子以前熟人麻冠道人司太虚,近年忽然觉悟,改邪归正,因知四九重劫将临,只有齐道友许能助他脱难。无如道路不对,无法干求,本意乘着庆贺开府,来此结纳。不料走到路上,又遇上许飞娘这一妖妇,与一妖人在崖后密谈。他欲立功自见,仗着隐形神妙,老远发现妖妇遁光,便尾随下去,暗中查探。闻妖妇日前在苗山中勾结了一个向不出山的异人,欲用此宝暗入峨眉,先盗取肉芝,再用邪法乘机扰害。自己也知非敌,略微得手,仍由地下逃去。说得甚是厉害,只未提说那人是谁。司太虚因听异人已由苗山起身,当夜便到本山,立即赶来送信。与我二人见面一说,立即商妥,将计就计。起初只想诛敌,并无夺取此宝之意。因来的妖人精于地遁,我们三人到了上面,又用千里传音,命岳雯将甄艮、甄兑唤去。许飞娘明知我们防备森严,还敢令妖人由地底入犯,必有几分自信。司太虚匆匆一听,对方姓名来历一点不知,又是个多年不曾出山的人。时机已迫,无暇虔心推算。当年苗疆四凶本有两个在极乐童子飞剑之下逃生的,此后便没有下落,恐是漏网二凶之一。凭我三人,虽然可操胜算,到底这两人邪法高强,比别的妖人不同;加以匿迹多年,忽然出现,知他这些年潜居苦练,闹甚花样?惟防万一挡他不住,除将上洞离地十丈以下用法术禁制,使其坚逾精钢,并用移形迷踪之法，颠倒途向，免被冲破禁制，闯入仙府，为外人所笑。一面又令甄艮、甄兑持我三人法宝，在地底埋伏相候。起初料他必是到了上洞左近，再行入土。我三人远出数十里，分成三面，隐身空中相待，准备堵截，能在未到正洞以前将他打发，岂不更妙？

"哪知这厮行事十分诡秘，仗着法宝神妙，竟不嫌费事，在相隔峨眉二百里以外便入了土。如换道行稍差一点的人与之相对，地底再没有甄艮、甄兑这两个精通地遁的人埋伏，单靠那喝土成钢的禁制，非被冲进不可。尽管仙府能手甚多，他一露面，也必送死，决讨不了便宜。但是我和朱矮子混了这多年，事前还有人报信，如被这样一个后辈妖人瞒过，冲入重地，这人怎丢得起？这厮也真有点伎俩，运用妖法，穿山裂石，通行数百里，竟没一点声息异状。我们人在上面，留神查看，竟会看他不出。后来我们见所说时候已到，杳无踪影，空中时有各方道友飞过，俱是由后山飞雷径来此赴会的。试运玄机推详，才知敌人已到前山，正和甄氏兄弟在地底苦斗。甄氏兄弟本来不是妖人敌手，幸我先设禁制，这厮来路深在地底，几达百丈以下，一到便被禁制挡住，前面坚如精钢。因未发现敌人和别的异状，甄氏兄弟埋伏之地在上，不知妖人已在下面。敌人又未发动移形之法，自以为法宝能破禁制，便运用妖法，炼化那比铁还坚的石土，打算只穿通一条容人之径便可入内，这一来未免耽误了些时候。

"事有凑巧，周云从、商风子日前来投时，在路上无心中得了一面宝镜，乃前古禹王治水搜除水土中潜伏邪魔的至宝。镜光到处，地底三百六十五丈以上，明如观水，纤微毕现。我和岳雯唤他二人上来时，正与商风子在一起。商、周二人因不知镜名、来历、用法，到后又听诸仙同说众弟子自己所得法宝，须在开府传授法术、法宝时一齐呈献，听命指点应用。初来觉着师长威严，不敢冒昧求问，只不时向众同门私下打听。甄艮一想，同门中飞剑、法宝比他兄弟强的颇多，我二人既指名唤他兄弟，踪迹又要隐秘，须到指定之处相见，料想要知地遁之术。一时心灵，随手将宝镜借来，带在身旁，以备万一之需。先在地底埋伏，已经照看过了两遍，觉着在地底用镜搜查，格外清晰，看得也较远些。妖人只要近前在三四百丈以内，万无不见之理，便极留心。先没料到妖人由远道而来，入土又是这样。后来久等不见到来，便向禁地一带环绕巡视，不时取镜查看。巡视时由左而右，起脚在妖人头上，当时忽略过去。等到由右侧绕将回来，算计时候将过，格外仔细。宝镜不曾离手，一到原处，果然发现妖人已到，正用碧磷冲发出百十丈的阴火碧焰，飙轮电转,朝下猛钻。那么坚硬的地底,居然被他穿通了好几丈。如非所有的土皆坚,定被破土而入了。有此两层耽延,双方动手较晚,甄氏兄弟又长于地遁,如鱼行水,不似妖人不用法宝,只用飞遁,行动便缓,不能随意通行。刚现危机,待要发动移形之法,乘机遁走,甄氏兄弟想分出一人上来求援,我三人已经警觉赶到,合力下手,才未为妖人所伤。

"妖人见势不佳,赶忙运用法宝,返身遁去。我三人看了此宝有用,便分开来:由朱矮子驾遁光,和甄艮一起,在地底穷追;我和甄兑、司太虚持了宝镜,在上空追逐。后追出本山,到了枣花崖一带无甚寺观人迹的荒山,然后拦在妖人前面,用宝镜照准他的来路,用太乙神雷裂开一个大地穴。等他一到,再用紫云宫所得神砂,困住了他的法宝,朱矮子又在地底连发太乙神雷,一路乱打。妖人本另有护身法宝,急切间神雷也伤他不了。又长于隐形飞遁之法,逃也容易,只敌不住而已。此时情势,如收了法宝,再舍地底死路,由上空遁走,并非没有指望。不知为何那样胆小,除尽量防身外,身边还带有好几件厉害法宝,竟是一件未取出来还手,一味惊惶,循着原来途径逃窜。追着追着,快要到了上下夹攻之处,忽然哀号道:'诸位仙长,容我献宝赎命。'边说边由身边取出一件法宝,舍了这件用以穿行地底之宝不要,任其照旧朝前猛冲。只见他倏地连宝带人,发动阴雷,将所行之处百十丈厚的地面,爆裂一个大洞,化为一条细如游丝的碧光,破土上升,直射云空,一闪不见。我们上下五人,事出仓促,同时朱矮子见此宝虽无人驾驭,仍在前驶,又急于收取,我又在前,只远远看见地裂雷震,人化碧光,隐形遁走,俱不及追擒。

"正想罢手,因见下面此宝仍发碧火飞驶,已由脚底过去。司太虚也说此宝难得,异日大有用处,我们虽不知用法,也可体会得出,或者重炼再用,均无不可。便由上空追去,其行绝速,如用禁制,竟来不及。又追出百余里,仍用前法,以太乙神雷破土,神砂阻挡,才得制住。费了好些手脚,几乎将它毁去,才勉强收下。虽已强制缩小,阴火碧焰依然强烈不敛,只一疏忽松手,仍要飞去。但又不似原宝主在暗中行法收回,乃是此宝灵异,不知收用之法,便是如此。任其入土,无论投向何方,也是一味前冲,永无止境,非到穿入地肺,被元磁真气吸住,年久化炼成为灰烬不可。自来收取旁门法宝无此收法,正好笑我二人枉自修炼多年,得一旁门之宝,还须回来向诸位高明之士请教。那地方原是枣花崖的前山阴,就在妖妇的巢穴邻近。司太虚前遇妖妇和一妖人对谈,便在左侧危崖之下,并曾见有一高大石洞。那妖人也是一个向未见过的生脸，估量妖妇妖党，也许还有诡谋。见为时尚早，先在空中瞭望。前山几个妖人，欲用那前已破去的摄心铃捣鬼，已为元元大师、醉道友与诸位道友所斩；另一妖人正与天狐宝相苦斗，也被诸位道友事完赶去诛戮。反正归来还有余暇，乐得顺便查看。相隔只五六里，便同隐身前往，沿途查看，飞得甚低。

"走在路上，忽见山坡下有一相貌丑怪的道姑，旁有一男二女三个徒弟侍立。被追妖人便跪在道姑面前，只听她对妖人说：'以前你欺我已遭兵解，假意求恩免死，实则存了恶念。彼时我如坚持，你必反抗。我想你既不知好歹，而我又无力强制，念在多年师徒情分，姑使你立下重誓，允你请求，免去兵解。日后如能遵守，到了年份，你取了法宝，不背师言犯誓，那时我已转劫修成，再重归我门下，也无不可。我门下弟子，因有叛师之行，已被我杀死三个。你虽存心叵测，叛迹尚未昭著。人情到了紧急时，保不住铤而走险。总算你和我，脸还未撕破，人孰无过，如能洗心革面，不忘我的训示，多年师徒情分，乐得成全。也使你们知道，我杀三徒，不是为师的情薄心毒。这多年来，我时常都在暗中查看你的行踪，本来早要见你，也许没有今日。只因我兵解之后，你虽不曾为恶，但是心喜侥幸，以为可以承受我的法宝，此后重行邪教。所以遍辞同道，说要闭关修炼，不出见人，再晤须在四十九年以后。你那些同道交往，无一善类，如听为师临终训诫，如真去恶向善，避之惟恐不及，再见则甚？此等居心，已不可问。及至四十九年期满，我禁制失效，法宝出现。你这么长岁月，一心只在盘算将来如何广收门人，创立教宗，始终没有追念师恩，我那埋骨之处，你从未前往凭吊留恋。宝物一到手，立即遍访旧日同党，意欲重新结纳，以增声势。及至连访了好几处同党，就在这四十九年之中，已为各正教中人诛戮殆尽。这才知道一点悔悟，扫兴回山。可是你只知身是旁门，须照旁门行径去做，却不知旁门中人，如不以邪术济恶，不论转劫与否，一样可以求得正果。便是我当初，虽不免做过两件恶事，终因知道善恶是非，有能补过之处，尽管任性偏激，人如犯我，我必不容，但是人不犯我，我也决不犯人。又能到处与人方便，更能约束门人，不稍纵容姑息；直到兵解身死，仍决不肯留一遗孽，为害人间。算起来还是功大于过。你看当时不违我命，甘心从死的这三人，不是今日都随我改邪归正，有了成就？你偏执迷不悟，虽不时常妄出为恶，却未照你誓言行事。平日鱼肉各峒苗人，遇有左道中人，便行结纳。可见你当时叛我之念发诸天性，并非畏死所逼，此已罪无可逭。故此我只暗中留意，不想与你再见，静俟你犯了大恶，违背前誓，与正教为敌，意图大举之时，再行处治，使你应誓，收回我的法宝。果然你终日畏首畏尾，一旦遇见妖妇，用一淫女向你蛊惑，便为所动，竟敢仗恃我这几件法宝，欲入峨眉盗取肉芝，妄冀仙业。也不寻思，既有这等好事，妖妇也非庸凡之辈，怎不自取，却送便宜与你？这是你自寻死路，更无话说，速照当初所立誓言自杀，身虽惨死，你曾修炼多年，只要元灵未耗，此去转世，如能不昧夙因，谨记今日之事，时刻惊心，未始不可投入正教门下，寻求正果；即或不然，再入旁门修炼，未来祸福也是难料。此是你昔年反迹未彰，我已转世，故此宽容。如照我前生性行，只斩你元灵，使你能投人身，已是万幸。求饶无用，如再迟延，只有大害。'

"妖人自知无望，只得满面悲愤，将身边法宝递过。并说：'碧磷冲已在来路失去，料为敌人所得。弟子今日悔已无及，望乞师父不念前恶，特赐宏恩，来生仍赐接引，免又遭劫堕落。那妖妇许飞娘遣来蛊惑弟子的淫女，已被弟子来时识破，只因贪心欲得肉芝，仍照所言行事。因为信她不过，已将她元神暗中禁制。弟子因她而死，决不容她独生。'道姑忙说：'此事万不可行。'话未说完，妖人说到末句，已用邪教中尸解之法，脸朝上，凭空横跃丈许，落在地上，手足四肢立即脱体，自行断落，死于非命。

"我三人隐形在侧，见道姑人颇正派，只听说话，未见施为。正查看她的道力深浅，是甚路道，道姑一面命随侍门人掩埋尸骨，忽然侧顾笑道：'孽徒所失之宝，忽在近侧隐藏，不知何方道友在此？何不请现法身，使领教益？'我们才知她的自炼之宝，不易隐藏，被她看出，所以如此说话。我便摇手示意，叫朱矮子他们仍自隐身，只我一人持宝出去，看她还能觉察与否，果然她并不知人数。及至互问姓名，她却知道我的来历。对于自己以往姓名行迹，竟不肯说，只说前生之事，不愿再提。今世入道不满百年，姓苗名楚芳，生自荆门世家。前因未昧，法力尚在。年甫十二，便拜别父母出家，寻到一同转劫的三个徒弟，就在荆门山中出家。前生的事，从未向人说过，便是今日到会的荆门女散仙潘芳和她交好，也不知她的底细。多少年来，只在人世上积修外功，以补前过。相貌既丑，又随时更换姓名。所行善功，向不使局外人知，对身受者又力诫泄露。行藏最隐，向不与外人交往。潘芳也只近四五年相交，因此，无人知她来历。适才处治孽徒，发觉此宝，知有人隐身在侧，料是正派中高明之士，故请一见。当初此宝为恶徒夺去，本心不想索还。再见归我，索性做人情，将收用之法以及本质，一齐告知，免我又去费事。这一大方，我反不好意思要人东西，还她又坚辞不收，只得说暂借，并将朱矮子等唤出相见。

252

"她本因宝及人，如无此宝在手，我二人的隐身法并看不出。她见朱矮子等现身，忽然叹道：'我只说今生又苦练了多年，已具不少神通，兼有正邪两派之长。不料见了两位道友，仍是小巫大巫，相差尚远。经此一会，我又警悟不少。此后心愿完满，便须另觅名山，闭户虔修，永不再用法术与人争长了。'我三人劝她师徒来此赴会，她再三辞谢，说与我们交游，现尚自惭往迹，不堪强附朋友之列。我们所寻妖人，她也知道。那轩辕老怪的门人，此时并无来犯的胆子，连雪山之行俱不敢参与。既和妖妇交好，早晚也必落她套中，此时虽恨我们，却不敢来。人也不住当地，石洞污秽，也无人居。说罢，便自分别。苗山四凶，我只见过一个，所以不知底细。没想到她为极乐童子所斩，竟会回头。可见上天与人为善，休说她为人有善有恶，瑕瑜互见，如非偏激任气，伤了李真人好友，照她的前生为人，我们也不会寻她晦气。便是真有过恶，只要勇于迁善，在大劫将临之前觉悟，一样回头是岸，转祸为福。

"令高足们，个个根骨至厚，缘福深巨，所以仙缘随时遇合，所得法宝最多，比起别派门下修炼多年，想求一口好剑而不可得的，相去真有天渊之别。此宝既有不少用处，适才席上我见灵峤三仙中丁道友又借赐酒为名，暗中赐予金蝉、石生每人一件东西，想来也决非常物，况且幻波池还有不少异宝待取，以后无论遇见何等妖邪，哪还有难办的事么？"

妙一真人笑谢道："众弟子有何德能，还不是诸位前辈和诸至交好友，福庇玉成，始能有此。因见他们成道一切无不得之太易，惟恐不知惜福自爱，不知艰难，故此严定规章，秉承家师敕命，设下左右两洞十三限、火宅等难关，并在左元洞壁之上辟下洞穴，为留居弟子苦修之所，以考验他们功行，坚其心志，稳扎根基，免致失堕，为师蒙羞，且负诸位前辈诸良友成全的苦心。"

乙休方要插口，忽见杨瑾去而复转，直降殿前。妙一真人迎问："道友有何见教？"杨瑾入殿，即对乙休说道："我因和叶道友交好，她和谢道友带了仙都二女和新收弟子李洪，前往小寒山去访忍大师。值我有事雪山，便道相送，归途遇见韩仙子和乙老前辈的两位女弟子毕真真和花奇，满面忧惶，在空中徘徊，似在等人。见我路过，忙迎上来，约同降到下面，忽然跪地，哭求相助。问其何故，才知毕真真生相太美，心却极冷。她在这里赴会时，遇见聚萍岛散仙凌虚子崔海客的大弟子虞重，想是见她美貌，不知这位姑娘是有名的美魔女辣手仙娘，专一含笑杀人，妄思亲近。照花奇说，也并非有甚邪念，许是前世冤孽，该遭此劫。入席时，本是众弟子随意落座，不知怎的，虞重后进来，对桌有三空位不坐，恰巧毕真真身后虚了一席，他不和相熟知交同坐，却绕过来，坐在毕真真的身旁。席间虞重并无甚轻薄言行，对于毕真真，只是赞佩了几句，毕真真却多了心。其实虞重自知法力、功行不如在座诸人，又见他师弟杨鲤自投入峨眉门下，功力大进，歆羡异常。听那口气，对谁都愿倾心相结。毕真真当时如不理他，也就罢了；只因误解对方不是玄门正宗，居心不正，意欲惩处，明明恨恶，却故意假以辞色。花奇知她师姊性情心意，看出不妙，连拿话点醒。虞重一点也不警觉，反倒受宠若惊，误把杀星当作福神，以为从此可以订交来往，问毕、花二女是否也在白犀潭居住，还是另有洞府？并说日后专诚拜访。毕真真只对他说，白犀潭外人不能涉足，自己也不在彼，住在岷山天音峡里。虽未许其前往，也不拒绝。本想日后虞重如真前往访她，再行惩治，羞辱他一顿便罢。

"也是虞重死星照命。他和南海散仙骑鲸客的弟子勾显、崔树，从拜师起便相识交好，往还极密，时常笑谑，无话不谈。这时恰巧同席，恰被崔、勾二人看在眼里。三人的师规都不禁婚嫁，崔海客便是夫妻同修，乃妻兵解转劫才十余年。骑鲸客更是成道以后，才娶一女散仙为妻。他们这一类散仙，不似我们除却嫁娶在先，以后同勘世缘，合璧双修，成道之后，便不会再有婚嫁。神仙眷属，认为常事，只不过在成道以后，遇有凤缘，情投意合，双方结为仙侣，在一处修炼，互相扶助，共驻长生，不似左道妖邪，以淫欲为事罢了。勾、崔二人见毕真真貌既美艳，人又洒脱不羁，对待虞重，好似格外垂青，以为双方有缘，心中默契。当时恐当着众人取笑，女的羞恼，坏了朋友好事，还在装呆，一言未发。等众仙宾辞散各去，三人都是随师多年，行动自如，只和乃师禀说别处访友，便可不必一同回山。虞重本想对方既没有叫去，尚欲自重，日后得便再行登门往访，暂时自先回山。勾、崔二人却想为他促成良缘，以为机不可失，尾随在虞重身后。才离本山，便说有事相烦，各和师长一说，便朝岷山赶去。如赶不上，也许不致遭那杀身之祸。恰巧毕、花二女和荆门女散仙潘芳一见投缘，宛如宿友，行时不舍，执意送她还山。因此反是三人先寻到岷山天音峡，二女未回。守洞神兽丁零，甚是猛恶，几为所伤，扫兴之余，见当地风景甚好，便一路游览回走。我想这时，韩仙子定必神游在外，否则早已传音警戒，何致出这乱子。偏是这般凑巧，劫数临身，无由避免。

"三人刚把岷山走完，到了江边，快要飞起，二女也正赶回，因在空中下望，见一白木船过滩遇难失事，动了善念，下来从水中将人救起，正遇三人走来。毕真真越认为对方存心轻薄，妄欲勾引。当着所救船家不便发作，那地方离白犀潭师父又近,便令三人仍返原路,在姑婆岭山中觅一僻静之处相候,以作长谈。这一来,休说勾、崔二人,便虞重也不免动了点非分之想,喜出望外,一同依言去往等死。一会工夫,二女赶来。

"先是花奇看出师姊要动杀机,心想对方师父既是峨眉邀请而来,必非妖邪一流。苦劝不听,乘着毕真真救人之际,意欲抢在头里,警戒三人休存妄念找死。一面又想察听背后之言,究竟对方是否轻薄淫邪之士。这时,正值虞重在和勾、崔二人争辩,力说:'自往峨眉,见了开府盛况和各派高足,便自惭形秽,此番回山,决意立志清修,不再时出闲游,致荒功业。对于这位毕道友,虽是前缘,承命垂青,假以辞色,一则她法力、道行均比已高,自问不堪匹配;二则虽然对她十分敬爱,终嫌遇合太易,她平日人品尚不深知。韩仙子道术虽高,也合我们一样,不是玄门正宗。自问一无所长,此女忽然垂青,何取于我?既欲作一千秋佳侣,同驻长生,又非世俗儿女,家室之好,不能不慎之于始。我先在江岸相遇,承她约来这里密谈,未始不作神仙眷属之想。此时忽然心跳神惊,觉非佳兆,前念已是冰消。我们都是修道之士,少时二女来时,务须自重。暂时只可结一忘形之交,等到日久,看明她心地为人,是否可以长处,还须互出自愿,然后再作打算,丝毫不可相强。我们交厚,当着二女,切不可和平日你我三人相对时那么随意笑谑。'勾、崔二人均笑他迂而不情,这等天仙化人,能够垂青,岂非夙世缘福,还要如此矫情。她如无心于你,必早见拒,也不会约来相会了。

"花奇听出虞重人品不恶,忙即现身警告时,毕真真已蓄怒飞来,见面不容分说,开口大骂:'无知妖孽,瞎眼看人,自寻死路!'三人俱都好胜,觉着是你先示好意,如何出尔反尔?这等辱骂不堪,欺人太甚。立即反唇相讥,报以恶声。双方便动起手来。既成仇敌,毕真真又逼人太甚,双方自然不会有好话说。虞重不合说她冶容勾引,卖弄风情,这时来假充正经。似你这等无耻贱婢,便再转一世嫁我,也必不要。话既难听,三人本也不是弱手,又想合力将对方擒住,羞辱一场,于是益发激动杀机。毕真真见自己一人敌三,难于取胜,竟将师传遇急始用,不许妄发的防身至宝火月叉和西神剑,同时施为,猛下毒手。三人见势不佳,想要逃时,已是无及,虞重首先遇害;勾、崔二人仗着精于分身代替之法,各断一手臂以做替身,借遁逃走。

"当动手时,花奇在旁,大声疾呼,力说三人俱非妖邪,尤其虞重是个端庄人。叵耐毕真真认定花奇怕事,一句不信。直到三人一死两伤,花奇急得和她起誓,才自相信。虽觉事情做错,以为师父素爱自己,又喜护徒,以前常犯杀戒,不过数说几句,至多受点小责;如有强敌寻来,师父还代出头做主。听花奇埋怨絮聒,还在怪她胆小,先并没把此事放在心上。

"正想回去,忽遇乃师近年惟一不时往还的好友杨姑婆,由这里回山,已快到岛,因为发现一事折回来,往白犀潭去和乃师商谈,途中正遇勾、崔二人因受了西神剑伤,虽得化身逃走,元气损耗太甚,已难往前飞行,快要不支降落。杨姑婆原与三人之师相识,唤落救治,问起前情。杨姑婆人极和善,最恶强横,平日见毕真真动辄便启杀机,嫌她心狠手毒,已向韩仙子说过两次,令其严加管教,不可如此,想不到今又作出此事。而凌虚子崔海客,曾以百年之功,费尽心力,采取三千七百余种灵药和万年灵玉精髓,炼成亘古神仙未有的灵药九转还金丹和六阳换骨琼浆,凡是修道人,无论兵解尸解,元神炼到年限,只要法体仍在,便可用以复体重生。崔海客二药极为珍秘,向不轻易示人。杨姑婆和韩仙子交厚,知此二药于韩仙子将来有极大用处,可少去六甲子苦修,还是本来法体。乃子易震和崔海客恰是莫逆至交,曾令往求,居然慨允相赠。如何将她爱徒无辜杀死? 好生气愤。虞重元神为火月又所伤,也是损耗太甚,竟不能自飞,勉强附在崔树身上,欲待回山哭诉,求师报仇。不料勾、崔二人也几难自保,眼看危殆,幸遇救星。杨姑婆一面行法,医了勾、崔二人的伤,令其回山;一面护住虞重元神,赶来见了二女,便是一顿大骂。说毕真真这等行为,即便她师父护犊偏心,能恕她罪,杨姑婆也不容。并说:'不久他三人师父便来向你师父要人,看你何以自解?'说罢拂袖飞去。

"二女知道师父患难至交,只此一人,每年必往白犀潭看望一两次,每来师父必有益处,情分既深,又极敬服。她如为对方做主,已是不了,何况又是于师父脱劫成道,有极大关系的人。起初听杨姑婆和师父说:元神只管凝炼,到了功候,终不如肉身成圣的好。原有仙骨法体,修炼多年,弃去可惜,并还要多费好几百年苦功,才能修成地仙。长子易震有一至交散仙,炼有灵药,已嘱求赠,如能得到,时至便可以原体成道。当时未听说起姓名,不料竟是适才误杀人的师长。再一细想:'自己行为委实也有许多过错,师父平素虽然钟爱,法令却是极严。前为自己好杀,已曾加告诫,再如不悛,便处严刑。所杀的人,十九都是罪有应得。似此存心诱人为恶,妄肆杀戮,并还不是情真罪当,又不听花奇劝告,不管善恶是非,任性孤行,如何还能容恕?'想起师父翻脸时情景,不寒而栗。

"杨姑婆去后,吓得面目失色,无计可施。见我路过迎住,求我绕道来此,告知乙老前辈和妙一夫人,急速设法救她。此时二人也不敢回白犀潭,要去成都朋友处暂避。等乙老前辈与妙一夫人为她转圜,免去堕劫之惨,再行见师请罪。行时并说了杨姑婆和乃师商量的事:乃是天痴上人因上次乙真人在铜椰岛救他两个孙儿,致天痴当众丢脸,面子难堪;彼时又曾有天痴订有白犀潭再见的话,因此怀恨。他知白犀潭之行,多半占不了便宜,特意先期赶往赴约,一面又在岛上设下极厉害埋伏,准备此来不利,转激乙老前辈自投罗网。已定日内岛上阵法布置完竣,命门人往白犀潭投柬定约,跟着便率领门人前往,与乙老前辈斗法了。"

乙休笑道:"痴老儿要寻我报复铜椰岛火焚磁峰,强救易氏兄弟之耻,早已在我算中。他平生从没吃过人亏,所以把上次的事认作奇耻大辱。这次向我蛮缠,非叫他丢个大脸,挫挫他的气焰不可。本来这里会后就应该走,只因齐道友三日后要考验门下高足功行,以定去留。那左元十三限和右元火宅两处难关,寻常修炼多年的有道之士尚且难过,他偏拿来考验这些新进门人。固然法良意美,门下诸弟子美质良材甚多,修为虽浅而道心坚定,不患无人通过,终觉出题太难。再者,此番如通不过,不特将来更难,非下十分苦功,朝夕勤修,不能有望,并还要在左元崖穴中,受上多年活罪。别人与我无关,只有司徒平、秦寒萼二人,当初因我不愿失信于藏灵子,令他夫妻往紫玲谷赴约,虽明知二人该有这场劫数,但我以为一切算就,照此行事,便可免难。哪知阴差阳错,仍为天矮子所算,虽是二人道心不甚坚定,又以行时负气,诸多自误,总是我当老前辈的预谋不佳所致。我曾答应他们,始终维护,必使成道而后已。这次出山修积外功,关系将来成就非小。二人本身真元已失,要想这次通行火宅、十三限,十有九通不过去,弄巧还许白吃一场大亏,多受许多年艰苦。我为此暂留数日,欲助他二人渡过难关再走。偏生天痴老儿寻我麻烦,也在日内。他虽没奈我何,到底来者不善,也须先为防备,才能稳操胜着。我和齐道友虽是患难至交,但贵派正当开山鼎盛之时,其势不能为我一人有所偏私,便请齐道友徇情坏法。如今我只好走,但我既已许他夫妻,终要成全。好在白、朱二道友在此,请齐道友看我薄面,对于二人格外加恩成全。虽仍照教规使其通行,不令独异,但请令二人由火宅通行,不经左元十三限。同时并请白、朱二道友暗中鼎力相助;我少时再赐二人两道灵符,以作守护心神,防身之用。这样冲过,固然勉强,但我既请齐道友法外成全,此后他二人的事,便和我的事一样,如遇奇险,无论乱子多大,相隔多远,我必赶往相助,决不能使他们因为功力不够,贻羞师门,也免使别的弟子援此恶例。不知三位道友肯酌情推爱,予以成全否?"

妙一真人笑道:"日前开读家师玉敕,门弟子功力不够,而此时必须下山行道的,何止他二人? 这些内外功行同时修积,都由火宅通行。司徒平、秦寒萼原在其内,只不过各有各的福缘遇合。如无大力相助,凭诸弟子功力,仍难通行罢了。道友道法高深,法力无边,每喜人定胜天。实则道友之助二人,也早在数中。此时众弟子正在欢聚,道友又是起身在即,所赐灵符,请交小弟,到时转授好了。"乙休遂将灵符取出,交与妙一真人。笑道:"天下事,各有因缘,不能勉强。令高足司徒平,自从初见,我便心喜。近见他向道既极坚诚,修为又复精进,心地为人无不淳厚,越发期重。我虽喜逆数而行,究无把握。他迟早成道,自不必说,只不知他将来能否因我之助,能免去他夫妻这一场兵解么?"

朱梅接口笑道:"驼子,你总是放着好好神仙岁月不过,终日无事找事。既肯为外人操这许多闲心,你那两女高足误杀了崔海客弟子虞重,又把骑鲸客的勾、崔二弟子手臂断去,虽说事出误会,到底说不过去。令正夫人那样脾气,定必严惩无疑。二女资质既高,又在令正夫人门下修炼多年,寻常海外那些散仙,都未必及得上她们。万一令正夫人盛怒之下,将她们杀以抵命,岂不可惜? 她二人知你恩宽慈爱,求杨道友前来乞恩,怎么给她们设法转圜,一字不提,置若罔闻,是何缘故?"

乙休笑道:"你哪里知道。我那山荆素来护犊,较我尤甚。丑女花奇,为人忠厚尚可,惟独毕真真这个孽徒,被山荆惯得简直不成话了。你听她这'美魔女辣手仙娘'的外号,岂是修道人的称谓? 如在峨眉门下,就此七字,也早逐出门墙了吧? 以前因她所杀多是左道旁门中人,虽不免于偏激,有的罪不至死,还有个说词。似此口蜜腹剑,深机诱杀,焉有姑息之理? 休看山荆平日纵容,一旦犯了大过,只一变脸,毫不容情,谁也说不来。这孽徒太以疾恶好杀。昔游终南,与华山派几个小妖孽闹法,一日之间,连用山荆所传法宝,杀了十一人。中有两个,并非邪恶,因与妖徒为友,偶然同坐,也遭了波及,全数杀光,一个未留。那两人师长恰是山荆旧交,查出根由,前往白犀潭诉苦。她本已该受责罚,偏是胆大妄为,惟恐来人告发,竟敢乘山荆神游之际,欺那两人自从山荆遭难,从不登门,交情泛常,妄自发动潭底埋伏,将来告状的人擒住,凌辱强迫人家罢休,永远不许登门,并立重誓为凭,才行放走。那来人也是成道二三百年的散仙,当时被她制得死活皆难,没奈何,终于屈服回去,连愧愤带冤,几欲自裁。最终仍是恨极,因孽徒曾说,如有本领,可自寻她报仇。自知此仇难报,竟不惜辛苦艰危,欲费百年苦功,祭炼法

258

宝,来寻山荆孽徒报仇雪恨。由此树下两个强敌。不久被山荆闻知,盛怒之下,便欲追去魂魄,使受九年寒潭浸骨之苦。只因她修炼功深,一面哀告乞恩,一面守住心神,拼命相抗。山荆又不忍使她真个堕劫,下那毒手,才得苟延残喘,已经吊打了三日夜。花奇拼命犯险逃出,向我哭求解免。上次我遣司徒平去白犀潭投简,一半因为我夫妻将来之事,一半也是为了这个孽徒。此事可一而不可再,此去劝自然劝。山荆知我能不惜费事,使虞重再生,早日成道,或是另寻一好庐舍;并把左道中人的臂膀寻两条来,再向陷空岛讨些万年续断,与勾、崔二人接续还原。听我一说人情,也必以此要挟,我也自然答应。但业障罪大,处罚仍照预定,决不因我而免。只不过山荆借此收科,说因我劝,方没废却她多年功行,诛魂戮魄,永世沉沦之苦罢了。”

追云叟白谷逸笑道:“诸位道友,休听他自壮门面的话。驼子和他夫人,先也和齐道友一样,是累劫近千年的患难夫妻,只是不能历久。最后一劫,他竟忘前好,不讲情谊,以致韩道友饮恨至今,平日非但不与他见面,连送封信去都须转托别人。上次驼子命司徒平去白犀潭投简,便是想试探他夫人是否年久恨消,回心转意。不料这一试探,果有一线转机。他觉得司徒平不畏艰危,幸完使命,大是有功于他,所以对他夫妻情分独厚。跟着得寸进尺,知他夫人素来好胜,自己不论多么薄情,名分上总是丈夫,决不容外人上门欺凌,借着铜椰岛救人放火之事,把痴老儿引上门去,以图与他夫人言归于好。我想韩道友出头,夫妻合力,使痴老儿吃点苦头,自是无疑。可是韩道友心中仍未必无所介介,再似昔日夫妻同心,谁说的话都能算数,怎能办到? 只恐驼子不开口讲这人情还好,如若开口,弄巧人情不准,还要加重责罚,那才糟呢。”

乙休正要答话,朱梅也插口道:“这话并不尽然,再不好总是夫妻。毕、花二女日侍韩道友身侧,乃师近来心意必已窥知,如知不行,必不肯苦求杨道友请驼子为她们设法。开府时,二女我都见过,资质虽是不差,似是好杀,固应警戒。万一韩仙子果然动了真怒,毁去真真的道力,迫使转劫,又太可惜。虞重死得虽冤,物腐虫生,并非无因。座中同辈甚多,为何单对此女殷勤? 本身也有不对之处,不能专怪一人,此事原是凤孽。驼子既有起死回生之力,正好施为,一体成全,对此女也略加惩处,儆其将来,庶几情法两尽。韩道友决不忘情故剑,驼子所说罚已前定的话,极为有理。但是此罚必重,非所能堪。最妙是得妙一夫人再为从旁关说,就不致有大罪受了。”

乙休笑道:“当初山荆若不遵前誓遭那劫数,在白犀潭寒泉眼里受这些年苦楚,哪有今日成就? 恐连这次道家四九重劫都等不到,就堕轮回了吧。

她因劫难已过，不特四九之劫可以无虑，而且她多年苦修结果，现在已成地仙，何况不久仍要原体复生呢。因祸得福，早已明白过来。只是昔年愤激之下，话太坚决；当初我也实在疾恶太甚，不为她少徇情面。恰值痴老儿自找无趣，正好借此引她出来，只要见面，便无事了。孽徒自恃山荆所传末技，妄肆杀戮，本应从重责罚，追去法宝、道力，逐出门墙，才是正理。只为念她平日功大于过，品行尚端，除性情刚激外，并无大过。在愚夫妻门下，修为这么多年，也煞非容易。又看杨道友情面，不为太甚罢了。假使山荆真个护短，便我也容她不得，焉有轻易赦免之理？你只顾孽徒将来可以为你门人之助，便阿私所好，知道山荆敬佩妙一夫人，必能一言九鼎。却不知我们修道人，最易为门徒所误。我因性好胜护短，现决不肯收徒，便是为此。齐道友夫妇为一派宗主，群伦敬仰，自己立法尚恐不严，如何别人孽徒犯了大过，反倒强他们前往说情？日后众高足如若有过，见有前例，势必也去求了师门至交前来说情，那时何以自解？现在峨眉门下诸弟子如有似孽徒这等行径的，严刑酷罚，虽未必使其身受，但追还法宝，飞剑斩首，永不收录，则定然不移。似愚夫妻这等爱才姑息，只受些折磨，仍留门下，必还以为其罚太轻，如何还肯讲这人情，为日后门人犯罪张目，你不是白说么？"

朱梅吃他抢白，笑道："驼子说得有理。想不到你近来居然改了脾气，可喜可贺。反正是你夫妻爱徒，与我们外人何干？自由你夫妻一个好人，一个恶人，去做过场吧。"

妙一真人道："乙道友既说预为戒备，怎还不走？早到岷山与尊夫人先见，商谈应对，岂不省事一些？"乙休道："山荆自上次我令司徒平投简，晓以利害，并把道友助我脱困时所说的话告知，虽已省悟，但她因我杀她家人，不稍留情，终是有点介介，如先见面，不免争论。我素厌人絮聒，答话不免切直，过伤她心，未免有违初意。她已苦难多年，只有等到痴老儿登门，她耐不住出来，同仇御侮之时，再行相见。她既先出头，便不致再有违言，彼此默契，我再拿话一点，就此不提前事，岂不省去多少啰唆？至于我所说的准备，自从铜椰岛回来，早已备就，极为容易。我算计痴老儿还有三日才到，再停片时起身，沿途埋伏了去。他一意孤行，必不知我设伏相待。我等他由头上飞过，已与山荆交手，我再赶去，时候足有余裕。只不能在此等候诸位道友传授众弟子道法，派遣下山行道了。"

妙一真人道："天痴道友修炼多年，虽然夜郎自大，但教规甚严，师徒多人并无过恶。道友此去，保不住予以难堪。偏是小弟等暂时无暇分身，为双方化解。最好还是请贤夫妇适可而止，勿为太甚吧。”乙休笑道：“他今来意，大是不良，我不伤他，他必伤我。管他铜椰岛天罗地网，我先去占一点上风，日后再说。”妙一夫人道：“好在二仙谁也不能致谁死命。不过他随来门徒俱极忠心，如有忤犯，却不可与之计较。”乙休道：“那是当然，谁耐烦与这些无知小辈一般见识。”

玄真子道：“道友修道多年，道行法力无不高出吾辈，只是微嫌尚气。天痴道友一败，必然言语相激，最好期以异日，大家从长计较。并非是说道友前往失陷，所可虑者，不是道友不济，反是道友法力太强。万一不幸，双方操切偏激，各走极端，惹出滔天大祸、亘古不遇的浩劫，休说二位道友，便我等已早虑到，却不能医救预防的，也造孽无限，百劫难赎了。”乙休笑道：“诸位道友放心，此事决不至于。我早一时走也好。”

白、朱二老道：“痴老儿对我二人，也早存有敌意，如往现场解劝，适是逢彼之怒，只好静等捷音，暂且失陪了。”乙休笑道：“我和山荆已是两人，他带得人虽多，总是些无用后辈。你两个如去，更当我倚众凌寡，欺负他了。倒是此时我不能先往岷山，那里也须有个布置，而峨眉诸弟子待命将发，也在日内，不便遣往。此时最好能得一人代我前往，我还须另外物色呢。”说罢，便即起身。众人送出平台，乙休力阻勿送，道声：“再见。”满地红光照耀，便自飞走。

玄真子道：“此人真有通天彻地之能，如非天生特性，便是天仙，何尝无望？”白谷逸道：“此人可爱，也在他这性情上。他和天痴老儿，俱是炼就不死之身，便道家四九天劫，也只不过使他略知谨慎，仍奈何他不得。如此双方仇怨相寻，不知何时是了？”妙一真人道：“此事已和大师兄熟计，此时谁也不肯听劝，且等到了不可开交之日再想法吧。”

朱梅见杨瑾含笑不语，便问道：“驼子适才分明希望道友助他先往岷山一行，他素不愿求人，居然示意，可知重要。道友为何只做不解？”杨瑾道：“此事原奉家师之命，有事于此，就便为凌云凤稍效绵力。毕、花二女之托，乃是附带。大方真人将天痴上人师徒困禁白犀潭寒泉眼里七日夜，再行放他们回岛，家师先已嘱咐，如何可以助他？朱由穆、姜雪君、李宁三位道友还要回来，也是为了大方、天痴二位这场争斗。他们须在途中等待一人，不然也早来了。”

正说到此，忽闻旃檀异香，杨瑾、玉清大师齐说：“三位道友到了。”话言未了，随着香风，一片祥光飞堕殿台之上，果是白眉门下弟子采薇僧朱由穆、李宁，同了媖姆惟一爱徒姜雪君到来。

第二一九回

弭祸无形　采薇僧岷山施佛法
除恶务尽　朱矮叟灌口显神通

且说众仙正在谈论,跟着便是白眉和尚衣钵传人采薇僧朱由穆,同了李宁和媖姆的爱徒姜雪君,一同飞进殿来。互相礼见落座之后,众仙因杨瑾先已说过三人要来,中途又有芬陀之命,都是分手不久去而复转,料知事情必关重大。

矮叟朱梅首先问道:"杨道友,此次峨眉开府,内里虽然灿烂,盛极一时,驱除异派,出力的人也实不少。但最主要的,仍是仗着令师和二位前辈神僧的无边佛法,始能弭患无形,少费许多手脚。后来三位同降,其中二位神僧,至今仍是佛律谨严,行辈又高,不肯入席,自在意中。令师却较随和,又与峨眉两辈交亲,和优昙大师一样,按说可以入座,不料却走得那么匆促,并说有事。我知令师早已功行圆满,万缘将尽,如非为了道友未来之事有所部署,便是那里还有甚麻烦的事,为践当初与长眉真人诺言,前往料理。果然四位道友俱都去而复转。我想峨眉开府以后,尽管日益发扬光大,但都是三英二云等及众弟子之事。长一辈的道友,只是居山督责,传授心法。除却三次峨眉斗剑是个总账,所有长幼三辈同门,均须出马而外,对于诛戮异派妖邪,一切委之门人,非到真正危难,性命交关,轻易不肯出援,务使门人无所仰仗,能够自当大任。便众弟子此后出山,也非昔比,不特法宝厉害,飞剑神奇,高出诸异派之上,便道行、法力,也都各有一点根底,十九都能自了。就遇上危险艰难之局,同辈声息相通,人多势众,互相策应,即有挫败,也是暂时,终将群策群力,转败为胜,克奏肤功。之所以如此,关键在于他们能够奉命下山,先非容易,所以出去以后,也不致遇到过分大不了的事,用不着师长时刻操心。诸位此来,偏是如此亟亟,并还一同到此。照长眉真人玉匣仙示,好似暂时诸道友都应在山静修,众弟子事情虽多,也都还有些日才得应验。为日最近的,是李英琼、易静等的苗疆之行与幻波池取宝。金蝉、石生等另开别府,尚在以后。驼子和天痴老儿的事结局如何,我们已早料定。至于众弟子,他们师长要想加以磨砺,我和乙、白、凌、公冶、玉清,还有罗、叶诸位道友,也都爱极这些良材美质,已经约好,决不愿他们受人欺凌。令师和嫜姆的心意,想也如此。难道红发老祖、轩辕老怪两家之外,还有甚别的大枝节吗?"

杨瑾笑道:"此来,本心只助一人过关,与众弟子无涉。倒是乙真人与天痴上人,俱都法力高强,两雄相斗,各不甘伏,如非数中该有化解,就这样寻仇不已,终也不免两败俱伤。白眉师伯与峨眉交厚,又与长眉师伯有约在先,与天蒙老禅师不同,不肯入席,便自先行,一半也是为了此事。说来话长,好在事情还正开始,少时请朱、李、姜三位道友细谈吧。我为助凌云凤过那火宅,便无家师之命,到了小寒山后,也要回转,但没这么快。中道折回,乃是路遇家师,奉命助一孝女报仇脱难,此女并非峨眉门下。来时家师还说,朱真人答应过她,怎忘却了?"

矮叟朱梅笑道:"杨道友,此女与我颇有渊源,怎会忘却? 不过我尚嫌她从小便受杨道友和叶道友的恩遇,仙缘遇合既巧,而她生长仙山,从未出外,峨眉寻师赴会,尚是初次远出,从来未有修积;又以得师怜爱,未免骄纵;这次不奉师命,徒以同门戏言相激,擅自离山,也属不合。为想使她异日成就,免使有恃无恐,见事太易,不知善恶利害之分,日后误交金壬,有损仙业,故意假手敌人,去磨炼她一二日,所以迟迟其行,否则我已去了。此事原有安排,只她仇人邪法厉害,又极狡猾知机,除他也非容易,我虽有成算,尚拿不定。令师既令道友相助,妖道师徒伏诛无疑了。"

杨瑾笑道:"此女资质委实令人怜爱,只为叶道友故人情重,又极钟爱,遇事不忍谴责,平日多所容恕,尽管从小锻炼,得有玄门真传,依然不明事体,一味天真,以致易受人愚。家师并非说朱真人须我相助,胜是必胜,此次也只虚惊,决没凶险。但妖道师徒却是恶贯满盈,此次赴会,本来心存叵测,及见群邪纷纷伤亡挫败,如薄冰之投洪炉,方始心寒胆怯,不敢妄动。仗着机智狡诈,阴谋未露马脚,主人又极宽厚,明知不问,这厮腼颜列席也就罢了。最可恶是凶心未敛,竟用元灵摄影之法,在众仙宾起身,主人送客之际,冷不防将女弟子的真形收摄了几个,然后从容飞去。此时宾主叙别,人多忙乱,他那妖法将人形摄到以后,不到四九日期,妖法祭炼成功,当时毫无感觉。并且行法时日,久暂由心,随时想起所摄的人,均可如法施为,甚或远在数年以后。反正被摄的人已经落他阱中,一到时限,便为所害。休说被摄的人已经奉命下山，便在仙府修炼，也可预先探查，等到那人下山行道，到了人单势孤之地，然后发难，不特称他心愿，并还可以祭炼到时限将近，故意延不收功。好在不到功候，仍和往日一样，法力俱在，毫无征兆。他却暗中窥伺，等那人遇上异派妖邪动手，正急之际，突然发难，以便假祸于人。他得了手，还置身事外。那人师长就在当场，也必当是当场动手的敌人所为，容易受愚。端的阴毒险狠，无迹可寻。尽管掌教真人和诸前辈道友已早看破，被摄的几人大都道心坚定，根基至厚，就事前无人知悉，真神不易被他摄走，稍有异兆，立向师门请示，无论相隔万千里外，立可得到救援，至多只头一个被摄的人受场虚惊，终无大害。不似别派弟子，相隔一远，便难向师长求救。然而留着妖道师徒，到底造孽，遗害无穷。为恐妖道见机先遁，特命我赶来约会朱真人，乘众弟子叙别欢宴余暇，带上九疑鼎，赶往灌山口，将妖道师徒一齐除去，免使留在世上害人。照家师所说，此时二女已与妖道相遇，凭仗有人相助，一二日光阴足能支持。不过看在叶道友份上，还以早些解救为是。"

朱梅笑道："此女原是我远房族曾孙女，资质尚可，只是嫌她太不更事，此次所结之伴，虽非宵小，何尝又是上品？如说天真，峨眉诸女弟子，天真者占多一半，学道年数俱比她浅得多，哪一个不是聪明机智，岂是几句好话便谬托知己的？本意令她多受些折磨，再往解救，既道友如此说法，又承令师雅命，早去早回也好。"

朱梅说罢，向众仙作别。杨瑾因师父不久飞升，奉命日后寄居峨眉，那九疑鼎便存放在太元洞内。随请朱梅少候，径去太元洞取来九疑鼎，然后辞别众仙，随了矮叟朱梅一同飞走。后文别有交代不提。

朱、杨二人走后，众仙重向朱、李、姜三人询问前事。

采薇僧朱由穆笑道："我因来时，在红玉坊前将天残、地缺的两个孽徒逐走，料定老怪必不甘服，与其等他寻我，莫如我去寻他。又以多年枯坐，不曾出山走动，未免犯了童心。恰值我三人目前均无甚事，闲得难受。雪姊从旁怂恿，言说老怪现在西崆峒访友，他那莫逆之交，便是那惯说大话的牛清玄。她想寻他作耍，正好同往，事完回来，再到这里看诸位道友传授高足。哪知才走出没有多远，先遇见昔年一个同道至交，约到他的洞中坐了一会。

"出来遇见家师，说起乙道友夫妇与天痴老儿这段事情。因天痴老儿修到今日，颇非容易，平日又无甚过恶，这次虽是志在诱敌，未求必胜。但他那用意，早为乙道友窥破，立意要他惨败。一位韩仙子已是够受，乙道友又在天痴老儿回去的路上，设下二十六处厉害埋伏，玄功奥妙，变化机密，天痴老儿定测不透。天痴老儿来时不过受点阻滞，吃点小亏。等到白犀潭挫败回去，所有埋伏挨次发动，后面又有强敌追赶，如何抵挡？到了急时，天痴老儿至多受伤，还能脱身，随行弟子一个也休想逃了回去。此事太狠，天痴老儿量小，仇怨加深，日后谁也难于化解，迟早闹出滔天大祸。如若明劝，乙道友性情不是不听，便是另下辣手。还有天痴老儿也须使他略知厉害。为此令我三人隐形潜伺，用家师所传佛法，由岷山起始，沿途暗中布置，使到时天痴师徒不致受害。我因和乙道友颇为交好，恐他日后见怪，未免为难。家师说是无妨，我们并不破他的法，只不过给天痴上人一个面子。并且师弟阿童也奉师命将到，因他年来虽说精进，功候还差，还须我先为布置，令其坐守，始能如法施为；否则易被乙道友看破，反而不妙。师父并说，两老怪已经回山，此时无须回去，等布置完竣，小师弟一到，指示完了机宜，由他去向天痴老儿买好，我可径来此间与诸位道友相聚。同时把那年家师所赐牟尼珠用法传授英琼，以助她通行火宅。静等三日过去，众弟子分别传授完了法术，通行火宅、十三限之后，阿童到来，告知乙道友和天痴师徒斗法如何情形，再行相机行事好了。"

妙一真人大喜道："此次我因乙道友与天痴老儿有隙，不曾往铜椰岛下请柬。家师仙敕虽有为双方和解之命，但是双方都是古怪脾气。乙道友和我交厚，或能曲从；天痴老儿，却是难说，既要挟持得住，又要对彼有恩。他那阵法玄妙无穷，到时至少须有十三位法力高强的人，表面设词谦恭，一上去就必须先将他那九宫阵位把住，使知厉害，若不听劝告，徒自受辱。然后再动以情面，方能迫使就范。但他虽是散仙，修炼了这么多年，已近不死之身。此事只暗中点到为止，处处须要给他留地步，一毫鲁莽不得。表面要若无其事，越从容越好。想来想去，愚夫妇和大师兄以及白、朱、玉清三位道友，还有元元、餐霞、白云、佟、李五位师兄弟，可以各当一面。中央三元阵位尚无人制，连同杨道友，还差两人。三位道友来得再好没有，这样正好匀出我来，可去向天痴道友从容答话，岂非妙极？我等虽有准备，这事却迟不得，何况又是应之劫，全凭人力挽救。如非传授弟子道法，定有时日，不敢改动，真想现在便开始传授，只等小神僧一到，立即起身赶往，方算万全呢。"

妙一夫人道："昔年恩师为免此亘古未有浩劫，曾拜绿章，通诚默祷，哀告苍灵四十九日，并为三辈门人许下三千万善功宏愿。如非你精诚感格，自发宏誓，代肩重任，也许恩师飞升，还须多延好些年岁。日前拜读仙敕，分明业已感格天心，将此罕有凶灾化为祥和，还要多虑则甚？"妙一真人道："话虽如此，毕竟事关重大。浩劫虽然十九可免，照玉敕语气，到时仍要应典。成功与否，全在当时应变措施如何，稍失机宜，不堪设想。如不等双方发动，事前消弭，虽然暂时无事，迟早仍是巨灾，非把人力尽到一发千钧，不能算数。不特本派兴衰，系此一举，还有无量数生灵在内，哪能不自警惕谨慎呢！假使不是这样，以我们全体同门师兄弟以及诸位道友的法力和乙道友的交情，预为弭祸之谋，并不是办不到，何必要费此大事，战战兢兢，如临如履呢？只因那地底万年郁积阴火，不经乙道友冒险深入，运用玄功，给它泄去一半，异日终是祸根。所以非要事前算准，到得恰是时候不可。"

元元大师笑道："这场浩劫已在数中，却能避免，固由于恩师精诚感召，天心仁爱，也于此可以窥见。只是乙道友和天痴上人各以一朝之愤，不惜酿此空前无边浩劫，功过该如何说呢？"玄真子道："他二人为应劫而生，自然与之同尽。即凭本身法力，当时能够脱难，他年末劫临头，孽重者，魔头愈重，受报也更烈。但到紧要关头，居然弃嫌捐恨，放下屠刀。二人均是修道之士，本不应动此嗔念。虽不一定有功，罪过总可抵消。一定要问是否因此转祸为福，那就要看乙道友彼时心意如何了。"

妙一真人素爱英琼，见李宁到来，便要传声相唤。李宁道："小女点点年纪，蒙大师厚恩收录，又蒙诸位师长前辈逾格垂青，机缘遇合，般般凑巧，得有今日，已是非分之获。此次过那火宅严关，以她道力，本难渡过，又蒙恩师大发慈悲，命大师兄来此传授佛门定珠至宝，予以成全。小女年幼无知，那晓天高地厚，如使前知，异日难免过恃师恩，遇事率易。贫僧意欲到时再行唤来，使她稍知戒惧。夫人以为如何？"

妙一夫人还未答言，采薇僧朱由穆笑道："师弟太不知其女之美了。可知三教门下，俱重忠孝。久闻令爱至性过人，即此一端，已足致身仙域。何况又是生有自来，质禀缘福，般般深厚，所以到处都得前辈师长怜爱提携。你当她那许多仙缘遇合，俱都由于幸致的吗？昨日我来，便想见她，因值开府事忙，众弟子各有职司，只远远在众人丛中看了一眼，三英二云，果然以她独秀。至于煞气稍重，此是群邪劫数该终，上天假手诛戮，与她何干？路上你和我说，防她成就太易，日后骄妄，意欲先不与见，俟她过关之时，和我暗随身后，使她多受苦难，不到真正紧要关头，不传授定珠用法。我已和你说过无须，少年人不免矜夸自大，我初成道时，还在恩师门下，尚且如此，何况此女。你如以为此女定力坚固，想借此一关，试她功行，尚还可以，否则大可不必。峨眉教规初创之际，不宜自我作俑，使别的弟子看出师长偏私。况且此女至孝，与其借着火宅一关去磨炼她，转不如你以慈父之诚，多加训勉，使其听从。否则爱女性情刚烈，单凭这一关磨折，保不住事过境迁，置诸脑后。你杜用心思，还令爱女多受活罪，这是何苦？至于你因恩师行时之言，心存戒惧，这个无妨。好在我已向恩师请准下山，尚有数十年的耽搁。侄女的事，全有我做后援，一遇凶危，我必赶到，决不使你操心，有扰静修如何？"李宁素最敬服师兄，不敢再说，欣谢领命。

妙一夫人也说："左右二元两洞设施，俱是恩师遗留，经大师兄和外子如法布置，通行非易。并且洞中千年瞬息，变幻无穷，临时传授，万一贻误，有负老禅师厚望，还是先传为好。"朱由穆道："那牟尼珠乃恩师昔年炼来降魔的佛门定珠，传授容易，只有六字真言和两个偈印，当时一学就会，倒不至于误事。我们暗中随行，却是不便。"

姜雪君笑道："乙真人之事，本没有我，被你和李道友强约了来。适逢其会，也是想借此暗助一人。你这一说，把我来意也打消了。不知此珠能借别人一用吗？"朱由穆道："虽然未始不可，但和英琼交厚的同门必多，此端一开，难保不效尤，岂不为难？"姜雪君微愠道："这两处严关，就如此难过吗？"朱由穆哈哈笑道："雪妹，你已转劫的人，不久便要飞升灵空仙域，怎还是昔年你我相对时故态？此人是谁？不假定珠之力，你我保她过去，俱非难事。只是这里众弟子何人该当首次下山，匣中玉敕早有前定，勉强不得。并非任性的事，还是先问掌教主人一声，免得爱之，适以误之。"姜雪君笑答："这层我早晓得，不劳费心。"

妙一夫人知道姜雪君说的是廉红药，接口笑道："廉红药久在令师门下，又承道友时加教益，根器、功力俱是上等，便道友不为之助，也在下山之列。现连英琼与她一齐唤来，即请三位道友赐教好了。"随即传声呼唤二女。姜雪君笑答道："我因此女身世可怜，志行高洁，只惜她根骨比英、云诸弟子稍逊，惟恐异日成就艰难，意欲代向掌教乞恩，准其下山修积，侥幸名列仙敕，赐恩培植，幸何如之！"

一干小辈同门，因为殿前风景虽好，离师长坐处太近，诸多畏敬，尽管赐宴欢聚，不敢高声谈笑。又以会短离长，分别在即，此番下山，不知还能与谁相见，都想各寻友好话别，并订日后相晤之约。觉得灵桂仙馆景物清丽，地又偏僻，诸葛警我、岳雯、邓八姑、齐灵云等为首四人，俱主暂时交情虽不免有厚薄，同门谊重，日久仍是一样，大家又无避人的话，不要分开，便把筵宴设在灵桂仙馆，连二袁、雕、鸠、鹭、鹤、芝等灵物，也都召集一起，开怀畅饮，

267

互叙离衷。

李、廉二女忽听师长传声相唤，不知何事，忙即赶来。进殿见了三人，俱都喜出望外。当向在座尊长，一一拜见。妙一夫人便把前事一说。先由朱由穆指示通行火宅事宜，传了定珠用法。跟着姜雪君也把红药唤近身旁，笑道："定力与修道年限无关，全仗自身凤慧与心灵主掌。此中要诀，已由采薇大师说过，牢牢谨记，自无危害。但我终不放心，我无佛门至宝传授，只好蛮来。为防万一，除借你法宝外，另赐你三粒无音神雷。到时能够不用最好，就用，至多也只一二粒，你且留以备用。闻众弟子中颇有几个从容通行，若无其事的。你虽无此道力，但有此防身，当可无患。如若未用，也无须还我，留备异日对付强敌也好。"李、廉二女分别叩谢起立，随侍在侧。朱由穆笑令二女回灵桂仙馆，仍与同门欢聚。二女不舍，躬身辞谢。李宁知爱女孺慕心切，笑说："来时听白眉师祖之言，以后父女相见日长，异日我还常去幻波池与你相聚，无须恋恋。"姜雪君也说："此后下山，师长轻易不出，全仗同门互助。我在尘世上也还有些年耽延，相聚不在此一日。"二女方始拜谢辞别。

英琼来时，众人要她乘机把玉清大师请去。英琼在外，任事任人不怕，独对师长谨畏胆小，不似金蝉、石生惯于涎脸。但面皮又薄，不肯拂逆同门之意，随口应诺。见了诸尊长，却不敢向玉清大师开口，只偷看了两眼。这时拜别要走，又朝玉清大师看了一眼，还是不敢出口，正待退出。玉清大师已经明白，笑问："他们又想找我吗？"英琼恭答："正是。"玉清大师笑道："此时无事，我也正想寻他们凑热闹去呢。"随向众仙略说，和二女同往灵桂仙馆走去。

姜雪君道："玉清道友出身旁门，如今功力竟这么深厚。尤其她为人谦恭和善，蔼然可亲，不论长幼，没一个和她处不来的，真是难得。"妙一夫人道："她因霞儿也在优昙大师门下，谦恭自持，执意和众弟子论平辈。至今成了各交各，介乎长幼两辈之间。人又热心仗义，随时出力助人，以致众弟子个个和她亲近，得她助力实也不少。她每每自憾出身旁门，恐不免再转劫，又不舍本来法身，因此修为甚勤。日前开读恩师玉敕，知日后大师兄与外子竟能助她以肉身成道。可见上天乐与人为善，真乃可喜之事，还未得和她细说呢。"姜雪君道："不但是她，便是女姎神邓八姑，昔年为人何等骄妄。犹忆前生，和她在北天山绝顶斗法，连经七日七夜，若非采薇兄得信赶来相助，还几乎制她不住。就这样，只将她两个同党诛戮，她本人仍然遁走。想不到雪山劫火后回头，居然会投到正教门下。前日留心看她，竟是一身道气，造诣甚深，真出人意料。照此看来，无论什么旁门邪恶，只要在大劫未临以前能够回头，便可转祸为福，一样成就的了。"

妙一夫人道："这倒也不尽然。上天虽许人以自新之路，但也要看他以往行为如何。对于积恶太重的人，尽管许其回头改悔，以前恶孽仍须偿完，并非就此一律免罚，只不过轻重不同罢了。邓八姑以前虽然身在旁门，凤根慧业却极深厚，因为身世怅触，习于性情乖谬，到处结怨，真正恶迹并无多少。尤其是那么出名美貌的人，又在邪教中，能守身如玉，未有一次淫荡之行；继因所爱的人未能如愿双栖，竟自灰心，毁容断念，一意修为。以她初意，只是眷念恩师，不肯改投正教，欲以旁门道法，寻求正果。虽然这类修为至难成就，其志亦未可厚非。复在雪山走火入魔，身同木石，依然凝炼元神，苦志虔修，终于悟彻玄门秘奥，顿悟以前失计。时机一到，立即应劫重生。虽然一半仗着玉清道友同门义重，慨出死力，助她脱难，仙缘遇合也巧，但一半仍要仗她本身修为，始有今日。照着家师玉敕，她以旁门多年修为之功，与雪山枯坐的多年参悟，已参玄门正宗要旨。如论功力，在本门诸女弟子中，实为首列。这次通行火宅、十三限难关的，众女弟子中便是头一个。不特毫无困阻，便将来成就，也不在英、云以下。如非在旁门时尚知自爱，至多免去末劫，能得转世重修，已是幸事，哪能到此地步呢？"

朱由穆道："妙一夫人所言极是。当初我和雪妹，因她太狂谬，心中厌恶，犹存私见，仿佛罪在不赦，必欲杀之为快。现在回忆当时，委实也想不起她有什么大过恶。佛门号称广大，虽然回头便登彼岸，但究竟还是只有凤根智慧的人，到时才能大彻大悟，放下那把屠刀，去登乐土。真要罪孽深重，灵智全丧，任你苦口婆心，舌敝唇焦，用尽方法，劝诱晓解，就能警惕省悟，也只暂时，过后依然昏愚，甚或变本加厉，陷溺愈深，非堕无边地狱，不知利害。真要是恶人都可度化，以我佛之慈悲与佛法之高深广大，恶人早已绝迹于世，佛也不说那'众生好度人难度'的话了。"

众仙谈说了一阵，不觉已是第二日午后。朱梅、杨瑾带了九疑鼎，携同金钟岛主叶缤的女弟子朱鸾，一同飞回，说起了朱鸾在灌口山报仇之事。

原来按照矮叟朱梅开府时的本意，是想乘着会后送客，众弟子可以随意伴送同辈至交这半日余闲，即令癞姑、向芳淑、申若兰陪了朱鸾，先去姑婆岭要路埋伏，由朱鸾当先，明报父仇，三女助战。同时暗令诸葛警我借送熊血儿为名，赶去撞上，血儿心感向芳淑赠阴雷珠之德，必要上前劝阻。妖道师徒生性刚愎，血儿性如烈火，必要闹翻，双方势成骑虎，不能并立，血儿必用红欲袋。朱梅再暗约杨瑾、叶缤赶去,便能一网打尽。哪知刚用千里传音嘱咐完了诸葛警我,待和杨、叶二人商议时,极乐真人李静虚因见妖徒神风使者项纪奉了妖师巫启明之命,暗随四女身后,要用妖法摄形。矮叟朱梅又在暗中隐形,尾随下去,默运玄机,算知就里。等朱梅一回来,李静虚暗中招向一旁,告以妖道近来邪法厉害,血儿红欲袋已难擒他,弄巧还许两败,仍被妖道漏网。此宝将来有用,此时不可损坏。叶、杨二人会后即往小寒山,也无此空闲。杨瑾不久虽仍回来,姑婆岭之行仍赶不上;留她未始不可,却有别的枝节。众弟子会后送客,虽可随意,但在不曾奉命下山以前,不宜与人争斗。妖人师徒此去要往灌口山访友,朱鸾半途也要折往,必定相遇,虽有虚惊,却有解救,毫无妨害。如往除妖道,三日以内,均赶得上。

朱梅生性疾恶,一见妖道师徒闹鬼,便自追去,全以己意行事,也未细加推算。听了李静虚之言,立即传声,告知诸葛警我变计行事。及至杨瑾到来,一同赶往,见朱鸾同一少年被困妖云之中。少年为救朱鸾,身已负伤,仗着护身法宝神妙,急切间妖道尚奈何这一双男女不得,双方正在相持。

朱、杨二人事先商定,惟恐妖人漏网,早算计好下手方略,暗施禁法,将妖道师徒逃路隔断,安置九疑鼎,然后和杨瑾一同现身。上来先用飞剑和法华金轮,将妖徒神风使者项纪消灭。妖道自恃邪法,更不知九疑鼎埋伏空中,自己所用法宝、飞刀,全被朱、杨二人毁坏,或是收去。见势不佳,把心一横,施展玄功变化,行使恶毒妖法,拼着耗损真元,意欲暗算杨瑾、朱鸾和那少年。不料杨瑾师传佛门四宝,神妙无穷;又得矮叟朱梅预告,当双方斗法正激之际,早已留神戒备,法华金轮始终不曾离身。一见妖道神态有异,立即回转金轮宝光,连朱鸾一齐护住,势速如电。妖道不但没有伤着杨瑾,反被杨瑾将计就计,故作不知,用飞剑敌住妖道化身,暗中运用般若刀断去妖道半条左膀。同时朱梅见妖道分化元神,又放出碧血神网;惟恐朱鸾和那少年猝不及防,遭了毒手,忙放连珠太乙神雷:两下里夹攻,妖道受伤又是不轻。

妖道先是不知朱、杨二人为了成全朱鸾多年来的孝思,使其手刃父仇,一味破法收宝,削弱他的法力,迟不下那杀手。心疼至宝,又怀杀徒之恨,情切报仇,总想杀死一两个,稍微泄愤,只管恋战不退。及至妖法无功,力竭势穷,连受重创之际,才知再若迟延,必难幸免。便急用断臂化为替身,欲用血光遁法遁走,却已无及,刚一飞起空中,便被九疑鼎所化大口阻住去路。妖道情急之下,将所有残余法宝,一齐施为,俱被收去。加上朱梅埋伏发动,身后左右又有幻象追逐堵截，无可逃遁。微一疏神，朱鸾受了矮叟朱梅之教，由幻影掩护，飞近身来，暗运飞剑，将他腰斩。

妖道虽然身首异处，但还自恃炼就三尸，可以别寻庐舍，再作报仇之计。起初被困，只为不舍原身法体，吃了许多的亏，本就打算舍身遁走。原身一斩，无可顾忌，方以为这样更易逃遁，任怎不济，也保得两个元神。谁知恶贯已盈，该遭恶报。敌人早有准备，等的就是这一步，来势急逾雷电，他那里念头才动，腰斩残身还未坠落地上，迎面九疑鼎所化大口已早喷出千条瑞气，夹着万点金星，电射而来。身后矮叟朱梅连放太乙神雷，连同杨瑾的法华金轮宝光，朱鸾与那少年的飞剑、法宝，上下四外合成一片，电雷光霞，潮涌而至。

妖道神志已昏，觉着身后上下左右，雷火、剑光、法宝繁密如网，敌势大盛，危机四伏。但三尸元神稍有丝毫空隙现出，便可逃走。以为分开遁走，必不能全保，并且其力较弱，原身已失，如被敌人伤却一个元神，再要修炼，须要三十六年苦功。见对面大口虽然神妙，专一迎头堵截，为体大只数丈，大口以外，尽有空隙，只要避开正面，便可逃走。误认三尸元神不比法宝、飞剑易被收去，飞遁又极神速。但心中怯敌，非但没有避开正面九疑鼎，反欲由口边空处掠过。却没有想到，他那三尸元神，修炼功深，如往后逃，太乙神雷和那些飞剑、法华金轮必将他困住，不过元神受震，真气耗损。朱鸾和那少年功力不济，防备不密，忍苦强挨下去，仍可伺隙逃遁。如将三尸元神分开，不求保全，只逃脱一两个，更是有望。这一胆怯畏难，又思保全，不舍伤损，时机稍纵即逝，恰中了敌人的道儿。

那九疑鼎虽然虚悬空中，宝物不大，四外全是空处，避开正面仿佛容易，可是此乃前古至宝，有无上威力，神妙无穷，能随主人意念运用，其应如响。何况此时鼎中混元真气已经喷出，急往后逃，尚且无及，如何反迎上去，岂不自投罗网？妖道三尸元神遁得固快，此鼎更为神速，明明悬在迎面，妖道元神所化三条相连的影子电也似疾，往左上方斜飞过去，那大口竟似早有知觉，如影随形一般，随着妖道逃处，不先不后，同时往左上方一斜仰，口中混元真气便将妖道三尸元神一齐吸住，卷了进去。杨瑾忙即赶向对面高峰悬鼎之处，撤去禁法，招回大口，九疑鼎回了原形。然后照着师传口诀，如法施为，手指处，鼎中一连水火风雷之声过去，妖道元神立即消灭在内。于是持鼎重回原处。

杨瑾持鼎回到原处，朱鸾已先在彼，正用宝剑穿了妖道心肺，捏土为香，

271

望空拜祝,祭告先灵。那少年也站在旁边,左手捧着一条受伤的右手,正朝朱梅行礼,见杨瑾来,忙又礼拜。

杨瑾见那少年虽非峨眉诸大弟子之比,却也英姿俊秀,颇有道气。一问才知姓商名建初,乃北海土木岛主商梧之子。因闻峨眉开府,志切观光,欲寻一与峨眉门下知交的同道,代为先容,前往参与盛会。及至寻到一问,那同道已离山他出。只遇见一个同修的道友,一问,才知那同道只认得两个峨眉后辈:一个是灵和居士徐祥鹅,一个是七星手施林。原来他俩辈分不够,自己想往峨眉观光尚且不敢冒昧,怎可为人先容。商建初一闻此言,自是扫兴。心仍不死,以为还有些日,才是会期,如能寻见本人商量,也许能有机缘。知那同道入川访友,便即寻去。寻到灌口山左近的天掌崖遇上,两人一谈前事,越发绝望,不但那同道自身不能引进,并还说起乃翁商梧、乃叔商栗,以前与东海三仙有过嫌隙,道路又是不同,如何去得?商建初这才息了前念,两人盘桓几天。

这日商建初告辞先行,路过当地,瞥见妖雾弥漫,朱鸾为妖人师徒所困,自恃家传法宝,上前相助。不料妖人厉害,朱鸾虽暂得救,他却中了妖道的碧灵刀,如非修炼多年,识得厉害,赶紧将右臂关穴闭住,几遭不测。法力虽非妖道之敌,幸有乃父采五金之精所炼异宝六甲金光幢,连朱鸾一齐护住,直到遇救脱险,才没有遭毒手。

商建初对朱鸾颇有情愫;朱鸾因他为己受伤,也极关切。因那伤处虽由朱梅给了一粒灵丹嚼碎敷治,但只能止痛,如免残废,必须往陷空岛求得灵玉膏,才可痊愈。刀毒甚重,不宜延迟。商建初明知由此可与峨眉交往,并和朱鸾时常亲近,但因伤重,必须速治。况且老父性情甚暴,前与东海三仙结怨,平日并无闻知,那同道之友又不肯细说,不知为了何事,出时老父正在入定,也不曾说起。此行是往峨眉,万一仇怨甚深,冒昧前往,就算对方不计较,回岛也受斥责。想了又想,无可奈何,只得朝朱、杨三人辞别飞去。

杨瑾见人已飞去,朱鸾还在凝望,知道二人情根已种,难于解开。虽代朱鸾可惜,但这类事,凤缘前定,非真凤根深厚,具大智慧之人,无法解脱,也就听之。因朱鸾元气耗损,也受了点伤,好友门下,又是自己前生引进,大难虽过,面上晦色犹未尽退。生怕她海天万里,孤身飞行,万一再有波折,事出仓促,无法往援。好在日内便往铜椰岛,正好顺路带送回去,就便还可令她在峨眉养息二三日,增长一些见识,便令随同回来。见过众仙之后,略谈前事。妙一夫人便把灵云唤来,命将朱鸾领去,与诸弟子一齐相聚,觅地安置,以待后日同行。灵云应命领去。不提。

众仙言笑宴饮，光阴易过，不觉到了第三日午后。妙一真人唤来诸葛警我，命传谕门下男女诸弟子，当晚亥末子初，齐集前殿候命，分往左右二元洞内，通行火宅、十三限两处难关，以验各人道力，以便加授本门心法，下山行道。诸葛警我领命去讫。

一会到了时候，众弟子因下山在即，十分谨畏。男的由诸葛警我、岳雯为首，女的由女殃神邓八姑、齐灵云为首，老早便齐集殿前平台之上，分班侍立，恭候传呼。到了亥时将尽，妙一真人先请玄真子升座。玄真子道："师弟不必太谦，此乃恩师天命，异日本门发扬光大，责重事繁，他人不克胜此重任，非你不可。前已言明，我再迟数十年飞升，必定助你完成大业好了。"妙一真人又朝在座诸同门谦谢，敬请随时匡益，同完大业。然后居中端肃升座，上首玄真子，下首妙一夫人，其余同门诸仙，各依次第顺序列坐；嵩山二老、采薇僧朱由穆、姜雪君、李宁、杨瑾、玉清大师等外客，另在两旁设有宾位，分别就座。这时早有值班弟子灵和居士徐祥鹅、沙弥悟修、李文衍、吴文琪四人先入殿中，侍立听命。

妙一真人命传众弟子进殿。徐祥鹅领命，去到殿门外面，一声传呼。众男女弟子立时整肃衣裳，肃恭而进，到了众仙座前，一同参拜。妙一真人吩咐起立，男左女右，侍立两侧。温语谕道："日前仙府宏开，尔众弟子曾经拜读长眉师祖恩谕，晓示尔等为完师祖和我当年宏愿，日内必须分遣尔等众弟子下山行道，修积外功。此虽修道人应有的功果，只是目前异派蜂起，群邪狈猖。尔众弟子多半入门年浅，功力不济，所赖根骨深厚，缘福遇合，得有今日。本身法力虽弱，而遭逢异数，际遇良多，各人所得法宝、飞剑，十九异宝奇珍，遇合之奇，所获之厚，远胜前修。用以护身御敌，遇见稍差一点的邪魔外道，未始不能以之取胜；即或遇见强敌，尔等群策群力，同心御敌，复有各位师长前辈随时救助，也不是不能成功。但毕竟修业太浅，各异派妖人邪术厉害，稍一不慎，为所诱惑，难保不身败名裂，玷辱师门。法力深浅还在其次，只要能知奋勉，行道之暇，随时勤修苦练，同样可以与日精进，道心之坚定与否，却是最关紧要。本来众弟子何人可在此时下山，师祖仙敕已多示及。一则欲借左元洞十三限和右元洞火宅严关磨砺，使尔等知道成败所关，以资警惕；二则留山修炼，操行艰苦，虽然迟早成就一样，但人多好胜，大都羞为人后。如不经此一试，尔等表面功力多半相等，未必心悦诚服。为此当众晓谕：不论何人，凡志愿首次下山行道者，左元洞十三限和右元洞火宅严

273

关,任择其一,通行无阻,始可重来前殿,与下山诸同门会集,听我传授口诀,铜椰岛事完,分别就道。否则暂时便不能再至前殿,可以前往左元洞外崖壁上,自择可以容身的小洞,闭关潜修,由各位师长时往传授指点;修到功候,二次仍要通行以上两洞关口,方得下山。

"这两洞所设,为修道人成败关头,虽然通行过去,无异获得异日成道之券,但是奥妙无穷,厉害非常。稍一不慎,轻则灵元耗损,身心两伤;重则走火入魔,身僵如同木石,须受多年苦难,还须坚忍强毅,奋志勤修,始得复原;再重一些,便须重堕轮回,转劫能否再来,俱不一定。关系尔等本身吉凶,实非小可。如若自审道力不济,尽可言明,知难而退,不必勉强。虽仍须往左元洞壁苦修,但不经以上两洞险难,人却可以好好的,免受一番损耗忧危,修为起来,也较好些。此次为师等不做主张,任凭尔等自择。大弟子诸葛警我和岳雯、邓八姑等男女数弟子,功力较深,尚可通行无阻,现令先往通行,尔等随同前往。此时禁制发动,两洞出入途径,均已现出,与先前大不相同。到了那里,如觉有此勇气,无须再来禀告,可俟诸葛警我等通行过去,由他领导指点,循径而入。能通行的,自来此地相见;不能的,各就崖洞修炼。使尔等目睹难易,自定去留,免致后悔。愿留山者,告知诸葛警我,他自会开放门户,引往坐关之所。此事全仗自身定力智慧,受害也视此为轻重。一切身经,也因人而异,差之毫厘,谬以千里。也无须向过来人多事探询,徒乱人意,于事无补,心有成见,反倒不妥。到时如觉难于自制,务把元关要穴牢牢守住,丝毫松懈不得。尔众弟子,勉力自爱,可自去吧。"

众弟子随同叩谢师恩,由诸葛警我等为首四弟子率领,先往少元洞走去。那去右元洞的道路,原有两途:一是日前小仙童虞孝、铁鼓吏狄鸣岐没走完的一条道路,乃以后初次入门弟子必由之径;一是不经下面峡谷,经由崖顶通行。到了尽头,崖势忽然降低十余丈,在三面危崖环绕之中,现出一片形如圆盂的盆地。当中有一座十丈方圆的石崖,石质如玉,正中一洞,门额上有"灵虚可接"四个朱书古篆,此是右元洞的出口。那入口尚在崖后。众弟子先到少元洞前会齐。

到少元洞前,亥正将过,诸葛警我令众暂停。说道:"今日之举,关系我等成败。适才掌教师尊恩谕已经言明,诸位师弟师妹当已谨记在心,毋庸多说了。我和岳师弟与邓、齐二位师妹奉命领众,往左右两洞通行,照说在此问明各人心意所择,便可分途领往。但据我所知,这两处难关神妙精微虽是一样,内中却有一点分别。火宅严关看似最难最险,但是关口只有一处,只要内火不生，外火不煎，道心坚定，能将元神守住，不为情欲杂念所扰，说过便过，脱险极快，难也难到极处，容易起来也极容易。性情强毅坚忍的人，比较相宜。心性柔弱，易受摇动，克制功夫稍差的人，却万去不得，一有失足，立即走火入魔，后悔无及了。左元洞难关，虽有十三道之多，过完一道又是一道，六贼七害，动念即至，防不胜防，但是势较柔和，为害较轻。尤可侥幸的是哪怕身入困境，只要聪明灵慧，能知警觉，便可化险为夷。再往前进，只要能连耐过十三次魔头侵扰，哪怕定力稍次，但能悬崖勒马，临机省悟，仍可勉强通过。即或不然，最厉害也不过元气耗损，晕倒在内，修炼些日，即可复原。不似右元火宅，一经沉溺，便身受大害，不可收拾。心念虽不坚强，而性情温和，聪明善悟的人，均可一试。心性急躁，没有耐性的人，去了却易偾事。师尊虽以我等四人或是入门时久，或是修道年多，令作引导。但我等四人也是初试，能否从容通行，虽难自信，听师尊所说，料不致有甚凶险。诸位师弟师妹修为较浅，却真大意不得。好在师尊并未指定分途前往，为此我想稍微取点巧，暂不分路，一同先去右元洞，由我四人先各通行一次，如觉胜任，再往左元十三限，也过上一回。师尊虽说身经景象不同，多所询问徒乱人意，于事无补，但以我四人同经两处难关，互相参考，为大家分辨出点难易，总还可以办到的。"

众人俱知诸葛警我人最长厚，对于同门师弟妹，更是无分先后进，一体爱护，知无不言，言无不尽。但能为力，无不尽心，任劳任过，均非所计。岳雯、邓八姑、齐灵云三人，也和他大致相同，表率群伦。闻言知为众同门犯险尽力，好生欣喜，无不应命，便随诸葛警我前往右元洞。

到后一看，那右元洞三面危崖环峙，独崖后正洞入口一面，是条白玉甬路，由少元洞右一片茂林和十来处楼台亭馆绕来，沿途景物备极清丽。快到洞前，忽然一水前横，宽约三丈，将路隔断。对岸设着一个悬桥，众人到时，刚刚自行落下，桥侧也无盘索之类。过去方是右元洞入口，洞门上刻"火宅严关"四个朱书古篆，两旁另有好些符篆。门颇高大，整洁异常。诸葛警我等四人中，只灵云一人在开府创设左右二元洞时，另有使命离开，不曾随侍，虽然见到一些，未知底细。方觉与那次所见景物形势都不一样，及问八姑，才知两洞禁制重重，神妙无穷，休说洞中火宅严关，便是外景也可变易。那日因为不少异派中人假名观光，随同游历全府，居心多不可问，始而想乘隙扰害，暗中闹鬼；及见出手的妖人纷纷伏诛挫败，不敢妄动，表面敛迹，仍在逐处留心，一半学乖，一半窥探底细，以为日后重来之计。掌教真人表面故作不知，实则防备甚严。尤其这左右两洞关系重地，多用仙法变易，当时所见，多非实境。休说那些异派妖人，便自己这面好些位得道多年的仙人，也多半被瞒了过去，事后方始知悉。

八姑说完，诸葛警我已将众人领至门前分列，说道："本来师尊之命，入洞的人，通行火宅之后，便由前门出去，沿着崖上路径，去往前殿，无须来此。洞中遇险，被困在内，也另有师长恩施格外，前往救援，由我四人送往左元洞壁穴中修炼。通过与否，隔着洞门，均可看出。上下四外，均有禁制，循径前行，一步也错不得。只我四人，那日拜读祖师仙敕，并各赐有一道灵符，可以随意前后往来，是个例外。邓师妹较我修为年岁尤久，我和岳师弟本不应占先，无如师命难违，既然忝列众同门之长，只好僭妄一试了。"

诸葛警我说罢，便朝洞门恭谨参拜起立，令众留意。然后沉稳心神，运用玄功，从容往内走进。众人隔洞遥窥，见诸葛警我安然步入，先前并无异状。进约丈许，忽见洞中云烟变幻，晃眼仍复原状，人已无踪。跟着又见一片极淡薄祥光，一闪而灭。岳雯喜道："今日才见大师兄的功力，果自高深，这么快便出险了。"众人闻言，有的尚在思忖，觉着太易，诸葛警我已驾遁光，越崖飞来。

众人笑问："洞中经历如何？"诸葛警我答道："这火宅通行，真非容易。我起初以为，只要道心坚定，神智灵明，便可无碍，不为魔邪所扰。哪知即此一念，已落下乘。前半尚可，到了紧要关头，忽生异相，如非发觉尚早，赶紧湛定神思，返虚生明，就这样几微之间，纵不致为所败，要想从容过去，却也费事呢。愚兄本意，先勉为其难，略徇私情，将洞中虚实，一得之见，告知诸位同门，以资参证，俾到时稍有补益。照此看来，只好各凭福缘，自然应付，别人是爱莫能助了。"

有的自加谨畏，别具会心；有的仍是将信将疑，俱觉全洞前后十来丈远近，御剑飞行，瞬息过完，只要到时按定心思，不起杂念，当无败理。各有各的打算，正在寻思。

底下该当岳雯进去。岳雯也是照样朝洞通诚礼拜，然后走进。却不似诸葛警我那样安步而入，一起步便身剑合一，化成一道金光，飞将进去。那景象也大不相同：刚飞入内，满洞忽起祥氛，遥望烟云变幻，霞辉急漩如潮，将金光卷去不见，电转云飞，待了好一会，尚未停歇，也未见人回转。众人见状，方在惊疑，诸葛警我笑说："无妨。岳师弟功力不在我以下，只比我少了东海十九年面壁之功。又听我那般说法，心有警觉，不求有功，但求无过，宁费一点心力，拼却艰难困苦，不肯步我后尘，以本身法力和坚忍强毅，战胜魔头。似此守定一心，虽然不免身受一点苦难，却较我的走法稳妥。此时他已十九完功，决无败理，稍待一会，也就来了。"

语声才住，一道金光自空飞堕，岳雯现身，说道："好险！"众人问他经历，岳雯答说："我无大师兄的道力，不能以玄门上乘功夫从容通行，只用飞剑、法宝护身，守定心神，以下乘功夫冒险闯过，阻碍有所不免。但这种走法，与后去诸位同门多半相同，而身经决不一样。先有成见，易添魔扰，故而不能详说。去时，最好把心灵守定，不起杂念，虽在飞行，仍照日常入定，偶遇功力精进，魔头来袭时光景，任何磨折艰难不去睬它，至多受点幻景中苦痛，只要道力坚定，便能熬过去了。"

当岳雯未出之时，邓八姑对齐灵云说："我二人道力，俱不如二位师兄，通行两处难关，实非易事。我二人又忝居女同门之长，如有失陷，殊难为情。师妹年龄虽小，一入门便是玄门正宗，根基先就扎好，尚可无碍。我虽再劫之身，修为年久，可惜以前走错了路，自荷师恩收录，传以心法，顿悟昨非，豁然省悟，论起法术，比师妹自不遑多让；如论道力，恐以始基之外，修道年久反倒吃亏。幸而有这粒雪魂珠，占了不少便宜。我二人如学大师兄那样，以上乘功力通行，恐怕求荣反辱。还是照岳师兄等走法，略受一点磨难，却是稳妥。最好我二人联为一体，我用雪魂珠变化元神，将你护持，却用你的道基定力，助我过去。这样相辅而行，万无一失。也许连内中磨折，还可少受许多。师妹以为如何？"灵云对八姑甚是敬服，知她用雪魂珠化身，定能通过，但以劫后余身，心存谨畏。深悉火宅玄关微妙，惟恐万一有失，欲使二人合为一体，彼此相助，实为万全。闻言喜诺，便和众人说了。

诸葛警我笑道："火宅玄机微妙，纵千百人进去，到了里面，如非同一功力心境，有一人稍有动念，便自分开，一切身经，迥不相同。邓师妹有雪魂珠化身，齐师妹年来道力又极精进，这等走法，自是有利无害。别位少时学步无妨，但须谨记，到了紧要关头，稍遇异兆，便须守定自己，不可再顾同行之人。看似自私自利，实则彼此如若同一心思，转难两全。否则魔头已经侵入，明明境中人已经分开，却因念头一动，又把魔头幻象误认作了同伴，再想安然通过，不为所乘，却是难了。"

诸葛警我说罢，八姑、灵云行礼起立，八姑首先化成一团冷莹莹的银光飞起，罩向灵云头上；灵云立即身剑合一，化成一道彩光，与空悬的银光会合，电驰星飞，往洞中飞去。那右元洞深只十丈，前后洞门相对，中间并无一物阻隔。由外望内,却冥冥蒙蒙,无底无限,不能透视过去。八姑、灵云飞入光景,又自不同。先和诸葛警我一样,一径飞入,毫无异状,只是银光护着彩光,比初进时要小却十倍以上,恍如一点带着彩霞的寒星,朝前飞驶,越飞越远。照情理说,这一会至少也至百里以外,却还未见出洞。

众方诧异,岳雯叹道:"想不到邓、齐二位师妹竟有如此功力。虽仗着雪魂珠分化元神之功,有些取巧,难得两心如一,道力如此坚定,真令人可佩了。"李英琼笑问:"既然如此,为何还未能过来?"诸葛警我答道:"这便是魔。许是二人谨畏稍过,偏仗自制之功,心情坚毅,分明是用下乘功力通行,却能返照空灵。魔头无奈其何,只能以此为难,欲乘二人飞时一久,忽然动念时,将她俩分开,再加侵害。这个齐师妹绝不上当,邓师妹又与她合为一体,更有此珠功力,即便心念稍歧,也分不开,再不致为魔所侵,至多受点不相干的阻碍,终归平安脱出。看这情形,也许就快飞回也未可知。"

话还未完,忽然祥光一瞥而过。再看洞中空空,依然原状,银光、剑光俱无踪影。紧跟着便见二人由洞顶越崖飞回,降落下来。一问经历,果如诸葛所言:因久飞不到,忽悟玄机,心智益发空灵,晃眼飞出,别无所遇。众人纷纷赞佩。八姑、灵云自然推说,全仗雪魂珠取巧,才能有此。

互相略谈几句,诸葛警我便问:"是否等我四人将左元十三限过完,再行选择?"众人觉着右元火宅似难实易,不似左元十三限繁难,关口太多,稍一不慎,全功尽弃。又都自恃道心尚还坚定,不畏苦难,便无法力,也能通过,何况还有飞剑、法宝护身。内中更有急于赶往前殿去见师父的,如李英琼、廉红药等,多半俱愿就地一试。另一半意存观望,看人行事,再定去取。诸葛警我知道内有几人,必须由火宅通行。事由前定,话先说明,同门之谊,已经尽到,便不再做主张,径问何人先往。

英琼性直,孺慕情殷,急于往见慈父。只为班行在后,未便抢先,立候一旁。见众人互相谦让,诸葛警我又说:"以下只凭个人心志,不按班次。"她便向众人说道:"家父尚在前殿,妹子极欲往见,既是诸位师兄师姊谦让,妹子只好告罪僭先了。"众中有好几个,因此一关是成败所系,未免存有戒心,能得一年力较浅的人去试头阵,就便判断自己能否学步,有无成功之望,自然甚好。却不知英琼先前蒙召,传授定珠,得了佛家至宝护身,可以通行无虑,如何比得上。

英琼说完,正要通诚向前行礼。众中癫姑表面随和滑稽,人却侠肠刚直。又久在屠龙师太门下,颇悉佛、道两门奥妙。事前又听屠龙师太和眇姑

278

暗中详示两洞微妙，以及通行之法，预有师承，成竹在胸。比诸葛警我等为首四人，功力或有未逮，专说这左右二洞的玄机精微，却更明白得多。因和英琼私交至厚，当时见众谦退，多半意在观望，却令英琼这样道浅年幼的人当先，去试头阵。虽说想下山行道的人，谁都必须经此一关，英琼名列三英，料必早有预定。但是下山的人，师长并未明说，到底难知。众人任她上前，未免有点自私，心中不服。忙抢过去说道："师尊既未禁人同行，我也想早到前殿，奉陪师妹同行如何？"英琼日前已听她暗中泄机，知她法力高深。传授定珠时，父亲又曾告诫说："此洞门要关，便修道多年的人，也未必容易过去。你虽得天独厚，到时务要谨记适才朱师伯的教训，不可疏忽，以免自误。"再见先行四人，说得那么难法。平生好强自恃的人，这时福至心灵，虽然抢前，却比谁都要谨畏。本来就有戒心，一听癫姑自愿做伴同行，料定知己交厚，有心相助，自是欣慰。二人随同参拜，起身入洞。

英琼因自己经历太浅，格外谨慎，老早打定不求有功，但求无过的主意。尽管近来修为勤奋，功力精进，毫不似前轻率自恃。一入洞门，便将佛家至宝定珠放出。癫姑不知她有此宝，本意随同护持，就己所知，分任艰难，竭尽智力，代为抵御。不料反而得了她的扶助，到了紧要关头，免却了许多繁难魔扰，无须再坚忍毅力，拼受苦痛。先见英琼才一进洞，便伸手来拉，还当她临场胆小害怕。方想："真糟！平日看她学道虽然年浅，功力尚是不凡，日前并还再三指点，告以机宜，怎上来便如此胆怯？"此念一动，魔头便自袭来，幸有英琼，能以法力道心和魔头硬对，又是洞口，未到玄关要地。于是赶紧运用玄功和师传法力，准备防护。猛瞥见英琼手掐佛家大金刚降魔诀，脸色甚是庄严，一点不显慌张畏缩之状，方料有甚作为。随见十八团慧光，宝相明辉，朗若日星，飞向空中，成一大圈，静静地环绕在二人头上。才知早有准备，不禁大为喜慰。癫姑毕竟喜事，一见有佛家至宝护身，英琼得了高明指教，智珠内莹，决无他虞，有恃无恐，便想借这火宅严关，一试自己定力和法力高下，竟傍着英琼向魔头挑战，故意触动沿途禁制埋伏，往前走去。

第二二〇回

巽语度金针　大道同修　功参内外
乾焰生火宅　玄关一渡　业判仙凡

　　癫姑这么一来,洞外诸人看去,光景又与前三次迥不相同。先见英琼、癫姑和诸葛警我一样,拜罢起身,也不用飞剑、法宝,照直走进,好生惊讶。和二人交好的人本多,十九俱觉二人过于好胜。癫姑修道年久,尚还可说;英琼入门才得几时,如何敢以上乘功力犯此大险?个个代她悬心。另有几个气量稍浅的,见英琼得天独厚,师长格外钟爱,期以远大;本身福缘更深,到处奇遇,所获尤多。论起经历来,却比谁都浅。英琼对人,又极坦白至诚,全无城府。同门相处,虽不骄傲自矜,却是好胜贪功,闻命即行,当仁不让,从不以虚礼谦让。彼此之间,虽无嫌怨,相形之下,未免自觉减色,心中不快。见这次又是她头一个自告奋勇,并还这等走法,虽还未有幸灾乐祸之念,却也断定非遭大挫,或受险难不可。彼等方笑她不知自量,向同立诸人私议,忽见二人进才数步,忽从英琼身畔飞起一环十八团明光,晶辉朗耀,缓缓前移。比起八姑雪魂珠一团栲栳大的银光,寒辉四射,莹莹欲流,转觉宝相庄严,此胜于彼。同时二人身影全都不见。光环进不丈许,洞中忽然祥光乱闪,花雨缤纷,不时又闻水火风雷之声隐隐传出,俱为前所未有景象。那烟光花雨尽管千变万化,幻灭不休,异相杂呈,而光环依旧朗耀,前行直若无事。

　　众人大出意外。有的惊喜欣慰,齐夸:"李师妹果自不凡,不枉师长期爱;癫姑功力深厚,也高出侪辈。否则以四位师兄师姊所说,二人同行一样艰难,一有不济,功力稍差,同行人转为所累,哪能有此境地?"有那关心太过,尚不明就里的,如申若兰、裴芷仙、朱文等,便向先进四人询问:"眼前所见,是否佳兆?"诸葛警我笑答:"以我所见,李师妹不特持有佛门至宝护身,便自身定力智慧,也勉强过得去。癫师妹功力自比她还高。照说早该通过,必是想借此试验自身功力,故意犯险,触动洞中禁制埋伏,所以走得如此迟缓。此事发动，必非李师妹本心，但也胆大一些。洞中布置，具有玄门无上威力。日前来此赴会的海内外各仙宾，俱是修炼多年，功力颇深的有道之士，如由此洞通行，也难全数通过。她俩能够避免抵御，或以定力坚忍，受点苦难，勉强过去，已是难得，如何故意与它相斗？这前半禁制，尚是有相之法。那出口火宅玄关，乃最紧要的所在，神妙精微，至于不可思议，如何勉强得来？即有佛门至宝，也只护住心身元灵，不为俗焰所伤而已。除非改变初念，省悟前非，使心神莹澈，反照空灵，一念不生，始能照旧通行；否则休想脱身。"

说时洞中忽然涌起一座火焰莲台，焰花蜂拥，如潮而起，晃眼便将光环遮没，跟着一起隐去，全洞立成漆黑。众人不知吉凶，多半悬念关切，正向诸葛警我探询。秦紫玲听见乃妹寒萼正朝身侧新见不久、即行投契的同门师姊万珍、李文衍等笑说英琼、癫姑狂妄，不知自量。并说："洞中从未黑过，照此情景，必已陷入火宅玄关无疑。自身功力不高，好容易得父、师之助，赐以防身之宝，已能取巧通行，得了便宜，何苦还要卖乖？这都是年幼无知，器小易盈之过。如若因此失挫，师尊立法之初，决难偏袒，去往左元洞壁穴中苦熬不说，这头次不得下山，岂不弱了三英二云的美名？"紫玲见她和万珍说时，都面带笑容，李文衍却一言不发，状如未闻，意似不满二人之言。暗忖："妹子器量褊狭，总以为师尊和长幼同门过于爱重英琼，心中不服。即此妒忌之念，已非修道人的襟怀，况又幸灾乐祸！那万珍枉在白云大师门下修炼多年，也是偏激善忌一流，寒萼偏和她一见投契，顿成莫逆。每一谈到英琼，都认她后来居上，心中不服。即以今日之事而言，少时自己也一样要走过去，不早谨慎准备，却存隔岸观火之思。照此行为，不特将来成就有限，弄巧身败名裂，均不可知。好好一个司徒平，却受了妹子的累，感恩戴德，死生以之，异日难免同膺大劫，真可慨惜！"想到这里，忍不住朝寒萼怒视了一眼。

寒萼自在紫玲谷遭难以来，看出乃姊手足情重，心实无他，已经愧悔，早非昔日放纵。心虽不服英琼，也缘万珍议论英琼狂妄无知而起，并非真个愿她遇险挫败，只是顺口对答，无心之谈。见乃姊瞪她，才想起所有同门俱都在场，虽是悄声私议，未必全被人听去，但这类话到底不应出口，方悔失言，脸上一红。遥见洞中一片祥光闪过，又恢复原来无人进洞时光景。随听诸葛警我在前面高声喜道："她二人见机真快，才一受挫，便已省悟。此时业已大功告成，到前殿拜见师尊去了。还有何人前往，请过来吧。"

廉红药和英琼，先前一同前殿受教，已闻得机宜，只为新进，不敢居先。

英琼开了个头,正合心意,忙答:"小妹也欲往见姜师,可否先行?"诸葛警我笑答:"此事无分长幼,先后一样,不论人数多少。除却结伴同行,须要功力相等,心志如一,始能收那互相扶助之功,人不宜多;哪怕所有在场同门一齐入内,也是各有各的景象,祸福全殊,决不混淆。不过通行在后的人,多少可以得到一点观摩借鉴;那功力不逮的,也可知难而退,不致知其不可为而为之,少受一场险难罢了。"

众人有的仍是慎重,不欲先行。有的想英琼、癫姑通行容易,系得佛门至宝相助,想再等两三拨过去,有无阻碍,再定行止。有的事前闻说火宅严关厉害,一通不过,便无幸理。左元十三限看似繁难,至多遇阻,错迷洞中片时,一经救出,便可无事。不似右元火宅,有走火入魔之险,元神耗损,事后还须苦练多日,受上许多活罪,才能恢复;一个不巧,身成僵朽,不能行动,苦孽更大。各怀戒心,意欲看过左元十三限,再打主意。另有几个预定请行的男弟子,未及开口,因红药已经先说,不愿与女同门并进,只得暂候,闻言俱未答话。

只女神婴易静,两世修为,功力深厚,久得师门真传。今入峨眉,又蒙师长看重,妙一夫人一见便授以心法,深知火宅严关奥妙。先见英琼请命通行,虽知三英、二云乃峨眉之秀,必早预定在首批下山之列,但至交关切,终是担心。方欲随往,因癫姑已先开口,此事不宜人多,有癫姑同行护持,当可熬闯过去,便未上前。及见佛家慧光飞起,不特英琼决可平安通过,连癫姑锐身友难,也反倒阴受其福,颇代二人欣慰。继见红药请命将行,易静自从七矮大闹紫云宫,和红药订交,便与交好,暗忖:"在场诸人,只她身世最为可怜,人又那等谦和可爱。她和英琼,一个天真至性,一个温柔肫挚,人又美秀如仙,都是极上等的人品。论起根骨,却比英琼不如。休看她从小出家,在娲姆门下长大,道心毅力许未必能有英琼那样灵慧坚忍,不似英琼得有至宝护身,此行艰难何止十倍。我反正是要过去,何不结伴同行,助她渡此难关,也不枉相交一场。"心念一动,忙赶过去说道:"我和红妹结个伴吧。"红药虽得姜雪君的指教,并授以防身之宝,因是凭着法力硬闯,素日谨慎,心终不敢十分拿稳。及见易静来与做伴,自是心喜,忙即谢了。

易静平素虽然性傲好胜,毕竟累世修为,见闻广博,遇到这种紧要关头,却是深知利害轻重。未曾入洞,先将红药唤住,说道:"通行火宅玄关,心灵实为主宰,否则虽凭法宝护身,得知洞中玄妙,能为趋避,依然不免苦难,甚或遇险失陷,俱不一定。以我二人用上乘功力通行,自不可能,还是拼受一

282

点磨折,将红姝的飞剑、法宝,连同愚姊师传七宝,联合一体,先将身子护住,然后守定心神,往前闯过。到了玄关重地,一任何等身受,不去睬它,全以毅力应付。由我主持进退,你只澄神定虑,藏身宝光之中,和往日入定一般,连我一起忘却,不为幻象摇惑,便无害了。"红药当着众人,不便说出早在前殿领会机宜。知她好意,借着谢教,答道:"前听雪师指点,也与易师姊所说一样。今承教益,又蒙携带同行,当可托庇无忧了。"易静何等机警,知道红药虽在娪姆门下,因是性情谦退,自知末学后进,对于姜雪君,也尊以师礼,称以雪师,不敢齿于雁序。日前师尊特命她和英琼进见,归来说起雪君在座,英琼既能运用定珠,红药谅必也得了雪君传授,立即省悟,便不再深说。笑答:"红妹如已知悉此中机宜,自然更好,我们就走吧。"

说罢,二人一同拜祷起立,各人先将飞剑、法宝放出,连合化成一个霞光万道的光幢,将身笼罩在内,往洞中飞去。只见光幢飞行甚疾,所到之处,烟云弥漫,光焰四起,变幻不休。晃眼飞到出口左近,火焰莲台又复涌出。这次与前不同,只现得一现,便有祥光一闪,光幢、莲台同时不见,洞中又复原状。

诸葛警我、岳雯同声喜道:"适才李师妹等妄将火宅乾焰引发,却被易、廉二位学了乖去,稍受磨折,便过去了。"金蝉在旁,问道:"莲台出现,只眨眼的工夫,怎的还说易、廉二位受挫?"邓八姑笑道:"右元火宅神妙非常,一切相由心生,石火电光,瞬息之间,便可现出百年身世,比起邯郸黄粱梦境经历还长得多。我们旁观者清,只见眨眼之事;如问幻境中人,正不知有多少喜乐悲欢,苦难磨折,够他受呢!"

金蝉随拉石生道:"原来如此。我们也走走去。"诸葛警我方嘱小心,易鼎、易震和南海双童甄艮、甄兑,也同声应和。男弟子中严人英、石奇、徐祥鹅、庄易,女弟子中的朱文、周轻云、凌云凤、余英男、申若兰等人,俱在英琼过去以后,便欲起身,见六个小师弟纷纷争先,人数已多,不便再说,只得退下。诸葛警我便问金蝉等六人:"是否各走各的?"金蝉答说:"我们分开力弱,已经说好一起。"灵云插口道:"蝉弟胡说!此行关系非小,岂可视同儿戏?两人结伴已非容易,你和石生尚还勉强,如何强拉别位?万一误人误己,如何是好?"金蝉道:"姊姊你不要管,我们本还不止六人,因商风子舍不得周云从师弟,情愿与他一同进退,还少了一个呢。玄关厉害,我们已经知道底细,包你没事。"灵云道:"万无此理。"诸葛警我、岳雯也说金、石二人年纪虽轻,如论道心坚定,智慧空灵,却不在别人以下,本身决过得去,并还无甚阻碍。如若同了多人，到了紧要关头，心志不一，实难保全两不误，仍以分开为是。石生笑道："大师兄不说多少人均可同时通行吗？我们不过交情太深，意欲成败与共罢了。既恐两误，那我们分作两人一队，只做同路，各不相干，倘能一同通过，岂不也好？"

于是，六人分作三起。诸葛警我重又告诫："你们六人，或凭根骨，或凭功候，俱非不能通过。但是各人基禀功力，不能相等，如何强使一路？"六人俱都含笑唯喏。灵云见状生疑，再三叮嘱，欲令先后继进，不要一路。旁立诸同门也多劝说。六人坚持不允，答说："既是各走各，我们只想一同走出，有何不可？"易氏弟兄更说："师姊如不放心，可令蝉、石弟分开，他一人单作一起好了。同进同出，却是议定，不能更改。"灵云不便再说，只得听之。

六人随同向洞参拜，假意两人一起，并肩分行，以示区别。灵云等四人见金、石二人跪地行礼时，口中喃喃，似在祝祷，状甚诚敬，若有所求。另外两起弟兄，却只行礼，各把目光瞟住金、石二人，似颇专注。灵云心又生疑，正在观察，金、石二人已先起立，其余四人也相随起立。金、石二人双双将手一扬，六人同时各驾遁光，做三起往洞中飞去。方幸不会违言，哪知六人遁光飞抵洞口，好似早有默契，依然一起往前飞去。

灵云大惊，心正愁虑。诸葛警我先颇不知金、石二人和英琼一样，先是有恃无恐，后颇担心。及见六人遁光会合之后，飞行忽缓，洞中也不现险兆，分明智珠在握，早有成算。猛想起众人都在劝阻，只八姑一人微笑不语，必有缘故。心方一动，忽听八姑对灵云道："灵妹，无须忧疑。休说令弟和石师弟根骨至厚，为本门最有缘福之人，便同行四弟兄，哪个不是福星照命，喜透华盖，岂是失陷之象？他们年轻好友，志同道合，誓共安危，心意又复纯一，就是人多也无妨害。何况二位师弟自开府客去之后，身旁隐蕴精光，我每自远处留心察看，时见宝气笼罩全身。前日又把玉清道友约往一旁密谈，归来喜容满脸。跟着，易氏兄弟去向易师妹求教如何可以通行左右二洞，易师妹又曾说：'你有好友不去求助，放下现钟，却来铸铜。我一人带不得两个，再说又是自家侄儿。就听师尊说过，此次下山，全凭各人缘福。如有通融，纵不见怪，也为外人所笑。你二人寻我有甚用处？'二人忙去寻找石师弟，正值令弟和甄氏兄弟也寻石生，一同遇上。我正在仙籁顶调鹤，遥见六人在飞虹桥上聚谈了一会，俱都兴高采烈，欢喜非常。复又分人去寻商师弟，却是先喜后忧，扫兴而回。证以今日令弟所说之言，恰与相合。分明成竹在胸，不知从何处得来异宝，又受了高明指教，才会如此。否则他们虽有童心，也都具有慧根,得过本门传授,哪能不知利害轻重,以身试险,误人还要误己呢?"

灵云正要答话,岳雯笑道:"齐师妹不必忧疑,他们六人决可成功无疑了。"灵云等忙往洞内一看,只见最前面烟光滚滚,一只白虎周身俱放毫光,口喷银花,宛如箭雨。六人的遁光便附在虎身上面,头上更有一片三角形的金光,每面各有千百层祥霞,反卷而下,恰似一匹鲛绡将遁光罩住,冉冉而没,随灭随生,珠帘灵雨,毫不休歇。所过之处,洞中烟光霞彩,前拥后逐,其势甚盛,与前几人不同,拦阻不住,这时业已过了中段。灵云本不知灵嶠二仙女赐宝之事,见状知八姑料中,心虽宽了一半,到底关心太甚,惟恐多厉害神妙的法宝护身,到此火宅玄关,一样闯不过去。六人不是年轻道浅,便是以前所学并非玄门正宗,前半仗有异宝护身,侥幸无阻;到了出口将近,火宅乾焰一起,便难闯过;再如心志有一不纯,便累全局。

灵云方在忧喜交集,诸葛警我笑对众人道:"这才叫凭着法宝之力硬闯呢。他六人的法宝以前我俱见过。如是会后所得,金、石二弟自一开府,便置身高云,分司钟、磬,直到送走群仙,方始下来。后又和我们在一处欢宴,并未进殿,似无机缘授受。如说是易、甄兄弟必有之物,看适才情景,又是金、石二弟为主体,分明不像。左右两洞禁制威力之大,连适才英琼师妹以佛门之宝护身飞渡,更有癞姑功力高强之人同行,也无如此容易;易、廉二位半仗法宝,半仗深知微妙,巧于趋避,更不足比。本来通行火宅的人,法力越高、法宝越神妙的,阻力越大。适才慧光以静制动,前半段虽未见甚极大阻力,哪似他们六人这等动静相因,游行自在?你看烟光四起,云霞如潮,变幻明灭,前阻后涌,我们外看只是美观悦目,洞中身经的人,却是处处险阻,厉害非常。他们竟能行所无事,始终一般快慢往前行进,有如身拥千万宝炬,行于大雾之中,一任雾露纵横,全无阻滞。此宝得自何方?竟有如此威力,岂非奇绝!众位小弟兄尚有如此遇合,吾道大昌,真可计日而待。"

灵云见诸葛警我也如此说法,刚放下心去;洞中火焰莲台忽现。遁光到此,更不再进,在莲焰之上停有半刻,那景象也与前次不同。先是万朵焰花腾腾直上,势甚强烈,可是遁光也愈发鲜明。以后莲焰渐弱,倏地祥光一闪,遁光、莲焰全都隐去,洞中又复原状。请葛、岳、邓三人齐称:"难得!想不到小师弟们竟能众心如一,道力也如此坚定。他们和癞姑一样,到了紧要关头,甘冒危难,以试道力,胆勇已是过人。最难的是修为年浅,法力不如远甚,偏能在火宅玄关乾焰包围之中,战胜诸般欲魔,安然入定,清净空灵,一丝不为魔扰。尤妙在易、甄四弟,也能终始影从如一,不受一毫摇动。照此情形，便无至宝护身，依然也能通过。此宝素来不经闻见，定是天府秘珍，由外方前辈真仙暗中传授无疑的了。"

金蝉等六人有的年力较浅，有的入门未久，加以童心未退，言动天真。在众同门中，只有限几人资禀法力俱都不济，自愧弗如，余者多半视若幼童小弟，尽管期爱甚殷，并不敬服。见他们竟安然通过，又是六人同行，好些人都把事看容易，以为视此六人尚且能行，何况于我。六人虽说持有至宝，但那火宅玄关，任何至宝到彼，也要失去若干效用，既能勉强仗以通过，也必受些苦痛险阻。这六人怎会毫无阻拦，并还以身试险，在火宅乾焰之上入定，以试道力，而竟无害？彼我相较，不禁心雄胆壮起来。除朱文和周轻云、庄易和严人英、余英男和申若兰三对，连同黄玄极、徐祥鹅、悟修、石奇、凌云凤等十一人是早已预定通行外，尚有男弟子中的邱林、施林、尉迟火、周云从、商风子，女弟子中的郁芳蘅、李文衍、万珍、余莹姑、吴玫、崔绮、向芳淑等十二人，也因之奋起，俱欲前往。

诸葛警我见这些同门中有几个人决难通得过去，师长已有前命，不便明劝。便对众人道："大约明日便须随各位师尊前辈赶往铜椰岛，为乙师伯和天痴上人两家解和，时光有限，这样早就完事，自然是好。不过通行此洞，实比左洞艰难，而且有险。休看先行诸人，通行此洞仿佛容易，实则过去的人各有各的机缘，遇合既巧，仙福尤厚。能得通行无阻，一半实由幸致，真论本身功力，多未必够。就是这样，各人多少也必有一些险遇。我们不要只见他们一会便自过去，却没看出他们所受的苦难经历，以为容易，实是大错。师恩深厚，必在暗中垂佑，去的人虽不致过分失足殒身，遭那应有凶危，但一有疏忽，关系成败与修为迟速，却非小可。诸位师弟师妹，去只管去，第一，不可以前人作比，心生侥幸，看得太易；第二，此事全仗自己功力和道心坚定，到了紧要关头，谁也助你们不得。人多同行无妨，一进洞务要分开；前行六人只是偶然，千万不可仿效。真正功候相等，志同道合，各有奇珍至宝，意欲互相为用，增厚护身之力，未始不可。但也只能限于两人，多则心念难一，反易受累。最好是神智空灵，物我两忘，和平日修炼入定一样。如若道浅魔高，妄念一起，苦难立生，禁受不住，便以毅力坚忍，强自熬炼，虽落下乘，也能过去。如若信心毅力稍逊，索性舍此就彼，去往左元十三限，能通过去，一样下山；不能，也不致受此一劫之苦。"

众人有的功力较深，心坚志勇，虽不后退，却知所说实情，用意良厚，闻言益自谨慎。有的心稍畏怯，只因性情好胜，已告奋勇，耻于落后。心想：

"既蒙师恩收录,自问平日无过,如有凶危,当不坐视。索性拼受诸般苦难,一切听天由命,管什么成败利钝?"既拼以身殉道,心神转而安泰。内中只有几个稍存私心,见为首四人自初上来便即脱难;尤其这位大师兄,谆谆告诫,不嫌词费,说得那等艰危,而结局全部无事。而过去的人,多半后学新进,论起修为年力,决非己比。自信太深,闻言毫未动念,以为意有所指,不是对己而发,或者以为只是照例文章。成见横梗胸中,依然不以为意。

于是齐声谢诺之后,便各立定,礼祝告行,相次同往洞中飞去。众人虽然功力心志高下不一,但都知道,效法诸葛警我那等上乘功力走法,一则太难,二则变生仓促,难以抵御,都是御剑飞行,另有法宝护身。数十道金红青白光华,或单或双,蜂拥飞入。洞原不大,共只十余丈深广,而众人所用法宝、飞剑俱非常物,如在别处,任何一人的剑光,也足满耀全洞有余,何况人数这么多。起初英琼以次三起人进去,剑光、法宝看去仍似往日,洞也不见加大,却似前途遥远,多半俱觉奇怪。以前不论人数多寡,只是一拨进去,还不怎显。这时人数既多,又分成了二十来拨,一飞进去,洞中立呈奇景。仍只一个如前同样大小的洞,可是各人所经之处,景象各殊,绝不一致。仿佛数十道光华,正飞行于海阔天空之境,上下四外,漫无涯际。深深沉沉,烟云弥漫,光霞回旋,变灭无穷。除却入口仍是那么高大外,洞中竟不知有多深多远多大。明明数十道光华在洞中飞驶,只原定结伴的几对不曾分开,二十来拨彼此各不相顾,所现景象却是层次井然,有快有慢。各人所经之处,烟光明灭,异态殊形,也各不同。乍看,洞光霞彩乱闪,灿烂无俦。定睛细视,无不历历分明。众人见师长法力无边,神妙至于如此,纷纷惊赞不置。

邓八姑、齐灵云、秦紫玲等,因和余英男、申若兰、朱文、周轻云等久共患难,情分更深,自较别的同门更为关切。自从四人入洞,一直留意观察。见众人入洞,本是郁芳蘅、李文衍、万珍三人雁行当先,黄玄极、徐祥鹅、庄易、严人英、悟修、尉迟火等次之,朱、周、余、申四人又次。郁、李、万等三人本在白云大师门下年久,修炼功深,法力、飞剑、法宝也都出色,都是各走各,并未结伴。内中万珍所用护身法宝更是神奇,遁光之外,另有金红白三色奇光,交织如梭,环绕全身,通没一丝空隙。每遇烟云阻路,前头便有金花爆散,化为万点金星,冲荡烟云而进。入洞才一晃眼,便越出众人之前,可是所遇阻力也独多。郁、李二人以次,俱是时难时易,时快时缓。朱、周、余、申四人,却与金蝉等六人一样,始终如一,平平稳稳。一拨是用天遁镜和青索剑,一拨是用南明离火剑和申若兰师传异宝碧云绡,连同近炼的一口飞剑,护身前进。每遇烟光突起，总是一闪而过，最为平顺。不多一会，朱、周二人在前，余、申二人次之，严、黄、庄、徐四人紧随在后，相继越向万珍之前。下余十多拨，时前时后，郁、李、万三人反渐渐落到中间。又隔一会，朱、周等四起人飞到火宅玄关出口重地。朱、周二人略微停顿，首先通过。八姑、灵云、紫玲好生欣慰。余、申二人继至，严、庄、黄、徐四人也尾随赶到，竟比朱、周二人过得还快，莲台火焰只一涌起，便现祥光，差不多和朱、周二人一同飞出。余、申二人却被滞留在莲焰之上，遁光由明转暗。知已遇险，被困火宅，正代愁急，爱莫能助。铁沙弥悟修、黑孩儿尉迟火、石奇、向芳淑、凌云凤男女五人五起，相次随后赶来。余、申二人遁光倏又由暗而明，祥光一闪，二人不见。这后来五人，只凌云凤境似最险，也没多延时候，随后祥光接连几闪，相继隐去。跟着，郁芳蘅、李文衍差不多同时赶到，也差不多同时出险，滞留时刻，仅比余、申二人稍短。

郁、李二人才过，万珍也到，刚达莲台，便即滞住，遁光立暗。万珍似是被困发急，强欲挣脱，通身金花乱爆，纷飞如雨，可是无甚力量，与初进时大不相同，也不闻雷声。诸葛警我方喊："不好！"猛瞥见一片金霞，自莲台前出口一面电掣飞来，只一卷，便把万珍裹起，往入口电驶飞来，晃眼到了众人面前，一闪不见。低头一看，正是万珍，盘膝坐地，人已昏迷如死。众人知在洞中遇险，忙围上来要救时，八姑已将雪魂珠放出，向万珍全身滚转。灵云又把身带灵丹，塞了一粒到她口内。万珍原在洞中失陷，为魔头所侵，备受苦难，丧失神智，吃八姑雪魂珠光一照，立即醒转。见了眼前境况，觉得全身酸痛欲裂。她先虽心骄自恃，看不起一干末学新进，终是内行，料知身已惨败，不能下山还在其次，匆促之间，更不知损伤了多少功行元气，所持两件异宝也在洞中失去，又见前后多人入洞，无一失陷，独自己落到这等结局，不禁又急又悔，又愧又惜。略一回想，便吞声饮泣起来。

诸葛警我知她心意，忙劝慰道："万师妹功力和护身之宝，本非不能通行，必是有了好胜之心，稍微自恃，致有此失。照理火宅入定，妄念一生，魔头立即侵入，受害决不止此。适见灵光一暗，乾焰正要焚身之际，忽有一道金霞由出口飞入，晃眼便将师妹送回。必是师恩深厚，念在师妹多年修为不易，一时无心之失，特赐矜全。我们的功力本不够通行左右两洞，师妹大器晚成，迟却些时下山，正可去至左元洞勤修。所失法宝，必是师长收去，异日下山，自会发还。元气虽不免略有损耗，尚喜并无大伤，复原自易。师妹应该更加勉励，立志修为，悲苦何益？"万珍闻言，始叹息收泪，黯然不语。

众人因见万珍受挫，同门关切，触目惊心，向前劝勉，多未向洞中注视。正谈说间，忽又见两次金霞接连卷到，落地一看，乃是周云从和余莹姑，虽受伤却没万珍的重。说是到了火宅严关，现出莲台，依例上坐入定。心神微一把握不住，魔便袭来，内火外火一齐燃烧，知道不妙。方在祝告各位师长恩怜垂佑："弟子只为求进心急，意欲早日下山行道，不合躁妄尝试，被困在此。现已省悟，功力不济，愿往左元洞勤修，等候二次下山行道，乞赐矜全。"倏地心神微一昏迷，身内外也不再烧热，便已出洞。二人景象大同小异，均无甚损耗，只精神略倦，和未入洞前差不多。

　　众人话刚问完，忽见一道剑光越过崖顶飞到。方觉奇怪，落地现出商风子，见了周云从，便赶过去，嘻笑道："大哥果没受伤。掌教师尊已经答应我，陪你一同修炼了。"众人一问，原来商、周二人入门日浅，自知功力太差，左右两洞本来不敢问津。只为日前二人屡听同门言说，两洞虽有无边神妙，第一只要道力坚定，毅力强固，能够忍苦熬受，便可过去，并不在乎法力如何。师恩深厚，已蒙收录，决无坐视门人陷落之理。此关一过，非但下山行道，任意所为，并且成就也快。如往左元洞修炼，不知要受多少年苦楚，才得出头。二人一个好强心高，一个思念九房父母，心想："如得下山，岂不可以就便归省？"

　　二人心虽活动，仍是胆小未决。不料金、石二人俱喜商风子天真朴厚，又想结成七矮之数，拿他去抵女神婴易静的空，日后下山，创立一番功业，仗有灵峤仙人所赐仙府至宝，约他同行。商风子却一心感念云从对他恩义，情胜骨肉，死生成败，俱要一处，答说："师兄们照顾风子，自然喜欢，但必须连周大哥一齐携带，否则风子问心不过，宁在此受罪，不能前往。"金、石二人笑说："你休看事容易，以为我有至宝随身，什么人都可以同行。照玉清大师和各位师兄说，去的人必须心情纯厚，有至性毅力，坚忍不拔，还得上好根骨，才可通行。就你愿往，也须和我六人一样，背地试过，才敢答应呢，因你的根骨心性都是上等，可以一试。否则你就想同我们一起，也不能允，何况自来寻你。人数一多，到时只要一人把持不牢，全受其累。当是什么人都可做一路的么？周师弟根骨可不如你，加以出身富贵之家，上有父母，下有妻子。如今忘情，人不足取；不忘情，便是学道阻碍。到了紧要关头，魔头一侵，易起杂念，如何能行？"

　　风子苦求不允，但为六人之言所动，觉着自己和云从别的不行，道心却极坚定，只要预先把心拿稳，任受苦难，不去理它，自能挨过，二人背后便商量起来。云从自信向道坚诚，不是无望；可是金、石二人说风子十九可以通行，便不愿为己累他。最后议定到时见机而作。本定通行左元十三限，免有危难，不成也还无害。及见众人相继通过，虽说得顶凶，却一个出事的也没有，以为右元火宅似难实易，不由生了希冀之心。依了风子，还欲结伴同行。云从终是有点内怯，惟恐牵累风子，力说："我们不比人家各有至宝，可以互助，还是各走各好。"初意心志坚诚，总可有望，哪知结局仍是一成一败。

风子通行过去，便有一幢彩云接住，飞往前殿。见掌教以次，连同各位仙宾俱在座上。先过去的诸同门，随侍在侧；也有刚通过去，正在拜命承教的。连忙跪倒谢恩。妙一真人便告以云从洞中遇阻，已经开恩送回，往左元修炼了。风子先还盼望云从随后通过，闻言大惊，立即跪下苦求师长，许他留山修炼，异日和云从一同进止。妙一真人朝玄真子相互一笑，便行允诺，只令好好勉力虔修，以期晚成大器，随即指点去途。

风子回来时，看见众同门十有八九通行过去，最后一片金霞拥了凌云凤飞到，见其神情十分疲敝，落地便被杨瑾接住，似已受伤，不料也脱险通过。因师长命即起行，未知底细。诸葛警我却知道云凤也是洞中遇险，必是芬陀大师师徒一力维护，请师长格外加恩，径由前洞救出，使列入下山诸弟子之列。此事破例，想必尚有后命，决无如此容易。略一寻思，便问还有何人愿行。

众人见接连好几个人遇险，尤其万珍那样法力高强，更有异宝随身的人，反而受害最烈，而道力浅的，倒轻得多，看来谁也不能定准。又听万、余等退回的人说起洞中所经奇险，俱各把侥幸之心收起，望而却步，思欲改图，不再敢冒失请行了。秦寒萼平日信服万珍，本定结伴同往，吃紫玲强行止住，令其稍缓，看这一拨如何，再定行止，心还不服。及见万珍如此终场，好生警惕欣幸。

当下众人俱觉还是左元通行比较平稳，正要请求，诸葛警我等四人早已领有师命，笑问紫玲姊妹道："二位师妹和司徒师弟，怎不由此过去？"紫玲谦谢功力太浅，恐有失堕，不敢冒昧涉险。八姑笑道："玲妹道心最是坚定，左右均可通行无阻，自不必说。司徒师弟，也还可以闯过。愚姊直言，幸勿见怪，寒妹为人情厚，除非留山修道，如走右元火宅，虽然涉险，或者还能闯过；如走左元十三限，决过不去。休看那里结局无甚凶危，少时能从容通行的人，恐没几个呢。以我愚见，最好用弥尘幡和伯母那粒宝珠，连同师传飞剑，护身入洞。到了里面，不可急进，恭谨向师尊求恩，请准你三人即日通行，随众同门下山，内外功行同时修积，一念虔诚，必能感动师恩，通行过去。司徒师弟另做一起，也是如此。这头次下山，功力多不甚够，师恩宽厚，稍具定力，即可通行，此行十九有望。三位以为如何？"

这话如换别人在先前说，寒萼决不爱听。一则八姑平日对人谦和诚恳，素所敬服；二则又当万珍失险之后，不敢再涉狂妄。谢教之后，转问紫玲如何。紫玲和司徒平最是谨慎，虽是信服八姑，心仍踌躇。嗣见诸葛警我也是这等说法，料无差失。忙即各谢教益，依言行事。杨鲤、孙南、吴文琪、赵燕儿本是委决不下，听出八姑话里有因，再一算计，只是资禀好的新同门全都过去，师父分明借此一试，以坚各人向道之心，为传授本门心法的基础。不由省悟心活，相继口称愿往。诸葛警我自无话说。七人分别同行，结果只赵燕儿一人送了回来。司徒平首先通过。紫玲几受寒萼所累，同陷乾焰，幸仗通诚虔求，妙一真人本是默许，不过借此示儆，一到危急之时，便行法接了出去。余人也都通过。不提。

下余林寒等原有诸弟子外，连同本门诸长老以前所收门人和开府时仙宾引进的新收门人，尚有四十余人。见此情形，只有一两人是上来便打定主意，去闯那左元十三限，以验自身功力深浅。余者多贪左元难而无险，决计改图。诸葛警我等四人问明意向，便即率领着往左元洞走去。以四人的功力道心，通行左元，更较火宅为易。到后略一商量，便联袂起身，到了洞中，各行其道，不多一会，便已回转。众人一问经历，虽无火宅之险，但关口太多，过时繁难已极，所经景象，因是心境不同，各有难易。欲关六限易通行，情关七限比较难过，尤以喜怒两限为最。左元不比火宅，法宝无功，全凭各人道力战胜，也无所借助于人。结伴同行，更多弊害。

诸葛警我等四人向众人说道："此洞情形，已向诸位同门说过，凶险虽无，其艰难困苦，实比右元火宅尤甚。严关又多，层层相因，纷纷叠至。哪怕走到末一关，稍失疏虞，前功尽弃，立时昏倒在内。固然事后无害，等到异日二次通行，却要平添许多阻力。再者，每经一关，除非真到功候，可以行所无事，否则那罪也不好受。尤其是有一遇阻，幸而勉强挨过，底下便一关难似一关。再想十三限一齐通行，十九无望。到时，除却受尽苦难，心神昏昧，支持不住，晕倒洞中，为师尊开恩，送回原地，中途肯定退不回来。诸位同门，如自觉无此功力，还不如知难而退，俟诸异日，既免白受了场苦难，将来通行也较容易。至于能去的人，反正到了里面是各顾各，各有各的经历，就看见同行伴侣，也是幻境，并非真人。入洞人数，多少无关。现可分成四批进去，每次十人以内。有愿往者，请即向前。进时只有身剑能够合一的人，可将本身飞剑放出，使心神有所专注，还可稍微受益。别的法宝，都没用处。"

当有林寒、陆蓉波、周淳、许钺、赵心源、戴湘因、云紫绡七人上前行礼通诚，祝告起身。那左元洞与右元火宅不同，当人进去时，洞口金霞一闪，人便不见。由外观内，只是暗沉沉，一片浅红淡黄的烟雾，别的什么都看不出。晃眼工夫，许钺先被金光卷出，人已昏迷。解救刚醒，跟着戴湘因、云紫绡、周淳相继卷出。一问经历，都是过到第七八关上，遇阻昏迷。许钺更是连头一关都未通过。

诸葛警我知道林、陆、赵三人已经通过，便令二批起身。当有虞舜农、木鸡、林秋水、黄人瑜、黄人龙、李镇川，连同醉道人门下松、鹤二童，共是八人。结果只通过了木鸡和林秋水二人，余者都被金霞卷出。

众人见这等难法，又听回来的人说起洞中幻象厉害，虽只片刻之间，身历者无异经过多少岁月，诸般困厄，万难禁受，端的难极。如无把握，最好留山修炼，循序晚成，免受活罪。像裴芷仙、章南姑和一些道行浅的新进弟子，如姜渭渔、姚素修等，本来打定主意，留山修炼，自不必说。那意存观望、行止未定的十余人，闻言未免心寒气沮，却步不前。等到诸葛警我三次发问，只有六人应声。他们都是和湘江五侠一样，新由赴会仙宾引进入门。以前虽也修道多年，颇有法力，无如过关的诸弟子多是根骨缘福至厚，生有自来，道心坚定，神智空灵，这些新进之士如何能及？所以结局全被金霞先后拥回。经此一来，余都知难而退，情愿留山修炼，以俟未来，功力未到，不复再作下山之想。

当时除第三辈门人中的金萍、龙力子、赵铁娘、米罂、刘遇安、米明娘、沙佘、米佘、袁星、袁化等由齐霞儿率领，在仙籁顶飞云亭上候命，不曾随来。这留山修炼的男女弟子，恰是三十六人，正好为天罡之数。

那由两洞退回的人，自然退居人后，心中悔恨惭愧。经诸葛警我等四人恳切劝慰，也都省悟，各自激励奋发，不再置念。径由四人率领往左元洞外危壁洞穴之中，一一安置。众人因四人先进，已得本门真传，纷纷讨教。四人也以各位师长要往铜椰岛，众人如等传授，还得些日，便略作指点。

这时齐霞儿忽然飞来，对四人道："适才白眉老禅师门下小神僧阿童到来，言说天痴上人在白犀潭惨败，退时激怒大方真人，约往铜椰岛见个高下。大方真人立即应诺，答话大是讥嘲，已使天痴上人难堪。又将沿途埋伏发动，如非小神僧奉了师命，暗用佛法化解，几乎全军覆没。因小神僧贪看双方斗法，先在白犀潭观战，赶回埋伏之处稍晚须臾，所以天痴上人仍吃了不少的亏。天痴上人刚过去，大方真人便尾随追去，势甚迅速，看那神气，似想迅雷不及掩耳地赶到岛上，好使对方不及施为。家父和诸位前辈尊长，俱说大方真人操之太急，这样更易迫使对方铤而走验。为防万一，必须早做准备，以俟时至。因四位师兄姊妹都有使命，众弟子均在此时传授道法，指示机宜，各人先在仙府习练，大约再有数日，便随同至铜椰岛。解围之后，便由那里分手，各自在外行道，非有大事或师命传召，无须回山。如今事机已迫，留山同门可照往日功课修炼，好在师长不久即回，且等铜椰岛归来，再行传授吧。"

四人闻言，随向留山众同门举手作别，同由崖顶飞越，往前殿赶去。到后一看，妙一真人升座，正向下山诸弟子训示，分别传授道法。有好些已经领命起立，手持锦囊仙示，随侍左右。这时刚对徐祥鹅、赵心源、石奇、施林、悟修、尉迟火示完机宜。四人忙即入殿复命。

妙一真人奖励了两句，吩咐起立。随唤女神婴易静、李英琼、癞姑三人上前，说道："依还岭幻波池洞天福地，内有古时仙女藏珍。久为妖女崔盈艳尸盘踞，再有年余，便可炼还真体，危害人间。自从昆仑派两个不长进的门人前往盗宝失陷以来，多年秘藏逐渐显露。如今知道的人日渐增多。有的觊觎内中宝物；有的妖邪一流更想勾结妖女，把持仙府，朋比为奸。只因洞中禁制重重，埋伏厉害，鉴于昆仑派两人前鉴，暂时还不敢冒昧尝试罢了。但这类人贪妄淫凶，既知有此，决不罢休，日子一久，必要千方百计前往窥伺盗取。那时妖女艳尸困于严关，也正须用外力相助。双方交相为利，一拍即合，气候一成，便难剪除。不过时机未至，早去也无用。兹赐你三人柬帖一封，等到明年年终，前往除去妖邪以后，即以此洞赐你三人，在内居住，以便日后收徒传道，以光大本门。因为英琼得天独厚，成就较大。易静、癞姑虽是修道年久，而学养未纯，性又偏激，和英琼一样，刚愎好胜，时涉狂妄。为使尔三人稍受磨炼，柬帖所示要言不烦，一切仍须尔等自己打算，合力同心，相机行事。

"妖女本就神通广大，元神又在洞中苦练多年，玄功幻化，更非昔比。铜椰岛归来，我和各位师伯叔便轻易不再出山，倘有疏失，却是不能往援，千万大意不得。这次下山诸弟子，均有道书一册，共分三章二十七页。除首章所载乃本门口诀心法，彼此相同而外，其余均按着各人资禀功力，传授多半不同。尔等三人功力，此时虽有高低，根骨缘福和将来成就却是一样。为此只赐一部,由易静执掌,互相观摩,一同修炼。如肯加功勤习,到了明年去时,当可不致有甚大凶险了。

"还有苗疆红发老祖结仇一事,易静、英琼固然冒失,但他本为邪教,门下徒弟多非善类,形迹本易使人误认。又当尔等追戮妖妇蒲妙妙之际,他那门下突然出头护庇,异言异服,身有邪气,尔等从未见过,又不知道他们的来历渊源,认作妖妇同党,欲加诛戮,并非安心故意,逞强欺人。只不合上阵不问对方来历,失之心粗躁妄而已。至于后来得知底细,仍还动手,本心未始不知铸错,只为势成骑虎,对方法力高强,惟恐被人擒送回山,玷辱师门,甘受师责,一心逃遁,情急还手,在尔等出于不得已,情有可原。在他以堂堂一派宗主,当着众门弟子,为尔等后辈所挫,自是难堪,因此与尔等结下仇恨。在红发老祖初意,虽怀盛怒,并未怪及尔等师长,只想亲自登门告发,使我重责尔等了事。他如这样行事,我为息事宁人,顾全他的颜面,尔等委实也有几分错处,自必稍受责罚,令往登门负荆,双方交谊仍在,岂不是好?也是他末劫将临,本身虽不为恶,终以所习不正,平日又喜纵容恶徒在外横行为恶,罪孽太重。尽管白道友感他旧德,用尽心力暗中维护,欲为保全,使他到日能免渡难关,终难挽回数运。他也明知我峨眉派应运昌明,尔众弟子各有自来,便少数功力修为不齐,难免应劫兵解,也都应在若干年后。修道应有的灾难,自是不免,如欲违天,妄肆残杀,如何能够?并且他上次紫玲谷暗算凌道友,乙、凌二位曾和他说末劫厉害,不可思议,必须到时诸人合力同心,还得有外人相助;白道友更屡次劝他结纳正派中人,以备缓急。他不是不知利害所关,本来只要遣一介之使,便可出气的事,竟会受了恶徒蛊惑激将,为此一朝之愤,妄动无明,改了初心。而尔众弟子,也有数人该当应此一劫,难于避免。

"如今仇怨已成,他信恶徒之言,开府后百日之内,如无人前往负荆请罪,便和本派绝交成仇,以后只要遇上,决不放过。我已算定,此时他信谗已深,即使我命尔等卑礼前往请罪,仍是难解仇恨,不肯甘休。本可不去理他,但此事终是尔等之过,又是后辈,在未与我公然破脸为敌之前,礼须尽到。如若无人谢过,其曲在我,他更振振有词;便是外人,也难免不道我峨眉骄狂自大,纵容门人侮慢尊长。尔等此行实少不得。但此人邪法厉害,门下徒党又无不咬牙切齿,尔等一到,必要百计屈辱,使尔等难堪。稍不容忍,立即群起而攻;乃师也必以极厉害之法术,猛下毒手。以尔等的功力,前次乃侥幸。现乃成心报仇,早已罗网密布,如何能敌?但又不能不去。

"尔等行道归来,即觅静地,照我道书所传,除心法口诀必须下苦功精习

294

外,再将中篇所载降魔防身之法勤练四十九日。如还未到功候,可再加功勤习,务在第四十九日以前赶到,只要他绝交书使未发,便不误事。去时不必人多,只有英琼、易静二人前往。到后未见红发以前,任受辱骂,务要勉为忍受。等见红发,易静善于言词,可由她一人相机应付。如能忍受,将他说服,安然退回,自是上策,但恐怕极难,数定难移;如真不能忍受,还手无妨。

"大师伯因灵云、紫玲、轻云三女弟子未返紫云宫以前,尚无传音告急之宝,在东海时,特为尔等炼了百余道告急信火,以防在外行道遇险危难之时,可以报警求救。此宝虽只可用一次,但可传音带话,千里如相晤对,甚是神妙。只有一件短处:不似异日紫云神金所炼传音之宝可以专指一处。携带此宝的人,各有一面法牌,一人有难告急,无论以外的人散在何方,各人身边法牌全受感应,发出告急人的语声。同门之谊,自无坐视,往援与否,颇关利害。此宝少时由大师伯亲自传授,对于此层,务要留意。对于求救的人,自问力所能及,始可前往;如若自知不行,仍以不顾为是。否则去了,转为人多一累,无益有害,大是不可。尔众弟子各有一份,你二人如为所困,不妨如法施为。另外,我尚派有人领我机宜,前往接应。如若有人受伤,也不可惊慌,去的人自会照我柬帖行事。先机难泄,只要谨记师言,不要躁妄求胜,便可免难。英琼所收米、刘、袁三徒,连同神雕钢羽,可俱带去,听候驱策,随同修积内外功行,不必留此。尔等三人只需留心考查,无须禀请。幻波池所得,分赐众弟子之宝,用法名目均在书中,自去体会。旷世仙缘,务各自爱。"

妙一真人说罢,递与易静一本道书,柬帖却交与癫姑收执。三人闻命感激,敬谨拜谢。真人命起。随令齐灵云、秦紫玲、周轻云三人近前,命先修积外功,等时机到来,再移往紫云宫海底仙府,同修仙业。另赐轻云两封柬帖,命其到日开看。所赐道书,也和易、李等三人一样,共同一本。三人领命起去。

妙一真人又唤邓八姑、陆蓉波、廉红药三人近前,命领道书,另觅仙府一起修炼。如接易、李三人在苗疆传声告急,无须前往。出山行道归来,专心物色洞府,只未指明地点。道书却是两册,红药独得其一。八姑知有缘故,敬谨谢命起立。

下余诸人多在诸葛警我等四人未到前,领了训示,准备出山行道,各照师命,分头行事。此时只秦寒萼、凌云凤二人不在殿内。

原来寒萼是与乃姊紫玲结伴同行在右元洞内,因为万珍前车之鉴,一心谨畏,倒也不敢疏懈。紫玲向来谨慎,道心坚定,更不必说。姊妹二人在弥尘幡、法宝、飞剑护身之下,缓缓前驶。毕竟寒萼因真元已失,根骨又差,前半虽无甚阻滞，一到出口火宅玄关紧要关头，便显道浅魔高，由不得万念杂呈。平时有甚经历思虑，到此齐化幻景，一一出现。始而寒萼还能忍受苦难，只管澄神定智，不去理它。本来再要稍忍须臾，即可过去。不料忽现出紫玲谷遇难，与司徒平好合情景，已知是幻景中应有景象，不知怎的一来，心神微一松懈，立受摇动，神智迷惑，竟然认假作真。以致遁光一暗，乾焰随即发动。本是外火勾引内火，一同燃烧，局中人却情思昏昏，如醉如痴。眼看入魔，不特寒萼要遭大难，连紫玲也要连带受累。猛听震天价一声霹雳当头打下，有人在耳边大喝："外魔已侵，还不速醒！"紫玲未起妄念，可是二人同路一起，休戚相关，乾焰魔火已被寒萼引动，何等厉害，虽然内火未燃，一样也难于禁受。紫玲又误把乾焰认作幻象，强忍苦痛，不以为意。这样下去，即使道心始终坚定，不致被牵累到走火入魔地步，但到了时限，人却非受重伤不可。正在咬牙忍受，听出是妙一夫人口音，当即警觉，知为妹子所累。念头刚动，心神便自摇荡不宁，急忙按捺下去，正不知如何是好。说时迟，那时快，就在这思潮微一起伏之际，寒萼也已闻声惊醒转来，觉出身心火烧如焚，知道不妙，赶紧用强制功夫，澄神反照，复归空明。神智一清，遁光由暗转明，内火不生，外火随以熄灭。但别的幻象又起。寒萼如惊弓之鸟，自然不敢丝毫大意。无如危机瞬息，虽因为时极短，才将内火勾动，立即醒悟，未遭焚身之惨，受伤已是不轻，元神也受了一点耗损。时候一久，依然难于支持。正在息机定念，忍痛苦熬，忽然一片金霞迎面飞进洞来，将她卷了出去。同时，紫玲始终神智清明，乾焰止后，痛苦一失，益发慧珠活泼，反照空灵。倏地面前祥光一起，身便能动，知已脱了险境，忙即向前飞去。姊妹二人恰是同时飞到前殿平台之上落下。

紫玲知道二人同去，成败相连，还当寒萼也和自己一样，安然脱险，方在暗幸。及至定睛一看，寒萼已是面容灰白，委顿不支，心中大惊。方欲诘问，女神婴易静忽自殿内走出，传话道："师父命紫玲师妹进殿待命。令妹已在火宅入定时，为乾焰所伤，如非师尊垂怜，将她救出，再迟须臾，便遭大难了。今以众弟子下山在即，寒萼师妹必须奉命下山，身受重伤，如何能行？掌教师尊格外加恩，赐有灵符一道，灵丹一粒，命愚妹送往太元洞内，即随凌云凤师妹在洞中面壁入定，将所耗元神恢复。等各位师长从铜椰岛回来，自有后命。"紫玲闻言，首先跪谢师恩，又向易静匆匆谢说了两句，忙即上殿去讫。寒萼也忙忍痛谢恩，拜伏在地。

易静说完，先将灵符一扬，一片祥氛向寒萼绕身而过，身上热痛立止。

易静随将寒萼扶起，将灵丹与她服下。然后驾起遁光，同往太元洞中飞去。寒萼只元气略有耗损，伤愈以后便可无恙，以为云凤必也如此。哪知到太元洞一看，云凤本来先在，竟是神气萧索，满面愁苦之容，仿佛受伤甚重，心中惊异。因正入定，不便惊扰，悄拉易静去至隔室一问，才知师恩深厚，逾格矜全，否则所受苦厄，必较云凤尤甚。不由衷心感激，立志奋发，必为师门争光，百死不二，把素日骄矜褊狭之念，为之一扫。

至于凌云凤，本来根骨不够。虽然白发龙女崔五姑刻意成全，在她未入门以前，先送往白阳洞内，参悟白阳真人所留洞壁上的图解，以期异日不落人后。哪知云凤一时疏忽，全壁图解十九精习，单把前半道家扎根基的几个坐图忽略过去，不曾参悟。事后和崔五姑相见，两次俱是匆匆一晤，未暇详陈经历。这一来，始基未固，犹如不学。云凤自和杨瑾同斩妖尸，合斗姬繁，连经几次大敌之后，未免心高气壮。见先行诸同门俱都过去，又听诸葛警我嘱咐的话，越把事情看易，以为师长只是借此试验门人向道坚决与否。照大师兄所说，只和平日打坐入定一样，便可过去。本来入定时心神动摇，魔念一起，不能自制，也会受害。这等景象，平日做功课时常有，均未为害，至多幻象多些，有甚难处？虽不视如具文，心却自以为是。哪知妙一真人玄机奥妙，无隐弗烛，念动即知，即此已应降罚。云凤偏又好胜，到了紧要关头，身被莲台吸住，不知谨慎敬畏，妄想仗着法宝、飞剑之力，强行闯过。上去便由贪嗔二念引动，魔火乾焰一起，心神立即迷糊，跟着妄念纷呈，竟连和俞允中那段情缘魔念，也被引起。论起道力，连寒萼都不如，所以受害较烈。眼看走火入魔，幸得杨瑾早就料她不能通过，代向妙一真人力为关说，得了特允，亲持芬陀大师灵符前往救助，才免形神齐危之险。无如定力不坚，上来便错，乾焰发作太快，救援不及。虽然免却一场大难，所受的伤，却比寒萼要重得多。

寒萼和云凤一则形亏神耗，必须康复；二则立法之始，虽以名列玉匣仙敕，应在首批下山诸弟子之列，终是假手外人，不是自行通过。为此真人传示：二人伤愈之后，格外施恩，仍各传本门心法，令在太元洞内，各自面壁修炼若干日，以代左元洞壁穴虔修之功。如能奋发虔修精进，始准下山。

除这二人外，还有诸葛警我、岳雯尚在随侍，静候复命，不曾奉有职司。众人派定之后，妙一真人正看着岳雯，还未开口，忽见齐霞儿走进殿来，向众仙一一行礼之后，向妙一真人躬身禀告道："这次师父原命女儿回山，为爹爹效力。现在各位世兄世姊妹俱都奉命下山，不知女儿可有甚使命？"妙一真人笑道："我因这次乙道友和天痴道友斗法，虽经诸位道友同我前往劝止，将消灭一场亘古难遇的浩劫，但他二人事后都不免有一点伤害。如欲立即复原，非得大荒山无终岭散仙枯竹老人的巽灵珠和南星原散仙卢妪的吸星神簪，不能去那所受的伤毒，二人仇恨终是难消。但这两位老前辈，均在唐初先后得道，久已越劫不死，同隐大荒山千余年，自南宋季年起，便不与外人交往。

"前三十年，我往大荒山采药，曾与卢妪有一面之缘。那枯竹老人，却是三访未遇。我早想命人前往下书，借此二宝。只因大荒山偏居东极，路途遥远；近山一带大海之中又颇有水怪盘踞，多具神通变化，有两处最厉害的，并还得了二仙默许，有人经过，必起为难；二仙性情古怪，最喜有根器而丰神灵秀的少年后进，只要投缘，有求必应，否则不但不应所请，甚或加以惩处，必使受尽磨折，始行释放；尤难是二仙虽然同在一山，因大荒山方圆二万九千七百里，一在山阴，一在山阳，相隔几四千里；又都因固步自封，常年在洞天福地中享受清福，惟恐人去扰他，除在沿途设许多阻碍，并在所居方圆三百六十里内设有颠倒五行迷踪阵法，以致他那里言动心意，颇难推算周详，好些不能预计。因此非法力根基俱优而又机智灵警、长于应变的人，不能成功。本意想命岳雯前往，但他应变之才稍差，又少一个助手。你如带了新收弟子米明娘同往，当可胜任。不过二仙先本同门得道，隐居大荒山之后，便为一事反目，各不相让，千余年来未共往还。去的人得于此者，必失于彼，难于两全。全仗你师徒二人临机应变，能够善处，方有成功之望。至于沿途精怪，你有雁湖所得禹鼎，又有师传各异宝，必能通行无阻，不过走得务要神速。二仙虽设有迷阵，但清修千载，轻易无人登门，决想不到有人往求。去时你再将师祖留下的灵符带去，以备潜入禁制之用。二仙俱都好胜，只要出其不意，深入重地，与他对了面，必然自愧，转而成全。他如出甚难题，或有事相托，无论难易，均要随声应诺，不可迟疑。此行如成，不特大方、天痴二友可以释嫌修好，便女儿师徒，也必得别的好处。为期共只数日，往返九万里，虽然飞遁迅速，也颇辛劳。途中难保无耽延，必须在第七日子正以前，赶到铜椰岛，才不误事。急速去吧。"

霞儿看去年幼，实则从小就被优昙大师度去，得道多年，法力颇高。早听父母、师长说过两位散仙的事迹，闻命大喜，立去殿外唤了米明娘进殿，拜谒师祖，领受大命。妙一真人又勉励明娘两句，赐了两道灵符和两封备交的书信。霞儿接过，知道事不宜迟，匆匆拜别父母和在座诸道长，带了米明娘出殿。由凝碧崖红玉坊前，驾遁光破空直上，电驰星飞，先往大荒山南星原飞去。不提。

第二二一回

灵药难求　仙女儿飞驰红凤岭
佛光解禁　痴上人遁走白犀潭

　　霞儿师徒去后,妙一真人对门徒说道:"现在尔等已领了口诀心法,只要照道书勤习,以后不难参悟。只是各人所有法宝,好些多是新近传授,不久山下就许应用,如不事先习练精纯,遇见强敌,冒昧取用,就许被其劫夺,此事关系各人安危。照师祖仙示,铜椰之行尚有数日,先期赶往,无益有害。尔众弟子正宜乘此时机,往太元洞内各觅一间静室,先照道书目录上用法习练,期能随心运用。如有未尽之处,也可来此请益。这数日内,除诸葛警我、岳雯、邓八姑、齐灵云、金蝉、石生、癞姑、林寒八人分作两班,轮值前殿外,尔等不奉呼召,无须来此。只等红玉坊前钟声齐鸣,再行齐集前殿,等候起程便了。"众徒齐声应命,退出殿去。

　　话说那小神僧阿童,原是白眉禅师门下小沙弥。久听大师兄朱由穆说起峨眉门下近年人才辈出,个个仙根道器,英俊灵秀;仙府景物,又是如何灵奇清丽:心早向往。无如老禅师功行圆满,飞升期近。念他以童婴入门,居然从小向道心诚,能持苦行戒律。禅门妙谛虽多精悟,尚未传他降魔法力,他年在深山之中独居修炼,难免不受那邪魔外道侵害,为此加意传授。阿童灵慧,极知自爱,闻命大喜,认作异日修行成败所关,每日勤习法术、禅功,苦无暇晷。难得这次师父竟命他独自下山,所去之处,又是参与两个仙人斗法,最后还落得到峨眉仙府小住些日,自然喜出望外。及至一见这些门人,果如师兄所言,只有过之,一心想要亲近。众中只英琼一人见过,因是初出面嫩,对方是个女子,不便交谈。正想少时另寻人言笑,游玩仙府全景,嗣见众人由左右两洞脱险飞出,全都奉命习法,往太元洞走去。心方失望,忽听妙一真人留下八人轮值,内中一个金蝉,一个石生,俱是年轻灵慧,平日闻名,是最向往的人。恰巧二人和癞姑、林寒又是第一班,时正无事,各在殿外平台之上聚谈,正好前往亲近。便假作玩景,走了出来。

妙一夫人因他初来,心想游涉仙景,正要开口唤人陪往,朱由穆暗使眼色止住。妙一真人夫妇俱知用意,笑问:"这样不太简慢吗?"朱由穆摆了摆手,微笑不语。瞥见阿童招手,将金、石二人引往长桥,直到走远,朱由穆才笑答道:"小师弟只是童心未尽,人却机智非常。这是初次下山,巴不得交几个小友。他和金蝉、李洪、石生三人,本有夙缘。这样由他们自行交往,异日用到他时,必争面子,格外尽力,免去许多推诿。否则,他见事情太难,便难保不借故躲开了。近年家师见他年纪最幼,向道精诚,能持苦戒,甚是怜爱。又以自身功德圆满,不能长久照看,为恐异日妖邪欺侮,除传授护身降魔诸法外,再有年余,连那根降魔锡杖和八部天龙宝藏,都要赐予他了。异日金、石、甄、易诸人,开建别府,多一助力,岂不是好?"

妙一夫人终觉不是款待嘉宾之道,回顾灵云,命往仙厨取些各种珍果仙酿,送往所去之处,令金、石二人好好地陪侍。灵云领命去往仙厨,用玉盆托了好些果酒出来,正遇袁星,说是小神僧和二位小师叔,同往松风坪看完寄生兰,便去鱼乐潭波香水榭中,畅谈乙真人与天痴上人岷山斗法之事。小师叔现命弟子来取果酒,送往待客。灵云便令袁星代捧果酒,随在后面,经绣云涧、鸣玉峡右转入香兰径,越松风坪,由双幽谷口外朱篁径穿出,横渡青溪赤栏桥,再由朱桐岭侧涵虚洞通行过去,不远便是鱼乐潭了。

袁星见灵云沿途都在浏览,走的却是去鱼乐潭的捷径。笑问道:"师伯如若图快,飞行前往,岂不晃眼就到? 走这小路则甚? 要去迟了,小师叔又要怪我懒呢。"灵云笑道:"你哪知我心意。这里仙景本来灵秀,自从开府重建以来,益发风景无边,移形换步,各有各的好处,令人耳目应接不暇。如非奉命行道,实实不忍舍去。偏我事情又多,虽有这三数日恩假,哪里观赏得够? 何况同门叙别,互相常有正事商谈,并无许多闲空,只结伴游行了两次,也无异走马看花,只觉得眼花撩乱,兴会无穷,终不能尽情领略。眼看行期已迫,这次下山,全视各自修为,并无一定时限,知道何年月日重返仙山,再作畅游? 说也好笑,连日我只要抽得一点空,便多观赏一些。现在值班,回去不能太晚,只好择那风景最佳之处,抄近路沿途观赏过去。我知你是想听小神僧说白犀潭斗法之事,想我快走,是与不是?"

袁星笑道:"师伯料得不差。弟子本在殿台下候命,因师父出来告知弟子,说是奉了师伯之命,去往太元洞练习法宝,命听钟声,并去殿台侍立待命。因有好些时间清闲,想约米、刘二师弟去仙籁顶后面僻静之处学棋。忽见小神僧来寻两位小师叔,弟子知他三人必要谈说白犀潭斗法之事,暗中拉了米、刘、沙、米四人,借用他们的隐形法,尾随在后,直跟到波香水榭,一同隐伏在侧偷听。正听得热闹有趣,不料刘遇安听了沙、米两小人的鬼话,与弟子作耍,将隐身法撤去,现出原身。其实当尾随时,小神僧早已看破,因知是末代弟子,没有行法点破。经此一来,就连他们四人隐身法全给破去。小师叔说弟子领头鬼祟,要加重罚。小神僧却怜爱弟子,讲情解免,命弟子等五人全在一旁随听。石小师叔说弟子爱热闹,偏给遣开,命往仙厨取来果酒,待客赎罪。刚到那里,正遇师伯出来。小师叔原令弟子步行来往示罚,不过要是弟子一人单走,也早到了。"说时,二人已走到潭边。

那鱼乐潭是个大约四五十亩的圆形小湖荡,通体恰似一大片完整的羊脂美玉。当中挖一圆槽,下面灵沙作底,碧草参差,绿波粼粼,青山倒影,疏落落种着小半潭红白莲花。波香水榭便建在潭的中心,曲槛回栏,轩窗洞启,平台曲水,玉柱流辉,锦鳞游泳,暗香时闻。沿潭玉堤远近,不是瑶草琪花,便是青山红树。端的是一尘不染,无限芳菲,清绝人间,无殊天上。

灵云边走边笑道:"你想广听闻不难,我到那里,请小神僧从头说起,你不也听见了吗?"袁星正在喜谢,忽见沙、米二小由水榭的长堤上跑来,到了潭边方都飞起,神形似颇匆遽。瞥见灵云同行,便没言语,双双躬身行礼,叫了一声"师伯"。灵云问:"是两个小师叔命你们来催袁星的吗?"二小恭答:"正是。"灵云方说:"他是因我慢的。一同去吧。"忽听金蝉在水榭外面平台上遥呼:"姊姊快来!"灵云点头答应,飞身凌波而渡。袁星和沙、米二小紧随在后。到了水榭平台之上落下,先朝小神僧阿童行礼,致了来意。

阿童虽然法力颇高,自幼随师苦修,戒律谨严,以前所食,多半山粮野蔬,偶得鲜果,也只山中野产,如桃、李、梅、杏、榛子、松仁、黄精、首乌之类,几曾吃到过这类珍果仙醪,自是高兴喜谢,每样都尝了些,极口夸好。先恐破戒,不肯饮酒。后来灵云力劝,说:"来时已问过采薇大师,说此酒乃是甘露酿成,与凡酒不同。大师和李叔父俱曾畅饮,决无妨碍。"阿童闻说朱由穆和李宁都曾饮过,仍然捧酒恭谨跪祝,果然心灵未有警兆,方始入口。众人见他向道尊师,如此诚敬,好生赞佩。阿童这一吃开了头,却是口到杯干,饮之不已。

金、石二人贪听下文,重又询问。阿童正要说前事,灵云见袁星悄立金、石二人身后直递眼色,方想开口请其重说,阿童已经觉察,笑道:"袁星往取果酒,为我跋涉,前文他和令姊均未听过,待我从头说起好了。"于是一面饮啖,一面述说。灵云本想稍坐即回,嗣听阿童说得热闹,估量殿中不会再有甚事,如有使命,母亲自会传声相召,也就听了下去。

　　原来阿童自奉白眉和尚之命,去往岷山途中寻朱、李二师兄,依言行事。那地方及岷江下游,地名青林岗,石山峭拔,连岭排云。岭头上为石地,亘古无人,虽然平整,因为上下艰难,草木不生。除临江一面半腰崖上若断若续有几处僻道外,亘古无人行走。乙休算计这里是天痴上人必由之路,在岭上共设了十几处埋伏,用意多半是和天痴上人恶作剧,使其沿途受挫,折伤羽翼。以天痴上人的法力,只要事前知道底细,便可无碍。惟独青林岗中腰一处和快到岷山一处,乙休除用极厉害的禁制外,并还各设一座旗门,具有极大威力。敌人任有多大神通,一经入伏,要想脱身,也须受伤。随行诸弟子若道行浅一点的,更非失陷在内不可。另外还有三处埋伏,专截敌人退路,须等归来时始行发动,更是神妙莫测,一处比一处厉害。尤其是最后一关,地面设有摄形之法,一经主持人发动禁法,哪怕不由当地飞行,只在横断千里以内的上空越过,形影必为阵中神光所摄。主持人再将阵法略一运用,立将敌人陷入伏内,便能冲逃出网,也极费事。同来门人,却一个也休想脱身回去。这前后五处紧要埋伏,如非白眉禅师预遣门人一一相机破去,双方定成不解之仇无疑。其中有两处,还不能先给破去,必须有人手持灵符守候。阿童寻到朱、李二人时,朱由穆早照师命,一一施为停当。

　　阿童领了机宜,送走两位师兄,在青林岗上守候了一些时。暗忖:"久闻乙休、天痴二人得道多年,俱是能手,此来必有一场恶斗。现有师父佛法妙用,埋伏有的破解,有的减去威力,除归途二处尚等化解外,余者无一完整,乙休尚未觉察。前半埋伏,天痴上人过时,见了大师兄所留金字警告,必能从此破去,无甚可看。最热闹还是岷山白犀潭口。大师兄为防我到时多事,另生枝节,才命在此守候。实则中间这处埋伏,威力已减去一半,天痴到来,不过小有梗阻,定能通过。师传佛门心光遁法,飞行神速,顷刻千里,又有灵符在手,少时回破归途二处埋伏,定赶得上。何不去至岷山左近,守候天痴师徒,助他们破那末一道禁制,省得到时两头紧赶,就便观战,岂不是好?"

　　阿童想到这里,便往岷山飞去。到后一看,白犀潭深藏后山一条暗谷尽头。作法人想因山有僧寺民居,惟恐凡人误入,那最末一道埋伏,便在暗谷口外,相隔只有十来丈远。两面是险崖,下面是盆地,林木茂翳,蓬蒿没人,地极幽僻。就这样,还恐有人无知闯入,两条可通樵径的磴道,都有云雾封锁。阿童隐身谷左崖腰磐石之上,左对天痴上人来路,举手便可将埋伏破去;右对谷口,可以观战:地势再妙不过。先以为乙休沿途设伏走来,照理应该先到，必是隐身在内。探头遥望谷内，只见里面景象阴森，静悄悄的，一点声息皆无。

等了一会，忽见谷口有一极小人影一晃。定睛一看，那小人竟小得出奇，身量宛如初生婴孩，可是神情动作矫捷如飞。衣饰更是华美，身白如玉，头挽抓髻，短发斜披。两肩后各插一支金光闪闪的宝剑，长才数寸。短衣短裤，赤足芒鞋，相貌甚是英悍。说是道家元婴，又觉不像。知道韩仙子潭中收养不少异类，疑是怪物炼成，身上又无邪气，心甚奇怪。那小人先是探头向外四望，渐渐试探着走出谷口，似要往前面设伏之处走去。快要走近伏处，倏地一道光华起处，现出一个矮胖大头的麻衣少年，迎着小人，直比手势。一会，又手指谷内，做出问讯之状。小人也用手势比划，两人好似相识。这才知道，这末一处埋伏，还派有人在守候。正在端详那小人是何精怪幻化，少年猛似吃了一惊，一面将手急挥，令小人退回谷去；一面侧耳略听了听，慌不迭地一纵遁光，迎面飞来。阿童心疑踪迹被他看破，觑定来势，正想躲开，少年已落在附近磐石之上，手掐灵诀，只一晃身便隐去。忙即运用师传法眼，细一察看，原来那少年也和自己一样，选中这片磐石，意欲隐身观战。那隐形法颇高，虽用法眼观看，仅依稀辨出一点人影；如是寻常之人，休想看出。既然避人，只不知他又怎会由伏处出现而无动静，又和小人相识？好生不解。

阿童微一迟疑，俯视下面小人，已经退回谷中，藏起不见。随听来路远处，风雷大作，约有顿饭光景，才行止住。紧跟着破空之声由远而近，抬头一看，遥空云影中飞来十余道光华，人飞得高，光细如丝，目力稍差的便难看见。晃眼飞近白犀潭上空，光已大长，宛如十余道白虹当空飞舞。看神气，似知下面有险，又不甘示弱，等查看出端倪，再行下降之状。知是天痴上人到来。白犀潭峡谷两边危崖交错，中通一线，已由主人行法禁闭，并且约定登门，本该先礼后兵，叩关而进，其势不能一到便即深入，非由谷口叫阵不可。但是埋伏厉害，只要落地，立生妙用，将他师徒一齐困住，甚或受伤，都在意中。阿童不敢怠慢，忙把白眉禅师所赐灵符取出等候。那十余道剑光，电掣也似在空中盘旋了三五圈，突然一齐下降。眼看离地不远，倏地一蓬五色彩烟，由伏处潮涌而起。为首一道白光，拥着一个白衣老人，满面俱是怒容，将手一扬，便是震天价一个霹雳，朝彩烟中打去。阿童知道那彩烟后面还有无穷变化。又见天痴上人发出太阴元磁神雷，不等下面旗门现出，立即乘机手指指诀，将灵符往外一扬，一片金光像雨电也似随着雷火打入阵内。

跟着连声迅雷过去,彩烟消散,现出五座旗门。天痴上人面上立现惊喜之容,将手朝天一拱,忙要收时,那旗门似有灵性,光华连闪两闪,便破空飞去,一晃不见。天痴上人师徒也同时落到地上,白光敛处,各自现出身形。

阿童见那天痴上人相貌清秀,童颜鹤发,长髯飘飘,一身白衣,外披鹤氅,极似画图上的古仙人打扮,周身俱有青气环绕。随来弟子十二人,各着一件白短半臂,下穿白色短裤,长仅齐膝,赤足麻鞋。手内分持着一两件法物兵器。只有两人空着双手,神情也颇沮丧。余者都是道骨仙姿,英仪朗秀,除法物兵器外,各还佩有葫芦、宝囊之类。六人一面,左右雁行排列。

上人先朝谷内略看,冷笑道:"驼鬼不羞!我师徒应他之约来此,事前防他狡赖,并还通知。如今人不出面,反把牢洞峡谷重重封锁,是何缘故?既然怕我师徒,为何沿途又设下许多诡计埋伏,难道暗算人不成,一缩头就了事吗?"说完,不听回应,又用目四顾,好似未看出什么征兆,越发有气。便喝:"楼沧洲过来!"上首第六人应声走过,躬立于侧。上人怒道:"我原知驼鬼之妻因恨驼鬼无义,杀她娘家弟兄,以致应誓遭劫,恨同切骨,一向隐居在此,不与相见。驼鬼约我来此,又在沿途闹鬼设伏,不是想借此引起同仇,以便圆他旧梦;便是想移祸江东,使我与这里主人成为仇敌,他却置身事外。我本不难破关直入,但是这里女主人已与驼鬼恩断义绝,不是夫妻,双方素无仇怨,岂能视同一律,中驼鬼的奸谋诡计?是否同谋,必须先行辨明,才能定夺。并且女主人是否闭洞出游,或在潭底清修,也未知悉。我师徒光明磊落,人未出面问明,决不做那无耻鬼祟行为。现在命你入谷探询,到了谷尽头处,便是白犀潭,不必下去,只在上面问询。先问女主人在否,如在潭底清修未出,你便说驼鬼约我来此斗法,问她是否与驼鬼一气?驼鬼是否在内潜伏?如与合谋,便出相见。如说并未合谋,可向主人道声惊扰,致我歉意。我自另寻驼鬼算账好了。"楼沧洲道声:"遵法旨。"将身一躬,退行三步,回头便往谷中走去。

阿童见状,暗忖:"大师兄说这条峡谷除却重重禁制外,还有两种厉害埋伏。天痴本人入内,尚还十分勉强,这门下弟子怎走得进?"念头才转,楼沧洲已纵遁光,缓缓往里飞入。刚进谷口不过三两丈远,忽听有一极小而清脆的口音喝道:"来人慢进,你不怕死吗?这是什么所在,也敢来此撞魂。"紧跟着,两道金光成斜十字交叉在谷径中心。同时金光下面现出一个小人,将路拦住。楼沧洲知今日所寻敌人脾气古怪,不通情理,而且机阱密布,说吃亏便吃亏。来时路上,已连番遇阻,如非有人暗中相助,就许不等到此,便丢了大人。料想师父也是进退两难，哪怕日后再行报仇，已寻到敌人门上，好歹总该见上一阵，才能回去。必因自己平时精细谨慎，又有护身法宝，才以探敌重任相托。尽管双方对敌，照理不伤来使，到底不可大意。一见金光阻路，有人呼斥，立即停住。定睛一看，见是一个比乳婴还小的小人，话却那么难听，他也和阿童一样，疑是潭底精怪幻化，么么微物，初炼成形，所以如此小法。身入重地，料定对方决非虚声恫吓，只得忍气答道："我乃铜椰岛主门下第六弟子楼沧洲。家师为践乙休前约来此，日前还有飞书相告。先料他必在此相候，谁知他不顾信义，只在沿途设伏闹鬼，到了地头，又不见他本人。家师因闻女主人久已与他断绝，不愿无故惊扰，命我去至里面白犀潭请问明白，以定行止。不想遇见小道友在此把守，正好请问……"

楼沧洲还待往下说时，那小人本是睁着两只亮晶晶的小眼，面现鄙夷之容，扬头静听。及听来人称他为小道友，好似触了大忌讳，勃然大怒，喝道："无知蠢牛鼻子，不要说了。你老鬼师父说那一套，我早听见，无非先在沿途中伏吃亏，到了这里又几乎丢个大人。走吧，还不甘愿服输；想闯进去寻我师父，又害怕。始而用激将法，自己捣鬼，说了一阵没人理。知道我师父神通广大，念动神知，借着命你入谷问询，实则借此探我师父心意，看看和老师公同心不同。万一两位老人家仍是反目，便借此下台回去，省得得罪一个已惹了祸，到处丢人，又惹下一个更厉害的对头。哪知说了半天，仍没人理，只得令你硬着头皮来滚刀山。却不想韩仙子门下最心爱的徒弟大玄在此看守门户，如何容你走进？我念你是师命所差，不由自主，不难为你。可出去对老鬼说，我师父两老夫妻和美不和美，没有相干。反正我师父说，自她老人家隐居在此，除却一两位多年好友，或是事前许他们登门的不算，余者谁来都得一步一拜，拜将进去，没有一个敢在这里撒野的。他在那里鬼叫，便犯了这里规矩，就他想缩头回去，也办不到。不过我师父正在神游入定，暂时懒得理睬罢了。时候一到，她老人家自会出来，要老鬼好看。至于我乙老师公呢，适听人说，本是在此等候收拾老鬼的，偏遇有人寻他，同往神羊峰顶下棋去了。他老人家根本没拿你师徒当回事。下完残棋，自会前来。你们要不怕死，等在外面，决等得上，晚点丢人也好，这般心急则甚？"

原来这小人便是凌云凤给韩仙子送去的僬侥玄儿。因是生来灵慧胆大，向道之心又极坚诚，韩仙子大是宠爱，虽然为日无多，颇得好些传授。乙、韩夫妻反目，韩仙子事隔多年，已早明白丈夫昔年所为，情出不得已，并非太过。自己实是偏私，只为生性太傲，又把话说绝，认定丈夫的错，急切间转不过脸来罢了。及至乙休想起了多年患难夫妻，眷恋旧好，知她灾劫将满，命司徒平往白犀潭投简之后，韩仙子为至情所感，心已活动。这次乙休约了天痴上人来此斗法，杨姑婆赶来送信，韩仙子明白丈夫深心，是想夫妻复和，不惜身试奇险，树此强敌。又经良友劝说，决计与丈夫言归于好。乙休沿途埋伏，韩仙子也早在暗中布置，准备应敌。峡谷内外设有好几重禁制埋伏，所以天痴上人在外面，遥见徒弟入谷不远，便有金光小人阻路，手舞足蹈，说个不休。却和阿童一样，只见双方对话，一句也听不出。

楼沧洲人极持重，想把话听完，再作打算，强忍气愤，静听下去。后来玄儿越说越难听，楼沧洲便是泥人，也有土性，忍不住喝道："无知小妖孽，是何精怪幻化，敢如此放肆？念你异类小丑，狂妄无知，不屑计较。可速唤乙休夫妇出来见我师父。"玄儿把小眼一翻，望着沧洲，突然呸道："瞎了你的牛眼，连人都不认得，说是精怪，还敢出来现世。我师父不到时候，决不会出来。你有本事，打得过我，我便代你请去。"

楼沧洲心细，见玄儿人虽细小，二目神光足满，身上不带一丝邪气；又以谷中主人明知大敌登门，却令这等人不人怪不怪的么么小人把守要路，口出狂言，必有几分厉害。初次见到，拿不定他深浅，万一动手吃亏，岂不给师父丢脸？略一寻思，冷笑答道："似你这类小么么，怎配和我动手？你不过狗仗人势，在此发狂罢了。你家主人未出以前，我不便登门欺小。有胆子可随我到外面去，我也决不伤你，只教你见识一点人事如何？"玄儿骂道："你当我怕老鬼不敢出去，在谷里头有禁法倚仗，才欺负你吗？我要擒你，易如反掌，里外一样。无论到哪里，我手一指，便把你吊起来。不信，你就试试。"楼沧洲正因师父在外面不曾发话，以为谷口有甚隐法，不曾见此小人。一听受激，答应出去，心中暗喜。乘机答道："如此甚好。我先走了。"玄儿骂道："不要脸的牛鼻子，你自管滚！离谷三步，不当老贼的面将你吊起，我不是人！"

楼沧洲见他说时，将手向后一挥，口中吹了一声哨子，似在招呼同类神气，却不见有形迹。暗中却也颇戒备，自往前飞。回顾小人，也纵遁光追来。方想到了外面，禀问师父，此是什么精怪幻化，如此灵慧？忽听小人喝道："这牛鼻子，敢来我们白犀潭放肆。老金，快些把他吊了起来再说。"此时楼沧洲身刚飞出谷口，自觉出了伏地，又当师父的面，万无失陷之理。闻言想看看小怪物到底闹什么花样，如此狂法。忙即停步回看，待要发话，猛觉头上雪亮，匹练也似当空撒下百十道银光。楼沧洲自恃法力高强，带有护身法宝，又炼就元磁真气，这类银光多半是五金之精炼成的法宝、飞剑，一点也不发慌。不但不避,忙即一面放出本门神木剑,一面放出元磁真气,准备双管齐下,总有一着,哪知全都无用。手中青光刚刚飞出,耳听师父大喝:"此是妖物,徒儿速退!"心方一惊,待要飞遁,已是无及,那一蓬百十道交织如网的银光,来势急如电掣,已连人带青光一齐网住。当时只觉周身俱被银光粘缚,越挣越紧,连运真气,施展法宝,俱失灵效。晃眼被裹成一团,缩进谷口,高高吊起。

当天痴上人到时,发觉当地埋伏乃道家最厉害的太乙分光有相旗门,便知敌人不怀好意。所设埋伏,一处比一处来得厉害。不禁又惊又怒,把初来时的骄矜之念,减去大半。无如势成骑虎,欲罢不能,恨到极处,把心一横,正打算豁出损伤法宝、真元,下来硬拼。不料又是一片佛光自空飞堕,竟将旗门暗中破去;与沿途所遇暗助自己的行径一样,只是不肯露面。对付敌人,也是适可而止,只为自己解围,并无伤损,心中感激。因在青林岗入伏遇助时,也是这等情景,自己连声称谢请见,连个回音俱无。这次破那旗门时,更和自己神雷同时发动。隐身之法又极神妙,在敌人眼里,决看不出有人暗助。分明有所避忌,不愿显露行藏,一再请见,也是无用,徒遭敌人耻笑,只得举手示意,暗中称谢。想收旗门,已吃敌人收去。落地以后,一查看谷中形势,禁制险恶,严密异常,迥出意料之外。越知十九讨不了好,凭自己法力道行,大亏固然吃不了;随带十二个弟子,却没有一个人能是对方敌手。来时,因众弟子同仇敌忾,踊跃请行;又值元身初复,劲敌当前,不欲多耗真元,带了门人,颇有许多用处。不料反成了极大累赘,其势又不能中途遣回。敌人偏又诡计多端,故布疑阵,到此一人不见。事已至此,或胜或败,总须有个交代,始能回转。于是故意取瑟而歌,连发了两次话。敌人终不现身。没奈何,只得以假为真,令楼沧洲入谷探询。

天痴上人知道敌人夫妻不通情理,甚事都做得出,爱徒就许失陷在内。正盘算应援之策,忽见楼沧洲和小人争论了一阵,先后飞出。看神情颇似追逐,两下里又未交手,谷中禁制也未发动,那小人更看不出他深浅。想等爱徒返回后,再行查问。晃眼楼沧洲飞出谷口,忽然面现怒容回视,方觉出爱徒是在诱敌。猛瞥见谷口崖顶上撒下一蓬银光,天痴上人何等眼力,定睛一看,知道不妙,忙喊:"徒儿退回!"但已被网住,往谷内卷进。一时情急,厉声大喝:"妖物敢尔!"手一指,便有一团栲栲大的青霞,朝那银光打去。眼看飞到谷口,似被甚东西一挡,震天价一声巨响,炸裂开来。当时烟光迸射,地塌山摇,附近山石林木,纷纷倒塌折断,沙石残枝,满空飞舞,半晌方歇。谷口以内,却是原样,连草也未见摇动一根。再看爱徒,已被那白光交织的光网,低低悬在两边危崖当中。那小人遥向自己,不住拍手大笑,手舞足蹈,嘴皮乱动,似在尽情笑骂,并还做出种种淘气侮慢动作。

天痴上人由不得怒火中烧,喝令左右门徒分出八人,连同自己,各按九宫方位,齐走向谷口外,戟指怒喝:"乙休驼鬼鼠辈,韩三无耻泼贱,速出相见!"喊骂几句,不见回音。一声号令,师徒九人,一齐施为,各取一面三角小幡,掷向空中,立分为九幢五色奇光,将峡谷上空围住。再同把手一搓,朝光幢上一扬,便有九股彩烟,由光幢上蓬蓬飞起,宛如怒涛飞堕,眨眼将全峡谷一齐笼罩在内。天痴上人大喝道:"驼鬼夫妻,再不放我徒弟,缩头不出,我略一施为,你那满潭中的精怪生灵,连你水中老巢,全都化成沸浆了。"谷中仍无应声。

天痴上人急于要救爱徒出险,免得吊着难堪,见对方始终不理,气得两道寿眉一竖,口喝声:"疾!"师徒九人一同运用玄功,把手一指,千寻彩烟立化成五色烈焰,将峡谷围罩,燃烧起来。初意这两极神光炼成的真火,何等猛烈,敌人禁制尽管神奇严密,时候一久,也必难以支持。就说本人不怕,手下徒众和白犀潭水宫老巢,岂不顾惜?并且此火见缝就钻,由心运用,楼沧洲也善此法,只要有一丝空隙,穿将进去,便能发生妙用。爱徒虽然被困,法力尚在,运用本身所炼真火一引,里应外合,这峡谷纵不烧熔成汁,也必被雷火震坍。一经发挥威力,多厉害的禁法也禁不住。至不济,人总可以救出。哪知韩仙子心高气傲,立意非挨到丈夫到场,方始出援。敌人如何攻法,早已防到。所藏异宝又多。除却谷中禁制外,上面还蒙有一层宝网,罩得水泄不通,如何攻得进。

天痴师徒合力围攻了一阵,枉自烈焰熊熊,声势猛恶,连左近山石林木,好些俱被波及,不是烤焦枯死,便是碎裂崩塌,独那条峡谷依然纹丝不动。天痴上人羞恼成怒,把心一横,怒喝一声:"且住!"将手一招,收了彩焰灵旗。去至谷口外,回手从囊中取出一件形如梭的法宝,手掐灵诀,待要往地上掷去。忽听远远空中厉声大喝:"痴老儿作此无赖行为,不怕造孽太大,遭天劫吗?"声到人到,跟着一片红光,比电还疾,由远而近,晃眼飞堕,现出一个身材高大的红面驼背老者。天痴上人屡受挫折,因爱徒久困,敌人始终不理,实在难堪,意欲施展毒手,由谷口外面禁制不到之处,攻入地底,勾动地火,将岷山后山白犀潭一带毁灭。明知此举伤害生灵太众,有犯天诛,也是一时情急,迫不得已。一见仇敌飞到,忙即停手,收了法宝。

乙休原是隐身神羊峰顶遥望,欲候老妻出谷,与天痴上人斗法之际,再行现身。等了好一会,不见动静。暗忖:"老妻已是回心,敌人寻上门来,哪有不出之理?"嗣见敌人业已放火烧山,谷中仍是无人出敌,可是峡谷并无伤损,也未被敌人攻进。这条通白犀潭的峡谷,平日本就禁制重重,不经主人默许,休想擅越雷池一步。敌人不敢走进,尚无足奇,这么厉害的火攻,怎也置之不理?运用慧目定睛一看,全峡谷山石上面,依稀似有一层极淡薄的烟痕蒙住,才知蒙有老妻的至宝——如意水烟罗。此宝乃天府奇珍,老妻昔年为了此宝,费了十年心力,才得到手。乃是一面宝网,不用时,折叠起来,薄薄一层,大只方寸;弹指展开,大小数百千丈,无不由心。妙在是与别的法宝不同,毫无光华,也无甚形迹。多好的慧目法眼,也只依稀辨出一片薄得几非目力能见的烟痕;任多猛烈的水火风雷,均攻不进。自己旧游熟地,识得山石颜色,心中又有成见,故能看出;另换人地使用,便难看出。老妻昔年遭劫时,便仗它保全法体原身,珍爱如命,向不轻易使用。今竟用以对付敌人,可知同仇念切,未忘前好。分明来时料错,又以爱妻怨气未必全消,必在潭底行法,颠倒阳阴,使自己算不出她心意,因此未再推算。实则和自己同一心意,都是想令对方先和敌人交手,然后出面。方才体会过来,瞥见天痴上人忽将灵旗烈焰收去,降落谷外,待下毒手,毁灭后山。再如迟往,一则灵境可惜,二则老妻不舍白犀潭水宫被毁,势必不等自己到达,便即出斗,岂不是有违她的初意?忙纵遁光,赶来阻止。

天痴上人见敌人到来,也觉此举徒害生灵,却伤害敌人不了,有些无聊。收宝以后,正待喝问,乙休不等发话,朝谷口内用手一指,解了禁法,看了一眼,笑道:"小鬼头真个淘气。痴老儿惹厌,与他徒弟什么相干,把他吊起示众,徒叫痴老儿发急,有甚意思?还不叫金蛛收丝,放他下来!"说时,玄儿已在谷内跪倒行礼。闻言恭答道:"这牛鼻子吹大牛,和弟子打赌,才吊他的。本想连他师徒一齐吊起,因他是来寻师父师公的,怕师父怪罪,没有敢动。他那徒弟不老实,差点要被金蛛吃了呢。"乙休和玄儿尚是初见,看他如此灵慧口巧,也颇喜爱。笑道:"凭你也配?说得痴老儿太不值钱了。快去请你师父出来吧。"玄儿忙答:"弟子遵命。"

玄儿刚往里去,谷顶银光撤处,楼沧洲已被松开,自觉丢人太甚,忙纵遁光便往外面飞去。禁法一撤,乙休和玄儿的这些问答,天痴上人听了个逼真,虽是修炼多年,也按捺不下火性。只因爱徒困在人手,敌人还未和己对话,不得不装大方,忍气等候。待楼沧洲方一脱网飞出,乙休刚转身向外,便戟指大骂："驼鬼无耻！我与你井水不犯河水，素无仇怨，上次无故多事，为人门下走狗，乘我不备，暗用诡计将易家两小辈种劫走。又不敢和我明斗，只吹大话，欲仗悍妻护符，约我来此斗法。照理就该光明相见，比个高下。你却只在沿途闹鬼，遍设埋伏，俱被我破去。你妻又将峡谷封锁，避不出面。我知你那悍妻久已与你反目，不欲无故伤人，好意命门人入谷询问，谁知泼妇与你一般无耻。缩头不出，也就罢了。自来两国相争，不伤来使；何况你夫妻也算修道多年。不该暗令门下妖孽，将我门人用妖丝网陷住。你以为这样就可以辱我？实则是你夫妻行事鬼祟。休说自命散仙一流，便旁门左道妖邪，也无这等无耻行径。我只当你夫妻长此缩头，不出来见我，原来也怕我毁却老巢。现已相对，总须见个高下。我素来光明磊落，决不鬼祟行事，任是如何比斗，由你挑选，只要说出来，我便奉陪好了。"

乙休由他怒骂，只微笑静听，不插一言。等他说完，才答道："当初我救走易氏弟兄，只能怪你自己法力太差，略施障眼法，便将你引走。如此不济，如何能是我对手？当时因是受人之托，与你无仇无怨；又怜你在海外多年，修为不易；又居一教宗主，未便当着许多令徒，使你过于难堪；加以和小友岳雯残棋未终，不欲为此扰我清兴。这才没有与你计较，只给你留话：如若不服，可来此间寻我。满以为你有自知之明，必不敢来，一直没把此事放在心上。目前闻你要来寻我，心想本无大怨，真要对上手时，我脾气不好，出手太辣，伤了你，不过世上少一狂傲无知的妄人，但留下许多令高徒无所依归，被一般妖邪引诱了去为恶，岂非自我造孽？为此随便设了几道关口，欲使你稍受挫折，退缩回去，免致多年苦修功行，好容易走火入魔，才得炼复形体，又遭杀身之祸。哪知你仍不知进退，非来送死不可。自来兵不厌诈，你既敢寻我，难道不知我夫妻的厉害？头次遇伏，还可说是骤出不意。以下还有十余处埋伏，你也自命修道之士，难道你会看不出一点朕兆？自不小心，法力太差，亏你不羞，还说我们行事鬼祟。你说我的禁法均为你破，这原近情，不然，你师徒怎能全体来此？不过适才我在神羊峰顶遥望，你师徒已将入我伏中，因有一片佛光，随同雷火飞下，才将我旗门破去。凭你万无这样法力，路道尤其不合。分明有人恐你难堪，暗中相助，你却往自家脸上贴金，岂非无耻之尤？我如怕你，早不如此施为，也更不会约你来此。只为有人约我对弈，又料定你无甚伎俩，山妻如若空闲无事，早就将你打发回去。否则，你也不能入谷一步。让你多候片时，煞了火性，容我一局下完再来，也是一样，因此迟到。我人在此，怎说避而不见？至于令高徒奉命探询原可，为何欺小，

310

自寻苦吃，打的甚赌？我适遥望，分明他已出谷，小徒才将他擒回吊起，并未依仗埋伏，在谷中下手，怪着谁来？你眼见徒弟被擒，尚不解救，还吹大牛，要我出题斗法，班门弄斧，岂非荒谬？莫如还是让你占点便宜，由你先行施为。如真胜得过我，我从此避入深山，永不出面；你如不胜，力竭势穷，无计可施，我并还随你往铜椰岛去，看你有甚神通施展，免得你死不甘服，说我依着家门欺人。你看如何？"

天痴上人不料乙休反唇相讥，倒被挖苦了个淋漓尽致，益发怒不可遏。大喝："驼鬼，只耍贫嘴薄舌，有甚用处？你是此间地主，我先下手，反怪我上门欺人，如今让你一步，怎不知好歹？"乙休哈哈笑道："痴老儿，你当我不知你的鬼心思吗？你不过因在沿途吃亏，当着门人不好看相，自恃有铜椰岛地层以下数千年凝聚的阴秽之气，以为我那法宝、飞剑均是五金精英炼成，当我不知底细，取出施为，你收去一两件，好装装面子；如能连我一齐困住，更是称心快意。却没想到我老人家对别人不敢自负，似你这样老蠢物，再有十个八个也奈何我不得。我向来对敌专一投桃报李，敌人不动，我决不出手；何况我约你来，好歹远来是客，更不能不让你占先。你所炼秽气，如真厉害，我身边现有两件飞剑、法宝，俱是金铁之质，不如吸了去，让我见识见识。何必我先动手呢，难道隔了一层衣服，便无所施其技吗？"

天痴上人原知乙休道法高强，机诈百出，自料今日败多胜少，报仇之事，只能留为后图。又知乙休脾气古怪，逞强好胜，所用飞剑神妙无穷，对敌时必取应用。这类道家法宝、飞剑，多半金质，可以用元磁真气吸取上来，先给敌人一个小挫，再乘机激怒，引他去至铜椰岛入网。哪知乙休道妙通玄，有通天彻地之能，不特法力甚高，经历见闻更极广博。日前又在峨眉凝碧仙府听得妙一真人微露先机，知道铜椰岛之行决不能免。嫌怨已结，敌人反正不能善罢甘休，早晚必要约往铜椰岛去，不如先占他一个上风。不料不等自己开口，乙休先就说去，一切早有成竹在胸。加上韩仙子一个劲敌尚未出面，无论凭法力，凭口舌，暂时均非二人之敌，白白听些讥嘲，毫无用处。当下见乙休一味挖苦，说什么也不先出手，只得愤怒答道："这是你说的，我只好先得罪了。"说罢，两肩摇处，四十九口神木剑，化成四十九道冷冰冰的青光，虹飞电舞而出。紧跟着双手一搓，往外一扬，又是无数太阴元磁神雷，发出碗大一团团的五色奇光，齐朝乙休打去。

乙休早已料到此着，知这一雷一剑相辅而行，厉害非常。一用金铁制炼之宝去破神木剑，立被元磁真气吸收了去。如用五行禁制，也是顾于此，必失于彼。对方如非断定自己是个劲敌，别的法宝无可施为，也决不会一上来便使出独门看家本领。

乙休正待飞身空中，行法抵御，说时迟，那时快，当这来势迅急，不容一瞬之际，猛听当空有一女子声音喝道："何方老贼，敢来我白犀潭撒野？今日叫你知道泼妇厉害！"话未说完，那青光神雷本来一是夭矫如龙，出即暴长；一是飞出不远，即发出震天价的霹雳：一齐爆裂开来，极其猛烈。谁知忽然全被隔住，同停空中，此冲彼突，不能前进一步。同时，二人面前飞落下一团青烟，簇拥着一个面貌清秀的道姑，凌空而立，朝着天痴上人戟指喝骂。

乙休忙道："山妻来了，怪你在她门前放肆，必有处治。我夫妻素不喜两打一，这里又是她洞府，她是正主人，我不能越俎代庖，只好暂时下来。等候被山妻打跑时，我就随你往铜椰岛去，捣你老巢，就便开开眼界，看你那地肺秽浊之气凝炼的玩意，到底有多厉害好了。"说罢，身形一闪，便落在阿童和那矮胖少年隐身观战的峰腰磐石之上。阿童见他立处相隔不过丈许，落地先朝自己这面一笑，跟着转面点手，矮胖少年的模糊人影便纵了过来。

乙休笑道："今日本想叫痴老儿丢个大人，把他的门人全数扣下，片甲不归，只剩他一个孤身逃回岛去。不想有人暗中作梗，处处给敌人方便。他虽一番好意，只给痴老儿解围，不曾与我为难，但毕竟有些欺人，并还大胆来此观战。依我脾气，本实容他不得。不过看那行径，颇似我认识的两个老和尚所差，知我素来不和后生小辈一般见识，特意派了个小和尚前来代他行法，使我不好意思计较，用心也忒狡猾。为此气他不过，我不似痴老儿一双近视眼，只看出你隐身在侧，还误认是暗中帮他忙的恩人，别的毫未看出。如不稍微给他看点颜色，他必得了便宜卖乖，以为只他佛家法力厉害，他就在我面前都看不见。现有束帖一封，你可拿着去峨眉的云路中途等候，照我所说行事，给那小和尚一个厉害，替老和尚管教一回，免他年幼狂妄，不知天高地厚，异日遇上，又与师命相违，惹出别的事来。"说罢，也未听那胖少年回答，只见身形一俯，好似行礼，跟着人影一闪，便即不见。

阿童原知神驼乙休是师父朋友，久闻此老法力、道行均高，甚是难缠。大师兄部署完毕，立即避去，不与先见，便为不肯惹他。照此神情语气，自己行藏定被看破。心想："那矮胖少年不知何人？既能代他主持埋伏，当非弱者。现奉他命去至中途相待，必是算准自己要往峨眉，半途埋伏，给点苦吃。自己虽然学会好些佛门防身御敌之法，要斗乙休，决斗不过。不去峨眉仙府，径自回山，固可无事；不过好容易得此胜游，大开眼界，为此失却，心又不舍。悔不该不听朱、李二师兄叮嘱,行法时太近,被此老看破。否则,凭自己目力,再远百倍也能看见。那破旗门的灵符,更是隐现随心,多远都有灵效。乙休为人好胜,如在远处行法,必当自己怕他,即便看出,也不会计较。偏要一时高兴大意,跑到他面前潜伏,自然触怒。初次离师下山,便遭挫折,自己难堪,还给师门丢脸。此老又是师执尊长,不能和他硬碰,再说也未必硬碰得过。"阿童越想,心越烦恼,正在犯愁,忽见烟光万丈,照耀崖谷,风雷之声,震撼大地,战场上业已分出胜败。

原来天痴上人的元磁神雷能发能收,能散能聚。对方如不能敌,中上固是形神皆灭;如与五金之宝相遇,立即由分而合,化为元磁真气,将它吸收了去。深知乙休有太乙真金炼成的飞剑,乃神木剑的克星,与本身元神相合,威力至大,不遇劲敌当前,平日轻易不用;又精五行禁制之术,玄功变化,奥妙非常。因此故意把四十九口神木剑全放出来诱敌,同时发动元磁神雷,以便破那飞剑。此剑一破,敌人不问结局胜败,真元均须受伤。二宝有相生相辅之妙,胜虽不可全必,当无败理。主意想得不是不好,偏生才一出手,迎头便遇见克星。也没见对方有甚法宝出现,好似在空中突然悬有一堵坚固城壁,凭空便被阻住。只见青虹电舞,雷火星飞,上下左右,任怎冲突,总是冲不过去。妙在是形影皆无,看不出一丝迹兆。同时耳听空中清叱,那比乙休还要难惹的有名女魔头韩仙子,已随着喝骂之声,飞落面前。乙休立即托词退下,说完两句俏皮话,往右侧峰腰上飞去。

天痴上人越想越是气,又看不出敌人用来阻挡磁雷、飞剑的是何法宝、异术。韩仙子说话神情,和乃夫一般狂傲强横,听去刺耳。情知敌人夫妻合谋,更不好惹。平日在岛清修,一意炼复原身,不与外人往来,不问外事。起初以为乙休夫妻二人,成道年岁和自己差不多,同时修为,路道虽各不同,但对方法力功行,俱都深悉,彼此不相上下。即便比己略高,也不至于挫败。何况自己既有元磁真气凝炼之宝护身,可收敌人飞剑法宝;又与同来十二弟子练有混元一气阵法,玄机奥妙,非比寻常。并且铜椰岛上,还设有好几重埋伏禁制和一座极厉害的阵图,万一不能取胜,还可将敌人引去,诱使入网。

谁知多年不见,敌人竟有偌大神通,棋高一着,闹得满盘皆输。深悔不该一时疏忽,轻敌躁进,自取其辱。随来弟子,适才已有两人入伏受伤;一个又被人吊起,刚放回来。这时因听敌人口出不逊之言,俱都义愤填胸,怒容满面,各自暗中准备,大有与敌一拼之势。自己尚且胜败莫卜,门人自更不行,惟恐又有伤折,徒受敌人耻笑侮辱,于事无补。百忙之中,一面摇手示意,不令门人妄动;一面准备答话对敌。

韩仙子竟比乃夫性急得多,声到人到,发话完毕,也没容他开口,便先发动。手臂往上一扬,立由袖口内飞出十余道形如玉钩的碧色寒光,往天空飞去,直没入天际密云之中,不知去向。正不知是何用意,晃眼工夫,重又在云层中出现,光已增强长大,宛如十数条青虹,蛟龙剪尾,不住屈伸掣动,发出极大的破空之声,自天飞堕,由天痴上人师徒身后左右,每道光华各认一人,分三面环抄上来。

天痴上人这才明白,敌我之间果有一层阻隔,连敌人的法宝,也须经由上空越过,不能穿行无阻。因来势太急,未容多作寻思,除受伤二徒外,各把一口神木剑放起抵御;同时暗运元磁真气吸收,钩光依旧电掣虹飞,毫不为动。仔细观察,竟不知是何物所制,只觉变化神奇,精光强烈。众弟子各运玄功全力抵御,仅仅斗个暂时不分高下,不禁大惊。那钩光因人而施,共是一十三道,中有一道光尤强烈。幸这十二弟子俱是天痴上人门人中上选,各得有本门真传,一人对付一道,勉强可以抵敌。可是中间两人已在途中受伤,遇上这么神妙莫测的法宝,便不能再勉为其难了。

天痴上人觉出此宝厉害,未可轻敌,只得将当初成道时所炼与心灵相合的镇山御魔之宝,今已多年未用的一口飞剑飞起应战,仍是觉得吃力。暗忖:"先放出去的四十九口神剑,已吃敌人阻住,不能上前。何不撤将回来助战,免得众弟子势弱费力;并还可效敌人故智,将磁雷留在空中,与那无形之宝相持。同时拼着受点损害,默运玄功,把葫芦中未发完的元磁神雷,出其不意,也由高空中越过,予敌人来个重创。好在此雷由那太阴元磁真气凝炼,隐去行迹,本极容易。所居铜椰岛乃元磁真气的母穴所在,此宝炼得最多,即便为敌人所破,全数损失,再炼亦非难事。"

天痴上人想到这里,正打算招回飞剑助战,忽听韩仙子喝道:"老贼不要发慌。我的碧斜钩,乃水宫神物,地阙奇珍,通灵变化,向来出去以一敌十。既然你带的徒弟有两个废物,待我收回两柄,免你师徒手忙脚乱如何?"随说,手指处,那和天痴上人对敌的三道碧光,忽有两道突然伸长,横空剪尾,往回飞去。

天痴上人不知敌人藏有深意,加以急怒攻心,愧愤交集,求胜心切,灵智已乱,以为这一来,正可将计就计。也不顾再收神木剑,竟将余存的元磁神雷暗中发出,意欲尾随两道碧光之后,潜追过去。心想:"空中阻隔,目所不见,只要敌人碧光能过,便能尾随过去。"匆迫之中,却不想碧光初发出时,既由高空飞越，过了当中阻隔，然后下落，木剑、磁雷仍滞空中，可知阻隔未去。那么碧光收回时，怎会由平面横飞，不由上空飞起？碧光来去，势均神速，稍乱心意，粗细两道碧光已如经天长虹，钩头向外，先是两头平伸，突往空中略收，径朝那阻滞空中的剑光、雷光兜截上去。天痴上人这才看出形势不佳，想收神木剑已是无及。只见两道百十丈长的青虹，将那四十九口飞剑光迎住一截，便即合流，如群龙戏海，略一腾挪，便似被甚东西扯紧，横七竖八纠缠一起。连那些未发的磁雷，也一窝峰似朝对面敌人飞去，烟光变灭，两三闪过去，便同失踪不见，始终没看出空中法宝是甚形状。

原来韩仙子一上来，便看中这四十九口神木剑，立意收它们下来。但知此剑神奇，与敌人身心相合，又是四十九口成数，不可分拆，差上一口便要减去若干灵效威力，并且得了也保守不住。必须一齐收去，不令有一漏网。暗中想好主意：先用宝网将它阻住，隐在空中。跟着放出十三柄碧斜钩，故意从高空之上飞越过去，引逗敌人暗算。却把两柄最厉害的雌雄一双主钩，借词收将回来，就势把四十九口神木剑归路挡住。同时暗中运用玄功，将那隐在空中的宝网，再急速兜将上去。动作神速已极，便无异宝相助，敌剑也难逃脱，何况有这两道经天碧虹迎头一挡一逼，自然全数落网。略挣扎掣动，便吃韩仙子行法制止。连那空中残存未发的神雷也一并收去。

此剑乃天痴上人心血所炼，焉能不又急又恨，气得咬牙切齿，须发皆竖，厉声喝骂："驼鬼、泼妇，今日有我没你，与你拼了！"说罢，将手一扬，飞起一团红光。到了空中，一口真气喷将上去，立即暴长，约有亩许大小，红光万道，耀目难睁，比火还热十倍。才一飞起，还未下落，附近山石突起白烟，所有林木花草全都枯焦欲燃。眼看泰山压顶般由上而下，正往对面敌人当头打下，猛瞥见韩仙子冷脸微微一笑，也没回答，只把手一扬，袖口内接连飞出金碧二色两团光华，精芒四射，光甚强烈，却不甚大，金光在前，只有丈许大一团，疾如流星，首先对准红光中心打去。双方势子都急，一下撞个正着。先是叭的一声，金光深陷红光以内，包没不见。红光只略停了停，仍往下打来。第二团碧光出手较慢，相继迎击上去。

天痴上人毕竟目力不比寻常，见敌人金光虽吃红光包没，并未消灭下落，也无别的异兆。与平日对敌，任是何等法宝、飞剑遇上此宝，不是炸成灰烟，便被烧成汁液，化为红雨飘散的情景，迥乎不类。正觉有异，未容仔细观察，就在这金光陷没红光以内，碧光快与红光对撞的瞬息之间，猛听红光中炸音密如贯珠。刚觉不妙，紧跟着好似霹雳怒发，一声极猛烈的巨响，红光忽然爆裂，化为万千团烈火，当空散将开来。同时敌人金光也自碎裂，化为无数金芒箭雨一般，夹在烈火丛中四散下射。天痴上人因此火熔石流金，奇热且毒，又是神木剑的对头，众弟子身带法宝、飞剑，都是晶玉神木所制，一个躲闪防备不及，立受重伤。慌不迭待要行法抵御，哪知敌人早有成算，当碧光快与红光撞上时，反向后略退。等到红光爆裂，将手一指，碧光突往平面展开，寒光凛凛，往前一逼。同时再发出一股极猛烈的罡风，当头的烈火遇上便即消灭，化为青烟，被风一吹即散。下余的，直似飓风之卷黄沙，朝前涌去。

天痴上人枉用多年苦功炼成此宝，平日随心运用，一旦为人所破，再用极厉害的法术和相克之宝一摧动，化为千百丈无情烈焰，随着罡风猛扑过来。虽然法力高强，急切间也来不及制止。知道再不见机遁走，自己无妨，随带诸门弟子多半不死必伤，决难幸免。没奈何，把脚一顿，大喝："众弟子，随我速退！"忙由袍袖内飞出一片黑光，略阻火势。同时运用玄功，连随行十二弟子一齐摄起，纵遁光破空遁去。因是恨极仇敌，怨毒已深，无可发泄；又见烈火如潮，劫云滚滚，势不可当，那黑光略一阻挡，便吃碧光罡风荡开，依旧光焰万丈，漫空乘风，电驶追来。知道自己飞遁神速，已经率众脱险，再难追上。百忙中，一面收回黑光，一面手掐灵诀，并将适在谷口叫阵时取而未用的一件法宝取出，待要施为，本意反风回火；一面仍用前宝由地底攻入白犀潭，引发地肺真火，毁去敌人巢穴，连后山一带全给烧成劫灰，稍泄胸中愤恨。

谁知韩仙子早有杨姑婆事前报警泄机，深知天痴上人虚实底细和法宝功用，以逸待劳，一切均有应付。所用法宝，无一不是对方克星。上来几下，便被打闷，使其莫测高深。大挫之余，心气先馁，又带着爱徒累赘，诸多顾忌，好些未容施展，枉自怨毒，怒火填胸，除了败退回岛，更无良策。这时身后漫空烈焰，已被碧光逼紧，反为敌用。那碧光乃千万年凝寒之气，为乾天罡气所迫，日积月累，凝炼成一团奇寒气质，经一前辈仙人费了百年苦功，炼成此宝，名为寒碧珠。后来成道飞升，传与了玄龟殿散仙易周。为破天痴上人两极阳精合炼之宝，使乙休到铜椰岛对敌，灭却一层危害；又知乙休好胜，不肯借助于人，特令杨姑婆带来交与韩仙子，如法使用。并告以连日虔卜先天易数所得玄机，请韩仙子适可而止，略微惩创，稍去日后骄妄，使其心服已足。不可穷追，挫折太过，致令情急拼命，闹得仇无可解，两败俱伤。其元神凝炼，法体原身尚未恢复，只凭神游。铜椰岛之行，尤不可随乙休同往。韩仙子性虽有点刚愎，生平只信服妙一夫人和杨姑婆两位好友，言听计从。虽未下那绝情毒手，但恨对方，人还未见，先已出口伤人，所以还在驱火追逐。此宝与邓八姑雪魂珠相比，雪魂珠是水到渠成，年久天生，已经成形，到了火候，才经宝主人加功祭炼，使与本身元灵相合为一，成为旷古奇珍，无穷妙用；寒碧珠只具精气，未到炉火纯青地步，经人收去，加功祭炼，始成法宝，只是气质功候稍差，如论对敌时的威力灵效，多半相同。尤其抵御真火，寒碧珠因附乾天罡煞之气，独具专长，更不在雪魂珠以下。收发运用，更是无论相隔千万里，无不由心。韩仙子本定破敌以后，即将此宝经由空中发送回去；这里如法摧送，宝主人心灵相通，立即警觉，自会收去，万里相隔，片刻即至。除却佛门心光遁法和道家的灵光飞行，谁也追它不上。

天痴上人哪里知道，反风驱火之法不特无功，身后烈火光芒反被罡风催动，来势更急，竟快被它追上。这才死心息念，忙催遁光，加紧飞逃而去。总算知机，免了葬送一件法宝。正纵遁光疾驶，猛听头上有破空之声。天痴上人师徒飞本极高，一听声出已上，定睛一看，一道碧光挟着一溜其长经天的红光，正由头上极高空的云层之上飞渡，往自己去路一面飞去。分明身后追逐的烈火和那碧光，竟比遁光还快得多。回头固是无颜，火光忽越向前面，不知敌人又闹甚玄虚；绕路遁回，又大丢人，只得硬闯。边飞边寻思，方觉进退两难。

天痴上人遥望对面山头上立着一人，手指自己大喝道："痴老儿，莫害怕，我那山妻是不会追你的。前面我还为你设有一关送别，只稍微低头服输，便能无事过去，否则难说。如无人救你，令高徒们也许屈留些日子。"这时天痴上人已经飞近，仇人见面，分外眼红。大骂："千年压不死的驼鬼！自己缩头，不敢和我对敌，却指使泼妇出头，只闹鬼祟行径。像你这等无耻，也配称作修道之士？你当我真个败了不成？"

乙休闻言，一点也不生气，哈哈大笑道："痴老儿，难为你，偌大年纪，还收有这许多徒弟，自称一教宗主。这不是铜椰岛上，由你一个人的性，关上门当山大王，作威作福，由你称尊，无人敢惹。要和人斗法，得凭真实法力；单是恼羞成怒，真个成了骂街泼妇，无非自失身分，有何用处？适因白犀潭乃山妻主人，故此由她给你一点颜色。知你嫌我未和你交手，有些难过，故来此相候，怎说不肯见你？实对你说，今天我为戒你骄妄，有心怄这闲气，看看你到底用什么法子向我报复。因要见识见识你那先天混元一气大阵是甚样儿，我只朦朦你的面子而已。只管放心，此时决不会伤你，迟早放你回岛,不过令高徒们却须留此,做个押头罢了。"

天痴上人原是急怒攻心,恨敌入骨,口中喝骂,暗地施为,准备一对面,便师徒合力,一齐夹攻。能伤得敌人,略出怒气,固是快事;不能,也不再恋战,就此拿话激将,诱往铜椰岛,使其自投罗网,决一死战。当初发现乙休时,两下相隔约有三数十里,因飞行神速,就这彼此传声对答之际,按理早该飞到。及至互相嘲骂了一阵,天痴上人似觉飞近了些,却总飞不到前面峰顶。猛然警觉,知已陷入埋伏以内。敌人为人,决不只说大话了事。自己虽不怕,这些门徒实是可虑。如真全数被陷在此,自己一人遁回岛去,日后便能报得此仇,也是生平的奇耻大辱。身在伏中,无论怎样打算也无用处。并且一经施为,妙用立即发动,脱身更难。估量乙休兼用移形换影,借地传声之法,真身必隐一旁,对面山头,只是旁处移来的虚影,就能施展法力,赶将过去,不是上当,便是扑空。

念头一转,一面暗嘱门徒小心戒备,不可稍微忙乱,也不可离开自己一丈以外,一任敌人辱骂,不可动火轻敌,务随自己行动。一面忙把遁光停住,先辨明了真正子午方位和五行向背。再把盛怒平抑下去,舍却对面峰头,或照心中揣测,和自己易地而居。隐身之处,面向西北,冷笑道:"驼鬼无耻,只使用鬼蜮伎俩,还敢说是和我相对吗? 不必再鬼头鬼脑暗算我门人。今日老夫误中诡计,甘拜下风。你夫妻真有神通,敢去铜椰岛相见,我便从此退出此岛,隐居大荒,永不出世。你看如何?"

天痴上人说完,果听西北方乙休哈哈大笑道:"痴老儿,总算难为你,居然识得我这移形换影之法,虽还不能脱身,到底少吃一场苦头。居然也肯输口服我了吗? 我早料定你不过黔驴之技。至于请我老人家去捣巢穴,卖弄你窃据多年的一点家私,作那孤注一掷,我不是上来就和你说,答应准去的吗,何必再用这激将之法则甚? 至于我那老伴,这多年来,只不许人到她门前扰闹,如有本领,十次八次尽可上门找她,甚时都在等你,决无虚约,但照例不肯上门欺人。尤其像你这等老而无耻之人,不得不加驱逐,以免灾害岷山左近草木。想她上门寻你,如何请得她动? 就我驼子一个,已够你受用的了,如再把她请去,她的性情是除恶务尽,便不能似我这样好说话了。我本心是稍和你开点玩笑,把令高足们屈留在此,等我回白犀潭向我老伴略叙阔别,再亲身来护送他们回去,免得路上遇见对头,你无力照顾。别人不似我好说话,令高足们有个七长八短,不能保他们长命百岁,追本穷源,说是事由驼子而起,更添抱怨。现在念你尚有自知之明,我驼子一向宽宏大量,伸手不打笑面人，只要肯低头服输，百事皆了，决不再难为你。不过话已说出，总该应个景儿，免你回去又向门人吹大牛，说我埋伏被你识破，我计无所施，不得不放你走。如是晓事的，自己一人先行回去，由东南方煞户飞出，以你法力，虽有一点阻碍，足可脱身。令高足们也只屈留二日，我便亲来护送，无多停留。千万不可携带同行，否则，便是白害他们吃苦。万一再连你屈留此地，等我一齐护送，就更不是意思了。好话说完，信不信由你。我和山妻一别多年，她前此对我颇有一点芥蒂，多谢你的成全，今日才得相见。亟欲回去叙阔，恕不奉陪了。"说罢，便没声息。

天痴上人闻言，自是愧愤难当，又无法还口。情知所说多半实情，偏是敌人禁法神妙，急切间真看不出一点虚实迹象。连喝两声："驼鬼少住！"不听答应，料已飞走。留既不可，行又可虑，为难了一阵。照敌人所说，独自遁回，日后如何见人？万无此理，说不得只好硬着头皮，先把禁制引发，再行相机应付。想了又想，把随行门人聚齐，遁光联合，先放起太乙元磁精气和身带两件最得力的法宝，将师徒十三人全身护住。然后由自己向前开路，不照乙休的话，径直往回路前飞。扬手一神雷发将出去，哪知乙休行时已将埋伏发动。因他来时途中埋伏全被白眉和尚命人破去，格外加了功力。一声霹雳过去，立时烟岚杂沓，天地混茫，上下四外，杳无涯际。跟着五行禁制一齐发动，光焰万丈，一时金刀电耀，大木插云，恶浪排山，烈焰如海，加上罡风烈烈，黄尘滚滚，一齐环攻上来。虽仗法力高强，五遁之术皆所精习，又有元磁精气至宝护身，未受其害。无如敌人禁法神奇，五行相生，循环不已，破了一样，随又化生一样。暗中又藏有乾坤大挪移法诸般变化，玄妙莫测。竭尽全力，仅可免害，脱身却难。况又未照乙休所说方向出伏，阵中禁制全被引动，有自己在无妨，只要一离开，众门人不只被困，还要受伤。

师徒十三人正在咬牙切齿，痛恨咒骂，无计可施，猛瞥见身后现出一大圈佛光，悬在空中，四外五遁风雷只要近前，便即消灭。仔细一看，正与初来时沿途所遇佛光金霞相助脱险一般路数，知道仍是那人暗助。看此佛光出现在后，分明走了相反方向，一不小心，就许引往岷山敌人那里，更是奇耻。连忙向南称谢，率领门人飞身过去。那佛光立即将天痴师徒环在阵中，疾逾闪电，转了两转，忽往斜刺里飞去。敌人狡猾，竟在远处行法遥制，频频运转，瞬息百变，并不专指一处。如无佛法相助，再有片时，非被引往白犀潭敌人门上不可。

天痴上人当时惊喜交集，如释重负，对于暗中助力之人，感谢已极。暗忖:"乙休最不喜人干预他事,此人这等行径,无异向他挑战。出此大力,怎又不肯相见?"那佛光护送出阵,立时隐去。天痴上人方在回头,欲向那人致谢,猛瞥见左侧危崖上有一小沙弥,人影一晃,跟着一道金光,迅疾如电,往峨眉后山那一面飞去,年纪既轻,又是从未见过。乙休法术厉害,岂是常人能破,这样一个小沙弥,竟有如此神通。看那飞遁情景,功力虽也不弱,如说高出敌人之上,却绝不似。可是此行除每遇厉害埋伏,必现这类佛光金霞外,更不见别的迹兆,难道有师长随来?仔细观察,宛如神龙见首,微现鳞爪,一瞥即逝,更无端倪。只得感谢在心,加紧疾驶,往归途赶去,自打复仇主意。不提。

第二二二回

一叟运玄功　电转飙轮穿地肺
群仙怜浩劫　无形弭祸上天心

　　原来那小沙弥正是阿童。因在白犀潭危崖石上见双方斗法正酣,先因踪迹被乙休看破,心中害怕,隐在一旁。正打主意,是否避开正路,绕道前往峨眉,嗣见天痴师徒快要挫败,神驼乙休忽然飞去。暗道:"不好! 只顾在此看热闹,天痴师徒回去路上,还有一处最厉害的埋伏。如不前往相助,头次奉命,耽误了事,不特师兄埋怨,师父也必怪罪。就行藏被人识破,此去不免吃亏,师命在身,也不能畏惧违背。"明知乙休发言,是暗中告诫,不令参与此事,迫令改道行走,免得又去暗助天痴师徒脱险。阿童初生之犊不怕虎,当时不无疑惧,但念头一转,胆子立壮,并还恐追不上,径把师父所赐以备万一将来遇险,借以脱身遁走的本门心光遁符暗中施为,居然先赶到一步。乙休已知他是白眉和尚所差,也只虚声恫吓,如何肯与为难。走时,见阿童潜伏在旁未动,方暗笑他年轻胆小,果然中计。料定天痴师徒纵能脱出,也必受伤挫折。急欲与老妻重逢叙阔,说完了话便自回去。却没料到,阿童这次先赶向前,惟恐又被乙休看破,格外小心,藏处极隐,人在禁地以外,隐身法又极神妙。乙休只当已把阿童吓退,没有跟来。阿童却候到他走远,才照师命行事,取出灵符,上前救助。天痴师徒遁走,乙休才自警觉,知道此是几位良友维护双方的盛意。天痴为人,不过刚愎自恃,并无过恶,此来折辱已够,也就听之,不再追赶了。

　　阿童一心还在留神那矮胖少年,惟恐途中埋伏和他为难。行时,故显遁光,给天痴师徒看了一眼,买上个好。飞出十来里路,便隐去身形,沿途查看,并未见有矮胖少年踪迹。峨眉仙府上空彩云层已经在望,一会飞到。自以为对头定被隐身法瞒过,没误师命,又大看热闹,还免一场苦吃,心中高兴。因已到达仙府,更无可虑,便把隐身法收去。正要按师兄所说,由云层中穿入仙府,猛听背后有人说道:"小师父刚来?"心疑是仙府中人,回头一看,却是那矮胖少年,不禁吃了一惊。一面暗中戒备,没好气问道:"你是谁?我到凝碧仙府去见掌教真人,素不相识,问我做甚?"少年似知他误会,笑道:"小师父,疑心乙师伯要对你有什么举动吗?那只防你多事,故意说说罢了。那白眉老禅师是他老友,如何肯对你过不去呢?他知我有点事,暂时无人可托,又知你要来仙府,可以就便奉托。正好借着授我机宜,取瑟而歌,想你绕道来此,以免从中作梗。我受了指教,便来相候。适在空中遥望,你仍暗助天痴师徒脱身,别的不说,单这胆识,已足令人佩服。嗣见你御遁飞来,正拟迎上,忽然隐去身形,惟恐相左,先来守候。小师父误会我有恶意,那就错了。"

阿童见他人极和气,话颇中听,喜道:"原来如此。我们师门都有渊源,不是外人,这里仙府想必常来,请先领我进去。有甚事用我,只要我力所能及,无不应命。"少年道:"这下面仙府,虽然有我师长在座,但我乃本门待罪之人,如能进去拜见各位师长,也不来求你了。"

阿童惊问何故。少年笑道:"话说起来太长,一时也说不完。我所奉托的事不难,只请小师父向家师掌教真人说,弟子申屠宏待罪七十八年,已历三劫两世,所差不过三年之限。每日怀念师门厚恩,又闻开府在即,亟于自效,情甘异日为道殉身,多受险难,敬乞提前三年,早赐拜谒,重返门下,以便追随众同门师兄弟下山行道,将功折罪。如蒙恩允,只向诸葛师弟一说,他自会有法子传给我知道。明早家师和各位师长起身以前,我便可以进府拜见,相随同行了。"阿童道:"就这样带几句话,有甚用处?我还代你力求就是。"少年喜道:"昔年我随家师往谒老禅师,小师父大约尚未转世,想是度入佛门年尚不多,竟有这样高的神通法力,如非福缘根骨俱极深厚,向道坚诚,修为精进,哪能到此?家师最喜这样后进之人,老禅师又是前辈圣僧,又是两世至交,小师父一言九鼎,此事十九可望如愿了。"

阿童闻言,越发喜他。忍不住问道:"乙真人和诸位令师长也是至交,情面甚大,道友既是转劫两三世的旧门人,掌教真人对门下素来恩厚,能得此老一言,当无不允之理。你既和乙真人常见,对你又好,日前峨眉开府,各方多有引进,重返师门,最是良机,怎不当时托他代为求情呢?"

申屠宏叹道:"前事荒谬,本不想提,既承殷殷下问,我且略说一二好了。家师对门人恩如山海,但家法至严,毫无通融。那时长眉师祖飞升未久,家师门下只有我和师弟两人,因仗家师钟爱,得有师门心法,未免狂妄。加以年幼无知,一味疾恶好事,不明大体,平日杀孽已重。家师虽常告诫,到时仍

322

是疏忽过去。那年不合听一新交散仙挟嫌怂恿，去与海外隐居的一个旁门修士为难，乘着家师和苦行、玄真子二位师伯初炼九转大还灵药，有八九个月闲空，没向家师禀告，偷偷前往践约。

"家师因海外各岛仙境灵域，何止千数，到处都有散仙修士之流隐居，既不欲门人无故招惹，多结嫌怨；又恐法力不济，为师门丢脸。每次奉命海外采药，全都预示时限，并将所去何岛、沿途经过地点和各当地主人善恶邪正，法力高下，一一示知。非真妖邪淫凶，不许稍微失礼；未奉师命，更是不许轻往。我和师弟背师前往，已犯家规。行前又以所寻旁门在南极有名五大恶岛之东，地最僻远，为首一男一女夜郎自大，法力颇高，门下弟子无一弱者。我们年少好胜，惟恐失败丢脸，粗心大胆，恃爱忘形，一意曲解，以为所杀乃旁门左道中人，杀之不枉，就犯了家规，不致受甚重罚。既为朋友报仇，受一场责罚，也无大不了的事。莫如把人情做到底，索性再约上两个好帮手同去，免得徒劳无功，负人重托。这时二位师伯门下，各有一个得力高弟，法力均不在我二人以下，尤其各有一件极好的飞剑、法宝，如能约其同往，对方决非敌手。那两人，一个便是诸葛警我，另一个便是苦行师伯门下已转世多年、现在东海面壁虔修的笑和尚。大家全是修为年浅，精进太速，好事操切，不识利害，又都交厚，能共荣辱患难的同门至好，自然一说都去。

"谁知那岛主夫妻，早年虽然出身旁门，只是性情孤僻刚傲，以前时喜树敌，是他短处，也是他致祸之由而外，从未做过恶事。并且自从由中土移居海外，便一意闭户清修，仅前在本门的老辈屠龙大师师徒二人，还有三四位正教中长老，偶然往来；以前同道，休说合污同流，直连面都不见。只为岛上产有一种驻颜不老的灵药，我那新交朋友曾往求取，始而上门明言，被女的婉言相拒，闹个无趣，尚未破脸。偏他不肯死心，复又纠结好些同道，前去强索，斗法大败，中有两人还受了重伤，几乎送命。仇恨难消，跟着潜踪入岛，想把那出生药草之地的灵脉切断，尽泄灵气，给他来个绝户之计。正在下手，吃男的擒住，大受折磨羞辱，然后放走。仇恨越积越深，无如自知力薄。

"这人虽然量小心贪，竟颇自爱，虽然恨极仇人，却不肯去和一干邪魔外道勾结，也是一个专一闭户清修，不常与人交往的正教中人。我二人因在他岛洞左近采药才相识。他问出我二人的来历，便生了心，一意结纳。等到交厚，成了莫逆，才露出求助复仇之意。我二人为友心热，又听对头是个左道，行径如此骄狂，也没细加查询，慨然应诺。也是那岛主夫妻该遭劫数，他们事前本有警兆，又早算出劫运不久将临，心还忧疑。其实只要避开当日，便可无事。偏是举棋不定，踌躇不决，以为近数十年天产灵药已被人知，传说日广，又为此树下不少强敌，惟恐离去以后，门人难胜守护之任，被人乘隙赶来夺去，因而迟疑不决。

"两年前，屠龙大师往访，曾说那散仙面上晦纹已现，劫运应在三年以内。为此留下一面告急的符，日后如有凶险，可即如法施为。虽然相隔数万里外，不是当时可以赶到，但是修道多年，这是关系自身安危成败之事，何况每日又有常课入定，并未犯甚贪嗔，在外为恶，神智未昏，期前必有警兆，只要在临难二日以前发出，决可赶到。此与道家四九重劫不同，不是出外遇事逢凶，便有仇敌来岛寻仇，凭着法力，必能相助。但是成败利钝，未必如人逆料。万一发难在先，或是求救太迟，未能如期赶来，无论仇敌是什么路数，能敌得过，逐走便止，不可穷追；如觉对方不弱，便应反攻为守，专一防护，以待救援。只要不轻率，不骄敌狂妄，自可无害。他如早日发符求救，大师虽为祖师逐出，与各位师长交情尚在，性又刚直，爱管闲事，后辈都颇怕她，只要遇上一说，我们就知对方真是十恶不赦，有她出头，也不敢惹。他偏到大难临身的头一天，才想起将符发出。大师也是为友心热，接到警信，立即疾驰赶来，但依然晚了些时，仍是无及。双方对敌之际，他如平常行径，我们见那所居之岛景物那样灵秀，师徒八人无一个有邪气，也不至于轻举妄动，杀伤多人。他既以切身利害忧虑太过，心中惶惶，百计求保，但觉不妥，越想越左，终于把他昔年所习左道邪法施展出来，在所居洞府，连同灵药产地，布下一个极恶毒的大阵。老远望去，邪云隐隐笼罩，稍有目力的修道人便可看出。谁都当他极恶穷凶，是妖邪一流，决不肯于宽恕。他有了这样严密退守之法，索性不出，一意防守，也未始不能挨到大师赶来救援。偏又首鼠两端，一面设阵布防，仇人见面，依旧眼红，犯了刚愎倨傲素性，仍出接战。

"笑和尚师弟前生名叫贺萍子，落地便是孤儿。与苦行师伯有夙世因缘，由血胞中度去，尽心传授，在同门中法力最高。他知道那阵一被逃回运用，便非短时所能破去，是否漏网，尚属难知。觉出时机不可失去，首先隐形入阵，用师传佛家法力，将阵中主要枢机，暗中全给破去。又擒他一个徒弟，禁在主台之上，欲使少时作法自毙。我们法宝又多，下手又快，途中又遇见元元、白云二位师伯叔门下的几位女同门加入助战，法宝不说，单飞剑就有十一口。内有四剑，更是古仙人所用降魔奇珍，威力仅比师祖紫郢、青索二剑略次。还加上贺师弟的无形剑。那岛主夫妻如何能敌。

"最该死是他们起初那样胆小戒备，及见我们人多势众，不特没有戒心，反倒骄妄轻敌。男的火气更旺，才一照面，不容人开口发问，首先破口大骂那朋友昧良无耻。又说：'几次饶你不死，竟敢勾引一些小贼竖子来此寻死。少时擒到你们，定用法力化炼成灰，却将你们元神附在上面，禁制前岛石礁，永受无量苦难，做一榜样，使各方鼠辈望而胆寒知畏，免再擅入本岛，又来窥伺。'随说随和妻子、门徒一齐放出飞刀、飞剑和各种法宝、法术。我们见他这等强横凶焰，又听他不问青红皂白，恶口毒骂，便他不动手，也容不下，何况又是话未说完，便先发动，益发认定他们凶顽邪恶，平日不知造孽多少，罪无可赦。一面飞剑迎敌，一面各显神通。先以邪阵神妙隐秘，如被遁入阵内，除他更须费事。贺师弟和石生师弟一样，素喜游戏，隐现无常，谁也没见他隐身先入阵内。我们看出敌人见我等俱有来历，不可轻侮，盛气已馁，表面尚在强撑，施展法力。防他率众退逃，正要分人断他归路，贺师弟忽然手发太乙神雷，由阵中喝骂飞出。

　　"岛主夫妇情知不妙，赶紧率众退保入阵。无如法物全破，设施尽毁，这才想起屠龙大师行时易攻为守之言。除去两个受伤见机先逃，一个被禁台上外，师徒尚有五人，用尽方法，各以全力拼死抵御，勉强挨了多半日，男岛主首先为我所杀，三个徒弟也都重伤，先后死去。我们还在认定为妖邪，除恶务尽，不肯停手。我那朋友却见状太惨，许是自觉惭愧，又因以前两次被擒，俱是女岛主向男的缓颊释放，总算是有恩于他，说她素无恶迹，力劝我们停手，勿为太甚，容她逃命自去。贺师弟和诸葛师弟的心更软，也不喜杀女人，便停手喝令速遁。女岛主性极刚烈，忍着痛泪，假意哭诉，说些好话，哀求我们许她埋葬亡夫与门人尸首。我们见她哭得可怜，都动恻隐，当即应允。不知她怎会看出我们是受了朋友蛊惑，葬完尸首以后，放声大哭，竟把她夫妻隐居修道的经过，及怀宝亡身，因那灵药树敌招祸之事，一一哭诉出来。我那朋友想不到她有此一着，已然应诺在先，当着我们，其势不便喝禁。我们见他一任女岛主哭诉，借词咒骂，不曾反唇相讥，面上倒有愧悔之色，才知事太鲁莽，铸成大错，个个心惊，面面相觑，后悔无及。

　　"贺师弟心最仁慈，永不妄杀无辜，性情却也较急，苦行师祖戒规又严。越听越悔恨气愤，忍不住转身向那朋友质问：'为何怂恿旁人，滥杀无辜，以快私意？'话未说完，女的探出我等本心，知道不会再对她为难，骂得越凶。忽然假装去劝贺师弟，说：'此事固是这厮忘我昔日不杀之恩，昧却天良所致，但也运数使然。前年屠龙大师曾有预告，昨日还曾向她求救，可惜时机已晚，不然也不至此。这类害人陷友不义的活猪狗，埋怨他于事何补！'贺师

325

弟和两女同门正以好言劝慰，哪知她早蓄杀机，舌尖早已咬破，冷不防用她本门最恶辣的毒法，扬手一阴雷，张口一片血光，竟将我那朋友活活烧死。众人怜她为夫报仇，那朋友本应遭报，见状只自戒备，也未与她为难。

"她也不逃，只惨笑道：'我杀了这厮，诸位拦阻不及，并未再向我还手，可见适才实是受愚，非出本心。得报夫仇，心愿已足。不过先夫因我误放匪人而死，实在无颜偷生。如蒙垂怜，赐我兵解，以便追随先夫，足感盛情。'众人自是不肯，还在交相劝勉。我知此女死志已决，见我们不肯下手，狞笑说道：'诸位当我自己就不会死吗？不过多受点苦，有何稀罕？'说完未容再劝，已是震破天灵，惨死地上。

"此女刚刚毙命，一片金红光华，自天直降，屠龙大师已至。她见岛主夫妇门人多半死亡，我们又是峨眉弟子，也没有细问肇事根由，勃然大怒。只贺、诸葛师弟二人，见她师徒到来，知道不妙，未等见面，先驾无形剑遁溜走。其余的人谁敢和她相强，不由分说，全被她法力禁制，装入乾坤布袋，写了一信，历述我们罪状，命门人瞎眼小尼眇姑押送东海。

"我们到了东海时，师父丹未炼成，洞门未开，只好照屠龙大师的话，跪在洞外待罪。几个女同门多和小瞎尼眇姑相识，平日相对冷冰冰的，这时竟会好心照应。跪到第二天，眇姑问明情由，便说她们本心只是为本门师兄弟出力诛邪，无心相遇，因而同往，并非有意从恶，情有可原。只要送往云灵山、罗浮山各人师父洞中，略加告诫即可。竟擅专做主，全数释放，令其回山自行举发。对于我们众人，却认作罪魁祸首，不可轻恕。始而置之不理，在旁打坐，等候师父开门交信重责。一晃二十来日，我们虽有法力，也觉不耐。贺师弟又不时隐身在侧，说这小瞎秃可恶。她并非本门尊长，无非各位师弟念着一点旧交情面，她竟如此作威作福。反正是福不是祸，重责难免，何苦受这小瞎秃的恶气？我们被他说动，但又怕那布袋厉害。正与贺师弟示意，令他先盗布袋，然后反抗。谁知小瞎秃法力颇高，竟然觉察，忽然睁眼冷笑说：'我是奉命来此，你们不服气，只反躬自省所行当否？我师父此举，是否恶意，日后自知。既不愿长跪，我守着你们这些蠢人还觉无趣呢。跪守与否在你们，我不相强，我这弥勒布袋却偷不得。一切听便，我自回山复命去了。'说罢飞走。我们商量了一阵，以为徒跪无益，便同往钓鳌矶，用功守候，也未再出门去。

"到了开洞前三日，才去洞外跪下求恩待罪。三日后，三位师尊同出。先时便要追去我们灵光，押入轮回。我等再三苦求，复经师母妙一夫人力为求情解劝，才按轻重，分别处罚。我和师弟是祸首，处罚最重，定了八十一年期限，在此期内应经三劫，还须努力修为，灵根不昧，始允重返师门。诸葛师弟去由强劝，情不可却，斗法时又未伤人，罚处最轻。贺师弟只历一劫，仍是出生便即引度，也不算重。独我一个，两次轮回，又历尽艰危，勉强挨到今日。我实不知乙师伯和家师交厚，但他在二十年前，我二次转世时，为我说情，被家师婉言拒绝。此老性刚，虽以家师与别人不同，未曾十分不快，也决不肯再为此事开口。可是这些年来，如非乙师伯垂怜恩助，随时照拂，早为仇敌所伤，也不能有今日了。"

阿童听出了神，方觉这人正是初出茅庐的前车之鉴，以后遇事，务要慎重，少开杀戒。忽见一道光华穿破云层飞来，落地现出一位道长。申屠宏见是醉道人，喜出望外，急忙跪倒行礼，口称师叔。醉道人道："你莫高兴，还有难题你做呢。你师父说，姑看乙真人与小神僧的情面，许以立功自效。此时要入仙府拜见师长，尚不能够。必须看你百日之内，能否勉为其难，再作定夺。铜椰岛之行幸非明朝，大约还有三数日一同起身，你自照书行事吧。"说罢，递过一封柬帖。申屠宏见是师父亲笔，益发欣慰，喜溢眉宇。先向仙府恭恭敬敬拜了九拜，口中默说了一阵。重又向醉道人、阿童分别拜谢。阿童笑道："我话并未给你带到，谢我则甚？"申屠宏道："家师神目如电，心动即知，小师父盛意，早知道了。你没听醉师叔传述，师父也看小师父情面吗？异日如见老禅师，能再为我致意谢恩，益发感激不尽。"阿童随和醉道人互相见礼。醉道人说另有事，请阿童先下。阿童料他要向申屠宏叙阔，并示机宜，自己也亟欲进府，便即举手作别，穿云直下。到了殿中见着妙一真人夫妇和在座众仙，说完白犀潭斗法之事，随同落座。

这时众弟子刚奉命往左右二洞，通行火宅严关和十三限，诸葛警我等为首的四弟子，方在当先试行给众同门观看，尚无一人去往前殿，恰是空闲时候。阿童心实，觉着受人之托，一句话尚未带到，于心不安。又以众仙初见，一则佛道殊途，不相统属，师父并不肯以尊长自居，主人尊礼师父，半属谦虚。二则自己年幼，不比师兄朱由穆得道年久，与主人两世交情，又曾共过患难，算起来，终是末学新进，如何敢齿于平辈，冒昧启齿？心方盘算如何说法得体，朱由穆先问道："小师弟，你在上面遇见申屠宏时，他脸上有一片红光，可曾见否？"阿童答说未见。髯仙李元化笑对妙一真人道："无怪乎此子敢来求恩，那重冤孽居然被他化去，并还历劫两世，始终元灵不昧，受尽邪魔诱惑，冤孽纠缠，竟未堕落迷途，再蹈覆辙。这等艰苦卓绝，向道诚毅，委实

327

是难得呢。"

顽石大师道："如论掌教师兄前收这两弟子，当初本是无心之过，这多年来任他独自转劫再世，受尽诸般的苦厄，从来不曾加以援手。年限不满，冤孽未消，以前更连面都不许见。上次遇那奇险，眼看形神皆丧，如非大方真人垂怜援手，决难幸免。而他们一意修省，只仗前生根基扎得坚强，修为勤奋，法力不曾尽失，誓遵师命，各自以孤身微力，独排万难，于邪魔仇敌日常侵害之下，一意勤苦修为，毫无怨尤。今已化去冤孽，依恋师门，前来求恩，只差三年光阴，仍是不允所请，未免处置太过。要是我的徒弟，早不忍心了。"

妙一夫人插口笑答道："如论这两门人的根骨，实不在现时英、云诸弟子以下。两生艰苦精诚，终于转祸为福，尤属不易。外子并非不念师徒之情，只缘爱之深，望之切，平日期许太殷，无端铸出那等大错，自然痛心，也就愈恨。总算他二人居然勇于改过，努力奋勉，得有今日，可谓难得。可见世间无不可解的冤孽，全仗自身修为如何罢了。至于适才拒他入见，不曾速允所请，乃是另有一种用意，命他往办一事，于他大有益处呢。"

顽石大师大笑道："我岂不知齐师兄故使备受折磨，实欲玉成？我是说他师兄弟二人，依恋师门太切，第二次转劫时，为想以血诚感动师心，托我代为求情，分明会许多法术，故意不用，一步一拜，拜上天台山，四日五夜水米不沾，口气不缓，一直拜到我的洞前。再三哀求，为之关说，情愿多受别的责罚，只求能见师父一面。我见他年才十岁左右，几天劳乏饥渴，血肉模糊，泪眼欲枯，光景实是可怜。明知齐师兄外和内刚，言出法随，平日对门下弟子虽然爱胜亲生，一旦犯过，向无轻恕，说出来的事，必须做到。恐求不下这人情，又去约了三位同门师兄弟，同往东海求恩，哪知费尽唇舌，仍然坚执不允。他得信之后，只是愧悔痛苦，毫无一丝怨尤。好容易千灾百难，熬得冤清孽尽，也未再有一丝过错。除去这三年短时光外，师父所说，全都做到，怀着满腔热忱来此跪求恩免，既已心许，何必吝此一面，辜负他这两生八十年的渴望呢？"

妙一真人笑道："师妹休为此子所愚。他二人全都机智绝伦，深知利害，对我夫妻固然感恩依恋，一半也是知道此举关系终古成败。前番不合恃恩尝试，铸了大错，再稍失足，便即堕落，永劫沉沦，求为常人转世，皆所不能，为此终日战战兢兢，如履如临。又以头世受尽冤孽纠缠，终于抵御不住魔孽，身遭惨杀，心胆已寒，惟恐道浅魔高，自身无力解免，只有早归师门，可以免祸。料我素来宽厚，年久恨消，再有诸位师伯叔好好关说，十九可以应允，这才想下一条苦肉计，欲以至诚感动。他算计虽想得好，却瞒我不过。我既安心借此成全，早算出他二世能够因祸得福，异日仙业有望，怎肯中途罢休，作那姑息之爱？他二人看出我心志已决，无可挽回，知道不践前言，只有堕落灭亡，这才心惊胆寒，绝了侥幸之心，重鼓勇气，立志奋勉，全以自身之力，度此灾厄险难。他对我的心意全都雪亮了然，见我没等阿童道友前来说情，便令醉师弟出去传命授简，自然我意已回，所命必是于他有益之事，早已欢欣鼓舞，喜出望外。事情一完，便去与他师弟送信，宿愿已遂，不久即返师门，何在这暂时一面呢？"

顽石大师闻言笑道："话虽如此，就说他半为己谋，居然一见望绝，益自奋勉，向道坚诚，始终如一，也是难能可贵的了。"元元大师道："这还用说？如非这样，照他二人所犯之过，早已不能宽容。就加恩免，也必逐出门墙，任其自生自灭，决不会用这许多心思，成全他们了。"

阿童闻言，才知申屠宏府外言动，众仙俱如亲见，已经蒙恩宽免，不久重返师门，好生代他欣慰，便未再提。跟着众门人相继由左右两关飞到，因爱金、石二人年岁和己差不多，人又天真，一见投缘，有意结纳，同到鱼乐潭，把前事谈了一个大概。

灵云听完，喜问道："小神僧与申屠师兄相遇前后，可曾见有一个年约十五六岁，面相清秀，重瞳凤眼，目光极亮，着青罗衣，腰悬长剑，左手戴有两枚指环的少年吗？"阿童答说："无有。"灵云笑道："申屠师兄幸得免孽，重返师门。阮师兄比他人还要好，两位师兄又极交厚。家父虽有各自清修，自消冤孽，不令二人一起之言，我和诸葛师兄料他们纵不敢故违师命，合力御害，彼此总要设法通信，各告近况；有时甚或遥遥晤对，都在意中。偏是这多年来，音信全无。那年拜山求情，也只申屠一人。家父和诸位师长从未提过阮师兄的近况，不知光景如何呢！"阿童见灵云意颇关切，便告以适才听了顽石大师和掌教真人对答的话，好似此人尚在，口气也还不恶，因未见过，不知姓名，故未询问。

灵云道："当初家父门下只传二人，一是申屠宏师兄，还有一位姓阮名征。彼时我刚转劫人间，尚未度上山来。家父母仇敌颇多，俱是左道妖邪。不知怎的访明我是仇人之女，竟在家母引度以前，将我摄往五台山中，意欲取炼生魂。家母早到一日原可无事，因在途中救了两人，略微耽延，到时，我已被摄走，急切间查不出所去方向，是何方妖人所为。正在忧急，路遇阮师兄采药归来，说起途中曾见妖人遁光飞驶。家母也刚成道，不知是否，便令阮师兄跟踪追蹑。一面赶紧回山告知家父和苦行、玄真二位大师伯施展法力，查看下落，以免无知乱闯，反而误事。嗣经算出，是五台派妖人所为，与阮师兄所遇正对。忙同赶去，中途又遇见阮师兄已冒奇险，九死一生，将我救出，差一点没有同在五台遇害，但仍被众妖人随后赶上，将他围困，眼看危急万分。家父母和二位师伯若稍迟片刻，我和他便无生理。后来妖人伤亡败逃，把我和阮师兄救回山去。问起情由，才知阮师兄寻到妖窟时，妖人法台已设，待下毒手。他本非妖人敌手，为感师恩，竟不顾利害，拼了性命，以身尝试。仗他机智绝伦，心思灵巧，动作尤为神速，长于审度形势，临机应变，避重就轻，冷不防猛然下击，飞剑先伤行法的妖人，更不恋战，抢了台上所供法物和摄魂妖幡，连我一齐抱起，往回急飞。一任妖人恫吓喝止，身已重伤，依然咬牙强忍，奋力前驶，才得将我性命保住。等与家父母相遇，阮师兄人已伤重不支。救回东海，连用灵丹医治，经时三月，始得复原。

"他于我有救命之恩，心中感激。自他犯过，逐出师门，在外待罪，我曾拼受家父责罚，和霞儿妹子一同寻访他的踪迹，前后多次。别的爱莫能助，只想赠他一件防身法宝和数十粒灵丹，防备万一。头次闻说他在大渡河畔一个荒僻的苗人土洞之中，隐修避祸，不料往访扑了个空，反与苗人怄了一些闲气。二次探明真实下落再往，经一苗人传言，才知他既恐愚姊妹为他受责，又恐违背师命，故此不见。并说藏身之处已泄，即日前往江南觅一深山，隐居修炼，以待灾孽到来，抵御化解。我知他是有心不见，空自感激难过，无可如何，只得回来。至今更无下落。

"我想如今年限将近，申屠师兄已可重返师门，他比申屠还要坚诚虔谨，照理额上血花孽痕必已化除，不久定要归来。不过事难逆料，也许冤孽未解，故不敢来见家父，也说不定。日后再遇申屠师兄，请代转告一声：他二人冤孽未去以前，平日身受甚是痛苦，万一有朋友相助，只要不是本门中同道，未经二人请求，相助出于自愿，便不算是违背师命。我知小神僧法力高强，得有佛门降魔真传，尚望助他们一臂之力，俾仗佛法慈悲，解去夙冤旧孽，便感同身受了。"

阿童一一应允。又问出阮征素来爱好，本身法力尚在；因不舍前生形貌，尽管转劫两世，仍是当年美少年身材面目；又是一双重瞳，极容易认出。便记在心里。灵云出来时久，说完便即辞别，回殿侍立去讫。

众人饮食言笑了一阵，又陪阿童把全景游了一遍，除却左右两洞和太元洞门人用功之所三处禁地,十九踏遍。最后又去灵桂仙馆小坐赏桂。

仙府无日月,到处游玩迁延,三数日光阴,一晃即过。这日金、石诸人因仙府之中所有珍禽奇兽,瑶草琪花,及一切飞潜动植灵异之物,阿童全都见到。惟独芝仙自从五府开建,灵峰飞回,群仙盛会之后,自知灾劫已完,一心向上,欲谋正果,径自同了那匹芝马,藏入红玉坊、飞虹桥中间的灵翠腹洞穴之内,一意修炼,不再出现,尚未见过。金、石二人连去峰前,呼之出见,没有应声。起初众仙为防开府时水火风雷猛烈难当,又防妖邪乘虚暗算,将它本根由太元洞暂行移植在凝碧崖前古楠树腹以内,并命二灵猿和神鸠、神雕、神鹫等诸仙禽防卫,以备不虞。会后,本要将它移回太元洞内,妙一夫人前往行法移根时,芝仙跪地恳求,自请移入灵峰腹内。妙一夫人知它心意,点头笑允,并还传以道法,喜得二芝欢欣欲狂。

金、石二人知道此事,料它连日用功正紧,决不会走向别处。又曾和阿童说过芝仙最信自己,一呼即至。不料连唤不应,觉着不好意思,忽动稚气。金蝉首将身剑合一,化成一道光华,向峰腰一个较大的孔穴穿去,欲待往里面捉它出来。哪知这座灵翠峰乃长眉真人所留异宝,昔日两仪微尘阵发挥妙用便由于此。内中并还藏有道书、灵丹、法宝之类,妙一真人尚未往取,峰腹宝库禁制犹存。若不知底细门户,略微深入,便被困住。芝仙通灵变化,在灵峰还未飞走以前,便把内中门户机密探明,知所隐避,看似随意出入,实则生根藏伏之所,并无禁制。不过外人不似它身小通灵变化,决进不去,稍微走差,误入宝库左近,立被摄住,不经妙一真人解救,休想脱身。芝仙择此隐居,原有深意。金蝉只当师祖禁制已撤,芝仙尚敢入居,自无妨害。进才丈许,见里面孔窍甚多,密如蛛网,大小全可相通,时见霞光隐现无常。正在踌躇观察,口中唤着芝仙,试探寻找它的藏处,啪的一声,背上被小手打了一掌。平日常和芝仙打闹,觉着那是芝仙小手。心想:"身剑合一,如何敢于近身来打?"好生奇怪,念头略动,忙即回看,果是芝仙,面上带着又害怕、又生气的神色,站在身后不远,好似打了一下,刚纵回去情景。

金蝉不知身已入了禁地,飞剑早已离身坠落,失了灵效。再前数尺,便即失陷昏迷。还想佯怒诘问时,忽见芝仙不住地招手,状甚惶急。本要过去,还未开口,猛觉着脚在实地,飞剑不知何往。方在惊疑,芝仙面上忧急神色已敛,手指自己,不住连说带比。芝仙近来人语渐佳,二人又是久处相习,金蝉一听,才知自己刚刚脱险,飞剑便在前边离身不远坠落,因已入禁地,灵智渐昏,故无所觉。休说再进,便是适才立处,相去不过三四尺,芝仙曾经大

331

声疾呼告警,居然听不出。芝仙感他恩义,惟恐误陷在内,冒险纵入,打了他一掌,觉出不好,赶紧逃回。金蝉被打,惊觉回顾,仗着一双神目,方得看出,因而脱险。否则就是妙一真人在此,不久仍能出困,到底不免一场苦吃了。金蝉闻言,一寻飞剑,果在两交界的地上,已复原形,忙即探手捡起,且喜并无损伤。

金蝉便叫芝仙同出。芝仙说自己蒙掌教夫人开恩传授,连日修炼正紧。怪金蝉不该唤他,更不该入内相寻,身入险地,逼得他不能不丢了日课出救,白费数日苦功。外面小和尚更于他有损无益,说什么也不愿出见。金蝉虽有稚气,但极疼爱芝仙,不肯强迫。但又夸了口,无法交代。再三婉言劝说,芝仙才答应明日申初,课完出见。金蝉不知是计,出来推说芝仙因奉家母之命,在内入定用功,暂时不能出来,须到明日申初始出。阿童本不愿搅他清修,但金蝉必欲证实芝仙如何灵异可爱,到时仍约前往。唤了一声,芝仙便应声出现,仅向峰腰小洞探出头来,未现全身。阿童见他生得粉滴搓酥,身白如玉,身材那么小巧,相貌那么灵秀,神采奕奕,一身仙气。只是鼓着腮帮子,面带不快之色,看去可爱已极。方想接他下来,抱在怀中,亲热一阵,猛听殿内传呼,击磬撞钟,集众起身。芝仙立现喜容,往峰内缩退回去。

金、石二人闻命,不敢停留,忙和阿童、米、刘、沙、米诸人赶往。到时,两朵云幢正往上升,金、石二人飞身上去,先将钟、磬撞动,凡是奉命下山男女众弟子,闻声齐集前殿平台之上,分班排列。石生又将玉磬连敲。妙一真人升座,命众人入见,说道:"大方真人已到铜椰岛三日,先颇获胜。后来天痴上人情急心横,竟拼造孽堕劫,不顾利害轻重,巧施毒计,发动先天元磁大阵,引使入网。大方真人刚强任气,明知敌人激将,阵法厉害,自恃玄功变化,法力高强,炼就不坏之身,无所畏忌,故意叫明之后,再去犯险。不料天痴上人暗中还有木精桑姥姥之助,利用本身乙木,混乱先天五行方位。大方真人受其愚惑,不能推算详细,入阵稍一疏忽,误走死户。等到觉察,身已陷入地肺之中,上有本岛磁峰镇压。当年遇难被困时,便是受人暗算,神山压顶,多年不能脱出。只觉强仇已早伏诛,仍认作是生平奇耻大辱。天痴上人此举,大犯其恶,心中怒极,竟也拼着甘冒大罪,豁出酿成大祸,把地下面地火勾动,并以法力会合,烧毁磁峰,同时攻穿地肺,脱身而去。

"此举虽非容易,以大方真人近来道行法力,也没有多少耽延。现在双方都是道强气冲,棋逢对手,两不相下。天痴上人不知大方真人昔年只是一时大意,骤出不防,为敌暗算。一晃多年,满拟袭人故智,仍用神山压顶之法，克敌报仇。并没设想危机已伏，益发便不可收拾。即或自身得脱，门下几辈弟子，连同铜椰岛仙山福地，必然同化劫灰，一无保全。

"我们前往解围，去早了，天痴上人还当我们与大方真人交厚，有意压他。必须让他觉出一点危险厉害，再去方是时候。日前已各指示机宜，到后各按方位立定，不许另生枝节。事完，无须同归，除易、李诸徒须在百日之内前往苗疆，去见红发老祖致歉，便宜行事，已经指示者外，余人各按道书、柬帖所示日期、地点行事便了。"

说罢，真人起身，又指示众弟子铜椰岛事完，便须换装，分赴各地积修外功，早些备下应用衣物，带在身上。去时，仍是一律穿着开府时所赐仙衣。

妙一真人夫妇和玄真子三人，率领长一辈众仙，连同采薇僧朱由穆、李宁、姜雪君、玉清大师、杨瑾、阿童、嵩山二老等众仙宾，一同去至殿外平台。众弟子仍然排列两旁，只金、石二人仍在云幢上等候。妙一真人笑对众仙道："各位道友，遁光快慢不一，众弟子中无多人能够追上我们。为求先声夺人，必须一同赶到。不如由大师兄和贫道两个主人略施小技，用玄门灵光遁法送了去吧。"朱由穆笑道："我们俱为主人出力，自然应由主人送往。别位料也无此神通。就请施为吧。"妙一真人、玄真子同说："道友何必太谦？贫道兄弟献丑就是。"说罢，同将袍袖一展，立时满台俱是金霞，簇拥着长幼群仙数十余人，连同金蝉、石生，一齐向空飞起，晃眼越过飞虹桥、红玉坊，破空直上。刚刚穿出凝碧崖上节七层云封，升上高空，妙一真人把手一指，一声轻雷响处，金霞连闪，比电还疾，流星过渡，径直往铜椰岛飞去。

飞遁迅速，瞬息千里，没有多时，便到了铜椰岛附近海上。众仙在云空中运用慧目，遥望海空辽阔，沧波浩荡，水天一色，渺无涯际。铜椰岛方圆千里，偌大一片地方，还有那么高直一座磁峰，直似一枚翠螺，中间插上一根碧玉簪子，静静地浮沉于滔天巨浸之中，并无丝毫异状。令人见了，也不由得不感叹造物神奇，吾身直似恒沙仓粟，过于渺小了。晃眼工夫，便自飞近岛上，自然越现越大，仍无动静。岛上峰岭回环，形势奇秀，到处嘉木成林，郁郁苍苍，加上万千株独有的铜椰灵木参天排云，一株株笔也似直矗立于海岸和宫前盆地之上，显得景物越发庄严雄丽。全海上静荡荡的，休说不似有猛恶阵势，竟看不见一个人影。

众弟子正觉情景不类，忽听追云叟白谷逸笑道："想不到天痴老儿还会弄此狡猾。这类障眼法儿，也能欺瞒我们耳目吗？"妙一真人老远便把遁光隐去，说时，众仙也已飞到铜椰岛的上空。妙一真人把手一挥，众仙便照预拟机宜,各按方位列开,各隐身形,分停空中等候。众弟子随在妙一真人身后,先听追云叟一说,才知敌人已然行法,将阵势隐蔽。几个目力好的,正运慧眼四外观望,忽见中央妙一真人把手一扬,一声轻雷响处,发出千百丈金光,照耀天地,连附近海水都映成了金色,天宇霞绮,齐闪奇光,绚丽无俦。跟着金光敛去,众仙仍隐,只妙一真人与众弟子一同现身。再看下面,已非适才景象,只见全岛面到处都是残破火烧痕迹。天痴上人所居洞府已然崩裂,洞顶也被揭去。铜椰灵木也没先见的多了,只东面洞后,有十来株较小的,尚还健在;余者全都断的断,烧的烧,不是化为劫灰,便是连根斩断,横七竖八,东倒西歪,狼藉满地。仿佛一片繁华风景之区,经过一场极大的兵灾火害,景物凋丧,满目荒凉。那磁峰连同附近四五十里方圆以内,由峰尖起,斜射向下,直连四外地面,撑起一片五色烟幕。环着烟幕,分列着数十个着青白半臂短装的天痴门人,各持长剑、小幡,指定峰上,一个个满面愤激之色。有的衣饰不整,身还负伤。峰前不远,有一玉石法台,大只方丈。天痴上人站在当中,手持长剑、宝幡,主持阵法,面上神色益发愤怒吃紧。台前有一圆光,青芒闪闪,四下斜照,频频转动。离台三十丈高下,在三十六丈方圆以内,按九宫方位,分列着九个门人,各有一片青云托足,手中各持一面形如古镜的法宝,看去非金非玉,色作深灰。

　　天痴上人目注台前圆光所照之处,如觉有异,立即行法,倒转阵图,手中长剑一指。空中门人遂将手中宝镜一晃,镜面上便有一道由小而大的五色烟光,朝那所照之处射去。不照时,却是暗无光华。此外离地丈许,全岛都是一片灰濛濛的烟雾布满。神驼乙休已踪迹不见。天痴上人运用全力,行法正紧,忽听雷声有异,忙即回顾,只见金光万道,上烛云衢。既防有人空中路过,看出下面挫败情景;又防来人与乙休交好,觉出有异,下来盘诘,或是当时动手助敌,或是另约能手来此力敌应援。所设迷景,竟然被人破去,知道来了劲敌,不禁又急又怒。强仇现被禁压地底,已然用尽心力,仍然禁制不住,只在地底到处穿行,往复乱窜。稍有疏忽,一个照顾不到,立被脱出。便当时败逃不再拼斗,也留下一个极大的祸害,日后卷土重来,必有准备,更是敌他不了。就这样师徒多人合力防范,尚恐有失,怎再经得起添一个强敌,来此分心? 同时地底仇人闻得雷声,料知必有救援到来,不愿假手外人才得出困,也在下面全力施为。天痴上人见状,益发手忙脚乱,不敢大意。也不顾观察敌人是谁,急欲先发制人,把心一横,慌不迭先把左肩一摇,由肩头葫芦内飞出一道极强烈的青光,晃眼展布空中,先将众门人连法台一齐笼罩。接着急倒转阵图,将手中长剑向空连指,九面宝镜齐放光华,朝一处地面射去,更不再向别处转照,才略放心,自觉防备甚严。

天痴上人二次方欲回顾,忽听身后有人说道:"天痴上人,别来无恙?"定睛一看,满地金光已敛,一片祥光簇拥着老少三数十位羽衣星冠,霞帔云裳,周身珠光宝气,道骨仙风,霞辉四映的男女仙人,缓缓飞近前来。为首一人,正是一别数十年,新奉长眉仙敕,开辟碧凝仙府继道统的峨眉派教祖妙一真人。知是敌人乙休患难至交,不禁心里着忙,又急又怒。

天痴上人因见对方似是先礼后兵,面色和善,不便遽然发作,也不出位相迎,径在法台上把首微点,强笑答道:"闻得道友新承大任,开府建业之始,必甚辛劳,今日缘何有此清暇光阴,光降荒居?贫道旁门下士,自审行能无似,道力浅薄,神仙位业,自问无福;更不敢仰承交游,谬窃荣光。遁藏辽海,僻处穷丘,不过妄冀长生,苟延岁月。君子小人,云泥分隔;荒服野岛,难款嘉宾。今蒙宠临,岂不有渎教祖尊严吗?"

妙一真人听他口气,知是上次开府不曾邀请,心有芥蒂;又疑自己来助乙休,与他为难,心怀疑忌。不觉暗中好笑。心想:"此人好胜量狭,与乙休一样,各有一种古怪脾气。反正不应也得应,转不如给他来个开门见山倒好。"任他发完了一大套牢骚,才笑答道:"道友高卧灵山福地,千秋清福,便天上神仙,也未必有此自在。何必谦逊,自抑乃尔?道友也无须对我疑忌,贫道等此来,并非为己,实则为人。现有两事敬以奉闻:

"一则前奉家师长眉真人玉箧,敕令贫道谬承道统,开建凝碧故居,猥以菲材,德薄道浅,恐有隃越,继位之日,小治杯觞,恭请各教前辈、海内外群仙莅临观礼,俾有匡益。道友道法高深,群伦仰望,属在交末。本拟恭迎鹤驾,临贶指教,以为光宠。不意请柬将发,贫道新收顽徒易鼎、易震兄弟,因在紫云宫与令高足巴延相遇,匆匆应敌,未暇通名,初出无知,以为既与众妖邪一党,当是同流。而令高足始则用法宝、飞剑暗算伤人;继知不敌,又不甘挫败,起意诱敌,欲将小徒引来此地,借师长同门之力,报仇雪恨。小徒年轻,不免气盛,吃那逗引试急,罔识利害,致有冒犯。粗心之咎,原无可辞。乙道友因和小徒祖父深交,性情豪爽,以为道友与易道友分属朋好,打狗看主,即有开罪,亦应谅其年幼无知,或是训斥几句,恕其初犯;至多送往乃祖那里,令其严加训管。就说误伤神木,必须赔偿,孺子何知,也无如此法力,仍须取偿乃祖。况且九天十地辟魔神梭已吃道友扣留在此,足可为质。无论是交情或道理,均不应以严刑相加。何况乃姑易静已然闻讯登门,代为负荆,请

335

领回去惩责，而道友仍不见容。乙道友乃认道友处治稍过，不近人情，方始下手救去。彼此各执一理，对道友自然不无开罪之处，乙道友既是贫道等患难至交，易道友女、孙皆在贫道门下，本人又是至好，柬如未发，开府庆典或可俟诸异日。一则请柬恰先发出，未便改约；二则，易氏姑侄三人均是小徒，又曾得罪道友高足，道友驾临，见此老少数人，心中自不能无所芥蒂。况乙道友爽快绝伦，双方倘有争执，或是语言失检，贫道主人岂不难处？再三思维，迫不得已，只得将道友请柬暂停发出。日前因念双方生嫌之日，易氏姑侄三人虽还不曾拜我之门，现终在我门下，兹值亲身奉请之便，恭率长幼三辈门人，前来负荆请罪。此是一事。

"还有一事。前读家师仙敕，得知十二万九千六百年元会运世，中间每万二千九百六十年必有一次大劫，虽不至于天地混沌，重返鸿蒙，但也能使万千里方圆地域海啸山崩，洪水横流，煞焰腾空，化为火海。纵以天心仁爱，发生灾祸之处多在辽海极边荒寒隐僻之所，终仍要伤亡巨万生灵，造孽无穷。而引起此劫的祸首罪魁，也必膺天戮，终古沉沦。所幸这类大劫虽是定数，却可凭前知此事的福德深厚有道之士，以精诚感召穹苍，以毅力胆识预拟成竹，设法挽回。照着家师仙敕所示，劫难今日已临，正应在此岛。最厉害的是，此劫因是定数，大祸伏于无形，一触即发。应劫肇祸的局中人，不论有多高法力，事前一意孤行，决不知悉；即有知者，如非自身具有神通，先识玄机，深悉机宜，布置应付恰是时候，分毫不差，到时仍须集合好些大力之人相助，始能于一发千钧之中挽回来。事机瞬息，稍纵即逝，微有疏忽，便成画饼，白费心力，甚或殃及池鱼，均说不定。此次肇事远因，由于小徒无礼，乙道友仗义救危而起。近因便是日前道友轻敌，远离仙岛，率领门人去往白犀潭斗法，中了乙道友的埋伏，略受挫折，心中愤恨，仇怨相循，设下此阵，诱他来此入伏而起。再有片时，大劫便要发动。此劫浩大，仅比洪荒之始稍逊。一旦发生，不但山崩地裂，全岛陆沉，而地火一起，烈焰上冲霄汉，熔石流金，万里汪洋齐化沸水。不但所有生物无一幸免，全世悉受波及，到处地震为灾。而热气上蒸，布散宇内，沸流狂溢，通海之处多受波及。奇热所被，瘟疫流行，草木枯焦，鸟兽绝迹，不知要有多少万万生灵葬送在内。为此奉命来此，挽回这场浩劫，使二位道友休要各走极端，致令浩劫一成，不可收拾。我想二位道友俱都得道年久，能有今日，煞非容易。自来无不可解之冤，何况道家四九重劫不日降临，这回料比上回还要厉害。本是同道，正好同心合力，到时一起抵御。何苦为此一时意气之争，遭此亘古难见、万劫不复的空前巨灾,误人误己,自取灭亡呢?如谓乙道友于道友曾有忤犯,恶气难消,那他此时被道友压入地底已一日夜,也足相抵了。如能上体天心,下从鄙意,酌情推爱,就此交出阵图,由贫道等遵照家师所示,使双方释嫌,言归于好,岂非快事?贫道自知道力浅薄,大劫即行发动,惟恐力微,难胜重任,除本门师兄弟外,并还请有好几位法力高强的道友同来,按家师仙法妙用,散在空中。如今地底灾劫将要发动,吉凶祸福,实系于道友一念转移之间,尚望卓裁,功德无量。"

天痴听对方所说,倒是情理兼尽,又是诚诚恳恳,毫无挟持之言,无甚可驳。无奈连日和乙休斗法,又连吃了许多大亏。岛上所有洞府灵宫,泉石树木,几乎全被毁灭;门下弟子又连重伤了好几十个,伤轻的还未在内。端的仇深恨重,百世不改。好容易费尽心力,诱敌激将,还是仇敌骄狂大意,自行投入,才将他困入地底。能否如愿,永禁在内,尚无把握。擒虎不易,放虎更难。如何肯为对方几句话,自留永久后患?至于为此引起空前浩劫一层,初听虽颇动心,继一想:"此岛地底情形,原所深知,磁峰正压地肺之上,人不能通。并且现时乙休已吃那洞中九宫宝镜所发五行真气射入地底,将他紧紧困住,通往峰底地肺之路,又被行法隔断,被困入已一日夜,现查阵图光影,不见行动,当已力竭神疲,如何还能兴起什么巨灾浩劫?再者,自己修道多年,似此关系成败吉凶大事,期前无论如何该有警兆,怎丝毫无所觉察?听对方之言,除峨眉长幼诸同门外,并还约有别派有力外人同来,隐身伺侧,不曾现出。分明和仇敌交深,约人同来救援,为避以势欺人之嫌,故意编造这些说词,意欲先礼后兵,等话说不通,再把来人一齐现出,恃强硬来。你既设词愚弄,软硬兼施,表面论交情道理,实则想我放出仇人,我便将计就计,也和你来软的,看你用甚方法证实前言?你身是一教宗主,决不能说了不算,平白和我翻脸。"

主意想好,先朝空中注视,果有好几处云影不能透视,分明有人隐身在彼。因是隐形神妙,不用力留心察看,决看不出。心中有气,冷笑一声,故意问道:"贫道法力浅薄,不能前知。想不到这万二千年小元大劫,竟应在此。如非道友惠然相告,预示先机,贫道和驼鬼罪魁祸首,都是万劫难赎的了。本来今日道友宠临,又是专为救我师徒危亡而来,驼鬼虽然万恶,仇恨如山,看在道友金面,命我放却,我也不敢违背。不过我闻这类天劫,大抵凶煞之气日积月累,千万年来蕴蓄一处,犹如强弓张机,引满待人,一触即发;又如脓疮高肿,蓄毒已多,终须有个溃裂。大劫之源,当在地底。贫道便将驼鬼

337

释放,不过免其铤而走险,不去引发,但是隐患仍存,发作愈晚,为害尤烈,迟早终是为祸生灵。我意道友神通广大,法力回天,又同来许多位道友,虽然隐身空中,相机而作,不屑赐教,到底人多势众。既来此挽回劫运,想必有个通盘打算。与其只图苟安,贻祸未来,何不传声告知驼鬼,索性指明祸源,令其引发,诸位道友施展法力禁制,使其缓缓宣泄出来,不致蔓延为灾,流毒生灵,岂不比先放驼鬼,祸源仍在强得多么?"

妙一真人知他用意,笑答道:"道友之意,以为乙道友真个被困地底,必须道友放他,才得脱出吗?乙道友的性情,贫道深知,决不假手外人之力出险。故请道友看我众人薄面,交出阵图,并非就此放人和解,内中尚有文章。一是诚如尊意,这类千万年蕴积地下的凶煞毒火,必须假手引发人,使其宣泄;一是道友已为乙道友化身所愚,五行真气全指一处,以为压困在下,不能行动脱出,却不知他此时正用极大法力,玄功变化,已然攻入元磁神峰之下,地肺之上,再穿通下去千三百丈,便是毒火发源的火眼。非借此图一观,不能引他舍却险路。否则必由火穴横穿过去,地肺中包孕毒火的元胎便猛然爆炸。乙道友随以玄功变化,借着火遁上升,全岛立即粉碎,崩裂陆沉。上半揭向天空,万里方圆内外,沙石泥土满空飞舞,毒火上冲霄汉,劫云烈焰,布满宇内。全海成为沸汤,腾涌如山,毒热之气,中人立死。除却我辈有限几人,稍差一点修道之士,便难禁受,令高足们恐不免于难。灾区蔓延达三万里以上。此外较远之地,亿万生灵虽不至于当时死亡,而热浪毒气流播所及,天时必要发生剧变,水、旱、瘟疫、酷热、奇寒,种种灾祸相次袭来。只有极边辽远之区,或者不被波及。大劫一成,再有多大法力,也无可挽回了。

"乙道友只因被激,入阵之初,不曾想到道友此阵得有桑精之助,先天乙木戊土,具有无边妙用。加以地利天然,不是仅谙五行生克之妙所能克制。道友又是怨重恨深,欲罢不能,必欲杀之为快,防备既极周密,逼迫又复太甚。他一时愤恨难遏,恰在磁峰下面,悟彻以火制火玄机,亟思脱困复仇,以为此岛远居辽海,相隔最近的岛屿也有四五千里之遥,并还无甚人烟,只有鸟兽生物栖息其上。劫运所关,和道友一样,那么高道力的人,竟只知先天元磁精气凝聚之处,下面地肺深处伏有前古太火,足可将先天乙木戊土之气,连同道友这混元九宫阵一齐破去,自身可以脱险。却没算出地肺之中,会由混沌初开以来,蕴伏着这么一个绝大的祸胎。不去惹它,日积月累,越长越大,到了时期,尚且难免破裂,况且以法力攻穿,空前浩劫一触即发。照他此时胸有成算,志在泄愤,你若开放阵中门户请他出来,也未必肯答应。

338

贫道索取此图,并非为了故友关心,助他脱险,实为这场浩劫由于定数。家师在日,为此曾拜绿章,通诚默祷四十九日,发下无边宏愿,遗命贫道等门人弟子,勉斯重任。那纯阴凝积的前古太火,奇毒无比,蓄怒已千万年,势最猛烈。休说乙道友尚不知它为祸如此之烈,不肯罢手出来,即使肯重朋友情面,与道友消嫌释怨,不去攻穿它,好好出来,暂时虽可无事,祸根留存,到时仍要胀裂,揭地而出,并且发作愈晚,其势愈猛。

"此火深藏于地肺之中,有前古地层隔断,微妙隐秘。人想不到,也非寻常占算所能推详;就是法力高深的有心人细加占算,也不能深悉。如欲入地查探,地肺之中水、火、风、雷,无不厉害难当。前古地层数共十三,不是坚逾钢铁,便是奇热无比的沸浆层泥,一层比一层难。即使乙道友这等法力,还须遇上今日局面,为敌所激,不得不下到地底,又连经过诸般险难,受尽艰危,最终迫于处境,方始悟出玄机。试问谁敢下去? 即便深入其中,也只略知大概,仍是徒劳,莫知所措。又必须似贫道今日上邀天眷,恭承家师预示机宜,复得好些位有极高法力的人以全力相助,始能勉强应付,防患未然。事之艰险,莫大于此。如欲消弭这场隐患,这祸胎必须去掉。乙道友现时正以全力攻穿地肺,我们也不把详情告知,即仗他之力,成就这场大业,仍任他自行发难。道友只需将阵图倒转,使其本末倒置,向那祸胎的尾梢开上一孔,容毒火喷出,缓缓宣泄,再将阵法撤去。贫道我再传声地底,使其立即飞出险地,便可化险为夷了。贫道等此举,固是不无微功。而二位道友本是应劫之人,一念转移,感召祥和,自然功德无量。天仙位业,全仗各人修为,虽难预测,不久道家四九重劫,必可平安渡过了。"

天痴上人先颇心惊胆寒,留神静听,默然不语。继一想到以前仇人种种欺凌侮辱,又复恶气难消。虽见妙一真人词庄色重,渐渐有些相信,终觉未必如此厉害。暗忖:"既要假手仇人去引发毒火,使之宣泄,仍可将计就计,报仇泄恨,何不假意应诺? 推说事可允从,阵法外人不能运用,只请示知如何施为,无不惟命。等到仇人将火引发,出土之际,冷不防猛下毒手,暗将阵图转动,乘其疲敝,仍用先天乙木戊土真气,将他压入地底火穴之中,欲取姑与,彼必不防。这样纵令不死,也必重伤。对方诸人奉了长眉真人之命,来此消弭空前浩劫,事未收功,尚有用我之处,权衡利害轻重,必不肯当时反颜成仇。并且对方道法高深,一派宗主,好友遇难,临机不能防御,事后再对自己报复,也必不好意思。再将仇人许多令人难堪、不可忍受的可恶之事一一告知,本来都是朋友,不过交有厚薄,想也不致过于偏袒。好歹出了这口恶气再说。"

天痴上人方在寻思恶计，沉吟未答，妙一真人早已知他心意，且不说破，又笑道："那地肺中所蕴玄阴毒火，又名太火，本是元始以前一团玄阴之气，终年疾转不休。混沌之初，这类元气凝成的球团遍布宇宙，为数以亿万计。多半阴阳相为表里，满空飞舞流转，吸收元气，永无停歇。那时天地混沌，元气浓厚，天宇甚低。经千万年后，混元之气俱为这类气团吸去，日益长大。不久乾坤位定，天宇日高，这类气团飞升天上，齐化列宿星辰，以本身阴阳二气吸力牵引，不停飞转，各从其类，以时运行，终古不变。内中独有几团阴恶之气，质既重浊，不能飞升天宇，当开辟前天地大混沌时，便被包入地肺之中。千万年来地质日益加厚，一层层长上去，而地肺之中倒是空的。地气没它恶毒厉害，为质更比它重，于是它们终古以来，紧贴地肺上层，日益孕育膨胀，越来越大。只是上有元磁真气所结磁峰，紧紧吸住，不再流转，因此上半独厚。日久年深，只往四边横长，无复球形。如往横面穿通，必在地肺之中四下飞舞流转，狂喷毒火，这全岛连同附近数千里方圆海底，全被爆裂，猛揭了去。这座磁峰也必焚毁，化为乌有。只有由上层正中心极厚之处穿破一孔，方能紧附地壳，不稍移动。现在乙道友已快攻到紧要所在，再有个把时辰，便即发动。还有这座磁峰，天生至宝，用处甚大，毁了可惜，也须早为移开，以免阻碍。此时必须着手准备，贫道等期前赶来，也是为此。圆光中所现景象，乃是乙道友所弄狡猾，真身早已深入地层之下。那先天乙木戊土之气，不过暂时在上层禁制内，阻他脱出，并伤害他不得，此时深入下层，更无所施。道友不信，我请同来诸道友略一施为，便可见出真相了。"

天痴上人一半也是因为适才明见乙休在地底阵图内行法抵御，四处乱窜逃遁，后来好容易照着宝镜圆光所现形影，师徒多人合用全力，用极厉害的禁法，才将他困在西南方死门上。以自己法眼观察，所见决无差谬，幻影化身，哪有这等神通？妙一真人偏说是已快将地肺攻穿，如非偷觑台前圆光，地底所禁仇人形影迟滞，直似作伪，与初禁时活跃情景不同，有些可疑，几乎认作虚语。闻言方欲回答，倏地金光耀眼，全岛大放光明。同时九道金光霞彩，以自己法台为中心，分九面直射下来。空中辅佐行法诸弟子，连那磁峰法网，全在金光笼罩之下。天痴上人忙抬头一看，空中四方八面，俱有法力高强之士现身，齐朝自己含笑，点头为礼。除却九宫方位外，那全阵机枢中央三元主位上，也有浮空三片祥光，上拥三人，更是厉害：一是峨眉派中第一位名宿长老东海三仙中的玄真子，一是掌教夫人妙一夫人，还有一位是唇红齿白、相貌俊美、气度安详的小和尚。这小和尚虽然初遇，却与前听同道和几个大弟子由外归来提说过的采薇僧朱由穆相貌神情装束一般无二。既与玄真子、妙一夫人并立中央主位重地，自然定是此人无疑。久闻他乃前明天潢贵胄，生具仙根仙骨。幼即好道，被白眉神僧度去，授以真传。因他来自皇室，生具异禀，小时读书过目成诵，喜爱文学辞章，绮思未退，出家以后，几堕情关。为此还转过一劫，从小皈依，再入空门，戒律益发谨严，已成了白眉衣钵传人。法力高强，几乎无人能敌，异派妖邪多半闻风丧胆。又听说是驼鬼好友，今既来此，其意可知。再看那九宫方位上，有的不止一人，共有十二三人。见过的只有一半，已无一个是好惹的，不相识的尚不在内。才知来人实是为此大举，先礼后兵。连九宫方位和中枢要地，早已暗中被人制住。好便罢，不好便即反颜相向，合力夹攻。凭自己师徒，如何能是对手？不禁心中着起急来。

天痴上人始而又急又气。继而想道："照敌人如此大举，分明所说浩劫不是虚言。如为专救乙休，决不致如此劳师动众。多年修为，又经走火入魔，费了许多心力，今始修复原身，煞非容易。明明强弱相差颇远，何苦为此一时意气，闯此惨祸？异日和仇人同遭天戮，岂非不值？何况这驼鬼实在法力高强，玄功变化，有鬼神莫测之机，先前已然尝到他的厉害。反正制不了他死命，就无这些帮手，也未必能够将他永禁地底。仇怨已深，一旦脱出，决不甘休，也是难斗。平心而论，自己委实也过于刚愎自大，任性行事，才招出这多没趣。与其敬酒不吃吃罚酒，转不如向这些人卖个情面，就势收科。既可化灾害为祥和，拉上交情，结识好些高明有道之士；还可剩此时机与驼鬼释嫌修好，免去未来隐患；更可将来借他与众人之力，同御四九天劫。省得仇怨相寻，纠缠不清，难于应付。反正亏已吃过，索性放大方些，连那九天十地辟魔神梭连同路过玄龟殿所收的几件飞剑、法宝，一齐交由妙一真人带还。好在是对方以礼请托，并未恶语相加，露出强制之意；自己又未现出丝毫怯敌辞色，题目又极光明正大。以前虽然吃有不少亏苦，岛宫、灵木也尽残毁，一则仇人总算被自己压入地底，又经大力之人出来化解，方始冰释；二则事关无量生灵百年惨祸，不能以个人私怨，遂走极端，生斯浩劫。真个怎么都讲得过去，不失体面。"

天痴上人念头一转，心气立即平和。于是也不查看地底，立即哈哈笑道："道友一言九鼎，何况又有诸位道友光临，便不闯此空前浩劫，也无不遵命之理。道友一派宗主，领袖群伦，道妙通玄，无隐弗瞩，焉有虚语？适才沉吟未报，并非迟疑。只因与乙道友斗法两次，末次在此苦斗，经时数昼夜，彼时为意气之争，各以全力相持，互有伤害，乙道友脱身以后，难保不仍修旧怨；同时又须随诸道友挽回这场劫运，权衡轻重，本不应与之计较，而乙道友每喜逼人过甚，又所难堪，为此踌躇罢了。"

妙一真人知他已经屈服，此系饰词，正要敷衍几句。矮叟朱梅见妙一真人耐心耐意，一再开导，天痴上人已知事关重大，意仍首鼠，又说出这些遁词，便在空中喝道："痴老儿，齐道兄已然对你情至义尽，只管扭捏则甚？你不想，当初驼子寻你要人，是我请他来的。本不想惹你烦恼，只因驼子天性，向不喜说软话装假，才有这场是非。我早知你有这些鬼门道，本要同来会你，因齐道兄说，非驼子到地底去走一遭，不能免去此劫，我才未来；不然，我别的不如驼子，破你这鬼门道却是拿手，你困得住他吗？你看你，受点闲气，为此挽回一场浩劫，你也功德不小；否则将来四九天劫，谁来助你脱难？驼子比你爽快知机得多，只要点头，决不再难为你。还不快把你那鬼画符献出来，尽说闲话则甚？要被驼子知道，他也不要积甚功德，不闯这祸，另想法子一走，也不毁这铜椰岛，给你留下一个祸包在地底，早晚发作，你才糟呢。"

天痴上人被他说得满面羞惭，知一回话，更是难听，只得强笑道："朱矮子惯于巧使别人上当，自己却置身事外，说便宜话。当着诸位道友，谁来理你？"遂将手一指，身外烟光尽敛。请妙一真人入内，指着面前台上阵图说道："道友既明九宫三才妙用，区区末技，料已早在算中。贫道暂且退过，敬请道友施为如何？"妙一真人拦道："道友且慢，此阵虽然略知大概，但这乙木戊土真气，外人不能运用，须我二人合力，一面倒转阵法，反下为上；一面仍借土木之气阻住四侧，好使乙道友专攻中央。还有太阴毒火由地底上升，虽然防御周密，不致成灾，声势威力也极浩大，稍有疏忽，仍是可虑。更不可使其散布空中。必须与诸位道友合力禁制，一面少遏上升之势，一面将它送入灵空交界之处，由乾天罡风化去毒质，再以法力化为沙土，由天空倒灌下来，沉入海底，受潮汐冲刷，去其恶性，死灰永不重燃，方保无害。但这千里方圆以内，上自穹苍，下极海底，始如火柱撑空，继如灰山天堕，成为亘古不见之奇，所有大小生物当之立死。所以事前必须将空中、海底鱼鸟生物，用法力驱散。凡此种种，来时均与空中请位道友商定，已有安排。兹事体大，诸位道友各有专任，虽然也按九宫三才方位施行，与道友一样，实则专为对付升空毒焰劫火，不能兼顾下面。所以此阵运用，仍须借重道友和贵高徒之力相助，与同来诸道友无干。"

天痴上人闻言,知道妙一真人借着禁制毒火为由,除本人外,不令同来诸人代庖,干预阵中之事,极力免露以势相挟,保全自己面子,设想既很周详,对于人情更是体贴入微。无怪乎他人多谓其岳负海涵,渊渟岳峙,玄功奥妙,道法高深,智计周详,有鬼神不测之机,领袖群伦,万流景仰。寻常修道之士,如何能与比拟?心中敬佩感服,连声应诺,便请施行。

妙一真人仔细朝阵图一看,禁制神奇,五遁循环相生,果是厉害。故此连神驼乙休那么高深法力,急切间亦为所困,不能脱身。随即行法,使对面圆光大放光明。一面手指地下,运用慧目,透视地底;一面将阵图倒转,查见神驼乙休面容深紫,想因被困怒极,气得眉发皆张,须髯如戟。遍体金光,包没在风雷环绕之下。左手掐着诀印,右手上发出一朵金花,正朝地底冲去。金花万瓣,大约亩许,宛如飙轮电驭,急旋飞转。所到之处,地层下那么坚厚的地壳,全成粉碎,化成溶汁沸浆,四下飞溅,看去猛烈已极。便向天痴上人笑说:"此方是乙道友的真身,替身现在那旁,道友且看,有无分别?"

天痴上人朝那指处一看,又是一个神驼乙休,照样金光护体,在适才自己师徒合力用阵法禁制的地下,东驰西窜,好似为法所困,走投无路,神气稍微板滞,远不如真身激烈。如不两相对比,细心观察,却看不出。自愧弗如,好生暗佩。笑问:"还有多少时刻,始行发难?"妙一真人道:"道友已能上体天心,转祸为福,时甚从容,决可无害。不过乙道友玄机灵妙,动烛隐微,他正愤极,拼命施为正急,此时如将元磁神峰移去,恐被觉察,一被推算出来,就许延误,别生枝节,再想下去便非容易。好在至少还有半个时辰,道友只看我把手一招,即将神峰移去,我自有法开通地穴,引那毒火上升,并接应乙道友上来好了。"

妙一真人又照预定手势,向空连挥。空中九宫方位十余位男女仙人,各发出千百丈金光祥霞,联合一起,做成一个十顷方圆的光筒,由存身之处,笔也似直矗立高空,将下面的一片地域凌空罩住,却比天痴众门人所存身之处略高,并不往下落来。又隔一会,妙一真人手朝神峰一挥。天痴上人隐闻地啸之声渐渐洪厉,便早有了戒备,一见手势发出,忙即行法,向峰一指。说也真巧,那么参天排云的神峰,连同环峰守伺的众门人,刚刚拔地飞起,猛听峰脚原址震天价一声爆响,当中十亩方圆一片地皮,首先揭起,直上天空,地面上陷一大洞。碎石惊沙,宛如雨雹一般,四处飞洒之中,一股极浓厚的黑烟,撑天黑峰一般,由那陷洞中突涌上来,见风立化成深紫暗赤色的毒焰,诡幻百变,五光十色,比箭还疾,直往当空射去。声如轰雷,洪洪发发,震撼天地,全岛都在摇动,大有震塌之势。这时正值斜阳衔山,余霞散绮,晴云片片,簇拥天心,吃毒火烈焰往上一冲,首当其锋,立似残雪投火,一见即消。正中心云层,先被冲破一个大洞,以外环云立即滚滚翻花,往四外散荡开去。晃眼工夫,云洞越大,四外惊云也由厚而薄,由聚而散,化作残丝剩缕,消灭净尽,天色立被映成紫血颜色。煞气弥漫,声势惊人,端的古今罕见!

天痴上人师徒已在磁峰移去时避过一旁。空中九宫方位上,十余位仙人也早有准备,一听地啸之声,毒火裂地而出,便把先发出来的大圈金光往上一合,随着上长数百丈,恰似一个光城,由地面齐火穴往上三百余丈,将那太火毒焰紧束在内,使其直射遥空,不致波及四外。当中三元阵位上,三位仙人立得最近,责任也极重大。地穴一陷,玄真子和妙一夫人立照预计,施展玄门最大法力。同在祥霞护身之下,一个由侧面指定一团青霞,抢出毒焰之上;一个手持一柄宝扇,往上扇去。一前一后,随着焰头,电一般往空中飞升上去。同时,采薇僧朱由穆放出一圈佛光,环绕全身,冲烟逆火而下,直往火穴之中投去。刚刚飞入火穴,便听霹雳连声。神驼乙休披头散发,瞋目扬眉,须髯猬立,周身俱是金紫光华围绕,两手往外连扬,震天价霹雳连珠也似往上乱打,凶神恶煞一般,正由地穴浓烟之中冲将上来,两下里恰巧撞上。朱由穆知乙休还不知道此举关系定数,几乎发生空前浩劫;更不知众人在上施为,只容他攻穿一个百亩大小火穴,以次宣泄,四外地皮俱被法力禁制,坚逾精钢。只因被困时久,怒火中烧,尚嫌火未成灾,未将全岛陆沉,炎天沸海,还在连发神雷,为毒火助威。此老性情古怪,急切间也无法劝止。便不由分说,手指处佛光迎将上去,连他一齐圈住,一同往上升起。神雷立时无功,乙休通体也觉清凉。晃眼之间,二人飞出毒焰金光之中。

乙休本和朱由穆交好,见他这样行径,先还以为他知道自己在地底被困,误为阴毒之气所伤,特意赶来相助。一出地面,瞥见烟外有数百丈金光环立如城。等再上升,飞出金光圈外,又看出妙一真人以次,峨眉师徒长幼两辈,还有嵩山二老、李宁、杨瑾、姜雪君、玉清大师等好友,总共竟有数十人之多,俱都在场,并还列阵相待,各以全力施为。而仇敌师徒,却是一个也无踪迹。又疑天痴师徒已为众人挫败逃走,因恐殃及生灵,故将火毒制住,不令成灾。虽然出困由于己力,不曾假手于人,但不能亲手报仇,终是憾事。在地底发难,已觉此火有异,出于意料,如非真个厉害,怎会兴师动众,以至如此?乙休道法高深,原有识见。起初被困怒极,又是应劫之人,本是定数,该他发难。只顾复仇心甚,铤而走险,一意孤行,嗔念太重,神智已昏,罔计利害。这时,浩劫已经众仙之力挽回,化为祥和,灾星已过,身又不在困中,灵智已复,自然一望即知。心念一动,立运慧目抬头仰望,不禁看出凶危,省悟过来。这一惊真个非同小可,暗中直道侥幸,满腔怒火立即冰消。忙请朱由穆撤去佛光,去寻妙一真人询问。朱由穆答说:"道兄身中阴毒,虽仗你道力高深,不致大害,到底不免苦痛,暂时你还出去不得。"话还未了,妙一真人已经飞来,刚说了句:"乙道兄,请随我来。"猛瞥见一道金光,宛如长虹刺天,疾愈电射,由东南方暗云红雾之中破空而来。朱由穆笑道:"乙道兄,仙福无量,来得正是时候,请随齐真人去吧。"

要知乙休后事如何,请候下文分解。

第二二三回

直上八千寻　苟兰因罡风消毒火
飞行九万里　齐霞儿阴岭拜枯仙

　　且说神驼乙休刚刚出困，一道金霞刺空飞来。朱由穆说道："此人已来，道兄出去无妨了。"那金霞已然飞到，现出一美一丑两个少女，一前一后，向三仙同时拜倒，分别行礼。

　　神驼乙休见来人正是齐霞儿和他新收弟子米明娘。未及开口，妙一真人笑问霞儿："怎此时才到？总算还未误事，也亏你师徒呢。"霞儿起立恭答："女儿此行颇有险阻，幸是带有徒孙明娘同往，否则二宝只有一处肯借，灵药更不会有，便不免误事了。"妙一真人道："你师徒数日之内往返大荒九万里，也颇劳苦，此时无暇详谈。好在大功告成，先在一旁歇息。等我走开，便随他们巡防，少时唤你过来再说吧。"霞儿应声，遂将手中所持一个手掌大的蚌壳，一个蕉叶卷成的三寸许小筒奉上。带了明娘，躬身退下，向峨眉众弟子丛中飞去。

　　神驼乙休一听霞儿往返大荒，必是为了自己所受伤毒而去。笑问道："道兄真个肝胆，为我一人，劳师动众之外，又遣令爱冲越险阻，远涉穷荒，连那两个老怪物也找到么？"

　　妙一真人笑答："此次关系亘古未有的惨劫，要伤无量生灵，应在道兄发难。所以道兄那么高深的道力，也未预识先机，事前阻止。不过姑息迁延，仍要养痈遗患。照家师仙札密谕，只能任其发作，以应劫数。最重要的是要计虑周详，临机善于应付，务使这滔天浩劫从容化去。差之毫厘，谬以千里，端的厉害非常。否则以道兄之力，岂是人所能困？即或稍有疏忽，我辈中人有一两位临时赶到也来得及，何致费这大事呢？此事也莫再有芥蒂，你和天痴道友都是应劫祸首，当局者迷，一任道力高深，到时由不得，仍妄动无明，昧却利害，局外人事前任怎劝说，也是无用，预知反倒有害。前在峨眉，不肯明言，便是为此。如今大劫已应，只剩收拾残局。彼此都是修道多年，理应释躁平矜，止息嗔怒才是。何况道友前在白犀潭已占足上风，此番寻到天痴道友门上，也因一上来便不留情面，才致双方铤而走险，各趋极端。道兄被陷地底，并非不知那是陷阱，只因好胜，受激所致。脱困由于自身法力，虽说中了太火阴毒之气，无此大荒二宝解治，也不过稍受些日痛苦，终无大害。如换一人，为火所伤，休说还要攻穿他肺，裂土飞出，当时便须葬送地底。经此一来，反倒见出道兄法力，玄功奥妙，委实高人一等，尚有何不快意处？天痴道友起初也颇负气，自经小弟告以利害，知道此乃天劫使然，定数如此，立即警悟，心和气平，认为幸免于难，不复再计意气之争。只要道兄心愿释嫌，便可修好，为友如初。因恐道兄初出，不识底细，仍不相谅，天痴道友业率门人暂避。道兄海岳之量，想必以我为然吧？"

乙休哈哈大笑道："齐道兄，你我多年患难之交，自来没有说不通的事，怎对我也下起说词来？起初我虽愤恨痴老儿妄自尊傲，却知他还不失为正人君子，居心只想稍微挫折。自从白犀潭一会，由不得心中那么厌恨。假如非诸位道友以回天之力消弭惨祸，我二人不特多年苦修付于流水，而且造此无边大孽，岂非万劫不复？何况按理还是我有不对，比他还要骄狂。此时噩梦初觉，此身无异凭空捡得，有何嫌怨不可化解？道兄防我仍然恃强任性，故意给我高帽子戴，那又何必呢？"

齐、朱二仙闻言，也不禁笑了起来。妙一真人道："道兄从善若流，令人钦佩。此时内子正随大师兄引火升空，我三人正好无事。道兄体内阴火已被巽灵珠照灭，只等吸星簪将毒吸去，立即复原如初。适见天痴道友师徒也受有伤，且去他洞府中一同施治吧。"

乙休早在霞儿师徒离去时，脱出佛光之外。妙一真人当第一番话未说完时，一边说话，一边早将手中蚌壳张开，由里面发出碧莹莹亮晶晶七点酒杯大小冷光，射向乙休身上。随着妙一真人手动之处，环身滚转，上下翻飞，毫无停歇。三仙说完前事，乙休便令收去。妙一真人答说："火毒尚未吸出，暂时不收，到底清凉得多。道友自己运用，还要好些。"乙休已知中毒颇深，珠光照后，身虽不再火烧，体生清凉，真气仍不敢运行全身。便把蚌壳接将过来，手指七点寒光，如法运转。三仙随同往天痴上人洞府飞去。

天痴的洞府，地势甚广，石室千百余间，已被乙休先前用法宝毁却十之八九，只剩尽后二层两进石室。天痴上人已然省悟劫运，不但恨消，反倒侥幸。只恐乙休见面便予以难堪，又以门人受伤颇多，适才忙于退敌复仇，未及施治，俱在后洞苦挨。知道这场灾劫消灭须时，神驼乙休与众仙相见，必有许多话说。自己也曾负有微伤，正好抽空连门人一同施治。便率未受伤的众弟子，一同避入后洞。正在一面医伤，一面向众徒晓谕，不料一会三仙便已寻上门来，忙率众弟子出来迎接。

乙休不等他开口，便先说道："痴老儿，我们枉自修炼多年，仍受造物主者播弄，身堕劫中，毫不自知。如非诸位道友神力回天，至诚感格，我两人正不知伊于胡底。现在想起前事，实有不合之处。我驼子生平没有向人认过错，现在向你负荆如何？"天痴上人也笑道："我二人一时嗔念，肇此大劫，幸蒙齐道友与诸位道友的回天之力，得免于难。如今噩梦已醒，本是故交，还有何说？前事再也休提。倒是你在地底所受火毒至重，只大荒二老怪各有一件异宝可治。你绕身冷光，颇似昔年传说的巽灵珠。卢家老妪，有名乖谬，不近人情，她那吸星神簪也已借到吗？"随说随同往里走进，分别揖坐。

妙一真人接口答道："二宝均经小女霞儿借到。适见蕉叶之中，还有十五粒灵丹。借时情形，尚未及向小女询问。此丹卢道友甚是珍贵，居然得了许多，真出人意料之外呢。"

天痴上人闻言大喜，方要答话，朱由穆瞥见北榻上卧倒八九十个着青白半臂的门人，有的似为太乙神雷所伤，有的手足断落，残肢剩体放置各人身旁，面色个个青紫，苦痛已极。知道天痴上人正在施治，忙道："乙道兄真狠，这班后辈能有多大气候，何苦也下此辣手？"乙休道："我固不合气盛，彼时也是有激而发，情不由己。好在残骨未失，以我四人之力，又有这十几粒卢家灵丹，还不难使之复原。就请齐道兄为首，先给他们施治吧。"妙一真人道："有此灵丹，便不费事。他们的轻伤，好些已被天痴道友治愈。这类重伤共是九人，就请天痴道友取九粒灵丹，照此用法医治好了。"

天痴上人知道重伤诸徒急切间只能用本门灵丹定痛，复原却难。而卢妪九转百炼灵丹能脱胎换骨，起死回生，长还肢体，灵效非常，能分润两三粒，已有复原之望，竟每人给一粒。自是欣喜，极口称谢，接将过去。

那蕉叶除包这十五粒灵丹，并书明用法外，内中还有一根道冠上用的簪子。众人久闻此宝神奇妙用，各自注目观望。其质非金非玉，非石非木，不知何物所制。色黑如漆，黯无光泽，形式却极古雅。如非众仙慧目法眼，看出内里氤氲隐隐，层层流转；道力稍差，便以凡物视之，决不知是件前古稀世奇珍了。

妙一真人将蕉叶递与天痴上人看过，便把灵丹仍旧包好收起。持簪在手，走向乙休身前，笑道："卢妪私心，宁赠灵丹，不传此簪用法，只能吸去火毒,好些神奇妙用,俱无法赏鉴了。"说完,遂将手中宝簪向乙休头面之上擦得两擦,那簪便自乱动。乙休伤处立觉一阵奇痛钻肤而出。簪内便有几缕血丝般影子往里渗进,徐徐流行,由显而隐。约有半盏茶时,火毒才得吸尽。拿在手里,定睛一照看,只有细如牛毛几丝血花,被内里云气裹住,疾转不止,渐渐消失无踪。

妙一真人方在赞赏,忽听一老妇声音发话道:"此宝用毕,请以簪头东指,照中间连弹三下,自能飞回,幸勿久留。"这声音就似在簪上。妙一真人知她簪上附有寄声之法,此宝与她心灵相通,以弹指为号,这里一弹,宝主人立即警觉,行法收回。随即走向门口,依言行事,弹了三指,手托相待。隔不一会,眼见这簪微一振动,忽然化成一溜银色火星,长才数寸,尾发爆音,破空直上,疾逾电掣,往正东方飞去,晃眼便已无踪。妙一真人重又归座。

乙休已是复原,笑道:"卢妪真个小气,谁还好意思留她东西不成?这等情急。"朱由穆道:"此实难怪。此宝是她命根,如何不看得重?性情又那么古怪,肯借宝赠药,已是极大面子了。你只见她收回忒急,少时间两个往借的人,借时正不知是如何艰难呢。"乙休也笑道:"此话诚然。休说此宝,便是她这灵丹,平日若要想她一粒,也难如登天,不知怎会一赠十五粒?而受伤非此不治的又只九人,竟富余了六粒。久闻这老婆子有鬼神不测之机,只是性情乖僻,专讲报施,恩怨分明。她如无所求助,轻易不肯助人。此事奇怪,其中必有缘故。我现在灵元初复,难于用心。齐道友玄功奥妙,明烛机先,何不算它一算?"

妙一真人道:"大荒二老好为诡异之行,赠丹之时,已将阴阳倒转也说不定。事有定数,算它何用?少时尚须助大师兄和诸位道友行法,只等天痴道友治愈众高足,便须同往。劫灰所布之处,占地甚广,众擎易举,助手越多越好,暂时无暇及此,由它去吧。"

说时,天痴上人已照蕉叶上所书用法,将每粒灵丹分化为二:一半令受伤人服下;另一半放向伤口,手托残肢,两头接好了样,运用玄功,一口真气喷将上去。那半粒灵丹立化成一团青气,由伤口溢出,将外面包上一圈。内里便自火热,渐渐接骨生肌,精血流行。约有盏茶光景,外圈随烟渐渐隐入肉里不见,伤口立即生长复原,和好人一样。似这样挨个治将过去,妙一真人和乙休、朱由穆又在旁相助,并将天痴上人适才未及治完的几个轻伤门人,分别施治,共总不到半个时辰,全都治愈。那九个重伤残废的,也各将肢体接好,回复原状,令在洞中歇息静养,暂勿走动。未受伤的一干门人,也只准在后洞门外遥望,不许随往;另用仙法禁隔,以免无知误伤。然后一同走出洞外,向空一看,那地底蕴蓄的太火毒焰兀自尚未喷完,声势反倒较前愈发猛烈。

这时玄真子和妙一夫人已直上云空,不见人影。九宫方位上的十余位前辈仙人,各以全力运用玄功,联合指定火口上面那一团金光,镇压穴口,紧束火势,使其冲空直上,以免横溢。峨眉众弟子为防意外之变,各持飞剑、法宝,纵遁光飞升上空,环绕九宫阵位,四下查看。只见数十百道光华,宛如经天彩虹,环绕在数十丈金光之上,三个一丛,五个一伙,离合变幻,电驶星流,往来如梭,满空交织,相与辉焕,上彻云衢。除却当中一根上冒血焰的擎天黑柱外,四边天空的愁云惨雾,连同下面漫无际涯的茫茫碧海,全被映照成了云霞异彩。比起先前毒焰初由地底喷起时,又是一番奇景。

天痴上人暗中留神查看,这些峨眉门下新进之士,不特功力、根骨无一凡品,而且所用法宝更是神奇灵异,妙用无穷,威力绝大。方在点头暗中称赞,猛瞥见适才大荒借宝初回的齐霞儿,同了四个根骨最好、年纪最轻的少女做一起,飞行巡视。霞儿居中,一手指一道金光,另一手托定一鼎。当头一个红衣少女,身与剑合,手持一面宝镜,发出百丈金光,时隐时现,四处乱照。左边一个,手指一道青虹;右边一个,手指一道紫虹:正是长眉真人当初斩魔镇山之宝青索、紫郢二剑。末后一个,手指一道金虹奇光,竟与以前所闻达摩老祖遗传的南明离火剑情景相似。众门人俱在九宫阵位内往复飞翔,独这五人似在阵位之外,作梅花形环阵而驶。

天痴上人暗忖:"莫怪峨眉势盛,休说这些后辈新进仙根仙骨迥异恒流,单这几口仙剑就没地方找去,别的异宝奇珍尚不在内。一干异派妖邪,如何能与为敌?消弭这次空前浩劫,固应慎重,但是仙阵神妙,防御极严,并且是他教中主要人物聚集于此,另外还又约了好几位法力高强之士,照此形势,谁敢前来送死,怎还令众弟子满空疾驶,加紧戒备,岂非多余?以齐道友为人,说他有心炫耀自己门下,又似不会。"

天痴上人方在寻思不解,齐霞儿等五女弟子正飞驶间,倏地同声呼叱,当头红衣少女将宝镜往斜刺里一照,五女随即同指飞剑、法宝追将过去。天痴上人料有变故,运用慧目一看,镜上金光遥射之处,竟飞起两个面目狰狞,身材高大的魔鬼影子。内中一个独脚的才一现形,扬手便是一片灰白色的火星迎面打来。吃齐霞儿抢上前去,一指手中宝鼎,鼎口内便飞出一红一白两股光华,神龙吸水般朝前卷去。同时紫郢、青索、南明,紫、青、红三道剑光也电掣而出。那两魔影想似自知不敌，双双一声怪啸，刺空遁去。五女忙纵遁光向前急追，晃眼全都没入天边霞影之中不见。

那魔影来势既凶且急，飞遁尤为神速。照那隐身窥视情景，分明心存叵测，来者不善，善者不来。可是妙一真人和乙休、朱由穆立在下面，只作旁观，并不出手施为，如无其事，天痴上人觉着奇怪。再细一看，原来不知何时，吃妙一真人暗用隐身法，连自己也一齐隐去。正想那魔影好似传说中的雪山老魅七指神魔和妖尸谷辰，妙一真人和乙休二人不动声色，必还另有妙策。果然念头才转，先瞥见五女同驾遁光，疾驶飞回，快要飞到面前降落。三仙忽然同时把手往上一指，立有百丈金光，千团雷火，往上空打去。两魔影突又在当空现形，吃神雷一震，接连翻滚了几下，慌不迭似要遁走，神情狼狈已极。再吃五女飞回，五道剑光一同飞射下来，迎头一绞，立将两魔影双双绞散，哇的两声惨叫，电也似疾，分向四外投去。双方动作原极神速，晃眼便没有踪迹。红衣少女还在用镜四照，妙一真人已将隐身移形之法一齐撤去，唤令下来。

五女闻呼，一同下落，躬身侍立于侧。天痴上人这才看出，不特彼此身形全隐，连那火穴和空中九宫阵位，都非适才所见之地。相隔尚远，自己一同随出，又是久居之地，大家不动声色，连使移形隐迹之法，竟未看出，好生惭愧。笑问道："适见妖魔颇似妖尸谷辰与雪山老魅，三位道兄如此神通，何不就势将他们除去？"妙一真人道："妖尸真个凶毒险诈，竟想乘隙隐形入地，运用邪法妖术，使那未喷完的毒焰同时爆发，裂地而出。我救这场浩劫，虽然火势已然宣泄大半，为祸不如前次之烈，为灾为害，却也非同小可。幸我早已防到，预有安排，因知二妖尸诡诈知机，恐被觉察，故未明言，只在暗中设法相待。无如妖尸气运未终，太火毒焰尚未喷完，一切善后也未停当，不能以全力施为。总算霞儿同四女弟子尚还机警神速，紫郢、青索与南明离火三剑同是二妖尸等的克星，急赶回来，联合赏了他们一剑，使其重创而去。虽被遁走，但他们元气大伤，只能回转老巢；要想照他们预计，这里凶谋无成，乘我仙府空虚，又去峨眉侵扰，便不能了。"霞儿在旁，含笑躬身禀告道："并非女儿能早知机，还是全仗枯竹老人事前指教，才得先行戒备。就这样，仍因应变稍迟，又为所愚，未如预期将妖尸除去，只伤了他们一剑，隐患未消，白费心力了。"

妙一真人道："我以妖尸难得遇到这等千载难逢的复仇机会，决不肯弃舍。必定一面施展邪法，隐秘行藏，以免我们算出底细；一面乘我们消弭浩劫,责重事繁,不暇兼顾,暗中先来破坏,如不成,再去毁我仙府。我除暗将火穴周围严密封禁,不令侵入;又用移形换影之法,幻出一片虚景,使其无的放矢。等他发动,再用太乙神雷加以猛击。并将凝碧崖上空封禁,另约两位道友在锁云洞旧址坐镇,以防不测。因知妖尸与我师徒怨毒已深,此次冒险来犯,必有几分杀气,行踪又极飘忽诡秘,尔等目力十九不能窥见。金蝉又常疏忽,未经甚大敌。恐众弟子无知,为妖尸所暗算,特命尔等同驾遁光,在九宫阵地以内飞驶巡行。这里上空又是虚影,先免却好些危害。初意尔等所持法宝,颇有制他之物。只想等我和乙、朱二位道兄神雷发动,妖尸受伤现形之际,合力夹攻,给他一个厉害。妖尸玄功变化,与别的妖邪不同,来去如电,难于捉摸。本没打算必能伤他,不过略增威力,姑试为之。如能成功,也可免去峨眉一番骚扰。适见尔等五人联合遁光,各持飞剑、法宝在阵外飞驶,照那情势,万无败理,便料受了高明人的指教。果然当时虽然受愚,被他诱走,依然警觉追回。妙在三剑俱是他的克星,虽未伏诛,受伤已是不轻,决非短时日内所能恢复。异日除他,便要容易得多。妖尸气运未终,神通广大,猖狂先后五六百年。许多老前辈俱认他为劲敌,时存戒心,轻易不肯招惹。不料败于尔等后进之手,我儿怎还不知足呢?”

乙休接口问道:“那大荒两老怪物俱是古怪脾气,尤其卢妪乖谬,不近人情,此次为何这等卖好? 贤侄女会见她时,可有甚言语吗?”妙一真人见火势尚早,妙一夫人、玄真子尚在灵空交界处,运用乾天罡煞之气消散毒焰,尚无动静。又知神驼乙休和天痴上人,此次无意中脱逃出一场形神皆灭的大劫,大荒二老行径最所关心,急于详询,便令霞儿把借宝经过全说出来。霞儿领命,从头说了一遍。

原来齐霞儿自从那日在凝碧仙府领了妙一真人之命,接了柬帖书信,便带了新收女弟子米明娘,立时起身。知道事关重大,往返九万里,路途遥远,中途阻滞甚多。快到大荒山境,还有万里方圆一片海洋,内有数十万岛屿和浮沙落漈,多半藏伏着精怪妖邪,险恶厉害,一见人过,群起为仇,阻障横生。最难处,是这类妖物十有八九俱被大荒二老收服,只在岛上盘踞修炼,永不出外害人,不便轻易伤它们。又都修炼数千年,炼就内丹,善于变化,各有极厉害的法力,与寻常精怪不同。二老中的卢妪,更在这些岛屿上面设有一道极长的禁制,禁法十分神奇,杳无迹象可寻,横在海中,宛若天堑。除她自愿延见,来人如若由彼经过,那禁制立生无穷妙用,能随人上下左右继长增高,阻住去路,休想飞越过去。霞儿心想:“自己虽然学道多年,法力高强,又有好几件仙剑、法宝护身，到底事情紧迫，责任重大。父母和各位尊长新辟仙府，连诸葛、岳雯等长门弟子都没有派，头一次便派自己出去，可知十分看重。如在中途受挫回去，休说无颜见诸同门，便父母面上也不光彩。"不由得格外谨慎。

师徒二人飞出仙府，加紧飞驶了千余里，便择一个隐僻无人的山谷之中落下，商议如何去请。米明娘道："大荒山南星原，弟子昔年随先师前往拜访卢仙婆，曾经去过一次。虽以缘浅福薄，卢仙婆不肯赐见，快要走到所居灵谷之中，便被逐回，但当地情形，却知道一个大概。彼时卢仙婆尚未和人负气，海中神屏禁制也还未设，单那沿途各岛所伏精怪，已难应付。尚幸先师事前得一异派中高人指教，先在头一关神獭岛上潜伏了三月，探明守岛精怪习嗜，最喜食中土蜜制果脯，并喜闻香。又探明再过三月，又是仙婆寿辰，各岛精怪均往拜祝。忙即赶回，假作商贩，备了大半船蜜制果脯和各种名香。行法驰到离岛百余里，暗中行法，用一阵狂风大浪，将船吹向岛边沙滩之上搁浅，令弟子守在船上，自去一旁隐伏。弟子假作供上果脯，焚香祝天，将那妖物引来。照例遇见失风漂来的商船，须要由它护送上路，不许加害。偏这两样都是它的癖好，弟子再装作害怕，尽量献与它食用，自是高兴。一会先师假装上岸，寻路回转，并假意发怒，怪弟子不该将所贩果脯献与妖物受用，欲加毒打。那妖物人面鱼身，心肠颇好，自觉难堪，强以人言讲情，并允尽力酬报。先师立即借势收风，先骗它赌了重誓，言明无求不应；再把满船货物相赠，博它欢心。先师在岛上又住了一月，最后才说起要往见卢仙婆，求它设法携带，偷渡重关。那怪物心直，吃先师花言巧语，哄得死心塌地，误信仙婆已在出游中土时曾经允诺，只因沿途浮沙落漈，险阻太多，必须借祝寿之便，藏入它的大口以内，始能过去。立即应诺，允弟子师徒藏入它那比城门还大的怪口之中，一直带到大荒山脚。

"先师上岸，便率弟子一步一拜，拜将进去。眼看快要到达，卢仙婆忽然厉声传话，坚拒不见，喝令速回。先师还在哭求，谷中猛冲出一道金光，强将弟子师徒卷去，直送出数千里外，方始离开。初飞起时，瞥见那人鱼已然腰斩两段，有一股青烟冒起，直上天心，知是妖物元神，也未看真。因落处恰在离神獭岛不远的海面上，守岛妖物已死，正好在彼潜修避祸，仍寻了去。住了十年，俱无人来。也是先师数尽，该当遭劫，没体会出仙婆深心，反因受辱怀恨，如非法力太差，早已前往寻仇了。这日忽然静极思动，前往中土访友，留下弟子守岛。去才四日，忽一大头丑女走来，自称人鱼转世，说她受先师

353

之愚,遭了兵解,但她修炼千年,非经此一关不能修成,幸仗此举,才得转祸为福,转世人道,所以心中并不怀恨。才一降生,便能人言,飞腾变化,有许多灵异之迹。如生在汉族人家,必当她是个怪胎,当时杀害,都说不定。仗着投生那家是个苗人中的女巫,见她身有鱼鳞,生具异相,正好拿她恐吓苗人,作威作福,没有加害,反倒奉若神明。

"人鱼为报女巫养育之恩,虽照乃母之言行事,幻出许多灵迹,向苗民敛财,但她夙根未昧,恐防造孽,从三岁起,便向苗民要一山洞,闭户修炼,轻易不出见人。第七年上,觉着报恩期满,正想回转故土。恰值那女巫因屡次背地为恶,树敌太众,邻峒苗人恨之切骨,探明人鱼现已闭洞不出,暗用金珠重礼,由哀牢山深山之中,请来一个惯于驱遣毒蛇害人的妖巫,铤而走险,豁出得罪人鱼,与之同尽,故意抗命,停止献纳常例。算计她必率领手下徒党,前往威胁,便由妖巫将所养妖蛇九星钩子,连同妖徒拘来的毒蛇大蟒,埋伏在所行的要路山谷之中。女巫以前本是凭嘴骗人,无甚伎俩,全仗所生神婴灵异,无人敢惹。未两年,人鱼知乃母积怨太多,早晚必有杀身之祸,但多不好终是生母,真正法术恐她用以济恶,传了她两种幻术。初意苗民无知,过信神鬼,只要是能幻出一些水火恶鬼,人便畏服,不敢近前加害,用以防身,足足有余。传授时,也曾向乃母言明,并非真法,只可临危应急,镇压仇敌,不切实用。切忌用作威福,时常炫弄,日久被人看破,反倒引出祸事。女巫先还听劝,不常施为。嗣见众人敬如天神,老年邻峒诸敌,更是望风胆落,予取予求,任凭欺凌勒索,不敢丝毫反抗,不由得意忘形。心性又是贪而且狠,除对本族苗人还稍好些,远近各峒,全都受害受欺,取求无有宁日。稍有违忤,或是贪欲未能全满,立即施展幻术,假托神鬼恐吓。结果不特加倍勒索,并还要将对方峒主苗酋毒打示威。

"人鱼修炼正勤,自传法后,三年未出,由她任性横行。日子一久,成了习惯,气焰愈张,顿忘前戒。以为无论对方多么凶恶势盛,只要把那两种幻术一施出来,立可迫使降服,生杀予夺,无不如意。那对头本是相隔数百里外的一个大酋长,以前人多势盛,极为凶暴。女巫这一族本是世受凌逼,自从人鱼降生,不久变成强弱易势。先仗人鱼之力,报复世仇,杀死多人。最后显出灵迹,自然降服,按时献纳常贡。女巫仍是饶他不过,在所凌践的远近百十处峒苗之中,独对这一族最恶。平日百般凌辱,往往无故加害,直教对方终日提心吊胆,不能喘息。尤可恶是,苗人信鬼,每一苗峒,均奉有一二鬼神。她竟迫令污辱毁弃,自前年起,又迫令每年春秋两季,须要献出一双童男女，用作她本族祭神之用；并还限定要那峒主所生子女，不许另觅外人子女替代。因此怨毒越结越深。那对头也真能忍辱负重，又得众心。他那一族最是心齐，平日受尽荼毒，自知非敌，只处心积虑，百计图谋报复，表面从未违抗。女巫久把他视若猪狗，分毫没放在眼里，只想将这一族历代埋藏的金珠压榨出来，再将寨主全家杀死，族人迫令为奴，常年向她献纳，永为自己增加财富。断定他已屈服，至死决不敢有二心。不料忽闻停止献纳，大出意外，立肆凶威，前往问罪。

"因这一族人都信服那峒主，起初百事顺从，勉强留他活命，不料竟敢为首反抗，认为罪大恶极。去时，还想重施故伎，一到便用幻术镇住众人，假托神命，将峒主妻妾子女全数杀死，以快心意。不料恶贯满盈，杀星照命，中途走过山谷，埋伏骤起。那七星钩子，乃苗疆最厉害无比的钩尾毒蛇。一照面，当头列队的十多名徒党，先被蛇蟒咬死，女巫忙施幻术退敌。那妖巫除养有七星毒蛇与能驱遣蛇蟒外，伎俩无多。看见满山谷洪水烈火，神鬼无数，现形发威，也是又悔又怕。以为受了愚弄，得罪天神，慌不迭正待跪伏，认罪求饶。而女巫见变生仓促，也未免心慌胆寒，行法稍慢。毒蟒虽被烈火吓退，那七星钩子颇有灵性，来势特急，为首一条，早已冲近身来。这类毒蛇具有特性，逃人越急，追逐越快。女巫如稍镇静不动，只差一两句话的工夫，妖巫再喊两声，便可将蛇唤住，下来服罪。无如自知幻术为虚，又知毒蛇厉害，只被近身一尾扫到，便即惨死。见火未将蛇吓退，惊魂皆颤，一面反身飞逃，立即失声高喊饶命起来。那对头因受害的次数太多，虽出破绽，只是不敢拿准。这次本就有意拼命，见状如何能容。同时妖巫见毒蛇能在火中追逐敌人，已经省悟过来，不特未再喝止，反倒发令后面蛇蟒齐上。后面的蛇还未上前，女巫已吃那为首毒蛇赶上，前半头颈直竖地上，扬起后半两丈多长身子，连着钩尾一鞭扫去。那毒蛇坚如精钢，力又绝猛，只一下，便把女巫拦腰打为两截，尸横就地，脏腑狼藉，幻术也自失效。后面蛇蟒一齐追上，连那同去徒众，一齐把血肉吃尽，剩下二三十具白骨。

"那对头如若就此走去，也可推为毒蛇所杀，与他无干。一则积愤太深，又见水火神鬼俱是假的，既想复仇，又起贪心。以为人鱼也和仇人一样，只是骗人伎俩。仗着妖巫相助，许以重利，欲乘胜前往，屠杀女巫全族，一人不留，并夺取所积金珠财货。事有凑巧，正值这日人鱼十年期满，忽然心动，欲往见母多聚一日。由洞中走出，瞥见敌人大举杀来，并还带有毒蛇大蟒，同族苗人已死了十几个，正在辱骂追杀。一听口气，才知生母已被妖巫所鏊毒蛇惨杀,不由动了母子间天性。又见敌人如此凶残,当时大怒,立即飞身上前,先将蛇蟒用法力制住,一齐杀死;再将为首仇人和妖巫擒住,问明经过,一一处死,报了母仇。因问出乃母恶迹,咎由自取,不愿再杀余下敌党。又恐去后双方复仇,祭灵之后,取出乃母生前所积财货,当众分散;并令折箭为誓,结成兄弟,从此互不侵害。敌党见她果真灵异,畏如天神,本料无一得免,不料反倒加恩,自然心悦诚服,反怨为恩,喜出望外。便是本族的人,平日也受女巫凌践,外峒所献财货,永无分润,稍有不合,立遭严罚,本都心中怨恨,敢怒而不敢言。做梦也没想到,峒神如此大方,一反乃母所为,自然欢欣鼓舞,无不惟命。双方立时释嫌修好。人鱼又加许多劝诫恐吓,然后升空飞走。

"人鱼走了没有多远,瞥见山脚下有人受伤倒卧。下去一看,正是先师,说是路遇正教中仇人,斗法大败,受伤逃此,谁知无心中隔世相逢。知道人鱼心善,托她带话,令弟子前往相见。人鱼向弟子传话以后,又对弟子说,她生长苗疆,没遇见一个识字的,请代取一姓名。并告弟子,先师劫运已临,身受重伤,还不悔过,妄想报仇,万无幸免。说我虽是她的门下,心肠却好,面上并无恶纹。叫我在师父死后,可速来此,还有要紧话说。弟子急于看望师父,心乱如麻,匆匆为她取了一个与她前生以及心性相合的姓名,叫作鱼仁,便自走去。寻到先师不久,没等报仇,便已遭劫。

"弟子自知邪不胜正,葬师以后,没奈何,姑且回往岛上。鱼仁又对弟子说,她前生如非数应兵解,被杀实是冤枉。因卢仙婆玄机妙算,善于前知,上次她带先师和弟子前往,如若不许,必要传声相告,但事前并无警兆。她知仙婆法令素严,仍敢带往,便是为此。虽然先师未容入门相见,但是仙婆性情古怪,来人如与无缘,决不容他登岸入山。先师偏又遭劫,却许来人拜抵谷口,这有缘人必还是弟子,只为时机未到,故不肯见。说我以后如无所归,何妨再往一试,前行虽有两处极凶险的关口,但她仍能相助过去。只要能见到仙婆,必有好处。日后想起,如事先寻她商计,必有善策,通行无阻。但彼时弟子年幼气盛,既恸先师之死,半由仙婆不肯垂怜加以援手;又恨她乖僻心狠,听过并未在意。后来得人指点,达摩老祖的南明离火剑藏在大雪山内,所留偈语与弟子之名有些暗合,因此费了许多心力寻掘出来。偏生此剑外有神泥封合,正下苦功炼它,不料是余师叔应得之宝,带了神雕、袁星前来寻取。弟子不知就里,误以为来人有意劫夺,一时情急,不合妄用邪法。幸蒙师父不杀之恩,又蒙收录,才有今日。此行往返九万余里,为期只有七日,中途险阻又多,径直前往,师父飞遁尽管神速,中途一有阻滞,便恐延误。现在弟子想起前事,觉着鱼仁之言大是有因。反正顺路,何妨姑往一试呢?"

齐霞儿闻言,方在沉吟,明娘又道:"师父如因她是异类,不愿与之交往,到时弟子往见,不知可否?"霞儿答道:"行时,教祖本赐柬帖、灵符,柬帖上注明海边开视。我师徒二人暂停商议,固是为了慎重,一半也是为了老祖师开府后,分别时曾背人对我说,日后如有疑难,可用以前所传佛法,通灵默祝,当即垂示。你说了这么大一会,我正暗中通诚,所以没有答话。我现已祝告两次,师祖并未向我传声指示,想必此行无大难题,可以放心前行,相机处置,此时心已放了一半。我所虑的,并非途中水怪,只为大荒二老均有古怪脾气,倘若相见,不肯借宝,岂不误事?先去哪一处好,也还难定。教祖也说此行全仗心灵知机,可见艰难。且到海边恭读过了法谕,再作计较吧。"

说罢,霞儿重又向神尼优昙通灵默祝,终无回应,只得带了明娘重又飞起。因先耽误约有半个时辰,格外加紧飞驶,顷刻千里。师徒二人更不再停,一口气飞到东溟极海,天还未亮。前行不足万里,便是大荒山的所在,所有险阻也全在这末了一段路上。霞儿按落遁光,取出柬帖一看,只有一张去大荒山阴、山阳两条路径的草图。霞儿根骨深厚,从小入道,机智绝伦。暗忖:"师父以我是佛门中人,此次为报亲恩,特命还山侍父,待命行道,助完当年宏愿。父亲行事机密,如感不能胜任,决不出此难题。这张柬帖原随师祖灵符一起交下,行前并未提说。久闻大荒二老仙玄机奥妙,善于前知,看这字忽隐迹,可见事极机密。推测柬帖上图径、偈语之用意,分明令我师徒分道扬镳,当机立断之意。既命随意所之,那人鱼并未禁止相见,何妨一试?"便告明娘引路,先往神獭岛一行。并在海边说好,此行并无成算,只是随机应变。到时,也许分开,各奔一方。再往前去,便凭心领神会,不再多言,免被对方警觉误事。

师徒二人商定以后,便即起身,遁光神速,先飞越过东海角,入了东荒极海。只见海天混茫,万里无涯,吞舟巨鱼与荒海中千奇百怪的水族介贝之类,成群出没。水气汹腾,上接霄汉,波涛益发险恶,天日为昏。

那神獭岛乃去大荒头一关,相隔不远,不消多时,便已赶到。见岛不甚大,却极高峻。远看宛如一个胁生双翅,千百丈高的怪神,披发张翼,矗然独立于无边辽海之中,挡住去路,看去十分威猛。霞儿灵警慎重,见岛势如此险恶,明娘与鱼仁久不相见,早蓄戒心。二人遁光原本合在一起,便把自己身形隐去,一面暗令明娘小心,独自照顾,以防不测。明娘深知鱼仁对她有十二分的好意，便不指点相助，决不至于作梗，还在暗笑师父多虑。不料遁光刚一飞近，正待下降，忽听飕的一声，千百丈方圆一蓬蓝晶晶的光网，像蛟龙吸水，其疾如箭，由岛面上直喷上来。变起仓促，来势又迅急异常，事前一无警兆，又不见甚邪气，即使二人久经大敌，也没料到会有这类广大神速的埋伏，如何抵御得及。以霞儿的飞遁神速，本可挟了明娘一起遁走，偏在到时把遁光分开，一个措手不及，明娘竟被网去。还算是霞儿法力高强，事前又有戒心，一见那东西不是飞剑所能克制，立即升空遁走，未遭罗网。百忙中回顾下面，明娘连人带遁光吃那光网裹住，一路强挣，飞舞而下，去势更比飞起时神速，目光到处，已早降落。不禁大怒，扬手忙把太乙神雷连珠般发将出去时，人影已经无踪。霹雳连声，枉自打得天摇地震，雷火横飞，更无动静。岛上妖物始终不曾现形，烟光也未再现。

霞儿心想："神雷或因飞身太高，妖网难中，故未出现。"改用法宝护身，手持禹鼎施为，并故意下降，诱她发网。一直降到岛上，妖物光网仍未出现。后又假作无奈何飞走，暗把遁光敛去，隐身回来窥视，仍是无用。细一查看，那岛通体石质，一色浑成，草木不生，更无一个可以容人栖止的洞穴。只顶上有一座天生石柱，上有"东溟门户"四个朱书古篆。另外有一茅棚，棚前有一石坛，已被太乙神雷震裂粉碎。到处山石崩裂，俱是适才雷火之迹，别的无迹兆可寻。越想越气，意欲用神雷将全岛粉碎。继一想："这一类精怪，多是海中鱼介水族，从二老度化修成。遇有与它无缘的人经过，只是梗阻，侮弄恶剧，轻易不肯伤害。岛上石柱竟未为雷火击倒，上又刻有'东溟门户'四字，可知它为关头重地，目下有求于人，如何给它毁去？再者，明娘失陷以后，烟光便不再起，未必便是守岛妖物胆怯，不敢出门；也许明娘与二老无缘，不准前往，只许自己通行，也说不定。为日无多，不能滞留。柬上又有'当机立断，殊途同归'之言，父亲决无失算。明娘如有危难，早已明示，也不会令其同来。何不草草推算一下，明娘如若无害，便即先行，以免两误。"想到这里，便平下心去，默运玄机一算，明娘果然无害，并还似有奇遇，心中大喜。见时候已有耽搁，不敢再留，忙照柬帖上三四两句偈语，把明娘撇下不管，径自往大荒山阴无终岭一路飞去。

霞儿飞行了一阵，慧目遥望，最前面无边云雾中，已有大山隐现，知将到达地头。忽见惊涛浩淼中，三三两两现出好些岛屿，远近不一，正挡去路。有的烟雾弥漫，分明有埋伏。鉴于前失，又料卢妪所设神屏天堑就在前面不远，益发小心戒备。一面暗用法宝、飞剑防护，一面正取灵符施为，猛瞥见身前里许,有一道极长虹影一闪即逝。不等硬闯,晃眼遁光飞过,并无梗阻。料知卢妪好胜,恐神屏禁制难阻来人,反失声威,已先知趣撤去。照此情形,前途精怪更难阻挡,必可通行无疑。霞儿刚把灵符收去,脚底大小岛屿也越飞近。正留神观察间,倏地狂风大作,阴霾四合,海水山立,白浪滔天,上下四外,更有无数冷雹漫空打来,当时天地混沌,形势甚是险恶。这类妖怪,俱奉主人所遣,已将到达。因不肯伤害,便将手中禹鼎一指,鼎中九首龙身的怪物立发怒啸,随着一片金光霞彩飞舞而出。那禹鼎本是水怪克星,霞儿虽无伤害之念,未将阴阳两道光华放出,物各有制,那些埋伏岛上的精怪已然胆战心惊,望影而逃。随着雾散烟消,一时俱尽,重返清明。前面本有两处最厉害的精怪,卢妪法令又严,来人到此,只许败逃,不许不战而退,所过之处,依然兴风作浪,群起相犯。霞儿见此情形,又觉方才所料不像,匆匆不暇寻思,就此忽略过去。仍用前法,全被禹鼎吓退,纷纷遁回海底,逃窜不迭。沿途未为耽延,只略费了几次手,便把所有难关一齐飞渡。本来先过南星原,因想卢妪与父亲还有一面之识,一则求她似乎较易,二则明娘如有机缘,必来此地,正与殊途同归之言相合。先往无终岭求借到法宝,归途再往南星原,恰又符了三四两句偈语。便不在就近登岸,环山而驶,先往无终岭绕去。

初意昔年父亲曾访枯竹老人,均未肯见,借宝之事,必最艰难。及至赶到山阴一看,那无终岭乃大荒山阴最高寒的所在,穷阴凝闭,上有万年不消的积雪坚冰,云迷雾涌,亘古不开。适自数千里外所见,天边浓云密雾,便是此岭。双方素无渊源,对方又住在这等荒寒阴森之地,心性乖僻,不通人情,可想而知。心方疑虑,哪知事情大出意料。枯竹老人住在半岭山坳之中,地图草率,只有简略途向,并不详细。那岭又高又大,岔道甚多,歧路纵横,上下密布,到处都是危崖幽谷。最奇的是外观大同小异,全差不多,内里却是移步换形,形态奇诡,险峻幽深,穷极变化,无一雷同。使人置身其间,神眩目迷,无所适从。尤其老人所居,更是曲折隐秘,多细心的人也难找到。霞儿又首次到达,见岭上径路回环,暗忖:"这洪荒以来,亘古未辟的东荒岭,怎会有这些天然山径?"心中奇怪。正待上去,忽听脚底不远有人唤道:"小姑娘,岭上乃东天青帝之子巨木神君宫阙,冒犯不得。你虽不至于到顶上去,照你这样走法,难保不误越灵境禁地。就是你能够脱身,何苦怄这闲气呢?此外全岭只我一人,自来无人寻我,我也不肯见人。境物又极荒寒,那神君比我还怪,无可游观之处;就有,你也去不得。幸我刚睡醒回来,怜你这好资质,故以好意相告。如是无心经此,年轻人一时好奇,意欲登临,或是误信人言,间关来此,有所希图,这两样,全办不到。最好听我的话,回去吧。"

霞儿听那语声柔嫩,说得又慢,宛如两三岁婴儿。乍听甚近,细一听,竟听不出相隔多远,语气却极老到。知道此山只枯竹老人一人在此隐居,那青帝之子,更是闻所未闻,料无他人。闻声立即停步,侧耳恭听。听完才躬身答道:"赐教的可是枯竹老仙么?"那婴儿口音好似奇怪,微"咦"了一声,问道:"你是何人,难道是来寻我的么?"霞儿暗忖:"久闻大荒二老最善前知,三万里内事,略运玄机,了如指掌。就说父亲行法隐秘,颠倒五行,也只隐得前半一段。自己连越卢姬所设关口,连与水怪争斗,怎会不知来意? 当是明知故问。"心中寻思,随答道:"弟子乃峨眉山凝碧崖齐真人之女霞儿,奉家父母之命,远越辽海,专诚拜谒。敬乞老仙指示去仙府的途径,以便趋前拜见,实为感谢。"

霞儿说完,对方停了一停,忽笑答道:"你是齐漱溟道友的令爱吗? 我因生性疏懒,隐此千余年,总共只看见过四次外人。每一人定,至少便是二十四年。最多时,还有把两三次并在一起,借着入定,到人间走上一遭的。遇到这等入定时,便和死了一般,什么也不知道。所以三十年前,令尊三次访我,正值我寄神人世,均未得晤。在我实是不知,在他人却必道我夜郎自大,有意倨傲了。

"我那次到人间去,也因劫数将临,欲往人间多积善功,以谋挽盖。去时,以为我身外有三十六根神竹禁制,外设天玑迷阵,外人万难侵入害我法身。再者,素少交游,向来无人寻我,决可无害。可是临行之时,一占算,竟然有人来此,我这一切防备,并阻他不住。明有应劫的克星到来,却又吉凶不能前定,大是忧疑,非有此行,又不能借以免祸,为难了一阵。继想与其在彼等候劫数,倒不如宁失去这千余年修炼的法身,留得元神,再世仍可成道。两害相权取其轻,没奈何,只得仍是神游,转向人世。等我修完外功,重回故土,看见壁上留书,再一推算,那来应劫的克星竟是令尊。如换旁人,他为迷阵所隔,算不出主人行径,三次不见,疑我有心拒绝,必定为难,决不善罢。我那神竹禁制,与法体休戚存亡,息息相关。何况身侧又有几件宝物,易启外人觊觎。等他看出底细,我那法体已为所坏,无法挽救了。尤可怕的是,别人即使因我不见,心怀愤恨,强欲闯入,想破我那迷阵禁制,也未必有此法力。惟独令尊已尽得长眉真人真传,破我禁法并非不能。当时吉凶祸福,系于来人一念转移之间。我又行时疏忽,忘在阵外留下谢客入定告白,端的危急。事后想起,还自心惊。

"因我以前性小好胜，阵法阴险，步步设伏。又因防护法身念切，行法太狠，只要误入阵地，立蹈危机，就当时不死，也被困在阵内，非我功成归来，不能脱身。另外又设有颠倒迷踪之法，外人休想看破。令尊只知我隐居避地，不肯见人，没料到行法这么狠。他第三次到时，稍微疏忽，已将埋伏触动，如非法力高强，还几乎受了重伤。头两次在谷外传声相唤，未听回应。这第三次来，见第二次所留书信仍在原处，心疑主人他出，想到谷中查看人在与否，又是这等光景。我又著名乖僻，不近人情，这等行径，分明是不屑与来人相见。始而置之不理，继又暗下毒手，任换是谁，也必不肯甘休。令尊偏是大度包容，未以为意，只在阵外绝壁上留字劝诫。大意是：素昧平生，本不应无故拜谒。但是同是修道之士，声应气求，仰慕求见，并还怀有一得之诚，来共切磋，并非恶意。独善其身，不肯见人，原无不可。人各有志，尽可明言，何必以恶作剧相加，拒人千万里外？如换旁人，必成仇敌，即便当时不胜，也必长此纠缠。本心为求清静，岂不为此转多烦扰，适得其反？写罢，便自走去。

"最令人佩服的是，他走不久，我便回来，刚一看完，壁上留书便已隐去。我甚侥幸感愧，未能寻他一致歉诚。一则，我隐此以前，曾发宏愿，欲以旁门成道，为后人倡，许下极大善功。而外人只当我隐居在此，为人乖僻。实则内外功行并重，修持至苦。每隔些年，便以元神转世，去往人间修积。与山阳卢家老魅行事大不相同，在我宏愿未完以前，本身决不出谷一步。二则，令尊乃高明之士，一教宗主，道法高深，当时不曾看破，事后必已知悉，何必多此蛇足？心却望他再来一晤，惜未宠临。今日刚由人间归来，功行将完，只准备应付那最后一关。以前同道只三两人，内有一人已然化友为敌，余者也不常见。正苦无可共语，忽见大姑娘到来，不胜高兴。

"此山远在东天极地，世传《山海经》即有记载。传说《山海经》乃周穆王时仙人遗著，仙人名白一公，曾为穆天子御，后遂讹为伯益所作。本是道书，共分三卷五十四篇。如能得到，照书精习，可成地仙。自鬼谷以后，师弟相传，往往以门人不肖，不肯尽授，逐渐失传。得中卷者，仍可长生。周亡秦兴，始皇无道，复欲妄冀仙业，万金重赏，百计千方访寻天下。探知东岳泰山有一无名的樵子，得有中下二卷，正在日夕勤习，道还未成。于是假名东封，用妖人史鹅之计，前往篡取。因那无名樵子道已修成十之四五，非水火刀兵所能伤害，又恐事后复仇，便预先掘下陷阱，暗使妖法，备就无字丰碑。然后召那樵子前来，待以国师之礼，令其将书献出，君臣同修上寿。樵子自恃始皇不能杀他，怒骂不允。始皇已知他书藏所居洞壁之中，怒极之下，也没详

361

细追问，便照预计将他捆绑，投入阱内，再把没字碑镇压其上。樵子发觉那碑中空，藏有禁制之符，才知无幸。情急求免，便在地底急喊：'洞壁所藏，只有下卷，略载灵草产地以及制炼之法，余者多是山海鸟兽虫鱼之类，无甚用处。中卷因防始皇要来攘夺，早命爱子携往海外神山。'始皇闻呼，忙命起碑放出。妖人史鹅忽然心生奸计，奏称禁制发动，丰碑难移，势已无及。并且擒虎容易放虎难，一出必为大患。始皇方一踌躇，史鹅已将禁法催动，樵子便死在地底，没有声息。果在洞壁内找到下卷十八篇，中卷仍遍搜不获。

"不久，史鹅忽然遁去。始皇大怒，已是无可如何。因那下卷十八篇俱是虫书古篆，不知就里，只有李斯能解。始皇天性猜疑，惟恐内中尚有修炼之法，被李斯先识了去，如法修炼，采药长生。便命李斯改易篆书，同时另行抄录，颠倒字迹次序，藏起原本。心犹未以为稳，日常选录书上单字，叫李斯逐字释明。等全本认熟以后，再暗取原本一对照，果然只有药名。失望之余，犹幸得药可以长生。便把平日随侍心腹召来，问其谁肯为他冒涉风涛，往三神山采药，寻觅中卷道书。心腹人中有一徐福，人极机智，东封之行，原随同往，备知底细，立告奋勇。始皇自是欣慰，仗着书已记熟，又留有一册有释文的副本，便把正本交他，以便访中卷时辨别真假；还可假托徐福避罪逃往，设计骗取。徐福深心别具，推说神人喜洁，采药必须童贞，又选了许多童男女带去，由此不归。那下卷，真正玄门中人无甚大用，因此不传。改本又经始皇把紧要的两页默记于心，不留一字。

"此山相隔中土数万里，复有流沙之险，所以连寻常修道之士俱不知悉。我隐居千余年，除却令尊三次光临，只有四次同道相访。小姑娘年纪这么轻，早疑心是来寻我的了。后听你一说，我又占算，方始得知来意。幸先寻我，如若先寻卢家老魅，便不免徒劳了。你觉这山阴霾密布，景物如此阴森，而山上下偏又有那么多人行途径，奇怪吗？你不知道，此山古昔本是仙灵窟宅，神兽珍禽栖息之地。当我初来二三百年，还有四五个散仙在此修炼。自从青帝之子谪降来此，除岭头原有冰雪外，常年阴霾笼罩全山。那些散仙，本喜此山景物灵奇，宜于修道，一见这等光景，又无力相抗，有的避向别处，有的数尽转劫。剩我一人，两次逐我，斗法不胜，才允我在这青灵谷内自为天地，相安已有多年。你一人谷中，便另是一般光景。似你这样慧根美质，本就喜爱，乐予相助，何况又是神交好友之女，自然愿与你相见。不过我有两节须先言明：一是前向来访之友，曾有约言：任是谁来，须凭他法力通行迷阵。卢家老魅诸事与我相反，独此略同，你少时去她那里，也是如此。令尊既命你来,以他法力,事前必有准备。但我不似老魅无耻,不经迷阵,不得走入。她那南星原,人一走进,她怕人家知道破法,扫了她的面皮,百计为难。我这里你只管放心走入,我决不例外作难。二是我此时见你心喜,颇多闲谈,见面时便成哑人。此来之事,我必照办,但有少碍,谷内不便谈,谷外不宜谈。你取到后,途中尤须缜密。如有别的话问,最好此时先向我说,见了面我却无甚话了。"

霞儿归心似箭,恐误时机,听老人说个不休,老不命进,好容易盼他吐口。心想:"除借巽灵珠外,别无他事求教。来意已知,谷外又不宜说,还有何话可问?"忙躬身答道:"弟子领命,就请指点途径赐见吧。"老人笑道:"毕竟少年人性子急,你想不起问甚话了?"霞儿暗忖:"父亲并未再说甚请问的话,初料借宝难允,即此已是万幸。此老性情终是古怪,何敢多问? 可是既说此言,必有原因。"正想不起有甚可问的话,老人停了停,忽又笑道:"你想不起,自我发难,也不怕她,焉知她不和我同一心思呢? 你由右侧一片黑石山后,侧身而进,夹壁阴暗污秽,可用遁光飞进,毋庸太谦。曲径如螺,往复回环,虽非阵地,也易迷途。你只记住:先见岔道,连往左转三次,再往右连转四次。此是入谷前段,约有一百余里。过此以后,入了中段,约三百里途径,改为西进向左,一退向右,再连往左转五次,退回中间一条歧路,重往右转六次。左右递转之间,歧路最多。尚须记准左双右单之数。否则谷中上设天罗,此是天生阵图,你冲不过。任你飞行绝迹,飞遍全径,也不易走上正路,费时就多了。走完中段,现出三百六十五座石峰,疏密相间,暗合周天,我那迷阵便设此地。我看你年纪虽轻,颇具功力,必知阴阳消长之机,可用怀中灵符见机施为,便能走入神竹林中相见了。"

霞儿一听,由此去他那里,似有五六百里之遥,而老人有如对面晤谈,好生惊佩。忙答:"弟子谨记。"老人笑道:"我在六百六十里外和你对谈,此乃旁门下乘法术,何足为奇? 见我时,我身后之物先收起,再走向前,行至两半山交界处再行取视。令尊所索之物,过海再看。不可忘了。"

霞儿听他还在刺刺不休,一面应声遵命,随照所说前行。老人也不再言语。先觉飞行有欠恭敬,心想:"六七百里路,步行飞驰也只个把时辰,何在乎此?"哪知走进夹壁一看,不特阴湿污秽,霉气触鼻,路更高高下下,险峻异常。好容易耐住性情,走了十多里,又现出一条螺旋形的曲径,路略宽些,但是两边危崖交错,中通一线,其黑如夜,不见天光。路更崎岖,石刃森列,高低错落,险滑诡异,如登刀山剑树。那转角之处尤险,宛如蛇行之径,越往前越难走。幸是霞儿修道多年,提气飞驶,身轻如叶,否则便是武功多好的人,也走不出几丈路去。

霞儿一算里数,已走了二百来里。原来老人所说,乃是直算,如照回环进退,转折上下,实际里数竟要多出好几倍来。照此走法,休说前途更难,即此已非多半日不能到。实在无法客气,只得恭敬不如从命,改作御遁飞行。果然前面倒退里数更多,路也越险。仗着飞行迅速,仍飞驶有半个时辰,才行飞到。只见前面一片平阳,迎面石碑也似孤零零一座参天危壁,阻住去路。飞过去一看,天色仍和外面一样,看不出丝毫异状,所谓三百六十五峰,共只不过大小七座现在眼前,四外山岭杂沓,俱都不像。霞儿谨慎,知道老人决非妄语,如若穿峰而过,定必触动埋伏,再用灵符去破,未免不妥。便把怀中灵符如法施为,略一招展,立有一片祥光拥着全身,缓缓向前飞去,越峰而过。过后,再一回顾来路,脚底平添出数十座玲珑雄奇的大小峰峦,波浪一般向后面倒去。暗中计数,果有二三百座之多。等数满三百以外,面前倏地一亮,竟是清光大来,顿换了一个世界,一扫沿途阴霾昏沉之气。知已过完,忙收灵符。降下一看,只见两旁双峰对峙如门,身已入了一片极平坦的幽谷之中。谷势越往前越开展,两边山崖苍藤布满,间以繁花,灿如云锦;乔松何止万株,轮囷盘曲,上下飞舞;女萝丝兰,袅袅下垂,清馨四溢。加以左有平湖,清波浩浩,湖边桃、李、梅、桂各种四时花树,疏密相间,连萼同开;右有百十万竿朱竹,大都径尺以上,干霄蔽日,宛如千顷红云,鲜艳夺目。当中一条广径,环湖而西,路旁瑶草如茵,琪花盛开,目迷五色。与凝碧仙府的天孙坪仿佛相似。

西行十余里,背湖右趋,又是一条丈许来宽,五色云石铺就的石径,长约里许。两旁尽是合抱不交的梅花老树,株株荫被亩许,繁花千万,满缀枝头,冷艳幽香,沁人心脾,姿态灵奇,千古枝繁,觉比凝碧冷香坳尤有过之。到尽头是一座孔窍玲珑,不下千百,高仅七八丈,宽亦如之的石山,石色如玉,不着点苔,清奇灵秀,无与伦比。耳听泉声玲珑,若鸣清磬。

霞儿心想:"沿途并未见有三十六根神竹,这里景物清绝,老人许在石后,不要冒失。"先朝石山躬身通诚默祝,也无应声。试走过去一看,石后只有亩许大小一片石地。左有一石坡,清泉淙淙,顺坡而下,流入坡下小溪之中,再往山前梅林之中泻去。适听泉声,便自此出。右边乃是梅林尽头,约有六七株形态古拙的老梅,花大如杯,俱是未经见的异种,疏落落开在虬枝之上,不似山前花开繁盛。正面是座削壁,也是光滑莹洁,可以鉴人,除近顶石隙中倒挂着十几丛幽兰外，不生一株草木。崖下却有数十根竹树，沿途所见都是朱竹，此却翠色。白石清泉，绿竹梅花，危壁如玉，幽兰吐芳，端的仙境清绝，点尘不到。

霞儿心虽赞美，老人却不见面。全境大约已尽于此，适才通告，又无回应，心方惊疑。想起神竹三十六根，这里竹子不知是否合数？因竹粗大，刚想近前点数，猛瞥见第三排当中，有一株极大的竹桩，腰围竟比人还要粗，顿触灵机。知道神竹设有禁制，人在其内，外观不见。忙先拜倒行礼，请老人撤去禁制，容其入见。然后起立，暗中戒备，试探着往里走进。

那根枯竹，只比人高出两头，皮色深黄，十分光润。身才入林，竹便无声自裂，作两半片向两旁隐去。地上现出一个鲜竹叶编就的蒲团，上坐一个身材矮小，形若枯骨，又瘦又干的老人。他身着一件极清洁的深黄葛衣，头梳道髻，大若酒杯，横插一根玉簪，精光四射。赤着双足，双手交胸环抱。最奇的是十指爪甲，由前胸起，两旁交叉，环绕全身，各有数匝，纵横交错，少说长亦过丈，光色如玉，甚是美观。眉长也有尺许，分披两肩，却不甚密。见了霞儿，只把眼皮微抬，瞳子略动，开合之间，精光射出数尺。霞儿方悟他便是枯竹禅师。竹林中必有禁忌，不便说话，而老人目光像是示意身后。随即端肃下拜，呈上书信，只在心中祝谢，不发一言。老人面色似有喜容，也未见有动作，书信便自化去不见。霞儿拜罢，随去身后一看，就在老人脑后，有两大片竹叶凌空而浮，上有"半岭开视"四字。叶上有一个五色花须织成的锦囊，光华隐泛，料是所借巽灵珠在内。拱手一请，叶囊一同落下，藏入法宝囊内。又去前面拜辞。老人目注宝囊，似知不是常物，面容又是一喜。

霞儿拜罢，刚退出林，便见烟光乱闪，耀眼生辉。回顾身后，神竹已全隐去，化成一片飞瀑，与溪相接，清籁汤汤，越显幽致。水光如镜，似有形影照出，晃眼越显越真，前半竟是来时途径，群峰如浪，走马灯似的闪过。跟着现出中段曲径，却不现完，中间现一横岭。跟着，又是许多大小山峦。天色忽转清明，到处异兽珍禽，怪物长都数十丈，九头八翼，人首蛇身，各种各样，多见于《山海经》所载，异态殊形，飞走游行，往来不绝。

最终到一山谷，外有石碑古篆"南星原"三字，一闪即没。只剩匹练凌空，珠帘倒挂，知是指点路径。霞儿心想："老人竟有如此法力，无怪父亲也甚敬佩。"重又拜谢一番，方始退出。走到谷外，仍用灵符护身，飞出阵地。由此御遁飞行，往山阳南星原飞去。

第二二四回

巧语释微嫌　寂寂荒山求异宝

玄功消浩劫　茫茫孽海静沉沙

　　话说这次霞儿走的是由山阴到山阳的直径，虽经枯竹老人指示，又由空中飞行，不照下面山径行走，比较要近上好几十倍。但是大荒山为东方天柱的主峰，地域广大，方圆三万余里。无终岭和南星原两地还是相隔最近的，但即使照直前飞，无须绕越，也有四千余里之遥。并且近无终岭一带，山高谷深，尽是螺旋曲径，上有枯竹老人所设天罗，不能冲空飞越。三四百里的途程，往复回环，竟要加出好几倍。须把这一带禁地走完，始能升空直飞。迂回曲折，歧路尤多。适见图影，稍微记忆不真，略一走岔，入了歧途，便须费上许多心力，还要格外留神，始能寻到正路，真比前面十之八九的途程，要难得多。霞儿看出不是容易，欲速反缓。越过峰前危崖以后，特地将遁光放慢，收了灵符，谨照适见瀑布上面途径缓缓前飞。瞬息便可飞越的路程，竟飞行半个时辰，方始飞完。往前数十里，便到那极高峻的横岭，知道没有走错，大功告成了一半，不由心神为之一振。飞越过岭，山阴这一面虽仍冰雪纵横，暗雾昏茫，但是人已升空，可以自在飞行。前途已似康庄，毫无阻滞，便把遁光加急，电射星流，往前驶去。不消多时，山势越往前越高，渐近两半交界的大荒全山最高之处，越过山脊，就是山阳，离南星原只千余里了。

　　霞儿遁光随着山势上升，见沿途光景越发惨淡，草木生物早已绝迹，地上不见一点石土，到处都是万千年前凝积的玄冰陈雪，气候奇寒，微风不扬。遁光由寒氛冷雾中急穿而过，发出飕飕尖声。仰望山谷，雄奇伟大庄严，静荡荡地矗立在高空之中。下视来路，冻雪沉昏，冷雾弥漫，只身后云烟波卷中，露出丈许大小一条缝隙，知是遁光冲过之处。霞儿暗忖："这里寒气融积数千丈，连点微风都无，冰雪万仞，亘古不消，真比滇西大雪山顶还冷得多。休说常人不能攀援，便是寻常修炼多年的人，也禁不住这酷寒奇冷。自来真仙也未必能有人经此，我仅凭本身法力，竟能从容飞渡，也颇可自豪呢。"

霞儿正寻思间，忽见对面天上隐现微光，有似曙色。晃眼便已飞近山脊之上，离绝顶分界处只有里许。霞儿刚把遁光暂停，待取囊中竹叶书束观看，猛想起弟子米明娘在神獭岛失陷，只推算出先忧后吉，底细难知。枯竹老人还曾询问有无话说，心急入谷借宝，忘了询问。也不知她到底有无机缘遇合，应了偈语，来此把宝借去？平日何等心细，怎这次略微贪功心急，便多疏忽？幸与卢姆尚有渊源，妖物受她驱策，不致危害。否则同门三人，只自己刚收一个门人，便保全不住，岂非笑话？可见谋走后动，欲速不达，遇事仍是心急不得。"随想，随探手法宝囊内，将那两片竹叶取出，分展开来一看，上有不少字迹。

原来卢姆十年前破例收一徒弟。近来也时往人间行道，因仗炼有灵丹，只以元神幻化，入世济人。不似枯竹老人苦行，直去投身转世，内外功行同修并重，所以将来成就以及抵御最后末劫，比较俱要差些。但她法宝神奇，又有两种灵丹，所收门人颇好，将来可为之助，仿佛有恃无恐，行事极为任性，更与枯竹老人夙仇不解。此次霞儿如独自先见枯竹老人，彼必不快，向其借宝，难免推拒。所幸明娘中途失陷，那用法宝擒她的，便是卢姆新收弟子白癫。

此女相貌奇丑，性情古怪，也似乃师。入门不久，功力虽差，却有两件厉害法宝。日前恰值神獭岛鱼仁来参谒卢姆，白癫忽然静极思动，欲乘乃师入定神游之便，随鱼仁回岛小住，就便抽空私往中土，报复昔年杀母之仇。鱼仁本和她交好，又知乃师溺爱，向不嗔怪，日后又有好多相需之处，逆她不得，便同了去。

白癫本是中土人家女儿，年才九岁，母亲受了侧室奸谋谗害，备受夫、姜二人虐待自尽。她又生具怪相，不得父爱，乃母一死，益受酷毒。实在受罪不过，半夜里由后门逃出，乞讨为生，自觉无拘无束，快活非常。凤根本厚，人又机智，心志尤坚。这日正往东行，忽发奇想，打算顺着日色照直前行，逢山过山，遇水渡水，看走到天地尽头之处，是甚情景。仗着生来力大身轻，能耐劳苦，每日认准方向奔驰。先还乞讨为生，嗣走完中土，渐入边野无人之境，渐觉山中食粮甚多，野兽、果实以及嫩草俱可充饥，便不再伸手向人乞讨。无心中又吃了两次灵药，不特身轻如燕，竟能凌波飞行。这一来，减去水路艰难，遇到风浪水宽之处，便把身带的一块木板放向水上，行远气疲，便站在上面歇息，少时重又提气，踏水而渡。水陆奔驰，五六年无日休歇，历程数万里。也不知被她经过多少省地国都，蛮夷部落，最终来到东海，转入大荒的边角上，用前法备了食物，在海面上行走。不料海洋辽阔，连行七日，粮已吃完，仍寻不到可以备办干粮的岛屿与陆地。海行已非一次，这类事常遇到，真个无法，便在海中捞些海藻、小鱼，也可充饥。加上自服灵药以后，能耐饥渴，胆子更大，绝粮并不心慌，仍往前行。

　　白癞绝食已有二日，连海藻、小鱼也没处寻。看天色要起大风，进退两难，心正愁思，海上忽起飓风。她那木板比人还大，系在背上可供坐卧。另又带有鱼叉、小刀，风浪、巨鱼皆所不畏。谁知年纪太小，这次风力忒猛，忽然一山浪打来，将她抛起半空，人虽由浪花中飞起，背上木板连同包裹却被打了一个粉碎四散。万里海洋，如何提气飞渡？只好相度浪头，避开来势，不令打中，随波驶去。也不知流出了多远，与狂风苦斗又是二日一夜，白癞纵能耐饿，也是不济，已然手足麻木，再也支持不住。匆迫中猛又一个掀天巨浪打来，那水力何等巨大，总算人还机智，识得水性，一见浪来，知道此时入水，必被水力压成肉饼，四肢碎裂，再如被它当头压下，更无生路。求生情急，咬牙切齿，运足全身之力，双足踏波，箭一般拼命朝前穿去，欲使浪头打向空处。乘它二次浪起，人只落到浪头之上，便可相随起伏，暂保残生。哪知力已用尽，虽穿出了险地，仍被扫着了些，当时闭气昏死。幸浮在浪头之上，那地方恰离神獭岛近，一浪打向岛边沙滩，昏死三日。鱼仁正在修炼，还未发现。卢妪却自心动警觉，一算来因，知有大用，亲自赶来救醒，度往大荒为徒。一去十余年，始得重来，想起母仇，身世冤苦，立即赶往中土复仇。

　　霞儿师徒到日，她正杀了那妾回来。初生犊儿不知利害，以为师父向来不与人交往，既来岛上，便是敌人，竟用宝网将明娘擒去。不料空中又有敌人现身，太乙神雷连珠般打下。依了她，还想将霞儿一齐擒去。鱼仁看出来人不但法力高强，手中并持有禹鼎，怎敢再动，忙即劝阻。一面避入卢妪所设临危藏伏的山腹中去，外观一色浑成，复有法术掩护，幻人目光，极难看出。霞儿又算出卦象颇吉，也未细搜。刚一飞走，鱼仁便认出明娘是己故交，忙和白癞说明，此人为访自己而来。立即放起，互相引见，盘问来意。明娘自是老练机智，只说此行是为专诚拜谒仙婆，以偿夙愿，恐海上阻滞，烦一老前辈护送至此，先来向鱼道友请问仙婆赐见与否。鱼仁心善，又料定卢妪与她有缘，立即应诺。本意为之先容，未敢做主引去。事有凑巧，明娘灵慧，说话动人，白癞与她一见投缘，仗得师宠，一口应允，并还当日起身。

　　刚到南星原谷外，正值卢妪神游归来。白癞入内一请，卢妪先听引来外人，颇为愤怒，要将明娘重责逐回。及至暗中查看来人，竟是以前愿见之人。

便走往谷外对明娘道："齐道友是我故人，既派他女儿来此借我镇山之宝，又不是不知枯竹老怪是我对头，为何先去寻他，使其日后说嘴？如非念你以前拜山时至诚，又曾对你心许，休看将来我有借重齐道友之处，也决不允。你借此宝回去，功劳不小。你一末学后进，我给你这大人情，将来有事相寻，不可延误。"

明娘闻言，喜出望外，忙说："家师奉祖师之命，本欲先来此地，因无终岭相隔太远，枯竹老人与家师祖素无渊源，万一不允借宝，还须另外设法。时日已迫，又知仙婆与家师祖为旧友，必可赐借。弟子又自告奋勇，力说昔年仙婆怜鉴，被弟子体会出来，如来拜见，必蒙俯允。为想双方同时并进，归途来此，也能够方便一些，才与弟子分途行事，并非敢于轻慢。还望仙婆鉴谅。"

卢姬冷笑道："你休为她掩饰。就照你所说，你已在神獭岛失陷，虽知我不会伤你，又时机紧急，舍你不顾，独自前行；但那两封书柬均在她的身上，如看得我重，便应就近先来见我。就是老怪物和我暗斗已数百年，见她先来我这里，他必不喜。我见她因我误事，也必设法补救。她偏过门不入，不是轻我，还有何说？法宝可借，但无如此容易。她既是峨眉教祖爱女，远涉辽海，途中又连破我的禁制埋伏，适用慧光查看，她又将行迹隐去，防我看出，可见法力必甚高强。照我前例，有人寻我，除非来人至诚感动，还须与我有缘，我才撤禁，令入而外，便须将我谷口内所设迷阵破去，方许到我南星原内。你且候在谷外，等她前来，破法入见。能进南星原，自无话说；不能，宝也必借，只是必须自己突围而出，或是自等难满，我却不能撤禁放她呢。"

明娘知她性情古怪，从来好胜，说到必做，求说无用。法力又极高强。听此口吻，已然立意为难，比起寻常要胜十倍。师父恐难从容进退，好生愁急。因霞儿飞遁神速得多，米、白二女不如远甚，又在神獭岛上耽延了多半日才起身；到后，又隔了些时，卢姬神游才归，好些耽延。彼时霞儿与枯竹老人相见，两下里虽是势均力敌，但吃老人占了先机，早用慧光查出南星原动静，暗代霞儿隐去行藏，所以卢姬查看不出就里，又是一气。她这里情形，却被对方看去。霞儿不知那竹叶另具隐迹之用，见上面大意略说前事外，并说：

卢姬和老人一样，末劫将临。只因天生刚愎之性，宁折不弯，明知妙一真人将来是个福星，因愤霞儿先见老人，犯了小性；又因

369

老人有心气她，预先行法把霞儿行藏隐蔽，看不出身带灵符，到时必以迷阵作难题。可是此妪比老人还要好胜，她那迷阵，从未有人破过，如被破去，必以为生平之耻，另以法力为敌。教霞儿先把法宝要过，令明娘带了先行。破阵入见之时，如见她面上皱纹忽隐，便是愤急，百无顾忌，不可与敌，速用灵符护身，由她头上急冲过去。卢妪身后悬有一个法台，上有她近年防御末劫做替身的法物，平日人看不见。她见这等情景，以为霞儿道法高强，知她底细，不顾困人，必以全力回救。乘此时机，速往东南方遁走，离却南星原，再转入回路。以霞光飞遁之速，骤出不意，必可脱身。万一再被追来，不必回斗，只把太乙神雷往后打去，一面加急飞行，便无事了。

霞儿刚刚看完，青光一闪，竹叶忽然化去。暗忖："卢妪和父亲相识，法力又高，如何可以冒昧？枯竹老人虽是好意，但是双方夙仇，焉知不是利用？好在宝物已允借用，我既是后辈，稍屈何妨？对方原是不知我有破阵灵符，自恃太甚，等阵被人破去，面子难堪，势成骑虎，欲罢不能，岂不两败？何不将计就计，能使知难而退，免生嫌怨，不更好吗？"霞儿主意打定，又往上飞，晃眼越过岭脊，眼前一亮，便入了光明世界。山阳景物，比起山阴，简直大不相同。霞儿顺岭下降，只见远峰凝翠，近岭摇青，到处嘉木成林，碧草如茵，繁花似锦。那些林木多是七八抱以上。时见幽鹿衔芝，灵猿摘果，花开十丈，叶大如船。沿途珍禽奇兽，时有发现，好些俱非《山海经》上所有。端的景物灵奇，令人应接不暇。心急前途，也无心观览，千余里路，一晃便已飞到。

那南星原也在一个山谷以内，谷口外，一片危崖当中，现一圆月形的大洞，高大几及十丈。壁上满是千年老藤，苔藓肥润，厚达三尺，一片浓绿，更无杂色。遥望内里景物，更较谷外清淑美妙。那迷阵却设在谷内。枯竹老人那里还有三百六十五峰可以辨认，这里只是琪花如笑，瑶草含烟，看不出一点形迹，天气又很清明，决不似伏有杀机。

白癞刚由谷外走进谷去，只米明娘一人在外守候，遥闻破空之声，挟着一道金光，电驰飞来，恐师父径自入谷，误蹈危机，忙要迎上，霞儿已早看见，降下地来。明娘方欲先说前事，霞儿早知就里，自然会意。故意说道："时机已迫，无暇多言，且等见过仙婆，回去再说吧。"随即恭恭敬敬走上前去，面向谷口礼拜道："弟子齐霞儿，奉家父妙一真人之命，赶来大荒，向仙婆和枯竹

370

老人各借一件法宝。本应先来参谒，因过神獭岛，小徒为岛主擒去，知道仙婆宽宏，岛主不奉命不敢加害，又以时机紧迫，只得先行。为求迅速，欲和小徒分道行事。这一来，剩下弟子一人，分身无计。枯竹老人与家父又仅神交，不知允否。只好变计，专诚拜谒仙婆，并请指示玄机，使弟子到山阴，不致虚行。因沿途所经各岛颇多梗阻，心想家父属在故交，借宝一用，断无不允。而仙婆道法高深，玄机微妙，无远弗瞩。小徒神獭岛失陷，尚可说是仙婆清修千年，事出无意，或者一时念不及此，嗣后当无不知之理。何以每过一关，仍多阻难？心中惊疑。路过南星原以前，默运玄机，虔加估算，才知仙婆神游在外，尚未回山，如若来此守候，虽然日内必归，不致误事，但无终岭之行，却恐延误；又推算出山阴无甚阻滞，去了回来，正好赶上。只得遥拜仙居而去，未曾登岸。到时，蒙枯竹老人传声接谈，令破三百六十五峰迷阵入内。弟子法力浅薄，本非所及，幸来时，家父深知两地旧例，带有家师祖长眉真人所遗灵符，侥幸通行，将宝物借到，赶紧来此拜求。尚望仙婆俯允，暂借吸星神簪一用，俾弟子师徒完成大命，感恩弗浅。"

话刚说完，忽见谷中奇光明灭，烟岚杂沓，雷霆大震。约有半盏茶时，忽如破锣的老妇口音说道："令尊是我故人，你奉命借宝，过门不入，迹近轻侮。本来应稍惩戒，幸我适以慧光查照，得知借宝因由。那驼子也与我有一面之缘，他那好友赤杖仙童更是我的至交。你又说得这般至诚，不问是否全真，我总神游未在，你恐误事，情有可原。虽不再与你为难，但你自老怪物那里走来，我终不愿见你。你那徒弟倒是与我有缘，人更至诚，我谷中设有迷阵和两种禁制，你如进来，以为所阻，我又不肯为不愿见的人撤去。可命你弟子米明娘入内，作为你师徒分途行事，各完使命便了。"霞儿暗笑："你分明是见我灵符藏在胸前，神光外映，恐令入谷堕了声威，自家量浅，借我几句话，自行收风。只要能把法宝借到，交谁不是一样？"随口恭答："弟子愚昧无知，恐误时机，遂致失礼。多蒙仙婆大度包容，谨当遵命。"话刚脱口，忽听厉声喝道："谁不知我刚愎量小，你却说大度包容，讥嘲我吗？"霞儿忙道："弟子怎敢放肆？仙婆鉴宥。"又听老妇狞笑一声："我昔年宁失天仙位业，致令千年以来多生烦恼，便为本性难移，不肯改却。米明娘可即进来，见我取宝，另外还有别物相赠。谷中迷阵，重要之处适已撤去，一入谷口，可舍明就暗，自有明灯引路。我这迷阵，与老怪物大不相同，中有无穷奥妙，出入皆难。如见奇物美景，不可涉足，只作不见，自可无害。我再命癫女接引好了。"明娘闻言，忙下拜称谢，起身走进。霞儿知不投机，视若路人，不愿多言，静立在外相候。

约有半个时辰，才见一个头大身扁，巨目翻睛，塌鼻高颧，满头黄发，头与项一般粗细，上身甚短，下身颇长，手长过膝，掌大如箕，腿细脚大，穿着一身黑锦短衣裤，臂腿全裸，露出一身紧绷绷的白肉，东一块红，西一块紫，通体斑斓，似人非人，似怪非怪，奇丑无比的少女，引了明娘，一起说笑走出。明娘进内，一瞥即隐。出时也一瞥即现，谷中早复原状。以霞儿的道力法眼，竟未看出一点迹象，心中也颇佩服。当下由明娘向双方引见。霞儿实嫌白癫丑恶，略一致谢。问知明娘宝借到手，还得了十五粒九转百炼灵丹。说是仙婆以天痴门下有多人重伤残废，非此不治，全赠妙一真人应用，下余的留备未来之需。霞儿喜出望外，忙率明娘拜谢。卢妪也未还言。随向白癫作别起身，白癫似颇依依。霞儿装作心急归程，也未怎理。

师徒二人避开谷口，便驾遁光同飞，且喜归途平顺无阻。飞到东海岸停下，互相略谈经过。打开锦囊一看，那巽灵珠不特附有用法，并附小柬，说是暂不必还，不久尚有他用，到时老人当自收回。霞儿笑对明娘道："此行大出意料，枯竹老人真讲情面。卢妪得道多年，怎的这等怪性，喜怒无常？"明娘道："白癫平日听鱼仁说，二老人一般古怪。师父如先往南星原，枯竹老人相待，恐还要厉害呢。二老不知是甚深仇，对别人都不如此，只彼此一有粘连，无论哪一位全是如此。弟子见她时，口吻神情也极卖好，她对师父所说，直是故意，不知何故？"霞儿也竟难测，一算时机未误，终以早日赶到为是，随又飞起，赶到铜椰岛，果在限定日内。

众仙问完前事，对霞儿师徒自是奖许有加。妙一真人对霞儿道："地底毒火，尚须三日夜始能喷完。众弟子已各有使命，事毕便由此起身，多半不回仙府。我儿已入佛门，不是本门弟子，只是汝师好意，知你孝心，特意舍却数十年功课，回山效力。你比灵云及众弟子法力都高，又有禹鼎至宝，寻常妖邪多非汝敌。此后修积功行，自会见景生情，随缘行事，无须再为叮嘱。汝弟子米明娘虽出旁门，性情根骨俱是上乘。她和卢妪还有一段因果，此次所得灵丹大是重要，适才还剩六粒在此，不久便有大用。我和汝母及各位伯叔尊长回山，便须遵照先师仙谕，同修大法，以完未来仙业，不到三次峨眉斗剑以前，极少出山。

"现时群邪猖獗，不特原有一些妖邪，如妖鬼、尸魔，以及华山、五台等遗孽，尚在横行。开府前后，又树下不少强敌，多半极恶穷凶，邪法神妙。轩辕老怪、司空妖道尤为此中巨擘。危机隐伏，尚未发现的尚不在内。而苗山红发老祖、天残和地缺门下孽徒，以及幻波池艳尸崔盈、小南极群凶、四十六岛妖人，也均要相继与之恶斗。众弟子等虽然受命自天，终属末学新进，法力不济。只因缘福深厚，多有奇遇，所用法宝、飞剑，不是前古奇珍，便是仙传至宝，又得各位前辈仙人嘉许期爱，百计维护，本人也各能知自爱，修为勤奋，始能勉力应付。以我静中推算，除却三五人屡世修积，天生福厚者外，未来险难尚多。运数所限，只有几人能以己力人定胜天，其余终须应劫。师长同门只能事后补救，难以先为解免。

"此丹乃卢妪以数百年苦功，共用七百余种灵药百炼而成。所炼无多，专为她本人应付末劫之用。炼成之后，万分宝贵，这多年来，只赠了一粒与一同道，一半还是借以试验此丹灵效如何，否则也还未必。此回竟以十五粒相赠，固然是想结交我与天痴道友师徒，别有深心；但她竟不惜耗神，默参未来，为我师徒预防，盛意也极可感。异日如需明娘往助，务要立刻起身，并将你那禹鼎带去，不可贻误。此丹灵效无比，不特起死回生，无论为多厉害的邪法、飞刀、飞剑所伤，只要肢体尚在，有此一粒，便可接续还原，与陷空岛万年续断、灵玉膏各有胜场，非同小可。你等众弟子有难时，前往救治之后，便追随乙、凌、白、朱等各位尊长，随时为众弟子策应好了。"

霞儿此次回山，一半帮助本门修积，完父母当年对师祖所发宏愿；一半仍是因为孺慕殷切，意欲借此多承色笑。闻言便说："女儿既无专任，何妨仍许女儿居住仙府，俾遂女儿孺慕之私？遇到各位世兄弟妹有事，再行出去，不是一样吗？"妙一真人笑道："女儿已将成道，如何还是这等痴法？我和汝母回山以后，便须虔修大道，轻易不能相见，你便居仙府，也见不着。而众弟子因是修为日浅，成就太易，注定该有磨折，吉凶全由自招，承受消弭，各凭缘福，事情仍须经历。他们又均奉命各有去处，往往同时遇险，休说你一人，便诸位前辈仙人，也未必全能为之解免。适才命你接应，不过姑尽人事，聊作后援而已。如在仙府居住，以我儿的法力和仙府新得异宝，众弟子有难，极易查知，先为防范，岂非仍是逆数而行吗？这等行径，于众弟子只暂免目前，得于此者，必失于彼，反而加重。只可随机补救，若先为解免，大非所宜。至于你虽无有专司，反倒成了多多益善。你此次回山，所为何来？当时均应在外修积，始能符你初愿，如何可以随侍不出呢？"又命善遇明娘，不妨多加传授。霞儿一一敬诺。

妙一真人知道妖尸败逃，更无妖邪敢再犯险。毒火喷完，劫灰便须下降，海中数千里方圆地域，尚有无量生物，欲早日行法，移向远海，免致临时迁移,不免小有伤害。便请乙、朱、天痴三人相助,以铜椰岛为中心,各向一方,分四面行法移运。天痴上人叹道:"道兄端的顾虑周详,此举真乃亘古以来未有的大功德,即此已完昔年宏愿而有余了。"妙一真人道:"此乃众志成城,上格天心,方得消弭巨灾浩劫,感召祥和。功德固是不小,全仗天心仁爱及众位道友鼎力相助,小弟因人成事,如何敢贪天功,以为己有?"朱由穆笑道:"齐道友也不必太谦,固然众人出力,连我也不无微劳,决不妄自菲薄。但是天机微妙,何人得知? 就算长眉师伯预示先机,试问此时同门诸位道友,何人有此毅力胆识,敢以已成仙业,甘冒古今未有奇险,稍一应付失宜,便堕泥犁,与万劫不复之害相拼? 道友这多年来,如履如临,日常筹计,百甚种因,预为布置,还在其次。我等出力虽多,首倡者谁? 长眉师祖仙示,也只指明时地,略示机宜,一切仍由道兄主持全局,相机应付,我等不过依令奉行。道兄功劳最大,何必谦虚乃尔?"

妙一真人还未答言,乙休已接口笑道:"小和尚,你忒认真。虽然出家人不讲世故,到底神仙也应谦和有礼,才好相与。他是主体,邀了你们同来成此盛业,难道请人相助,事成之后,却把别人一概抹杀,连句客气话都没有,只说是他一人之功不成? 事实俱在,功之大小,早眷天心,何庸多说? 根本痴老儿就不该那么说,你一恭维,他当然不能实受,总须谦让两句,才合情理不是,他如答说:'不错,此事只我一人之功,非我不可。连你们来都是多余,不过凑凑热闹,摇旗呐喊,壮点声威。'你就是没有火性的佛门弟子,听了这些话,不动嗔恶二念才怪。自己欠通,还说人家不应谦虚。他不这么说,又怎说呢?"朱由穆道:"驼子这张利口贫舌,实实惹厌。我岂是这种心意吗?"乙休笑道:"你们这些假道学,我最不信服。你语气明说他不应谦虚,心意却并非如此。佛家戒打诳语,口是心非,犯戒一也;听我一说,你便红脸,已动嗔恶之念,犯戒二也;佛法禁毁谤人,你却骂我贫舌利口,犯戒三也。霎时之间,连犯三戒,还说什么四大皆空,一尘不染呢。"朱由穆笑道:"驼子专喜颠倒是非,捏造黑白,并还恩将仇报。看你下次遭劫,谁再相援? 我自落言诠,已居下乘。似你这等妄人,何值一辩? 我不理你了。"乙休笑道:"小和尚,多年不见,仍然一逗便急。我驼子向不说装门面的话,铜椰岛是我生平第二次丢人的事。我大约还有一次劫难,我已早想好帮忙的人,不劳费心了。"

乙、朱二人本是两世患难良友,说笑已惯,妙一真人、天痴也都知道,俱被引得笑了起来。朱由穆转向妙一真人道:"莫为驼子打岔,误了海底生灵,我们一同动手吧。"

四仙随议定方略,各择一面,开始运用仙、释两家道法,由本岛起始,将方圆四五千里以内大小生物,一齐移向远海中去。天痴上人本来好胜自负,又以素擅五行禁制,以为此举擅场,必比三人先完,哪知大谬不然。四人各向一方,同时动手,仍是妙一真人与朱由穆二人最早毕事,也最完善无遗。天痴上人空自大显神通,运用五行挪移大搬运法,费了许多精神,结果勉强步武神驼乙休。但是禁法稍猛,不能皆顺物之性,一半行法,一半诱引,竟有好些年久通灵的水族受了伤害。经此一来,才知功力仍是不济,棋输一着,处处相形见绌,不是可以勉强。心中好生愧服,把平日骄矜之念,为之一祛。这次行法,因是量多物杂,一意保全,也费了一日夜工夫。一晃三天,火穴中烟势日衰,已成强弩之末。

　　妙一真人见大功即将告成,到了明早日出以前,劫灰便须下降。笑对天痴上人道:“前次小徒易鼎、易震无知冒犯,尚有法宝遗留磁峰之上,不知可能推情掷还吗?”天痴上人忙道:“前日相见,便欲奉还,只为连日追随诸道友行法,移散生灵,未暇及此。适才已命小徒楼沧洲去取了。”

　　妙一真人又道:“此役本系天劫所使,遂致诸位道友各有误会。鼎、震二小徒因随众弟子奉有职司,致迟请罪。乃祖易周先生与道友本系知交,事已过去,贫道已与通函,说明此劫经过。所望看在薄面,互释前嫌,勿再介意,如何?”天痴上人已知自己无力与这些仙人为敌,加以劫后之身,心存谨慎,巴不得有人出头言和;何况妙一真人处处公正,毫无轩轾,所施于己甚厚。日前已然说过,今又重提,焉能不允? 接口答道:“前本无知,事由误会,道兄一言,无不应命。”

　　妙一真人随唤易静和鼎、震兄弟一同降落,向主人请罪赔礼。天痴上人连忙唤起,极口慰勉,说:“易氏兄弟虽是疏忽,因有妖党中人追来,情有可原,当时已然处罚。现在双方亲如一家,以后同辈相遇,互相扶助。旧事过去,无须再提。齐道兄太甚谦虚。”楼沧洲恰自宝藏中将易氏弟兄所失之宝取来,随即交还。易氏弟兄正为和金、石、二甄六人约定一同行道,这几位师兄弟各有至宝随身,自己法宝多在铜椰岛失去,相形见绌,好生愁闷,最可惜的是那九天十地辟魔神梭,一见发还无损,好不欢喜,忙各拜谢领去。不提。

　　时已深夜,天到子正,穴中毒火便已喷完,只剩丝丝残烟,摇曳上升。一会,残烟也已喷尽。妙一真人便照预计发令,将手一挥,穴上深井一般的大光筒便即撤去。众弟子立驾遁光,散出阵外,分布空中九宫方位之上。十余位仙人也各降下,与乙休、天痴上人相见,说笑一阵。众仙遥看残月西斜,海中鱼介生物全部迁徙，海面上静荡荡的，只剩波涛向海岸冲击，吞吐呜咽。仰望空中，玄真子与妙一夫人同在八九千寻以上，不见一点形影。那毒烟烈火破空直上，所发风雷之声也早静止，显得夜景分外幽寂，与日前猛恶之势迥乎天渊之别。众仙俱都纷纷祝贺，共庆功成，只等东方微明，便起施为。

一会工夫，启明星耀，东方渐有曙色。妙一真人刚喝得一声："起！"便听高天空里异声大作，宛如无数天鼓当空齐鸣，更有千万神兵，铁甲天马，万蹄杂沓，自天杀来。便是雷霆暴震，声势也无如此猛烈。说时迟，那时快，众仙已争先飞起，晃眼数十百道金光霞彩，满空交织，大地立现光明，映得上下四外俱成金色。那匹练般的金霞，闪电也似在空中略一掣动，便即互相联合。只是改直为横，又分作了上下三层，每层相隔约数百丈，其长何止千丈，宛如三道经天长虹，交叉横亘空中。一面众弟子也把各人飞剑，联合成了四道较短的光虹，分四面围列在末层金虹之外。妙一真人、朱由穆与神驼乙休三人，早飞出最高一层金虹之上相待。同时空中异声也越来越近，隐见无数火星，明灭乱迸，聚在一起，大如山岳，瀑布也似往海面上倒泻下来，眼看越来越近。妙一真人为首，喝一声："疾！"一道极大的金光，离手飞上前去。那火星便是空中太火毒焰，被罡风消灭以后所剩劫灰，吃玄真子行法禁制，合成一股奇大无比的灰瀑，自万丈高空倒泻下来，灰沙互相摩擦激荡，发出无量火星，由上向下，如火山飞堕一般，加上异声怒吼，惊天动地。妙一真人一道金光，迎头一裹，挤得那灰瀑势益猛恶，由金光环绕中直泻下来。

众仙所结三道经天长虹，早已列阵相待。最高一道金虹首先迎住，两边金光往上一翘，成了一道长河，将劫灰盛住。左边一头，便渐渐往前伸去，劫灰齐往金河中注入。只听轰轰发发之声，金光闪耀，霞彩横空，上接一根通天火柱，顿成亘古不见之奇。约有盏茶光景，金河的一头未动，一头已伸长了二三百里，渐渐低垂，斜注海中。劫灰由金河中顺流而下，海水立即怒沸，骇浪如山，直上遥空。数千丈大小的劫灰，互相击撞，声如暴雷。那金河随在海面上由近而远，纵横移动，约有刻许工夫，便离去本位。由妙一真人手指一道金光，紧束后尾，往东方移去。空中劫灰仍然往下怒泻，那第二道金虹便迎上去，接个正着。仍是如法炮制，化成金河，一头向西方伸长，渐注入海。所到之处，海水尽沸，东西两应，势更强烈。这时红日正由天边升起，朝云晓霞，一层层齐幻金光，上有金虹斜挂，下有骇浪飞腾，端的气象万千，奇丽无俦。

第二道金虹伸得渐远，神驼乙休便放出一道红光，束住光尾，向远方海中移去。第三道金虹又复接上。前两道金虹,本离岛伸长二百里以外,方始下注,近海边百余里内,尚无劫灰注入。所以这次金虹不是一头下垂,待了一会,忽在空中闪了几闪。朱由穆手扬处,飞起一团佛光,将灰瀑围住,口喝:"诸位道友,我等各显神通,点缀一个奇景如何?"这第三道金虹,本是法力最高的几位仙人主持,闻言会意,立将金河展开,化成一张华盖,越展越宽,外边俱都向下,将全岛罩住,离海面不过两三丈。那灰柱由佛光中直泻下来,分向四边流坠,泻入海中,散布得均匀已极,由下往上,宛如一顶硕大无朋的金幕。四边火珠如潮,滚滚飞落,由上往下,又似一朵万丈金莲,挟着无量星沙,自天倒挂,煞是奇观。因是离开海面,做一大圆圈,同时下注,朱由穆又频使神通,使那无量星沙远近飞布,激得掀天巨浪,潮涌而起,令人心惊目眩,又是一番奇景。个把时辰过去,第一、第二两道金河放完了劫灰,先后飞回,改为一南一北,接向上面。相继接够了数,仍和先前一样,向南北两头伸长出去,注入海中。近岛的一圈,因是地方不大,头一次劫灰便将海底布够了数。

朱由穆二次待要如法施为,被妙一真人由北飞来止住,并说:"百丈毒火所遭灰沙不过石许,倒倾之势,比较上升还快速得多。因要使海底沉沙一律平匀,如若行法散布,势必闹得满空俱被灰尘布满,连月不消,既费时候,使上空两个主持人也更多费心力。所以才请诸位道友各运玄功,将各人飞剑、法宝连成天河,使其分注海中。但是劫灰余毒未尽,分量极重,并为迅速广布,又将空中天河分成三道,以便相互接替,分向四方八面倾注。现在近岛一带,已经铺有三丈来深,不宜再增;空中劫灰,也十去六七,再倒换一两回,便可毕事。大师兄和山荆在灵空交界处灭火消沙,自从那日到山,不曾稍息。朱道友如是有兴,何妨上去助他们一臂?"说时,神驼乙休也由南方飞回,说:"这二次布散劫灰,诸位道友已然放心,足可胜任,无须另行戒备。大师兄和齐仙嫂正在贤劳,我和小和尚同去略效微劳吧。"朱由穆早答要去,闻言,说一声:"好。"两道金光比电还疾,只一闪,便双双射入高空云层之中不见。

妙一真人看二人去后,微笑道:"朱道友转劫归来,仍是这等天真,我如晚到一步,这铜椰岛上许多琪花瑶草,日久岂不被灰毒烧死?那被乙道友所断铜椰灵木,如何重生?沉沙不可复起,地底灵泉恐受流毒,趁此片刻余闲,且为此岛添一新景吧。"随纵遁光飞起,手掐灵诀,指着海中,立有一道金光飞出,电转星驰,环岛飞行三匝,回到原处,一闪即隐。随又用手朝外一指,一声霹雳过去，环着铜椰岛四围，忽起海潮，由岛边沙滩起，宛如击石投水，化成一个水圈，由小而大，往外推展开去。最前浪头，约有三四十丈高下，里许来宽。全圈一般平，无甚高低，直推出百里以外，忽然停止，直似环岛添了一圈浪城。浪花尽管翻流不休，却是通体高低如一，不消不退。天痴上人因众仙行法早有成竹，妙一真人又未招呼，未便插手，正率门人在岛上旁观赞佩，一见妙一真人为本岛添此奇景，好生欣慰，赶忙过去称谢。

妙一真人笑道："我知此岛多产嘉木灵药，虽仗元磁精气钟育，也还靠了此岛有灵泉滋润之故。初意留这环岛四边百余里，不使劫灰下注，不料一时疏忽，未曾先说。朱道友见金虹分载灰沙，一东一西，有似天河倒泻，他不知那劫灰重逾山岳，又是热毒异常，若有少许触及地面，生物沾上，立被灼死。何况又自八九千丈高空倾天下注，头两道天河已然移开，须另有承受。那第三道天河，原备更番接替之用。见猎心喜，不假思索，见岛一带劫灰尚未注入，只图奇景壮观娱目，却未防到灵泉真脉正藏海底，近岛一带劫灰下压日久，必被侵蚀脉络，渗入其内。此灰奇毒，须受多年海水冲刷，始能消受，全岛草木岂不遭殃？我在远处看见，又不便拦他高兴，只得等大家饱了眼福，再行赶来阻止。我想本岛本产不少巨鲸，现均行法徙去，即使近岛百余里未布劫灰，鱼类无知，稍微游远，便中灰毒。如将此灰行法禁制，在海底逼起一圈长堤，再将鲸群移回，有此一圈阻隔，不致游向圈外中毒，岂非绝妙？不过毒灰虽被推向外圈，因受禁制，不能再受潮汐冲刷，岁月一久，便要继长增高。三百六十年后，必成一圈五色河堤，高出水面。同时，它那余毒，也逐渐由河孔中，往外圈发泄出去，与受海中冲刷，并差不许多。彼时圈中之水，使其化咸为淡，成一环湖，或在堤上另开门户，与海相通，便悉随尊便了。"

天痴上人连声称谢，笑问道："小弟前次愚昧，不知天数，几肇杀身灭形之祸。多蒙道兄鼎力解免，感谢之情，不消说了。但是小弟自来疏狂，不曾轻受人惠，又以昔年走火身僵，山居清修，杜门多年，同道中往还极少。乃日前白犀潭赴约，来去途中，俱中埋伏。小弟或尚无妨，随去弟子却多不免伤陷。不意暗中竟有佛法解救，并还屡现金字告警，预示趋避，人却不肯相见。自思平生友好，佛门中人极少，即有也道成正果，是何因缘如此为力？也曾再三留意，查看踪迹，终如神龙见首，不见端倪。最后，归途又有人解围，方有一小沙弥影子，略闪即逝，相貌既未看清，而照所驾遁光，虽是上乘传授，以他破乙道友仙法，功力似还未到，好生不解。适才想起，道兄对此一劫，早识先机，一切预有安排，而那沿途相助之人，行径又似与乙道友相识，不是道

378

兄所托，也心知底细。先见朱道友所放佛光，颇与日前所见相似，当着乙道友不便明问。适又见他飞身上空，所运金光更为相似。受人暗助，连个名姓来历俱未知悉，岂非笑话？道友当必有以告我。"妙一真人便把白眉和尚命朱、李二人暗助之事说了。并说："那小沙弥便是阿童，现在第二道天河上相助行法。"天痴上人闻言，方始明白，连道惭愧不迭。

妙一真人仰望高空，光华闪动，知将告成，便与上人道声："少时再谈。"纵遁光迎上前去。多半日光阴过去，空中灰沙虽仍下降，势已大减。数千里方圆海底，按预定尺寸快布满了，所差无几。妙一真人身刚飞起，那空中四五道金光，也已随了余灰一同下降。这时三道天河，只有一道载了灰沙远去，两道作十字形，高低横亘。妙一真人仰望灰柱，尾梢散漫，搅成了一团浓雾。本似一根撑天灰柱往下飞堕，因为尾梢降势稍缓，颇有中断之处，事出意外。幸是道妙通玄，法力无边，一见有异，不等向高空传声遥问，手向下方一指，口中传声发令，命将两道天河连合为一，化成一面天幕，将全岛罩住，迎接来势。并命分宫守候的众弟子，小心戒备，各将剑光、宝光八面围住，以防灰沙散漫。

说时迟，那时快，就十几句话的工夫，空中余灰带着后尾一团浓雾，自天飞堕。玄真子、妙一夫人、乙休、朱由穆四人，各指一道金光，紧随沙雾之后，也一同飞落。眼看相隔那面金光天幕不远，中间一段，忽似花炮迸雪，当空爆炸，灰沙中无量数的火星，宛如箭雨飞蝗，随着万千道浓烟满空飞射。仗着众仙应变神速，上下四方均有戒备。妙一真人更是成竹在胸，早见及此，一见毒灰爆烈，双手一扬，立有十道金光匹练般飞出，当空伸长，分十面远远斜横空中，挡住斜飞之势。同时，下面光幕往上飞去，分列空中。众弟子各用剑光、法宝，齐往中间逼去。上空，玄真子等四仙，也将金光化成一面华盖，缓缓压来。有那众弟子阻挡不及、横送出去的，被那横空十道金虹阻住去路，平兜过来。不消半盏茶时，上下四外齐向中间聚拢，成了合钵之势，直似数千丈大的圆盒，将那无量劫余灰沙包藏在内，通体浑成，毫无一丝缝隙。只有金光万丈，映彻海面，烛照云霄。众仙随施法力，将众弟子的剑光逐渐撤出。光球逐渐缩小，约减到百十丈光景，妙一真人才指明地点，令其就此飞入海底，再行如法散布。众仙应诺，共指金球，朝远方海面上飞去。

头一道天河，乃是本门师兄弟主持，早将灰沙放完归来，收了剑光，落下相待。妙一真人知已功成无事，也率门人降下。遥望光球沉入海底以后，那一片海面立涌起无数撑天水柱，有无量数山大的水泡冒起，爆声如雷，震撼海岳。本来环岛数千里海底更平添了十来丈厚一层毒沙，到处波翻浪涌，惊涛山立，汹涌奔腾，声如巨雷，不曾片刻宁静；再吃这么大一个光球挟着绝大量的毒沙落往海底，飞舞散布，声势更盛，自不必说。那光球虽然上有极深海水，精光宝气依然上透层波，掩藏不住。只见一个百丈金轮的影子，光芒万道，在天边无数撑空晶柱之中星丸跳踯，出没升降，翔转飞驰，映出半天金霞，比起海上日出之景，还要雄伟得多。未去长幼众仙，俱都赞叹不置。

隔了一会，遥望海上金轮忽散，化作十余道金光，飞起空中，略一掉转，相继飞来。晃眼近来，光华敛处，玄真子等十来位仙人一齐现身。妙一真人忙率众迎上前去，分别礼谢，互相又庆贺了一阵。妙一真人便问玄真子等四仙："适才眼见已快收功，如何又生变故？"

玄真子答道："我和弟夫人引了烈焰，直上两天交界之处，如法行事。虽然万年太火毒焰厉害，我们既要使它布散高天，借乾罡之气灭火化沙，消灭火毒，又须聚在一起，只在那千百里禁制圈中，不令随风吹散。乾天罡风又与寻常风力不同，本是极难之事，幸仗天心仁爱，恩师法宝妙用，我和弟夫人又极小心谨慎，不过比预料多费了些心力。一连数日夜，俱都平安过去。哪知到了快要收功时节，忽有警兆。心神一动，我和弟夫人忙运玄机推算，竟是轩辕老怪为与本门寻仇，自知不济，不敢妄动，自装好人，暗中示意妖徒，费了许多心机，加上两件异宝和妖徒最宠爱的妖妇，哀词厚礼，把昔年被恩师逐出中土，遁往北极附近黑伽山落神岭潜伏的本门仇敌老妖兀南公，诱激出来。

"这老妖孽本就记着恩师的仇，逃时声言必报。不过照他心意，还觉不到报仇时机，欲待机会到来，再将本门长幼一网打尽。一则为宝物、美色所动，二则被妖徒一激，意欲一试。便运妖光，查看我们虚实，竟被看出此间之事。再一推算，本门气运正盛，又建立这一场大功德，自然以后上天降福，方兴未艾。照此下去，直无报仇之日。一时愤极，仗恃所居高出云空，只比灵峤仙府略低百丈的二天交界之处，我们如非专为他留心，虔加推算，决算不出，事隔多年，自不会料到他卷土重来。说也侥幸，他如径去峨眉，我们纵有人在彼防守，恐也非他敌手，就许被他残毁一番。他偏自恃，仍是当年好胜性情，以为本门长幼多集于此，乘虚袭入洞府，胜之不武。但又深知他虽旁门左道，不似妖尸冥顽孤行，八百年苦功，已将修到地仙之位。这场善功如为所败，引起浩劫，自身必应天诛，万劫不复，不敢冒失。

"他用妖光查看时，这里全功已成七八。意欲候到我们大功告成之前赶到，先乘我和弟夫人行法正急之际，下毒手暗算。然后就势飞下，与本门长幼和在场诸道友为仇，伤得一个是一个。下余等他妖法炼成，再作打算。哪怕我们得天独厚，未必如愿，好歹总可出点怨气。未到以前，以为我等骤出不意，必有伤亡。而天空劫灰已去七八，照此行径，至多铜椰岛和左近海面受灾，俱是无人之地，水中生物又经师弟徙走，造孽不大。

"哪知仍然被我算出。他那来势特快，我和弟夫人正说抵御之策，便带一有力妖党飞来。一则时机紧迫，未及报警；二则恃有恩师新赐法宝，还有一道灵符，不曾明示用法，分明为他而设。恩师未预示先机，自然认作无足轻重。我们事前大意，不曾防到外敌，也由于此，一时疏忽，以为无害。又知诸位道友在下面各有职司，正在收功吃紧之际，我忽告警，徒乱人意，于事未必有所助益，因此不曾告警。一面仍自施为，一面各运玄功，分化元神迎敌。

"没想到老妖孽法力远非昔比，连那妖党均非弱者。我和弟夫人空身还能应付，而这时满空劫灰，正由禁制圈中往下急降，尚未放完，必须敌我兼顾，一心二用，未免吃亏。恩师所赐灵符未注功效，放将出去，只可防身，不能克敌。他那法宝也颇厉害，相持时久，诸多可虑。弟夫人正打算向师弟传声密告，请分一二能手升空相助，忽见乙、朱二位道友飞上，四人合力夹攻，他自相形见绌。弟夫人不惜冒险，连施诸般法宝，妖党首先受伤。朱道友又放佛光，发出舍利。他见势不佳，方始说了几句异日寻仇的大话，先令同党遁去。他临去时，想是恶气难消，忘却来时顾忌，也许他是想使我们多费手脚，竟用玄功变化，乘我们一点破绽，元神闯入圈内，将我们禁法破去，震散灰沙，方纵妖光遁走。余灰少说还有万丈方圆一团不曾降完，虚而不实，禁制一破，全都爆散，闹得两天交界满是火星灰雾，散乱横飞。恐随罡风吹堕人间，贻害生灵，而事前禁制，已不可能，灰中毒气已见天风，胀力又是绝大。总算我等四人应变尚速，一见不好，也没顾及追逐妖人，不约而同，各以全力施为，收摄聚集，一面又将罡风挡住。弟夫人出力最多，又纵遁光连挥宝扇，满天追逐阻挡，相助推拢，一面仍使下注。经此一散一聚，合力防御，才未生出大枝节来。

"太火初灭，毒气尚盛，上天下地，过于广大，若迫束过紧，为害尤烈。早料到毒气经风，必要自行膨胀，摩擦愈烈，愈生变故。但是收尾一圈，费了许多事强行聚拢，中杂乾天罡煞之气，一个不好，二次爆裂，发出亘古未有的巨震。我们修道人自是无妨，这千里以内所有大小岛屿全被震裂，海水逆上千百丈更在意中，就说水族已徙，各岛生物总还不少，本岛就非少数，岂不全数遭殃？对它轻了不好，重又不好，只有在快要降完未爆发前，大家合力将它包没，送入海内；再开一口，徐徐散布，方可无事。其势不能兼顾，仗着诸位道友应变神速，早合成一光幕，向上反兜相待。师弟又率众门人，分列天空中戒备，才放了心。果然还未降完，便已爆裂。这亘古未有之奇灾浩劫，大凶极险，侥幸平安渡过，勉奏全功。只出两次不妨事的小波折，真可喜可贺也！"

第二二五回

举酒庆丰功　辽海澄波宁远峤
寻幽参妙法　千山明月度飞仙

　　话说玄真子的一番话，使得众仙钦佩不已。天痴上人重向众仙致谢，说："后洞已令门人整理停当，备有水酒，为诸位道友及门下高足庆功慰劳。"坚留小住。众仙见其意甚诚，又喜他勇于迁善，迥非故习，人本端正，也乐得交此教外之友，同声称谢，允留一日。

　　天痴上人随延众入洞。席间虽无多美味，但有岛上所产千年铜椰灵果和十余种干鲜果脯、竹实、首乌之类，并有数百年仙酿，无一不是轻身益气，脱骨换胎，可致长生，于修道人有益之物。只是前洞为乙休所毁，后洞石室稍小，长幼两辈须分两起饮宴罢了。

　　长一辈宾主饮宴方酣，矮叟朱梅笑道："乙驼子，你把人家闹了个河翻海转，你自己也吃了些苦头，算是折过，不要你赔还了，现在一切归之劫数。你和主人已然打出和好，是朋友了。他岛上这些铜椰灵木，被你那又阴又毒的飞刀毁坏，别人无法解救，你难道好意思不管，少时袖手一走，便了事吗？"

　　天痴上人初意，以自己的法力修建洞府，极为容易，只等仙宾一走，移回磁峰，即可兴修。最主要的还是乙休所斩断的大小数百株铜椰仙树，都是东方乙木之精，与己虽是面和心违，却有极深渊源，一呼即至，满拟使其回生，易如反掌。受伤门人又经治愈，只顾欣喜，设宴谢客，全未在意。及听朱梅一说，才想起乙休斩铜椰的是道碧光，元磁真气收摄无效。前听人说，乃妻韩仙子有一至宝，名寒碧刀，如是此宝，却非糟不可。对方虽已化仇为友，到底释嫌不久，又不好意思出口，心正犯愁。

　　乙休已笑道："朱矮子，你最刁巧，起先怂恿我和天痴道友为难，今又来做好人。我起初不过一时之愤，怎肯使这天生灵木绝种？只为先时无暇，现又主人盛意留饮，酒又极佳，欲待稍饮再去，灵木接上重生，再来终席，与诸位道友同行。你多管闲事做甚？"朱梅笑道："驼子少发急，没有我，能有今天这场盛举吗？当初我怎对你说来？如寻痴老儿赴约，须把我和白矮子约上，三个打一个还差不多。你偏偏强任性，独个儿到此，怨得谁来？"

天痴上人不知乙、凌、白、朱四人深交，嬉笑怒骂成了家常便饭，恐有争执，借着解劝，乘机问道："乙道友那日所用诸般法宝，均非磁峰所能收摄，法力高强，大出意外。内有一道双尾碧光，从未见有相似之宝，可是那寒碧刀吗？"白谷逸在旁笑道："驼子因你磁峰专摄五金之宝，恨不能把当初给韩仙子的聘礼都借了来。不是此刀，还有何物？"天痴上人道："果是此宝，那就莫怪全岛灵木都如枯朽，一触即折了。"

乙休看出天痴上人似颇情急，又有不便出口相烦神气，笑道："自来矮子多是人小鬼多，不好惹。他两个素来贫嘴薄舌，装乖取巧，不值理睬。我已吃了不少仙酿仙果，须要有个报答。幸而身边丹药尚多，岛上又有灵泉，且为主人医完神木，再来叨扰余酒吧。"天痴上人忙起致谢，意欲陪往，并令门人随侍，听候驱策。乙休道："俱都不消。我前边还有峨眉门下几个小友，有话要说，你自做主人吧。"朱梅也拦道："他是娃娃头，如今峨眉众弟子下山，他不知又要出什么花样，教人惹事。也许还约两个在海边过过棋瘾。你由他去，医不好灵木时，再和他算账。"

朱由穆大笑道："你两个可是仙人，直成市井无赖，专以口舌为胜了。"朱梅笑道："我们无赖，你这小和尚收心才几天，就准是好人吗？"朱由穆佯怒道："矮鬼如再放肆，叫你回不得青城去。"朱梅笑道："诸位道友，你看他这样火气，像守清规的和尚吗？"引得众仙都忍俊不禁。朱由穆道："你是个魔头，我具降魔愿力，作狮子吼，不能算犯嗔戒。"众仙互相又笑了一阵，朱梅拿朱由穆取笑。姜雪君道："放着好酒仙果不享受，互相讥嘲，不犯清规，也是口过。毕竟峨眉三位掌教长老气度庄严，你看人家笑吗？这才像是领袖群伦的教祖。"

乙休似有甚事，早匆匆起身出去。朱梅正要答言，忽听外面雷声大震，跟着走进两个本岛门人，躬身禀告说："乙真人刚刚走出，韩仙子元神忽然飞来，二人略谈，韩仙子便又飞去。说时，乙真人面有怒容。听口气，韩仙子似来应援，途中遇阻，与一对头斗法两日，因此来迟，路过玄龟殿始知细情。大约为那对头，来与乙真人商议。行前并助行法，将断木扶起。现在乙真人正率峨眉门下八九位道友，医治灵木重生。雷声乃韩仙子行时所发。"

朱由穆道："可见夫妻情长。韩仙子和乙道兄反目多年，以前宛如仇敌，今方和好了旬日，一闻有难，便以元神赶来相助。这位嫂夫人虽然法体未

384

复，当年法力仍在，更多异宝。对头何人，竟敢轻捋虎须，树此一双强敌，也可谓不知自量了。"追云叟白谷逸道："这也不一定。你没听斗了两天法吗？如是庸手，遇上这位女菩萨，焉有生理？驼子又那样生气，莫非是他旧仇人不成？不然，她是来救夫报仇的，无故怎会和人如此恶斗？齐道友正运玄机推算，可知这对头底细吗？"妙一真人道："当然没有别人，难怪他夫妇愤恨，这类丧心昧良，弃明投暗的妖邪之徒，便我们遇上，也容他不得。如非行踪诡秘，善于潜行遁迹，早为我们诛戮了。他必是见韩仙子元神云游，妄思加害，没想到对方如此神通。这一勾起前仇，必无幸理。乙道兄知他诡诈，想假手我门下弟子去诱他出现，正商量日后何处相见呢。"

说罢，又听一声雷震，又有门人入报："铜椰灵木全已重生。乙真人正和诸位小道友谈那斗法放火之事，不肯归座。"天痴上人大喜，意欲亲出谢迎回座。白谷逸笑道："朱矮子说他娃娃头，实在不差。他最喜有根骨的少年男女，一投缘，便永久扶持，此时必正有兴。他那脾气，人去也请不来，道友何苦强他呢？"天痴上人只得中止不往。

原来一干小同门，俱喜和乙休亲近。乙休也最喜爱他们，尤以司徒平夫妻、金蝉、石生、英琼、英男、向芳淑以及甄、易弟兄为最，岳雯是弈友更不必说。这次众门人闻他有难，个个关心。见时，当着师长，不便请问，闷在心里。乙休自然看出，临时又想起一事，特借医治灵木之便走出，往前洞去寻金、石、甄、易等六小弟兄。别的几个和乙休最熟的门人，也相继追了出去。除岳雯沉稳不语外，七张八口，纷问遇险之事。乙休还未及答，韩仙子忽然飞来，说在岷山闻人说起被陷之事，匆匆一算，果然不差，忙带法宝赶来救援。中途遇见凤仇，仗着他有两个左道中能手，欺韩仙子元神出游，合力夹攻。韩仙子和那仇人苦斗了两日一夜，方得获胜，重往前赶。初意丈夫法力尚且失陷，天痴上人阵法定必厉害。易周两老夫妻同仇敌忾，可约相助，便道前往邀约。见面才知丈夫已然转祸为福，此时众仙大功告成，正在庆贺。因愤仇人可恶，自己不暇报复，赶往铜椰岛告知，随助乙休将所断铜椰全数凌空扶起。由乙休率众峨眉门人在接口处安上灵丹，行法重生。自己别去。

乙休随谈起遇险经过，众人才知天痴上人那日在白犀潭败走，又入埋伏，幸仗小神僧阿童用白眉禅师所授佛法相助，天痴上人师徒方得脱身回去。本就怒火填胸，归途路过玄龟殿，忽想起此次吃人大亏，事情全由易周家教不严，任凭两个素无经历、不知轻重的孙儿在外面仗恃家传法宝，行凶惹事伤人而起。当时勾动旧恨，登门问罪，要易周当着他重责易鼎、易震，否则便大闹一场,拿他来泄愤。

当初双方原有深交,同是海外散仙,两岛相隔又近。天痴上人有些刚愎自恃,人却正直。未走火入魔以前,两老虽曾互相访晤,彼时天痴上人初历铜椰,不过百年,不知易周得道比他年久,合家老幼,法力道行,个个高强。见他神仙眷属,乃子易晟已修仙业,仍有家室之好,易周人又谦和,看不出深浅,未免稍存轻视,辞色矜夸。两三次往还之后,易周见他虽是端人,终嫌骄傲,又看出他不久即有劫难,便以朋友情分,微言讽诫,本心还想助他。天痴上人偏是自大,不特未领好意,话不投机,反倒拂袖而去。易周越觉此人乖谬,气味不投,由此不再与他交往。

天痴上人又不久走火身僵,幸仗法力高强,仅以身免。想起易周先天易数,果然高明,但既有朋友情分,那日便应详言趋避,不应出语讥讽,引己误会。遭难时,如来相助,也可幸免。自己并非左道妖邪,便外人无心相值,也必念对方修为不易,全力相援,断无坐观成败之理。如何明知就里,置之不问?心中也是忌恨。那日易氏弟兄误伤灵木,必欲惩处,便由于此。

当时怒火头上,只想泄愤。且自以为他这数百年枯坐苦练之功,功力大进,远非昔比;又炼成了灵木仙剑,诸般异宝,元磁精气,惯摄敌人的法宝、飞剑。却不知对方这多年光阴,也非虚度;尤其是先天易数,妙参天人,事尽前知,无微不瞩。人家早就算好他师徒要来,已在殿前平台之上,暗藏埋伏,列阵相待。天痴上人师徒盛气而来,落向台上,正待大喝:"主人出面!"猛觉天旋地转,四外冥茫,昏沉沉,对面不见人影,知已误陷敌阵。天痴上人原非弱者,一面命众门人聚在一起,不可妄动;一面施展法力,打算将阵破去。哪知阵法玄妙,与众不同,除却昏雾沉沉,身上时寒时热外,并无别的威力,只是冲不出去。不理睬还好,一经施为更糟。法宝、飞剑放将出去,只在暗影中一闪,便即失去。情急之下,连施五行禁制,用尽方法,全失灵效。始而师徒多人,还能互相问答;后来随行弟子全无声息,敌人也一个不见,辱骂也置不理。总算自身法力高强,尚能守护元神,虽然被困在内,人却无恙。相持了两个多时辰,愧愤已极,把心一横,打算豁出再修一劫,和仇敌拼命。一面施展道家最恶毒的六阳解体大法,运用玄功自裂法体;一面将五行真气互相生克激撞,发出五遁神雷;一面再将所炼元磁精气,同时爆散。三法齐施,发出无边烈火迅雷,连自己和整座玄龟殿一起毁灭。主持阵法的人只在十里以内,当然是不死必伤。等元神遁往别处,另寻庐舍,如见敌人未死,再作复仇之计。

天痴上人正在咬牙切齿,打算查出门人存亡下落,立即施为。忽听易周在内殿遥呼道:"来人是天痴道友吗?既承下顾,何不在未上平台前知会一声?老朽近以鼎、震二孙投入齐道友门下,致与左道旁门中结怨,静居已惯,既不耐烦嚣,与人争斗,又不愿无知之辈上门搅挠。没奈何,在殿前平台之上略施小技,好使此辈到时知难而退,我也懒得伤他。前数月,还差点没将两个小孙的同门师姊困入在内,想起惭愧。道友久未降临,所以忘却通知。疏懒成性,日益衰惫,恐有非常之事,无力应付,每日强理旧业。适才正在入定,忽听家人再四疾呼,将我警觉,说是阵中困有多人。仔细一看,才知道友误触阵中埋伏,众高足又误走安门,全数卧倒。其实这先天一元阵法,说来也无足奇,只因道友仓促入阵,先未看清门户,所以稍微留滞。本欲亲出迎晤,无如此是常课,适才已为道友延误,行即入定,只好异日登门负荆了。那几件法宝仍在原处,众高足在西北角上,俱都无事。请取了同回仙府,容再相见。"

天痴上人闻言,情知敌人有心捉弄,这等对待,叫人急不得恼不得。虽恨不能把敌人生咬几口,无如这等形势之下,如何能再与斗法?再用前策孤注一掷,不特多年苦功可惜,并还十九不能够对付。既作不知,只得任之,将来再打复仇主意。当时情景,端的啼笑皆非,无地自容。直等易周从容把话讲完,倏地眼前一亮,天光顿现,重返清明。法宝、门人,果如敌人所言,无一损伤,含愤收起。门人先都昏倒,醒见乃师在侧,还道阵被破去。有两个方开口想问,天痴上人恐更丢人,将手一摆,喝声:"回岛!"便同往铜椰岛飞去。到后,才向众门人述说。天痴上人气得要死,门人也都悲愤,一面还须留意仇人寻上门来。

天痴上人刚把所设阵法加功重新布就,一道经天朱虹,忽自遥空飞堕。落地现出神驼乙休,对着天痴上人便骂:"无耻老贼!如非有人暗中助你脱险,早已半人不回。自没出息,还敢无故往寻易道友生事。你平日枉自狂傲,如何连人都不见,便被陷阵内?易道友虽不值与小人计较,你如稍有廉耻,当着许多徒弟,早应撞死玄龟殿了。人家刚放了生,如能藏身洞内,面壁百年,自愧自励,也还算自爱。怎刚得活命,又在这里张牙舞爪?山妻已然教训过你,我再独自登门,看你还有什么鬼捣?"

两个仇人相见,分外眼红,又是应劫之人。乙休固因天痴上人玄龟殿之行,加了好些厌恨轻鄙,辱骂不堪;天痴上人自然也是仇上加仇,恨上加恨。不等话完,便交了手。这次却与白犀潭斗法大不相同,仇是越积越深。天痴上人屡败之余,身受奇耻大辱,一面以全力拼命,一面加了十分小心,又在自己所居岛上,占了好些地利,又有各种埋伏禁制,诸般法宝和那元磁神峰,一切应敌制胜的法术,多已加功备齐,只等运用,无形中力量增强了好几倍。乙休却生了轻敌之念,当此劲敌,视若无物,临机大意,已占了两分败着。偏又不知哪里来的邪火,把日前对方修为不易,此行适可而止的初心忽然改变,屡施毒手,欲置敌人于死地。天痴上人如惊弓之鸟,尽管布阵行法,也知乙休厉害,自身成败关头,系此最后一着;神峰休戚相关,灵脉深往地底,一旦行法倒转,万一仇敌玄功奥妙,一个制他不住,反倒弄巧成拙,转为作法自毙,连根本也为所毁。天痴上人再三隐忍慎重,未敢遽然发难。

无如乙休人已中魔,专走极端,心辣手狠,不留余地。接连分化飞剑,先斩断了数十支神木剑,又连伤了十多个天痴上人门徒。妙在所用法宝、飞剑,均不以五金之质炼成,天痴上人一件也未收去。五遁禁制又困他不住。正在举棋不定,打算行那最后一着。乙休忽因天痴上人五遁之外,忽发乙木神雷,始料未及,几为所伤。不由大怒,又放出一道碧光,连发太乙神雷,将岛上铜椰灵木一齐斩断,将洞府也震裂,揭去了多半。天痴上人才知再斗下去,只有挫折,终须孤注一掷,不能两立,才横了心,将阵法催动。乙休连胜之余,愈益骄狂,分明看出敌人设阵相待,竟恃炼就不死之身,未以为意;再吃天痴上人言语一激,索性自行投到。本拟深入以后,相机应付,至多把此岛用法力毁去,也无失陷不出之理。哪知劫数临头,灵智已非往日。天痴上人在初走火身僵时,惟恐有人觊觎磁峰,来夺此岛,难于抵御,便设下此阵相待。不特上层阵法玄妙,地底更是禁制重重,厉害非常。就这样,还恐困不住敌人,又以全力加功施为。

乙休当时不曾看出,到了下面发觉,才知入网,已是无及。总算炼就玄功,法力高强,纵不能出,也不致送命;如换旁人,也就慌了。乙休则不然,虽知妙一真人等一干好友,均知双方斗法之事;还有老妻韩仙子。至多被困数日,必来救援,耐心等候,终可脱身,不必轻举妄动。然而一则人本好胜,生平不受人恩。第一次大劫也是失陷地底,全仗东海三仙相助出困,乃迫不得已,引为深憾,如何二次又借人力相援?二则人已中魔,倒行逆施,把天痴上人恨同切骨,立意报复。乙休一见用尽方法,不能出土,天痴上人又在上面催动阵法,发动极厉害的土木禁制,地底不比上面,身已受制,虽不致死,到底困苦难禁。恨极心横,顿生毒计。一面暗拔命门主发,不惜耗损真元,化出一个法身,在地底禁网以内装作苦斗,乱窜不已;一面又全力运用玄功,往地底穿去,直下数千丈,欲将地肺中所藏千万年玄阴之火,攻穿暴烈,使全岛裂成粉碎,一齐陆沉,再乘机飞出寻仇。

地肺深居地底五千丈下,约有全宙极十分之一大小,形与真肺相同。共有十二万九千六百三十二个气包连在一起。气包大小不等,最小的也有千百里深广。内中不是布满沸浆,便是涨满黑毒之气。可是每包中心,均有一团厉害无比的玄阴真火,只要将外皮攻破,立即破土上升,所过之处,无论金铁石土,遇上便成熔汁。不消一会,地底熔空,真气鼓荡,越来越猛,多神奇的禁制也制它不住。因在地下太深,难于观察,不等上面人看出警觉,一声巨震,千百里的地面立被震裂,直上遥空。阴火更是元磁真气的克星,一烧便燃。别人无此法力下去,就有此法力,谁也不肯冒此奇险,身入无底汤火地狱,去受那等苦难。乙休是因势所迫,不得不铤而走险,强忍艰危苦难,好容易冒险到达。仓促之中,只觉出这一带地肺的气包太大,不知内中的阴火毒气,早在千万年以前,被前古太火吸收了去,结成一个长大几及万丈的祸胎,紧贴肺包上部,正待时机发动。

妙一真人这时已率长幼众仙赶到,在和天痴上人行法,一倒转乙休攻穿之处,恰是其地。肺包连祸胎才一穿破,毒气立即激射而出。乙休虽是法力高强,连在地底饱受苦难,已数日夜,地层坚厚,人已劳极,又骤出不意,没想到还未攻入中心,毒烟便已激射,如此猛烈。忙运玄功,行法护身,受伤已是不轻。知比预计厉害,虽喜必可报仇,自己也是不敢大意。先断定到了禁制层中必要爆裂,正好合适。及见过了禁地,上升更远,又是直径,仿佛熟路。愤气难消,心想:"先借这火脱险出去,再行法施为,一样可使中途爆发,将全岛连带磁峰一齐毁去,自己却要安全得多。"念头才转,本随火气上升,猛觉通身炙热如焚,痛楚非常,虽觉有异,还不知道此乃洪荒以前太火毒焰,无论多大法力,久了也被炼化。乙休一见不好,不敢再任火气围身,忙使法力抢向前去,破地上升。一面发动太乙神雷,想把四外土地震裂开来。正准备一上去,便闹个天翻地覆。谁知刚自火穴飞出,采薇僧朱由穆早已冲烟冒火而下,用一圈佛光将他接去。随与妙一真人众仙相见,才知幸免天劫。表面不说,心感妙一真人为友心热,设想尤为周详。此来反罪为功,他年末劫决无为害之理。

乙休向来无德不报。知众弟子少时分手,便要各去修积,适才席上想到,立借医治灵木为名走出,欲向众弟子询问柬帖上所示行止,并定彼此相会时地,有事如何向己告急求救,作那人定胜天之想,免众弟子于难。不料话还未及说，老妻忽来，说起遇仇之事，暂时须代韩仙子去寻那仇人，无暇及此，只得罢了。略说前事，只和众人订约相见，便即回洞归座。

天痴上人极口称谢。又问："韩道友既然来此，如何不肯临觇？"乙休笑答："此次因果，易道友已与明言，绝无他意。只是有一仇人途中相遇，必须即时回山，匆匆和我说了几句话，便已走去。等山荆复体重生，再同来拜望吧。"白谷逸笑道："驼兄劫后重逢，语言文雅乃尔。子何前倨而后恭也？"众仙闻言，多半笑出声来。朱梅道："白矮子，不要开他心了。须知双凤山两小，与两个老残废交往颇密。他夫人遇见一个，便斗法两日夜，两下里又近，驼子前去寻他，未必便能顺手，一到便占了上风呢。"

乙休把怪眼一翻，正要答话，朱由穆接口问道："你说老残废，可是天残、地缺吗？我和姜道友正要去寻他们呢。双凤山两小又是何人，敢将乙道兄夫妇虎须？我只静坐了些年，还有这许多无名妖孽猖獗。乙道兄如不嫌我二人，携带同去拿他们，试试多年未用的手段如何？"乙休道："这两小贼，乃山荆未遭劫以前的仇人，老弟怎会不知？"姜雪君怒道："邢家两个忘恩小贼，尚在人间吗？我们太无用了。我知乙道兄向不喜人相助，但这两小贼，我却恨之入骨，非加诛戮不可，不允同往，却是不行。"乙休道："我倒并非惧怕二贼与老残废，只是二山相向，望衡对宇，势孤难胜，倒是防他们诡诈滑溜，善于隐迹，和那年一样，一逃走便难找到。他们受人指教，诈死多年，我夫妻竟然忽略。直到防身法宝炼成，他们新近出世，才得知悉。因和这里定约，又想人家已怕我至极，诈死匿迹，只要悔罪，山荆不向我絮聒，何必不予以自新之路？哪知他等妄恃炼成法宝，又来惹我们，如何容得？有朱老弟和道友前往，伏诛无疑了。"说时，妙一真人微笑不语。

白谷逸道："靠不住。你看教祖真人在笑你说大话呢。"白云大师接口道："二贼委实成了公敌，谁也容他们不得。我为他们还炼有两枚戮魂针，也被假死瞒过，真是笑话。"佟元奇道："大师兄和掌教师兄早知他们未死，只为二贼气运未终，还有点别的牵引，所以一直未说。我还是那年在东海炼丹，大师兄无意间提起的。否则屠龙师太先放他们不过，何待今日？"餐霞大师道："如论邢天相、天和兄弟，不知是何居心，身非邪教，已将成就，无端背师叛友，比匪行凶，人只要与他们相交，必为所卖。天残、地缺起初怜他们穷无所归，又重朋友情面，百般袒护。我看此是玄门凶星，将来两老恐也不免被他们连累呢。"姜雪君道："如此说来，峨眉诸道友俱早知二贼下落了。我恨二贼犹胜于乙、韩夫妇，别人不常见，怎妙一夫人和顽石大师不和我提起呢?"餐霞大师笑道:"你想左了。以前知此事的,连二位师兄不过四人。我和齐师嫂、白云师兄,俱在开府以后,道友未来时,方听掌教师兄说起。不久你和朱、李二位道友重返凝碧,大家一直有事,闲谈时少,所以不曾提到。"

醉道人道:"事前已知二贼伏诛,当不在远,无须再提。我们已然厚扰,一同走吧。"众仙应是,便起谢辞。天痴上人知各有事,难再挽留,殷勤约定后会。众弟子已在外侍列恭送,众仙又勉励了几句,随向主人作别。

除乙、朱、姜、李宁四人往寻仇外,玉清大师、杨瑾二人做一路,早有前约,白、朱二老也各回山,峨眉众仙自回仙府。只一个小阿童没有去处,先想和二位师兄同往双凤山去,朱由穆不许。阿童道:"那我跟大家回山去打坐,等师父好了。"朱由穆道:"你想跟金蝉、石生他们结伴惹事吗?留神我禀告师父,要你好受。"阿童胆小,赌气答道:"这也不许,那也不许,叫我到哪里去?你看人家师兄弟互相携带,多亲热,偏我受欺。"朱由穆道:"师父叫你下山修外功,是要你和人凑热闹吗?不会自己找地方去?"说时,阿童见峨眉众仙和白、朱二老等已纵驾遁光飞走,十余道金虹高射遥空,电闪星驰,一瞥即逝。金蝉假装和石生、甄、易弟兄六矮一起相商去处,乘朱由穆旁看,把俊眼一眨。阿童心中会意,答道:"那我就单人走吧。"乙休早见金蝉和阿童对使眼色,也不叫破,便对朱由穆道:"令师弟法力足可去得,管他同谁一路?我们走吧。"朱由穆道:"你不知家师的话,听去似不经意,一句也违背不得。我在前一世,比他还胆大任性,那苦就吃多了。毕竟李师弟有见识经历,师命无违,终日谨慎,故尽管半路出家,入门才得几年,便能到今日。我是为好,阿童不听良言,定有苦吃。"阿童只笑嘻嘻,一语不发。乙、朱、姜、李四人一同飞去。

天痴上人因阿童曾有前惠,意欲留他小住。阿童见峨眉众弟子已在高空将行,再三辞谢。天痴上人只得赠一口神木剑,传以用法。阿童因要行道,贪得飞剑,峨眉众弟子又旁观未走,方始喜诺。传完,随众辞别。

行至海边,凑近金、石二人,笑问:"二位道友要我一路吗?"金蝉道:"一路多好,为何不要?听你师兄的话,本是随缘修积,难道和我们一路,便有亏吃?都是同门,你佛家对师兄怎么这等怕法?"阿童笑道:"你不知我这位大师兄,看似一个小和尚,比我大不许多,厉害着呢。以前师父为他世缘未尽,前生又多杀孽,特意令他转劫重修,又为他费了许多事,念经忏悔。听说以前闹事太多,可惜我彼时还未出生,不曾得见,又不敢问,只在师父教训他时,听个一句半句。那同他走的姜雪君,大约便是他前生情侣呢。"众人纷纷问故。阿童一见人多，不肯当众宣扬，笑答道："说来太长，传说开去，师兄知道，不过骂我几句，那姜雪君最难说话，岂肯与我甘休？不说也罢。"秦寒萼道："小师父，你已说出他二人是情侣了。本来光明正大的事，以白眉老禅师和娥姆的得意高足，难道还有甚逾分越礼的事做出来？你这一吞吞吐吐，好像有甚不可告人似的。转不如说将出来，省得别人胡猜乱想，反而不好。"

金蝉、石生、李英琼、余英男、癫姑、女神婴易静等六人，本在互相叙别，订约后会，恰又都不喜闻问人的阴私。见阿童走来，一不留神，说漏了口，秦寒萼、申若兰、何玫、崔绮、李文衍等七八个女同门同声追问，寒萼更是巧语盘诘，阿童被她逼得脸已发红，老大不以为然。金蝉、英琼更是心直口快，接口说道："人家私事，与我们何干？别的不说，单看师尊对他二位的礼貌和他的法力已可看出，他那前生是发情止礼的了，不然哪有今日？怎会因小师父不说，便起猜疑呢？天已不早，闲话无益，我们辞别主人走吧。"金、李二人俱是相同口吻，无意中正刺中寒萼的心病。金蝉性子更急，说完，便拉阿童道："小师父，我们先走吧。"说罢，同了石生、甄、易弟兄，连阿童共是七人，朝送别的人一举手，便驾遁光飞去。

寒萼也是好事已惯，无心之言，闹了个好大无趣。总算近来性情已然大变，虽未记恨生嫌，却由此想起日前通行火宅所受教训，如非恩师垂怜，乙师伯一力成全，预有重托，几乎失陷在内。道心不净，俱由于紫玲谷失去元阴之故。她不自怨自艾，刻意求进，而根骨缘福又不如人，以致日后几遭灭形之祸，此是后话不提。

这时，天痴上人已然说完了话，自回洞去，由门下弟子柳和、楼沧洲等做主送客。峨眉众男女弟子，除齐霞儿、诸葛警我、岳雯三人随侍师父，暂且还山待命外，凡是奉命下山的，俱都随来岛上。各人所赐仙书、密柬，差不多俱已看过。因师命由岛上各按所去之处，分别起身，不是预定的同伴，不许结队同行，何时再见，久暂难定。彼此各有交厚，尤其是邓八姑、齐灵云、秦紫玲、林寒、庄易、严人英等男女七八人，平日谦虚随和，对于同门一律亲切，毫无轩轾，遇上事更无不尽心，所以谁都和他们交厚。一说要走，俱极依恋，纷纷趋前致词叙别，几乎应接不暇。

金、石、二甄、二易、阿童等七人开头一走，灵云方说："蝉弟心性忒急，我还有话忘了叮嘱，他便领头去了。"八姑笑道："本来该走，我们又非从此不见，弄巧两三月内就在一起，都在意中，如此依恋，原可不必。"易静接口道："我看两位小师弟福泽最厚，定能无往不利。师姊骨肉情重，未免关心太过，实则决可无虞，由他去吧。"灵云道："舍弟虽是厚根美质，不知怎的，童心犹在。一行六人，又以他为首，加上小神僧又是初生之犊，此去决难免多事，故想叮嘱几句。许是怕我说他，急忙走了。"英琼笑道："大姊多虑，小师兄如不胜任，恩师肯令他为六人之首，便宜行事吗？据他对我说，恩师还命他另建立一座别府，事业且比我们大呢。"灵云惊喜道："他那仙书、赐柬，写甚事情？他没和我说，琼妹可知道吗？"英琼笑道："详情我不知悉，他只说奉命建立别府，许他六人为洞主，到时还有一人加入罢了。"易静道："适才我倒听鼎侄和我说，那别府在贵州深山之中，乃道家西南十四洞天中比较最好的一处。此时尚被几个妖人占据，应在三年以后，还早着呢。大约只他七人和众同门相见之时最多呢。"八姑笑道："我们休再闲谈，也该分途起身了。"

易静、李英琼、癫姑三人，本定铜椰岛事完之后，不返峨眉，另觅一邻近幻波池的静地，勤修四十九日，再寻红发老祖。一则英琼门徒米鼍、刘遇安、袁星三人连同神雕钢羽，俱在峨眉候命，没有带了同走。二则余英男和英琼患难至交，闻得英琼日后要和易静、癫姑二人重建幻波池，亟欲相依，同修仙业，偏生日前奉命，是和李文衍、向芳淑三人做一起，随缘修积，并无一定处所，大非本怀，又不敢向师乞求，只在岛上偷偷和易、李、癫姑三人求说。易静终较知机，对她说："师父玄机妙算，凡事前知。同门中好似只你三人没有一定去处，此中必有原因。三英二云，本门之秀，你怎妄自菲薄？李师妹和你情逾骨肉，师父焉有不知之理？依我想，只好听之，且俟将来幻波他到手再说。"英琼心热，又恃恩怜爱，本不舍英男离开，便想出一个法子：令英男暂时仍随李、向二人一起，每日暗向峨眉通诚祝告，许她和自己一路修为。一面自己借领门人雕、猿为由，回山一行，暗向妙一夫人代为求恩。如若允准，设法寻见告知；否则至迟两月之后，去往苗疆，向红发老祖负荆，如有险难，必发信火，振动法牌告急，千里如对，也可抽空告知，所以尚须回山一行。易静知道英琼说得容易，师父既命无须回山，去了十九不能见到，如何求法？因和二女交厚，尤喜英男温婉，也颇愿与同修，一想反正无事，妙一夫人钟爱二人，也许虔求感召，勉徇所请，便未劝阻。商定便先起身，辞别本岛主人和未走诸同门，三人一路，望空飞去。林、庄、邓、齐为首诸人，也催促大家起身，就在岛上，依照预定结伴，相继往中土飞去。不提。

且说易静、英琼、癫姑三人飞遁神速，沿途无事。刚赶到峨眉后山凝碧崖上空不远，正值天阴欲雨，满山云雾弥濛中，遥见袁星驾了神雕，由远处飞回。一会两下迎面，一同降落一看，米、刘二徒也在锁云旧洞门外相待，见了三人，上前拜见。三人一问，才知各位师长已然早回，到后便命岳雯传谕米、刘、袁星三人和神雕各自出洞，等主人一回来，即代传命：速往依还岭觅地虔修，照前法谕行事。各位师长行即炼法。英男将来要与三人一起，今尚非时，毋庸渎请，人到即行，不可迟延。因独角神鹫同时奉命往寻主人，袁星、神雕见时尚早，又知它要经由姑婆岭飞过，恐有妖人阻害，便送了它一程，倒还无事。大约不久，便可迎上紫玲姊妹。三人听完英男之事，已然有望，自是欣慰。便向师长通诚拜辞，未进仙府，随往依还岭飞去。

那依还岭伏处苗疆万山之中，并不甚高，但是四围削壁天成，高数百丈，又滑又陡，险峻已极。并有无数崇山峻岭，两千里方圆的森林，环绕于外，中藏毒蛇猛兽，多不知名。环绕岭脚，还有一条绝涧，广逾百丈。下有千寻恶水，瘴烟时起，触之立病。猿猱不能攀渡，亘古无有生人足迹。内里却是自来仙灵窟宅，岩壑深秀，洞谷幽奇，异草奇花，所在都是。松、杉、桧、梅、杞、梓、楠、桂之属，无不毕具，合抱参天，蔚然成林，绿云匝地，苍翠欲流。珍禽奇兽，游行出没，见人不惊，仿佛解意。端的灵山胜域，妙绝尘间。易静、英琼上次往岭上幻波池医治神雕，并探圣姑仙寝，虽曾到过二次，因值开府在即，急于回山，又是在幻波池小住，来去匆匆，不曾尽情游赏，有似走马观花，只见景物佳胜，并未觉着十分妙处。这时同了良友、门人旧地重游，知道这座洞天福地不久便辟作自己仙府，长时在此修炼，自然不免加意观察，这才看出此岭妙处。

师徒六人见此灵境，好生欣幸。因沿途所见，可供清修的洞穴甚多，英琼说："反正无事，且把全岭游完，看明形势，再行择居。"易静更想往幻波池一看，便同往中段走去。癞姑笑道："易师姊，师父手谕不是说，不到我们在此建立别府，不可往幻波池去吗？"易静道："我不过是想让你和米、刘、袁三弟子观看此间灵迹，就在池旁一游。那池底仙府，按着先后天五行，设有五座洞门，禁制神奇，一一紧闭，常人休想入内。我们只在上面看看，又不下去，有甚要紧。"这时英琼已较前多了经历，行前又得玉清大师、灵云、霞儿姊妹劝诫，说眉间煞纹日显，此次下山，正值师长在府炼法，有了劫难无人往援。吉凶祸福，全由自召，务须小心行事，谨记师言，方可无碍。老父教勉，尤为殷切。全部记在心里。闻言想起自己所得手谕，也有"幻波池不到时机不可轻往"之言。方想劝阻，癞姑已先把仙示说出，易静仍是要去。知她素来说到必行，心想："既不下去，看看何妨？"便未再说。

一会走到地头。下余四人俱未来过，见前面生着一大片异草，绿茸茸随风起伏,宛如波浪。癞姑方问:"此草何名？我这地理鬼,居然未曾见过。"英琼笑道:"这就是幻波池哩。"癞姑才想起日前英琼所说池景,笑道:"底下是空的吗？"易静道:"妙就妙在这片草上。这么大一片水,竟被全数遮严,不知底细的人,便近前也看不出。尤其那天生灵瀑发出来的水力,那么匀净。不将这草分开,口说也难详尽,你一看,就知道了。"

英琼方要拦阻,易静道法高强,心随手应,手指处,那数百亩方圆一片茂林,立往下面弯折下去。眼底跟着一亮,银光闪闪,现出大片池塘。众人定睛看时,原来上面并非绿草,乃是大片奇树,约有万千棵,环池而生,俱由池畔石隙缝中平伸出来,虬枝怒发,互相纠结,将全池面盖满,通没一点缝隙。树叶却和绿草一样,又繁又密,个个向上。每叶长有丈许,又坚又锐,犀利如刀,人兽所不能近。便拨草细看,也只看出柯干纵横,看不出一丝水影。那水源便在环湖一圈树下石隙缝中,直喷出来,水力奇劲,直射中心。到了中央,激成一个漩涡,飙轮疾转,浪滚花飞。上面看去,一片波澜,离水面数尺以下,直落千丈,却是空的。癞姑连声夸妙。易静笑道:"我们在上面看,还只如此。这池极圆,水口整齐,一线环绕,宛如人工。水力既猛,发出时又极平匀。射到中间,再由涡漩中往下飞堕,落到池底一个深穴以内。再顺石脉水路,逆行向上。循环喷射,千年一日。人在池底,朝上仰望,好似一根水晶柱子,撑着一面水晶天幕,那才是奇观呢。这水并不厚,你运用目光往下一看,就可看出大概了。"

英琼这次竟是格外谨慎,方恐易静领众飞下违背师命,生出枝节,闻言才放了心。奇景美观,谁也流连,不舍遽去,众人同运法眼朝池底观看。易静最先注视,目光到处,瞥见池底第二座洞门略动了动,好似本来开着,现往里关情景。知道下面洞门本有极严密的禁制,又经李宁用佛法加上一层封锁,多高法力的人也进不去,更无随意开闭之理,不禁大为惊讶。忙再定睛仔细往下查看,五座洞门全都关得好好的,并无丝毫异状,门上禁制也似原样存在。心疑由上往下初看时,是水光浮动所幻影子,实则下面并无动静。但是别人尚可,凭自己的目力,怎会看花了眼？又觉不对。因为乍看到时,门已将近关严,时机快极,不容一瞬,自己并未十分看真,也实拿它不定。继而一想:"师父不许事前下去,同来两师妹均谨记师命,何可独违？池底如果有外人进入,像上次所遇昆仑门下,固是不能常在洞内,非出不可;如是艳尸崔盈已将元神炼就,出来为祟,洞门已可启闭自如,决不再容外人窥伺。并且照适见闭门情景,那人已将此洞据为己有,洞外稍有动静,定必出门无疑。

再看一会,如无异状,便暗中行法,试探一下。洞门如仍原样,便是真个眼花看错;否则,不是艳尸妖孽成了气候作怪,便有外人来此窃据。此洞应是自己和三四同门所有,并还有圣姑遗留的道书、法宝在内,自不能落入人手。就照师命,时机未至,好歹事前也有一个准备。"于是故意和众人高声说笑,想借此惊动,将敌人引出。同时注定地底五座洞门,留神观察。待了一会,仍无动静。英琼、癞姑俱觉流连时久,已在催行。易静有心下去,又想:"身是一行表率,如何首背师命?"众人全都未见,又不愿说出,使人说己多疑。只得答道:"你们先走,我把它复原就来。"癞姑随口应声,和米、刘三人先自走开。

英琼因老父曾经说过,易静入居幻波池以前,恐有危难。众中以她法力最高,平日对师父原极尊崇,还曾对同门说,掌教师尊凡事前知,洞悉隐微,有无上法力。今日怎会忘却?又这等目注池下,一瞬不见,面上神色若有心事。她又知道池中底细,不禁生疑。口中笑诺,故意徐行,侧顾相待,看她是否将人支开下去。同时,袁星也另具有一种心思,仍站在侧,往下观看。易静见众人已走,暗使法术,往下一指。这原是佛家的金刚杵,上面的人虽听不出,池底洞门上便受极巨震动,如若原有禁制已破,那门必被撞开。易静见行法过后,洞门上光芒乱闪,纹丝未动,既无人出,也无甚别的异兆,这才料是自己眼花。一面行法,将池面的奇树碧草上升,恢复原状;一面还在暗中观察。直到池面复原,终无异状,益料池底无事,便返身随众走去。

说也真巧,易、袁二人恰是相背转身。易静先是全神贯注下面,嗣见英琼在前相候,连忙赶去,走得又忙,一时疏忽,没有留神别处,袁星就在他身侧不远,竟未看出。袁星却看出易静行法撞门,又支众走开,别有用心,心中不以为然,恐自己看她,被其发觉不快,故意绕路过去。英琼却看在眼里,当晚寻到住所,背人一问,袁星说了经过。英琼和易静交厚,疑她想得洞中宝物,虽暗笑她贪心,不应背人打算,心中并无不快之念。反因易静道行、法力既高,又是师姊,奉命为一行表率,如与说穿,恐不好意思,转而嘱袁星不许走口,再告别人。并令随时留意,以防她万一不遵师命,贪功涉险,被陷洞中,好为设法应援。哪知连经多日,易静既未背人独行,也未再往幻波池去。以为她人本灵慧,决无背师行事之理,许是一时想到,动了贪心,后又知道不合,念发随止,故不再往。日久未见动作,也就丢开。

当日众人所寻到的居处,偏在岭南一处幽谷之中。洞旁有清溪一道,绿竹万竿。洞前平坡之上,老桂参天,荫蔽数亩。更有松杉巢鹤,石磴穿云,水木清华,时闻妙香。加以到处白石嶙嶙,光润如玉,除旁溪大片竹林外,所有松、杉、楠、桂等嘉木茂树,均自石隙之中生出,此外更无寸土。偶有苔藓之属,附生石上,也都绿油油,鲜润欲流,青白相映,分外鲜明。真个灵境清绝,点尘不到。师徒六人寻到这等好所在,自然高兴非常。米、刘、袁三人忙把由仙府带来的简单行囊打开,取出蒲团等坐卧之具。一面分人行法,打扫洞穴,分出三间石室,取出蒲团铺上,才请三位师长入洞少息。易、李等三人入内一看,石洞本就清洁,再经米、刘、袁三人用心一收拾,益发净无纤尘,宜于起居。

原来那蒲团和些零星用具,本是米、刘、袁三人想到三位师长铜椰岛事完之后,便须另行觅地清修,外间多好,也与仙府相去天渊,坐卧之具更是无有。乘着师祖、师父以次俱往铜椰岛未归,一时空闲无事,便就仙府所产灵草,按人织备。先恐人数不止此数,暂时不能回山,外间却无处采取这灵草,又多织备了一份。易静、癞姑俱未收过徒弟。一个平日所居,俱是仙山楼阁;一个久随屠龙师太,也有住处。虽然华美安逸,不如前人,到底坐卧之具总有。先前并未想到要用东西,米、刘、袁三徒虽各携有一个随身行囊,看去是用法术缩小,以便携带,却不知自用之物也带备在内。及至寻到住处,二人才想起,除法宝、飞剑外,毫无长物。空空一座大石洞,连个起坐之具皆无,如不设法置办,便须坐在地上,心暗失笑。在洞中转了一转,便和英琼走出。正商量削石为榻,断竹为几,或是搬些干净石头入洞,以供起坐,忽见三徒来请。二次入洞一看,已然恢复旧观,自己所想到的不特全备就,并还在当中一个长大石榻上,摆上三个极精细柔软、灵草织就的大蒲团。一问经过,才知除蒲团用具多自峨眉带来,那石榻、几凳,乃米、刘二人行法在洞壁上挖掘下的整块大石,再加匠心,削制而成。壁上的洞也经行法磨光,再安上两扇石门,便可作为壁橱,以供藏物之用。三徒所居另一石室,也是如此,只是为示恭敬,不敢与师长一样,用具都矮小粗糙一些。又在当中石室内设下讲台,当中石榻,旁有矮墩,以备师徒共聚,传授道法之用。

易、李、癞姑三人初到时,因见外景清美,天时尚早,洞中空空,坐处皆无,不愿在内,同出观赏流连。英琼见神雕只管空中盘飞,正想将它招下,照易静所说,往别处找些好石头来,当几榻用。三徒便说:"洞中布置停当,来请师长入观。"全没想到,只出洞两个时辰,便备办得如此齐全美观。法术无足为奇,而对师长如此诚敬用心,易静、癞姑固是欣喜赞奖,英琼是三人嫡传师父,也觉面有光彩,十分欢喜,笑道:"这等细法,难道我们还打长久住此不走的主意吗?"易静道:"此话不然。幻波池虽是我们日后清修之所,内中设备齐全。但是师父尚无确命,知是几时才可前往? 即便最早,也在苗疆之行归来以后,在此前的四十九日之内,也应有栖身之所。何况此洞风物灵秀,又在本山,便将来移居幻波池以后,也可常来留止,或是作为后来新收弟子所居洞室均可。他三人此举细心周到,对师长尤为虔敬,实可嘉赏呢。"

英琼道:"实也亏他们。这洞既做将来别府,给它起个地名如何?"刘遇安笑禀道:"弟子适已想到,最好和紫云宫一样,借着师长法讳起名。这里竹子又多,宛如一片绿云,静静地停在那里。叫作静琼谷,不知三位师长以为如何?"易、李二人方在赞好,袁星道:"你说三位师长,却只得两位师长名字,癞师伯不生气吗?"癞姑骂道:"野猴儿,少讨好。地名只得两字,硬把我拉上做甚? 我这名字又不文雅。人家满山题诗刻石,叫作疥山,这还是有名无实,只是刻薄文人说的气话。难道真给大好洞天福地,加上些癞疥名儿,使山灵蒙垢吗? 现时我们只得三人,便为了难,日后你余师叔来了,再找一处好地方,连我和她凑合一个癞男谷,好不好?"袁星答道:"弟子不通文字,只觉三位师长,只得两位列名,好像是个缺点似的。"癞姑骂道:"放你的猴儿屁! 什么缺点? 你怕人家不知道这里有我这一副好头脸吗? 再变法儿挖苦我,留神我当着你师父撕你。"

英琼知道癞姑天性滑稽,专喜寻同门和这几个后辈说笑逗弄,袁星等对她放肆已惯,方想喝止。女神婴易静和英琼一样,虽是平日容止庄然,却多了一分童心,喜欢看人的滑稽举动,见英琼要拦,忙使眼色拦阻。听到二人末几句问答,再一看到癞姑说时,一颗肥大圆粗,满布疤痕的癞头不住摇晃,连上那副尊容,由不得哈哈大笑起来。英琼也闹了个忍俊不禁,终觉这样逗笑,有失师长尊严,尤其袁星性情,惯容不得,随敛笑容,秀眉一扬,假怒道:"袁星怎敢无礼!"

袁星最怕英琼,因在仙府和癞姑、金蝉、石生、申若兰、向芳淑、易鼎、易震等师伯叔们说笑已惯,一时忘形。及听呼斥,才想起师父在座,吓得诺诺连声,直道:"弟子不敢,是癞师伯多心。"英琼叱道:"仙府师伯叔虽是人多,这里只我三人为主,以后只叫二师伯,不许再说癞字。"袁星连应:"弟子遵命。"却偷看了癞姑一眼。癞姑忙向英琼道:"这猴儿偷着看我,心里喊我癞师伯呢。"英琼只当癞姑法力看出,怒喝袁星:"如此大胆,是否心中诽谤? 照实供出,免遭重责。"袁星见师父真怒,慌不迭跪下,战战兢兢答道:"弟子看癞师伯一眼是真,心中并未敢有不服。"癞姑忙接口笑道:"我看你也不敢,定是我猜错了。你师父不打你，快滚起来。"英琼才知她是有意作耍，只得改口道："以后不许这样没有规矩。你看仙府各位师长，像乙、凌、白、朱诸位师伯叔祖，也都喜欢说笑，可是他们敢有一点放肆没样子吗？还不起来，到外边看看去。"袁星领命起立，低头和米、刘二人退出。癞姑唤道："蠢猴儿，你还是不要改口吧。休看你师父对我好意，我这癞字招牌还不愿改呢。"袁星不敢答言，仍自退出。

癞姑对英琼道："我爱和这猴子说笑，你认真做甚？明天他不敢理我了，终日对着你们两个道学先生，多没趣味！"英琼想说她几句，又觉不便，只拿眼望着她，忍不住好笑。易静笑对癞姑道："上梁不正下梁歪。你这等闹法，日后他们如再出言无状，你叫琼妹如何教训？"癞姑道："这个不劳费心，我决不生气好了。"英琼道："师兄虽不生气，他们这等无礼，外人看见，岂非笑话？"癞姑怒道："我们修道，是为人看的吗？你嫌我引得你徒弟没规矩，过些日，我也收两个徒弟与你看。"英琼不知癞姑假怒，方要分辩赔话，忽然洞外雕鸣，随听袁星在外室喊道："钢羽发现怪人，我们快看看去。"说罢，同纵遁光飞走。

三人原因苗疆之行，定在百日之内，并须晚去，修炼道功，正限只有四十九日，足有余闲，何日起始皆可。师命当日来此，先疑本山有甚事发生，颇为留意。后来几将全山踏遍，只有岭北一角未到，并无甚事，也就放开。因系新到，连日数万里跋涉，想借歇息，商谈未来之事，到明日再行起始练功。神雕钢羽自从就道，便在高空飞翔，不曾下落，时常隐没密云之中。英琼知它素喜翔空，舒散快意，也许要查看地势，当地有无妖异潜伏。好在此雕伐毛洗髓以后，益发灵异，便由它自去。这时听袁星如此说，知道袁星和神雕久共安危，同门情厚，鸟语早已精通，这等行径，必有事故无疑。喊声："二位师姊快走！"随同追出。只见空中白点，神雕在前，米、刘、袁三道剑光在后，同往山北飞去。癞姑见状，大头一晃，首先遁去。易、李二人也纵遁光，跟踪赶去。三人飞行，自比三徒神速。神雕已向前面密林之中，银星般下泻，直扑下去。

师徒六人赶到林前落下，神雕忽又连声飞鸣而起。袁星道："钢羽说，来时见这里有一怪人，看不出是甚来路，飞行极快，甚是滑溜。这山是三位师长的，容她不得。几次想要擒她，因看出这厮实在滑溜，恐怕惊走，没有下手。适才见她似想到静琼谷来窥伺，急忙唤弟子等出来擒捉，钢羽赶往前面，断她归路。不想仍吃滑脱。"说时，神雕也在空中连叫不已。英琼问："是妖人不是?"袁星道:"钢羽说,那人身有绿毛,却无妖气。只飞得急快,又精土遁,胆子颇小,就在林内。别的却未看出。"

易、李二人遍寻不见,癫姑便同入林查看。只见那片森林,尽是拔地参天,大都为千年古木。上面枝干虽极繁茂,天光不透,下面行列却极稀疏,每株占地约有亩许。离地七八丈以上才见枝柯,树身又是极巨。人入其中,冷翠扑人,映得眉宇皆青。只外层一两排略透天光,越往里越暗。看去深约数十里,静沉沉地微风不扬,显得十分庄严幽静。易静连用慧目注视,查不出一丝征兆。

三人正在观察,互相商计前行,袁星忽自身后追来,说:"钢羽说,这厮似在入林不远的池塘旁边住。起初本在幻波池旁张望,自从我们一到,她便往山北跑来。因我们一路观看景致,走得甚慢,没有留心,所以不曾看见。钢羽向来不把事情辨明,从不大惊小怪,胡乱报警。见这厮虽生着一身绿毛,像似怪物,却不带一点邪气。自来精怪修成人形,能归正的,原是常有的事,想查看清了再说,所以先没有说。后见她往回急飞,到了中途,又落在高处窥探我们行动。等我们往前一走,又吓得连忙往回飞逃。她那遁法极快,钢羽等她立定,才看出她是人,并非怪物,还是女身。只是生就绿毛异相,又料是原在本山修炼的怪人。她见三位师长剑光神妙,法力高强,害怕而逃走了。

"钢羽觉得人既怕我,不敢招惹,也就想由她自去。后见这厮老是鬼头鬼脑,在我们附近出没张望,这才起了疑心,一直在空中盘飞,想查看她到底是甚用意。这厮胆子既小得出奇,又没见识。她在旁偷看时,一味留神我们。见三位师长中有一位向她藏处走去,立即惊逃。停了一会又来。可是钢羽飞起空中那么大威势,这厮竟未看出厉害。直到找着洞府,师长入座歇息,钢羽查见她的巢穴,看出这些异样,同时灵机感应,觉出这厮善恶难知,却与我们必有关联,想将她抓来,请三位师长盘诘,她才知道不是凡鸟,赶紧遁走。

"她那遁法,颇为神速巧妙。现在的钢羽,自然比前越发神通,照说还不是一抓就准抓上,可是接连两试,竟未抓中。由空中下击时,眼看目光已然照在她的身上,已看出她满面惊惶,走投无路情景,本来眼睛一眨的工夫便可抓中,不知怎的,这厮竟似会师父以前所说移形换影之法,明明抓到,人影忽隐,竟是空的。再看,人已在附近不远现形遁去。钢羽那等目力,事前竟未看出那是幻影,两次都是一样。她既有这么高法力,似应该和钢羽动手才是，偏又胆小如鼠。

"最后一次，钢羽又抓了个空，正隐身高空密云层里，想等她现出，施展神通，把她立处附近数十亩方圆的地面，不管有无，来个风卷残云，用两个大爪平扑过去。她两次逃去时，真身都在附近不远，这样便用移形换影之法，也逃不脱。等了一阵不见，料知惊弓之鸟，心胆已寒，不敢再出。到底没测透是甚来历，打算放她一步，夜中再来查探，或向师长先行禀告。刚一移动，便见这厮掩掩藏藏，战战兢兢出现。钢羽一双神目，飞得越高，寻常数百里内，哪怕地上有根针，也逃不出它的两眼，何况这么大一个怪人，又是留了心的，自然看得真切。见她这次出来，手上多了茶杯大小一片银光，朝空照着，钢羽影子正落光中，好似一面宝镜。这厮低头看镜，面带忧疑，时行时止，尾随钢羽之后。只要钢羽略一转折回头，立即回身遁走，一晃便没了影子。

"钢羽知她滑溜，手中宝镜可以查见敌人动作，又极见机，再抓也是难中，便装没看见，缓缓飞回，到了洞前上空，停住叫唤。本意是说：发现有一怪人，令弟子等偷偷掩出，照所指地方，四面拦堵。弟子不合心急，没听完，便同米、刘二师兄急急追出。这厮一见，吓得丧命一般往回路飞逃。钢羽一面怪弟子冒失，一面催促快追。这厮遁法奇怪，不知是甚家数。遁时人便隐起，停时方现原身，又不似隐身法，却是快极，连那钢羽都追她不上。本来追时看不见人，许因逃得慌张太甚，宝镜仍持手上，没有收起，人形虽隐，镜光却隐不住。钢羽便令弟子等朝那一点寒光追赶，一直追近林前。眼看首尾相接，快要追上，她觉出宝镜有害，寒光忽敛，便难寻觅。钢羽不愿毁这一片好林木，没有下来。请三位师长先搜寻她的巢穴，就可查出几分来历了。"

易静闻言，笑道："照此情形，未必便是妖邪对头。昔时仙人刘根，隐居洞庭，未飞升以前，便是身长绿毛。秦时有一女子，入山迷路，巧服灵药，周身毛长数寸，身轻如叶，力擒虎豹，也是如此。这类事，列仙传和各道书中均载的有，不足为奇。此山本是灵奥之区，许是附近山民之女，采樵误入，迷路不归，和秦时女一样服了山中灵药，脱骨换胎，故有此异事。我们且寻到她的巢穴，自有道理。人家先来是主，不过乍见生人，疑是于她不利，暗中窥伺，并无恶意；就有恶意，也不能为我之害。见后如投缘，互相来往；否则她在山北，我们在山南，也可彼此相安，苦苦逼她则甚？袁星可即传知钢羽和米、刘二人，再见此女，无须追逐。可以善言，遥为告知，令其放心，不必隐藏。"袁星领命去讫。

易静留神四看，并无形影，随拉英琼往林中走进。果然不远有一方塘，大约五亩,水清可以见底。林中树大枝繁,虬枝交互。下面光景甚是昏暗,只有塘中心一圈天光下照。因为环塘多是千年古木,繁枝密叶,齐自塘边往中心平伸出去,中间透光之处不大,天光倒映,潭影悠悠。加以那些林木又粗又直,干高叶茂,宛如无数华盖,连列亭亭。地既平整,又极清洁,不特浮土沙砾没有,连一根草一片树叶俱找不到,幽静已极。四外古木千株,并无一个洞穴岩窝,供人居住之所。

英琼说:"钢羽看错,本山洞穴甚多,毛女何必在这林中居住? 许是适才来此藏伏,也是有的。"易静笑道:"琼妹太把你那仙禽轻视了。它已得道通灵,岂有看错之理? 此女巢穴,定必在此左近无疑。莫非以树为家吗?"说时,各往塘侧古树上观察,果然发现一株大有十围的老楠树,有一小木屋,架在顶上。二人飞将上去一看,那木屋只用山藤绑了些大木板,就着树的空心处,略微削平,铺砌在内。形式简陋,却极坚实,取势尤佳。那地方微微高出树幕之上,天光既可由斜枝中透下,人在其上,又可由树叶缝中向外遥望。外围又有繁树密叶包裹,甚是严密。木板砌得甚巧,由外望内,绝看不出树上有屋有人。再要援升树杪,更是四山齐收眼底,赏目迎风,无不咸宜。屋板也似时常打扫洗涤,甚是光滑干净,只是全无一物。

易静心细,一眼瞥见底板上有两处微凹,不当上升之路。低头一看,笑道:"主人再不出面,不速之客要闯门而入了。"连说四遍,未见应声,四顾也无人影。心想:"莫非人已逃远,不曾回巢?"随将木板一翻,手指处,一道光华射将下去。笑道:"我已言明在先,怎还如此胆小? 我且给她留字代面,暂且回去。如仍不愿相见,我们也不相强了。此举本近强暴,但是同居此山,总是邻居,这里又密迩妖尸巢穴,哪有彼此不知姓名、来历之理呢?"随往下面纵去。英琼也跟踪纵下。

原来板底下还暗藏着一个大树穴,深约两丈,大约丈许。楠木质理坚密,经主人细心打磨,滑润如玉。除地上有细草织成的圆席外,半边贴壁,另铺有温厚柔软的草褥。对面有一半圆形的矮木几,几上放着两页残书,上绘符篆,连易静也未认出那符篆有何妙用,是甚家数。此外壁间挂着一件细草和树叶交织而成的云肩,一件围腰,一个半片葫芦做就的水瓢,一口剑。剑上土花斑驳,锈蚀之处颇多,剑锋磨得颇利。但系入土多年,常人所用之剑,只钢质尚纯,并无奇处。剑旁悬有一筐,也系主人亲手编制,式样极为灵巧。筐中藏有两根黄精和多半个吃剩下的茯苓。

易静看完,略一寻思,朝英琼使了个眼色,佯怒道:"她虽在此多年,正主人实是我们,要想见她,乃是好意。我留字以后,明日如再不知好歹,不去南山静琼谷中相见,由我查明邪正善恶,以决去留,卧榻之侧,不容外人酣睡,我们便不许她在此居住了。"英琼知易静料定毛女潜伏在侧,故意如此说法,欲使出见,只不明白语气忽改倨傲,是何用意。方随口附和道:"以此一点点法力,如何能够长此隐形? 我们不过不肯无故行法伤人罢了。"

正说之间,忽听远远雕鸣与米、刘、袁三人呼喝之声。二人料知毛女遁往别处,又被神雕等发现,暗笑枉费了口舌,人并不在此地。只是适才已告知雕、袁等,见时无须追逐相迫,怎又如此? 二人因三徒呼叱中似杂有笑骂之声,又疑癫姑适才追时身形忽隐,也不知叮嘱之事,无心发现,便即行法擒住,在和二徒说笑。忙即飞身出穴,赶往观看。

二人才一出林,便见刘遇安纵遁光飞来,报说:"二师伯擒到一个妖人,现正回洞拷问,请师伯、师父就去。"英琼道:"是那毛女吗?"刘遇安答说:"不是,是另外一个。袁星差点没有受伤,如非二师伯法力高强,还不知如何呢。"易、李二人闻言大惊,不愿再寻毛女,忙和刘遇安急飞回洞。才一走进,便听叭叭打嘴的清脆之声,与癫姑、米、袁三人呼叱叫骂之声相应。到了里间石室一看,癫姑坐在榻沿上,正在叫骂,米、刘二人两旁侍立,随声附和。室当中,吃癫姑禁着一个形容装束丑怪的妖人,好似刚刚打完神气。

癫姑见易、李二人走进,笑骂道:"我素日不喜对人用非刑。你这妖孽再不吐实,我易师姊已回来,她不比我,准够你受用的。照你巢穴中情景,不知害过多少人。反正不会容你活着去见阎王,何不结个鬼缘,说了实话,免却好些活罪。"易静见这妖人非僧非道,生就一颗尖头。一双碧绿三角怪眼,深陷入骨,一闪一闪,直泛凶光。尖鼻暴牙。稀落落一头短发,根根倒竖。面容灰白,通没一丝血色。拱肩缩背,身如枯柴。手如鸟爪,一齐向外,作势欲扬。好似被擒以后,打算使妖法,暗下毒手,快发出时,吃癫姑禁住,臂举不下,故现出此丑怪之状。

原来这妖人所居巢穴,就在众人新辟洞府的危崖之上。洞在崖顶石地之上,狭小只容一人,路径又复曲折,外有苔藓掩盖,隐密异常,所以连神雕在空中飞行那么久,均未看出。妖人本来在内炼法正紧。众人到时,见洞府清洁轩敞,不知妖人时常命人打扫,以为原来如此。又以灵山福地,自身法力高强,米、刘、袁三位讨好,再一收拾,连日多劳,一请便同入洞,坐谈歇息,不曾在崖上下仔细查看。神雕更专一留神毛女,未暇旁顾,就此忽略过去。一上一下,闹了个两无所觉。

后来，妖人每日照例炼法完毕，快要出洞图谋别的心事，忽听雕鸣有异，忙即一视。刚一探头，便见一只白雕盘空飞鸣。妖人倒还识货，看出此雕颇似白眉禅师座下神禽。方一迟疑，不想招惹，忽见崖下洞内飞出三道剑光：一道是玄门正宗，光也强烈；后两道却差得多，但都正而不邪，似是一般家数。都随定那雕往山北飞去。忙追出来，定睛一看，不由大怒。以为适才多虑，凭白眉座下神禽，如何能受这三个人的驾驭？妖人刚待追去，连人带雕一网打尽，不曾想身才离崖，要纵妖光飞起，猛瞥见洞中又有三道剑光，惊鸿掣电，相继飞出，竟比前三道剑光高出十倍不止。当头一道紫光，更是神奇。不禁大惊，哪里还敢招惹。忙隐身形，暗中窥伺，另打主意时，易、李二人出时心急，不曾回顾。

癫姑久经大敌，比易静还要心细，一闻有警，并不随众直追出来。先用慧目四望，百忙中早发觉妖人在后，正把身形隐去。于是表面随众追赶，一晃大头，也将身隐去。妖人身形虽隐，身上邪气却瞒不过她的佛家法眼。回顾妖人，由崖上往山北缓缓追去，便知他心中怯敌，不敢公然现形出斗，忙也尾随在后。那妖人正尾随间，越看敌人飞到越疑心，况又众寡悬殊，本就怯恶，不敢追近。嗣又见神雕灵异，想起它和前飞紫光来历，白眉神禽正是此女所有，剑光、身材、相貌、神情以及衣饰服色，无一不与传说的峨眉三英中的李英琼相似。只不知黑雕怎会变白，也许白眉双雕均为此女所得。一只黑的，已闻难敌，何况黑白同归一主。又见易静飞剑只比英琼略次，法力却似在她以上，如非道家元婴炼成，怎会如此幼小而又老练？出洞便隐去的一个丑女，更是得有佛门真传。简直一个也惹不起，除了少时暗算，明斗万来不得。

妖人心中一寒，想退回，又恐有人发觉。正在停住遥望，心中犯愁，忽瞥见山北毛女由林内探头，看出她受人追逐害怕，似像往常去采茯苓的右侧危崖后面藏躲。知她一逃，便看不见人，比自己隐身法还妙，意欲先往等候，嘱咐几句，省得泄露。不料癫姑紧随身后，早打主意，要下手擒他。那毛女出没之处，隐秘非常，隐身法又妙，一闪即不见人。妖人如非久居此山，知她行藏和所去之处，也是无从捉摸，所以癫姑不曾看出。一见妖人往右侧隐形飞去，地甚僻静，正好下手，也忙纵遁光随行赶往，看他去往那里做甚。恰好妖人路近先到，毛女却未来。癫姑见他到了崖后，便现身坐在石上，往前张望，以为来此躲避，立即行法将他禁住，上去打了他两个大嘴巴。

毛女原是来此藏躲，遥见妖人先在，本就不愿过去。再见他受制挨打，

404

对方是个癞尼,相貌奇丑,心中害怕,没敢近前,转身避去。癞姑也不知道毛女在侧。空中神雕也发现妖人坐在崖后,它一叫,米、刘、袁三人全都赶来,到时人已被擒。癞姑听袁星一说前事,便向妖人喝问毛女来历。妖人本被法力禁住,不能言动。癞姑因想问话,一时大意,只将他下半身禁住,没有禁制双手。妖人知道落在这类对头手内,除以全力和他拼命,死中求活,万无生路。被擒时,已在暗中准备,待机下手。一见上半身放开,觉着下手更易,假意哀告乞怜。并说毛女原是山人之女,以前避难,逃入北山,迷路绝粮,日以野草、果实、茯苓充饥,渐渐一身生长绿毛。又不知从何处得了两件法宝和几页残缺道书,竟能隐迹飞行。自己来在她后,原想收为门徒,毛女不肯,连擒几次,均被滑脱,说什么也不肯拜师。问她师父是谁,答是梦中神人指点,人还不到。连经年余,毛女昨日实受逼不过,再不应诺,自己法一炼成,便无生理,这才答应,但要过了三天,再行降服。此时必已避入自己所居崖洞之中。癞姑一听毛女行径,与易静所料相合,既不肯与妖人同流合污,自是一个好人,身世必定可怜。想乘机把人寻到,查看根骨人品到底如何,以定去留。知妖人所居,便在静琼谷崖上,立带妖人同往寻找。

这时,妖人本可行法暗算,也是袁星不该受害。妖人因听后来三人口气,易、李二人还不知有他出现以及被擒之事。眼前仇人便是四个,何况还有两个劲敌,身被禁住,空中还有一只神雕,就算侥幸伤得一二人,仍难脱身,反倒引起仇敌愤恨,死得更快。想起洞中妖法炼成,正好应用。意欲将仇敌诱往洞内,冷不防发动妖法,将四人制住,强迫她解去自身禁制,然后一齐杀死。也不去再惹易、李两个强敌,径直带了法宝,隐身逃走。为求万全,未敢妄动,等癞姑命袁星将他夹起,一同飞往妖洞。癞姑因见妖人胆小害怕,一味哀告求生,不曾反抗,误认作无甚伎俩,未曾注意。那崖洞入口甚是逼狭歪斜,入时癞姑忽然心动,改令米、刘二人在前先进,自和袁星押了妖人在后。米、刘二人出身旁门,自是行家,一见洞内设有法坛,大小妖幡林立,黑烟袅绕,气象阴惨,便知炼有生魂,妖法狠毒。不等癞姑入内,先把台上三面主幡顺手拔去。本意这些生魂长受邪法磨炼,实在可怜,想先松开,免受苦痛,等癞姑入门再放。也没想到妖人还有别的诡计,入洞便要发作。一找毛女不见,石室广大,疑心顿起,正朝外高喊:"师伯,毛女不曾找到。这妖人摄取生魂,祭炼妖法,可恶已极!"癞姑已不愿久候,竟用法力将洞口裂开,一同走进。

妖人原准备一到洞内,便用妖法双管齐下,以期一发必中。见米、刘二人先入，已经担惊，惟恐妖法被人识破。再一听如此说法，心更惊慌。妖人除法台上摄魂大法外，本还精习别的邪术，暗中早已运用。及至押进洞内，瞥见主幡被人拔去，原有妖法已去了一半功效。一时情急，猛将舌尖咬碎，张口便是一片血光，同时双手往法台上一扬，眼看各大小妖幡之下，鬼影幢幢，阴风顿起，要朝四人扑来。袁星手夹妖人同入，刚刚放下，立得最近。见法台上妖阵与昔日玉灵崖妖尸谷辰所炼妖法大略相似，知他平日害人必不在少，心中大怒。方欲回手，给他先吃点苦，再喝问毛女何在，妖人面上忽现狞容，心才一动，血光如雨，已朝一行四人喷来。袁星猝不及防，知道这类血箭最是厉害，忙纵遁光先躲。

癫姑先在洞外本已生疑，故命米、刘二人先行，自己断后，以防万一。只因妖人一味屈服哀告，忘将两手禁制，比前却稍留神。及到洞内，猛瞥见妖人目射凶光，嘴皮微动，面现狞恶之容，便知有变。果然念头才转，已经发作。尚幸屠龙师太所传授的法力神奇迅速，应变又极机警。这一来，双方恰是同时发动，妖人口中血光刚一喷出，便被连手一齐禁制。袁星遁逃也速，米、刘二人又是行家，因此才未受伤。

四人自然大怒，米、刘、袁三人先给妖人吃了点苦。癫姑连唤毛女出见，未应，料定妖人故意借以诱敌，人并不在洞内。随即破了妖法，焚毁法台妖幡，放走所摄生魂，令其自去投生。把妖道擒往下面洞内，令刘遇安去请易、李二人速回，一面拷问妖人来历。妖人自知无幸，瞪着凶睛，怒视癫姑，一言不发，尚无口供。

易静闻言大怒，骂道："无知妖孽！我们令你自供罪恶，敢不说吗？"连问两句，妖人忽然破口大骂起来。易静不愿听他污辱，手一指，先将口给禁住。然后冷笑道："你这猪狗，妄想激怒我们，以求兵解吗？岂非做梦！你既不供，也不相强。你恶贯已盈，才落我手。本想将你形神一齐诛戮，你这一骂，且叫你受够了罪再死。"说罢，手掐灵诀，朝妖人身上画了几画，正待用道家降魔毒刑，使其受无边痛苦。妖人觉着身上一紧，想似知道厉害难当，因不能再出声求告，只是面色惨变，目中流泪，现出乞哀神色。癫姑终是心慈，便劝道："这厮已然服输，反正不容他活命，且容他开口，听他说些什么，师姊不必另加刑了。"易静方答："不是我心肠太狠，好走极端，他适才狂吠无礼，有多可恨！"

话未说完，忽听神雕又鸣，袁星侧耳略听，面现喜容道："师父无须出去，毛女自行投到了。"说罢，便往外跑。出去不多一会，易静正听癫姑的劝，把妖人身上锁骨缩筋之法撤去，忽见外间石室有绿影一闪。易静首先飞出，见毛女正站在室外，往里仔细偷看，袁星站她身侧。毛女见人飞出，吓得往后倒退不迭。这一对面，易静已看出毛女不特根骨极好，一脸正气，并还是眉清目秀，骨肉停匀，如非生长着一身绿毛，真是一个美人胚子。见她受惊倒退，防又隐身遁去，方想安慰几句，劝她不必害怕，毛女睁着亮晶晶一对秀目，朝易静上下略一打量，忽然跑近前来，口喊："师父，弟子上官红拜见。"拜倒在地。

易静见她年约十六七岁，身上穿着一件细草织成的短衣，腰围草裙，相貌似颇美秀。跪在地下，珠泪盈盈，只管哽咽，泣不成声。一面拉起，携手同去里室；一面问袁星，此女怎会自来？袁星答道："听神雕叫声，说此女在洞口附近现身，始而向空跪祝，又取一石块卜卦，面现惊喜之容。然后走向洞口窥探，似想走进，又胆小退回，老是迟疑不定，命弟子出看。弟子随掩出去，她见弟子，先是隐形遁去。后来弟子唤她，说明师长来历，她才现形，试探着走近了些。先问妖人死未？弟子告以就要伏诛。她立现喜容，说神人梦中指示，不久有一仙人来此山幻波池居住，是她师父，拜师之后，她便难满。妖人必死，不会再受欺凌，并且将来有成仙之望。她师父是位女仙，小如婴童。神人梦中说过，一见便可认出，想进洞来认上一认。弟子便领她来了。"

易静问完，见上官红偷觑妖人，面有惧色，哽咽虽已渐住，还未开口，依依侍立身侧，甚是可怜。知她胆小，便向妖人喝道："毛女与你相识，必知底细。似你万恶，本应重加折磨。因此女平日受你欺凌，害怕见你，不敢开口，便宜你早死些时，少受多少活罪。"妖人口禁未解，不能作声，闻言望着上官红，似想她代己求情时，易静已发出飞剑，将妖人裹了个风雨不透，随着易静往外飞去。大家同出，到了洞外，易静将手一指，地便裂开一孔，剑光裹住妖人，往下一沉一绞，立即成了一团血肉下坠。剑光正往回飞，忽见一股黑气裹住妖人身影，往上飞遁。上官红本是满面笑容，见了惊道："这厮的魂逃走了。"易静、癫姑同声笑道："哪有此事？"二人不约而同：一个扬手把灭魔弹月弩发将出去，一团精光，刚刚追上妖人，一下将黑烟元神一齐击破，听得半声惨啸；一个又将神雷发出，一声震天价大霹雳过去，百丈金光雷火自空直下，连那数十缕残魂余气，也被击灭。

师徒六人，连毛女上官红，同回洞内。上官红重向易静拜倒，坚请收为弟子。易静先颇慎重，及至一问原因，再想起师父命即起身之言，果然收得，当即应允。上官红又向两位师叔、三位师兄一一行礼。易静见她容止温婉，甚是喜爱，何故拜己为师，已然问过。重又问她身世，怎得逃入山里。上官红含泪说了个大概。

原来她也是宦门之后，只因父亲远游未归，日受继母虐待，年纪又只得十三岁，本就悲苦不堪。她那继母本非良家出身，久旷难耐，便与一族侄私通。这日正在幽会，上官红无心撞上。继母当时口甜，许了从此不再毒打，只不许对人张扬。然而说时铁青一张假笑的恶脸，目蕴凶光，上官红断定入夜必下毒手。果然走开不久，女婢便来告急，说是继母要令奸夫当晚将她害死。上官红心胆俱裂，连夜逃出。所居本是近山之地，为防奸夫淫妇追来，翻山急窜，逃到天明，也不知逃出多远。人已力尽神疲，倒在一个山洞旁边，又饿又疲。正在怨愤悲苦，呼天不应之际，忽听山风大起，回头仰望，忽由远处飞来一只怪鸟，两翼各长丈许，目射金光，甚是威武。上官红少不更事，没想到大鸟伤人，甚于猛虎，还在呆望。晃眼工夫，鸟便扑到，用双爪将她抱起，往空飞去，顿时受惊晕死。过了些时，她醒来一看，鸟也不见，竟换了一个山景，景物灵秀。只是饥疲惊悸之余，人已大病不支，勉强爬行草地，到一谷内，想寻点泉水解渴。忽闻草香，沁人心脾，饿极之下，便吃了些。才下肚不久，便觉神智一清，体力渐复。随将那草饱餐了一顿，待到天晚，就在草地上沉沉睡去。次日起来，便觉身轻神健，力气大增，欢喜异常。

上官红从此便以那片野草为粮。先还恐怕那是怪鸟巢穴，时刻留心，匆匆吃完，便找地方躲藏。嗣渐觉出山灵水秀，灵药异果满处都是。只是空山寂寂，并无人迹，只有鹿、兔等小兽栖息游行，也无甚猛兽、蛇蟒、毒虫等害人之物。犹妙是环山四外俱是天险，与世相隔，不畏仇人追来。过去受惯荼毒，忽然自在游行，无拘无束，如出水火而登衽席。她本是一个具有慧根仙骨的少女，灵府澄明，毫无污染。又以多服仙草，智慧日增，不但不感到孤寂，反而心中庆幸，自愿长此终老，毫无出山思家之想。只是逃时匆促，除一柄准备事急自杀的小刀外，仅有两件单夹衣裤。后被大鸟抓去，死后回生，衣包也在身旁不远地上放着，不曾失落。

那山正是依还岭，洞天福地，四时皆春，不愁寒冷。但是她衣服件数太少，年纪又小，初到时不知十分珍惜，又爱洁净，日在洞穴中藉草枕石而眠，稍有污秽，便去换洗，这样自然不能耐久。等想到将来衣服无从寻觅，不免赤身之羞，衣服也多破碎，着了好几天急。忽然发现一种异草，细长柔韧，试一编制衣履，全都合用，这才放心。因无师承，先也不曾想到修道一层，日常无事,除偶织衣履外,便是满山游玩。好在黄精、首乌、茯苓、松子,以及各种果实,时有发现,到处可以求食。藏处又多,游玩倦了,便就当地觅一宿处栖身。始而东食西宿,并无一定住处,全山数百里皆被游遍。

这日机缘遇合,忽然发现一条幽谷,中有一洞,恰值阴雨。每次出游,本带得有自织的草褥,原拟入洞避雨。进去一看,此洞与别处不同,外观宏敞,内里却极曲折。偶发现暗处有光,闲中好奇,过去查看。那光老是在前面明灭闪动,看似只隔五六丈,老走不到。一时不曾想到后退之路,越走越远,地势也越往下倾斜。等到发觉,想要退出,路已走迷。连在洞中寻觅了一日夜,也未寻到出路。古洞冥冥,不知昼夜,虽仗气健神旺,能耐饥渴,目力又佳,视暗如明,到底胆小忧惧。加以亮光早已不见,石壁前横,再进无路,似已到了尽头。可是退路歧径弯环,一任左绕右转,费了若干心力,想尽方法走了一阵,依然回到石壁之下。

上官红日服仙草灵药,久而成嗜,平日也没等饿,见了便随意取食。因从未断过吃的,还不知道此时已能耐上连日饥渴,更不知误入禁地,只以为永困洞中,久必饿死。情急无计,便向壁跪倒,叩求神佛哀怜。哭告了些时,重又惶惶起立,退出寻路。先还想,此路曾经退走过几次,除却神佛鉴怜,十九绝望,仍要退回。哪知走不几步,忽又发现前面亮光,那路也似从未经过。自觉绝处有了一线生机,精神一振,忙即往前赶去,不远便到。一看那光,乃自一扇石门里透出。隔门缝一看,里面乃是一间极整洁的石室,当中一个石榻,旁有石几,还有炉灶等用具,似是有人在内居住。石几之上,左边放有一块寸许方圆的晶镜,寒光耀眼,照得满室光明,宛如白日。先见光亮,便由于此。右首有一玉牌,也是光华四射。牌下压有一圆物,看不甚真,当中放着薄薄一本书。暗忖:“这里荒山古洞,怎会有人居住?不是仙神,便是鬼怪。”

上官红方在惊疑,不敢进去,忽听耳边有人呼着自己姓名,小语道:“你误入我禁制之内,乃我有意显灵,引你来此,假手于你,禁闭这条出路,以防洞中邪魔气候将成,不等除他之人到来,便自由此遁出。你根骨缘福颇厚,如非凤缘,也无此事。不过你将来虽有仙缘遇合,此时苦难尚还未满,并且来日还有大难,如非我接引来此,不久便不免于受害了。室中无人,只要谨记我言,临机不要胆小慌乱,不但妖孽决难为害,也许现在便要得我许多好处。室中有一册道书,一面晶镜。你进去时,先把晶镜拿起,往榻中心一照,榻上便现出一块与几上同样的玉符。晶镜赐你,以备后用,玉符却不能拿走。你取到手以后,几上那本道书也一并赐你。此书神妙,不到你拜师之

409

后,也难解悟。只末两张画有符箓:一符可以飞遁隐形,一符则只要你所居之处有林木相依,人便不能害你。俱都毋庸传授,只在每日子、午二时,面向东方,呼气默记此符笔画,凝神定虑,一口气将它画完。一连四十九日练过,随意运用,立有奇效。你连晶镜一齐藏向怀中,再把所取玉符合到几上玉符上面,原放晶镜之处,便有六色六道彩影现出。你只要把它当作宝物看待,心中存念,用手把白条抓起,横架在红条之上,你立时便出洞去了。"

上官红福至心灵,闻言知道神仙果然感召,赐宝授书。惊喜交集,出于望外,连忙跪谢,依言入室行事。无奈年幼,不知轻重利害,一听道书末两页符箓可以隐身防害,只练四十九日便可学会,一切俱未做错,只取书到手时,心中好奇,不及带出洞外,便即翻阅。这时宝镜已先藏向怀中,她便左手持着玉符,右手翻书。见那符箓乃古篆奇书,宛如绳结。正在细查笔路画法,一时疏忽,左手玉符与几上玉符碰了一下,立见光华连闪几闪,右侧放镜之处现出条纹图影。如若就势将符合上也好,偏又事出不意,惟恐误事,心神慌乱,忘了合符。竟先下手一抓白条纹,觉那图中虚影随手而起,便往红条纹上放去。哪知几上玉符之下,乃是妖孽元神,这一触动,立即发难。上官红百忙中瞥见一团黑气由几上玉符下冒起,中裹一只玉也似白的怪手,往几上捞来。才想起玉符未合,生了变故,大吃一惊。同时右手所抓白影,已架放在红条影之上,风雷之声,立即暴发,同时那本道书也被怪手捞到。惊悸惶急之下,忙回右手夺书,左手拿起玉符,朝怪手打去。刚刚打中,猛觉左手一震,玉符忽然震脱了手,右手一紧,哧的一声,书被怪手撕脱,夺了多半本去。同时雷声隆隆,天旋地转。满室中金光万道,耀目难睁。身便似被甚东西托起,离了原地。惊悸亡魂,眼花撩乱之中,方瞥见室中有一极妖艳的少妇影子,在金光中一闪。紧跟着眼前一暗一明,人已落地。

定睛仔细一看,连山谷带那洞府石室,俱都不见影迹。人在一片危崖底下,草褥遗失洞内,手中却添了两页残书。上官红知已遇仙无疑。忙摸宝镜,也在怀中,不曾失去。用以照物,无论多远,都能照见,巨细不遗。由此方起求仙之想。便照仙书灵符,勤习了四十九日。果如仙人所言,用时只要心一默想首页之符,立可隐形飞驰,瞬息百里。独处空山,无有敌人,次页灵符虽无从试验它的威力,但一施展,身外光华连闪,立起风雷之声,料知必有灵效。可惜全书被洞中怪手夺去,仅抢到末两页,好生悔惜。每日望空祝告,盼望师父到来,仙缘遇合。一晃年余,她又连服了几次不知名的灵草。中有一种形如灵芝,紫色九叶,上结翠实。是无意中发现,因闻清香沁脾,将它采来服了。一连醉卧九日，周身骨痛筋酸，委顿难行，方知误服毒果。哪知醒来益发身轻，能蹈虚而行，捷如飞鸟。日常无事，又勤练二符不止，并学打坐。虽无师承，但是灵根慧质，早已脱骨换胎，灵府空明，久而自悟，渐能御空飞行。数月之后，两膀忽生绿毛，先颇害怕。后来越生越多，全身都是，因无害处，飞行起来反倒加快，也就听之。

这日正在山头盼望，忽觉心跳。回头一看，由空中飞落下一道碧光，现出一个丑怪道人，自称妙化真人漆章，与此山女仙相识。看出上官红资质颇好，要收她为徒弟，传授道法。上官红年少无知，误以为是神仙师父，好不欣喜，立即应诺。道人便问她："此山可有合用的洞府？"这时上官红已早照洞中仙人依木而居之言，移居山北森林之内，并用掘地得来的刀剑，择一老楠木古树身上，挖了一个大洞居住。本想说出，因见漆章一双怪眼直泛凶光，不住打量自己；未遇之前，又觉心惊目跳，话要出口，忽然灵机一动，若有凶兆。心想："仙人怎是这等恶相？既与本山仙女为友，如何不知地理？"当时生了点疑心，便不往山北，领往山南谷洞之内。妖人见了，说太明显，恐有俗人来扰清修。又换了几处好岩洞，俱是一样说词，并且嗔怪，面现狞容。上官红胆子本小，益发害怕。嗣悟出他要僻静所在，忽想起山南谷洞，崖顶有一石穴出口太窄，内却宽大，姑且领往一试。果然合了妖人心意，方现笑容。忽又暴怒，怪上官红何不早说。并说："以后从师，令出必行；少有违忤，便即杀死。"上官红见状大惊，越发畏惧，满腔热望，不由消去了一半。道人又说："此洞尚缺酒食用具，须往城市置办。"令在洞中守候，不许离开，少时归来，再行拜师大礼。如敢逃走，定加重责。

上官红自与道人见面起，一味被恐吓，已生厌恶，当时害怕应诺。等道人去后，心想："我来此山数年，只服了些灵草果子，便断了烟火。他自称仙人，如何还须酒食用物？那双怕人的怪眼，又对我那等注视。行时，满面得意之容，飞起来，一道阴森森的碧光，若带鬼气。自己是女子，如何拜男道人为师？偏洞中仙人只说拜师，未说师父是男是女。何不求他一求？"念头一转，便把宝镜取出，放在地上，向空跪祝之后，用一石块卜卦，往上抛起，看石落地向背，以决从违。谁知竟是五祝皆空。方在胆寒，无意中对镜一看，怪人正自远方飞来，还同了一个装束比他还怪的妖道。知将到达，猛生急智，心念灵符，将身隐起，藏在洞侧老松之后，暗查他们的言行。如有不测，隐身法仍被看破，便即逃往山北，到了林内，再用第二道灵符防御。果真仙缘遇合，只是生来凶相，故意试探心迹，再与说明，拜师不晚。

上官红身刚藏好,破空之声已由远而近。晃眼二妖人落下,带了许多食物,进洞便听怒唤毛女。一会,相继走出。一个说要满山搜索,擒到之后,先给她一个下马威。一个说:"圣姑照例不许男人入洞取宝,难得遇到这类好资质。你又说她相貌极美,只是灵药生服太多,不知烧炼,以致长了一身绿毛。吃上些日酒肉烟火,便可脱去,正好受用。此女身轻如叶,来去飘忽,阻她不住。如被你吓怕脱逃,岂非可惜?我看此事只好善取。今日定是你上来神情太恶,等你走后,想起害怕,生了悔心避去。照你所说,此女灵慧,向道心切,大可引诱。少时我去以后,她如不来,非但不可寻她,即使她来寻你,还要责以违背师命,擅离洞府,心野不堪教诲,自误仙缘,已难收录,坚拒逐出。日后时常现些幻象,引她来看。她一个无知少女,见你并无害她之心,又见许多灵异,自必心生悔恨,寻上门来,自投入网。以后再以甜言相诱,随便传她一点法术,定能百依百顺,不再违逆。好在相去玉娘子出困之日尚早,至多缓些日子,却可收服一个到时为我们出死力的帮手,平日还可拿她作乐,岂非两妙?真要看出你有恶意,变了初心,坚不上钩,那时你修罗神法已然炼成,拘了生魂,强逼从命;否则索性炼她生魂备用,也不为晚。你总暴躁偾事。好容易访查出玉娘子这等千年难遇的好事,我师徒三人因仇敌厉害,还特意分在三处炼法,无论如何,终有一成,关系他年成败太大。依我本心,也因你气暴心粗,这里最重要之地,还不想令你来此,是你自告奋勇,方始应允。如何才到,又故态复萌起来?"

上官红听了,才知后来的是先来的师父,又听出二贼果存恶意,不禁又恨又怕。总算隐身法未被他们看出,还有救星,好生暗幸。见二妖人又谈了一阵,后到的那个妖人方始飞去。上官红哪里还敢相见,立即遁回山北林内,匿迹隐形,多日未敢走出林外。日夕哀告洞中仙人垂怜,只求允许自己重入仙洞,甘为奴仆,免遭毒手。这日正在树穴内熟眠,忽觉洞中女仙似在耳旁说道:"妖人已寻入林内,此时尚无害你之意,不必怕。可迎出林去,施展二符妙用,先使其知你不是好惹,以杀凶威。日后我常随时指点,决可无事。"

上官红惊醒之后,忙即纵出,往林外走去。远远望见妖人本往林内掩来,发觉自己以后,故作从容,反身走出。上官红已得仙人指示,又恃身离林近,灵符威力要大得多,强壮着胆,只装不见,暗中戒备着往横里缓步穿出。妖人见她并不畏避,只作不见,好生不解。始而故意卖弄一些幻象,天神鬼怪纷至沓来。上官红在山坡上闲眺,只不理他,也无歆羡畏惧之容。妖人只得单刀直入,近前笑问:"两月前如何自误仙缘,不辞而别?"上官红表面镇静,强作从容,心仍怕他,不敢明斥其奸,只说:"我觉拜了师父,拘束受管,情甘常为野人终老。"妖人随以甘言引诱,见她仍是摇头,不由犯了凶性,又想仍用妖法擒去,强迫顺从。哪知才一施为,人便隐身遁去。接连寻她数日,皆是如此。末了寻到林内,吃上官红施展第二灵符妙用,发动木遁禁制,妖人几乎受伤,狼狈逃去。才知毛女也会法术,不是易与。但看出伎俩只此,心终不死。除林内不敢去外,日常遇上,便即行法追逼。

日子一久,妖人终是无可奈何。上官红也是终日提心吊胆,不胜其烦。最后妖人计无所施,又改了软法,相约为友,两不相犯,以防遁去;一面加紧炼取洞中妖法。上官红明知其心存叵测,只图苟安一时,又以空山孤寂,妖人虽是左道,所说的事多是闻所未闻,有的听出并非虚语,觉着有趣,也就应允。渐渐熟识,常在一处,遥对闲谈解闷,一晃又是数日。

这日上官红看见妖师到来。知道自己的隐身法,只要时常存想灵符,对方决看不出。又知妖师一来,对己必有诡谋,便隐形赶往妖洞窥探。一见洞中鬼影幢幢,阴风黑气,未敢深入。藏在洞口一偷听,听出妖师与妖徒漆章说起自己不肯顺从之事,已决计再隔十余日,妖法炼成,便摄生魂祭炼,以供日后驱役。上官红身未走近法台,已觉心摇神悸,闻言知道厉害,不敢久停,忙即遁回林内。一会,妖师走去,妖人又来林外将她唤出,顿改常态,善劝恶说,利诱胁迫。见上官红仍不为动,大怒而去。行时限以十五日内,如不顺从,便无幸免,令其三思。上官红等他走后,料定时迫势急,重又望空哭祷,也未见有仙人指点。眼看日限将近,这日梦中见一年幼女尼,说是前往洞中之主,告以真师父日内将到,难期即满,并告以乃师相貌等情。醒来,妖人又在林外厉声警告,再有三日,如不顺从,休想活命。

上官红近日对妖人畏如蛇蝎,也未出见。耳听妖人愤愤而去,还不知妖法已成。因恐错过仙缘,算计妖人正在洞中炼法,便出眺望,头一日失望而归。

次日又去前山候望,忽听破空之声,飞来几道光华,跟着降下三男三女。忙即隐身窥看,内中一个瘦小形如童婴的丑女,正与仙人所说的师父相似,心颇惊喜。只因前番上当,又见众中除英琼一人外,均与想象中的神仙不类,袁星、癞姑、米罴等三人,生得尤为丑怪,袁星更似一个怪物,预存戒心,不敢冒失。心想:"看准来人形迹,是否与妖人一党,再作计较。"

后见众人寻觅洞府,又去幻波池观看奇景。上官红本当那是一片刺人的毒草,不知下面有池,渐觉出今日来人行径与妖人大不相同,法力也高强得多。惊弓之鸟,终是不敢上前,一直尾随在后。心神一分,时现原身,致被神雕看出。神雕原先飞得太高,仰望空中,只一小白影,在日影下飞舞,不曾看出。嗣见众人去往静琼谷,崖上便是妖人洞穴,又生了一点疑心,随往窥探,被神雕唤出袁、米、刘、易、李等五人一追,越发害怕。易、李二人遁光神速,已然追上,因上官红收镜稍快,故未发觉,恰好擦身越过。这一贴近,越觉易静与仙人之言一般无二。见已入林寻找,也未施展法术相抗,意欲去往日常采茯苓的崖后僻处,仔细盘算一回,再定主意。

不料妖人恐她与易、李诸人相见,泄了机密,欲先警告,不令说出所居之地,以便夜晚下手暗算。上官红正不愿现身上前去见妖人,想另换地方时,癫姑已将妖人擒到。这一来,越发分清邪正,决计求见拜师。一路掩到了洞前,忽又胆小害怕,正用石块卜卦,恰值袁星闻得雕鸣走出,以好言相告。上官红心想:"反正命中已注定吉凶。"这才壮着胆走了进去。

第二二六回

谢罪登门　女神婴正言规苗祖
隐身探敌　小癞姑妙法戏妖徒

易静等听上官红说完，料那洞中女尼必是圣姑无疑。师父本许物色门人，此女又好资质，易静立即应诺上官红请求。诛了妖人，同回洞内。算计妖师日内必来，仍命神雕每日在空中守望。住居已定，次日起便传了上官红初步功夫。照妙一真人仙书，一同闭洞习练。妖师却始终没有出现。

一晃四十九日过去，功行完满。见上官红甚是灵慧敏悟，一点即透，异常精进，易静等三人俱极喜爱。便传以道法和伐毛功夫。又从开府所得的法宝、飞剑中各取了一件，分别传授，赐作防身之用。上官红自是大喜，越发奋勉。易、李、癞姑三人，因离百日之期还早，特意为她又留了二十余日，直到日期还剩三天，方始起身。

出发之时，米、刘二人自告奋勇，意欲同往。易静本有允意，癞姑道："不可。师父仙书、柬帖上虽未禁带门人，并有便宜行事之言，但是那日通行火宅玄关出来，随众奉命时节，师父曾说去时不必人多，只由易师姊和李师妹二人前往；连周轻云师妹上次和红发老怪结怨，本来在场的人，都没命去；我也只在仙柬上提到，令在暗中接应，还嘱小心，不可大意。米、刘二徒如何去得？"易静道："你休小看他二人，论道行根骨，比我们相差远甚，如以旁门法术而论，着实比寻常妖孽强得多呢。开府以后，又得了本门心法和掌教师尊所赐法宝。他们旧有法宝、飞剑，这次又经我三人按照仙书传授，重新祭炼，威力大增。我在暗中查看，他二人和袁星俱极知自爱，短短四十九日工夫，修为大是精进。我们不过令其随侍着你，一同接应，又非随往苗岭。我料红发门下那些孽徒，未必便都是他对手，怎去不得？如非舍不得丢下这静琼谷，又恐妖人来犯，上官红法力有限，恐有疏失，真想连雕、猿也都带去，好教红发师徒知道，连我峨眉的末代徒孙，一禽一兽，都不好惹呢。"

癞姑见易静颇有骄敌之念，又想起仙柬词意，料知此行不免挫折。暗忖："红发老祖收徒虽滥，功力高下不齐，但闻其中如雷抓子之类，颇为能手。米、刘二人如何去得？"知易静人虽极好，但过于刚直，天性颇傲，又是师姊，不便明强。故意笑道："去自然是去得，我不过是想前诛妖人漆章，妖师早晚必来寻仇。袁星近来功力虽然大进，却不会甚法术；令高足也从未经过大敌。万一有失，我们仙府还未建成，先受挫折，已是丢人，而这里又与幻波池邻近，艳尸气候将成，不久便有外来妖人与之勾结，发现我们有人在此，岂肯置之不问？来人既与妖尸同党，敢入圣姑禁地，厉害可知。凭着雕、猿与上官红，如何能是对手？如有米、刘二徒相助留守，只要谨守洞内，不轻出敌，有我和师姊这两重禁制，决可无害。日常还可隐形，探查池中动静，有无妖人前来。于我们事完回山，诛戮妖孽，开建仙府之计，大有益处。此事实比随往苗疆重要得多。再者，此去苗疆，与敌人相较，众寡悬殊，全仗机智和应变神速。我如一人接应，便可任意行动，惑乱敌人心意，冒险深入。便败，也不至于被擒伤亡，全无顾虑。与他二人一起，转受拘束。依我愚见，还是令其留守比较得策呢。"

易静近查米、刘二人向道心诚，十分恭谨，而二人根骨缘福，俱不如袁星、上官红远甚，有意成全，想带了同去，使其多建功劳，日后也好代向掌教师长求恩；加上二人又恳切求说，其意甚诚。并非固执非此不可。听癞姑如此说，又想起那日初来，在幻波池上，望见下面洞门正往里关，仿佛由开而合，至今回忆，凭自己目力，不应有眼花之事。行前数日，也曾加意查看全山，并无异兆。屡问上官红：除所杀妖人漆章一人外，有无别的人来过？幻波池左右上下有无动静？妖人居山这么久，可曾去往池边逗留窥伺？均答无有。但心终生疑，偏是师命不到日期，不可去往池底，不便违命，只得罢了。焉知自己走后不发生变故？袁星飞剑虽比米、刘二人神妙，法术、法宝和经历识见，却差得多。上官红更是不济。觉着癞姑之言有理。笑答："师妹所虑，甚是有理。我不过料定红发老怪已受孽徒和别的妖邪蛊惑，此去非起争斗不可，我们虽不怕他人多势众，到底多两个得力弟子同往好些。师妹这一提起，自然还是留守本山重要。"便令米、刘二人无须随往。

易静当即和癞姑二人各显神通，将静琼谷由谷口起加了三层禁制，并把洞府隐去，使外人到来，休想擅入一步。命神雕随时隐身高空；袁星借用上官红所得晶镜，在崖顶上随时往四外观察。又令米、刘二人每日轮流隐去身形，去往幻波池左近，留意观察，如有妖人下落，见机行事。稍觉不敌，只查看来人动作，是否进入池底洞府。不可妄动，并分人速赴苗疆告急。万一无知,对敌挫败,速即隐身,遁回谷洞,合力防守。圣姑传给上官红的两道神符,除神雕只将头道隐身灵符学去,米、刘、袁三人俱都精习,可以随意运用。又经易静看出灵符妙用,加以指点,比起上官红以前所习,增加了好些灵效。尤其第二道灵符,乃是先天乙木禁制,上官红起初照本默念,必须择有林木之处,始能运用;自经指点传授以后,随时随地均可发动乙木神雷威力。稍差一点的妖人到来,休说米、刘、袁三人身有法宝、飞剑,久经大敌,便上官红一人,也能抵御。易、李、癞姑三人,原因初承大命,遇事谨慎,防微杜渐,计虑格外周详。部署完竣之后,俱觉这样戒备决可无事,放心大胆同往苗疆飞去。

那红发老祖所居洞府,原有两处:一是烂桃山对面一座名叫突翠峰的。峰顶上面,昔年杨瑾前生凌雪鸿初成道时,在对山泥沼中为五云桃花瘴之毒所困,如非红发老祖慨赠千年蘘荷,几遭不测,便是此处。一是红木岭天狗崖,乃红发老祖聚徒传道,炼法炼丹之所。洞在岭半危崖之上,地方甚大,前有二三百里石坪。坪上峰峦纷列,都是拔地突起,形势奇诡,姿态飞舞,各具物相,无不生动,宛然如活。上次易静、周轻云、李英琼追杀金线神姥蒲妙妙,路遇雷抓子等十二苗徒,误会失和,三人胜后穷追,误入苗疆,与红发老祖对敌结仇,便是天狗坪最前面众苗徒布阵之地。那地方背临天狗崖,千寻碧嶂,左右各有两道河川,中间是三百里长、二百里宽一片广大石坪。红发老祖为防妖尸谷辰暗算,终年设有极厉害的阵法。坪上棋布星罗的大小奇峰怪石,均经法术祭炼,与阵法相应,表里为用,变化莫测。更有妙相峦,天生屏障,横亘坪前,将葫芦谷入口门户闭住。端的防备紧严,敌人休想擅越雷池一步。上次易、李二人仅到坪前多云嶂,与红发老祖相遇,如非见机,便几乎失陷在内,其厉害可想而知。

三人去时,得有妙一真人仙示,敌人全山形势虚实,均所深悉,一切胸有成竹,按照预定方略行事。离了依还岭,便直往天狗坪。易静、英琼等三人遁光,均峨眉门下高手,新得师传,越发神速。飞行不久,便入苗疆。只见沿途山势险恶,峰岭杂沓,丛莽荆榛,漫山蔽野;毒蛇猛兽,成群往来。蛮烟瘴雾,腾涌于污泥沼泽大壑平野之间,都是亘古不消的两间淫毒之气。远望宛如一堆堆的繁霞,自地浮起,映着衔山斜阳,幻映出一层层的丽彩。人兽触之,无不立毙。那有瘴雾的左近千百里,连个生番、野猓、禽兽都无。却盘踞着无数毒虫怪蛇,十九大如车轮,身长十丈,口喷毒烟彩雾,凶睛闪烁,光射丈许,各自追逐,出没于沼泽丛菁之中,互相残杀,宛然又一世界。

英琼道:"二位师姊,你看这些凶恶毒物,如令生息繁育,不知要害多少生灵。我们回来时,合力将它们除去了吧。"易静笑道:"琼妹只知其一,不知其二。这类毒虫怪蛇,并非本有种类,多由地底湿毒之气钟育化生,十九生具特性,生育本就不繁。加以生性异常凶残,始而吞并异族,终至残杀同类。有的并还达到了一定时限,或经过一次配合,便须死去。所以多少年来,尽管奇形怪状,时有出生,但它们只能在这瘴雾阴湿之区互相残害,永无休止。看似凶毒,至多一二十年生命,不等它们成了气候,便自死亡,决难出山为害生灵。如要除去,不特诛不胜诛,并且这类毒物全是互相生克,有一物,必有一制。稍有不慎,得此失彼,去了一种克星,反易蓄育长大,无形中倒助它肆其凶毒。转不如任其自生自灭,省事省心,免成大害。否则,由古迄今万千年来,似这类极恶穷凶,而又各有灵性,极易长成的凶毒之物,如若任其繁衍不死,世上早无噍类了。固然精怪中偶然也有异种,到底是极少数,并且都是刚刚通灵变化,便伏天诛。能成大气候的,真是万中选一,并还要自身先种善因,能够去恶向善,勤于修为。就这样,天劫仍难避免,必须兵解转世,重投人身,一灵不昧,再去修炼,始能成就仙业。你当是容易的吗?所以一世人生万劫难,无论圣贤仙佛,俱是由人修成。而人偏不知自爱,情甘醉生梦死,虚生一世,甚或一意孤行,无恶不作。等到恶贯满盈,生膺显报,死伏冥诛,堕入畜生道中,受那无量苦难,就悔之无及了。"

癫姑接口笑道:"易师姊只顾发议论,你看前面是什么所在?这里你和琼妹以前来过,我却初次,莫不快到了吧?"英琼闻言,朝前一看,下面山势逐渐展开,适见毒岚瘴雾已然无迹。只见碧嶂天开,清泉地涌,遥峰满黛,近岭紫青,一路水色天光,交相辉映,到处茂林嘉卉,灿若云锦。只极远天边,有一高岭横亘,上接云霄,似是以前到过。足下这些美景,记得均非旧游之地,而师父所示途向,并未走错。觉着奇怪,便问道:"易师姊,这地方我们上次来过吗?怎的如此眼生?"易静忽然想起前事,笑道:"琼妹,你忘了上次我们原由崇明岛追起,走的并不是这条道路,归途也许经此。但是由李伯父施展佛法飞遁,瞬息千里,飞行忒快。那日下面尽被云遮,又当事急之际,心情不安,哪有心情留意下面景物?你看最前面那座高山,不是来过的吗?"癫姑一听,相隔对方洞府还远,暗忖:"这一带景物精致,山水灵秀,所有灵木花草,俱都欣欣向荣,一点不带野气。只是修道之士经此,决不放过,也许现在便是仙灵窟宅。归途如若无事,何不顺便寻访一回?"当时便留了心,也未和易、李二人明言。三人凌空疾驶,一路谈说,前面高山,不觉飞近。

易静知道，绕着前山东面过去，便入对方阵地。在空中略一端详地势，把手一招，一同降落下去。悄对癫姑道："再往前飞行不足二百里，绕山而过，便是天狗坪，即为红发老祖修罗化血阵地。因山太高，他那邪法也颇神妙，不是身临切近，运用目力，细加观察，绝看不出。照师父所说，他师徒已将我和周、李二师妹恨同切骨，我二人必要费上好些唇舌心力，始能见到老怪。话不投机，双方破脸，原在意中。师父本意，是看白、朱二老情面，姑尽人力，能够忍辱，曲为保全，免起争端最好，非不得已，不令我们动手。老怪只是平日偏心护短，纵容徒弟，自身并不做甚恶事。万一他被我们说服，心生悔悟，和我们消去前仇，言归于好，不特勉体掌教师尊与白、朱二老成全他的好意，并还使在劫诸同门免受一场苦难，岂非两全其美？还有他那门下妖徒，几乎无一善类，事前如被看出我们行迹，定生枝节。故此我把遁光按落，隐身低飞，绕山而过，入了禁地，然后突然现形求见，令其通报。一则，先声夺人，免被轻视；二则，少却好些口舌。老怪师徒志在屈辱我们，见他以前，虽有些时耽延，尚不至于被他困住。不到子夜，我二人还未出来，师妹无须深入重地，只在山这面寻一藏伏之地，遥为应援便了。"

癫姑见她忽然改了预计，知是刻意求功，打算拼受屈辱，使双方释嫌修好，免得引起争斗，互有伤亡。用意虽是，但这类忍辱的事，自己还可将就。易静性情刚直，口又不肯让人，谈锋犀利；况又加上一个李英琼和她差不多，也是百折不屈的天性。对方蓄怒已深，双方各有定数，凭这两位如何能够挽回？到了忍无可忍之际，必定和对方拼命无疑。师命原令自己便宜行事，想到就做，权且口头应诺，剩这半日空闲，先去访查此山有无仙人隐居清修，到时仍按来时所拟之策行事，也是一样。当即应诺。

易静随令英琼把防身法宝准备停当，以防万一，可以立即取用。然后同隐身形，贴地低飞，绕山而过，往天狗坪飞去。刚一绕出山前，便见上次追赶众妖徒所见的葫芦形大山谷，现出在前。只是谷中静荡荡地不见一人，由此可知红发师徒还不知道有人登门。此时红发老祖在洞府中打坐未出，众妖徒俱在妙相峦崖壁之后练习阵法以及坪上诸般禁制。易静手拉英琼，示意隐秘，轻悄悄一直走到危壁之下，不禁吃了一惊。原来天狗坪前面，妙相峦危壁正当葫芦谷入口尽头之处，参天排云，高峻已极，顶上面设有极厉害的禁网神兜。既是登门负荆而来，其势不能一上来便破人法宝。由顶上凌空飞渡，那里又是葫芦底部，四外无路可以通行。只崖中腰有一大洞，昔日红发老祖便在洞中现身。估量两头穿通，宛如门户，过去便是去红木岭洞府的三百里天狗坪阵地。无如此时两扇长达十丈的高大洞门，紧紧关闭，毫无动静，也无人在门前侍卫防守。想了想，除去现身叩关直入，别无善策。没奈何，只得叮嘱英琼，一切全看自己的眼色行事，不可妄自言动。

于是撤去隐身法，现身出来。正要出声呼唤，忽听两声怪叫，左右两旁崖上，忽有两道红色烟光飞来，落到崖上，现出两个身材高大，身着红绫偏氅，右臂裸露，腰围豹裙，赤足束环，手持火焰长矛的凶苗，见面便用汉语喝问："哪里来的大胆女娃子？竟敢到妙相峦玉门前鬼头鬼脑，偷看张望。快说实话！"

易静何等灵敏，对方才一发声，便自回顾，见二苗来处，乃是两边危崖上的洞穴，穴中还有苗女探头张望。再看二苗与上次追赶蒲妙妙所遇十二妖徒装束相似，只头上多了两根鸟羽。只在飞下时身有烟光簇拥，并无甚别的异处。神情尽管狞恶，却不带甚妖邪之气，料是红发老祖门下末代徒弟侍从之类。二苗奉命门前轮值守望，本是苗教中的一种排场。二苗行辈既低，又无多高法力，日常无事，便多玩忽，以为教祖威震苗疆，神通广大，决无一人敢来侵犯。日常无事，乘着教祖洞中炼法，所有徒众俱在随侍，各有职司，无人稽考，反正关门紧闭，禁制神奇，连去外面各诱摄了心爱苗女，分向两崖洞穴之中调笑淫乐。适才因见两崖壁立，虽有几处洞穴，大都浅陋，荆棘藤蔓丛生其间，甚是污秽，又不见有妖气邪气隐伏，断定无人藏伏其内。二苗擅离职守，虽然相隔甚近，如有人来叩门，举足及至。到底做贼心虚，防人眼目，藏得颇秘，因此忽略过去。此来本是委曲求全，自不便与之计较，这类蠢苗也不值一击，便含笑道："守门人不必多疑，我二人因有要事，前来拜见你们祖师红发老祖，不料此门业已关闭，不知守门有人，意欲叩门求见，怎说我们鬼祟窥探呢？"

二苗见易、李二人年幼，闻言哈哈笑道："凭你两个小女娃子，也敢见我师祖？你们不过比那些汉城里的女娃子会爬点山路罢了。这样就想进去，莫说我这一关不能平白放你们通过，就我把门开了，放你们走进，那由妙相峦到红木岭师祖住的神宫，中间还隔有三百多里天狗坪，师祖和各位师父到处设有神兵恶鬼，水火风雷，中有几处地方，更比妙相峦还难翻过，红木岭更高更险，你们两个细皮嫩肉的小女娃子，就凭走路，岂能走得过去？你们又不会什么法术，岂非做梦？要不是近五十年来师祖不许我们无故伤人，要在前些年，你两个今天误走到谷里来，连骨头都保不住了。乖乖回去，免得送死。"

易静一听，关门由二苗开闭，大出意料。忽然触动灵机，笑答道："这个你不必担心，我们和令师祖实是相识。今番以礼求见，自不便破门直入。你只要肯将门开放，无论天狗坪有多凶险，自能过去。你如无此权力，便请通报一声。如若有心作难，我二人自会叩门求见。等到见面，必将你们放弃职司，有门不守，各在山前摄来妇女，藏在一旁胡闹，有客登门，故意刁难，不为通报之事，一一说出，那却莫怪。"

红发规令原严，只因性喜护徒，上行下效，一干门人也都各护自己徒弟，相习成风，闹得这些徒孙之辈，各仗师父祖护，师伯叔辈情面关照，徒孙们有了过错，互不举发，胆子越来越大，时常背了教祖做些不法之事。红发老祖近日欲向峨眉门人报仇，一面又防妖尸谷辰乘隙来犯，每日两次加紧炼法炼宝，已有多日未来神宫，所以二苗才敢在外摄来苗女作乐。但是教祖对外虽喜祖护徒众，可一旦徒子徒孙真要故意违反规令，被他发觉，那严刑酷罚，一样也是不会宽容。

起初易、李二人隐身入谷，直到崖上，方始现身。二苗只能照着师传如法施为，开闭关门，别的无甚法力，没看出易、李二人难惹，本想吓退回去了事。及听末次答话，竟被易静说中隐病，不由又急又怒，心仍不信来人真有神通。苗人心实，便怒答道："这门另有师祖所传神符，由我二人开关。本定如有外人到来，不是仇敌，便放他进去。到了天狗坪，自有人出现，问明来意，进宫报信，师祖许了，再领进去。要是不许，来人除非自退，还可活着退出；硬要走进，沿途埋伏一齐发动，十有九死，休想活着出来。来人若是仇敌，我们守门的才打神牌报信，那时从师祖到五辈徒子徒孙全都知晓，师祖立带徒弟出来对敌。我们守门人管的就只这件事。来的要不是仇敌，再多放些人进去，也没我们的事，有甚相干？不过你们要和前些年来人一样，妄想师祖收录做徒弟，进去触动埋伏，送了性命，我们事前不拦，却要受罪。又没见你们怎么上来的，单会爬山，却是无用。到了天狗坪，不等见到人，准先送命，因此不肯开门放进。你们如显点神通，把我二人制住，叫我们心服口服，便放你们进去了。要不是看你两个这点年轻的女娃子，早就赶出谷外去了。师父常说，近年各派中收了许多小徒弟，峨眉派更多。人不可貌相，遇上来人，务要查明，不许随便动手。你们又说认得师祖，这才忍着气愤，和你们好说。你们要只说大话，我豁出挨顿好打，也把你们刺个透心穿，做了鬼，却不要寻我。"

易静笑道："这个容易试，我也不便在此伤人，你们有甚法力，只管施为。

421

或用你二人手中长矛，一齐刺来，看是如何，自然就信服了。"二人闻言，半信半疑。又问道："这是你自己说的，你那同伴呢？"易静指着英琼道："她比我法术还高，又不似我心软，如换她来试，你们就真活不成了。"

二苗见易、李二人神情始终藐视，自是有气。口喝一声："看好！"各自端矛，当胸刺来。易静见手势颇缓，知二苗心尚不恶，微笑答道："只管用力，无须顾虑。"话未说完，二苗手中长矛已直刺过来，眼看就要透穿，猛觉手中一震，好似撞在坚钢之上，虽然用力不猛，也震了个虎口生疼，几乎脱手。二苗原见识过一点法术，心疑幻术，仍是不服。二苗持矛又刺，等快刺中，觉有潜力阻隔，便不再进。一面忙收转矛，一面口诵法咒，矛尖上立有两团火焰射出。被易静一手一把握住。二苗见状大惊，忙即回夺，竟如生了根一般，用尽气力，休想移动分毫。不由恼羞成怒，使出惟一看家本领，手扬处，各发出大片红光火焰，朝易、李二人迎头罩下。易静只把手微扬，便有一道光华飞起，将红光火焰紧紧包没。二苗见所炼飞刀也和长矛一样，再收不回，急得连喊："快些放手，我们服你就是。"易静遂将手一松，招回剑光。笑问："如何？"二苗终是心粗，也不问二女来历，只笑答道："你们果有这么大神通，先说和我师祖相识的话，想也决不会假。放你二人进去容易，只是见了我师祖，却不能告我二人在守门时玩婆娘呢。"易静一心只想叫二苗开门放进，以便仍照预计行事，穿过天狗坪禁地，到了红木岭神宫之前，再和英琼一同现身，以便先声夺人，并可免却途中许多屈辱周折。闻言，即应诺道："我来是客，只要你二人能容我们进去，自无话说。"

二苗放了心，随请二人闪开正面。那个和易静说话的苗人，便伸手向前，取出一面上绘白骨的小幡来，朝着关门急画了十几下，再将幡一指，那两扇宛如天生，一片浑成的高大石门，忽然红光乱闪，彩烟四射，徐徐向外自行开放。这时，二苗才想起，未问二女姓名、来历。方欲问询，易静本防二苗要问，等门一开，不俟发话，朝英琼一使眼色，早双双飞身纵入。门在妙相峦之中，两面相通，其长七八十丈，内里颇似一座洞府，中有不少石室，并有人在内入定。易静不知洞中苗徒辈、法力深浅，进门忙打手势，同将身形隐去。二苗在洞外望见二女遁光强烈神奇，惊鸿电掣，一瞥即隐，以为人已飞远深入。自信来人未怀敌意，同时所欢苗女不耐久候，又各在两崖洞穴中昵声相唤，色情一动，哪还有甚心思再顾别的，匆匆行法，再将洞门封禁，各往原崖飞去。不提。

这里易静同了英琼穿洞而过，等走出洞去一看，境界倏地一变。只见前面尽是一片极平坦的石地,寸草不生。只左近有七八座大小石峰平地拔起,疏落孤立,最高的不过二三十丈,大只数亩,小的不过丈许,粗仅二三抱,宛如石笋矗立,俱都峻峭灵秀,姿态生动,似欲飞舞。除这几座石峰,再望前面远处,如晓行遇雾一般,也看不出有甚山岭,只是一片溟濛,望不到底。二人虽都慧目法眼,但因各人功候相差,所见景象也是大同小异,石峰数目也有多有少。易静首先觉出有异,再与英琼各运慧目定睛查看,互相低声一问,英琼只看出八座石峰,易静所见不但比英琼多了五峰,并还看出前面雾影中有大小数十座峰头隐现。只是用尽目力,仅辨依稀,稍一疏神,便即失踪。再一谛视,远近多少之间,前后所见也有出入。情知厉害,忙拉英琼立定,仔细观察。审定了门户方位,估量可以冒险越过,然后悄嘱英琼,令其紧随自己,一同隐身潜行。如有警兆,或是误触禁制,有了阻滞,不听发话,任是什么现象,不可妄自出手。英琼早知此行不是容易,自然点头应诺。

易静暗忖:"这一路大小石峰,何止百数,今仅看出面前十几座。分明由此起直达红木岭红发老祖神宫洞府,全在阵地包围以内。此阵又专为妖尸谷辰而设,一路埋伏,不知有多少。尽管师传隐形之法神妙,不患敌人发觉,到底丝毫大意不得。稍一疏忽,难免失机,求荣反辱。"于是便就自己所知阵势方位,各种禁制克制,试探着缓缓前行。进约里许,便有一座较为高大的石峰阻路。易静自小学道,两世修为,备得乃师一真大师真传,又有易周、杨姑婆二老随时指点,本来各异派中阵法多半知悉;这次更得妙一真人传授仙法,预示先机:故入阵以前,便把门户方位认明,看出阵中好些妙用。知道这座石峰乃入阵头一关,而阵中一切埋伏禁制,也必就着这大小数百座石峰的天然形势设施。照理本应避开正面,由峰侧斜穿过去。可是等快行近峰侧,无心中发现那峰由侧面看,宛如一只饥饿扑食的恶狗,忽然触动灵机,想起眼前所看石峰,各有象形,以犬形居多。暗忖:"前面邪雾弥漫,笼罩数百里,只有当门诸峰可见,阵中虚实,难于窥测。前行,只凭以前所谙各派阵法臆度,此峰形如恶狗横立,狗的头、爪俱都斜朝向后,其势不对。来路却与右侧后面一座犬形之峰若相呼应,地名又叫天狗坪。并且所有石峰,俱都隐蔽,独此大小十数峰现出真形。又是以各人的目力的高低,来分析所见多寡,颇似故意现出门户破绽,引人入伏情景。莫要中了他的诡计?"念头一转,便不再进。

易静重又仔细观察,果然体会出:所有大小石峰相互呼应,奔赴迎凑,前后相连,气脉一贯。那隐在雾中的不曾见到,虽不可知,就眼前所见寥寥十数峰,便不是个平常阵法,中藏好些变化。如照预计前行,再进不远,必将触动埋伏,就说不致失陷,也非将敌人惊动不可。一经主持人行法催动,起了变化,由此起步步荆棘,动辄遇险,想要平安到达宫前,真是难如登天。骇异之余,估量前面石峰既是诱敌之策,那么可以通行之路必在相反一方。反正不免涉险,何不姑试为之,看还藏有别的变化与否。

想了想,立即变计。正要由右侧狗的后身绕峰而过,忽听峰上有人对答,忙即立定,侧耳偷听。

一个道:"你看峨眉派何等欺人,开府早过,已将百日,至今还未有人前来赔罪。师父当年何等性暴,怎么如今法力日高,反倒懦弱胆小起来了?"一个道:"听师父口气,也并非是懦弱胆小怕事,只因峨眉那些狗道气运正盛,师父四九重劫将临,但能过去,挽回一点颜面,便不愿树此强敌。不过忍辱也有限度,真要他们铜椰岛事完,过了百天还无人来,令他难堪时,说不定也只好和敌人翻脸了。"

前一人冷笑道:"你只和师父一样怕惹事,大家都劝师父和狗道们绝交,你却一言不发。如今相隔百日之期还有几天,人家只置之不理。我们不早派人下书问罪绝交,挨满百日仍无人来,我看师父对众门人如何说法? 要是敌人讲交情,早就派人来了,分明逞强,目中无人罢了。"后一人笑道:"洪师兄,不是我说,最好还是双方不结仇的为妙。你只顾和雷师兄一样,听人说得天花乱坠,恨不能怂恿师父往峨眉问罪,迫令献出前来冒犯师父的三女弟子,擒回山来,尽情处治,稍有不合,便将峨眉师徒多人全数杀死,毁灭凝碧仙府,任性欲为,方可快意。你想这事能做得到吗? 就照他所说,峨眉的几个劲敌,如轩辕、丌老之类能为我助,不比敌人势弱,也不过是乘掌教诸人闭洞参法,无暇兼顾,遇便杀伤他几个门人。由此仇怨相寻,永无休歇,还能再有别的好处吗?"

姓洪的大怒道:"你怎没出息,说出这类无耻话来? 实对你说,我已和姚、雷诸师兄约定,特意讨令把守阵门。漫说敌人骄狂无礼,百日之内不会有人来此赔罪,就有人来,也必背着师父,运用阵法,阻他入见。来人再不识趣,不肯服我教训,便将他困入阵内,过了百日,便即拿他开刀,先出这口恶气。那时师父再想忍气苟安,势所不能。你如事前泄露机密,误了我的大事,休怨我三人没有同门情分,与你不肯甘休。"

后一人又道:"事情我早看透,你和姚师兄以前非误交恶人,也不致有今日。现在雷师兄又步你二人后尘,反倒变本加厉。可见定数难移,无可解免。尽管忠言逆耳，但我只是尽心，听否全在你们自己。便对师父，也只把心尽到。我昔年误入邪教，中途悔过，偏又无门可入。以为师父虽也旁门，除纵容门下不免偏私外，并无恶行。近年又与诸正教中人交好，四九重劫一过，地仙位业，并非无望。所以望门投止，苦求收录。现既形迹日非，不纳忠言，迟早祸及。我已百死之余，劫后余生，自不愿相与同尽，只等双方仇怨一成，我便避去。祸福无门，惟人自招，谁管你们闲账？休看我入门较晚，位分是师弟，如论法力，就你为首三人同与我斗，也未知鹿死谁手。不过我现已痛改前非，不愿重施昔年故技罢了。你恐吓我，有甚用处？师父此阵，费了数年心力，诚然神妙，用来防妖尸，尚且难料；你想用以阻擒峨眉来人，可知来者不善，善者不来。齐真人新近开府，正教行见昌明，以他为人，门人在外冒犯尊长，虽由妖妇蒲妙妙一人而起，事出无知误会，终须把礼尽到，不等百日，必有人来。可是如此延迟，不是算出我们要与之为难，事前炼法，预为戒备，因而耽延，便是另有盘算。我料这九进一退的反正五行门户，决瞒不了人家。师父现正入定，你只能运用前半阵势。我此时已有预兆，只不肯说出而已。来人要是知悉阵中微妙，避开正五行犬牙交错之势，经由后尾左转，绕向后面犬脊，再以九退一进之法，见峰如前绕行，直达神宫，去见师父，又当如何？"

那人说时，语声粗暴。姓洪的妖徒似为所慑，空自愤怒，未敢再逞暴性。

欲知后事如何，请看下文，便知分晓。

第二二七回

奇宝丽霄　不尽祥氛消邪火
惊霆裂地　无边邪火走仙娃

话说姓洪的听完前言，又隔了一会，才愤愤地狞笑道："照你说来，我师徒早是都该遭劫了。你既怕事，有了反心，何不早走，还守在这里做甚？"后一人答道："我还不是为了以前陷溺太深，罪多孽重，得师不易，无处容身，迫不得已在此苟延时日？心虽忧危虑患，仍盼师父能够醒悟，不为群小所惑。我既然受了师恩，便不愿中道舍去啊！我只是见机得早，暂时避开，全身远祸罢了。师父仍是师父。我又不坏你事，怎说我起反心？现在任我怎样苦口婆心，你们也难悔悟。等到误了师父仙业，自己身败形灭，就来不及了。"

姓洪的恨恨道："你今日欺人太甚！明人不做暗事，念在前好，我也不将你所说禀告师父，且等你背师叛教之时，再作计较。看你到时，我师徒对你如何处治吧。"后一人笑道："师父的刑罚比老怪如何？以我现时为人，自信渐入佳境，兵解难免，决无再受毒刑之事。只恐师父一朝醒悟，你如尚未遭劫，恐要难逃公道呢。我想你所说全是一厢情愿，此时如有人来，早该乘着师父入定时机，后半阵法无人主持，暗中走进去了。"

易、李二人一听，那人分明是发觉有人入阵，故借和同伴争论，有意泄机，指点通行全阵之法。心料后说话这一个，以前必是一个邪法较高的人，不知怎会迷途知返，痛悔前非？因是出身妖邪，暂时不为正教所容，才投到红发老祖门下。妖徒中竟有这样明白的人，实是难得。还不领他好意，如言前行，等待何时？

二人心念一动，不愿往下偷听，试照所说，由峰左狗尾绕向前去，果无动静。知无差错，心中一放，又绕走到狗脊正中。一看前面，忽见两石笋宛如门户，左右对列。先前未见，料是正面隐藏的门户。走近再看，形势突变，天色已看不见，头上和来去四外，俱是一片沉冥，若降重雾。先见诸峰，除正峰外也都隐去，另有九峰在前，参差位列。回顾来路山顶两人，都是身材高大，相貌凶丑,尚在上面争论。

易静本明阵法,一点就透。一见九峰位置方向,越悟出犬牙遥应九进一退之秘,立照所说前进,果又通行无阻。由此往前,每走过一段,必另有石峰门户现出。每一层阵地,均有九峰分峙,方位形式虽各不同,有的主峰上面还有一二妖徒把守,二人过去,也未觉察。只走过第九峰时,再按阵位和狗头所对方向退将回来,再往前走,绕峰而过。到了对面峰脊,门户立即涌现,如法绕行,又是如此。只是左旋右转,时进时退,所行并非直径,阵位方向也不一致。易静暗中留神,看出此阵千变万化,玄机莫测。幸亏听二妖徒争论,才一入阵,便得了机密,自己又是行家。否则休说破阵势所难能,只要一步走错,入了歧途,便不知要费多少心力周折,能否到达尚不一定。再要不明阵法生克,妄触禁制,引起埋伏水火风雷,夹着千丈毒烟邪雾,一齐围拥上来,更是危机密布,步步荆棘。上空又有极厉害的邪法封锁。纵然不致死伤,脱身也非容易。总算机缘巧合,二人无心中得此奇遇,只要小心前行,待全阵走完,此阵机密即能十得八九。破阵一节,虽仍艰难,归途已不再畏险阻。尤妙是先声夺人之计已成。少时到了红木岭神宫,见着红发老祖,照着师命行事,说好便罢,说不好,也不会失陷在此,进退均可自如,受人折辱也有限度了。

易静越想越高兴,正值无人之境,便对英琼悄声说了。英琼道:"师姊莫太喜欢,妹子年幼道浅,虽然无甚识见,但知恩师之言决无虚语。仗着师姊法力,我二人失陷在此,自是不会。但是敌人劫数将临,鬼使神差,自取灭亡。我们纵多卑屈,老怪也未必肯释嫌修好,争斗决不能免。以妹子愚见,反正成仇,我们只将礼尽到,能和自是佳事,否则,也无须过于卑屈。不过我们身在虎穴,彼众我寡,就算我们已得此阵虚实,当场动手终必吃亏。师父既命癫姑师姊随后相机接应,又许以便宜行事,必有缘故。从来两国相争,不斩来使。我们终是以礼来见,有话可说,到快翻脸时节,师姊长于辞令,不妨以理折服。不但不自遁走,转要他开放阵门,或是令人引送出阵,另约时地,再比强弱胜负。这样比较稳妥,还叫他急恼不得。师姊以为如何?"

易静笑道:"以我生性,岂肯甘受屈辱?只因红发老祖是白、朱二老故交,师父虽知定数难移,仍有姑尽人事,以图求全之意。如能化干戈为玉帛,不特仰副师命,便功德也非微细。所以上来不惜忍辱负重,委曲求全。真要迫人太甚,无可挽回,那也无法。对方孽徒受了别的妖人蛊惑,对我非但怨毒已深,并且兼有其他贪欲。我岂不知深入重地,罗网密布,危机四伏?无

427

如这伙苗疆妖孽，大都不可理喻。为首一人比较明白，偏又耳软心活，惑于群小先入之见已深。除非真能悬崖勒马，临机悔祸；否则他必借口语言无状，强行扣留，决不容我二人再有分说，你想以理折服，决办不到。好在此阵走完，机密十知八九，和他当场破脸动手，自是难敌；专一全身而退，当非难事。且等到时再看好了。"

二人语声本来极低，正说之间，忽见前面一座石峰上烟光起处，现出一个相貌凶恶，手持白骨妖幡的高大苗人。易静见有人出，便料敌人已有惊觉，忙即住口，拉了英琼，急速避开正面，悄悄往左避去，绕至妖人身后。回头一看，果然妖人已将手中妖幡连晃了几晃，来路九峰立有五色彩丝，如箭雨一般满空飞洒，晃眼结成一面数百亩方圆的天幕，往下罩来。同时满空烟光如潮，碧焰万道往上狂喷，也是连成一体，往上兜去。上下交合之后，妖人重又将幡一指，所有彩丝烟光倏又由合而分，往原发之处收去，转瞬都尽。妖人仔细一看，好似不见有人落网，也无异状，呆了一呆，面上微现惊疑之容，重又隐去。易、李二人幸是遁光神速，见机更快，赶紧避开，避处恰又合适，妖人又在疑似之间，未被识破。阵势占地甚广，二人初次犯险，不敢草率。

二人一路观察前行，缓缓飞驰了两个时辰，才走了一半。默计所见大小石峰，已有二三百座。那散在四外，设有厉害埋伏，具有陷敌妙用的尚不在其内。只见前面妖雾弥漫，比来路更甚，以为后半阵势必更微妙。及至辨清门户，小心飞入一看，眼前忽现异景。除头上仍被法术封锁看不见分毫天色外，不特后半百余里方圆一片广大石坪全面呈现，连红木岭上的红发老祖所住神宫也巍然在望。只见广坪上二三百座大小峰峦，棋布星罗，殊形异态，奇景天生。遥望红木岭半神宫大殿金碧辉煌，气象万千，庄严雄伟，兼而有之。更有好些手执金戈长矛的守宫侍卫或兀立殿前，或蹈虚飞行，往来不绝。虽是左道旁门，却也有无限威风杀气。

正在查看门户途径是否可以随便通行，耳听中央一座高峰上两声长啸过处，现出两个奇形怪状，左手举妖幡，右手举长剑的妖人，站在峰顶上，手摇妖幡，将剑向空一挥，坪上远近二三百座大小石峰，连红木岭神宫，立即全数隐去。紧接着风雷隐隐交作，只有那八九座孤峰浮拥于左侧妖云弥漫之中。二人知是妖人演习阵法，大可细查虚实，来得正是时候，连忙就近择地，伫立观察。待了不多一会，前二妖人现身之处，忽有红碧光华连闪了几闪，又是一阵风雷之声过去，适才所见彩雾烟光倏地蓬勃而起，满空中飞舞交

428

织,又结成一面天幕笼罩全阵,浮空不动。略停了停,一声迅雷,先前大小群峰忽又现出原形。只是每八九峰做一丛,当中峰顶必有一二妖人,手持幡、剑,站立其上。

先见二妖人重又摇幡挥剑,远近各峰丛上妖人也一齐举幡,向空中一指,空中彩幕突然分裂成数十道长虹,分向各妖人飞去,到了每一峰丛前面下降,将那九座石峰齐峰腰做一大圈围住。众妖人各又将剑朝天一指,剑尖上立有碧绿火星飞射出去,到了空中,此起彼落,互相激撞,宛似洒了一天星雨。石白如玉,中腰围上这么一圈彩虹,再加满空星雨飞流,顿幻出一片奇景,煞是好看。又隔了盏茶光景,为首二妖人口发厉啸,将剑一挥,满空绿火星倏地纷纷爆散,暴雨一般,一丛丛往各妖人所立峰头飞射下去。众妖人同声长啸相应,幡、剑齐施,上面火星仍被剑光收去,峰腰彩虹也如神龙掉首,齐向幡上飞去,风卷残云,一时全收。数十处烟光起自各石峰顶上,众妖人也相继隐去。这次后坪上群峰和红木岭仙宫却未再隐,到处妖气隐隐笼罩,须运慧目始能看见。

易静自恃法力高强,埋伏虽然厉害,前阵未有警兆,后阵便尤防备。那把守妙相峦关门的又是两个无知苗人,误信自己与教祖相识,把人放进以后,只顾重与苗妇作乐,也未入报。几下里时机凑合,竟得混将进来,并还把阵中机密全行窥破。看那彩雾,必是五云桃花毒瘴无疑。自己和英琼均有护身法宝,不能侵害,别的风雷阴火,更无足为虑了。门径全知,坦然前进。这时阵势全现,隐蔽全无,一目了然,无须似前趋避绕行,便照应行门户方向,往前走去。众妖人始终不曾发觉有人隐身潜行,已然深入。沿路无事,一直走完阵地,到了红木岭广场之上。

那红发老祖神宫建立在半山腰上,前面也有大片广场,上建七层楼阁,与尽头处石洞通连,甚是高大宏敞。由岭麓起,直达岭腰广场,相去三百五六十丈,设有八九百级石阶,宽约十余丈,俱是整石砌成,上下同一宽窄。两旁植有大可数抱,高约十丈的红木道树。全岭石土俱是红色,台阶却是白色,温润如玉,红白相映,色彩鲜明。离岭麓数十丈以及平台前面,各有高亭分列。内有手执金戈矛剑之类的宫中侍卫,分别在内瞭望值守,看去势派十分威武。

二人到了岭前,四下观望。左近虽有苗徒妖人出没游行,上次追赶妖妇蒲妙妙所遇雷抓子等十二苗徒,却一个不曾看见。知道不与相遇,要少去好些唇舌,心中暗喜,忙把英琼一拉,双双同时现出身形。遥向山坡上亭中守值的卫侍大声说道："烦劳通禀教祖，就说峨眉山凝碧崖妙一真人门下女弟子易静、李英琼，前此因追妖妇蒲妙妙，一时无知，冒犯教祖威严，今奉师命，登门负荆请罪，并求面领训诲，尚乞教祖赐见，实为幸甚。"

那半山坡两边亭内，四个苗装侍卫呆立在内，见有人在岭前突然出现，面上神情好似有些惊奇，互相对看了一眼，便复原状。既不还言答理，也不出亭阻止，依旧呆立亭内，直若无闻无见，毫无动静。近岭一带，原有徒众侍卫，来往不绝，见有二人到来，也只略看一眼，面上微现惊奇神色，仍是行所无事，各自走开。连问数次，俱是如此，上下全无一人理睬。易、李二人不知是何缘故，倒被陷在当地，进退不得。正在心中奇怪，盘算到底是就此走上去，直赴殿前请见，还是另外寻人问明就里，再行求见？猛瞥见半山坡上有一男二女，用隐身法隐了身形，朝自己在打手势。

妙一真人所传隐身之法最为神妙，为长眉真人嫡传。易、李、癫姑三人，新近在依还岭奉命练习各种应用法术，便有此法在内。练时，英琼因易静、癫姑二人早已练成这类法术，只是家数功效均不相同，癫姑尤其早得屠龙师太佛门真传，格外神奇，惟恐到红木岭使用起来，彼此功力悬殊，家数不同，自己人相遇，只有一方能够看见，便求指点。易静、癫姑俱爱英琼，和她交厚，自然无甚保留，于是互相传授，彼此切磋，又悟出好些妙用。不过癫姑的隐身法难学，暂时只能在她立定时对看，不能全部精习。癫姑又是天性滑稽，来时言明：以前所习隐身法已然用惯，好在三人所习道书一样，师父原是一体传授，并未限定非此不可，易师姊和琼妹已能看出形影，此次应敌，自己仍用前法，比较有趣一些。易、李二人也就听之。二人因所习不精，乍见不甚真切。又因议定此次和红发老祖破脸，应有几位同门应劫，身受重伤，能不请人相助最好。即便真到万分危急，必须用法牌传音告急，也只挑那行时见他面无晦色皱纹，而法力又高的同门，指名求助，以免带累多人。

癫姑本约定是在妙相峦谷口外遥为接应，事前并未说要暗中深入。又只有她一人，此外别无同伴，如何来了三人？忙即定睛注视，那打手势的三人，果有癫姑在内。最奇是下余二人，并非同门师兄姊妹，俱是从来未识之人。男的一个，生得短小精悍，英华内蕴，年纪看去虽似十四五岁幼童，一望而知功力颇深，不是寻常。女的也只十六七岁，外表奇丑，体貌痴肥，和癫姑正好做亲姊妹；根骨功力，似和男的差不多。两人俱穿着一件短袖无领的黄葛布对襟短上衣，下半用一条白练战裙齐腰束住，短齐膝盖。内穿白练短裤，赤足麻鞋，腿脚裸露。只一个肤白如玉，头挽哪吒髻，短发披肩，背插双剑,腰悬革囊;一个肤色黄紫,头绾双髻,每边各倒插有两股三寸来长的金钗,腰间佩有一口尺许长的短剑,一个丝囊:两人略有不同。

那隐身法,乃是癞姑一人施为。那手势的用意,似令易、李二人不问青红皂白,直往神宫殿台上闯去。同行男女二幼童,人甚天真,素昧平生,初次见面,也随着癞姑喜笑招手,竟似好友相遇,神情甚是亲切。

易静虽然形如童婴,毕竟历劫三生,更事得多,深知此行关系重大,如何肯和癞姑一样,把它视若儿戏?因已现出身形,不便对比手势。又当着两个外人,不是癞姑旧友,也是新交,人家好意相助,自不便板着面孔,只得微笑摇首,示意不可。哪知癞姑等三人依然不听,招之不已;并在交耳商量,似要走下来。易静恐她下来相强。又料敌人不来理睬,不是有意坚拒或加折辱,便是别有缘故。红发老祖尽管左道旁门,到底一派宗主,得道多年,法力高强,非同小可。师父本命忍辱,能不翻脸最好。似此行径,一被看破,不特违命偾事,并还示人口实,如何可行? 只得乘那男女二幼童耳语之际,回首朝癞姑怒视了一眼。一面重又借着和守亭侍卫发话,借题示意,说道:"愚姊妹因奉了家师妙一真人之命而来,特遣我等专诚拜山谢罪,无论如何,必须拜见贵教祖,才算完了使命。一切吉凶荣辱,皆所不计。现已三次掬诚相告,烦劳转禀,诸位道友全不理会,令人莫解。现再奉告,如蒙代为禀告,固所深幸;如真不能代达,也请明告所以,以便遵办。再如不理,愚姊妹为完师命,只好冒昧,自行上殿求见了。"

易静面朝亭中卫士说话,说到无论如何必须完成师命时,曾向上面癞姑看了一眼,暗幸她没有下来相强。等到说完再看上面,就这眼睛一晃的工夫,癞姑等三人已不知去向。用目一看英琼,意似问她见否。英琼也未看出何时遁去,见状会意,将头微摇,答以未见。易静担心癞姑在师命还未传到以前,红发老祖还未见到,便约外人暗入神宫,惹出乱子。对方既非善良好惹,殿台四外又已邪气隐隐笼罩,敌人根本重地,必有极厉害的埋伏。万一偷进宫中,被人擒住,查出来由,危险不说,还给师门丢脸。就说癞姑荒唐,事非己意,自己总是主持此事之人,为公受过无妨,这人却丢不起。心中忧急,见亭中侍卫仍如泥塑木雕,分立两亭之内,休说一言不发,面上连点表情皆无。

易静又急又气之下,暗忖:"事情已迫,照此情形,似乎非破脸成仇不可。与其闹笑话,转不如硬闯进去,好歹见了红发老祖,交上师父书信,再行相机行事。对方如能知道利害,悔祸言和,怎么也是无事;否则就此翻脸,双方已成仇敌，便可无所顾忌，成败均不致受人指责。已然三请而行，见面质问何故擅入，也有话说。"想到这里，便朝亭中诸人说道："愚姊妹已然连请数次，诸位置之不理，说不得只好不顾禁忌失礼，自行进见了。"说罢，两亭中侍卫仍无回应。

易静一赌气，暗中示意英琼小心戒备，一前一后，一同往上走去，连上了数十级台阶。亭中诸人只各把一双凶眼瞪住，与前一样，仍然不动，也未见有别的阻滞。快要走过山亭，只见两边亭内各有四个苗人侍卫，忽然一声不响，各作一字排开，面向外。易静当先前行，本以事出不经，步步留神，见状便知有异，忙一停步。两边侍卫已将手中金戈长矛同时外指，戈矛尖上立有八道红绿光华，长虹也似斜射而出，做十字形交叉在台阶当中，阴冷之气，森森逼人。

易、李二人觉得书信未曾交到以前，总以礼貌为宜，不便和他争斗，又不便由侧绕越过去，只得向后略退。易静还未开口，英琼已没好气，发话道："我姊妹持了家师亲笔书信，以礼来谒。好话说了三四回，不为代达也罢，连句话也没有，又不令我等自进，意欲如何？"那八名侍卫只各把戈矛斜指，各放出二三十丈长的光华阻住去路，毫不理睬。

英琼忍不住气愤，还待发话时，忽听上面有人喝道："贱婢住口！前番大胆犯上，得罪教祖，今日才来赔罪，已经晚了。又不在妙相峦跪关求见，竟敢偷混进来，还在这里说嘴。本当将你们拿下治罪，因想你们既有本领偷混进来，倒要看你们怎么出去。我家教祖不屑见你们这贱婢，快往回滚。等在阵中被擒，过了百日，再去峨眉寻老鬼齐漱溟算账，问他教徒不严之罪。再如迟延，满山金刀一发动，顿时将你二人碎尸万段，连这片刻偷生都不能了。"二人抬头一看，说话的正是上次追赶妖妇蒲妙妙所遇为首妖徒雷抓子，同了两个同门妖徒，手持幡、剑，站在殿台边上，气势凶横，朝自己厉声喝骂。易静不禁大怒，方要还口，一想此来为何，好歹也见着正主人再说，话到口边，又复强行忍住。

易静又想起入阵时，听妖人口气，红发老祖正在洞中炼法。此人虽是妖徒，平日也深知峨眉各位师长法力，虽一时受人蛊惑，心中也不能无怯。再说得道多年，岂能如此狂妄？便和峨眉成仇，对方持了师长书信，以礼来谒，哪有人不肯见，信也不看，便如此蛮横之理？妖徒为了妖妇所丧宝鼎，恨我入骨。莫要探出乃师心意首鼠，又受外邪所愚，乘乃师闭洞炼法之际，故意折辱来人，迫令动武，使双方势成骑虎，欲罢不能，以快他的私意。否则乃师

432

既已立意成仇,他又如此狠毒,就该当着来人毁书责辱,指责以前冒犯之罪,下手擒拿,或是就命众妖徒下手;再不然更大方一点,将来人放回,令其归报师长,索性明张旗鼓,定约斗法,以分高下存亡。为何只是妖徒出来辱骂激怒,却不下来交手,只令由原阵中退出,欲令入伏,再行擒拿报仇?诸多可疑,休得一时不能忍气,中了奸计。我也反正拿定主意,就翻脸,也等见到正主人再说。

易静断定红发老祖必是深居洞内,妖徒才敢猖言无忌。决计把声音先传将进去,使之闻知。主意想好,示意英琼不要开口,自己暗中运用玄功把气运足,高声笑答道:"道友不必如此。我姊妹二人,并非有心擅入禁地,只为奉了家师妙一真人之命,来此向贵教祖负荆请罪。因是年幼道浅,闻见浅陋,又是初来,不知仙山设有阵法禁制,行至妙相峦,遇见守关二人,愚姊妹说来拜谒教祖,便即开门放进,也未说起关内有甚设施。只知仙府便在前面,照直走来,也未遇甚阻滞,路上只绕走了好几处石峰,便到岭前。不是道友提起前面石坪上设有阵法,还不知就里呢。许是来时赶巧,正遇诸位道友演习阵法,开放门户,才得无心走入,也未可知,实谈不到什么法力本领。适才已向守亭诸道友几次陈情,请代禀告教祖求见,始终不理,只得冒昧进见,又吃阻住。三位道友忽出喝骂,令愚姊妹退出阵去,以备入伏受擒,百日之后再寻家师问罪。愚姊妹已然无知混入,能否又是凑巧退出阵去,虽不可知,但是此来奉有家师之命。自来君子交绝,不出恶声。何况修道之士,一派宗主。家师与贵教祖又是交好在前,休说以前事出误会,本有起因,咎在双方,难怪一人。就算以前冒犯尊长,罪该万死,不能宽容,也与师长何干?如何朋友专诚派人持了亲笔书来,一面不见,一字不阅,便效村妇骂街行径,辱骂之外,还加杀戮?一桩不相干的无心之失,竟想使星星之火,变为燎原,双方仇深恨重,大启杀机,互相报复,其意何居?我想贵教祖为人决不如此,好歹总有几句话说。人以礼来,不能不教而诛。一任道友气势汹汹,尽情辱骂,愚姊妹既奉师命,必要面见贵教祖,将家师书信呈上。完了使命之后,方能定夺;否则,决不离去。不令上去,我便不上,只守在这里。贵教祖只是一时不知有人到此,终有出见之日。"

雷抓子等三人心意,果是连日看出师父首鼠两端,举棋不定。而众妖徒十九受了外邪蛊惑,惟恐仇怨不成。本想算定过了百日,再拿话去激动师父。不料眼看到期,仇人忽持乃师书信前来赔罪。又可气是来人通行全阵,如入无人之境,越发又急又怒,立意要把这场野火点起。雷抓子等最得宠的

433

几个妖徒,均在上面殿内炼法。易、李二人一现身,一面发动暗号,令亭中守者按照预定行事;一面分人传知阵中主持行法诸徒党,告以敌已越阵深入,令其小心戒备,出时以全力加害。初意来人无人理睬,或是退走生事,或是硬闯,只要动手,均可借题发挥。嗣见来人乖巧,守亭人一拦,即不再进。惟恐时久,师父行法完毕出来看见,又想乘着闭洞炼法之际,辱骂敌人,激怒动手。不料来人仍是不肯上当,反将自己的心事说破。

苗人终是不善辞令,只觉易静语声又长又亮,宛如龙吟,还不知道敌人用的是玄门正宗传声之法。玄功奥妙,三四百里以内,金石为开,多坚的石洞也能将声音透进。乃师正巧在洞中入定醒来,全都听去,又惊又愧,已快走出。雷抓子还在恼羞成怒,破口大骂:"贱婢利口,今日要你狗命!"还想少时拼受责罚,将岭上埋伏发动,给仇人一个厉害,然后再飞身下去对敌。刚把手中妖幡朝下两展,立时易、李二人立处一带便有大片红光,映着万千把金刀,四方八面潮涌飞来。

易、李二人原有准备,同喝:"尔等再三逼迫,那也无法。"各把手一扬,每人先是一道剑光飞出,护住全身。正待施为,忽听殿中一声大喝:"徒儿休得鲁莽!且令来人听候传见呈书,我自有道理。"话才出口,四外金刀只一闪,便自隐去。也是双方该有这场争杀,般般俱都凑巧。红发老祖最好胜护短,明知门人不应如此,无如易静心情愤激,词锋犀利,听去终是刺耳。出时如若径直去往平台收法,发令阻拦,也还好些。偏又心怀不忿,意欲升殿召集徒众侍立,摆出教祖之威,再令来人进见,当面数责前事,以致慢了一步。易静虽想只守不攻,却忘了招呼英琼。双方都在气头上,英琼见妖徒逼人太甚,一时气愤,顿昧初衷,见易静已然动手,金刀来势又极猛恶,便把紫郢剑放将出去。此剑本是峨眉至宝之一,况又加上英琼用本门心法加功精习,近更威力大增。金刀只是数多势盛,如何能敌,两下里才一交接,便吃毁去了一大片。

红发老祖见二人通行全阵,如入无人之境,又将所炼金刀禁制毁去好些,自然面上无光,心中又加一层愤恨。一面把三妖徒唤进殿去,怒目瞪视,低声喝骂了几句。随命击动殿前铜鼓,召集徒众,再唤进来人,阅书问话。易、李二人听出红发老祖口风不善,只得仍立在半山阶上等候。同时互相低声告诫,盘算少时见景生情,随机应付。果然红发老祖耳软心活,入殿以后,又吃三个宠徒一激,虽未全信,心却加了两分仇恨,有意延宕,迟不召见。

二人先听铜鼓咚咚打了好一阵,才见门下徒党由四方八面纷纷飞来,凡

434

是经过面见的，十九俱以怒目相视。听前半鼓声，杀伐之音太重，知是传令阵地防守诸妖徒，以备自己离开时为难。等人过时留神一查看，适在阵中所见行法诸妖徒，竟无甚人到来，越知所料不差，断定少时决无好收场。委曲求全既是难望，何苦受辱？于是也渐把来意改变，暗中准备退身之策。前后待至两个多时辰，只见对方一干徒众出入殿台之上，此去彼来，络绎不绝，始终不听传唤。癞姑和那同来男女幼童，不知在何处，也未再见。二女此时仍体师意，作那万一之想。知道红发老祖迟不召见，有意折磨，言动稍一不慎，便授敌人以口实。心中只管戒备，暗骂老鬼无知，受妖徒愚弄，甘于自取灭亡。表面却一点也不露出，恭恭敬敬站在半山腰石阶之上待命。决定就是事情决裂，也不令敌人占了几分理去。神态自如，若无其事。

红发老祖原是受了爱徒蛊惑。徒儿说："来人既是奉命来此赔罪，为何不在关前通名求见，却去私越阵地？分明此来只是乃师自知无礼，不合以下犯上，恐传说出去被外人笑话，派了人来虚应故事，本心轻视我师徒左道旁门，不在眼下。如真念在朋友之义，我们是他请往开府观礼的上宾，他徒弟狂妄凶横，目无尊长，以下犯上，自犯教规，还得罪了朋友，事情发生离开府还有好几天，照理就该当时命人押了三个贱婢来此赔罪，再请前往赴会，才能算尽朋友之道。如何等到这时才派人来？就算他开府事忙，长幼两辈无法分身，或是门人蒙蔽，回山不曾告知，我师徒与他交好，又曾接有请束，到时一人未往赴会，当然必有缘故。他们自负玄门正宗，教规至严，法力又非寻常，断无查问不出之理。怎会延到今日，才命两贱婢持了一纸书来，便算了事？分明视我师徒如无物，以为他徒弟将我得罪，无足轻重。为防外人议论，表面道歉，略微敷衍，暗中实是强硬，料我不敢把来人怎样。我们听话释嫌，便两罢干戈，否则便成仇敌也非所计。一面并命来人穿阵而过，直达宫前，以显他峨眉的法力，志在示威逞能，恃强凌弱。这等行径，实是欺人太甚。就此罢休，不特恶气难消，传说出去，也被同道中耻笑。

"我师徒虽是旁门，本教创立已数百年，长眉真人在日也没见把我们怎样。峨眉近年虽然声势较盛，实则也是张大其词，除为首三数人外，并无甚惊人法力。因是外强中干，虚有其名，所以一面屠杀异己，一面又向各旁门中拉拢，专以欺压弱小为事。平日号称为玄门正宗，视别派均为邪教，不能并立，为何轩辕、丌老、司空以及大荒二老、天残、地缺、小南极四十七岛等，多少厉害人物俱都尚在，一个也不敢招惹？像天乾山小男、少阳神君、藏灵子等，更展转相交，化敌为友。还有一时想不起的异派中有名人物，尚不在内。试问何人遭了毒手？还不是但求人家不去寻事晦气，便装痴聋，背道而行，惟恐遇上结仇树敌，难于应付罢了。此次他对我师徒如此狂妄，无非看轻师父懦弱，乐得欺凌。真要与他成仇，也是莫奈我何。何况他年来骄横狂妄，已犯众怒，又独占着凝碧崖、紫云宫等洞天福地。除芝人、芝马以外，这次开府，差不多把海内外灵药仙草，全数收集了去，据为己有。众心不忿，又知他们贪欲无厌，专与教外之人为难，等这些门下小狗炼成道法，羽翼一丰满，只要不和他一党的，谁也难于安枕。与其等他气候养成，身受其害，不如先下手为强，将他除去。

"日前听说以轩辕老祖为首，已准备联合各方面同道，大举与他一拼。这些道长俱是法力高强，多已炼成不死之身，人多势众，峨眉决非对手。如与联合，不特恶气可除，异日师父四九重劫，有这些人相助，还可借以免难，岂非两全？而且照许仙姑所说，峨眉为首诸人，为了妄想天仙伟业，一面令新收这些小狗男女下山，假名行善，暗寻异己之人加以杀害；一面却在凝碧仙府闭洞行法，须有好几年工夫，不能出门一步，所以告诫门人，令自小心，便有难也不能回去求救。我们便将来人杀死，也只干恨，无计可施。何况我们不是无理可说，师父又非故意和他作对，只不过是愤他欺人太甚，又不杀他徒弟，只代他教训恶徒，治以犯上之罪，略加责罚，逐出山去。来人是在百日之内，又非照着那日所说与之绝交，异日相见，并非无话可说。讲理无事便罢，如若恃强为仇，真非其敌，索性便与轩辕等人联合一气，看他能怎样？还有来人果奉师命，诚心来此认罪，师父是他师父好友，分属尊长，自然甘受责罚，决无怨言；如若反抗，可见虚假，欺人是真。此时他们羽翼未成，已是如此，一旦得势，定必与各异派中人一体看待，决不容我师徒存在。随便命一小狗男女出来惹事，然后借题一翻脸，便将我们除去了。以前假面目没有揭穿，还难说定；如今真相毕露，行同狼虎，还不先自为计，欲待将来受害不成？"

红发老祖门下妖徒多是苗人，只雷抓子和一个姓秦名玠的例外。雷抓子是熟苗归化，已久居贵州省城。上辈在明室，并还是个仕流。只因乃母夏夜纳凉，感异梦而生，并有雷震之异，取名雷抓子。幼丧父母，大来卖弄刀笔害人，为仇家所逼，逃往苗疆。红发老祖爱他灵警异相，破例收为徒弟。除姚开江、洪长豹而外，只他和秦玠，还有一个名叫蓝天狗的苗人，最得宠爱。秦玠出身不第秀才，偶因游山路遇红发，看出是异人，苦求拜师，也蒙破例收录。

436

秦玠和雷抓子最是交厚，俱生有一张巧嘴，心计又工。自从姚、洪二徒先后失事，红发老祖益发对这二人宠爱，几乎言听计从。二人俱是好色如命，红发老祖本身虽不喜淫乱，教规未禁女色，二人暗中背了师父，专与各异派中妖妇勾结。万妙仙姑许飞娘正愤红发老祖，因有追云叟夫妻渊源，与峨眉交为朋友，蛊惑上一个姚开江，被穷神凌浑杀死，正好唆使红发老祖与正教结仇。不料又被神驼乙休在紫玲谷为双方解和，仇未结成，与峨眉诸老反更交厚。一时气不过，想到雷、秦二人可以色诱，自身不愿俯就，便给二人另外拉了几个妖妇，所以才有金线神姥姑偫借鼎之事。雷、秦二人本就受了妖邪蛊惑，心愤师父别的都可说动，独劝他不与正教中人来往，坚决不听。上次红发老祖接了开府请柬，本拟亲往，也是二妖徒想从中生事，借着送礼为由，请命先行。本来就想到了峨眉，设法惹下一场乱子，逼师父上套。不料正遇见易、李、周三人追杀蒲妙妙，无知冒失，伤了他师徒，绝好时机，焉肯放过。许飞娘和众妖邪闻知，又纷纷赶往，代为策划。红发门下头一辈门徒，差不多和各异派妖人均有交往，加以那日又亲见师父同门吃了人亏，从来未有之辱，无人鼓动，已是气愤难消，这一来自是一体同心，每日俱在絮聒激怒。

红发老祖先颇持重，禁不住众口铄金，长日包围进谗。心中本也觉着受辱愤恨，不过本心仍不想和峨眉诸老为仇，只打算亲赴峨眉，质问是否受了门人蒙蔽。如将前来三徒当面处罚，便无话说；否则，由此绝交，也未想到如何大反目。许飞娘等妖妇却断定妙一真人最重情礼，教规又严，暂时不来赔礼，必是为了开府事忙，或有其他要事，一时无暇。如寻了去，几句话当面一说，便可无事。算计乃师必派肇事三个前来，便教众妖徒一番话，劝红发老祖最好过了百日再去，免失身分。一面并授妖徒策略，就着原有阵法，如何施为，人如到来，万一得见乃师，如何相机蛊惑。

红发老祖与各异派本有来往，近年才听嵩山二老等正人力劝，踪迹渐疏。许飞娘知他心有成见，每来均与众妖徒暗中约晤，轻易不与相见。红发老祖面热情直，虽纳忠言，与众妖邪疏远，人以礼来，不肯坚拒，至多行辈较低的自不出见，却未禁门人交往，终于惹出这场乱子。雷、秦二妖徒本来利口，况又经妖妇出谋指教，话越深透动人，不由乃师不为所愚。加上易、李二人来时行径又极与所说相似，渐渐引起愤怒，以致生出事来。其实妖徒利用阵法，早有成算，易、李二人如不穿阵而过，不是被陷在内，便是早与敌斗，妖徒更有借口，休想与正主人好好相见了。

红发老祖自被二妖徒说动,鸣鼓聚众以后,所有门人全是异口同声,愤慨非常,连激怒带怂恿,不由他不改变初衷。一面故意令来人在山半久候,看她们是否骄横不服;一面吩咐众妖徒:"来人既能通行全阵,不问是否因尔等演习阵法,窥破门户,巧混进来,法力均非寻常。既准备反目,如被遁走,却是丢人,务要小心在意。传示全阵行法守值诸人,如法施为,加紧戒备。少时来人如肯服罪受责,便罢;稍有不服,便须下手擒捉,免被滑脱,自找无趣。"众妖徒如了心愿,自是兴高采烈,同声应诺。因殿上有乃师在,来人自非敌手,所虑是被逃走,又把几个法力较高的命往阵中接替,把原防守的人换了前来。易、李二人看见众妖徒进出来往,便由于此。

红发老祖分布停当,在殿内暗中查看。见易、李二人除初闻名时,互相说了两句话后,始终端然敬立相待,并无一毫懈怠与久立不快之色。暗忖:"齐道友为人素来极好,已然相交,怎会无故欺人?看来人神情,似颇谨畏,不似倚势凌人之状。且看来书,如何说法。门人已动公愤,对于来人自然不能轻饶。只要书上说得有理,看齐道友份上,略加责罚,以平众怒,不必再为过分了。"

红发老祖想得虽还不差,无如易、李等二人连师父责罚俱未受过,如何肯受左道旁门刑辱?何况当初妖徒护庇妖妇,相见又未通名,首先不对,怎能怪人?只因红发总算师执尊长,无知冒犯,不得不把小辈的礼尽到,本是双方互相敬重的事,打狗尚看主人,如何认起真来?就这念头,已非偾事不可。众妖徒见乃师目注山下沉吟,还恐生变,又加了许多谗言。红发老祖信以为真,认定易、李二人是因身在虎穴,人单势孤,恐吃眼前之亏,不得不貌为恭谨。也不想妖徒所言先后矛盾,只管令二人在半山久候,迟不召见。

时光易过,又是两个多时辰过去,易静主见已定,还不怎样。英琼已渐不耐,如非易静用眼色阻止,几乎发出话来。前后候有五六个时辰,雷抓子得同党暗示,知道外约来的几个妖人已在妙相峦外照预计埋伏,就是乃师肯将来人放走,也不愁她们逃上天去。这才设词请乃师传见。

红发老祖也是日后该当有难,那么高法力的人,竟会听凭门下妖徒等摆布,随命传见。雷抓子随去平台以上,先朝台前两亭中侍卫打一手势,气势汹汹,瞋目厉声,大喝道:"教祖有命,吩咐峨眉来的两个贱婢进见,听受责罚。"英琼闻言大怒,并欲还口。易静将手一摆,冷笑道:"这厮出口伤人,自己失礼,何值计较?我等为敬本山师长,忍辱来此,好歹且见着主人,完了使命再说,理他则甚?"雷抓子闻言大怒,方欲接口辱骂,红发老祖听妖徒开口

438

便骂人家贱婢，也觉不合，暗中传声禁阻。雷抓子因先前口角，知道易静嘴不饶人，自己只顾激怒来人，先自失礼，再说也是徒受讥嘲，只得忍耐着怒火，退回殿中侍立。

易、李二人随着从容缓步往上走去，头两守亭，戈矛已撤，并未拦阻。到了平台石阶下面，易静故意躬身报道："峨眉山凝碧仙府乾坤正气妙一真人门下弟子易静、李英琼，今奉师命，来此面见教祖，呈上家师手书，兼谢那日妙相峦因追妖妇蒲妙妙误遇教祖，无知冒犯之罪。荷蒙赐见，特此报名告进。"台前两边各有一亭，比下面高，却只两根立柱，大小只容一人。一边一个手执金戈在内执守的苗人，身既高大，相貌奇恶，石像也似呆立在内，手中金戈长有两丈，戈头大约五尺，金光耀目，显得十分威武。

易静分明见雷抓子出时和二人打手势，知有花样，故作不知。说完便走上台阶，暗中留神查看。见快上第一级台阶时，脚才抬起，二人倏地面现狞容，目射凶光，手中金戈已然举起，待往下落，嘴皮微张，似要发话，忽呆立不动，好似被人禁住神气，形态滑稽已极。心方奇怪，猛瞥见右边亭后人影连闪，定睛一看，正是癞姑和先见女童，男童却不在侧。癞姑朝自己扮了一个鬼脸，口朝殿上一努。易、李二人原恐癞姑在未翻脸以前，先在当地惹事，见状才知三人不曾先闹，只不知适才何往。二人不便答理，微笑了笑，便往上走。一上平台，便见殿甚高大宏敞，陈设华丽。中设蟒皮宝座，红发老祖板着一张怪脸，倨坐其中。两旁有数十徒众，雁翅分列，由殿门起，直达宝座两旁。挨近众徒卫立之处，另有两行手执戈矛鞭棍的侍卫，都是漆面文身的苗人，短衣半臂，腰围虎皮战裙，手腿半裸，各戴金环，乱发虬结，上插五色彩羽，面容凶丑猛恶，无异鬼怪。对着宝座不远，由殿顶垂下两根长索，头上各有一个铁环，大约尺许，邪气阴阴。知是准备吊打来人之用，一切均为示威而设。那两面铜鼓，大约丈许，由两具铜架分搁在挨近正门殿廊之下，离地约有丈许。另有两名苗人手持鼓槌，侍立鼓下，见人走上，抢起鼓槌，照鼓打去，发出轰轰之声，听去甚远，杀声较前更显。

易静也不理他，自率英琼往内走进，故意走到双环之下立定，朝上躬身下拜，双手呈上书信。前已报名，便不再说。红发老祖将手一招，书信入手，拆开细看。见上面大意是说：

门人无知，冒犯尊严，虽然事由令徒接应妖妇，以致误会同党而起，无知冒犯，难于申责。但是交手之后，已知道友为难，既已冒

439

犯，理应束身归罪，听候发落。当时果能如此，道友海量宽宏，自不能与后生小辈计较。况又看在薄面，至多诚其冒失，斥责几句，何致开府之约，竟成虚请？无知之罪，情有可原，不合畏罪潜逃。回山又值与诸同门闭洞行法，开读金井穴玉匣仙敕，所有全山长幼同门，各有职司，无计分身，以致群仙盛会，道友竟未临赐。好容易忙到会后，又值众弟子奉命下山行道，必须分别传授道法，又是无暇。跟着便是铜椰岛上大方、天痴二道友斗法，将要引发亘古未有的太火浩劫，事关重大，两辈同门并有各方好友相助，尚恐责重力薄，不能胜任。而易、李、周三小徒，奉有家师敕命，皆是屡世修为，应运而生，在本门弟子中最为得力，又是少他们不得，权衡轻重，只得把此事从缓。铜椰岛事完，又须随众同炼家师所授天书，一直迟到如今。自来小人有过，罪在家长，值以闭山炼法，未得亲往负荆。除小徒周轻云情节较轻，现有要事，弗获分身外，谨命易、李二小徒，斋沐专诚趋前谢罪，尚望不吝训诲，进而教之。另外并隐示四九重劫将临，关系重大，现各异派妖邪，运数将终，避之惟恐不遑，如何还纵容门人与之交往？既种异日受累恶因，又不免于为恶树敌。姚开江、洪长豹便是前车之鉴，务望约束门人，勿与此辈奸人来往。此时防患未然，尚不为晚。以道友为人正直，只需慎之于始，异日天劫到临，与乙、凌、藏灵子诸道友互相为助，合力抵御，决可无事。份属朋友，知无不言，至希鉴谅。

表面上词意谦和，实则是详言利害，暗寓箴规，言之有物，备极恳切。对于易、李、周三人，明里是认罪，实则为之开脱，并把过错轻轻引到师长身上。如讲朋友情面，这等说法，其势不能再对来人刑责，说得又极占理。本是自己门人不应祖庇妖妇，先与为敌，对方至多只是无知冒犯。朋友之交，礼到为是，当然不能再与后生小辈计较。

红发老祖看了两遍，实挑不出甚语病，不禁沉吟起来。秦玠最是狡猾，师父原说看完来书，立即借词翻脸，将来人吊起毒打。如若服罪，打完逐出山去；稍一倔强，施完毒刑，再将人扣住，等乃师自来要人，问其纵徒行凶之罪。只一照办，这把火准能点上，何况谷外还有人埋伏，就肯领责放走，也跑不脱。双方仇怨一结，势成骑虎，师父自知不是峨眉诸老之敌，稍一怂恿，便可迫使与轩辕、司空诸人合为一气，甚至连妖尸谷辰也可化敌为友。不特出了恶气,见好所交妖妇,并还可以和别的异派妖人一样,为所欲为。免得师父日与正教中人亲近,每喜效法,教规日严,不能任性取乐。稍微做点快心的事,便须背着。

秦玠好容易联合全体同门把师父说动,如今又有变卦神气。心中一急,忙和雷抓子等众妖徒使一眼色,朝红发老祖跪禀道:"师父何必看这书信?齐漱溟老鬼教徒不严,纵容行凶,目中无人。不自率徒登门请罪,却令贱婢来此鬼混。又不正经求见,胆敢狂妄逞能,擅自穿阵而过。似此骄狂犯上,目无尊长,如不重责一番,非但情理难容,并还道我师徒怕他峨眉势力。弟子等实是心不甘服,望乞师父做主,即时发令施行,将贱婢吊打一顿,使峨眉这些小狗男女看个榜样。"说时,众妖徒也在一旁随声附和。

易静胸有成竹,冷眼旁观,见众妖徒只知虚张声势,不禁又好气,又好笑。方想毕竟左道妖人,当着师父,还有外人在场,一味群吠,口出不逊,全无规矩礼法。李英琼终是天性刚烈,听众妖徒当面辱骂师父,实忍不住愤怒,抗声说道:"红发老前辈,请暂止令高足们肆口谩骂,听弟子一言。"众妖徒见英琼秀眉倒竖,目蕴神威,面上隐带杀气,知将发作,巴不得她出言不逊,激怒乃师。闻言不等乃师招呼,便各住口,怒视静听如何说法,以便乘机发挥。

易静早知事非决裂不可,因见红发老祖对书沉吟,心想或许能有转机,所以暂时隐忍。及见英琼义愤慷慨,现于辞色,知已无能挽回,实逼处此,心已尽到。恐英琼气愤,人又心直,词不达意,便道:"琼妹且住,由我向老祖请教。"随向前说道:"家师与老前辈乃朋友之交,互相礼敬,原无轩轾。弟子等前为追戮妖妇,路遇门下高足无故出头袒护,倚众行凶。弟子等不知来历,来势又极凶横,所庇护的又是妖妇仇敌,当仁不让,于理无亏。后被引来仙山,因而失礼冒犯,也因年幼无知,并非有心犯上。当时以为老前辈必看在家师面上,大人不计小人之过,至多告知家师处罚,当无以此成仇之理。此时一则无知犯上,心怀悔惧,不敢再犯雷霆之威;又以出来日久,急于回复师命,妄拟老前辈为家师专诚延请上宾,必要往赴观礼之约。而开府日期已迫,心向归程,只得回山待罪。哪知老前辈为我等后辈末学的无心之失,竟然愤怒,不肯降临。弟子等当将经过以及肇事起因禀告家师,领了责罚之后,又令弟子等亲来赔罪。虽以要事耽延,弟子等纵有不合,家师对于朋友礼节,似已尽到。窃见老前辈看罢来书,颇有推情宽恕之意。而门下高足众声喧嚣,出言无状,揆其心意,好似弟子等罪大恶极,百死不足蔽辜。却不想弟子等昔日冒犯威严，实出无知，并还事出有因，诸多可原。尚且如此切齿愤恨，不肯甘休。家师与老前辈属在知交，并无开罪，现命弟子等持了书信，以礼来谒，也是好意。而门下高足无端对徒詈师，任性辱骂，有心犯上，又当如何？至于穿阵而行，老前辈未升殿前，已然说过，想已上蒙清听。况且来时我二人也曾叩关求见，因守卫不代通报，只将关门开放，令照直行，初涉宝山，不知禁忌，无心到此。又值老前辈不在阵中主持，门下高足正在试法，事有凑巧，不曾遇到禁阻，误触埋伏，以致无心到此。适在岭下望见亭中守者，也曾掬诚奉告，通名求见，一连几次，均置不理。弟子等不知何意，为完师命，只得试往前行。守卫举戈一拦，立即止步，不敢擅越一步，哪有丝毫相抗之意？后来门下高足出殿喝骂，辱及家师，只以师命未完，仍自强忍，迫不得已，方始放声上渎清听。凡此情形，均有明察，如何能怪弟子自恃法力，狂妄逞能呢？"

　　红发老祖人最好胜，素不喜人面斥其非。又有护短之癖，养得门人个个骄恣。人又心直口拙，本来受了恶徒蛊惑，痛恨来人，已然言定重责不饶。无如妙一真人来书设词甚妙，理又占住，无隙可乘。一面又答应了众妖徒，急切间，想不出话发作。一听妖徒对徒骂师，不知有意如此，方欲喝止，来人已相继发话，竟将自己问住。他不怪徒弟出言无状，授人以柄，反倒因此触发旧愤，恼羞成怒，发了苗人凶横之性，即厉声大喝道："贱婢休得利口！你师父既命你前来请罪，我便代他行刑。现在殿顶设有双环，你二人自己上去，领受三百藤鞭，以戒将来。我门人见你等对我无礼，忠心师长，激于义愤，说话伤了你们的师长，少时我自会责罚他。乖乖地自己吊上去，免我施展法力，禁受不起。"

　　易静闻言，知道事已至此，非破脸不可。一面向英琼发了暗示，令做准备。冷笑道："老前辈不能正己，焉能正人？要我二人领责不难，必须先把辱骂家师的令高足们先打一个榜样，方可如命。如说少时责罚，我二人在峨眉也曾受过家师责罚，谁能相信呢？"说时，雷抓子忽似想起一事，匆匆跑到殿外转了一转，跑进来怒冲冲说了几句苗语。红发老祖听易静反唇相讥，本就怒不可遏，正要发令擒人，闻言益发怒火中烧，厉声大喝："贱婢竟敢如此大胆，禁我亭中侍卫。你等急速与我拿下！"

　　众妖徒轰应了一声，为首秦、雷二人手扬处，先飞出两道赤暗暗的光华。易、李二人早有准备。易静得一真上人所赐之宝，除了护身的兜率宝伞和灭魔弹月弩、阿难剑外，多是以静制动之宝，这次因得师传仙书，加功练习了四十九日，不特动静由心，俱可随时应用，并还比前增加了不少威力。一见众妖徒要一拥齐上，首将兜率宝伞放起，化成一幢带有金霞的红光，先将二人全身护住。然后大喝道："老前辈，休要听信孽徒等蛊惑，倚众行凶，仗势欺人。亭中侍卫被禁，并非我等二人所为。今既不纳家师的忠言，定要为此小事化友为敌，我二人师命已完，只好告退了。"众妖徒齐声怒骂，各将飞刀、飞矛、法宝放起时，易、李二人说完了话，朝红发老祖略一躬身为礼，便由满殿百十道妖光邪雾交织中冲将出去，其疾如电，晃眼飞出殿外。云幢到处，连冲荡开由殿台到岭下五层埋伏禁制，往来路飞去。

红发老祖原以二人末学后进，不必自己动手，门人又颇有能者，上下更有好几层禁制埋伏，万跑不脱。不曾想一真大师降魔七宝之一百邪不侵，近日复经峨眉心法重炼，越发神妙。众妖徒那么多飞刀、法宝合攻上去，吃那金红云幢一荡，便即荡开，无一能够近身。上下禁制，也是如此。红发老祖坐视敌人说了些刺耳的话，从容飞去，不由又惊又怒，愧愤难当。一时情急，自觉被来人遁走本已难堪，又见众妖徒已同声辱骂，纷纷随后急追了去，当时骂声："贱婢欺人太甚！"一纵遁光，便亲身急追下去。红发老祖到了台前，先将两名侍卫禁制解去。遥望阵中，烟云滚滚，光焰四合，知道敌人已然入伏，正与众门人斗法相持。猛然念头一转，想起敌人既能入阵通行，未始不能遁出阵外，越想越愤恨，把心一横，便不再往前追赶，径自回转神宫，准备施展毒手。不提。

这时，天狗坪把守的众妖徒，早已发动阵势相待，殿中雷、秦诸妖徒再随后追去，三辈徒众约有二三百个妖人，发挥妖阵全力，前后夹攻，情势却也惊人。易、李二人先只打算冲出阵去，本无伤人之心，也是众妖徒相迫过甚，才致杀伤多人，仇恨越结越深，生出许多事来。

易、李二人自恃识得阵中机密，兜率宝伞能够护身，同驾云幢前飞，晃眼飞入阵内。正在疾驰之际，忽见眼前烟光变灭，光景倏地一暗，四外漆黑沉沉，云幢宝光所照许以外，便不能见物。耳听厉声四起，与无数妖徒怒啸喊杀之声相应，宛如潮涌。方欲取宝施为，光景忽又由暗变明。二人忙即运用慧目，定睛一看，就这一暗一明，瞬息工夫，已换了另一种景象。迎面现出两面长约十丈，宽约丈许的妖幡，幡色阴黑，上绘无数白骨骷髅和一些符箓、恶鬼之形，上下均有烟云围绕，光景虽然较明，却非来时清明情景。四外暗雾沉沉，前见石峰已全隐去。天色本在初来入阵就未看见，只是一片灰濛濛的暗雾。这时阵势一发动，益发低压得快要到了头上，吃云幢所阻，近身不得。此外不见人影，只有这两面妖幡，兀立在阴云邪雾之中，阴森森，鬼气逼人。

易静入阵之前，早把石峰位置，门户方向，谨记在心，知道阵法已然倒转。前行虽然越入越深，但是此阵具有无穷变化，占地甚广，埋伏众多，前后左右，随时可以挪移倒转，想要出阵，仍须一层层破去。如若应变神速，一见有机可乘，便加急飞越，图一点快尚可，想要舍难就易，决难办到。自己又只仗着师友平日指点传授，举一反三，身有异宝防身，不畏受害，又得了好些便宜，实则并非深悉微妙。惟求慎重，还是老老实实，不走行险取巧为是。

易静料定两幡乃头阵门户，幡后必有敌人守卫，只等人一飞过，立使妖法暗算。以自己和英琼的法力，斩幡杀敌，当非难事。心想："现时只是敌人单方面为难，仇尚不深，何必伤人，做得太过，将来无法化解。且等敌人出面，先相机使那埋伏妖法的石峰现出，再就来时所见形势，辨明方向门户，挨次闯将进去，到了主持全阵的中枢要地，然后用全力由上空破法冲开罗网，飞出阵去，岂不是好？"念头一转，已到幡前，便把云幢停住，向前喝道："尔等虽受妖人怂恿，蛊惑师长，强要结仇生事，但我等看在师父面上，不愿过分。如若开放阵门，放我二人出阵，尚不算晚。如要彼此一较高下，可速现身出战，我等也只破阵，还不敢伤及尔等。如想等我二人过时，妄用法术暗算，我等应变仓促，就难免误伤了。"说罢，对面立有人应声喝骂，跟着现出两个妖苗，各持一柄长矛，指着二人大骂："大胆贱婢，死在眼前，还要骄狂！"随后便去摇那妖幡。

易静知道二妖苗初意是想暗算，听她一说，以为诡计被人识破，只好明来。此幡不先破去，阵中平增多少阻力。二苗原是轻敌太甚，以为阵法厉害，略加施为，敌人便可成擒；又恃自身法力，可以护持，故此上来便将这关系重要的头层主幡现出。易静知道，此时破它，正是机会。苗妖偏又不知好歹，不引敌人入阵，始终想仗妖幡杀敌，破幡时定遭波及，侥幸不死，也必重伤。易、李二人虽然遁光神速，到底没飞多远，便即入阵，心方踌躇。二妖苗也正在摇动妖幡，就要发动之际。恰好雷抓子、秦玠二妖徒已率领了一干徒党随后追来。易静回顾身后，烟云滚滚，红光如血，不下数十百道，齐声怒啸，潮涌而来，已快追上。敌人势盛，内中颇有能者，况还有红发老祖极厉害的强敌在后，上来应变，便如此迟缓，如何能行？师父仙示，又有"机贵神速"之言，估量妖人如此骄狂，一个不伤，便出阵去，势所不能。想到这里，把心一横，立喝："琼妹，速用紫郢剑将此二幡斩去！这两苗既然不知进退，也顾不得了。"英琼见事已破裂,更不再有顾忌,心又愤怒,早就跃跃欲试,不等易静说完,口中应了一个"好"字,那口峨眉镇山至宝紫郢剑早随声飞将出去。

易静本心还是以不伤人为好,所以才命英琼剑斩妖幡,好使妖人惊避,免得随幡同尽。哪知在劫难逃,二妖苗平日背师为恶已然满盈,该当惨死。英琼飞剑化作一道紫虹飞将出去,妖幡恰也同时展动,由幡上突喷出千万条彩丝,杂着无数血也似红的火星,暴雨般激射而出,待向二人当头罩下。易静昔年和赤身教主鸠盘婆斗法,曾经受过妖法的害,认出此幡,不特是全阵的门户,头层主幡,并还藏有赤阴神网、罗睺血焰。以前只当红发老祖虽是左道旁门,人尚正直,没想到竟炼有这类阴毒险狠、专坏道家元神的邪术法宝。此法最是污秽恶毒,如非身有师传专破此法的七宝,英琼飞剑又是仙府奇珍,稍换一人,便非受害不可。易静想起昔年所经之惨,不禁大怒。心想:"红发老祖已然弃正归邪,留着此幡,将来不知有多少人身受其害。师父不过看在白、朱二老情面,又喜与人为善,才有此委曲求全之举。今既成仇,照此为人,终膺天戮。倒行逆施,至于此极,何必还想将来与之释嫌化解?"当时激发了平日疾恶如仇天性,更不再寻思,忙将师传七宝中的灭魔弹月弩和专破妖法的牟尼散光丸,相继发将出去。

那妖幡却也神奇,两幡相隔约在五丈远近,紫郢剑所化紫虹长约百丈,电一般飞出去,将两幡一齐束住,并不似别的妖幡易破,剑光一绕,立即断裂,竟还略微支持,只将四面围涌的烟雾消灭,并未当时断落。二妖苗原守幡下,先觉剑光有异寻常,虽然向侧遁开,因断定此幡专污法宝、飞剑,只要挨近,便化凡铁坠地,没想到此剑如此厉害。二苗知道此幡是借来之物,专为对付妖尸谷辰,毁残不得,又惊又急之下,一时情急不过,竟拼以性命不要,乘幡未断,妄想保全,收幡逃走。

说时迟,那时快,就在妖苗一进一退,彩丝血雨往上狂喷之际,易静降魔二宝已经发动。先是一粒金丸由弩筒中射出,化成碗大一团深红色奇亮无比的火星,飞向天空,爆散开来,化为无量数针雨一般大小的精芒,四下飞射,满空彩丝便自消灭殆尽。跟着手上又发出一粒豆大红光,脱手暴长,晃眼大有十丈,迎着满空血雨,一声雷般巨震过处,两下里全都消灭无踪。同时英琼也正运用玄功,全力施为,紫光绕定二幡,上下裹紧一绞,全体即成粉碎,化作两片黑烟飞起。妖幡一破,彩丝血雨自不再发。已飞出的彩丝血雨,又被易静消灭。二妖苗正好赶上,在空中先被易静二宝波及,重伤身死。英琼近来比前小心,不知妖幡上面附有许多凶魂厉魄,一见黑烟飞扬,忙指

445

剑光追过去一裹，恰值妖苗下落，连带一齐被剑光裹住，只一绞，黑烟消灭，凶苗也成了一片血泥，坠落地上。

紧跟着易静又把二粒牟尼散光丸发将出去，一片爆音过处，对面妖云展开了一大片，疏疏密密，现出二三十座石峰，仍和前见一样，每九峰为一丛，各相呼应。每丛各有一二妖人，持着妖幡，在当中主峰上镇守运用。阵形一现，脱身有望。易、李方在心喜牟尼散光丸的妙用，那雷、秦众妖徒连同阵中防守的妖徒，也由四方八面相继杀到，夹攻上来。易静看出妖徒飞刀、法宝也颇厉害，而英琼紫郢剑近来威力愈增，未奉师命诛戮以前，恐多杀伤，忙喝："琼妹不可任性杀戮，我们暂时仍以脱身为是。"说罢，便将阿难剑放出抵御。英琼紫郢剑原未及回，众妖徒便已杀到，闻言会意，将手一指，二剑联合，一同迎敌。妖徒所用法宝，多极污秽，偏遇见易、李二人这两口不畏邪的神物，不特失去效用，稍差一点的只吃剑光一绞，便即粉碎。头层阵法又破去了大半。俱都大吃一惊。雷、秦二人更是激愤，一面率众各以全力运用本门飞刀戈矛加紧围攻，一面将阵法催动，不消半盏茶时，阵势倏变，前见石峰又行隐去。

易、李二人见敌人势盛，众寡悬殊，上下四外，各色刀矛光华何止百道。更有各种厉害邪法、异宝，纷纷夹攻上来，声势猛恶已极。同时阵势又生变化。虽然飞剑神妙，有法宝护身，暂时不致受伤，但是敌人主脑尚未出战，敌人越杀越勇，苦苦纠缠，不畏法宝损伤。因见二妖苗一死，越发激动众怒，口口声声要为死人报仇，大有拼命之势，不下杀手，万无脱身之法。但伤亡稍多，红发老祖定要出斗，必不甘休。长此相持，凶多吉少。

二人正在盘算，忽见四外烟光明灭，殷红如血，鬼声魅影，远近呼应，涌现于阴云惨雾之中，光景越发怕人。易静暗忖："妖阵厉害，牟尼散光丸与灭魔弹月弩本是炼来报仇之用，虽然为数尚多，到底糟掉可惜。适发牟尼散光丸只震开了十里地面，上空仍是惨雾沉沉，不知是什么妖法，如此难破。中枢不破，就再用此宝，略现眼前阵形，敌人稍一施为，便又复原，依然无用。反正早晚不免与老怪一斗，与其遭受妖徒合攻，耗到老怪出场，转不如先给众妖徒一个厉害。如老怪出来，便和他早分胜败，见个高下。如恃妖阵，自傲身分，不肯出斗，更可乘机往中枢阵地闯去。能由上空破阵飞出更好，如若不能，到了事急之际，拼耗一点元神和一年修炼苦功，用法宝护着身形，行法裂地，由地底将那二三百里阵地硬穿出去，也不患不能脱身。即便杀伤太重，实逼如此，师父也不至于见责。"

易静想到这里，又想起："癫姑地底飞行，独具专长，连南海双童俱不如她远甚。并可带人同行，不似自己地遁，只是临危应急，所行三四十里以外，便须耗损元气。先说定她在山外接应，以防出时敌人穷追。适才到此，忽见她同了男女幼童在红木岭上现身，后又在殿台前出现了一次，此时理该随来接应，又正用得着她，为何不见？老怪也未前来，许是老怪率众追出，吃她和两幼童阻住，在殿前一带斗法；或是大胆冒失，自恃隐身神妙，暗中戏敌，轻捋虎须，阻住老怪，使其不能兼顾，均说不定。癫姑虽然法力高强，机智绝伦，终恐不是老怪敌手。暂时尚可，久则难支。还是早冲出阵为好。"

易静心念才动，英琼见敌人飞刀、法宝越来越多，四外俱是暗赤、黄、绿三色光华包围紫郢、阿难二剑，又是守多攻少，纵有伤毁，也是少数，反而激发凶焰，大肆辱骂，夹攻更急。一时气愤，不由杀机大动，怒喊："易姊姊，这类妖人群吠难听。你看所用法宝，无一不是妖邪污秽，又这等不知好歹，留他则甚？我们奉命行道，不能只顾嵩山二老前辈私情，留此妖邪，为害人世。难道还不下手，任他猖狂不成？"随说，运用玄功，一面将飞剑连指，一面又把幻波池新得诸宝，放了几件出去。

易静见状，口中应诺，也把法宝放出。这一来，情形突变，两道剑光首先威力大增，光华顿盛，强了十倍，宛似两道经天长虹飞向敌人，百十道各色光华中，神龙戏海般上下飞舞，一阵乱搅。那些飞刀、法宝便纷纷断折粉碎，五颜六色洒了一天花雨流星，纷纷消亡。二女法宝相继飞出，有那法宝稍次，性又凶野不知进退的妖人，当时便断送了一二十个。雷、秦等妖徒到此，才知敌人端的厉害。中有几个能手，能够勉强抵御的，也知必不能占上风，再斗只有伤亡。于是纷纷厉声怒啸，做一窝蜂率众散去，晃眼没入阴云之中，不见影迹。